김호웅 문학평론집

인간은 만남으로 자란다

김호웅 문학평론집

인간은 만남으로 자란다

김호웅 지음

KSI 한국학술정보[주]

추천사: 우리 문단의 백마 김호웅 씨

조성일(연변조선족문화발전추진회 회장)

동양의 전통풍속에서 말(馬)을 동물 중의 영물로 여겨 왔는데, 항상 초월적인 세계인 천상계와 연관되어 있었다. 그래서 천마(天馬)가 우리 민족의 신화나 설화에 늘 등장하지 않던가. 또 천마는 백마(白馬)가 아니던가.

중국 『역경(易經)』의 팔괘(卦) 중에서 말은 건괘(乾卦)의 상징동물이다. 여기서 말하는 건괘는 우선은 하늘을 뜻하는 것으로서, 그 파생적 의미도 다양한바 굳센 건, 사나이 건, 임금 건, 쉬지 않고 일하는 건 등 다양한 함의를 갖고 있다.

우리 민족의 전통적인 혼인풍속에 신랑은 백마를 타고 신부 집에 갔다. 이것은 우리 민족의 설화 중에 말과 관련된 태양신화나 천마(天馬)사상과 맥을 같이하기 때문이다. 말은 하늘의 상징인 태양을 나타내고 태양은 남성을 의미하기 때문이다. 그리고 혼인에 백마를 사용한 것은 흰색이 순결과 광명을 나타냄으로써 신성함, 위대함, 길함 등의 관념을 지니고 있기 때문이다.

필자는 『내가 본 문단사』에서 관웅 씨를 지칠 줄 모르고 불의에 맞서 용감하고 저돌적으로 싸우는 사나이의 기질을 감안하여 흑마로 비유하였고, 그의 아우 호웅 씨는 지칠 줄 모른 견인성에서는 형과 비슷하나 유연성과 포용력이 형보다 돋보인다. 그래서 나는 200근에 육박하는 웅장한 체구를 가진 호웅 씨를 백마에 비기고 싶다. 잘생기고, 인품 좋고, 말 잘하고, 글 잘 쓰고, 술 좋아하고, 친구 좋아하고, 또 연변의 마당발로 소문난 팔방미인이다. 강의 잘하고 학생들을 아끼고 사랑해서 대학교 교수로도 인기가 만점이다. 그는 또한 우리 조선족문학의 발전을 위해 새롭고 괄목할 만한 창의적인 비평성과를 이룩한 우리 문단의 중견으로서 우리 비평계의 앞자리에 좌단(左袒)하고 있는 이름 있는 비평가요, 현대 지성이다.

이 글에서는 주요하게 문학비평가, 현대 지성으로서의 호웅 씨의 어제와 오늘을 알아보고자 한다.

::먹을 건 없어도 삶은 풍성해

중국의 『후한서(後漢書)』에 맹모삼천(孟母三遷)이란 말이 있는데 맹자의 어머니가 자식의 교육을 위해서 세 번 이사하였음을 뜻한다. 맹자의 어머니는 자식의 교육을 위해서는 어떤 희생을 겪더라도 훌륭한 인간으로 키우고자 노력하였는바 그 일환이 아들을 위해 세 번이나 이사하게 되었던 것이다.

호웅 씨의 부모도 맹모의 삼천지교(三遷之教)에 못지않게 자식의 앞날을 위해 다함없는 정성과 노력을 다했다. 호웅 씨는 가난한 운전기사의 가정에서 나서 자랐지만 그 대신 후덕하고 문예와 학문을 숭상하는 가문에서 좋은 교육을 받으면서 자랐다.

호웅 씨의 아버지는 한평생 운전기사와 자동차 정비사로 일해 온 순수한 노동자이다. 이 어른신은 올해 아흔하나의 고령이시지만 아침마다 자전거를 타고 다니면서 장을 보고 연길 주변을 돌면서 드라이브를 한다. 아버님은 신문이나 책도 보지만 방송듣기를 더 좋아한다. 서울방송은 물론, 일본어도 섬나라 사람들을 뺨칠 정도로 잘해서 NHK방송도 가끔 듣는다. 그래서 세상이 돌아가는 소식을 손금 보듯 하고 대학교 교수인 자식들과 시사(時事), 정치문제를 두고 쟁론을 벌이는 게 큰 즐거움이라고 한다.

호웅 씨의 어머니는 여든둘, 워낙 총기가 좋은 분이라 화투를 놀다가 이른 고개를 넘어서 마작을 배웠는데, 동네의 노인오락실에 기신기신 찾아오는 오육십대 중늙은이들을 번마다 여지없이 눌러놓고 그 양반들의 푼돈을 낭중취물 격으로 싹쓸이를 하니까 곱지 않은 눈길로 보더란다. 그래서 워낙 소설 보기를 좋아하는 분이라 공연히 미움을 받는 노인오락실에는 나가지 않고 요즘은 집에서 돋보기를 끼고 자식들이 가져다주는 ≪연변문학≫, ≪장백산≫, ≪도라지≫ 잡지를 보는 게 큰 재미라고 한다.

부모님은 두 분 다 초년에 어버이를 잃고 거친 '만주땅'을 외롭게 떠돌다가 만난 사이인지라 자식 욕심도 많아 팔 남매를 두었는데, 그중에 범 같은 아들만 일곱이다. 아들 중 박사, 교수만 넷인데 큰아들 봉웅 씨, 셋째 아들 관웅 씨, 넷째 아들 호웅 씨가 바로 우리 문단의 유명한 삼총사다.

이들 형제들이 자랄 때, 부모로서는 배불리 먹이지 못하는 게 제일 큰 아픔이고 걱정거리였는데, 가을철이면 부모님을 따라온 집안 형제들이 산에 들에 떨쳐 나가 이삭을 줍고 배추나 무 잎사귀 따위들을 주워 들였다. 그래서 겨우내 콩죽에 수수밥을 먹었는데 밥만은 맘대로 먹을 수 없었지만 '비지'라고 하는 콩죽만은 맘대로 먹을 수 있었다. 이들 형제가 다 소갈이 든든한 건 아마도 콩죽 덕이 아닌가 한다.

온 나라가 가난했던 세월, 원통하게도 배불리 먹고 반듯하게 입지는 못했지만 이들 형제는 다행스럽게 좋은 마을, 좋은 가정환경에서 자랄 수 있었다. 이들 형제가 나서 자란 동네가 지금의 코스모호텔 부근인데 이 동네에 김태희, 채택룡, 정길운, 김철, 이행복, 임호 같은 문인들도 살았고 박규찬, 박유훈, 임윤덕과 같은 대학교 교수들도 살았다. 이들 작가와 대학교 교수들이 하이칼라에 넥타이를 매고 옆구리에 두툼한 책을 끼고 다닐 때마다 호웅 씨네 형제들은 커다란 부러움을 느꼈다. 하여 호웅 씨 그리고 형제들은 커서 작가가 되고 교수가 되리라는 화서지몽(華胥之夢)을 꾸었고 비석지심(匪石之心)을 다지게 되었다.

호웅 씨의 부모님은 큰아들이 잘되어야 동생들도 따라간다고 해서 음악과 문학을 좋아하는 큰아들 봉웅 씨에게 보고 싶다는 책은 다 사 주었다. '문화대혁명'전에 이 가난한 트럭운전기사네 집에 조선 평양에서 출판한 『세계문학선집』 56권이 씨 하나 빠지지 않고 다 있었으니 다른 책이야 말해 무엇하랴. 다른 것은 몰라도 책 빌려 내는 데는 이골이 튼 봉웅 씨는 동네 작가들 집에서도 책을 빌려 왔고 도서관에 가서도 책을 빌려 왔다. 그 책을 동생들도 돌려 가면서 보곤 했다. 뿐만 아니라 봉웅 씨는 음악에도 미쳐서 돌아갔다. 어머님의 말씀을 빌린다면 밤낮 콩나물 대가리, 오선보만 그렸다. 말하자면 복사기도 없는 세월이라 세계명곡들을 노트에 베껴서 차곡차곡 쌓아 놓았고 그걸 펼쳐 들고 늘 동생들에게 음악을 가르쳐 주곤 했던 것이다.

일단 저녁이 되면 형제들은 제각기 숙제를 하고 나서 뒷마당 움에서 베개만 한 무를 두어 개 가져온다. 찬 움에서 나온 무라 시허옇게 김이 서리는데 그걸 깎아서 얼음과자만큼 길쭉길쭉하게 썰어 과일 대신으로 먹는다. 실은 과일이 울고 갈 정도로 시원하고 달콤하다. 그 다음에는 큰형을 둘러싸고 악보를 보면서 노래를 한다. 이들 형제는 큰형이 가르쳐 준 덕분에 오선보는 좀 서툴러도 아라비아 숫자로 적은 간보(簡譜)는 누구나 다 통한다. 노래하기에 지치면 이제부터는 제각기 소설을 보다가 꿈

나라에 들어간다. 살벌한 '문화대혁명' 때 크고 작은 학교들이 다 문을 닫았지만 호웅 씨네 가정학교는 365일 문을 연 셈이었다. 기회는 언제나 준비된 자에게 주어지는 법이니 문예와 학문을 숭상하는 가정환경은 호웅 씨네 형제들에게 아름다운 미래를 약속해 주었다.

호웅 씨는 1976년 봄, 3년 동안의 군복무 생활을 마치고 연길에 돌아와 생각 밖으로 연변인민출판사에 입사하게 되었다. 정규 대학생들을 배출하지 못했던 당시 사정과도 관련이 되겠지만, 군복무 생활 3년 동안 날마다 꼬박꼬박 써 둔 일기가 은을 냈던 것이다. 일기와 함께 별로 보잘것없는 짐짝을 먼저 집에 우편으로 부치고 귀향하는 기차를 탔는데, 그 짐짝을 헤쳐 본 부모님과 형들이 호웅 씨의 일기를 돌려 가며 보다가 모두가 포복절도했다는 것이다. 술에 취해 취사반의 밀차에 실려 온 일, 전투훈련 시에 흔적을 남기지 않고 백성들의 사과를 따 먹고 땅콩을 파 먹던 일, 모두 재미가 있다고 손뼉을 치면서 웃었다. 사과는 나뭇가지에 달린 대로 빙 돌아가며 떼어 먹으면 그 자리에서 말라 버려 흔적을 남기지 않고 땅콩은 슬쩍 파서 까먹고 껍질은 다시 묻어 두면 쥐도 새도 모르게 배릿하고 고소한 땅콩을 맛볼 수 있었던 것이다. 큰아들 봉웅 씨는 웃다 말고 부모님을 보고

"넷째가 글재간이 있군요. 출판사에 취직을 시키는 게 좋을 것 같은데요."

하고 의논을 드리는데 아버님은

"오르지 못할 나무는 바라보지도 말랬다고, 넷째가 소학교도 나오나 마나 했는데 책을 만들 수 있겠어?"

하고 심드렁한 표정을 짓는데 어머님은

"한림학사도 하루아침에 되는 법이 있겠어요? 다 배워서 되는 거지요. 넷째가 머리 하나는 좋으니까 부지런히 배우면 제 큰형처럼 편집 노릇 하나는 제대로 할 거예요."

하고 큰아들을 다시 보고

"한번 잘 주선해 봐요, 동생 일이니까."

했다. 이래서 호웅 씨는 큰형이 주선해 준 덕분에 연변인민출판사 인사과로 찾아가게 되었고 워낙 잘생기고 푸접 좋은 젊은이라 면접에 좋은 인상을 남기게 되어 그야말로 누운 소 타기로 출판사에 입사하게 되었다. 아동편집실과 문예편집실 둘 중에서 마음대로 선택하라고 하는 것을, 호웅 씨는 "귀뺨을 맞아도 은가락지 낀 손에 맞으라

고 했거늘" 하고 문예편집실에 들어갔다. 거기서 밤낮 고참 편집 선생들의 심부름을 하면서 그들이 손본 원고를 필기하고 정선을 하는 일이나 했지만, 참으로 많은 공부를 했다고 한다. 호웅 씨가 좋아하는 명언이지만 "인간은 만남으로 자란다"고 그 무렵 그가 모시고 일했던 고참 편집자들 한명 한명이 문학계의 기라성 같은 분들이었다. 소설가 허해룡과 김길련 선생, 시인 김성휘와 김태갑 선생, 번역가 남상현과 최유훈 선생, 강범구, 박정일 선생과 같은 이들이 막강한 편집진을 구성하고 있었으니 말이다. 고참 편집자들의 그늘 밑에서 호웅 씨는 차차 낱말을 고르고 문장을 다듬는 일에 재미를 붙이게 되었다.

하지만 필경 엎어 놓은 못 그릇 같은 고참 편집자들의 원고를 필기하고 정선하는 일을 그냥 하기에는 자존심이 허락하지 않았고 기실 체계적인 공부를 하지 못한 그는 독자적으로 책 하나를 편집하기에는 힘에 부치었다. 배우지 않거나 학문이 없으면 마치 담벼락을 향해 있는 것과 같다(不學面墻)는 것을 피부로 절감하였다. 바로 그 무렵 대학교 입시제도가 회복되었고 두 번 도전을 해서 1978년 9월 연변대학교 조문학부에 입학하게 되었다.

∷문학작품도 하나의 생명체

대학교 공부를 하는 데는 소년시절에 본 고금중외의 명작들이 크게 도움이 되었다. 대학교에서는 문학사 담당 교수들마다 백 년, 천 년을 주름잡으면서 여러 나라 문학사를 얼음에 박 밀듯이 강의하는 판이라 아무리 나이가 어리고 머리가 좋은 친구라 해도 그 많은 명작들을 일일이 볼 수가 없었다. 하지만 호웅 씨는 셰익스피어를 강의해도 속으로 고개를 끄덕일 수 있었고 빅토르 위고의 『비참한 세계』를 강의해도 쉽게 이해가 되었다. 호웅 씨는 비로소 부모님과 큰형이 고마운 줄 알게 되었다.

대학교 1학년 습작학 시간에 발표한 「산속에 핀 진달래」라는 소설은 최상철 교수의 추천으로 ≪연변문예≫에 실리게 되었다. 호웅 씨는 신바람이 나서 방학이면 소설을 쓰느라 두문불출 진땀을 빼기기도 했다. 방학마다 한두 편씩 쓴 게 10여 편 잘 되었고 제법 소설가로 두각을 나타낼 법했다.

하지만 대학 본과를 나오자 바람으로 석사과정을 밟게 되고 이어 대학교 강사로 취직하다 보니 소설과는 담을 쌓고 지낼 수밖에 없었다. 부교수, 교수라는 학문의 피라미드 정상에 오르자면 부지런히 논문을 써야 했다. 학사학위논문은 풍자문학의 일반 이론에 관해 썼고 석사학위논문은 조선왕조 판소리계 소설에 관해 썼다. 하지만 기존 연구 성과들을 두루 짜깁기를 해서 만든 논문이라 호웅 씨 자신도 별로 마음에 들지 않았다.

진짜 학술연구라는 것을 처음 해 보기는 1988년 임범송, 권철 교수의 주도하에 '중국 조선족 작가작품연구'라는 공동 프로젝트를 작가별로 떼어 가질 때다. 김택영, 신정, 신채호, 김창걸, 김학철, 이근전…… 등 수십 명 작가들을 각자가 한두 명씩 맡아 가지고 연구하기로 했는데 호웅 씨는 김학철 선생의 문학에 매료되어 원로 교수들의 눈치를 보다 말고

"저는 김학철 선생의 문학을 다루고 싶습니다."

했더니 원로교수들 모두가 벙긋벙긋 마주 보더니 생각 밖으로 그렇게 하라고 했다. 후에 안 일이지만 김학철 선생은 그때까지만 해도 모두 다루기를 저어했던 작가였는데 하룻강아지 범 무서운 줄 모르고 호웅 씨가 덥석 물어 간 것이다.

호랑이나 사자도 큰 짐승을 쓸어 눕혀야 여러 날 먹을 수 있는 것처럼 연구자도 연구 대상을 큰 걸 잡아야 평생 녹여 먹을 수 있다. 세계에는 셰익스피어로 밥을 먹는 자가 무려 몇천 명이 되고 중국에는 『홍학(紅學)』, 즉 『홍루몽』으로 밥을 먹는 자가 몇백 명은 실히 되는 것도 같은 이치다. 김학철 옹 문학과의 만남은 호웅 씨에게 너무나 큰 도움이 되었다. 그분의 강철 같은 의지와 신념을 배울 수 있었고 그분의 넉넉한 배포와 유머를 배울 수 있었다. 호웅 씨는 「조선의용군 항일투쟁의 예술적 기념비」, 「김학철론」을 비롯해 7－8편의 인물평과 논문을 쓸 수 있었고 올해는 마침내 김해양 선생과 함께 『김학철평전』을 펴낼 수 있게 되었다. 김호웅은 1989년 『김학철론』을 통해 처음으로 김학철 문학에 대한 체계적 연구를 시도하였고 그 후에도 김학철의 삶과 문학에 대한 학문적 연구를 지속적으로 거듭하면서 수많은 논문과 평론들을 통하여 김학철 문학에 대한 독창적인 지론을 펴냈는바 그는 김학철 문학 연구의 본격적인 진전(進展)에 큰 기여를 한 문학비평가이다. 그리고 한국에서 펴내게 된 『김학철평전』은 처음으로 되는 김학철평전으로서 문필이 유려하고 내용이 풍만하고 자료가 풍부하다. 앞으로 김학철 문학에 대한 작가론적 연구에 많은 계시를 주게 될 역작

이라고 평가하고 싶다.

호웅 씨는 정판룡 교수의 문하에서 1998년 「재만 조선인 문학연구」로 박사학위를 받았고 그동안 일본 와세다 대학에 1년 반, 한국 한양대학교와 배재대학교에 각각 1년간 객원교수와 교환교수로 가 있으면서 오오무라(大村) 교수와 동훈(董勳) 선생의 신세를 많이 졌다. 오오무라 교수에게서는 학자의 근면성과 치밀함을, 동훈 선생에게서는 따뜻한 인간애와 폭넓은 정치적 안목을 배웠다. 특히 정판룡 교수 문하에서 석사, 박사과정을 밟으면서 그분의 예지와 지혜, 넓은 흉금과 깊은 사랑을 배울 수가 있었다. 그래서 호웅 씨는 그동안 만난 아름다운 인간들의 일화를 엮어 「불굴의 투혼 김학철」, 「민중의 벗 정판룡 교수」, 「북청물장수 동훈 선생」, 「오오무라 선생」, 「한 그루 무궁화」, 「지성의 덕목」과 같은 글들도 발표했다. 그중 「불굴의 투혼 김학철」, 「한 그루 무궁화」, 「일본인의 정교한 미소와 서비스정신」은 중학교 조선어문 교과서와 독본에 실리기도 했다.

호웅 씨는 모든 생명체가 구조가 있듯이 하나의 문학작품도 생명을 가지고 있다고 생각한다. 낱말 하나도 적재적소에 놓지 않으면 가시 든 살점처럼 문장이 병들고 아파한다고 생각한다. 그리고 도끼가 제 자루를 찍지 못하고 스님이 제 머리를 깎지 못하듯이 문학도 본질적으로 원관념으로 말하는 게 아니라 보조관념으로 말한다고 생각한다. 그러므로 문학은 본질적으로 메타포(비유, 은유, 상징)이며 좋은 작품은 그 나름의 정교한 기법과 장치를 가지고 있다고 생각한다. 그 비밀을 밝히려면 자연 문학이론을 깊이 공부해야 하고 시, 소설, 수필 등 여러 장르에 대한 해박한 지식과 요령을 가져야 한다고 생각한다. 하기에 김호웅 씨의 평론들을 보면 언제나 참신한 이론적 패러다임으로, 거시적 시각과 미시적 시각을 결합해 텍스트에 꼼꼼하게 접근하고 있고 작품의 구조와 기법 및 장치에 대한 깊은 해석을 시도한다. 또한 호웅 씨의 글은 이론적 깊이가 있고 논리정연하면서도 미학적인 울림이 있는 유연한 스타일을 갖고 있어 마치 도토리묵에 동동주처럼 시원하고 구수해 읽기에 편하다.

김호웅 씨의 문학비평은 무겁고도 관념적이고 경직된 그런 따위의 글이 아니다. 그의 문학비평은 이론이 안받침이 된 형상적이고도 감성적인 비평 스타일을 이룩해 가고 있다. 그의 글은 난삽하거나 현학적이거나 까다롭지 않다. 자기도 모르는 엉뚱한 개념과 술어의 남발이거나 외피적인 장식에는 신경을 쓰지 않는다. 따라서 그의 문학비평의 글은 쉽게 접근할 수 있고 부드러우면서도 번뜩이는 날을 보여 주고 있는 것이 특징적이다. 일언이폐지하면 유중유강(柔中有剛) 의 독특한 풍격을 갖고 있다고 할 수 있다.

::대학교 교수의 명색에 맞아야 해

세상이 열두 번 변해도 대학교는 진리의 탐구, 인재의 양성, 사회봉사를 3대 기본 이념과 기능으로 삼는다. 이 이념과 기능을 실천하는 자가 바로 대학교 교수이다. 아무리 변두리에 있어도, 아무리 교수청사가 허름해도 목숨을 걸고 진리를 탐구하고 혼신을 불살라 후학을 키우고 갈고닦은 지식과 학문을 가지고 지역사회와 국가의 발전을 위해 열심히 봉사하는 교수만 있다면 그러한 대학은 가히 명문대학이라 할 수 있다.

호웅 씨는 연변대학교의 정직한 명교수로서, 학문의 자유와 독립을 주장하며 대학교 교수는 정치권력과 언제나 일정한 거리를 두고 그를 경계하고 그의 부정과 부패를 비판할 책임을 지니고 있다고 생각한다. 하기에 그는 술 좋아하고, 친구 좋아하는 호인형의 사내지만 절대로 권력자의 문전에 얼쩡거리지 않으며 아무리 문단의 원로요, 실세라 하더라도 눈 감고 아웅 하는 격으로 만세평론은 하지 않는다. 호웅 씨는 칼 차지 않은 무사를 무사라고 할 수 없듯이 공정성을 잃은 비평가를 진정한 비평가라고 할 수 없다고 생각한 나머지 비평작업에서 인정사정 보지 않는다. 호웅 씨는 연변대학교 조문학부 학부장으로서, 적잖은 문인들이 허울 좋은 개살구 같은 김문학 씨를 희대(稀代)의 문화학자로 입에 침이 마르게 추어올릴 때도 “No” 하고 연변조선족문화발전추진회와 함께 ‘김문학 현상과 문화연구의 시각과 방법론 학술회의’를 개최했고, 일부 평론가들이 신중한 고증도 없이 저항적인 문인들을 친일문인으로 몰아붙일 때도 역시 “No” 하고「대일 협력과 저항의 몇 가지 양상」이라는 논문을 발표하기도 했다. 말하자면 호웅 씨는 포용력이 있지만 원리원칙에는 한 치도 양보를 하지 않는다. 실로 그는 강함과 부드러움을 겸비한 강유겸전(剛柔兼全)의 지성이요 현대 문학비평가이다.

호웅 씨는 연변대학교 조선언어문학학과를 국가급 중점학과로 육성한 주역의 한 사람이다. 그는 강의도 잘하지만 학생들의 서클활동에 특별히 관심을 가진다. 중국의 유명한 교육가 도행지(陶行知)는 전제정치는 순민(順民)을 요구하고 공화정치는 공민(公民)을 요구한다고 했는데, 호웅 씨 역시 학생서클은 학생들의 독립적 인격 함양, 자치능력의 함양에 유조하다고 생각하며 설사 자그마한 학생서클이지만 바로 여기서 세계적인 문학가, 교육가, 정치가들이 나온다고 확신한다. 그래서 호웅 씨는 일찍 조문학부 당총지서기(1991.9～1993.7)와 학부장(1996.9～2003.1)으로 있었던 시절에는 물론이요, 평교수로 있는 지금도 연변대학교 종소리문학사에 특별한 애정과 관심을 쏟고 있다. 호웅 씨는 학생들이 스스로 아이디어를 내서 유익한 활동을 하도록 적당한 조언만 줄 뿐 절대 감 놓아라, 배 놓아라, 하지 않는다. 그 대신 강의 중에도 좋고 학생 백일장 심사 중에도 좋고 일단 싹수가 있는 작품을 보면 알뜰하게 지도하고 다듬어서 문단지에 추천을 한다. 호웅 씨의 지도하에 서옥란, 강걸, 최미성, 서채화, 김호 등 학생이 차례로 연변문학 윤동주문학상 신인상을 수상하기도 했다.

호웅 씨는 글만 읽고 쓰고 세상일에는 아랑곳하지 않는 서재(書齋)비평가가 아니다. 그는 사회실천에 투신하고 우리 문단 현장에서 몸부림치는 지행합일(知行合一)의 학자형, 실천형 비평가이다.

호웅 씨는 연변문단의 활성화를 위해 묵묵히 뒤에서 수많은 좋은 일을 하였다. 그 단적인 사례를 두어 가지만 들어 본다. 2005년 조선의용군의 수많은 투사들이 피 흘려 싸웠던 태항산기슭에 김학철, 김사량 항일문학비를 세우기 위해 2,000만 원의 한화를 인입하는 데 있어서 결정적인 공을 세웠고, 또 2007년 ≪문학과 예술≫지의 자금난을 해결하고자 900만 원의 한화를 인입하는 데도 결정적인 공을 세웠다.

그는 대학이라는 상아탑 속에 옹크리고 앉아 소위 학문만 연구하는 학자를 보면 눈살을 찌푸린다. 새가 좌우의 두 날개로 날듯이 건전한 사회는 국가기관과 시민사회가 서로 팽팽한 긴장과 조화로운 공조(共助)를 이루어야 발전할 수 있고 대학교 교수, 특히 인문학을 전공한 교수는 시민사회의 주축이 되어야 한다고 생각한다. 그래서 호웅 씨는 한국 조선대학교와 함께 10차의 '청송컵 글짓기 경연'을 했고 한국 흥사단과 8차의 '중한청소년친선평화백일장', 10차의 '중한청소년친선문화제'를 펼치기도 했다. 이러한 활동을 통해 장학금을 유치하고 학교 건물을 짓기도 했다. 청소년문화교류를 하고 시민운동을 하자면 자금이 문제인데 호웅 씨가 '중한청소년친선문화제'와 같은 대형 행사를 10년 이상 지속시킬 수 있는 데는 별다른 묘방이 없다. 행사에 최대한 의미를 부여하고 오직 정직성과 신뢰로 임할 뿐이다. 국내외 독지가들이 협찬할 경우, 기대치의 두 배, 세 배로 행사를 잘 치르는 길밖에 없다. 정직성과 신뢰만 쌓으면 돈은 스스로 찾아오는 법이다.

우리 문단의 백마 호웅 씨도 이젠 지천명의 고개를 훌쩍 뛰어넘었다. 역시 문학을 좋아하는 김순녀 씨와의 사이에 딸 하나, 아들 하나를 두었는데, 딸은 서울대학교 경영대학원 석사과정을 밟고 있고 아들은 연변대학교 미술학과에서 서양화를 전공하고 있다. 요즘 자가용을 마련했다는 소식을 들었는데 주말이면 슬슬 드라이브도 하면서 더욱 힘차게 뛰어 일취월장(日就月將)하기를 바란다.

- 2007년 12월 9일, 연길에서

• 차 례 •

제1편 내 삶의 거울

제2편 우리 사회의 문화전략

제3편 디아스포라의 시학과 중국 조선족문학

제4편 부 록

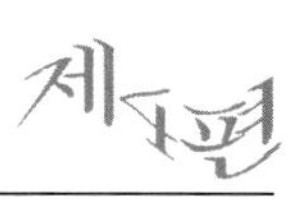

제1편 내 삶의 거울

림민호 교장의 하루[1) ....

1961년 10월 말의 어느 날 아침 5시. 림민호 교장은 눈을 뜬다. 침상머리에서 궐련갑을 잡아 담배 한 개비 뽑아 물고 득 성냥을 그어 벌겋게 불을 붙인다. 이젠 환갑이 멀지 않은지라 부인과 방을 따로 쓴 지 오래다. 그래서 아침 담배를 피워도 부인의 지청구를 듣지 않는 게 다행이다.

라이터가 없는 세월이라 재떨이에는 담배꽁초와 성냥가치가 작은 낟가리처럼 수북이 가려졌다. 담배는 하루에 궐련 두 갑이 모자란다. 배급제로 주는 담배라 밖에서는 궐련을 피우고 집에서는 잎담배를 피운다. 오늘 아침도 림민호 교장은 실실이 피어오르는 담배연기와 같이 오늘 하루 할 일들을 머릿속에 하나하나 떠올린다.

화장실에 들어가 소세를 하고 아침을 먹고 가방을 들고 나오니 김 기사가 볼가 승용차를 몰고 와 대문 밖에 대기하고 있다. 서로 눈빛으로 인사를 하고 기사 옆 좌석에 앉으면 김 기사는 김유훈과 박규찬 부교장의 자택에 들러 림 교장의 두 동료를 뒷좌석에 앉히고 학교로 곧장 달려간다. 그날따라 김유훈과 박규찬은 무슨 재미있는 이야기를 나누다가 차에 올라탔는지 싱글벙글거린다. 박규찬 부교장이 아닌 밤중에

---

1) 이 글은 김호웅 저 『림민호평전』에서 절록한 것이다. 림민호(1904~1970)는 연변대학교 창립자의 한 사람이며 중국 조선족의 저명한 항일투사이며 교육가이다.

홍두깨로 "림 교장님, 그저께 저녁에 림 교장님 때문에 하마터면 큰일 날 뻔했습니다."라고 한다.

"아니, 무슨 일이 일어날 뻔했다는 거요?"

림민호 교장이 채쳐 묻자 김유훈 부교장이 빙그레 웃고 있다가 한술 더 뜬다.

"선녀들이 목욕을 하는데 나무꾼 총각도 아닌 놈을 들어가게 할 건 뭡니까?"

"어허 이거 갈수록 심산이군. 거 무슨 옛말을 하고 있는 거요?"

"박 부교장, 어디 한번 사실대로 이야길 해 봐요."

김유훈 부교장이 재촉을 하자 박규찬 부교장이 입을 열었다.

"그저께 저녁 림 교장님께서 연변가무단 여배우들에게 욕탕 대접을 했다면서요."

"그랬지! 그런데……."

"여성배우들이 목욕을 하는데 웬 남성교원이 난입을 해서 소동이 벌어졌답니다."

"뭐요?"

그제야 림민호 교장은 개도가 되었다. 나흘 전 연변가무단 소분대가 연변대학교에 와서 공연을 했다. 물론 공연은 성공적이었다. 림민호 교장은 여성배우들에게 목욕대접이나 하려고 미리 보일러실에 물을 잘 끓여 놓으라는 지시를 했다. 그 무렵 연길에는 장강욕지(長江浴池) 외에 공중목욕탕이 거의 없었으므로 화사마다 보일러실을 이용해 목욕탕을 만들었던 것이다.

"아니, 여성배우들이 목욕을 하는데 그놈의 최씨가 들어갔단 말입니까?"

림민호 교장의 물음에 박규찬 부교장이 욕탕사건의 자초지종을 이야기한다.

"떡시루 안처럼 김이 새하얗게 들어차서 한 치 앞도 보이지 않았지요. 욕탕에서 여성배우들이 림 교장님의 사랑과 배려를 만끽하면서 철버덕철버덕 목욕을 했다 그겁니다. 그런데 그 비위가 좋은 최씨가 수건으로 앞을 대충 가리고 물 첨벙 불 첨벙 들어온 거예요. 최씨는 금요일 저녁에는 교급(校級) 간부들만 목욕을 하는 줄 잘 알았고, 이 김유훈, 박규찬 부교장은 거의 오지 않고 림 교장님만 오는 줄도 잘 알고 있었지요. 우린 그 최씨가 림 교장님의 등도 밀어 드릴 겸 가끔 온다는 이야기를 진작 들었거든요. 좌우간 최씨가 무작정 알몸으로 조심조심 들어와 욕조 턱에 걸터앉더니 '림 교장님, 오셨어요?' 하고 새하얀 물안개 속에 대고 꾸벅 인사를 하는데 옆에서 '아이고머니, 이게 웬 사내야!' 하고 누군가 소리를 치더랍니다. 최 교원이 적이 놀라 '뭐요?' 하고 욕탕을 들여다본즉 철버덕거리는 물소리와 함께 흰 수건을 머리에 두른 채 연꽃같이 떠 있는 처녀들의 얼굴이 어렴풋이 보였습니다. '아이고머니!' 이번에는 최씨가 소리를 지르면서 불에 덴 황소처럼 천방지축 욕탕을 뛰쳐나왔답니다."

"허허! 내가 깜빡 잊고 그 친구한테 말하지 않았군!"

림민호 교장이 후회하는 바람에 김유훈과 박규찬 두 부교장은 배꼽을 잡고 웃었고 김 기사도 핸들을 잡은 채 민망스러운 빛으로 웃었다.

연변대학교 세 책임자의 출근길은 늘 이런 이야기들이 오가서 즐거웠다.

중진들과의 회동이나 미리 약정한 손님회견 같은 일이 없으면 림민호 교장은 집무실에 가방을 두기 바쁘게 뒷짐을 지고 곧장 대학교 정문께로 내려간다. 새파란 남녀 학생들의 인사를 받는 일도 흐뭇하지만, 지각생들을 독려하기 위해서 정문으로 내려간다. 상학종이 울렸건만 천하태평으로 늘쩡늘쩡 정문에 들어서는 학생들을 보고는 "에끼 이 친구야, 상학종이 울렸는데도 늦장을 부려!" 하고 꾸짖고 나이를 좀 먹은 '아주버니 학생'이면 마치 궁둥이를 찰 듯이 한 다리를 쳐든다. 그러면 '아주버니 학생'은 "아이고 죄송합니다!" 하고 닭 풍기듯이 교실 쪽으로 줄행랑을 놓는다. 1960년대 연변대학교 학생들 중에는 시골에서 소학교나 중학교 교원으로 있다가 대학에 온 나이 많은 학생들, 지어는 장가를 들고 온 학생들이 더러 있었는데 이들을 '아주버니 학생'이라 불렀다.

혹간 늦게 출근하는 교원들을 보면 그들이 인사를 하건 말건 림민호 교장은 왼눈으로도 보지 않는다. 아예 쓴 오이 보듯 한다. 림민호 교장의 눈총이 무서워서 늦게 출근하는 교원은 거의 없다.

다시 집무실에 들어와 중진들을 불러 놓고 잠깐 회보를 듣고 사업포치를 하고 나서 림민호 교장은 또 교내를 돌아본다. 그래서 사전 약속 없이 그를 찾아오는 외지손님들은 허탕을 치기 일쑤이고 림민호 교장은 집무실에서 사무를 보지 않는 것으로 정평이 나졌다. 아무튼 림민호 교장은 대학교 정원의 어느 구석에 벽돌이 한 장 굴러다니는지, 어느 화장실 수도꼭지가 부러졌는지를 다 알고 있었고 일일이 관련 부서에 지시를 해서 벽돌을 치우고 수도꼭지를 바꾸게 했다.

마침 중간휴식시간이다. 복도에서 담배를 피우는 교원을 만나 그가 건네주는 담배를 스스럼없이 받아 물고 "다음 시간에 좀 선생의 강의를 들어 보기우." 한다. 이건 돌연습격인가? 아니다. 림민호 교장이 교원들의 강의를 들어 보는 스타일이 워낙 사전주문이라는 게 없는지라 잘 준비가 되지 않은 교원은 혼쭐을 빼게 마련이다. 그래서 모두 착실하게 교수안을 짜고 언제나 옷깃을 여미고 교단에 서야 한다.

점심 12시.

점심시간에는 집무실에서 부인이 챙겨 보낸 도시락을 든 후 잠깐 회전의자에 앉은 채로 말뚝잠을 잔다. 오후에는 또 학교시설들을 둘러보고 영양식당을 경영할 궁리를 한다.

"참 기막힌 일이지, 여북 배가 고팠으면……." 하고 혼자 중얼거린다. 실은 지난달 어느 주말에 있었던 일인데, 2학년 학생 하나가 같은 침실에 있던 친구 넷이 집으로 가는 바람에 식권 넉 장을 공으로 손에 쥐게 되었다. 이게 웬 떡이냐 하고 이 욕심 사나운 학생은 자기 몫까지 한꺼번에 다섯 사람의 밥과 반찬을 타 가지고 와서 게 눈 감추듯 먹어 버렸다. 소나 말의 배가 아닌 이상 그 많은 음식을 먹고 어떻게 견딜 수 있으랴. 먹을 때는 좋았는데 얼마 후 위에 들어간 음식이 붓기 시작했다. 녀석은 배를 그러안고 데굴데굴 뒹굴다가 의사가 오기 전에 배가 터져 죽었다.

그 무렵 연변대학교를 다닌 최명식(崔明植, 1936~) 선생은 다음과 같이 회상한 바 있다.

"'3년 재해'가 금방 끝난 터라 학생들이 먹지 못해서 모두 얼굴에 노랑꽃이 폈어요. 연변대학 뒤엔 배나무가 많았는데 그 배나무 잎을 말려 가루를 내서 강냉이 가루에 섞어 떡을 해 먹었어요. 껄껄해서 도무지 먹지 못하겠더라고요. 학생들 모두 비쩍 마르고 폐결핵이며 간염이며 몹쓸 병을 앓았어요. 림 교장님께서 말씀하셨어요. '사회에 나갈 젊은이들이 이렇게 장작개비처럼 비쩍 말라서야 쓰겠소.' 그래서 그분의 지시에 따라 영양식당을 만들었어요. 나도 그때 폐결핵을 앓았는데 그 영양식당 덕을 되게 보았지요. 림 교장님께서는 어디서 양이며 염소를 구해다가 고아 주셨습니다."

저녁 6시.

저녁은 학생식당에서 학생들과 둘러앉아 일채일즙일반(一菜日汁一飯, 반찬 한 접시, 싯멀건 국 한 그릇에 밥 한 공기)으로 저녁을 든다. 부추에 계란을 조금 곁들여 볶은 요리인데 부추가 가죽오리처럼 질기다. 학생들은 거기에 밥을 비벼서 숟가락 목이 부러지게 떠먹는다. 이(齒) 사이에 부추오리가 끼인 줄도 모르고 학생들은 웃고 떠들면서 밥을 먹는다. 림민호 교장은 "난 많이 못 먹어!" 하면서 옆에 앉은 학생에게 밥을 절반 덜어 준다. 황소처럼 든든하게 생긴 학생은 "아이참, 교장 선생님도!" 하면서도 밥을 받아 한데 비빈다. 이 사이에 시퍼런 부추오리가 끼인 채로 벙글벙글 웃다 말고 볼이 미어지게 밥을 떠먹는 남학생이 한편 귀엽고 한편 애처롭게 보인다. 이 친구들에게 기름진 음식을 먹이지 못하는 교장의 마음은 아프다.

저녁식사를 마치고 림민호 교장은 또 뒷짐을 지고 학생숙사를 돌아본다. 가물에 콩 나듯 서 있는 난쟁이 가로등 불빛에 림민호 교장의 시원한 이마가 교정에 얼핏 나타났다가는 사라지곤 한다. 10월 말 연길의 초저녁은 싸늘하다. 난방을 주기 직전이라 밤을 지내기가 제일 어려운 시기다. 남성기숙사 203호 기숙사에 들어섰더니 학생 대여섯이 재미있는 이야기를 나누었는지 왁작 떠들다가 교장 선생님이 들어서는 것을 보고 물 뿌린 듯 조용해진다. 그중 나이 지긋한 '아주바이 학생' 하나는 바삐 창턱에 놓은 접시에 담뱃불을 비벼 끄고 나서 시치미를 떼려고 한다.

"왜 담뱃불을 끄지? 겨울에는 드문드문 불을 때야 하오. 연기만 보아도 몸이 후끈해지는 법이거든요."

림민호 교장이 궐련을 한 대 뽑아 준다. '아주바이 학생'은 좀 머쓱해하다가 림민호 교장이 진짜로 권하자 공손히 받아 "귀한 담배 잘 받아 두었다가 조금 뒤에 피우겠습니다." 한다.

림민호 교장이 "방금 무슨 얘길 했기에 그렇게들 웃었지? 나도 좀 들어 보자고." 한다. 그러자 이번에는 '아주바이 학생'이 마주앉은 젊은 학생을 보고 "방금 하던 얘기를 해 드려야지?" 하는데 젊은 학생은 슬슬 가재걸음을 치면서 "아따 형님도 왜 날 망신시키려 드우?" 한다. '아주버니 학생'은 "교장님 앞이라 감히 그런 시시껄렁한 얘기는 못 하겠다 그거구나." 하고는 림민호 교장을 보고 "실은 저 자식이 밤에 몽설을 했어요. 이부자리에 만국지도를 그렸단 말씀입니다. 그런데 우리에게 발각을 당하자 하는 소리가 걸작이에요."라고 한다.

"뭐라고 했게?"

"이 녀석이 한다는 소리가 '아이고 불쌍하지, 애비 얼굴도 못 보고 내 새끼 한 개 사단이 다 죽었구나.' 하지 않겠어요."

그 말을 듣더니 림민호 교장도 기가 막혀 "에끼 이 사람아!" 하고 껄껄껄 웃었다.

얼마나 재미있는 친구들인가? 책임도 책임이려니와 이런 재미가 있어 림민호 교장은 학생식당이며 기숙사를 둘러보는지도 모른다.

저녁 8시, 자택에 돌아온 림민호 교장은 탁상 위에 영수증 따위들을 벌여 놓고 장부(帳簿)를 맞춘다. 큼직한 손으로 주판을 굴리는 솜씨가 좀 보기에 민망하다. 하지만 어려운 세월에 대학의 살림을 맡은지라 부식품기지를 경영하고 자금을 쪼개 쓰는 수밖에 없다. 딸그락딸그락 주판알을 튕겨 장부가 똑 부러지게 맞아떨어지면 콧노래가 절로 나온다. '엿장수의 노래'를 부를 때도 있지만 러시아의 민요 '스텐카 라친'을 러시아어로 부를 때도 있다.

> 넘쳐 넘쳐 흘러가는 볼가강물 위에
> 스텐카 라친 배 위에서 노랫소리 들린다.
>
> 페르시아의 영화의 꿈 다시 찾은 공주의
> 웃음 띤 그 입술의 노랫소리 드높다.
>
> 동편 저쪽 물 위에서 일어나는 아우성
> 교만할손 공주로다, 우리들은 주린다.
>
> 다시 못 올 그 옛날의 볼가강물 흐르고
> 꿈을 깨친 스텐카 라친 장하도다, 그 모습

지성의 덕목 ·········

— 연변조선족문화발전추진회 조성일 회장을 말한다

조성일 회장은 어떤 사람이냐고 묻는 한국의 독지가(篤志家)들을 가끔 만나게 되는데 나는 구구히 설명하지 않고 "연변의 대표적인 지성이요, 최후의 애국자"라고 말한다. 그리고 조성일 회장만은 좀 도와 달라고 청을 든다.

고작해야 대학교의 평교수인 내 힘이 얼마나 먹혀들어 갈까마는, 윤동주사상선양회 박영우 회장과도 그렇게 청을 들었고 겨레얼살리기국민운동본부 한양원 이사장과도 그렇게 말씀을 드렸으며 심양 한국총영사관 오갑렬 총영사와 함께한 자리에서도 그렇게 간곡히 부탁을 드렸다.

왜냐하면 조성일 회장은 지성의 덕목을 갖춘 우리 민족사회의 참 지도자이기 때문이요, 내 개인으로 말하면 김학철, 정판룡 선생 이후로 가장 존경이 가는 원로이기 때문이다.

∷불의에 저항하는 지성

지식인과 지성인은 다른 개념이다.

지식인은 어느 한 분야나, 지어는 여러 분야에 걸쳐 해박한 지식과 기능을 갖고 있는 사람을 말한다. 경제학을 전공해 대기업의 안방살림을 맡아 하는 사람도 지식인이라 할 수 있고 언론학을 전공해 큰 일간지의 사장이나 편집국장 직을 맡은 사람도 지식인이라 할 수 있으며, 대학교의 교단에 서서 후학들을 가르치는 교수도 지식인이라 할 수 있고 시를 쓰고 소설을 엮고 평론을 하는 문인도 지식인이다.

공자는 인(仁), 의(義), 예(禮), 지(智), 신(信)이라는 선비의 덕목에서 의로움을 최고의 가치(義爲最上)로 삼았다. 공자의 말씀은 여전히 오늘날 지식인과 지성인을 가르는 시금석으로 된다 하겠다. 지식인은 정의감과 사회적 책임감이 있느냐 없느냐에 따라 완연히 성격이 다른 두 부류의 인간으로 갈린다. 어느 한 분야의 권위자라 해도 그 지식을 팔아 일신의 부귀와 영달만을 꾀한다면 그야말로 단순한 지식인에 머물게 된다. 개중에는 부패한 권력에 빌붙고 조동모서(早東暮西), 조진모초(早秦暮楚)로 간에 가 붙고 쓸개에 가 붙는 지식인들도 적지 않은데 그들은 썩은 선비, 더러운 지식인이라 하겠다.

지성인은 해박한 지식을 갖추었을 뿐만 아니라 언제 어디서나 진리를 추구하고 민중을 대변해 악에 저항하는 의로운 사람이다. 지성인이라면 아무리 존귀한 임금이라 해도 그가 벌거벗었다면 벌거벗었다고 말하고 아무리 무서운 왕님이라 해도 그의 귀가 말귀면 말귀라고 말한다. 지성인은 천만 사람이 서쪽으로 달릴 때 홀로 해 솟는 동쪽으로 걸어가는 사람이다. 지성인은 고리키의 소설에 나오는 단꼬처럼 자기의 심장을 뽑아 횃불을 만들어 높이 쳐들고 민중의 앞장에 서며 권력과는 언제나 일정한 거리를 두고 비판의 화살을 날린다.

지식과 의로움의 결합이라는 지성의 첫째가는 조건으로 볼 때 조성일 선생은 무엇보다 먼저 문학에 대한 해박한 지식을 갖춘 학자이다. 그는 천품이 총명하고 부지런한 사람이라 연변대학교 조문학부 출신들 가운데서 손꼽히는 수재로 정평이 나 있다. 연변대학교의 교수로 발탁되었지만 사교성과 활동성이 강한 자기의 기질과 능력을 잘 알았기에 교수직을 버리고 사회에 진출했다. 그는 발로 뛰는 연구를 해서 『시론』(1979), 『민요연구』(1983), 『조선민족의 다채로운 민속세계』(1986), 『조성일문화론 1-3』(2003) 등 무게 있는 저서를 펴냄으로써 민간문학연구에서도 일가(一家)를 이루었고 1958년부터 조선족문학사 편찬사업에 몰입해 갖은 시련과 역경을 이겨내고 조선족 역사상 최초로 『중국 조선족당대문학개관』(1988), 『조선족문학사』(조성일, 권철, 김동훈, 최삼룡 공저, 1990) 등 장편논문과 저서를 펴냈다.

문인의 무대는 문단이요, 문인의 정의감과 사회비판성은 그의 글을 통해 구현된다. '문화대혁명' 시절 조성일 선생 역시 많은 문인들이 그랬던 것처럼 "이른바 '계급투쟁'의 이론에 기대어 문학작품에 대한 정치적 평가에만 급급"[2]한 적이 있었지만 그는 자신을 반성할 줄 아는 문인이었으며 탈퇴환골의 변화를 가져올 줄 아는 문인이었다.

우선 그는 개혁개방 후부터 오늘에 이르기까지 우리 문단의 중심에 서서 작가들을 선도해 나가고 있다. 우리는 1985년 용정에서 '당대문학평론좌담회'를 열어 고루한

2) 조성일 「한 문인의 수감록」, 『조성일문화론』 제3집, 연변교육출판사, 2003년, 263쪽.

문학관을 깨고 새로운 문학관을 정립할 데 대해 호소하던 조성일 선생의 열띤 목소리를 잊을 수 없다. 특히 2001년 눈먼 망아지 워낭 소리 따라가듯 일부 얼빠진 문인들이 친일문인 김문학 씨를 세기적인 영웅으로 추대하고 입에 침이 마르게 칭찬할 때 "노!" 하고 제동을 걸고 '김문학현상과 비교문화의 시각과 방법론' 학술회의를 발기하고 조직한 사람 역시 조성일 선생이다.

다음으로 그는 언제나 약한 자의 편에 서 주고 시비가 전도돼 양지가 있고 재능이 있는 작가들이 부당한 대접을 받을 때 무섭게 항변한다. 그는 문단의 비리, 비정과 타협할 줄 모르며 언제나 부패한 권력에 도전장을 던진다. 한때의 실수로 직업마저 잃은 이광인과 같은 문인을 거두어 주고 그의 재능과 열정이 빛을 발하게 한 사람이 바로 조성일 선생이며 김관웅과 같이 진리를 고수하다가 피해를 입은 학자를 위해 항변을 하고 그를 우리 문단의 재능 있고 용감무쌍한 '흑마'라고 공정하게 평가한 사람이 바로 조성일 선생이다.

그래서 조성일 선생이 있는 자리는 기본과 상식이 통하고 조성일 선생이 기치를 들면 군사가 모인다.

∷위기 극복의 해법을 찾은 지성

사회가 발전을 하자면 지성인들이 주축이 되고 중산층을 바탕으로 각양각색의 민간단체를 결성해 탄탄한 시민사회를 구축해야 한다. 이러한 시민사회 내지 시민단체는 민주주의적인 대화와 논쟁을 통해 합의를 도출하고 목표를 설정하며 그 실현을 위해 매진함으로써 하나의 자율적인 사회적 역량으로 부상한다. 시민단체는 대중의 힘과 지혜를 모아 정부의 힘이 미치지 못하는 지역과 특정 영역에서 전반 사회의 발전을 위해 일을 벌이기도 하고 또 정부의 권위는 존중하되 일부 지도자의 도덕적 부패를 꼬집고 사회의 비정과 비리를 고발하면서 시민의 권익을 대변하고 보호한다.

새가 좌우의 날개로 날듯이 건전한 사회는 정부와 시민단체가 갈등과 충돌을 통해 균형과 조화를 이루면서 공존, 공생한다. 하기에 국가나 지역의 현명한 지도자는 시민사회의 역할을 중요시하며 열린 행정을 구사해 시민사회의 건설적인 의견을 수렴해 당국의 정치를 개선한다. 이러한 의미에서 시민사회의 구축은 해당 국가나 지역의 정치, 경제, 문화 발전의 주춧돌이 된다.

우리 조선족 사회의 경우, 이러한 시민단체의 효시(嚆矢)로 되는 것이 언제 어디서 발족했는지는 좀 더 깊이 있는 조사와 비교를 해야 하겠지만, 아무튼 그간 그럴듯한 민간단체가 많이도 나왔었다. 혹자는 출범잔치만 요란하게 하고 우야무야 자취를 감추었고 혹자는 인격이나 자격 미달의 문인이 만든 단체라 폐가(廢家)처럼 썰렁하고 또 혹자는 비슷한 단체들을 이중삼중으로 만들어 공연히 정직한 시민들을 어리둥절하게 만들었다.

하지만 1996년 조성일 선생이 최일균, 김기형, 림원춘, 박서암, 김경암 등 원로들과 손잡고 만들어낸 '연변조선족문화발전추진회'(이하 추진회로 약함)는 풍전등화같이 흔들리는 조선족 사회의 위기를 극복하기 위해 출범했고 조선족공동체 살리기의 해법을 시민의식과 시민운동에서 찾은 것이다. 그런즉 추진회는 현대적 의미에서의 전형적인 시민단체요, 우리 시민운동의 실적을 대표한다고 해도 과언이 아닐 것이다.

추진회에서는 간행물 『문화산맥』을 펴냄과 아울러 사이트 koreancc.com을 열었고 해마다 무려 5,000여 명의 학생들이 참가하는 '중국 조선족 소학생중학생글짓기경연대회', '우리말 웅변대회', '조선족전통음악제', '연변지용음악제', '민족교육진흥상 수여식' 등 굵직굵직한 행사를 10여 차씩 거행했다. 비정기적으로 하는 행사지만 소설가 정세봉, 최홍일, 시인 김학송, 작곡가 한정자의 작품토론회나 '21세기조선족 인구문제학술심포지엄', '21세기 다원공생시대와 민족문화 살리기 특별 강연회' 등 행사에서 보다시피 문단에서 소외를 받은 작가예술인들을 발굴, 홍보하고 첨예한 사회문제나 맹점들을 포착해 좌담회나 학술회의를 함으로써 명실 공히 조선족시민사회의 구심점으로 되었다.

물론 이러한 멋진 행사들의 중심에는 언제나 조성일 선생이 있었다. 그는 탁월한 리더십으로 매번 행사를 기획하고 자금을 유치했으며 맹호같이 날렵한 젊은 일꾼들을 거느리고 진두지휘(陣頭指揮)를 했다. 지난해 처음으로 연길경기장에서 열린 글짓기 경연대회를 견학한 적 있는데 높은 단상에 올라 5,000명 글짓기 신동들의 모습을 굽어보는 조성일 회장의 모습은 그야말로 전선 사령관에 다름없었다.

미국의 케네디 대통령은 취임식에서 미국의 국민은 국가가 자기에게 무엇을 해 주는가를 생각할 것이 아니라 국민으로서의 나 자신이 국가를 위해 무엇을 할 것인가를 생각해야 한다고 말한 바 있는데 민족과 국가를 위한 자각적인 봉사, 이게 바로 시민정신이요, 이러한 의미에서 조성일 선생은 시민정신의 화신이다.

::초인적인 정열과 행동하는 지성

시시비비를 가를 수 있는 명철한 판단력을 가졌다 한들, 또는 기발한 아이디어를 내놓았다 한들 그것을 실천할 수 있는 용기와 행동력을 갖추지 못한다면 모두 한 장의 백지로 남고 만다. 오늘 우리 문단에는 화려한 꿈과 기획은 갖고 있지만 그것을 실천하지 못하는 무기력하고 나태하고 우유부단한 오블로모프주의자[3]들이 적지 않다. 체면이 서지 않아서 못 하고 시간이 없다고 못 하고 나이를 먹어서 못 한다고 한다. 권력자의 비리와 비정을 보고 속으로는 끙끙 앓고 있으면서도 명철보신 감히 말을 꺼내지 못한다. 분명 고양이 목에 방울을 달아야 하겠지만 광동의 원숭이들처럼 슬슬 남의 눈치만 본다. 남이 선불을 놓고 승산이 있어야 소리를 치고 참여를 한다. 이게 우리 문단의 아이러니한 현실이다.

하지만 조성일 선생은 다르다. 조성일 선생은 연설할 때 '역동적'이라는 수식어를 많이 쓰지만 실제로 그는 행동하는 지성이다. 그는 분명 지행합일(知行合一)이라는 참선비의 덕목을 갖추고 있다. 말과 행동이 가지런하고 자신의 판단과 기획을 현실화할 수 있는 용기와 정열, 행동력을 갖고 있다.

추진회를 경영하자면 뭐니 뭐니 해도 자금을 끌어들여야 한다. 하지만 남의 호주머니의 돈을 쓰기가 어디 쉬운 노릇인가? 추진회는 지금도 햇빛이 들지 않는 연변도서관의 구석진 단칸방에서 곁방살이를 하고 있지만 애초에는 자금난으로 다섯 번이나 쫓기듯이 이사를 해야 했다. 조성일 회장은 체면을 무릅쓰고 한 해에도 두세 번씩 한국을 드나들고 있고 수십 일씩 사구려 여인숙에서 나면으로 끼니를 에우면서 지내기도 했다. 고관대작이나 독지가를 만나가기 어디 쉬운 노릇인가? 명함도 내지 못하고 코를 떼이기가 일쑤였고 건방진 자들의 냉대와 괄시를 받기도 다반사였다. 조성일 선

3) 오블로모프는 러시아 작가 곤차로프(1812~1891)의 장편소설의 주인공이다. 지주인 오블로모프는 대학교를 졸업한 후 규칙적인 관리생활을 할 수 없어 퇴직한다. 그는 서른을 갓 넘은 나이인데도 먹고 자는 일 외에는 하는 일이 아무것도 없었다. 당시 러시아 사회의 구조적 맹점인 무기력, 나태, 우유부단 등을 오블로모프라는 주인공을 통해 잘 드러냈기에 오블로모프주의 또는 오블로모프기질이라는 말이 생겼다.

생에게 무엇을 좀 베풀었다고 생각하는 일부 한국인들이 그를 마치 소학생처럼 훈계하는 장면을 나도 몇 번 보았다. 하지만 조성일 선생은 추진회를 위해 분노를 참을 줄 알았으며 언제나 보기에 민망스러울 정도로 자신을 낮추었다. 하지만 나는 시도 때도 없이 객기를 부리고 화를 내는 게 용기가 아니라 바로 조성일 선생처럼 대의(大義)를 위해 자신을 욕보일 수 있는 게 진짜 용기라고 생각한다.

조성일 선생은 시대의 추이와 변화에 민감하며 노익장의 정열로 전자네트워크시대에 적응하고 있다. 그의 사전에는 '불가능'이라는 낱말이 없다. 시민단체가 전자네트워크시대를 외면하면 도태된다는 것을 직감한 조성일 선생은 몇 년 전 끝내 컴퓨터 타이핑 기법을 익혔고 이젠 메일을 주고받거나 지기(知己)들이 보내온 첨부파일을 받아 사이트에 올리는 일까지 무난하게 해낸다. 조성일 선생이 꾸리는 사이트에 들어가 보면 조선족 사회의 최근 움직임을 중심으로 정치, 경제, 문화 일반과 국제문제까지 포괄적으로 다루고 있어 그야말로 큰 도움을 받게 된다. 그래서 나는 학생들에게 조선족 역사와 문화 관련 사이트 1번지로 언제나 koreancc.com을 추천한다. 자고로 인생 칠십은 고래희(人生七十古來希)라고 했거늘 70십 고개를 넘은 분이 컴퓨터를 자유자재로 다룬다는 게 어디 쉬운 일이겠는가. 초인적인 열정과 행동력이 없다면 불가능한 일이다.

조성일 선생은 칠전팔기(七顚八起) 좌절을 딛고 일어선 사람으로서 자신의 신념과 철학대로 살아가는 줏대가 있는 사람이다. 이 몇 해 사이만 해도 사랑하는 둘째 아들을 잃었고 외할아버지네 집에 놀러 온 외손자가 베란다에서 뛰놀다가 떨어져 절명하고 말았다. 살붙이들을 연이어 잃은 조성일 선생의 아픔을 누가 알랴. 더더구나 부인은 지병으로 자주 병원 신세를 지고 있다. 하지만 가끔 부인과 함께 쇼핑을 하고 외식을 하면서 잠깐의 '행복 만들기'를 하는 외에는 주말에도 어둠침침한 추진회 사무실에 나와 컴퓨터와 씨름하고 사이트를 경영한다. 그의 유일한 조수요, 참모는 한정자 여사이다. 조성일 선생은 한정자 여사를 막냇누이처럼 아끼고 한정자 여사 또한 조성일 선생을 큰 오라버님처럼 따른다. 이들 둘은 손발이 척척 맞아 둘이서 열 사람, 스무 사람의 일을 거뜬히 해낸다. 세상의 소인배들은 이들 둘의 사이를 시샘하고 질투한다. 하지만 조성일 선생은 배짱이 두둑하다. '한정자아동음악작품발표회'를 열고 국내외 출장도 둘이 그림자처럼 함께 다닌다. 노장군이 아름다운 비서를 두고 있음은 고금의 통례, 무엇이 나쁜가. 멋있지 않은가. 뒤에서 험담을 하는 소인배들은 열 번 죽었다 살아도 그런 멋진 모습을 보일 수 없을 것이다.

이만하면 조성일 선생이 어떤 사람인가를 알 수 있겠고 나 같은 제자, 후배들이 왜 조성일 선생을 사령관처럼 모시는가를 알 수 있을 것이다.

이 글을 읽는 모든 이들에게, 특히 국내외 기업인들에게 한 가지 부탁을 하고 싶다. 추진회의 사령부를 하나 번듯하게 짓는 데 좀 도움을 달라는 부탁이다. 사령부가 너무 비좁고 초라하다. 일을 좀 더 통이 크게 벌이기에는 이젠 한계를 넘어섰다. 우리 노회장의 임기 기간 우리 시민정신의 산실이요, 우리 민족문화의 구심점인 연변조선족문화발전추진회 청사 하나 지어 보자는 제안을 한다. 회원들이 십시일반으로 출자를 하고 국내외 독지가들이 도와준다면 그게 그렇게 어려운 일이겠는가.

청기와에 곱게 단청을 입힌 연변조선족문화발전추진회 청사 옥상에서 꽃구름 피는 연변 땅을 굽어보는 우리 조성일 선생의 모습을 보는 게 내 한 사람의 소원일가. 두 손 모아 빌고 빈다.

－2006년 국경절 연휴에

한 그루 무궁화·········

요즘 세상살이가 어렵고 인정이 메말라 가고 있다고 하지만 가끔 빈 들판에 핀 가을 국화와 같이 아름다운 사람들을 만날 수 있어 이 세상이 한결 따스한 느낌이 든다. 왕유[4] 교수가 바로 그러한 분이다. 왕유 교수라 하면 잘 모르실 분들이 많겠지만 이분이 바로 연변대학교의 저명한 영어교수요, 고(故) 정판룡 교수의 사모님이다.

왕 사모님은 1934년 상해에서 태어나 1953년 중경 남개중학교를 졸업하고 1955년부터 1960년까지 구소련 모스크바 레닌사범학원 러시아 언어문학학부를 졸업했다. 왕 사모님은 거기서 만난 정판룡 교수를 따라 연변에 왔고 연변대학교에서 러시아어와 영어를 가르치면서 장장 46년 세월을 하루와 같이 조선족 형제들과 함께 살고 있다.

왕 사모님은 1996년에 정년을 했고 2001년 평생의 반려요, 지기인 정판룡 교수를 여의고 외기러기 신세로 지내고 있다. 딸 홍(虹)이네 식구와 아들 진(辰)네 식구가 모두 일본에 있어 혼자 지내는 왕 사모님의 모습이 안쓰러울 때도 있지만, 기실 그는 여전히 이 가을도 지칠 줄 모르고 꽃을 피우는 무궁화처럼 일에 바쁘고 사랑을 나누기에 바쁘다.

자, 연변대학교 서대문 옆에 있는 왕 사모님 댁으로 가 보자.

호쾌한 웃음을 짓고 있는 정판룡 교수의 유상이 벽 중앙에 걸려 있는데 그 아래에는 일본에 있는 손녀, 손자 녀석들이 할머니를 위로하느라고 빨갛고 노란 크레용으로 그려 보낸 크고 작은 그림들이 붙어 있다. 토끼나 노루와 같은 착한 짐승도 보이고 퉁방울 같은 눈을 부릅뜬 호랑이도 보인다. 서툴고 우습기는 하지만 애들의 천진난만한 동심과 환상력이 꼼틀거려 볼수록 웃음이 절로 나온다. 정판룡 교수가 앉아있던 안락의자에는 수염이 달린 큰 인형이 비스듬히 앉아 있다. 왕 사모님의 말씀으로는 정판룡 교수라고 한다. 묵직한 테이블 위에는 큰 화분에 자란 무궁화 한 그루가 탐스러운 꽃을 떨기떨기 피우고 있다.

---

4) 왕유(王瑜), 한족, 교수, 강소성 무석시 출신. 1934년 5월 19일 상해시에서 태어나 1953년 중경 남개중학을 졸업하고 1955년부터 1960년까지 소련 모스크바 레닌사범학원 러시아언어문학학부에서 공부했다. 졸업 후 연변에 와서 연변대학교 러시아학부와 영어학부에서 교편을 잡았고 학과 주임, 학부장 등 직무를 역임했으며 1996년 정년을 했다. 연변대학교의 영어학과 설립과 발전에 크게 기여했고 조선족의 외국어 교육 및 영어, 조선어, 한어 비교연구에 관한 다수의 논문과 저서를 내놓았으며 정년 후에는 조선족문학지에 여려 편의 글을 발표했다.

왕 사모님은 바로 여기서 일하고 계신다. 자서전을 쓰고 후학들의 논문을 수정하고 영어강습반 강의안을 짜기에 늘 바쁘다. 정판룡 교수가 작고한 뒤로는 무궁화를 손보아 주는 일도 왕 사모님 혼자의 몫이라 이래저래 늘 바쁘다.

오늘은 왕 사모님의 에피소드 몇 가지만 이야기하고자 한다. 좀 버릇없이 왕 사모님의 비밀스러운 이야기를 해도 용서해 주기 바란다.

::왕 사모님의 한복차림

우리 제자들은 왕 사모님을 두고 '연변의 왕소군'이라고 한다.

왕소군(王昭君)은 중국 한나라 원제(元帝) 때의 궁녀인데 기원전 33년 흉노(匈奴)와의 친화정책을 펴기 위해 흉노왕 호한야선우(呼韓邪單于)에게 시집을 갔던 절세의 미인이다. 『서경잡기(西京雜記)』에 따르면 원제는 화공들에게 궁녀를 그리도록 명하여 그림을 보고 마음에 드는 여자를 불러들였다고 한다. 궁녀들은 모두 화공에게 뇌물을 주고 아름답게 그려 달라고 했으나 워낙 성품이 정직한 왕소군은 뇌물을 주지 않아 추하게 그려졌다. 원제는 그런 사실을 전혀 모르고 왕소군을 호한야선우에게 시집보내기로 하였다. 왕소군이 말을 타고 떠날 즈음에야 그녀의 뛰어난 미모를 알게 된 원제는 크게 후회하였다. 그러나 흉노와의 신의를 저버릴 수 없어 그녀를 보내고는 화공들을 죽여 버렸다고 한다. 아무튼 왕소군의 이야기는 후세에 널리 전송되었고 많은 문학작품에서도 다루어졌는데 원대(元代) 마치원(馬致遠)의 희곡 『한궁추(漢宮秋)』를 최고의 걸작으로 꼽을 수 있을 것이다.

왕 사모님을 왕소군과 동일시하는 것은 심통한 비유라고는 할 수 없다. 왕소군은 흉노와의 화친을 위해 제물로 바쳐진 셈이지만 왕 사모님은 사랑하는 남편을 따라 연변에 왔고 평생 조선족 형제들을 사랑하고 있기 때문이다. 하지만 왕 사모님은 성씨도 왕소군과 같은 왕씨(王氏)요, 자색에 있어서도 결코 왕소군에 뒤지지 않으니 그녀에 비유해도 크게 어폐는 없으리라.

언젠가 왕 사모님 댁에서 사진첩을 본 적 있는데 20대의 나이에 러시아 볼가 강에서 유람선을 타고 수줍게 웃고 있는 모습은 참으로 매력적이었다. 이 사진은 요즘 왕 사모님의 자서전 『남에서 북으로 날아와 70년 세월(從南到北七十載)』에도 수록되었는데 가히 20세기 미스 차이나 반열에 올릴 만한 아름다운 용모였다.

왕 사모님은 이젠 칠십 고개를 넘은 분이지만 그냥 해맑은 얼굴에 날씬한 몸매를 간직하고 있다. 제자로서 사모님의 자색을 두고 품평을 하는 것은 예의에 어긋난 일이지만 우리 부모님의 회갑잔치 때 얼핏 본 그분의 백옥 같은 살결을 나는 영원히 잊을 수가 없다.

큰형 봉웅, 셋째 형 관웅, 그리고 넷째인 나까지 정판룡 교수의 문하에서 문학공부를 했는지라 우리 부모님의 환갑잔치에 정판룡 교수 부부를 모셨었다.

그날 환갑잔치는 요즘처럼 화려한 호텔에서 한 게 아니라 연길시 광명가의 어느 널찍한 노인 독보조를 빌려서 했다. 아마도 지금의 코스모호텔 뒤에 있었던 것 같다. 환갑상을 차려 놓고 어르신들을 모시는데 자연 정판룡 교수는 우리 아버지 옆에, 왕 사모님은 우리 어머니 옆에 모시게 되었다. 그런데 울긋불긋 풍성한 한복들을 차려입은 우리 어머니와 안사돈들 사이에 끼인 왕 사모님의 옷매무시가 도무지 어울리지 않았다. 수수한 남색 평복을 입고 오신 것이다.

연변박물관의 사진작가가 카메라를 들고 있다가 고개를 갸우뚱하더니 왕 사모님도 한복을 입었으면 좋겠다고 했다. 한 구들 되는 자식들을 다 출세시킨 집안의 환갑잔치라고 사진작품으로 만들어 연변박물관에 번듯하게 걸어 놓을 심산으로 이른 아침부터 박물관에서 고풍스러운 병풍을 빌려 오고 '어동육서, 홍동백서(魚東肉西, 紅東白西)요' 하며 직접 환갑상을 차려 온 사진작가인지라 그의 아집을 꺾을 수 없었다.

우리 형제들은 서로 눈치를 보면서 난색을 지었다. 누가 감히 한족인 왕 사모님을 보고 한복으로 갈아입으라고 권할 수 있으랴!

버르장머리 없는 비유지만, 결국 고양이 목에 방울을 다는 일은 내가 하는 수밖에 없었다. 나는 왕 사모님을 조용히 병풍 뒤쪽으로 모셔 내다가

"오늘 환갑상을 받는 장면은 연변박물관에 영구히 전시한답니다. 죄송하지만 사모님께서도 한복으로 갈아입었으면 하는 데요……."

하고 한마디 조심스레 여쭈었다. 그랬더니 왕 사모님은 당신 자신의 옷매무시를 얼핏 내려다보더니

"나도 닭 무리에 오리가 끼인 격이라 생각했어. 그런데 한복이 있어야 입지."

하고 천만뜻밖으로 한복을 입겠노라고 했다.

나는 얼씨구 좋다 하고 이 소식을 형제들에게 알렸고 누님은 득달같이 달려가 여벌로 장롱에 넣어 두었던 한복을 받쳐 들고 달려왔다. 누님이며 큰형수며 마치 황후를 모시듯 왕 사모님을 옹위해 가지고 옆방으로 들어가는데 얼마 뒤 방 안에서 아낙네들이 호들갑을 떠는 소리가 새어 나왔다.

"과시 미인이야!"

이는 걸걸한 성격의 누님 목소리였고

"아이고, 어쩌면 살결이 저렇게 희지요. 떡가루 같아요."

이는 큰형수가 혀를 차는 소리였다.

나그네 귀 석자라고 나는 그 소리들을 다 들었고 호기심을 참을 길 없어 슬쩍 열린 문틈으로 들여다보았다. 누님과 큰형수가 왕 사모님에게 치마를 입히고 나서 저고리를 입힐 차례였는데 두 팔을 벌리고 얌전하게 입혀 주기를 기다리는 왕 사모님은 그야말로 그리스 신화에 나오는 여신처럼 아름다웠다. 비둘기 잔등 같은 동그란 어깨, 백옥 같은 두 팔, 이팔청춘 소녀처럼 홍조를 머금은 능금 같은 두 볼, 그야말로 화용월태(花容月態)라 눈이 부셨다.

쉰 고개를 넘어선 분이 저토록 아름다울진대 처녀시절에는 과연 얼마나 청순하고 싱싱했을까! 그래서 천하에 비위 좋고 넉살 좋은 정판룡 교수도 시퍼런 대낮에는 도무지 프러포즈를 할 엄두를 내지 못하다가 지지리 못나게도 둘이 암실(暗室)에서 사진을 현상할 때에야 아닌 밤중에 홍두깨 격으로 덥석 왕 사모님의 손을 잡았다고 하지 않는가.

그날 한복을 입고 앉은 왕 사모님의 모습은 참으로 한 떨기 꽃과 같이 아름다웠다. 더욱이 일개 대학교의 유명한 영어교수가 한복 치마저고리를 입고 조선족 노인네들 사이에 허물없이 앉아 있는 모습을 보고 우리 형제들은 물론이요, 연변박물관의 사진작가도 찰칵찰칵 사진을 찍어 대며 흥분을 감추지 못했다.

후일 이 사진은 확대, 현상돼 연변박물관에 전시했는데 좋이 10여 년은 걸려 있었다. 요즘 연변박물관이 진달래 광장 쪽으로 옮겨 간 뒤로 그냥 걸어 두고 있는지 한번 확인해 보아야 하겠다.

아무튼 남방의 대도시에서 자랐으되 뽐낼 줄 모르고, 모스크바 유학까지 한 적 있는 영어교수가 가두의 노인네들과 허물없이 앉아 있는 모습, 철두철미 한족이지만 조선족의 풍속과 습관을 존중하는 왕 사모님을 우리 형제들은 우러러보지 않을 수 없었다.

::왕 사모님 마음은 열두 폭 치마

한평생 서캐를 훑어야 하는 언어학을 전공한 까닭일까, 왕 사모님은 성미가 꼼꼼하고 날카롭다. 영어로 말하자면 노(no)와 예스(yes)가 분명하다. 그녀 앞에서 근신(謹身)하지 않고 흰소리를 치거나 게으름을 피운다면 그 상대가 남편이든, 교장이든, 제자이든 관계없이 따끔하게 일침(一針)을 놓는다. 우리 제자들은 정판룡 교수한테서는 별반 꾸중을 듣지 않았지만 왕 사모님에게서는 거개가 한두 번씩 코를 떼였다.

왕 사모님은 문자에 밝아 정년을 한 후에도 연변대학교의 최대 프로젝트라고 할 수 있는 『간명한국백과전서』를 비롯해 『조선-한국학 연구총서』의 문자 수정을 맡아 했는데 구렁이 담 넘어가듯 얼렁뚱땅 원고를 낸 친구들은 모두 혼쭐이 났다. 원고만 수정해 연구소에 돌려 주는 게 아니라 마치 소학생의 숙제검사를 하듯이 직접 당사자를 불러다 놓고 깐깐하게 설명을 하고 해석을 하는지라 그네들은 진땀을 내야 했다. 왕 사모님은 설사 연변대학교의 석학으로 정평이 난 학자의 원고라 해도 새까맣게 고쳐서 되돌렸다. 그래서 왕 사모님을 경이원지(敬而遠之)하는 사람들도 더러 있지만 실은 그의 깊은 속내를 모르기 때문이리라.

왕 사모님은 원리원칙에는 한 치의 양보도 없고 학문적인 문제를 두고는 미주알고주알 캐고 들지만 일상생활에 있어서는 더없이 너그럽고 대범하다. 그야말로 왕 사모님의 마음씨는 열두 폭 치마라 하겠다. 남편인 정판룡 교수와의 사이도 그런 줄로 알고 있다.

정판룡 교수는 워낙 학식도 인품도 넉넉한 사람이요, 세상의 모든 여자들을 한 품에 안을 만한 호걸남아라 그를 따르는 여성들이 꽤나 많았다. 우리 문단의 해반주그레하게 생긴 여류작가들도 정판룡 교수를 졸졸 따라다녔고 우리 대학의 여성 교수들 중에도 은근히 정판룡 교수를 사모하는 이가 적지 않았다. 한 여교수는 얼굴이 반반하게 생긴데다가 노래를 썩 잘 불렀고 글재주도 좋았다. 정판룡 교수도 그녀를 퍽이나 예뻐해 주는 눈치였는데 그녀는 내놓고 정판룡 교수를 감싸고 돌았다.

연변대학교 남녀 교수들이 가끔씩 연길시 중심가에 있는 근사한 식당에 가서 회식을 하고 돌아오면 정판룡 교수와 그녀는 우리와 함께 연변대학교 서대문까지 왔다가는 슬쩍 자취를 감추곤 했다. 다시 택시를 잡아타고 호젓한 다방을 찾아가 밤늦게 이야기를 나누곤 했던 것이다. 왕 사모님도 이를 모를 리 없었고 그래서 그녀를 좀 쌀쌀하게 대하는 눈치였다.

그런데 2001년 가을 정판룡 교수가 결장암에 걸려 2년 남짓이 고생을 하다가 운명을 하게 될 무렵인데 그 여교수가 조용히 왕 사모님을 찾아왔다.

"사모님, 제가 정 교수님을 하룻밤만 간호하고 싶은데요. 허락해 주시겠어요?"

왕 사모님은 그만 억이 막혔다. 사람이 어쩌면 이렇게 철면피할 수 있으랴 하는 생각이 들었다. 하지만 달리 생각해 보니 이해가 가더란다. 내 남편이 얼마나 멋지고 얼마나 좋았기에 피골이 상접해 임종에 직면한 이 마당에 하룻밤 모시겠다고 나서는 여인이 있단 말인가. 또한 남녀관계를 막론하고 세상의 인심이란 얻어먹을 게 있으면 아첨을 떨고 애교를 부리다가도 얻어먹을 게 없으면 등을 돌리게 마련이거늘 이 여자가 무엇을 바라고 정 선생을 모시고자 하는가. 그게 바로 이슬처럼 맑은 인간의 정이 아닌가. 이런 생각을 하니 그녀가 측은하게 보였고 하룻밤 정 선생을 모시겠다고 하는 그녀의 행실이 결코 밉지 않았다고 한다. 왕 사모님은 그녀더러 하룻밤 정 선생을 모시게 하였다.

물론 그 여교수는 이 일을 두고 왕 사모님을 더없이 감사하게 생각하고 있고 왕 사모님 또한 일생에 제일 잘한 일 가운데 하나가 그 여교수더러 하룻밤 정 선생을 모시게 한 일이라고 생각하고 있다.

공자는 시 300수는 생각에 사악함이 없다(思無邪)고 했다. 왕 사모님이야말로 티없이 맑은 거울과 같은 분이라 그분의 앞에 서면 경건해지지 않을 수 없으며 넋이 맑아짐을 경험하게 된다. 단순하고 천진하지만 인간적 깊이가 있고 아름다운 천품을 지녔지만 언제나 수수한 모습으로 다가오는 왕 사모님, 그야말로 "물은 깊으면 조용한 법"이라는 어느 명인의 격언을 떠올리게 한다. 왕 사모님의 믿음 속에 정판룡 교수를 하룻밤 시중든 그 여교수도 정성을 다했을 것이고 인생의 가장 아름다운 순간을 체험했으리라 생각한다.

∷왕 사모님의 지칠 줄 모르는 사랑

며칠 전 저녁을 먹고 텔레비전을 보는데 문득 전화가 걸려 왔다. 연변병원에 입원한 왕 사모님의 전화였다. 사모님은 요추(腰椎) 통증으로 오랫동안 고생을 하다가 며칠 전 수술을 받고 연변병원 골과병동에 입원을 하고 있었다.

"후숭(虎雄) – "

왕 사모님은 언제나 그러하듯이 일단 내 이름을 불러 놓고

"오늘 점심 내 병실로 왔을 때 104호 병실에 있는 한정실이라는 애를 보고 왔었지." 하고 말꼭지를 뗐다.

"예, 그랬는데요."

"글쎄 그 애가 엄마와 함께 방금 날 보러 왔지 않겠어. 고맙게도 음료를 사 들고 말이야. 이태 전 정 선생이 만든 아동장학금을 탄 적 있다고 해. 그래서 감사를 드린다고 했어. 얼마나 착해. 그런데 엄마, 아빠가 다 하신을 잘 쓰지 못하는데, 설상가상으로 그 애마저 다리를 다쳐 아홉 달째 병원에 누워 있다는 거야. 이봐 후숭, 요즘 자네들이 문병을 왔다가 부조한 돈이 5천 원은 좋이 되거든. 그걸 한정실의 입원비에 보태 주고 싶어. 그래도 되겠어?"

"왜 안 되겠습니까? 하지만 사모님도 입원한 신세고 이제부터 돈을 많이 써야 하겠는데요."

"아니야, 난 입원비를 못 낼 사람이 아니야. 이 돈은 내 돈도 아니고 여러 사람들의 정성이니 이를 정실이를 치료하는 데 써야 하겠어."

막무가내였다. 일단 이 정도로 전화를 주고받았다.

한정실이란 연길시건공소학교에 다니는 소녀인데 올해 정초 이모와 함께 모아산 민속촌에 가서 눈썰매를 타고 쏜살같이 아래로 내려오다가 그만 해묵은 소나무 등걸에 부딪치는 바람에 다리를 크게 다쳤었다. 정실이는 수술을 받았으나 골수염이 생겨 재차 수술을 받게 되었다. 그 애의 어머니 박금숙(45세)은 "애비, 어미 모두 다리를 쓰지 못하는데 정실이마저 다리를 잃으면 어떡해요?……" 하고 쌍지팡이를 짚고 병원 안팎을 드나들며 온갖 정성을 다했고 그 애의 아버지도 불편한 다리를 끌고 목기공장에 다니면서 아득바득 입원비를 벌고 있었다. 하지만 이미 4만 원이나 들어간 입

원비를 갚자면 그야말로 하늘에 장대 겨룸이었다.

이러한 사정을 알게 된 연변TV '사랑으로 가는 길' 제작진에서는 사회에 향해 구원의 손길을 호소하게 되었다. 마침 우리 연변대학교에서는 정판룡 교수 서거 5주기(週忌)를 기념할 겸 9월 30일 '사랑으로 가는 길' 프로에 협찬을 하게 되었고 사전 준비로 나는 이광실 기자와 함께 한정실 학생을 방문하게 되었던 것인데, 그 자리에서 그 애에게 힘이 되라고 김학철 선생과 정판룡 교수의 이야기를 하다 보니 자연 왕 사모님이 지금 115호 병실에 계신다는 이야기를 했던 것이다.

아무튼 나는 왕 사모님의 진정 어린 말씀에 그만 콧마루가 찡해 났다. 얼마나 아름다운 마음씨인가? 당신 자신도 병상에 누워 있는 신세건만 한 조선족 어린이를 위해 5천 원의 거금을 선뜻 내놓으려 하는 것이다.

기실 정판룡, 왕유 부부는 1996년 KBS해외동포상으로 받은 상금 10만 원을 장학기금으로 내놓았고 2001년 정판룡 교수가 투병생활을 하고 있을 때 많은 제자와 벗들이 문병차로 와서 내놓은 부조금 11만 원을 한 푼도 쓰지 않고 모아 두었다가 몽땅 장학기금에 보태 주었다. '정판룡교육발전기금' 설립 10주년을 맞는 오늘 이미 56명의 대학생들이 이 장학금을 받았다.

하지만 왕 사모님이 두 어려운 대학생을 도와준 이야기는 그 누구도 모르리라.

하나는 연변대학교 영어학과 학생인데 길림성 요원시(遼原市) 출신이다. 인형처럼 예쁘장하게 생기고 인사성도 밝고 공부도 열심히 했는데 홍반성 낭창(紅斑狼瘡)이란 몹쓸 병을 앓고 있었다. 이 일을 알게 된 왕 사모님은 이 학생에게 보름시기 1년 학잡비 5,000원을 대주었고 이 소식이 알려지매 연변대학교 당국은 그 학생의 2년분 학잡비를 몽땅 면제해 주는 특전을 베풀었다. 왕 사모님에게 그 학생의 근황을 물었더니 "지금 소주에 살고 있지. 몸은 여전히 아픈 모양인데 내 둘도 없는 멜 커플이지! 가끔 재미있는 이야길 주고받지. 후슝에게는 말해 줄 수가 없어." 하고 방긋 웃는 것이었다.

다른 하나는 호북성의 오지에서 온 토가족(土家族) 대학생인데 왕 사모님이 가만히 보매 방학마다 집에는 가지 않고 빈 교실에 앉아 공부만 하고 있었다. 왜 방학에 집에를 가지 않느냐고 물어보았더니 차표를 끊을 돈이 없어서 가지 못한다고 했다. 차근차근 물어보니 방학에 한 번 갔다 오는 데 800원이 드는데 부모님은 가난해서 그

돈을 댈 수 없고 설사 돈이 있어도 아까워서 차표를 끊을 수가 없다고 했다. 왕 사모님은 젊은 시절에 구소련에 가서 여러 해 공부를 했고 평생 나서 자란 상해, 무석, 중경과 수천 리 떨어진 연변에 와서 살고 있으므로 부모형제를 그리는 그 학생의 마음을 짐작하고도 남음이 있었다. 왕 사모님은 그 학생에게 800원을 주어 차표를 끊고 3년 만에 고향에 돌아가 부모형제와 상봉케 하였다. 이 학생은 이제 곧 졸업을 하고 사회에 진출하게 된다고 했다.

::무궁화는 영원히 피리라

정판룡 교수의 서재에 있는 무궁화에 대해 다시 이야기해 보자.

1983년 이웃으로 살던 연변대학교 김지운(金址云) 선전부장이 정판룡 교수가 무궁화를 각별히 좋아하는 줄을 알고 자기네 자택 베란다에서 기르던 무궁화나무에서 한 가지를 베어 물병에 넣어 뿌리를 내리게 한 다음 예쁜 화분에 담아 선물한 것인데, 올해까지 23년 동안 왕 사모님 댁에서 무탈하게 자라고 있다. 2001년 정판룡 교수가 작고했으니 18년은 정판룡 교수가 키우고 올해까지 5년째 왕 사모님이 키우고 있는 셈이다.

요즘 왕 사모님은 썰렁한 가을바람이 불자 정판룡 교수가 그랬던 것처럼 여름에 베란다에 내갔던 무궁화 화분을 집 안에 들여다가 테이블 위에 올려놓았다. 담홍색 꽃송이는 대여섯 송이 피었다가는 지고, 졌다가는 다시 피어서 온 객실에 은은한 빛과 향기를 던져 주고 있다. 금시 호걸스러운 정판룡 교수가 껄껄껄 웃으며 서재에 들어와 안락의자에 앉아 구수한 이야기를 꺼낼 것만 같은 기분이 든다. 그래서인지 왕 사모님의 무궁화 사랑은 자별하다. 무궁화를 보면 저 하늘에 계신 남편을 보는 느낌이 든다고 했다. 왕 사모님이 이토록 무궁화를 아끼는 것은 이 꽃이 바로 남편의 모국인 조선이나 한국의 국화(國花)요, 그녀 자신이 또한 조선민족을 사랑하기 때문이다.

하지만 이 한 그루의 무궁화를 두고 우리 제자들은 왕 사모님과 조금은 생각을 달리하고 있다. 무궁화는 바로 거친 연변에 와서 뿌리를 박고 해마다 아름다운 꽃을 피우고 있는 왕 사모님을 상징한다고 생각한다.

따스한 남방의 대도시에서 나서 자랐고 남개대학교 러시아학과 교수 자리도 마다 하고 연변에 온 왕 사모님, 그가 겪어야 했던 고생은 그야말로 일구난설이다. 기후와 풍토에 맞지 않은데다가 1960년대 초반 영양실조로 말미암아 한쪽 신장마저 떼어 버려야 했던 왕 사모님이다. 더더구나 하늘 같은 남편을 잃은 이 무렵 왕 사모님의 마음은 얼마나 쓰리고 허전하랴. 또한 왕 사모님에게도 귀한 자식들이 있고 그들은 일본에서 고학을 하고 있다.

하지만 왕 사모님은 이 모든 상처와 괴로움과 그리움을 약한 자에 대한 사랑으로, 조선족에 대한 사랑으로 승화시키고 있으니 그이야말로 왕 사모님이야말로 21세기의 왕소군이요. 한 그루의 무궁화가 아닐 수 없다. 찬바람 부는 이 가을에 온 생명을 다 바쳐 한없이 피고 또 피는 무궁화, 그게 바로 왕 사모님이다.

왕 사모님 댁 무궁화는 내년에도 후년에도 그냥 탐스럽게 필 것이다.

왕 사모님의 쾌유(快癒)를 빌면서 이 글을 마친다.

– 2006년 10월 1일, 깊은 밤에

우리 문단의 재녀 박옥남 씨 ········

요즘 시를 쓰고 수필을 쓰는 이들은 많지만 소설을 쓰는 이들은 그리 많지 않다. 시를 무지개같이 현란한 빛이라고 하고 수필을 그러한 빛이 어린 아담한 신방이라 한다면 소설은 적어도 고래 등 같은 팔간집이다. 이 집에는 부엌도 있고 정주도 있고 안방에 사랑채도 있다. 더더구나 늙은 시부모도 있고 철없는 시동생들도 있으며 그 밖에 시도 때도 없이 드나드는 일가친척들도 있어 툭하면 갈등이 빚어지고 아옹다옹 다투게 마련인데 소설가는 이러한 인간들의 갈등에 바탕을 두고 허구를 가미해 이야기를 엮고 성격을 창조한다. 그런즉 인간과 사회를 입체적으로 다면적으로 그리는 소설 쓰기란 아무래도 시나 수필을 쓰기보다 어렵고 그만큼 소설가를 얻기가 쉬운 노릇이 아닌가 보다.

1980년대 초반 리원길 씨가 「백성의 마음」과 「배움의 길」이라는 단편소설을 들고 나왔을 때 우리는 얼마나 놀랐던가. ≪연변문예≫ 소설편집이었던 한수동 선생은 리원길 씨의 소설을 보고 너무나 반가워 "연변에 이기영이 나왔다, 이기영이!" 하고 여기저기 전화를 걸며 즐거운 비명을 질렀었다. 과연 우리는 리원길 씨의 구수한 언어와 재치 있는 이야기 솜씨를 만끽하며 여러 해를 즐겁게 살 수 있었다.

내가 20여 년 전 한수동 선생과 같이 한 이름 없는 작가의 출현을 두고 화들짝 놀란 것은 2006년 봄이었다. 목단강시에 있었던 흑룡강조선민족출판사에 『2005 중국조선족문학 우수작품집』 심사차 갔다가 우연히 박옥남 씨의 단편소설 「둥지」를 읽게 되었는데 그의 예리한 주제의식과 감칠맛 나는 소설언어에 흠뻑 취하고 말았던 것이다. "둥지가 무너지면 알인들 어찌 성하랴"는 말도 있지만 풍전등화같이 흔들리고 있는 우리 농촌사회를 '둥지'에 비유하면서 어수선하게 털린 둥지 형국이 된 우리 농촌의 피폐상을 어린 소년의 시각을 통해 고발한 박옥남 씨의 소설은 그야말로 충격 그 자체였다. 나는 흥분을 감출 길 없어 '새농촌 건설의 기폭제가 될 만한 소설'이라는 짧은 서평을 달아 연변조선족문화발전추진회 사이트 등에 보내서 실었다.

하긴 그 짧은 서평에서 박옥남 씨를 『톰아저씨의 집』을 쓴 스토우 부인에 비겨서 논의했는데 풋내기 작가를 너무 추어올렸다는 뒷말을 들을까 봐 좀 걱정이 되기도 하였다. 하지만 고맙게도 박옥남 씨는 내 판단이 적중했음을 증명해 주었다. 그녀는 2005년 단편 「둥지」로 '도라지 장락주문학상'을 수상하고 2006년 ≪도라지≫ 잡지에 단편 「목욕탕에 온 여자들」에 이어 「마이허」를 발표해 2007년 '제1회 김학철 문학상'을 거머쥐더니 올해는 ≪연변문학≫에 연속 「내 이름은 개똥녀」와 「장손」을 발표했다. 또 풍편에 「붉은 넥타이」라는 장편수기로 한국 재외동포재단문학상을 수상했다는 소식이 들려오기도 했다. 2, 3년 사이에 알찬 단편 4-5편을 써 내고 굵직굵직한 문학상들을 거머쥐었으니 그는 작가적 역량을 유감없이 과시했다고 하겠다.

박옥남 씨의 출현은 적어도 아래와 같은 몇 개 방면에서 우리 소설문학으로 놓고 말하면 하나의 축복으로 된다고 하겠다.

첫째, 박옥남 씨는 코리안 디아스포라로서의 자기의 본질과 특성을 자각하고 조선족과 한족, 중국과 한국이라는 두 갈래 문화의 합수목에서 문학의 살찐 고기들을 낚아 올리고 있다. 그는 어릴 적부터 왼손잡이로서 부모님의 눈총과 꾸지람을 많이 받았었다. 말하자면 천성적으로 소외의 쓴맛을 보았는데 하필이면 조선족과 한족이 어울려 사는 잡거지역에서, 오도 가도 못 하는 중국과 모국의 사이에서 민족적 정체성의 갈등을 뼈아프게 겪어야 하였다. 그의 단편 「둥지」, 「마이허」, 「장손」, 「내 이름은 개똥녀」 등은 모두 그러한 민족적 정체성의 문제를 다루고 있다. 뿐만 아니라 단편 「장손」의 경우 허랑방탕하게 살다가 조상이 일군 땅을 지키기는 고사하고 부모님의 초상마저 지키지 못하고 개처럼 죽어 가는 '장손', 주변의 민족에게 맥없이 동화, 침몰되어 가는 '장손'의 비극을 다룸으로써 소설의 사회비판성을 고양시키고 있다.

둘째, 박옥남 씨는 소도구들을 통해 은유, 상징 기법들을 소설에 기묘하게 도입하고 공간화의 기법과 여성 특유의 섬세한 관찰력을 선보이고 있다. 둥지, 마이허, 장손, 개똥녀 등은 다분히 상징성을 띠고 있는데 그것들은 소설의 인물성격 창조와 서사구조에 상징성을 부여해 깊은 여운을 남긴다. 특히 「목욕탕에 온 여자들」은 여탕이라는 특정 공간에 실 한 오리 걸치지 않은 다양한 연령대, 계층과 성격의 여자들을 등장시켜 조선족 여성들의 육체적인 나상(裸像)만이 아닌 심적인 나상도 적나라하게 드러내 보였다.

셋째, 박옥남 씨는 방언에 바탕을 둔 생동하는 인물대화를 구사하는 명수이다. 그는 "거칠고 촌스러워 뚝배기 같은 사투리, 그러나 그 뚝배기 속에는 사골탕같이 끓이면 끓일수록 감칠맛이 더 우러나는 사투리 자체의 진미가 보글보글 끓고 있다. 그런

짙은 국물을 우려내서 독자들의 입맛을 돋우어 주는 것이 내가 작품 속에 사투리를 쫑당쫑당 썰어 넣는 이유이다."라고 말한다. 참으로 박옥남 씨의 소설은 인물의 대화를 절제 있게 설정하고 있으나 거개가 인물의 기질과 성격, 신분과 경력이 잘 드러나는 명대사이다. 그러한 명대사는 주로 다양한 사투리에 의해서 이루어진다.

박옥남 씨의 소설은 한창 진행형이요, 설사 이미 발표된 소설만을 깊이 논의하고자 해도 제한된 편폭으로는 도저히 어찌할 도리가 없다. 박옥남 씨를 딱 한 번 만나 보고 서로 두어 번 메일을 주고받은 이야기를 하고 이 글을 마무리하는 수밖에 없겠다.

바로 2007년 4월 23일 제1회 김학철 문학상시상식 때다. ≪도라지≫ 잡지에서 본 시체 태양모를 쓴, 둥실하고 시원스럽게 생긴 귀부인의 모습과는 달리 박옥남 씨는 중키가 되나 마나 한 키에 단정하게 정장을 한 모범교사의 모습이었다. 원고 없이 또박또박 수상소감을 말하고 나서 술상에 조용히 앉아 있었다. 그는 여러 문인들이 중구난방으로 떠드는 소리를 듣는지 마는지 그린 듯이 앉아만 있었다. 실없이 치근덕거리는 문인들의 물음에는 좀 찬바람이 돌 지경으로 단마디명창으로 대답을 줄 뿐이었다. 그날 주최 측은 한국에서 온 손님들을 모시느라 경황이 없었고 박옥남 씨는 파장이 된 장거리 같은 호텔을 혼자 지킬 수는 없어 그날 밤차로 연길을 떠나고 말았다.

이틀 후 문뜩 박옥남 씨의 메일을 받은 것은 나였다. 천여 리 길을 달려온 수상자를 동무해 주는 사람이 없어 밤차로 돌아가기는 했지만 대상을 받고 술 한 잔 내지 못하고 떠나온 게 아무래도 결례가 된 것 같다고 하면서 방금 학교 앞 우체국에 가서 돈 1,000원을 부쳐 보냈으니 심사위원들과 함께 식사나 하면 마음이 내려갈 것 같다는 사연의 편지였다. 빈말로 인사치레만 하는 얄팍한 여성들과는 달리 맺고 끊듯이 확실한 박옥남 씨였다. 이왕 성의껏 보내온 돈을 돌려보내는 것도 예의가 아닌지라 우리 심사위원들은 국제호텔에서 술잔을 나누면서 박옥남 씨의 이야기로 꽃을 피웠다.

다음은 박옥남 씨에게는 실례가 되는지 모르겠지만 요즘 받은 메일을 그대로 옮겨놓는다.

김호웅 선생님:

가뜩이나 바쁘신 일상에 저의 일까지 겹쳐 시간적으로 많이 시달렸을 줄로 압니다. '인물평'을 보았습니다. 정말이지 저는 남이 저를 평하는 말(그것이 폄하하는 말이든 치하하는 말이든)을 들으면 퍽 오랜 시간을 고민하는 여자입니다. 그만큼 저는 소심한 인간인가 봅니다. 그래서 언제 어디서나 구석 쪽을 좋아합니다. 남의 눈길이 닿지 않는 곳에 거추장스럽지 않게 몸을 숨기고 앉아 있을 때가 가장 맘 편하거든요. 오늘 분에 넘치는 칭찬을 받고 보니 그 글이 나간 후 그 글을 읽은 사람들이 읽고 나서 다 잊어먹을 때까지 저는 몸을 한껏 옹송그리고 있을 겁니다. 못난 고양이에게 큰 우장을 씌웠다고 할까 봐서요. 아무튼 수고 많으셨고요. 좋게 봐주신 점 진심으로 감사드립니다.

그리고 '이달의 문인' 평을 쓰시는 데 다소나마 도움이 될까 싶어서 「붉은 넥타이」를 보내드렸을 뿐인데 그것을 연재하려 한다니 도통 몸 둘 바를 모르겠습니다. 사실 재외동포재단에서 요구하는 4만 자의 원고분량을 채우느라고 생각나는 대로 아무 소리나 긁적거린 것(그것도 한 달이라는 제한된 시간 내에)뿐입니다. 한국 측 심사위원들은 좋게 보아준 것 같습니다만, 그 옛날 그 역사를 직접 겪어 온 선배님들 앞에는 그 글을 감히 내놓을 자신이 없었습니다. 그래서 ≪도라지≫ 잡지에서도 연재하겠다고 재삼 청구해 왔지만 이런저런 핑계를 대서 밀막아 버렸던 것입니다. 그런데 오늘 다시 선생님의 제의를 받고 보니 이젠 더 이상 어디론가 빵소니칠 길도 없는 듯싶네요.

하다면 한 가지 부탁이 있는데요. 선생님께서 다시 그 글을 보고 옳지 않은 표현이라든가 사실에 부합되지 않는 곳을 골라 가차 없이 빼고 다듬어서 발표해 주시기 바랍니다. 남들의 웃음거리가 되지 않도록 도와주시면 감사하겠습니다. 만약 그렇게 해 주신다면 굳이 연재를 반대할 이유가 저에겐 없다고 생각합니다.

그럼 믿고 맡기겠습니다.

안녕히 계십시오.

절에 온 새색시 같은 일면이 있는가 하면 무슨 일이나 똑 부러지게 처사를 하는 박옥남 씨다.

원고를 받아 다듬든지 말든지, 그건 연변문학 편집진의 몫, 내 둔한 필치로 감당할 바가 아니다. 아무튼 조일남 주간이 쾌히 신기로 응낙을 했으니 다음 기부터 박옥남 씨의 장편수기 「붉은 넥타이」를 통해 그의 인간과 문학을 더욱 깊이 이해할 수 있으리라 생각하면서 이 글을 마친다.

박옥남 씨의 건필을 빈다.

– 2008년 11월 13일 연길에서

연꽃 같은 여자, 종달새 같은 문인········

김춘련 씨를 알게 된 지도 어언 22 년여 세월이 흘렀다.

1986년 조문학부 86년급 학생들에게 '문학개론' 과목을 강의하게 되었는데 40여 명 학생들 중에 너무 키가 작고 앳된 학생이 있어 이건 연길 구경을 할 겸 대학생 언니나 오빠를 따라온 중학생이 아닌가 했다. 휴식시간에

"너 중학생이 아니냐?" 했더니

"아이구 선생님도, 저 김춘련이라 해요, 봄 춘 자에 연꽃 연 자, 심양서 왔어요."

하고 눈을 할겼다. 초가을 빨갛게 익은 꽈리 같은 곱은 쌍겹눈이었다.

강의 중에 보면 그 꽈리 같은 쌍겹눈은 언제나 또릿또릿 나를 쳐다보고 있었고 언제나 열심히 강의를 경청하고 또박또박 필기를 했다.

춘련 씨가 4학년 다닐 때 나는 일본에 가서 방문학자로 1년 반 남짓이 살았기에 그녀가 졸업하는 것은 보지 못했다. 다만 그녀가 대학을 졸업하고 심양에 가서 교사로 일하고 있다는 이야기는 풍편에 들었을 뿐이다.

내 기억의 연못 속에 춘련 씨가 가물가물 사라지려고 할 때 문득 그녀가 또 연변대학에 나타났다. 15년 세월이 흘렀지만 가을 꽈리 같은 쌍겹눈은 변함이 없었다. 살짝 파마머리를 했고 조금은 살이 올랐는데 한결 당차 보였다.

"선생님, 저 석사학위과정을 밟으려고 왔어요. 김학철 선생의 문학을 공부하고 싶습니다. 지도교수는 선생님께서 곡 맡아 주셔야 하겠어요."

모든 것을 일방적으로 결정하는지라 좀 당혹하기도 했다. 하지만 덩덩한 김에 석사과정에 들어오고 한 해가 다 지나도록 연구 테마 하나 내놓지 못하는 어리벙벙한 학생들에 비하면 얼마나 야무진가.

춘련 씨는 학기마다 꼬박꼬박 연길에 와서 강의를 들었고 번마다 귀한 양주 한 병씩 들고 왔다. 왜 이런 비싼 술을 사 오느냐고 나무람을 하면 그녀는 호호 웃으며

"산 것 아니에요. 저도 남의 자식 가르치는 교사라 가끔 학부모님들한테서 양주 한 병쯤 선물을 받기도 한답니다. 그런데 저는 술 한 잔 입에 대지 못하고 애기 아빠 역시 양주 맛을 몰라요. 주선(酒仙)이신 선생님께 드려야 이 귀한 술맛을 알아줄 게 아

니겠어요."

귀한 양주를 들고 온데다가 '주선'으로 일러 주니 미상불 기분이 좋았다.

춘련 씨가 3년간의 노력을 경주해 김학철 문학연구로 석사학위를 무난히 받고 심양으로 돌아갔음은 물론이다. 나는 춘련 씨가 석사학위까지 받았으니 조용히 교사로 살 줄로만 알았다. 그런데 춘련 씨는 착실한 가정주부로, 합격된 교사로 사는 데 만족하지 않는 것 같았다. 하늘을 나는 종다리처럼 그의 꿈은 저 하늘 너머에 있는 것 같았다. 나는 우연히 그녀의 학위논문을『김학철론 · 젊은 세대의 시각』이란 책에서 보는 순간 놀라지 않을 수 없었다. 내 눈을 더 휘둥그러지게 만든 것은 그녀의 이름 석자를 『한중인문학연구』라는 한국의 학회지에서 보았기 때문이다. 『한중인문학연구』는 한국학술진흥재단 등재후보지인데 이 학회지에 논문을 발표하기는 그야말로 하늘의 별 따기나 다름없었다. 그런데 그녀의 논문 「『격정시대』의 서사구조」가 분명 실려 있었던 것이다. 석사과정 지도교수로서는 참으로 놀랍고 반가운 일이 아닐 수 없었다. 스스로 목표를 정하고 꾸준히 접근해 가는 그녀의 삶의 자세가 참으로 마음에 들었다.

그녀의 진면목을 더 깊이 알게 된 것은 『요동문학』 문학상 후보작을 심사할 때다. 8기까지 나온 『요동문학』을 두루 번져 보니 김춘련이라는 이름이 몇 번 보인다. 나는 그저 요동 지역에도 '김춘련'이라는 동성동명이 있는가 보다 하고 무심히 지나쳤다. 그런데 정작 시상식에 가 보니 춘련 씨도 와 있었다.

"수필도 쓰느냐?"고 물었더니

"부끄러워요. 아직 잘 쓰지 못하거는요."

하고 농익은 꽈리 같은 쌍겹눈을 살짝 빨며 웃었다. 진작 김춘련의 수필인 줄 알았다면 눈 한번 감고 금상, 은상은 몰라도 동상으로는 뽑아 줄 수 있었지만 이젠 행차 뒤 나팔이었다. 제자의 작품을 묵살한 것 같아서

"일찌감치 작품이라도 보내 주고 암시라도 할 거지."

라고 하니까 춘련 씨는

"요동 지역 문학상 심사의 공정성을 기하기 위해 연변에서 선생님을 모셔 온다는 이야기는 들었어요. 하지만 아직 수필에 입문도 못 했는데 어떻게 얌치없이 상을 바라겠어요. 황차 선생님께서 심사를 맡아 보시는데."

참으로 맘씨 착하고 정직한 친구였다. 바로 이런 열정과 도전정신을 가지고 야무지

게 살고 있고 거기다가 마음바탕까지 아름다운지라 내 친구인 강릉대학교의 최병우 교수와 같은 분들은 심양 쪽의 일은 무조건 춘련 씨에게 부탁을 하고 또 그의 일이라면 발 벗고 나서서 도와주는 것이리라.

까놓고 말한다면 개혁, 개방 이후 금전만능, 물신숭배의 풍조가 만연해 우리 조선족 사회 구성원들의 정신상태가 많이 흐트러졌다. 허영에 들떠 허세를 부리고 얼렁뚱땅 남의 등을 쳐 먹는 자들을 심심찮게 볼 수 있다. 특히 인간의 가장 숭고한 미덕인 신용과 신뢰가 깨지고 있다. 이런 마당에 그야말로 속세에 물들 줄 모르는 연꽃 같은 마음에 청고한 뜻을 가지고 의욕적으로 살고 있는 종달새 같은 제자를 만날 수 있어 기쁘다.

춘련 씨의 글은 그의 의욕적인 삶과 그의 견문, 그의 사랑과 그의 미움을 진솔하게 그리고 있어 그 글 속에 우렷이 떠오르는 한 참된 조선족 지성인의 모습을 볼 수 있다.

이 작품집이 많은 독자들의 사랑을 받을 수 있으리라 생각하면서 춘련 씨의 건필을 기원한다.

– 2008년 8월 25일, 연길에서

순수와 정열, 그리고 넉넉한 사랑········

―한국 선문대학교 황송문 교수의 정년에 즈음하여

∷시골 아저씨같이 수수한 사람

황송문 교수는 하나의 산이요 호수이다. 산처럼 높으나 생각이 깊고 호수처럼 고요하나 정열의 빛이 일렁이고 있다. 그는 거짓과 가식을 모르는 사람이다. 그는 언제나 소년의 순수함을 잃지 않고 있으나 정이 많고 심오한 시적 경지에서 사는 사람이다.

하지만 이러한 황송문 교수의 아름다운 인간성에 매료되기까지 조금은 시간이 걸린 것 같다.

연변대 조문학부장으로 있을 때인데 부학부장으로 있었던 윤진 박사가 수필집 한 권을 들고 와서 한국 선문대 황송문 교수를 소개했다. 유명한 시인이고 학자인데 교수연구년을 맞이해 연변대 조문학부에 와서 반년간 지내고 싶다고 했다.

한국에는 국어국문학과가 수십, 수백 개소되지만 중국에는 북경 민족대와 연변대에 두 개소 있을 뿐이라 우리 학부를 바라고 찾아오는 한국의 교수, 학생, 기자가 너무 많았다. 여름철 두어 달은 한국에서 찾아오는 귀빈들을 맞이하고 여러 가지 행사를 벌이다 보면 귀한 여름방학은 귀양을 보내기가 십상이다. 그래서 든든한 어른이 추천하거나 크게 신세를 진 교수가 아닌 경우에는 아예 명함도 내놓지 못하게 했다.

그런데 다른 사람도 아니고 날마다 얼굴을 맞대고 일하는 윤진 박사가 추천을 하는지라 울며 겨자 먹기로 받기는 했지만 조문학부의 강의는 줄 수가 없다고 했다. 특강은 두어 번을 하도록 조처하겠지만 연구실은 중조한일문화비교센터 연구실을 빌려 쓰게 했다. 윤진 박사가 그쪽의 부주임을 겸해 하고 있었던 것이다. 황송문 교수를 모시기는 하되 양쪽에서 반반씩 부담하자는 심산이었다.

윤진 박사가 내놓고 간 황송문 교수의 수필집을 얼추 뒤번져 보다가 그중 한 편을 읽게 되었다. 아마도 『시인의 날』이라는 제목의 수필인 것 같다. 쭉 읽어 보니 황송문 교수의 얼굴과 됨됨이가 한눈에 보이는 것 같았다.

대체로 시인, 작가들이 다 그러하듯이 황송문 교수도 젊은 시절에 아주 어렵게 지낸 것 같았다. 토끼꼬리만 한 원고료에 매달려 겨우겨우 살아가는지라 사모님 앞에서도 주눅이 들어 지낸 것 같았다.

그러던 어느 날 쥐구멍에도 볕들 날이 있다고 '시인의 날'이란 게 생겨 시인 친구들과 술 한잔 거나하게 마시고 귀가했다. 그런데 재수 없게 문이 잠겨 있지 않는가. 난생 처음으로 문을 쾅쾅 잡아 두드리며

"이놈의 마누라가 시인도 몰라. 오늘은 천지개벽 시인의 날이란 말이야!"

하고 호통을 쳤다는 이야기이다. 산업화의 초창기요, 군부독재 시절인지라 글쟁이들의 어려운 사정을 말하고 있었다.

나는 황송문 교수의 수필을 읽고 나서 "허허, 또 술고래를 모시게 됐군!" 하고 개탄을 했다.

하지만 그때로부터 두어 달 지나 연변대를 찾아온 황송문 교수를 보니 어깨가 딱 바라진 중키의 중년이었다. 그런데 일부 한국의 교수들의 몸에 풍기는 오기와 독선은 보이지 않았다. 좀 쑥스러워하는 눈치인데 마치 초라하게 새끼 도야지 두어 마리를 안고 기름진 마소들이 즐비하게 늘어선 장터에 나선 시골 아저씨의 모습을 연상케 했다.

연길에서는 돈 천여 원(한화 십여만 원에 해당함)이면 꽤나 번듯한 아파트를 쓰고 예쁘고 젊은 식모까지 둘 수 있었지만 황송문 교수는 국제교류센터에서 외국에서 온 유학생들과 마찬가지로 방 하나를 맡아 가지고 기숙사 생활을 했다. 물론 하루 세끼 유학생들과 함께 식당에서 쟁반을 들고 줄을 서서 밥을 타 먹었다. 우리는 아파트를 하나 전세 맡아 지내는 게 좋지 않겠느냐고 권유했다. 그러자 황송문 교수는

"기숙사에서 지내는 게 편해요. 젊고 예쁜 식모를 두고 싱숭생숭해서 어떻게 밥을 먹지? 그렇다고 아파트 하나를 차지하고 혼자 살자면 아낙처럼 앞치마를 두르고 밥을 하고 반찬을 만들어야 하겠는데 난 죽어도 그런 걸 못해요……."

손사래를 쳤다.

평소 황송문 교수의 얼굴은 좀처럼 뵐 수 없었다. 밤낮 사면을 답답하게 막은 토끼장만 한 간이연구실에 앉아 자료를 뒤지고 논문을 쓰는 것 같았다. 주말이면 현지 백두문인산악회 회원들과 함께 연변의 산을 누비고 다녔고 다시 월요일이 되면 여전히 기숙사, 식당, 도서관, 연구실 사이를 오갔다.

∷모범택시 기사님같이 따뜻한 사람

2003년 봄 나는 한국 배재대학교에 가서 1년간 강의를 하게 되었기에 황송문 교수를 자주 만날 수 있게 되었다.

황송문 교수는 나 같은 시골선비를 선문대에 초청해 특강을 하게 하였고 동아일보 문화센터에 초청해 특강을 하게 했다. 이상각 시인이 갔을 때도 그랬고 김관웅 교수, 유연산 소설가가 갔을 때도 그랬다. 또한 이런저런 명분을 대고 인터뷰를 하고는 꼭꼭 10만 원씩 챙겨 주곤 했다. 이름 없고 가난한 중국동포 학자와 문인들을 한국 사회에 당당하게 내세워 주고 돈푼이나 벌게 하기 위해서였다.

황송문 교수의 인터뷰를 받는 것은 하나의 즐거움이요, 많은 것을 배울 수 있는 기회로 되었다. 위선 황송문 교수는 허술한 카세트 녹음기를 내놓고 사전에 치밀하게 기획한 인터뷰 안(案)에 따라 꼼꼼히 질문을 하고 슬쩍슬쩍 뚱겨 주기도 하는데 인터뷰를 받는 사람은 자기도 모르게 대화에 깊숙이 빠져들어 거침없이 대답을 하게 된다. 인터뷰를 마치면 그 내용을 억양까지 살리면서 현장감 있게 정리해 다시 메일로 보내오는데 그 속도 또한 대단하다. 200매 분량의 내용을 하루 저녁에 정리해 보내오는데 거의 완벽에 가깝다. 밤새 녹음기를 틀어 놓고 타이핑을 한 모양이었다. 그런 성의와 집념에 누가 감히 태만을 부리랴. 조금 손보아 보내면 멋진 인터뷰가 된다.

인터뷰를 하거나 특강에 초청할 때는 으레 승용차를 몸소 몰고 왔다. 7, 8년 잘 굴러다닌 검은색 소나타였는데 뒷좌석에는 『문학사계』며 여러 신문 잡지들이 지저분하게 널려 있었다. 그뿐이 아니다. 승용차 뒤쪽 트렁크에는 가방만 해도 두세 개 있는데 하나는 선문대에 강의를 나갈 때 쓸 교수안을 넣은 것이고 다른 하나는 동아일보 문화센터와 같은 곳에 강의하러 갈 때 쓸 자료들을 넣은 것이며 또 하나는 비상용이란다. 황송문 교수님의 자가용은 그야말로 이동식 침실이요, 서재요, 연구실인 셈이다. 내가 뒷좌석에 앉을라치면 황송문 교수는

"앞에 앉아요. 앞에! 죄송하지만 뒷좌석은 고물시장이라서……."

하고 바른편으로 몸을 기울여 앞문을 열어 준다.

황송문 교수의 운전 솜씨 또한 일품이었다. 댁은 서울에 있고 선문대는 천안에 있는지라 하루 절반은 차에서 산다고 해도 과언이 아니었다.

한번은 대전에서 서울로 올라가는데 비가 억수로 쏟아졌다. 창살 같은 빗줄기를 가르며 내달리는 소나타, 핸들을 잡고 전방을 주시하는 황송문 교수의 형형한 눈빛, 얼마나 멋진지 몰랐다. 나를 서울 인사동 부근에 내려놓고 핸드폰을 꺼내 들고 여기저기 전화를 걸고 나서 다시 보얀 비안개를 헤가르며 강원도 쪽으로 가족여행을 떠나는 황송문 교수, 그야말로 야전사령관에 진배없었다.

"이젠 10년을 굴렸으니 고물차라 하겠지. 하지만 연변에서 온 귀한 손님을 모시고 다니기에는 전혀 불편이 없거든요. 그렇지 않아요, 호웅 선생?"

황송문 교수는 껄껄 웃었다.

참으로 황송문 교수님의 소나타 신세를 얼마나 많이 졌는지 모른다. 배재대학교 교환교수 생활을 마치고 귀국할 때도 이 소나타에 짐을 싣고 대전에서 공항까지 장장 3시간을 달렸었고 그 후 한국을 다녀올 때마다 바로 이 소나타로 영종도 공항을 나가군 했다.

아침은 유명한 청진옥에서 해장국을 시원히 먹고 출발을 한다. 모범택시 운전기사를 빰칠 정도로 운전을 잘하는 황송문 교수가 핸들을 잡은 소나타에 몸을 싫으면 서울 행차에서 얻은 노독이 다 풀리고 기분은 둥둥 뜬다. 그런데 유감스러운 것은 황송문 교수는 늘 본의 아닌 모범택시기사 노릇을 하는 까닭에 술 한 잔 들 수가 없는 것이었다. 내가 하도 민망해서

"이제 연변에 오시면 원수를 갚지요."

하고 번마다 말하고 있으나 황송문 교수는 일이 바빠 연변에 오지 못한다. 그러니 일방적으로 신세만 질 수밖에.

지난해에 갔을 때는 인문대학장이 되었다고 따님과 사위가 새 차 한 대 뽑아 드려서 황송문 교수는 은근히 좋아하는 눈치였다. 번쩍번쩍하는 새 승용차가 가난한 연변의 시골선비나 모시고 다니는 줄 안다면 따님과 사위가 얼마나 서운해 할까?

::문학의 불씨를 간직한 사람

황송문 교수 사모님의 존안은 한 번도 뵈지 못했지만 어느 예술대를 나온 피아니스트인 것만 알고 있고 두 분 사이의 금실이 좋다는 걸 연변의 원로시인 이상각 선

생의 말씀을 들어 조금은 알고 있다. 사모님은 황송문 교수를 뵈러 연변에 딱 한 번 찾아왔었는데 나는 워낙 무사분주한데다가 분복이 없어 뵈지 못했다.

문제는 연변에서 외롭게 지내는 황송문 교수를 찾아왔는데 이 어른은 술판에 앉아 진지하게 문학을 담론하다 보니 그만 부인이 오는 걸 감감하게 잊은 것이다.

그날 김관웅 교수(필자의 실형임)네 댁에서 술판을 벌였는데 모두들 연변문학을 두고 열띤 토론을 벌렸단다. 연변문단은 500여 명의 시인, 작가, 평론가들이 포진하고 있는데 개중에 서로 잘났다고 뻐기는 친구가 많고 대체로 서열의식에 매여서 작품을 평가했다.

그날 술좌석에 앉은 친구들이 방관자청(傍觀者淸)이라고 밖에서 온 사람이 오히려 문제를 공정하게 볼 수 있는 법이니 황송문 교수의 의견을 물었던 것이다. 황송문 교수는 진지하게 이야기를 나누다 보니 그만 사모님이 오는 날임을 까먹은 것이다.

물론 여러 날 전에 역서에 정히 메모를 해 두었고 그날 아침부터 마중을 나갈 채비를 해 두었지만 일단 문학담론에 깊이 빠지다 보니 부인이 오는 시간을 깜빡 잊어먹은 것이다.

한편 연길공항에 내린 사모님은 아무리 휘둘러보아야 남편의 얼굴이 보이지 않자 어지간히 속이 달았다.

가물에 콩 나듯 비행기가 드문드문 이착륙하는 자그마한 공항은 어느새 썰렁해졌는데 여전히 남편의 그림자는 보이지 않는다. 바삐 공중전화로 황송문 교수의 기숙사에 전화를 했지만 붕-붕-소리만 날 뿐 여전히 받는 이기 없다.

버스나 타고 왔으면 되돌아가고 싶었다. 사모님은 공항 대기의자에 앉아 반나절 기다리다가 혼자 트렁크를 끌고 밖으로 나와 요행 조선족 택시 기사를 만나 연변대 국제교류센터까지 올 수 있었다.

센터 앞에서 또 반나절이나 기다려서야 김관웅 교수와 함께 허둥지둥 달려오는 황송문 교수!

뒤늦게야 부인 마중을 가야 함을 알게 된 황송문 교수는 아차 하고 혼비백산해 일어났고 그 낌새를 알아챈 김관웅 교수가 부랴부랴 동행을 해서 공항에 나가본즉 사모님의 그림자는 보이지 않는다. 둘은 부리나케 국제교류센터로 달려왔던 것이다.

김관웅 교수가 대신 손이야 발이야 사과를 했고 저녁식사까지 대접하였지만 사모님의 기색은 풀리지 않았다. 그날 저녁 황송문 교수는 그만 돌아간다고 일어서는 부인을 눌러 앉히느라고 진땀을 뺐다고 했다.

누군가 황송문 교수를 두고 문학지상주의자라고 했지만 사실 황송문 교수의 이런 문학에 대한 집념과 애착이 그의 문학과 학술의 풍성한 열매를 가능케 했으리라.

황송문 교수는 귀국한 지 반년도 되지 않아 연변체험을 시적으로 노래한 『연변의 백양나무』라는 시집과 『중국 조선족 시문학의 발전 양상』이라는 저작을 보내왔다.

연변에 대한 사랑이 진하게 묻어나는 시들도 좋았지만 조선족의 시문학을 깊이 있게 해석하고 그 문제점들도 꼼꼼하게 짚어 준 저작은 더욱 좋았다. 황송문 교수는 조선족 시단의 서열의식을 깨고 작품의 문학성 여하에 따라 시인을 평가했고 현지 평론가들이 스쳐 지나간 좋은 시들을 발굴해 일일이 평을 달았다. 특히 연변 시단의 제왕으로 자부하는 원로시인들이 아니라 조선족문학의 중심지에서 멀리 떨어진 북만(北滿) 지역에 묻혀 있던 이삼월 시인의 시들을 높이 평가했다.

연변문학에 대한 관심과 사랑은 해가 갈수록 깊어졌고 당신이 출간하고 있는 『문학사계』에 연변 지역 시인, 작가들의 작품을 지속적으로 내주었다. 뿐만 아니라 한국 시인들의 시에 연변 조선족 작곡가들이 곡을 붙이도록 주선함으로써 모국과 연변 지역 예술가들의 연대성을 꾀하기도 했다.

이젠 연변의 문인과 예술인들에게 있어서 황송문 교수는 가장 미더운 평론가로 되었고 『문학사계』지는 연변의 시인, 작가들의 주요한 활무대로 되었다.

모국의 한 성실한 지성인의 사랑과 집념이 서울과 연길 사이에 아름다운 악장과 같은 교류와 화합의 물고를 튼 것이다.

황송문 교수가 정년을 맞았다니 도무지 믿어지지 않는다. 산처럼, 호수처럼 고요하고 부드러우나 가슴 깊이에 활화산을 안고 있는 황송문 교수, 그에게 정년이라니 당치도 않다. 드바쁜 교수 생활을 그만두었으니 이제 문학 창작과 문화교류의 전초에서 더욱 맹활약을 할 것이다. 안성맞춤으로 새 승용차도 갖추었으니 그는 더욱 힘차게 달릴 것이다.

이젠 정년을 하셨으니 연변에도 오시어 후학들을 가르치며 즐겁게 지내기를 바란다. 여기에 황송문 교수의 원수를 갚을 친구들이 하도 많기 때문이다.

－2006년 6월 10일

김윤휘 선생을 맺합니다·········

이게 무슨 청천벽력입니까? 하늘이 무너지고 땅이 꺼집니다.

지난 12월에도 서울을 찾은 저희 숙소에 아침, 저녁으로 찾아와 밥을 사 주고 사우나탕에 데리고 다니면서 껄껄 담소하시던 김윤휘 선생님이 아니옵니까?

선생은 언제나 조용하고 겸허한 모습으로 남들의 말을 경청하기를 즐겼습니다. 하지만 원리원칙에는 조금도 타협할 줄 몰랐고 민족통일을 위한 뜨거운 열망과 사명감을 안고 흥사단과 한반도통일운동본부의 중심 멤버로 불철주야 뛰어다닌 아름다운 한국인입니다.

선생의 불같은 민족애와 헌신적인 노력이 있었기에 해마다 '중-한 청소년 친선 문화축제'를 거행할 수 있었고 '평화백일장'을 개최할 수가 있었습니다.

연변의 허술한 여관에 묵고 계시면서 신발 등 생활용품을 차곡차곡 구입해 헐벗고 굶주리는 북한 형제들을 도와주던 일이 어제 일 같은데, '기러기 우리 민족 장학금'을 마련해 가지고 가난한 대학생들의 손에 쥐어 주면서 흐뭇한 미소를 짓던 선생님의 자애로운 얼굴을 보는 것 같은데 어이하여 우리 곁을 이렇게 급히 떠난단 말입니까?

저희 연변대학교에 초빙교수로 오셔서 허술한 노트북을 뚜드려 알차게 교수안을 짜시고 밤늦게까지 『연변 사랑 이야기』를 집필하던 선생, 그 글줄마다에 넘치는 절절한 동포애는 오늘도 우리 모두의 가슴에 사랑의 메아리로 울립니다. 특히 선생은 저희 연변대학교 신문학과를 육성하기 위해 자신의 은사님을 모셔 오기도 했고 전도유망한 젊은이들을 뽑아 한국의 명문대학에 유학시키기도 했습니다.

지난해 연말 저희가 새 아파트를 마련했을 때 사모님과 의논하고 분에 넘치는 옷장까지 사 주고 큰형처럼 기뻐하던 선생, 그리고 다음에 연길에 오면 아예 이 아우네 집에 묵겠노라고 하던 선생, 왜 이 아우가 한번 새집에 모실 수 있는 기회도 주지 않고 영영 돌아오지 못할 길을 바람처럼 가신단 말입니까?

윤휘 선생, 당뇨병으로 고생하고 계시는 줄은 알았지만 심장병으로 돌아가실 줄은 정말 몰랐습니다. 그간 너무나 애쓰셨고 너무나 지치셨습니다. 선생의 아픔과 노고를 다는 알지 못한 이 연변 땅의 불민한 형제들을 많이 꾸짖어 주시옵소서.

우리는 선생의 유지를 이어받아 백 배, 천 배 노력할 것이며 선생의 아름다운 덕성과 공적을 영원히, 영원히 기릴 것입니다. 그리고 선생이 오매불망 바라시고 한평생을 고스란히 바쳐 온 우리 민족의 통일 위업은 꼭 이룩될 것이옵니다.

사모님과 두 분 자제 분을 비롯한 유가족 여러분께 깊은 애도의 뜻을 전함과 아울러 윤휘 선생의 명복을 빕니다.

– 2003년 1월 31월, 비보를 접하고

인간은 만남으로 자란다········

–대학교 입시제도 회복 30주년을 기념하여

인간은 만남으로 자란다. 대학생활에 있어서는 새로운 친구와 스승들과 만나게 되고 새로운 책과 학문과 만나게 된다. 이러한 만남을 통해 자신을 부단히 충전하고 새로운 봉우리를 향해 도전을 하는 자만이 삶의 보람을 맛볼 수 있다.

::대학교와의 만남

사실 나는 대학과는 인연이 없는 줄로 알았다. 중학교 1학년 때에 '문화대혁명'이 일어났고 그 후 3년간 홍위병들의 싸움구경이나 하며 실컷 놀다가 소위 '지식청년'으로 농촌에 내려가 3년간 농사를 지었다. 군에 입대했다가 출판사에 용케 취직을 해서 견습 편집자로 고참 편집자들이 다룬 원고를 베껴 쓰기를 3년, 바로 이 무렵에 대학 입시제도가 회복되었다.

출판사에는 우리 또래들이 일여덟 명 있었는데, 그때만 해도 대학졸업생이 귀한 시절이라 거개가 농촌에서 5－6년씩 일하다가 추천을 받아 왔거나 군복무를 마치고 운수가 좋게 입사한 젊은이들이었다. 설령 4년 후 대학교를 졸업한다 해도 출판사 같은 좋은 직장을 찾기는 어려울 것이라는 판단에 그들은 대학교 입학시험을 치르려고 하지 않았다.

하지만 나는 엎어 놓은 못 그릇 같은 고참 편집자들의 원고를 베껴 쓰는 일에 그만 신물이 났다. 그때만 해도 컴퓨터가 없는 세월이라 원고지에 철필로 잉크를 찍어 부지런히 베껴 써야만 했다. 소학교 생도도 아니건만 하루 여덟 시간 또박또박 원고만 베껴야 했으니 재미가 있을 리 만무했다. 고참 편집자들이 수정한 원고를 베끼는 작업을 하노라니 차차 문자에 눈을 뜨는 느낌이 들었다. 하지만 이름 석 자를 박은 책임편집으로 되는 길은 묘연하기만 했다.

대학교는 나에게 분명 새로운 세계를 약속해 주리라 생각했다. 그리고 가만히 생각해 보면 중학교도 완전히 졸업하지 못한 주제에 그냥 허울 좋은 출판사 편집으로 눌러앉아 있다는 자체가 낯 뜨거운 일이었다. 나는 아예 잠자리를 출판사에 옮겼다. 퇴근 후면 출판사는 나 혼자만의 천하가 되었다. 걸상들을 맞추어 놓으면 훌륭한 잠자리가 되었다. 특히 출판사 자료실에는 안성맞춤으로 중학교와 고급중학교 교과서들이 서가에 꽂혀 있었고 소가죽만 한 대형 중국지도와 세계지도도 있었다.

약 반년간 죽기 내기로 공부했다. 하지만 첫해는 낙방거자의 신세를 면치 못했다. 다시 몇 달간 불철주야 공부를 했다. 수학은 내 기초가 너무 낮아 유리수의 가감법 하나를 풀고 고작 5점을 맞았는데, 그 대신 '조선어문', '한어', '역사' 성적이 좋았고 '지리'는 87점으로 연변에서 최고의 성적을 따낼 수 있었다. 밤마다 마치 전성사령관이나 된 것처럼 자료실의 괘도(掛圖)를 빌려다 편집실에 걸어 놓고 열심히 공부한 보람이었다.

나는 총점 319점으로 연변대학 조문학부에 입학했다. 한편 우리 집에는 셋째 관웅이, 다섯째 철웅이, 여섯째 영웅이까지 네 형제가 한꺼번에 대학에 입학해 대경사가 생겼다. 대학입학통지서 4통이 하루아침에 날아들 때 부모님은 "다 등소평 어른의 덕택이야!" 하며 무등 기뻐했다.

::친구들과의 만남

대학에 입학한 게 25살 때다. 지금 25살이면 대학 본과가 아니라 대학원 과정을 졸업할 나이다. 하지만 내 나이는 학급에서 열서너 번째밖에 아니 되었다. '문화대혁명'으로 10년을 묵은 친구들이, 나이도 신분도 다른 친구들이 한 학급에 편입되었던 것이다.

60명 정원에 여학생은 10명밖에 되지 않는지라 아쉽게도 남녀비례는 실조(失調)인데, 아직 면도칼 신세를 져 보지 못한 코밑이 감실감실한 젊은이들이 있는가 하면 아침마다 온 얼굴에 시허연 비누거품을 일구고 벅벅 면도질을 하는 아기아빠들도 있었다. 술 냄새만 나도 가재걸음을 치는 풋병아리 같은 친구들이 있는가 하면 두주불사(斗酒不辭)하는 술고래들도 있었다.

학급의 좌상은 마흔 고개를 바라보는 태휘(太輝) 형인데, 시골집에 아내와 철없는 아들 둘을 두고 온지라 워낙 주머니사정이 여의치 않아 우리 같은 총각학생들과 어울려 밤낮 술타령을 부를 수는 없었다. 하지만 이왕 맛들인 술을 끊을 수가 없어 술병을 이불 밑에 감추어 두고 숙소가 비면 한 모금씩 도둑 술을 마셨다. 이렇게 단작스럽게 놀아서 나이는 제일 많이 먹었지만 좌상 구실은 못 했다.

하지만 태휘 형은 공부만은 열심히 했다. 시골집에 두고 온 아들놈들이 쓰다 던진 공책을 가져다가 다시 뒷면에 글을 쓰는데, 워낙 농촌소학교 교사 출신이라 참으로 명필이었다. 잘 여문 콩알같이 일매진 글체인데, 태휘 형은 교수님의 강의를 거의 기침 소리 하나 빠뜨리지 않고 낱낱이 기록했다. 평소 너무 열심히 강의를 듣고 기록을 하는 태휘 형을 융통성이 없는 양반이라고 비웃는 친구들도 있었지만, 일단 기말이 되면 그의 공책은 학급의 보물로 되어 너도나도 다투어 돌려 보았다.

1학년 때 '습작학'을 배우는데 담임은 최상철 교수였다. 그는 강의도 잘했지만 그 무렵 연변을 찾은 스톡홀름대학 조승복 교수에 대한 방문기를 발표한 바 있어 학생들에게 인기가 높았다. 강의가 절반쯤 나갔을 때 최 교수가 인물과 사건을 다룬 산문을 써 보라고 하기에 나는 이 궁리 저 궁리하던 끝에 「산속에 핀 진달래」란 제목의 글을 써서 바쳤다. 태휘 형을 모델로 하였는데, 산속에 핀 진달래라는 메타포를 구사해 눈먼 시아버님을 공양하고 어린 자식을 키우면서 일편단심 대학생 남편의 뒷바라지를 하고 있는 시골 여성을 노래한 작품이었다. 그런데 이 작품이 최상철 교수의 추천으로 ≪연변문학≫ 1979년 제4기에 실리게 될 줄이야! 나는 마치 하늘의 별을 딴 기분이었다.

내 소설의 첫 주인공 태휘 형은 공들여 닦은 지식과 재간을 다 펴지 못하고 일찍이 타계했다. 하지만 대학시절 어학에 반해 복수토 '들'만 연구해 '들박사'로 불렸던 전병선 씨, 가끔 술주정을 부려 손아래 학우들의 빈축을 샀던 학급장 엄영준 씨, 물 첨벙 불 첨벙 시를 쓰고 소설을 쓰고 민담을 쓰고 인물전을 쓰던 박문봉, 유연산, 이민덕, 이광인 씨 모두가 자기가 맡은 분야에서 일가(一家)를 이루었다.

::대학원 입시제도와의 만남

그 무렵 조문학부에는 기라성 같은 교수들이 포진하고 있었다. 세계문학강좌에 정판룡, 허호일, 서일권, 임휘 교수가 있었고 조선문학강좌에 허문섭, 이해산 교수가 있었으며 중국문학강좌에 권철, 김영덕, 김병수, 허룡구, 김제봉, 김종수, 최건 교수가 있었고 습작학강좌에 박상봉, 전국권, 최상철, 김만석 교수가 있었다. 또한 문예이론강좌에 설인, 현룡순, 임윤덕, 김해룡 교수가 있었고 언어학강좌에 최윤갑, 김상원, 김기종, 김해수, 이득춘, 유은종 교수가 있었다.

학부생 시절 아쉽게도 정판룡 교수의 강의는 듣지 못했다. 허호일, 서일권, 임휘 교수가 호머로부터 셰익스피어, 발자크를 거쳐 고리키까지 세계문학사 강의를 했다. 허호일 교수의 강의는 논리성과 분석력이 뛰어났고 서일권 교수의 강의는 격정이 넘치고 제스처가 멋있었으며 임휘 교수의 강의는 마치 유명한 연극배우의 명대사를 연상케 했다. 언변보다는 글재간이 뛰어난 현룡순 교수의 강의는 좀 답답한 대로 실속이 있었고 글재간보다는 언변이 좋은 임윤덕 교수의 강의는 부드럽고 조리가 있었다. 말씀은 어눌하지만 판서(板書)는 일품인 최윤갑 교수의 강의, 무미건조한 언어학을 거의 예술에 가까운 표현력으로 이야기하는 김기종 교수의 강의 또한 얼마나 좋았던가.

학부생 시절 술을 즐기고 친구가 많은데다가 2학년 제2학기 결혼까지 했지만 내 성적은 줄곧 학급의 상류에 속했다. 여기에 무슨 비방이라도 있다면 다음과 같다.

첫째, 구슬이 서 말이라도 꿰어야 보배라고 강의를 듣고 독서를 하되 그 내용에 대해 갈래를 나누고 체계를 세워 지식의 저장고에 차곡차곡 채워 둔다.

둘째, 문학은 최종적으로 많이 읽은 자가 이기는 법이니 될수록 문학사에 나오는 명작을 독파한다. 시간이 딸리면 영화로라도 대리 보충한다.

셋째, 문학과 더불어 역사, 철학 서적도 읽음으로써 세계에 대한 보다 포괄적인 지식과 안목을 갖추고자 노력한다.

넷째, 보고 듣고 느낀 바가 있으면 글을 쓴다. 특히 학부생 시절 8번 주어지는 방학을 효율적으로 이용해 습작을 한다.

학부생 시절 성적은 좋았지만 대학원 과정에 진학할 생각은 별로 하지 않았다. 출판사에 복직할 수도 있었거니와 ≪연변문학≫과 같은 잡지사에서도 채용하겠다고 했다. 황차 그 무렵 조선문학 관련 대학원생을 받을 수 있는 분은 허문섭 교수뿐인데 전교에서 2명만을 받는다고 했다. 지원자는 20여 명이니 10 대 1의 비례도 되지 않았다. 적어도 출판사에 복직할 수 있는 내가 대학원생 입학시험을 보면 다른 동창생들에게 손해를 줄 것 같아 나는 아예 마음을 비우고 허허롭게 지냈다.

그런데 대학원 입학원서 제출기한을 이틀 앞둔 어느 날, 허문섭 교수가 나를 조용히 불렀다.

"왜 호웅이는 연구생 시험을 보지 않는 거야?"

"지원자가 너무 많아서 걱정이 아닙니까?"

"아무튼 호웅이는 연구생 시험을 보라고."

거의 명령조로 말씀하는지라 나는 한마디 버릇없이 쇄기를 박았다.

"시험은 잘 볼 자신이 있습니다만 꼭 받아 주셔야 합니다."

허무섭 교수가 귀띔을 해 주는 바람에 나는 부랴부랴 연구생 시험을 보았고 한어학부의 관웅형과 나란히 2등 안에 들게 되었다. 형제 둘이 1등과 2등을 하게 되자 허문섭 교수도 난감한 표정을 지었고 다른 교수들도 "연구생 둘을 받는데 관웅, 호웅 형제가 다 차지하면 어떡합니까?" 하면서 못마땅한 표정을 지었다. 이때 시비를 갈라준 분이 정판룡 교수다.

∷스승과의 만남

정판룡 교수를 처음 뵌 것은 1964년 겨울 우리 집에서였다.

큰형 봉웅 역시 조문학부를 다녔는데 김일성종합대학에 다닐 생각으로 두만강을 건너 조선에 갔었다. 쪽지 한 장을 달랑 남기고 자취를 감추었는지라 우리 어머니가 큰아들을 잃어버렸다고 대성통곡을 했고 평소 우리 집에 잘 놀러 왔던 김창락, 한석윤, 유은종 등 학급친구들이 정판룡 교수를 모시고 득달같이 우리 집을 방문한 것이다.

그때 정판룡 교수는 30대 초반의 젊은 교수였는데, 그는 우리 어머니를 보고 허허 웃으며

"이 집 아들이 어떤 아들입니까? 문학을 사랑하고 톨스토이를 숭배하는 젊은이가 아닙니까? 문학을 사랑하고 톨스토이를 숭배하는 사람은 부모님과 동생들을 버리지

않는 법입니다. 이제 사나흘 지나면 반드시 자기를 참회하고 어머니 곁에 돌아올 겁니다. 제가 봉웅이 어머니 앞에서 장담을 할게요."

하더니 김창락 등 학급 친구들을 둘러보면서

"봉웅이는 이삼일 후 분명 돌아오는 거야. 내가 알았으면 됐어. 호들갑을 떨며 학교에 보고할 건 없어. 봉웅이가 돌아온 후에도 내색을 내지 말고 이전처럼 스스럼없이 지내야 해. 알겠어?" 하고 다짐을 하고 나서

"봉웅이 어머니, 애들이 점심도 먹지 않고 헐레벌떡 쫓아왔으니 점심이나 차려 주십시오. 저도 이 친구들에게 잡혀 오다 보니 점심을 걸렀거든요."

하고 비위 좋게 껄껄껄 웃었다.

정판룡 교수의 말대로 큰형은 이틀 만에 돌아왔고 무탈하게 대학을 졸업하게 되었다. 정말 신기한 일이었다. 그때 우리 동생들은 토끼처럼 귀를 강구고 문틈으로 정주방의 동정을 살폈는데, 그때 뵌 정판룡 교수의 준수한 얼굴과 서글서글한 눈매를 잊을 수가 없다. 큰형의 일이 있은 후 우리 형제의 눈에 정판룡 교수는 일개 교수가 아니라 예수 그리스도로 비쳤고 우리 형제들은 정판룡 교수의 말씀을 성자(聖者)의 예언처럼 믿게 되었다. ……

각설하고 관웅 형과 나의 대학원 진학문제를 두고 교수들 사이에 의논이 분분한데, 나중에 형제 둘을 다 입학시키기는 어려우니 동생인 호웅이가 양보는 게 좋겠다는 의견으로 가닥이 잡혔다. 최후로 정판룡 교수의 의견을 물었는데, 유머에 능하고 메타포를 잘 구사하는 정판룡 교수는 서둘러 의견을 내놓지 않고 이런 이야기를 하더란다.

"『영원히 대오를 따라서』라는 소련소설을 본 생각이 납니다그려. 독소전쟁 때 사령관을 지냈던 한 장군이 전쟁을 끝내고 마흔에 첫 보선으로 대학 문에 들어섰지요. 그런데 새처럼 날렵하게 교단에 올라서는 젊은 교수를 보니까 전쟁할 때 통신병으로 지냈던 친구란 말입니다.

한편 젊은 교수도 교수안을 펼쳐 놓고 휙 좌중을 들러보다가 하마터면 기절초풍을 할 뻔했지요. 조석으로 모시던 사령관께서 학생복 차림으로 교실 뒤쪽에 단정하게 앉아 있는 게 아니겠습니까? 통신병 출신의 젊은 교수는 무슨 정신으로 강의를 마쳤는지 모릅니다. 강의를 마치자 다른 학생들은 우르르 문밖으로 나가는데, 젊은 교수는

허둥지둥 뒤쪽으로 달려와 장군에게 꾸벅 인사를 드리고 '죄송합니다'를 연발했지요. 그러자 장군이 일어서면서 하는 말씀이 뭐겠어요.

'전쟁터에서는 내가 사령관이고 자네가 통신병이었지만 평화시대에는 자네가 교수고 나는 학생인 거야. 영원히 대오를 따라가자면 각자의 위치가 바뀔 수 있는 거야. 다음 시간부터는 분명 교수답게 당당한 모습으로 강의하라고!'

학문에는 선후의 차별이 없고 성적 앞에서는 누구나 평등한 법이요. 공부하는 데 형제간이면 어떻고 부자간이면 어떻단 말이오? 다 자기 몫이란 말이오. 성적 순위대로 합시다."

쾌도난마(快刀亂麻)란 말을 바로 이런 때 쓰는 게 아닐까? 정판룡 교수의 메타포 한마디에 중구난방으로 떠들던 교수들 모두가 수긍했고 관웅 형과 나는 나란히 4년간의 대학생활을 마치고 대학원생이 될 수 있었다.

1982년 초봄의 일이다.

세월은 유수와 같다더니 어느덧 대학 문에 들어선 지도 30년이 된다. 우리에게 인생과 학문의 길을 가르쳤던 허문섭, 정판룡, 권철 등 교수님들도 하늘나라에 갔다. 그 대신 우리가 그분들이 물려준 교단에 서서 후학들을 가르치는 입장이 되었다. 여러 스승들을 본보기로 늘 옷깃을 여미고 연구와 강의에 임해야 하리라 생각한다. 그리고 더욱 새로운 만남들이 내 인생을 풍요롭게 하리라 생각한다.

– 2007년 10월 20일

초년고생은 금 주고도 못 산다········

―지식청년 하향운동 40주년에 즈음해

∷콧물이 흘러내려 동탯국도 못 먹고

1970년 1월 그해 내 나이 17살이었다. 중학교에 들어와 1년도 공부하지 못하고 허울 좋은 지식청년으로 농촌에 가게 되었다. 2년 전 큰형이 대학을 졸업하고 흑룡강 북안현에 있는 군대농장으로 갔고 둘째 형은 고급중학을 채 졸업을 하지 못하고 돈화현 대산주자에 가 있었으며 셋째 형은 초급중학 3학년을 졸업하고 연집공사 태암촌에 가 있었다. 지식청년으로 농촌에 간다는 게 실은 무서운 고생을 하러 가는 것임을 나는 형들의 전례를 통해 벌써 알고 있었다.

둘째 형이 돈화로 갈 때 담임선생님께서 집집이 돌아다니면서 학부모들을 동원하고 위안을 했다. 그이는 우리 부모님을 앉혀 놓고 돈화현 대산주자를 선경처럼 이야기했다.

"어떤 곳인지 아십니까? 대산주자 아주머니들은 아침에 일어나 남편에게 이렇게 묻는 답니다. '오늘 아침엔 꿩고기 먹겠수? 노루고기 먹겠수?' 남편이 '거 좀 시원하게 꿩고기 국을 먹고 싶구먼.' 하면 아주머니는 일단 아궁이에 도목나무를 사려 놓고 솥에 물을 씽씽 끓인 다음 문을 활짝 열어 놓는 답니다. 그러면 꿩들이 훨훨 날아와 죽창(竹槍)처럼 솥에 꽂히지 뭡니까? 안성맞춤으로 끓는 물에 튀를 해서 납죽납죽 썬 무에 고추장까지 듬뿍 넣어 끓이면 시원한 꿩고기 국이 되는 거지요. 간혹 '거 오늘은 눈이 많이 와서 아무 일도 못 하겠구먼. 술이나 한잔하게 노루고기로 회나 치지.' 하면 아주머니는 빨래 방치를 들고 절구통 같은 엉덩이를 휘두르면서 문밖에 나갑니다. 노루가 대여섯 마리나 서서 '나 때려 잡수.' 하고 기다리지 않겠습니까. 아주머니는 기중 살집이 좋은 놈을 보고 '에끼 이놈아, 오늘 우리 영감 술안주나 되어라!' 하고 빨래 방치로 탁 하고 노루의 정수리를 친답니다. 거 노루고기로 만든 회, 입 안에서 살살 녹는 게 둘이 먹다가 하나 죽어도 모르지요."

우리 아버지와 어머니는 그게 다 새빨간 거짓말인 줄을 번연히 알면서도 울며 겨자 먹기로 자식들을 차례로 농촌에 보내고 말았다.

하지만 북안현 군대농장에 간 큰형에게서는 보이라에 불을 때다가 물통을 엎질러 발등을 데웠다는 편지가 날아왔고 둘째 형이 가 있는 돈화현 대산주자라는 마을은 꿩고기, 노루고기는 고사하고 1년 365일 돼지고기 한 칼 먹기 어려웠다고 한다. 워낙 수질이 나쁜 동네라 곱사등이가 많고 마을 사람들 모두 참나무 옹이처럼 손가락 마디가 굵고 비틀어졌다. 둘째 형도 목에 창이 생기고 손목과 무릎관절이 저려서 생고생을 했다고 한다.

이젠 넷째인 내가 농촌에 갈 차례인데 우리 어머니는 제발 셋째 형네 집체호에 가라고 비난사정을 했다.

“명년에는 다섯째도 농촌에 가야 할 터인데 너희 형제들이 산지사방에 널려 있으니까 아버지가 힘들단다. 그리고 셋째가 가 있는 태암촌은 집하고 거리도 가깝지 않느냐? 너희 아버지를 생각해서라도 셋째 형네 집체호에 가거라.”

그때 우리 아버지는 연길시운수공사 8급공이라 88원 정도 월급을 받았으니 많이 받는 폭이었지만 여기저기 널려 있는 자식들에게 용돈을 쪼개서 보내고 나면 그야말로 입에 풀칠할 수도 없는 형편이었다. 그래서 어머니는 농촌에 간 자식들의 뒷바라지를 하느라 삯바느질에, 이삭줍기에, 자갈 치기에 닥치는 대로 일을 했다. 나는 우리 팔남매를 키우느라 밤낮 소 갈 데 말 갈 데 가리지 않고 뛰어다니는 어머니의 당부를 물리칠 수 없었다. 그래서 우리 학급 친구들은 모두 연길현 이란공사 명랑촌에 갔지만 나는 닭 무리에 오리 끼이듯이 셋째 형네 집체호에 들어가게 되었다.

이불 짐을 메고 30리 길을 걸어 어슬녘에 태암 4대 집체호에 들어서니 소한추위라 개털모자에는 새하얗게 서리가 끼었지만 잔등은 물씬물씬 김이 서려 올랐다. 남성들은 모두 민공(民工)에 뽑혀 용정 쪽 공사장에 가 있었고 까투리 같은 여성들만 집체호를 지키고 있었다. 그녀들은 내가 온다는 전갈을 받고 동탯국을 끓여 놓고 기다리고 있었다. 설 대목이라 생산대에서 한 사람당 명태 두 마리씩 나누어 주었던 것이다. 그때 취사담당은 주련순이라는 시원하게 생긴 여성이었는데 서둘러 밥상을 차려서 내놓았다. 누님뻘 되는 여성 네댓이 부뚜막에 앉아서 마치 신기한 동물을 구경하듯이 나를 건너다보며 귓속말로 소곤소곤했다.

"아이고, 형보다 더 잘생겼구나. 이목구비가 수려한 게 <춘향전>에 나오는 이 도령이 따로 없구나."

"이 애가 김칫국부터 마시는 것 보지. 동생뻘 되는 애를 두고 서방 비위를 하면 어떡하니?"

나는 귀뿌리가 화끈 달아올랐지만 제법 점잖게 앉아 밥상을 받고 시원한 동태찌개부터 한 숟가락 떠먹었다. 맵싸한 게 별미였다.

그런데 한겨울 30리 길을 걸어 문득 집 안에 들어와 밥상을 차지하고 앉으니 얼었던 몸이 봄눈 녹듯 풀리면서 애꿎은 콧물이 주르르 흘러나왔다. 그걸 들이키자니 망신을 할 것 같았고 "잠깐 실례하겠습니다." 하고 바깥에 나가 코를 풀고 다시 들어와 앉을 수도 없는 노릇이었다. 제꺽 먹어 버려야지 하고 숟가락 목이 부러지게 밥을 떠먹었더니 이젠 주체할 수 없이 콧물이 쏟아져 내렸다.

"금방 밥을 먹고 왔더니 배가 불러서……."

하고 나는 자리를 차고 일어나 부랴부랴 바깥으로 나왔다.

"힝!" 하고 코를 풀고 나니 숨통이 열리는 것 같았다.

하지만 새뽀얀 기름이 동동 뜨는 동태찌개가 눈앞에 언뜻거렸고 다시 들어가 그놈의 동태찌개에 밥을 말아 후닥닥 먹고 싶었지만 이젠 다 행차 뒤 나팔이었다.

사춘기 소년이라 서푼어치도 가지 않는 체면 때문에 그 맛있는 동태찌개를 다 먹지 못한 게 지금도 한이 된다. 그리고 이런 사춘기 소년소녀들을 지식청년이라고 농촌에 쫓아 보낸 '마오'라는 어르신이 원망스럽다.

::구질구질 비는 오고 하도 배가 출출해서

태암촌은 연길에서 연집하를 따라 북쪽으로 20리 정도 올라가다가 남계고개를 넘거나 금성바위를 에돌아가면 나타나는 마을인데 연집하 기슭에 널어 놓은 그물 같은 동네다. 평봉산이 둘러앉아 새둥지처럼 포근한 느낌을 주기도 하지만 워낙 물이 적어 논을 풀지 못하고 밭농사만 했다. 사철 샛노란 조밥에 싯누런 된장만 먹어야 하는데 그놈의 조밥이란 재채기만 해도 숟가락에 뜬 밥이 산탄처럼 사처로 날려 갔다. 농촌에 살 바에는 도목나무에 쌀밥을 먹는 동네로 가야 할 터인데 허구한 날 강마른 조밥덩이만 먹어야 하니 어머니가 조금은 원망스러웠다.

황차 고기 등속은 고사하고 콩기름도 마음대로 먹을 수 없으니 이건 그야말로 속에 털이 날 지경이었다. 가끔 닭고기나 두부찌개에 술 한잔할 수 있는 것은 생산대의 우차를 모는 상농꾼들이었다. 집집마다 초가을에 태암촌 북쪽 고개 너머에 있는 석인골에 가서 땔나무를 해 놓으면 겨울에 그걸 우차에 실어 왔다. 한 해 땔감을 장만하는 일이라 웬만한 집에서는 닭 한 마리 잡거나 두부를 앗아서 우차몰이들을 대접했다. 그들이 술 한 잔 대접받고 개선장군처럼 불콰한 얼굴을 해 가지고 흥얼거릴 때면 참으로 입 안에 군침이 돌아서 견딜 수가 없었다.

늦가을이면 우리 집체호 청년들에게는 간혹 우차를 몰고 연길에 갈 수 있는 기회가 생겼다. 황연(黃煙) 토리들을 우차에 싣고 연길 역 뒤에 있는 황연 수매소(收買所)에 바치는 일인데 그날만은 맛있는 음식을 배가 터지게 먹을 수가 있었다. 공가의 일로 다녀오는지라 하루 수당 2원이 주어졌다. 그러나 그 이상 더 쓸 경우에는 빚을 내는 격이 되어 연말에 갚아야 했다. 외상이면 소도 잡아먹는다고 우리는 허리띠를 풀고 먹어 주었다.

이슬이 내리는 새벽에 태암촌을 떠나 아침에 금성촌이나 용연촌에 들러 닭똥과자 한 봉지씩 사서 와작와작 씹어 먹는다. 연길에 도착해서는 곧장 회족식당에 들른다. 지금의 성보호텔 자리인데 이른 아침부터 밀가루튀김(油條)에 콩물을 팔았다. 지금은 두 가락도 먹지 못하지만 그땐 한 놈이 일곱 가락, 심지어는 열 가락씩 먹었다. 어느새 부처님처럼 두둑히게 솟아오른 베를 두드리면서 황연 수매소에 가서 줄을 섰다가 황연 토리들을 부려 놓고 근을 달아 창고에 가려 놓고 나면 뱃가죽은 다시 등에 가서 붙는다.

늦은 점심으로 렬군속식당에 들러 류육편(溜肉片), 지삼선(地三鮮) 같은 안주를 시켜 놓고 맥주 대여섯 사발을 마시고 나서 뒷골목에 가서 아무데나 실실 소변을 본다. 다시 식당에 들어와 마파람에 게 눈 감추듯이 한 놈이 국수 두 사발씩 먹어 버린다. 지금은 국수 오리를 가위로 잘라서 홀짝홀짝 먹는 게 법이지만 그때는 황소가 깔을 감아 먹듯이 두어 젓가락에 후루룩 후루룩 마셔 버렸다. 그때 맥주 한 사발에 20전, 국수 한 사발에 38전인 걸로 기억하고 있다.

다시 빈 우차를 몰고 번잡한 거리를 지나 시골길에 들어서면 아예 우차에 올라가

사지를 던지고 대자(大字)로 눕는다. 소는 영물인지라 저절로 우차를 끌고 태암촌까지 덜커덩덜커덩 찾아간다. 우차에 실려 드렁드렁 코를 골며 돌아갈 때만은 그런 상팔자가 세상에 없는 것 같았다.

그때는 텃밭에서 나는 감자 한 알, 호박 하나도 장에 내다가 팔 수 없었는지라 태암촌 촌민들에게는 단돈 1원이 그리웠다. 공소사(供銷社)에 가서 소금이나 미역 따위를 사도 외상 거래요, 술 한 근 받아 와도 외상 놀음이었다. 하지만 마을의 소문난 술고래들에게는 외상으로 술을 주지 않았다. 그네들은 한 해가 다 저물어도 시치미를 뚝 떼고 외상 빚을 갚을 생각을 하지 않았기 때문이다. 그래서 신용을 잃은 마을의 술고래들은 촌 위생소에서 목정(木精)을 훔쳐다가 물에 타서 마시기도 했고 집체호 청년들의 보잘것없는 주머니를 털어 술을 마시기도 했다.

어느 날 비가 구질구질 오는데 김은식 대장이 슬그머니 집체호 문을 떼고 들어와 빙글빙글 웃으면서 잠깐 보자고 했다. 문밖에 나가자 김대장은 독수리가 병아리를 채 가듯이 자기 우산 밑에 나를 잡아넣으면서

"자 가자고! 오늘 아침 산토끼 한 마리를 잡았지. 햇감자를 넣고 푹 끓이고 풋고추에 깻잎까지 썰어 듬뿍 넣었더니 천하별미야. 그런데 술이 없거든. 공소사에 가서 술 한 병 사오면 자네도 끼워 주지."

"이 장마철에 무슨 놈의 산토끼를 잡았다고 그래요."

"아따 진짜라니까. 지금 다 끓여 놓고 장임송 대장도 기다리고 있어."

실은 김은식도, 장임송도 다 현임 대장은 아니었다. 30호 되나 마나 한 마을에 한두 해씩 돌아가면서 생산대장 노릇을 해 오는지라 생산대장을 아니 지낸 장정이 없었다. 그래서 모두 장 대장이 아니면 김 대장, 김 대장이 아니면 박 대장으로 통했다. 김은식 대장은 워낙 사람이 실속이 없고 얼렁뚱땅 남의 등을 쳐 먹기를 잘하는지라 좀 믿음성이 없었지만 말수 적고 듬직한 장임송 대장까지 산토끼 국을 끓여 놓고 기다리고 있다고 하니 나는 한달음에 공소사에 가서 술 두 병을 받아 왔다. 장정이 셋이니 술 한 병으로는 간에 기별도 가지 않을 것 같아서 큰맘을 먹고 술 두 병을 받아 왔다.

그때 흑룡강 북안에 가 있는 큰형은 월급 45원을 받았는데 달마다 산지사방에 널려 있는 동생들에게 5원씩 부쳐 보냈었다. 김은식 대장은 동네 어른들의 생일날까지

꼬박꼬박 기억해 주었다가 술 한 잔씩 얻어먹는 위인이라 아마도 내게 돈 봉투가 날아든 걸 알고 있은 모양이었다.

산토끼 고기는 처음 먹어 보는데 역시 별미였다. 고기가 졸깃졸깃해서 육미가 있었고 푹 익은 햇감자가 더 맛있었다. 술 두 병을 다 마시고 구수한 국물에 밥까지 비벼서 배가 터지게 먹었다. 그야말로 뜻밖에 생일을 쇤 폭이 되었다.

그런데 이튿날 우사(牛舍)에 나갔더니 명철이 어머니가 동네 아낙들과 둘러서서 무슨 재미있는 이야기를 나누며 깔깔 웃다 말고 나를 뱅글뱅글 건너다보더니

"어제 산토끼 추렴을 잘했겠지."

"예, 난생 처음 산토끼 고기를 먹어 보았는데 별미입디다."

"아니, 집체호 젊은이들도 오리발을 내밀긴가. 우리 고양이를 내놓아요. 남이 8년이나 기른 가족 같은 고양이를1 잡아다 술안주를 하다니 이제 천벌을 받을 거야!"

하고 길길이 뛰었다.

일 년 사철 고기 한 점 먹어 보지 못했던 그 시절의 농부들, 기름진 안주에 술 한 잔이 얼마나 그리웠으면 남의 툇마루에 누워서 가물가물 자고 있는 고양이를 잡아다 술안주를 했으랴. 고양이를 욕보이면 천벌을 받는다는 속설은 있지만, 장임송 대장은 천수를 다 누리고 몇 해 전에 천당에 갔고 김은식 대장과 나는 이날 이때까지 천벌을 받지 않고 소처럼 든든하게 잘 지내고 있다. 백성은 밥을 하늘(民以食爲天)로 생각하는 법, 굶주린 백성이 고양이 한 마리 잡아먹었다고 하늘이 어찌 벌을 내릴 수 있으랴.

::아침마다 종을 치는 대장 노릇도 해 보고

1972년 봄 나는 본의 아니게 대장 노릇을 하게 되었다. 사원들이 만장일치로 선출을 했으니 오늘의 정치용어로 말하면 민선 대통령은 아니고 민선 대장(民選隊長)이 된 셈이다. 하지만 나는 이십사절기도(二十四節氣)도 모르는 놈이요, 밭갈이 한번 해 본 적이 없는 풋내기 농사꾼이었다. 사원대회 때마다 신문을 읽고 모주석의 저작을 학습시킨 것밖에 없는데 어떻게 30여 호 촌민들의 생계를 맡을 수 있단 말인가? 하지만 신범룡 정치대장은 사원들의 간절한 요구이고 노농들이 옆에서 도와 줄 터이니

한번 대담하게 해 보라고 했다.

아무리 대담하게 한다 한들 농사일에 숙맥을 가리지 못하는 내가 방정하게 대장 노릇을 할리 만무했다. 아침에 신범룡 정치대장과 잠깐 상론을 하고 나서 우물가에서 있는 비술나무 가지에 걸어 놓은 종을 두드리는 게 내 업이었다. 어디서 굴러다니던 일제 포탄 깍지를 거꾸로 달아맸는데 소리는 꽤나 맑지고 좋았다. 하지만 사원들은 한식경이나 지나서야 기지개를 켜고 껄껄 트림을 하면서 가물에 콩 나듯이 나올 뿐이었다. 신범룡 정치대장과 상론한 대로 일을 포치하고 한 떼의 인마를 이끌고 기음을 매러 콩밭에 들어서면 시시껄렁한 육담만 늘어놓는 놈, "아이고 배야!" 하고 구실을 대고 꽁무니를 빼는 놈, 먹다 죽은 귀신이 붙었는지 밤낮 먹을 소리만 하는 놈, 도무지 일 축이 나지 않았다. 밤낮 벌떼처럼 쫓아다니면서 기음을 맸지만 밭마다 풀이 성해 호랑이가 새끼를 칠 지경이었다. 남의 일은 오뉴월에도 손발이 시리다고 호미 날을 땅에 깊숙이 박지 않고 슬쩍슬쩍 땅거죽만 긁었던 것이다.

등소평의 시대를 겪고서야 비로소 알게 된 일이지만, 자고로 농자유기전(農者有其田)이라고 농사꾼은 자기 땅을 갖는 게 소원이요, 자기 땅에서 일할 때라야 힘이 나는 법이다. 해방 후 토지개혁을 해서 농민들에게 무상으로 땅을 나누어 준 것은 참으로 잘한 일이나 4, 5년 만에 호조조요, 합작사요, 인민공사요 해서 땅을 집단소유, 국가소유로 만들었으니 땅에 대한 애착에서 비롯되는 농민들의 원초적인 열정에 찬물을 끼얹은 격이 되고 말았다. 하지만 그때만 해도 나는 나라의 기본 제도가 잘못 된 줄은 알 리 없었다. 내 인덕과 노력이 부족해서 그런 줄 알고 그야말로 솔선수범으로 뼈가 빠지게 일했고, 그래도 안 되면 입에 담지 못할 욕설로 사원들을 무섭게 닦아세우기도 했다.

30호의 생계를 이어 가자면 무슨 방책이라도 내야 했다. 마침 자형이 연길시운수공사에서 트럭 기사로 일했는데 석인골에서 채벌한 잡목(雜木)을 실어 가고 있었다. 현지에서 채벌한 잡목을 5, 6미터씩 잘라서 무지무지 쌓아 두었는데 그걸 트럭에 실어 연길역 구내에 가져다 부리는 작업이다. 아마도 그 잡목은 산해관 이남 평원지대의 탄광에 실려 가 침목으로 쓰이는 것 같았다. 세상물정을 모르는 우리 촌민들은 내 자형을 앞세우고 술병을 들고 가서 요행 일감을 맡아 오게 되었던 것이다.

일은 보통 밤중에 하게 되었다. 10여 대의 트럭에 잡목을 실은 후 팔목만큼 실한 밧줄로 든든하게 동이고 연길 쪽으로 달려가는데 우리 일꾼들은 산더미 같은 잡목 위에 앉아 밧줄을 잡고 위태롭게 가야 했다. 트럭이 웅덩이를 만나 덜컹할 때 밧줄을 놓고 있다가는 허망 길바닥에 굴러 떨어져서 어깨가 박산이 나거나 엉덩이가 부서질 수 있었다.

두툼하게 솜옷을 입었지만 한겨울이라 뼛속까지 스며드는 한기를 막을 길이 없었다. 우리는 아예 석인 공소사에서 빈 박스 하나씩 구해 가지고 그 안에 머리를 틀어박고 칼바람을 막았다. 하지만 아랫도리는 와들와들 떨리다 못해 거의 동태가 되었다. 연길역에 가서 잡목을 부리고 하남가에 자리를 잡은 전셋집을 찾아 들어가면 뜨끈한 우거지 장국에 밥 한 그릇이 기다리고 있는데 우리는 언 몸을 녹이려고 술부터 찾았다. 그때 배운 술을 나는 아직도 달게 마시고 있다.

이렇게 뼈가 부서지게 일했지만 내가 대장 노릇을 한 그해 태암 4대는 한 공(工)에 마이너스 16전이었다. 쉽게 말하면 수입보다 지출이 많아 일한 자가 오히려 빚을 지는 폭이 되었다. 나는 대장 공수까지 받아 4대에서 최고 공수를 기록했지만 오히려 210원을 빚지고 말았다. 그해 말, 가슴에 붉은 꽃을 달고 군에 입대하는데 신범룡 정치대장은 촌민들을 데리고 연집향 공사마을까지 와서 돈 30원을 내 손에 쥐어 주면서

"사원대회의 토론과 합의를 거쳐 김 대장이 진 빚은 생산대에서 안기로 했소. 이건 사원들이 십시일반으로 모은 부조금인데 군에 가서 보태 쓰오."

하고 허허 웃는데 나는 형언할 수 없는 서러움이 북받쳐 고개를 돌리고 말았다. 이 순진한 백성들을, 이 정직한 민초들을 배불리 먹이고 등 따뜻하게 입히지 못한 게 누구의 잘못이란 말인가! 세월이 하 수상해 꾀를 부리고 능청을 떨지만 마음바탕은 더없이 순박하고 아름다운 사람들이 아닌가!

::민병련장의 신세는 언제 갚아야 하나

태암촌에서의 3년 생활, 한 어르신의 이야기를 마저 하지 않고는 이 글을 끝맺을 수 없다. 지금은 어디에 살고 있는지 모르지만 이름은 윤두천, 그때 태암대대 민병련장을 맡아 했었다. 윤두천 민병련장이 아니었더라면 셋째 형과 나는 군에 갈 수 없었을 것이고 우리 형제에게는 오늘이 없었을지도 모른다.

그 시절 농촌의 탈출구는 추천을 받고 공농병학원으로 대학에 가는 길과 군에 가는 길밖에 없었다. 가끔 도시의 노동자로 추천을 받을 수도 있었지만 전반 나라경제가 파탄의 변두리를 헤매고 있을 때라 일자리는 많지 않았다.

태암촌에는 상해에서 온 지식청년들도 수십 명 있었는데 맘씨 고운 촌민들과 촌간부들은 그들만을 추려서 공농병학원으로 대학에 보냈다. 그래서 우리 본토박이 지식청년으로 놓고 말하면 농촌을 벗어나 출세하는 길은 군에 가는 길밖에 없었다.

기회는 준비된 자에게 차례지는 법, 1971년 연변군분구에서 특수병종(特特兵種)을 모집하게 되었다. 특수병종이라 해야 축구, 농구, 배구 같은 운동을 잘하는 청년들을 물색해 뽑아 가는데 그중에 번역인재도 포함되어 있었다. 셋째 형은 워낙 총기가 좋고 부지런해서 소학교, 중학교를 모두 수석으로 졸업한 수재였다. 농촌에 간 후에도 손에 잡히는 대로 책을 읽으며 독학을 해서 태암촌의 박사로 불렸다. 촌민들의 편지를 대필해 주는 일은 더 말할 나위 없고 태암촌에서 한어로 써야 하는 보고문이나 공문은 거의 도맡아 했다. 셋째 형 앞에서는 상해에서 온 청년들도 무색해졌다. 번역인재를 물색한다니 윤두천 민병련장은 덮어놓고 셋째 형을 추천했다.

그 무렵 진보도반격전이 일어나면서 중소 관계가 긴장했고 급작스럽게 특수병종을 뽑았으므로 셋째 형은 하루아침에 누운 소 타기로 군에 들어갈 수 있었다.

셋째 형은 연길무장부에서 군복을 타 가지고 집에 와서 바꾸어 입고 갔는데 부모님과 형제들이 배웅을 하고 돌아와 본즉 구들에 개미 같은 벌레가 종횡무진으로 기어 다니고 있었다.

"오동지섣달에 이게 웬 개미냐?"

하고 어머니가 한 놈 잡아 보니 그건 개미가 아니라 보리알만 한 이였다. 구들이 따뜻하니까 셋째 형이 벗어 놓은 옷이며 내복이며 팬티에서 이들이 얼씨구 좋다 하고 벌벌 기어 나왔던 것이다.

우리 형제들이 바삐 빗자루를 들고 이를 쓸어 모으는데 어머니는 셋째 형의 옷을 그러안고 하염없이 눈물을 흘렸다. 공사장에서 목욕 한번 해 보지 못하고 밤이나 낮이나 단벌옷을 입고 일하고 뒹굴었으니 어찌 이가 득실거리지 않으랴. 어쨌거나 나는 형이 두고 간 옷이며 신발을 물려받을 수 있어 군에 가기까지는 여벌이 생겨서 좋았다.

각설하고 1972년 말 내가 군에 들어갈 때는 사정이 달랐다. 2년 남짓이 농촌에 있었으니 군에 갈 자격은 되었지만 아버지의 역사문제가 가슴에 걸렸다. 황차 특수병종이 아니라 보통병종(普通兵種)이라 심사는 늦장을 부리며 까다로운 절차를 다 받았다. '유일성분론'이 살판을 칠 때라 뭐니 뭐니 해도 출신성분이 좋아야 했고 사돈의 팔촌까지 청백해야 하였다.

그런데 평양 출신인 우리 아버지는 18살 젊은 나이에 혈혈단신으로 중국 봉천(지금의 심양)에 들어와 그야말로 산전수전 다 겪으면서 무진히 고생을 했는데, 자동차 운전기술을 배우기 위해 얼마간 위만주국 자동차부대에 들어가 있은 적 있었다. 그런데 해방 후 이게 큰 문젯거리로 되었다. 아버지는 해방되자마자 자초지종을 조직에 교대했고 일반역사문제로 낙착이 되었지만 여러 가지로 괴로움을 당했고 우리 자식들도 '문화대혁명' 때 홍위병에 들기가 어려웠다.

나는 입오신청서(入伍申請書)를 받아 놓고 아버지의 역사문제를 적을까 말까 반나절이나 망설였다. 일단 적어 놓기만 하면 군에 갈 수 없을 것은 불 보듯 뻔했다. 셋째 형이 탈 없이 군에 들어간 걸 보면 아무래도 윤두천 민병련장을 찾아가면 뾰족한 수가 생길 것 같았다.

이튿날 새벽에 나는 마을 사람들의 눈을 피해 조용히 윤두천 민병련장네 댁을 찾았다. 찾아온 사연을 말씀 드리고 속이 한줌만 해서 하회를 기다린즉 윤두천 민병련장은 굵직하게 담배를 말아 입에 물고 나서 득 성냥가치를 그어 불을 붙이더니

"군에 가는 게 어디 부귀영화를 누리려 가는 거요? 나라를 지키기 위해 군에 가는 거지. 말하자면 젊은 피를 뿌리려 가는 건데 괜히 묵어 빠진 부모님 일까지 쓸 건 뭐요? 잘 왔소. 어서 아침이나 먹기오."

하고 껄껄 웃었다. 내가 마지못해 밥상에 앉은즉 윤두천 민병련장은 서둘러 아내더러 계란을 지지게 하고 바깥에 나가더니 움에 들어가 김이 문문 서리는 김치를 꺼내왔다. 그때 윤두천 민병련장의 두 아들애는 밥상에 매달려 "삼촌, 삼촌" 하고 재롱을 부렸는데 그야말로 툭 털면 먼지밖에 없었던 나는 단 돈 1원 쥐어 주지 못했다.

군에서 돌아온 후 태암촌에 인사차 찾아갔지만 윤두천 민병련장은 보이지 않았다. 연집공사에 가서 삼림관리소를 맡아 본다고 누군가 알려 주었다. 아무 때든지 만나면 큰절을 올리고 잘 대접을 해야지 하고 나는 별렀다. 그 후 태암촌 사람들은 이런저런 일로 자주 나를 찾아왔다. 하지만 윤두천 민병련장은 단 한 번도 나를 찾아오지 않았

다. 아무튼 윤두천 민병련장의 깊은 궁량과 용단이 아니었더라면 우리 두 형제는 초년에 된서리를 맞고 쓰러졌을지도 모른다. 이 지면으로나마 깊은 감사를 드린다.

어언간 35년의 세월이 흘렀지만 태암촌의 종소리는 오늘도 내 귓전에 뎅겅뎅겅 들리는 것 같고 이미 작고하신 장임송 대장, 술고래 김은식 대장, 그리고 우리 형제의 오늘이 있게 한 윤두천 민병련장의 얼굴을 잊을 수 없다. 집체호의 큰형들인 원수, 철산 형과 친구 동화와도 오랫동안 만나 보지 못했다. 동탯국을 끓여 주었던 주련순 누님도 보고 싶다. 우리 모두 허황한 시대를 얼마나 용케 헤쳐 나왔는가.

잘은 모르겠지만, '마오'라는 어르신은 자기의 정치적 적수를 거꾸러뜨리기 위해 수천수만 젊은 세대들의 끓는 피와 열정을 빌려 10년 동안 전대미문의 '문화대혁명'을 강행했고 그 목적을 달성하자 그야말로 토사구팽 격으로 홍위병들에게 '지식청년'이라는 듣기 좋은 이름을 주고 '빈하중농의 재교육을 받아야 한다.'는 당위성을 부여해 그들을 농촌에 보냈다. 경제학적으로 말하자면 10년 '문화대혁명'으로 황폐화된 국민경제의 붕괴, 이로 말미암은 수천수만 무직자들의 원성을 갈앉히기 위해 그들을 농촌으로 보냈다고 할 수 있겠다.

'마오'라는 어르신의 잘못으로 수천수만의 젊은이들, 특히 나와 같이 뼈도 굳지 않은 사춘기 소년소녀들이 농촌에서 갖은 고생을 겪었지만, 초년고생은 금 주고도 못 산다고 그것은 분명 우리 인생의 귀중한 경험이 되었고 자본이 되었다. 그 삼간초옥에서 가졌던 아름다운 꿈과 그 험난했던 시절에 키운 쇠 쪽 같은 의지가 있었기에 우리 모두의 오늘이 있었다고 생각한다.

언제 어디서나 인생은 순풍에 돛단 격이 될 수 없는 법, 오직 험난한 파도를 헤가르고 나가야만 행복의 피안에 이를 수 있기 때문이다.

– 2008년 8월 20일, 연변대에서

문학비평가와 장인정신 ········

—중국 조선족문학비평상 수상 소감

몇 해 전 분에 넘치게 '모드모아문학상'을 수상한 적 있는데 올해 또 중국 조선족문학비평상을 받게 되어 더없이 기쁘다. 이왕 차례진 상이니 고맙게 받겠고 이 자리를 빌려 정덕준, 남영전 선생님을 비롯한 심사위원 여러분, 그리고 하객 여러분께 깊은 감사를 드린다.

남들은 코 흘리는 시절부터 작가가 될 꿈을 안고 동서고금의 명작들을 널리 독파했다거나, 소학교 시절부터 신동으로 이 동네 저 동네 백일장에서 대상을 싹쓸이를 했다고 하지만, 나는 그런 엄청난 꿈도 꾸지 않았거니와 문학적 천부도 별로 없는 사람이다.

우리 아버지는 욕심도 많아 팔남매에 아들만 일곱을 두었는데, 나는 어릴 때 고작 형님들이 보다 던진 소설책들을 재미로 읽었을 뿐 문학인이 될 생각은 별로 하지 않았었다. '문화대혁명' 때문에 초급중학교를 겨우 나온 신세인지라 앞으로 자연과학을 해서 밥을 먹을 재간은 없었다.

그래도 형님들 덕분에 소설깨나 읽었으므로 그 밑천으로 인문과학, 말하자면 문학을 해서 밥벌이를 할 수밖에 없었던 것이다. 7~8년 농촌과 군부대에서 굴러먹다가 출판사 견습편집 노릇을 거쳐 대학에 간 게 1978년 9월, 스물네 살 때다. 그러니까 올해까지 문학을 공부해 온 게 30년 철을 잡는다.

밥벌이하기 위해 문학을 했듯이 지금도 여전히 문학을 신성시하는 게 나는 딱 질색이다. 문학은 문학자에게는 그 어떤 신성한 사명이라고 하기보다 무엇보다 먼저 직업이다. 가급적으로 많은 책을 읽고 아는 게 많고 글재간이 있어야 밥벌이를 할 수 있다. 벼농사를 하는 농민이나 제품을 생산해 파는 노동자와 본질적으로 다를 게 하나도 없다. 자기의 직업에 능수능란한 재간을 가져야 밥을 먹을 수 있다.

그래서 나는 밥 먹고 술을 마시고 필요한 수면을 취하는 나머지 시간은 책을 보고 컴퓨터에 마주 앉아 부지런히 키보드를 친다. 명색이 남의 자식을 가르치는 대학교의 교수라 텅 빈 소리만 하고 노루 때린 몽둥이 삼 년 우려먹을 수는 없다. 그래서 술값을 덜어서 책을 사고 가끔 한국의 어른들을 만나면 비위를 내서 공짜로 책을 얻어 본다. 소설이론 관련 책자들은 5, 6년 전 여기 앉아 계신 장덕준 교수님께 청을 들어 한꺼번에 10여 권씩 선물을 받기도 했다. 그랬지만 오늘 이때까지 따뜻하게 술 한 잔 대접하지 못하고 지내는 그런 깍쟁이다. 어찌할 건가? 책 도둑은 도둑이 아니라고 스스로를 위안할 수밖에 없다.

이 좌중(座中)에 선배, 스승뻘 되는 이들도 많지만, 이젠 이 사람도 어느새 지천명의 고개를 넘고 보니 돋보기를 걸지 않고는 도무지 책을 볼 수가 없다. 예전에도 그랬지만 요즘 들어서는 더욱 신선하고 기름진 책들만 골라본다. 싸구려 장국집이 아니라 근사한 레스토랑만 찾아다니는 격이다. 그리고 편식은 절대 금물이다. 이젠 문학 작품보다도 역사, 철학, 인류학 관련 책자들을 골고루 보고자 한다. 구석진 연길에 살지라도 세계 최고의 석학들의 생각을 다루고 그들과 같은 문제를 사고하고자 한다. 왜냐하면 글로벌 시대, 이 지구촌에 사는 이상 세계사적 패러다임에서 그 누구도 자유로울 수 없기 때문이다.

나는 대학에서 주로 문학을 가르치는데, 학생들에게 술잔은 잘 베풀지만 점수 주기에는 좀 인색한 편이다. 가끔 여러 문학상 심사에도 나가지만 안면을 보아주고 서열을 따지고 지어는 큰 고기는 제 초롱에 넣는 그런 염치없는 짓거리는 하지 않는다. 칼 차지 않은 무사를 무사라 할 수 없듯이 공정성을 잃은 비평가는 비평가라고 할 수 없다고 생각해서 인정사정을 보지 않는다. 오직 재봉사가 자로 재고 가위로 베듯이 문학성이라는 잣대와 공정성이라는 가위를 가지고 임할 뿐이다. 그래서 가끔은 오랜 문우들도 낙방거자로 만들고 예쁜 여성문인들도 앵돌아지게 만든다. 가슴이 아플 때도 있지만 나는 원래 잊음이 헤픈 사람이라 그 다음에도 그 식이 장식으로 옷깃을 여미고 제법 철의 법관으로 군림한다.

재깔거리는 참새도 오장육부가 있고 찰깍찰깍 밤낮없이 돌아가는 스위스 손목시계도 정묘한 구조와 장치를 가지고 있듯이 한 수의 시, 한 편의 단편소설도 하나의 예술적 생명체로서 구조가 있고 장치가 있고 기법이 있다고 나는 확신한다. 그 언어적 묘미를 따지고 그 구조와 장치를 해부해 설명하고 그 기법을 가르치는 게 내 직업이요, 내 살아가는 자본이다.

하지만 문학의 요체를 터득하고 그 구조와 장치, 그 기법과 묘미를 갈파한다는 게 어디 밥 먹듯이 쉬운 노릇인가? 학해무애고작주(學海無涯苦作舟)라고 그야말로 문학의 바다 역시 끝이 없어 애오라지 고통을 감내하고 끈질기게 노를 저어야 구원의 대안에 닿을 수 있다.

내가 좋아하고 존경하는 한국 한양대학교의 정민 교수가 요즘 『미쳐야 미친다』, 『비슷한 것은 가짜다』라는 책을 내서 베스트셀러를 만들었다. 옛사람들은 "불광불급(不狂不及)"이라 했는데 이는 미치지 않으면 미치지 못한다는 말이다. 이를 풀이해서 정민 교수는 "남이 미치지 못할 경지에 도달하려면 미치지 않고는 안 된다. 미쳐야 미친다. 미치려면[及] 미쳐라[狂]. 세상 사람들에게 광기로 비칠 만큼 정신의 뼈대를 하얗게 세우고, 미친 듯이 몰두하지 않고는 남들보다 우뚝한 보람을 나타낼 수 없다."고 하였다.

나도 동감이다. 세상은 만만치가 않다. 그저 하고 대충해서 이룰 수 있는 일은 어디에도 없다. 문학도 마찬가지이다. 오직 치열한 장인정신만이 우리 문학인 개개인을 살리고 우리 문학의 빼어난 탑을 쌓아 올릴 수 있다고 생각한다.

게으름 없는 분투, 정진을 약속드리면서 이로써 수상소감을 대신하고자 한다.

– 2007년 4월 21일, 장춘에서

학문은 진리를 탐구하는 다디단 고역(苦役)········

-연변대학교 김호웅 교수와의 인터뷰

학생기자: 김 교수님, 안녕하십니까?

저는 산동성 연태시 로동대학교(魯東大學校) 한국어학과 ≪두레박≫ 잡지사 사장 육전봉(陸傳峰)입니다. 제가 아는 바에 의하면 교수님네 가문에는 네 분의 박사가 계시다고 하던데요. 먼저 김 교수님네 가문과 네 분 박사 형제에 대해 소개해 주시지요.

김호웅: 우리 형제들에 대해서 잘 알고 계시는군요. 감사합니다. 저희 부모님은 욕심이 많게도 팔남매를 낳았어요. 그중 넷이 박사학위를 받았고 모두 연변대학교에서 교수로 일하고 있습니다. 셋째 관웅 씨는 문학박사요, 넷째인 저도 문학박사입니다. 다섯째인 철웅 씨는 의학박사로서 연변대학 부속병원 비뇨외과 주임으로 근무하고 있고 여섯째인 영웅 씨는 체육학과 학부장으로 근무하고 있죠. 모두 등소평 어르신님이 펼친 개혁, 개방 정책 덕분에 대학공부를 할 수 있었고 모두 머리가 좋은데다가 부지런해서 좀 성공을 한 셈이지요.

학생기자: 선생님의 성장과정과 연구영역에 대해 좀 자상히 말씀해 주시죠.

김호웅: 저는 문화대혁명이 터지는 해에 중학교에 입학했기에 그야말로 많은 곡절을 겪고서야 대학에 들어갈 수 있었습니다. 하향지식청년으로 농촌에 가서 3년간 농사를 지었고 또 군복무를 3년간 했고 출판사에서도 2년간 견습편집으로 있었습니다. 1978년 우리 형제 넷이 대학교에 입학해 연변을 들썽하게 놀래기도 했지요. 나는 연변대학교 조문학부에 입학을 했는데 그야말로 물을 만난 고기처럼 열심히 교수님의 강의를 듣고 고금중외의 명작들을 닥치는 대로 읽었습니다. 그리고 앞으로 작가가 되려고 가만히 습작을 했습니다. 『습작학개론』 리포트로 내놓은 작품이 담임교수의 추천을 받아 발표되었는데 그건 「산속에 핀 진달래」라는 작품이었지요. 1979년 4월호 ≪연변문예≫에 실렸는데 그해 우수상을 받았지요. 소설 쓰기에 재미를 보고 방학이 되면 부지런히 소설을 썼지요. 그래서 대학교 4년 동안에 10여 편의 소설을 발표했고 작가로 대접을 받았습니다.

1982년 조문학부 78년급에서는 유일하게 문학석사과정에 입학을 했고 허문섭, 정판룡과 같은 유명한 교수님들을 모시고 학문을 연구했습니다. 정판룡 교수님은 해방 후 중국 유학생으로 모스크바대학에서 처음으로 문학박사학위를 받은 분인데 20세기 조선족이 낳은 가장 걸출한 학자이며 교육자이지요. 그분의 슬하에서 석사, 박사과정을 밟으면서 저는 학문은 물론이요, 인간적으로도 많은 걸 배울 수가 있었습니다.

1997년 「재만 조선인 문학연구」를 제출해 문학박사학위를 취득했고 지금 주로 한국현대문학과 조선족문학을 연구하면서 '문학개론', '문예학미학방법론', '문학 창작론', '조선족문학사' 등 학과목을 가르치고 있습니다.

학생기자: 김 교수님께서는 젊은 시절에 군 생활까지 하셨군요. 군 생활이 김 교수님의 인생에 어떤 영향을 끼쳤다고 생각하십니까?

군 생활은 인간의 의지력과 협동정신을 키운다고 생각합니다. 저는 요령성 서부에서 군복무를 했는데 그 주변 농민들은 아주 어렵게 살더군요. 하루 세끼 강냉이떡에 죽[洗飯]을 먹더군요. 우리 군인들도 하루 식사표준이 49전이고 겨우내 만두에 감자, 배추볶음만 먹었어요. 고기는 한 달에 한두 번 정도 먹을까 말까 했지요. 그러나 이러한 어려움을 이기고 자신의 의지력을 키울 수 있은 게 큰 수확이었지요. 그리고 군 분대는 전우들과의 협동작전으로 모든 일을 풀어 가야만 하니 그 가운데서 협동정신이라는 게 무엇인가를 알 수 있었지요. 한 해는 심양에서 여순까지 뻗어 간 지하 전선줄을 수선하는 일을 했는데 12명으로 구성된 우리 분대가 서로 아끼고 사랑하면서 땀투성이가 되어 일했습니다. 우리 분대는 일심동체가 되어 가장 많은 구간의 수선임무를 완수해 사단의 모범분대가 되었지요.

학생기자: 교수님은 일본유학경험도 갖고 있지요. 그리고 교환교수로 한국, 조선에 가 계신 적도 있지요. 외국생활에 대해 잠깐 말씀해 주시지요.

조선에는 2001년 연변대학교 대표단으로 일주일간 가 본 적이 있으니 그건 말 타고 꽃구경한 격이라 별로 말씀 드릴 게 없어요. 하지만 한국과 일본은 각각 2년 좌우 체류했으니 말할 게 많아요. 한국과 일본 체험을 두고 『중일한문화탐방』이라는 책을 펴냈는데 로동대학 국제교류학원 자료실에 두어 책을 기증했으니 그걸 보시기 바랍니다.

우리는 자기의 전통문화를 사랑해야 할뿐더러 남의 나라, 다른 민족의 장점도 배워야 한다고 봅니다. 한강의 기적을 쌓은 한국인의 근면성, 끈질김도 배워야 하고 일본인들의 치밀함과 예의도 배워야 합니다.

학생기자: 지금은 우리 학생들 가운데 유학열풍이 일고 있습니다. 명확한 목적이 없이 덩달아 유학을 하는 건 좋지 못하다고 생각하는데 김 교수님은 어떻게 생각합니까?

외국어를 전공할 때 해당 국가에 가서 유학을 할 수 있다면 참 좋겠지요. 하지만 한국어의 경우 중국에서도 배울 수가 있어요. 현재 중국 경내 40여 개소의 대학에 한국어 학과가 설치되어 있고 중국의 교수들과 한국에서 온 교수들이 합작해 가르치고 있거든요.

일단 한국어 학과에 재학하고 있는 학생들이라면 4년간의 본과 과정을 다 마치고 석사, 박사과정을 한국이나 조선에 가서 하면 좋겠지요. 물론 석사, 박사과정도 연변대학과 같은 중국 경내의 대학에서 할 수 있습니다. 연변대학 조선언어문학학과는 국가급 중점학과로서 이득춘, 김병민, 김관웅, 채미화, 최응권, 허휘훈, 김영수 등 우수한 교수들이 포진하고 있고 오랜 역사와 전통을 갖고 있습니다. 지어는 한국의 젊은 이들도 연변대학 조선언어문학학과에 와서 석사, 박사과정을 밟고 있습니다.

중국에서 본과 과정을 졸업하고 한국에 유학을 갈 경우에는 될수록 좋은 대학을 골라야 하고 가급적이면 학비를 면제받을 수 있는 대학을 찾아야 합니다. 한국의 교육비나 생활비는 중국보다 훨씬 많이 드니까요.

외국어만 잘해서는 아니 됩니다. 위선 모국어를 능란하게 다룰 줄 알아야 합니다. 우리가 중-한 간의 교류에서 일할 수 있는 까닭은 중국어와 한국어라는 두 가지 언어를 알기 때문입니다. 새는 좌우의 두 날개로 창공을 납니다. 그와 마찬가지로 중-한 교류라는 분야에서 일하자면 모국어와 중국어를 다 잘 알아야 합니다.

학생기자: 저희들은 졸업학년 학생입니다. 어떤 졸업생들은 졸업논문 테마를 잡지 못해 전전긍긍하고 어떤 학생들은 얼렁뚱땅 남의 논문을 이리저리 뜯어 맞추어 제출하고 있습니다.

졸업논문은 4년간 배운 지식과 이론을 활용해 하나의 문제를 해결하는 과정으로서 대학생활의 총화로 됩니다.

산동지역은 한반도와 가장 가까운 거리에 있고 상호 간에 오랜 교류의 역사를 가지고 있습니다. 신라 사람 장보고는 이 지역에 신라방을 만들고 우리 중국 사람들과 더불어 산동지역의 발전에 이바지한 인물인데 어느 한 신라방을 조사해서 조사보고를 써도 좋겠고 여기 장도(長島)라는 섬은 명청 교체기에 조선의 사신들이 지나가면서 많은 시들을 남겼는데 그걸 조사, 발굴해서 분석, 평가하는 논문을 써도 좋을 것입니다. 학사학위논문은 될수록 작고 뚜렷한 테마를 가지고 확실한 논거로 그걸 논증해야 합니다. 어학논문도 작은 문제를 틀어쥐고 깊이 있게, 체계 있게 논증하는 과정을 거쳐야 합니다.

표절하는 행위는 삼가야 합니다. 남의 자료는 인용할 수 있지만 새로운 분석을 시도해야 하고 자기 논문의 체계 속에 소화시켜야 합니다. 학문은 진리를 탐구하는 작업이므로 인간적인 성실성이 바탕이 되어야 합니다.

학생기자: 바쁜 시간을 내주셔서 감사합니다. 우리 대학교에 자주 찾아오시기 바랍니다.

김호웅: 감사합니다.

-2006년 6월 23일, 로동대학교 캠퍼스에서

제2편 우리 사회의 문화전략

글로벌화와 다원공생시대의 문화전략 · · · · · · · ·

–중국 조선족 사회의 생존과 발전을 중심으로

“세상은 아는 것만큼 보인다.”는 말도 있지만 한국의 미학이론가 유홍준은 “사랑하면 알게 되고 알게 되면 보이는 게 이전과 다르니라.”고 했다.

오늘은 21세기 글로벌화라는 세계사적 변화에 대응해 탈식민주의 문화이론과 ‘갑신문화성명’, 변연문화와 접목의 원리에 입각해 민족문화를 고수하고 발전, 확장시킨 문제를 논의하고자 한다. 겸해서 민족문화의 발전을 위한 대안을 생각해 보는 자리가 되면 좋겠다.

세계가 하나의 지구촌으로 된 오늘 어느 한 지역이나 민족의 생존방식은 세계화의 물결과 세계사적 패러다임(paradigm, 사상이나 이론의 틀)에서 자유로울 수 없기 때문이다.

1. 글로벌화와 인류가 직면한 양대(兩大) 문제

글로벌화(世界化, 全球化, global)라는 개념은 1992년 미국 피츠보(匹兹保) 대학교사회학교수 로버슨(羅伯森)이 그의 저서 『글로벌화』에서 처음 내놓았다. 세계화는 한 지역의 생활과 그와 멀리 떨어진 지역에서 벌어진 사건과의 의뢰성 또는 상호 역동성(互動性)이라고 말할 수 있다.

일례로 중국의 한 사무원의 개인 생활을 보면 그의 손목시계는 스위스 제품이고 텔레비전은 일본 마쯔시다 제품이며, 휴대폰은 삼성 제품이고 자가용은 독일 벤츠일 수 있다. 이처럼 한 개인의 생활도 세계화되고 있다. 특히 통신기술은 지역적 한계를 극복해 지구촌을 순식간에 연계시킨다. 세계화는 3개의 마당(競技場)이 있는데 그것은 경제적, 정체(政體)적, 문화적 마당이다.[5)]

하지만 글로벌화는 장구한 근대적 과정과 연계되며 오랜 역사발전의 소산이다.

17세기 중반 이후 영국의 산업혁명, 18세기 미국의 독립전쟁과 프랑스의 시민혁명 후, 세계는 거대한 변화를 경험했으며 인류의 삶의 여건은 많이 개선되었다. 특히 지난 100년간 과학기술에 의해 전대미문의 기적을 창조했으니 핵기술(核技術), 우주항공(航天航空)기술, 컴퓨터인터넷(情報网絡)기술, 유전자(基因)기술의 발전만을 보아도 이는 너무나 명백하다.[6)]

특히 컴퓨터인터넷기술은 세계를 그야말로 하나의 지구촌으로 되게 하였으며 60억 인류가 하나의 거대한 호텔에 입주한 형국으로 만들었다. 상술한 기술력에 의해 지구촌은 무한경쟁의 시대에 들어섰고 19세기 이후 인위적인 국경이 가지는 의미가 약화되었으며 그 대신 우수한 민족은 국경 밖에 '문화영토'를 갖게 되었다.

하지만 구미 중심의 근대화는 인류에게 전례 없는 복음을 가져다줌과 아울러 그 병폐도 충분히 드러냈다.

첫째로 구미 중심의 근대사회의 생성과 발전은 봉건적 신분관계를 해체하고 자유, 평등, 박애에 의한 인간의 해방을 가져온 반면, 약소(弱小) 국가와 민족에 대한 약탈과 지배를 감행했으며 후자에 대한 인종적 멸시와 국권 유린을 거리낌 없이 자행했다. 새뮤얼 헌팅턴이 그의 『문명의 충돌』에서 말한 바와 같이 서구 중심의 근대화로 말미암아 오늘날 이념과 체재의 대립은 문명권 사이의 충돌로 비화되고 있다.

둘째로 인간과 자연의 이원론적 관점과 인간중심주의를 주장하는 서양의 근세철학

---

5) 文池 主編, 「全球化與當代文化狀況」(『大學講演錄』, 新世界出版社, 2003년, 1－25).

6) 吳國盛, 「現代科學及其倫理問題」(文池 主編, 『大學講演錄』, 新世界出版社, 2004年).

에 기초한 구미 중심의 산업화는 인류역사상 전대미문의 물질적 부와 복지를 창조한 반면에 자연을 무차별하게 개발, 이용하고 환경을 오염시킴으로써 자연자원의 고갈과 지구의 황폐화를 초래했다.

구미 중심의 근대화는 결국 21세기의 양대 문제를 파생한다. 하나는 문명(또는 문화)의 문제요, 다른 하나는 생태환경의 문제이다. 2001년 미국 뉴욕의 '9 · 11' 참사와 1986년 구소련 체르노빌 핵발전소의 폭발은 구미 중심의 근대에 대한 회의와 반성을 촉구하는 결정적인 계기가 되었다. 하여 1992년 세계 여러 나라 정상들이 모여 생태파괴와 환경오염을 극복하기 위하 리우선언[7]을 채택하기도 했다.

2. 글로벌화와 다원공생의 시대에 있어서 중국 지성인들의 대응

오늘날 세계는 근대화, 글로벌화(世界化)가 진행되는 가운데 서양 대 동방, 강대민족 대 약소민족 간, 그리고 그사이에서 두 가지 문제가 파생한다.

첫째는 에드워드 사이드가 『오리엔탈리즘』에서 밝힌 바와 같이 동방의 여러 나라들이 구미의 정신적 지배에서 벗어나는 문제이다. 구미의 동양연구 내지 동양학이라는 것은 동방에 대한 유럽의 문화적 지배양식으로서 거기서는 서양이 '문명＝지배자'로 설정되고 동양은 후진적, 기교(奇矯, 언행이 기괴하고 익살스러움)적 이미지로 다루어진다. 말하자면 구미와 동방의 이원대립을 조장하고 허구에 의해 동방의 '신화'를 창조함으로써 무력에 의한 지배가 아니라 문화적인 지배를 꾀하고 있다. 이리하여 약소민족은 점차 주변으로 밀려나 낙후와 답보를 면할 수 없게 된다.

둘째로 국민국가의 쇠퇴가 예상되면서도 국민＝민족적 동일성으로 환원할 수 없는 소수파(minority)가 생긴다. 말하자면 세계가 하나의 시장경제에 급속도로 편입되어 가면 갈수록 한편에서는 각종 하위집단(이를테면 국가와 국가 사이에 끼인 약소민족들)

7) '리우선언(Rio 宣言)': 1992년 6월 3일부터 14일까지 브라질 리우데자네이루에서 열린 환경 및 개발에 관한 유엔회의(UNCED) 마지막 날 세계 114개국 정상 및 정부수반 회담에서 채택된 역사적 선언으로, 환경 및 개발에 관한 리우데자네이루 선언(Rio de Janeiro declaration on environment and Development)을 줄인 말. 지구환경보전의 헌장 성격으로 환경보전의 원칙을 담고 있다. 리우선언에 따른 행동강령을 구체화해 리우선언과 동시에 채택된 '의제21'과 더불어 지구환경 보전의 기초적 장전이다. 전문과 27개 조항으로 된 '리우선언'은 지구환경과 개발체제의 통합을 목표로 세계가 협력한다는 취지 아래 ① 환경파괴에 대한 책임 부여 ② 지구 생태계 보존 ③ 환경훼손 방지에 대한 연구 ④ 환경 분쟁의 평화적 해결 등의 원칙을 담고 있다.

들이 스스로의 정체성을 찾는 움직임을 강화하고 있다. 거기서 때로는 마이너리티 내셔널리즘(minority nationalism, 소수의 어떤 민족이 다른 민족이나 국가 등의 침략으로부터 벗어나 그 민족의 일체성을 확보하고 발전시키려는 사상이나 운동, 민족주의 또는 민족자결주의)이라는 말이 발생하게 되어 자타 모두 '내셔널리즘'이라고 인정하는 집단적 정치행위가 활발해지고 있다. 최근 베네수엘라 등 남미 여러 국가에서 좌파세력이 정권을 잡고 미국의 독주(獨奏)와 지배에서 벗어나려는 거세찬 움직임이 바로 그것이다.

이러한 민족정체성의 갈등을 증언하고 문화제국주의의 지배에 정면으로 도전한 첫 사람은 프란츠 파농(1925~1961)이다. 파농은 북아프리카 알제리인의 후예로서 중부아메리카의 마르티니크 섬에서 출생했다. 그의 전기 『나는 내가 아니다』를 보면, 그는 '식민지의 조국' 프랑스가 독일 파쇼에 의해 강점당하자 비분을 이기지 못해 친구들과 함께 의용군을 무어 대서양을 건너 프랑스에 들어가 참전한다. 그는 유명한 노르망디 상륙작전에도 참가하고 베를린을 함락하는 전투에도 참가해 혁혁한 공훈을 세우고 무공훈장을 타지만 해방된 프랑스의 수도 파리의 승전 축하 파티에서 오히려 프랑스 여인들의 질시와 외면을 당한다. 프랑스 여인들은 포로가 된 무솔리니의 이탈리아 병정들과는 춤을 추지 못해 발광을 하지만 아무리 자기들을 해방시켜 준 사람이라 해도 '깜둥이'들과는 춤을 출 수 없었던 것이다. 여기서 파농은 '나는 과연 누구인가?' 하고 자문하게 되며 자신의 정체성을 두고 깊은 고민에 빠진다.

후에 파농은 정신의학을 전공하고 조상의 땅—알제리에 가서 의학자로, 혁명가로 활동하는데 거기서 더욱 큰 충격을 받는다. 낮에는 전야에서 검은 피부를 드러내고 아무런 거리낌도 없이 일하고 장난질을 하던 알제리인들이 일단 주말이 되어 교회에 갈 때는 부끄러워 전전긍긍한다. 그네들은 백인 신부와 목사에게 검은 얼굴을 보이지 않으려고 저마다 마스크를 끼고 나타난다. 무력에 의한 식민지배는 끝나 가고 있지만 정신적인, 문화적인 지배는 계속되고 있음을 절감한 것이다. 이리하여 프란츠 파농은 『검은 피부, 흰 가면』(1954)이라는 명저를 내놓는다.

프란츠 파농이 경험했던 갈등과 비애는 최근 미국에서 벌어진 로버트 김의 사건에서도 드러나고 제일조선인 문학의 기반을 다진 김사량의 단편 「빛속에서」, 재미동포 작가 이창래의 『본토박이』에서도 볼 수 있으며 중국 조선족 작가가 김재국의 『한국은 없다』와 허련순의 『누가 나비의 집을 보았을가』에서도 볼 수 있다. 정체성의 갈등은 이방에서 살고 있는 모든 해외동포들의 보편적인 정신적 고뇌이다.

그럼 정체성이란 무엇인가? 정체성(identity)은 복수(複數) 타자와의 관계 속에서 규정되어야 하는 주체의 귀속과 관련되는 문제이다. 정체성의 분열은 커다란 심리적 고통을 동반하며 집단적인 폭력이나 성격의 파멸을 불러올 수도 있다. 미국 사회에서의 흑인들의 난동이나 재일조선인 젊은이들의 분신자살의 경우에서 이를 확인할 수 있다. 정체성은 복잡한 개념이며 여러 가지 국면과 상황을 내포한다. 민족적, 국가적, 사회적, 가정적 정체성의 문제가 모두 야기될 수 있는데 그중에서 민족적 정체성은 가장 본질적이며 21세기 '문명의 충돌' 시대에서 약소민족이나 그 개체가 가장 심각히 고민하는 문제이다.

프란츠 파농의 선구적인 업적에 토대하면서 에드워드 사이드, 호머 바바, 스피박 등에 의해 탈식민주의 문화이론이 대두된다. 이들이 관심하는 초점은 약소민족의 정체성을 찾고 구미 중심의 식민주의체제의 권위를 뒤엎어 버리는 문제였다. 사이드는 하위 주체의 담론은 구미사회에 통할 수가 없다고 하면서 '아웃사이더(局外者)'가 '인사이드(테니스나 배구 등에서 공이 일정한 경계선 안으로 떨어지는 일)'로 될 때만이 하위주체의 의지와 염원을 구미사회에 관철시킬 수 있다고 했다. 호머 바바는 서구중심의 권위를 깨뜨리는 대안으로 패러디의 방법을 내놓았고 스피박은 동방 여인들의 이중적인 피해 상황을 지적함과 아울러 '단절 속의 반복'이라는 유명한 명제를 내놓기도 한다.

탈식민주의 문화이론과는 좀 다른 갈래이지만 '성찰적 근대론의 기수'들인 울리히 백, 앤서니 기든스, 스콧 래쉬 등은 구미 중심의 근대를 지양하고 이른바 근대를 더욱 '인간답고 아름다운 근대'로 만들자고 제안했다. 이 외에도 E.V 스퉁키스의 디아스포라(경계인)의 논리나 니니안 스마트의 '세계 종교'와 '세계철학'을 창출할 데 관한 논리 등이 있다.

중국의 경우 여러 소수민족들이 자신의 문화를 보존하고 발전시킬 수 있는 논리가 최근 중국의 지성인사회에서 논의되고 있어 특별히 주목된다. 최근 중국의 북경에서는 '세계화와 중화문화'라는 테마를 걸고 '2004문화고위급논단'을 개최하였다. 이 회의에서는 세계문명의 다양성을 고수하기 위한 '갑신문화선언'을 채택하였는데 이 선언의 요지는 두 가지로 개괄할 수 있다.

첫째, "그 어떤 국가나 민족이든지 모두 자기의 전통문화를 보존하는 권리와 의무를 갖고 있으며 외래문화를 자주적으로 선택, 수용하거나 또는 비완전(不完全)히 접수하거나 일부 영역에서는 완전히 접수하지 않을 수 있는 권리와 의무를 가지고 있다. 뿐만 아니라 인류가 공동하게 관심하는 문화문제에 대하여 자기의 의견을 발표할 수 있는 권리를 가지고 있다."

둘째, "중화문화에 고유한 인격, 윤리, 이타(利他), 화해를 중요시하는 동방품격과 평화적 메시지를 담고 있는 인문정신은 오늘날 세계의 개인지상주의, 물욕지상주의, 악성 경쟁, 약탈적인 개발 및 여러 가지 근심스러운 현상에 대하여, 인류의 안녕과 행복에 대하여 모두 중요한 사상적 계시를 줄 수 있다고 확신한다."8)

이는 순수한 문화적 상대주의 입장이라고 할 수 있다. 오늘의 시대는 다양한 문명의 공존과 공생의 시대이다. 화단(花壇)에 비유하자면, 오늘의 문화적 제국주의 입장은 인위적이고 독단적으로 선택된 하나의 꽃으로 화단을 통일시키려는 의도를 갖는다. 그리고 그 실현은 그 나머지 다른 화초들을 인위적으로 꽃밭으로부터 강제적으로 축출함으로써 이루어진다고 믿는다. 다시 말해서 꽃들이 스스로 경쟁할 수 있는 분위기를 처음부터 박탈하는 것이다. 이에 반해 순수한 문화적 상대주의의 입장은 당분간 꽃밭의 통일 자체를 인정하려 하지 않는다. 그들은 화단이 결코 서열화될 수 없는 각양각색의 꽃들로 구성되어야 하고 꽃들은 자신의 모습에 끝까지 충실함으로써 전체적인 조화를 이룩한다고 보고 있다. 문명의 다양성과 공존, 공생을 주장하는 상술한 중국 지성인사회의 변화는 조선족의 문화 건설에 푸른 등을 켜 주고 있다.

3. 글로벌화와 다원공생시대의 문화전략

조선족공동체의 민족적 정체성에 대해서 처음으로 이론적 차원에서 언급한 분은 정판룡(1931~2001) 교수이다. 그는 조선족문화는 이중적 성격을 지닌다고 하면서 조선족은 중국이라는 대가족에 시집을 온 며느리와 같다고 하였다. 말하자면 조선족은 한반도에서 중국에 시집온 며느리이기에 친정집에서 익힌 문화도 갖고 있고 그와 동

8) 中國『文學報』, 2004年 9月 9日.

시에 시집에 와서 배운 문화도 갖고 있다고 했다. 그런즉 조선족은 위선 시집살이를 잘해야 한다. 오로지 시집살이를 잘해야 시부모나 남편의 신뢰를 얻어 친정집을 도울 수 있다. 만약 시집살이를 하면서도 늘 친정집 생각만 한다면 시집의 의심을 받고 '왕따'를 당하게 될 것이라고 경고한다.[9]

정판룡 교수의 '이중성격론'과 '며느리론'을 비판적으로 계승하면서 '융합론'을 내놓은 학자는 김강일 교수이다. 그는 「변연문화의 문화적 기능과 중국 조선족 사회의 문화적 우세」[10]라는 논문에서 중국 조선족문화는 '문화의 변연성(邊緣性)'을 갖고 있다는 관점을 내놓았다. 이는 문화인류학에서 구미의 학자들이 내놓은 디아스포라(Diaspora, 離散)라는 개념과 합치된다.

디아스포라라는 말은 그리스어로 '흩어 뿌림'이라는 의미를 가지고 있는데 '바빌론 포로'[11]를 계기로 고국 팔레스타인을 떠나 전 세계로 흩어진 유대인을 가리킨다. 이 말은 민족적인 이산(離散)을 뜻하는 말로 해석되어 20세기에 와서 여러 가지 이유로 말미암아 고국을 떠난 사람들의 경험을 가리키는 개념으로 이용되었다. 즉 디아스포라는 근대의 여러 가지 힘, 이를테면 정치권력, 경제력이나 군사력, 전쟁, 혁명 등이 낳은 '경계적인 존재'라고 할 수 있다. 그들은 어쩔 수 없이 국민국가라는 틀에서 쫓겨난 존재로서 경계(혹은 변두리)적인 삶을 살아가는 인간 또는 민족들의 공동체이다.

중국의 조선족 역시 세계상의 다양한 모습으로 존재하는 디아스포라의 한 형태라고 할 수 있는데 김관웅 교수는 이를 변연문화형태라고 표현했다.[12] 그의 논리에 따르면 조선족은 과경(跨境) 민족, 또는 이민(移民) 민족으로서 혈통과 문화전통 면에서는 한반도와 깊은 관련을 갖고 있고 한민족(韓民族)과 동일한 민족이다. 하지만 그들은 한반도에서 중국으로 이주한 민족공동체로서 100여 년 남짓한 세월 속에서 중국의 정치, 경제, 문화생활에 적극 참여하면서 점차 중국문화를 몸에 익히게 되고 점차 중국의 소수민족의 하나로 되었다. 즉 조선족공동체는 한반도문화와 중국문화의 사이

9) 정판룡, 『정판룡문집』(2), 연변인민출판사, 1997, 1－15쪽.

10) ≪문학과 예술≫, 2005.1－2.

11) 기원전 597～538년 이스라엘의 유대 왕국 사람들이 세 차례에 걸쳐 신(新)바빌로니아인 바빌론으로 포로가 되어 간 사건. '바빌론 포로'는 이스라엘 민족에게 일대 시련이었으나 약 반세기 동안에 포로들은 온갖 고난을 겪으면서 바빌로니아의 문화에 접하여 구약성서의 근간이 되었던 헤브라이의 여러 문서의 집성을 보게 되었고 팔레스티나에서의 유대인 공동체 회복에 원동력이 되기도 하였다.

12) 김관웅, 「사과배와 중국 조선족」, MOYIZA.NET 참조.

에 있는 변연문화형태에 속한다고 했다. 그럼 변연문화는 어떤 특성을 갖고 있는가?

첫째, 변연문화란 부동한 문화의 사이나 변두리에서 이루어진다. 이러한 문화계통은 세계 각지에 산재해 있다. 이를테면 세계 각지에 산재해 있는 유태인 공동체, 유럽 스위스의 독일인 공동체, 캐나다 퀘벡의 프랑스 후예 공동체에는 이런 문화계통이 존재한다. 변연문화구역은 자기의 특수한 문화적인 특질을 갖고 있는데, 그것은 이러한 문화구역은 두 개 이상의 문화계통과의 쌍개방(雙開放) 성격에 있다.

둘째, 변연문화계통은 그 특수한 다중문화구조(多重文化構造)로 인해 새로운 문화요소를 창출할 수 있기에 단일문화구조(單一文化構造)를 가진 문화계통에서는 갖출 수 없는 기능을 갖고 있다. 시스템론의 시각에서 보면 변연문화란 새로운 문화계통을 의미하며 그것은 일반적인 문화계통보다 더 강한 문화기능을 나타낼 수 있다.

셋째, 변연문화의 성격은 인류 문화발전의 필연적인 추세이다. 미래의 세계는 문화계통 간의 부단한 교류로 인해 복합적인 성격을 보다 강하게 나타내게 될 것이다. 따라서 그 어느 문화계통이든지 모두 자기가 고유했던 전통적인 문화만을 고수할 수 없을 것이며 복합적인 문화계통으로 새로운 문화기능을 창출해야만 발전에 필수적인 문화적인 에너지를 확보할 수 있게 되는 것이다. 이런 까닭에 그 어떤 변연문화계통이나를 막론하고 모두 그 존재의 합리성을 띠고 있다. 왜냐하면 문화란 부단히 변해가는 생활환경에 대한 인간들의 필연적인 반응이고 적응방식이기 때문이다. 앞으로는 생활리듬의 가속화로 더욱 그러할 것이다.

변연문화의 형태는 두 개 이상의 문화권을 연결할 수 있는 모든 문화계통을 내포하고 있다. 즉 그것들은 두 개 혹은 두 개 이상의 문화계통이 서로 맞닿은, 문화의 중심지역에서 멀리 떨어진 변두리에서 형성될 수도 있고 문화의 중심지역에서 형성될 수도 있으며 또 두 개 혹은 두 개 이상의 문화계통 간의 상호 문화교류 과정에서 형성될 수도 있다. 예컨대 중국 조선족 사회가 전자에 속한다면 미국의 한인사회는 문화의 중심지역에 형성된 변연문화계통이라고 할 수 있는데, 이 두 민족공동체는 모두 두 개 이상 문화계통 간의 교차 형태를 이루고 있기에 그것들은 모두 변연문화의 특징을 갖고 있다.

변연문화계통의 가장 돌출한 문화적인 특징은 그것이 갖고 있는 강력한 문화전환기능에 있다. 우리는 오늘의 시대를 정보화 시대, 지식산업 시대라고 한다. 오늘날의 새로운 시대에 있어서 변연문화는 세계의 각종 문화를 전환하여 전달하는 정보망의 망점을 이루고 있으며 그것이 각국의 정치, 경제, 문화 등 제반 영역의 발전에 주는 영향은 막대하다고 할 수 있다. 따라서 변연문화계통은 모체문화보다도 더 많은 기능을 가지게 된다. 즉 원문화계통 속에는 없는 언어중개와 문화중개의 역할을 함은 물론이고 두 개 문화계통을 연결하는 문화전환계통까지 생겨나게 된다. 특히 변연문화구역은 지리적으로 두 개 이상의 문화권을 연결하는 위치에 처해 있으므로 정치, 경제, 문화 등 각 분야에서 상호 교류의 중요한 매개역할을 감당할 수 있으며 그러한 문화전환기능으로 빠른 시일 내에 보다 효과적으로 두 개 부동한 문화계통의 연계를 강화할 수 있다. 하기에 이러한 변연문화는 일반적인 문화계통에서는 구비할 수 없는 정치 경제, 문화적인 중요한 가치와 의의를 가지고 있다.

하지만 조선족문화의 경우, 그것이 변연성을 띠고 있다고 해서 그것을 모국문화와 중국문화의 1대1의 기계적 조합이라고 생각해서는 아니 된다. 더욱이 중국의 주류문화에 기울어져 자기의 전통을 망각해서는 더욱 아니 된다. 이와는 반대로 자기의 민족문화전통을 굳건히 지킴과 동시에 중국문화를 지혜롭게 수용하는 자세를 취해야 한다. 쉽게 비유하자면 조선족문화는 한반도에서 갖고 온 모체문화라는 접본(接本 혹은 臺木)에 중국문화라는 접목(椄木)을 가접시켜 새롭게 생겨난 문화라고 할 수 있다.[13]

나무를 놓고 보면 그 생명의 바탕은 예외 없이 그 나무의 뿌리이다. 세계 제일의 품질을 자랑하는 한국 사과인 후지도 그 뿌리는 야생종인 매조의 일종이다. 그런데 매조의 열매는 크기가 도토리보다도 작다. 제2차 세계대전 후 세계 각국에서 여왕의 자리를 차지했던 피스(평화)라는 유명한 장미꽃은 그 예술적인 색깔과 모양으로 세계인들을 매료했다. 제2차 세계대전이 끝난 후 열렸던 제1차 UN총회에 모인 각국 대표들은 모두 이 피스 장미꽃을 가슴에 꽂았다. 그런데 이 장미의 접본은 찔레뿌리였다.

이러한 의미에서 연변의 사과배는 중국의 조선족이라는 이 변연문화의 상징물이라고 할 수 있다. 사과배 역시 가접과수(嫁接果樹)이다. 말하자면 연변의 사과배는 북조선 함경남도 북청(北靑)의 배나무 가지를 연변의 산야에서 쉽게 볼 수 있는 야생 돌배나무에 가접(嫁接)시켜 개발한 새로운 과수품종이다.

잡종강세(雜種强勢)는 사과배에서도 볼 수 있다. 가접을 통해 만들어진 새로운 배

13) 김관웅, 「사과배와 중국 조선족—중국 조선족의 아이덴티티에 대한 管見」, 모이자 사이트: moyiza.net.

품종—사과배는 연변의 야생 돌배보다 훨씬 크고 달며 심지어 북청의 배보다도 더 크고 달 뿐만 아니라 배 껍질이 두꺼워 오랫동안 저장할 수 있다. 중국 산동성 라이양[萊陽]의 배나 한국 전라남도 나주(羅州)의 배가 유명하다고 하나 연변 사과배의 맛에는 미치지 못한다.

한국의 후지사과, 미국의 피스장미, 연변의 사과배의 경우 그 생명의 바탕이 되는 뿌리인 접본은 예외 없이 야생종이다. 이는 우리에게 커다란 계시를 준다. 그것은 나무의 생명의 바탕은 예외 없이 그 나무의 뿌리인 까닭이다. 한 식물의 종(種)이 아무리 인간에 의해 변이(變異)를 많이 일으켰다고 하더라도 그 원형은 자연 상태의 야생으로부터 진화된 것이기 때문이다.

생물의 세계에서만이 아니라 인간의 세계에서도 마찬가지이다. 식물의 경우 줄기나 잎보다 뿌리가 중요하듯이 문화의 경우도 줄기나 잎보다도 뿌리가 중요하다.

그러면 한 민족의 정신문화의 핵과 뿌리는 어디에 있는가? 관념문화에 있고 그 관념문화를 담고 나르는 문자부호와 철학, 역사, 문학, 예술 같은 데 있다. 민족이나 나라가 아닌 개인도 마찬가지이다. 아무리 첨단과학의 권위자라고 해도, 또 아무리 대단한 작가나 예술가라고 해도 그가 영원한 인간이 되려면 그 정신의 접본은 제 민족의 정신문화와 그 역사에서 찾아내야 할 것이다.

요컨대 약소민족은 다양한 문화와의 접촉과 융합을 지향하되 오직 접본을 중요시하는 접목의 원리를 지킬 때만이 민족적 정체성을 지킬 수 있고 주변문화의 자양분을 흡수해 보다 강대한 민족으로 거듭날 수 있다. 중국의 조선족은 100년간 이 접본의 원리를 고수함으로써 겨레의 얼을 지키고 중국 땅의 문화민족으로 군림할 수 있었다.

4. 글로벌화와 다원공생시대 조선족문화의 현황과 전망

세계사적인 글로벌화를 배경으로 1978년 중국에서 개혁과 개방을 실시하자 조선족의 제3차 이민이 시작되었다. 현재 조선족 인구의 4분의 1이 되는 50만 인구가 원래의 거주지를 떠나 한국, 일본, 러시아를 비롯한 세계의 여러 나라와 지역, 그리고 할빈, 목단강, 장춘, 길림, 연길, 심양, 대련 등 동북의 주요 도시와 산해관 이남의 북경, 청도, 상해, 광주 등 대도시와 연해지역에 진출했다.

외국에 나간 경우를 보면 현재 한국에 12만 명, 일본에 2만 명, 미국 뉴욕 및 뉴저지 일대에만 1만여 명이 살고 있는데, 뉴욕 및 뉴저지의 경우 그들은 조선족협회까지 출범시켰다.[14] 연변의 경우만 보아도 연인수로 30만 명이 외국에 나가 일했거나 거주하고 있다고 한다.[15]

중국 경내 조선족의 유동상황만을 보기로 하자.

지난날 조선족은 주로 동북3성과 내몽골에 살았지만 지금은 송화강 기슭으로부터 주강(珠江) 삼각주까지, 동부의 해변도시로부터 서부의 파미르고원까지 널리 퍼져 있다. 연변의 경우만 보더라도 2001년 현재 농촌지역의 25% 인구가 도시에 들어가 일을 하면서 살고 있다. 현재 청도, 연태, 위해를 중심으로 하는 산둥 반도에만 12만 명의 조선족들이 살고 있다.

여기서 조선족의 3차 이민을 서로 비교해 보자.

19세기 말부터 1945년까지의 이민을 제1차 이민이라고 하고 1945년 이후 해방 공간의 이민을 제2차 이민이라 하며 1978년 이후의 이민을 제3차 이민이라고 한다.

1) 제1차 이민은 남에서 북으로, 조선반도에서 중국의 동북 지역으로의 이민이며 고국에서 외국으로의 이민이다. 제1차 이민이 일제의 침탈에 의한 타의적인 이민의 성격이 다분하다면, 제2차와 제3차는 생존권 또는 부의 축적을 위한 자의적인 성격이 강하다.

2) 제1차 이민과 제2차 이민이 두만강, 압록강을 사이 둔 단선(單線)적인 이민이라고 한다면 제3차 이민은 다국적, 전방위(全方位)적인 이민이다.

3) 제1차, 제2차 이민이 농경문화 내에서의 지역적인 이동이라고 한다면 제3차 이민은 농경문화에서 산업문화로의 이동을 의미한다.

4) 제1차 이민은 중국 국민과의 융합을 의미하고 제2차 이민은 모국으로의 회귀를 의미하지만 제3차 이민은 다국 국민, 적어도 조선족, 중국인, 한국인과의 융합을 의미한다.

5) 제1차, 제2차 이민은 폐쇄적인 농경문화를 배경으로 한 평면적인 이동이지만 제3차 이민은 고도로 발달한 항공, 통신을 배경으로 한 입체적인 이동이다.

당면한 조선족공동체의 지각변동을 어떻게 보아야 하며 그 전망은 어떠한가? 당면

14) 이동춘, 「뉴욕 조선족 사회 현주소 조명」, 『주간 흑룡강신문』, 2005년 3월 20일－26일, 21면.

15) 潘龍海, 黃有福 主編, 『跨入二十一世紀的中國朝鮮族』, 延邊大學出版社, 2001年, 72쪽.

한 위기를 전화위복의 계기로 삼을 수 있는 대안은 무엇인가?

산업화와 도시화, 정보통신과 무한경쟁의 시대이니만큼 조선족의 인구이동은 불가피하다. 이러한 이문물결의 대세를 방관하거나 비난할 것이 아니라 새로운 국내외 이주지에(移住地)에 우리 민족의 문화영토를 개척하고 가꾸어 나가는 것이 요긴하다.

한국 고려대학교 전임 총장이며 저명한 문화학자인 홍일식 박사는 일찍 1981년에 현존하는 지리적 국경의 공허성과 그것에 대체할 수 있는 새로운 개념으로서 '문화영토'라는 개념을 내놓은 바 있다.[16] 이 경우 한 나라의 국민이 다른 나라에 가서 영구히 살아가는 경우와 설사 영구히 거주하지는 않더라도 새로운 나라에 그들 문화를 꽃피우거나 그 문화상품들이 선호되는 경우를 말한다. 한국의 경우 전자는 세계 여러 지역에 분포되어 있는 코리안 타운이요, 후자의 경우는 한류열풍과 같은 경우를 말할 수 있을 것이다. 이는 국가와 국가 간에는 물론이요, 다민족 국가의 경우 지역과 지역의 사이에도 여전히 작용한다. 우리 조선족이 새로운 지역에 가서 자기의 문화적 뿌리를 내리고 주변의 민족과 더불어 잘 살면 바로 국경 밖, 전통적인 거주지역 밖의 자기 영토로 되는 법이다. 이 경우 민족의 총적 에너지는 쇠퇴, 유실되는 것이 아니라 오히려 확산되고 그 총량이 커지는 법이다.

황차 세계화, 정보화 사회는 다중심시대요, 컴퓨터인터넷을 통한 광범위한 네트워크를 조성할 수 있어 연변을 중심으로 보다 폭넓은 문화영토를 경영할 수 있다. 이러한 견지에서 우리는 향후 조선족문화의 발전상을 아래와 같이 예언할 수 있겠다.

1) 많은 조선족 인구의 이동에도 불구하고 동북의 여러 도시와 농촌지역에 조선족공동체가 의연히 존재하며 동북 지역의 조선족공동체를 보존하기 위한 노력이 경주되고 있다. 향후 20년, 길게 잡아야 30년 사이에 조선반도는 통일이 될 것이요, 그때가 되면 연변은 다시 복 받은 땅으로 떠오를 것이다. 그런즉 동북 지역의 조선족공동체를 살리는 작업에 최선을 다해야 할 것이다.

2) 흑룡강 해림시의 신합촌, 길림시 주변의 금풍촌, 심양시 주변의 만융촌, 화평촌의 경우와 같이 대도시 주변에 '집중촌'이 일떠서고 있다. 산업과 서비스업을 중심으로 교육, 문화, 복지를 아우르는 '집중촌'은 향후 조선족공동체의 새로운 모델이 될 것이다. 이를테면 해림시 신합촌은 이동춘 이사장의 인솔하에 마을의 땅을 활용해 농

16) 홍일식, 『문화영토시대의 민족문화』, 한국 육문사, 1987년, 453쪽.

촌집단기업을 만들었다. 즉 도시 근교에 자리를 잡은 마을의 지리적 여건을 십분 활용해 농경지를 아예 2, 3차 산업기지로 바꿔 버린 것이다. 그리고 그곳을 다시 공업단지 · 아파트단지 · 문화오락단지 · 공원과 민속촌단지로 나누어, 촌민들에게로 재분배한 것이다. 심양시 만융촌도 이와 비슷한 발전 모델을 지향하고 있다. 이 밖에 현재 논의되고 있는 조선족 '집중촌' 모델로는 중국 최대의 코리안 타운으로 유명한 심양의 서탑거리와 같은 '도시 중심형' 조선족공동체, 길림시의 아라디촌처럼 도시 외곽에 있지만 도시 중심에 일부 '집중촌'들을 끼고 있는 '중심촌형' 조선족공동체, 그리고 한국의 '두레마을'이 연변 등지에 세운 대규모 생태농업단지 등이 있다. 이처럼 선진적인 영농법을 기반으로 고부가가치 농산품을 생산해야 조선족 사회의 해체를 막고 한국에서 돌아온 조선족들을 품어 안을 수 있는 경제토대를 마련할 수 있다.

3) 산해관 이남의 북경, 천지, 청도, 상해 등지에 새로운 코리안 타운이 들어서고 있다. 이 새로운 코리안 타운은 중국 조선족과 한국인 사회의 통합 형태로 나타난다. 청도, 위해, 연태를 중심으로 하는 산둥 반도에만 하더라도 12만 명의 조선족과 함께 6만 명의 한국인이 살고 있다. 북경의 조선족 인구는 1990년에는 7,600명이었지만 2001년 현재 5만 명으로 늘어났으며 망경신성(望京新城)에는 6만 명의 한국인이 살고 있다.[17] 아무튼 조선족과 한국인이 통합되어 하나의 새로운 민족사회를 이룰 전망이다. 청도에서 발간하는 『연해소식』은 현지 조선족과 한국인들의 정신 · 문화적인 유대로 되고 있다.

4) 상술한 3개 여건이 주어지면 산업과 무역, 교육과 언론을 아우르고 동북과 황해권(黃海圈)을 연결하는 민족공동체 문화네트워크, 한 걸음 더 나아가서 동북아 우리 민족 경제 네트워크가 이루어질 전망이다.

21세기는 동북아의 시대다. 중국이 거대한 시장과 전 세계에 걸친 강력한 화교 네트워크를 발판으로 떠오르고 있듯이, 우리 민족도 경제 네트워크를 형성해야 한다. 만일 남북한, 그리고 중국과 러시아 연해주 일대에 흩어져 있는 우리 민족의 역량을 하나로 결집할 수 있다면, 우리도 화교나 유태인 부럽지 않은 번영을 누릴 수 있을 것이다.[18]

이러한 조선족공동체의 지각변동과 발전방향을 모색함에 있어서 가장 경계하고 심

17) 「왕징신청, 새로운 코리안 타운 형성」, 『주간 흑룡강신문』, 2005년 3월 20-26일.
18) 임진철의 글, '모이자 사이트' 참조.

층적으로 대처해야 할 문제는 민족적 정체성의 상실이다. 민족적 정체성을 상실한 개인과 집단의 부(富)의 축적은 의미가 없다. 일찍 중원을 지배했던 만주족이 자기의 문화를 상실함으로써 소금이 물에 녹듯이 자취를 감춘 전철을 다시 밟을 수 있기 때문이다. 이러한 의미에서 조선족의 제3차 이민의 물결을 좌시(坐視)하지 말고 새로 일어난 우리 민족의 공동체에 교육과 문화, 문학과 예술의 씨를 심는 작업을 서둘러야 하리라 생각한다. 바꾸어 말하면 산해관 이남으로의 인력 진출에 교육, 문화의 진출을 동보(同步)시켜야 할 것이다. 그 결과는 동북아 우리 민족 경제문화 네트워크로 나타날 것이다.

요컨대 우리가 민족적 정체성을 고수하는 작업만 잘한다면 제3차 이민물결에서 우리가 얻는 것은 민족공동체의 풍요와 확장이지, 잃는 것은 아무것도 없다.

::맺는말

200여 년간 지속된 서구 중심의 근대화는 인류의 복지를 획기적으로 개선했지만 문명의 충돌, 환경오염과 생태파괴라는 커다란 문제점을 안고 있다. 오늘의 인류는 서구 중심의 근대를 성찰하고 보다 인간적인 근대를 지향해야 한다. 그리고 다양한 민족문화의 평화적 공존과 선의적인 경쟁만이 보다 아름다운 미래를 창조할 수 있다. 우리 민족공동체도 이 새로운 세계문화사적 패러다임을 자각하고 그에 능동적으로 대처할 때만이 자체의 존재와 발전을 기할 수 있다.

앞으로 조선족 사회는 우리 겨레의 얼을 지키고 우리 전통문화의 우수성을 새롭게 확인하면서 중국문화를 비롯한 타민족의 문화, 예컨대 선진적인 공중도덕과 기업문화, 법치관념과 합리주의적인 행위방식 등을 받아들여 자정력(自淨力)과 자생력(自生力)을 높여야 한다. 특히 교육, 언론, 출판 분야에 종사하는 전문인들의 자질 향상을 비롯한 전반 조선족의 문화적 힘을 키워야 한다.

'높은 곳에서 낮은 곳으로 흐르는 것'은 문화 고유의 운동법칙이다. 오직 우리 문화의 우수성을 살리고 그 경쟁력을 높일 때만이 우리 문화를 고수하고 그 문화영토를 넓힐 수 있다.

－2007년 11월 2일

조선족 민족교육의 위기와 그 극복 제안·········

::초록

교육이 죽으면 민족이 죽고 교육이 살면 민족이 산다. 조선족 사회가 여러 가지 문제를 안고 있지만 교육만 살리면 기사회생(起死回生)의 전기를 마련할 수 있다. 통합의 방법으로 꺼져 가는 민족교육의 불씨를 돋우고 산해관 이남의 대도시까지 새로운 민족교육의 씨앗을 뿌린다면, 또 한 걸음 더 나아가 연길, 할빈, 목단강, 심양, 대련, 북경, 청도 등 지역을 중심으로 정보화 시대에 걸맞은 민족교육 네트워크를 결성한다면 우리 조선족 교육은 중화대지에 영원히 뿌리를 박을 수 있을 것이다. 이러한 바람직한 전망을 현실화하기 위해서는 원론적으로 두 가지 일을 잘해야 한다. 하나는 당과 국가의 민족정책 및 민족교육정책을 십분 활용해 현지 행정당국에 민족교육의 중요성과 절박성을 호소함으로써 지속적으로 정책적인 지원을 받는 것이고, 다른 하나는 하늘은 스스로 돕는 자를 도와주는 법이니 민족교육에 대한 조선족 전체 구성원의 관심과 성원을 이끌어 내는 것이다.

핵심어: 조선족 교육, 통합, 도시중심의 민족교육, 민족정책, 부흥운동

::들어가는 말

우리 조선족은 특정 종교가 없는 민족공동체이다. 조선족의 경우 종교 대신 교육과 문학예술이 민족구성원의 정신적 지주(支柱)로 되고 있으며 준(準)종교의 구실을 하고 있다. 특히 '조선어문' 교수를 비롯한 민족학교 교육은 150년 이민사를 기록하는 오늘까지 중국 조선족이 구소련 고려인, 재일조선인, 재미한국인과 달리 자기의 민족적

정체성과 전통문화를 고수할 수 있는 기본적인 터전으로 되어 왔다. 또한 민족교육은 자기의 모국어를 발판으로 이중 내지 다중 언어를 습득한 인재들을 양산함으로써 우리 민족의 구성원들이 다원공존, 다원공생의 시대에 적응해 자기의 가치를 실현하면서 꾸준히 생존, 발전할 수 있는 원동력으로 되어 왔다.

하지만 우리 조선족의 민족교육은 산업화, 도시화 및 새로운 이민열조로 말미암아 심각한 위기에 봉착하고 있다. 우리의 민족교육을 되살리고 우리의 민족적 정체성과 전통문화를 고수하고 발전시키는 것은 민족지성인들의 밀어 버릴 수 없는 책임으로 되고 있다. 우리 조선족 사회에도 요한나 벤 자카이 같은 랍비[19]가 나타나야 할 때이다.

요한나 벤 자카이는 유태민족의 역사에서 3대 랍비의 한 사람으로 추앙을 받고 있다. 그는 기원 후 70년 로마인들이 유태민족을 멸망시키려 했을 무렵 유태민족이 영원히 살아남기 위한 방법을 골똘히 모색하고 있었다. 그는 예루살렘을 포위한 로마의 장군을 비밀리에 만나 보아야 하겠다고 생각했다. 그는 죽은 것처럼 가장을 했고 헛소문을 퍼뜨리게 하였다.

한편 그의 제자들은 예루살렘 성안에는 묘지가 없으므로 요한나의 사체를 성 밖에 내다가 묻을 수 있게 해 달라고 간청했다. 이를 로마 장군은 허락했고 이렇게 관(棺)에 담겨 성 밖에 나온 요한나는 로마 장군을 비밀리에 만나 "당신은 불원간에 황제로 될 것입니다."라고 예언을 했다. 로마 장군이 은근히 흡족해하자 요한나는 한 가지 청을 들었다.

"다른 것은 다 쑥대밭으로 만들더라도 학교 하나만을 남겨 주시기 바랍니다."

"좋소, 그렇게 해 드리지요."

로마 장군은 쾌히 승낙을 했다. 얼마 후 요한나의 예언대로 로마황제가 죽고 이 장군이 황제가 되었다. 새 황제는 로마군에게 "유태인의 학교만은 파괴하지 말라."는 명령을 내렸다. 요한나의 예언에 의해 황제가 되었다고 생각한 새 황제는 유태인의 학교 하나만을 남겨 둔 것이 아니라 유태인의 모든 학교를 살려 둔 것이다.

이렇게 되어 유태인들은 나라를 빼앗겼어도 학교만은 살릴 수 있었고 이런 학교의 훈장과 학생들이 유태의 전통문화와 생활양식을 지켜 낼 수 있었던 것이다. 역사는 무수히 반복되는 법이니, 오늘 조선족 교육의 현실이 바로 최대의 위기를 맞고 있으

19) 랍비(rabbi)란 유태교에서 율법사를 높여 부르는 말인데 그들은 유태인에게는 재판관, 스승 또는 어버이 같은 존재로 존경을 받았다. 말하자면 랍비란 훌륭한 지성인을 높여 부르는 말이 되겠다.

며 그것은 또한 요한나와 같은 혜안과 지혜를 요청하고 있다.

이 글에서는 기성 연구성과를 참조하면서 우리 민족교육의 역사를 회고하고 현재의 위기상황을 짚어 봄과 아울러 그 극복책을 제시하고자 한다.

1. 민족교육의 역사에 대한 회고

조선족은 19세기 중반부터 조선반도에서 흘러 들어온 과경민족(跨境民族)이다. 하지만 교육을 숭상하고 굶어 죽는 한이 있더라도 자식만을 공부시켜 온 우리 민족은 이주 초기부터 다양한 교육기관을 설립해 우리의 말과 글을 지켜 왔고 민족적 정체성과 전통문화를 지켜 왔다. 아래에 조선민족교육을 1976년 '문화대혁명'의 결속까지 5단계로 나누어 살펴보자.

제1단계(이주 초기~1931년):

이주 초기, 조선인 이주민들은 황량한 '만주 땅'에 들어온 후 마을마다 서당(書堂)을 세웠다. 서당은 유교사상과 윤리도덕을 가르치는 사설 초등교육기관으로서『천자문(千字文)』,『동몽선습(童蒙先習)』,『통감(統監)』등을 교과서로 삼았다.

이러한 서당교육은 20세기 초까지 계속되다가 1905년 이후 조선 국내의 애국계몽운동의 영향을 받아 근대교육으로 발돋움했다. 1906년 리상설(李相卨)이 첫 근대교육기관인 서전서숙(瑞甸書塾)을 만들었고 그 뒤를 이어 정동, 명동, 길동, 창동, 신흥 등 민족사립학교들이 우후죽순처럼 일어섰다.

1920년대 민족교육은 진일보 발전해 전문적인 중등교육기관을 출범시킨다. 용정을 비롯한 여러 지역에 대성(大成), 동흥(東興), 은진(恩眞), 명신(明信) 등 중학교를 설립했는데 동북 지역의 다른 민족의 교육기관을 그 규모나 질에서 능가했다. 하여 조선 국내 학생들까지 유학 올 지경에 이르렀다. 여기서 나온 인재들로는 윤동주, 문익환 등이다.

조선민족교육이 발전하자 중·일 양국의 간섭도 만만치 않았다. 중국 당국은 일찍 1915년 '획일간민교육방법(劃一墾民教育方法)'을 제정해 조선족의 사립학교를 중국의 학제(學制)에 귀속시키려 했다. 중국 당국은 조선족 교육기관에 보조금을 대주거나 조선족 교사를 양성하는 등 회유책을 폄과 함께 조선인 학교 경영을 불허하는 강

압적인 정책을 휘두르기도 했다. 일본 역시 조선족의 보통학교를 만들어 주거나 보조금을 대주고 재래의 서당을 포섭, 개조하는 등 조선족 교육에 지극한 '관심'을 보임으로써 조선족 교육을 장악하려고 고심했다. 하지만 조선족 교육은 중·일 양국의 회유와 간섭을 물리치고 적어도 '9·18'사변 이전까지 자기의 민족적 특성을 잃지 않고 그 순수성을 지켜 왔다.

이 시기 조선족 교육은 학교의 난립(亂立)과 교육체계의 혼란 등 문제점도 가지고 있었지만, 아무튼 그것은 조선족공동체의 준(準)정부로, 민족교육과 정신의 요람으로, 반일운동의 아지트로 되어 왔다.[20]

제2단계(1931～1945년):

일제는 동북을 강점하자 이른바 '대동아성전(大東亞聖戰)'을 위한 인력을 보충하기 위해 그 전 단계의 친일교육에서 '황민화(皇民化)' 교육으로 탈바꿈했다. 그것은 식민지노예교육에 다름 아니었다. 일제는 1937년부터 조선인 학교에서 '황국신민선서(皇國臣民宣誓)'를 강제로 외우게 하고 1938년 조선교육령을 동북의 조선족 학교에 강제 적용해 일어교육을 강행했다. 일제는 이처럼 조선어교육을 폐지했을 뿐만 아니라 지어는 사회생활에서 조선어를 사용하는 것마저 허락하지 않았다. 일제는 1940년 '창씨개명령'을 반포했는데, 이에 복종하지 않는 조선인에 한해서는 교직에 부임할 수도, 학교에 입학할 수도 없게 만들었다.

일제의 '황민화'정책으로 말미암아 조선인들은 자신의 말과 글, 지어는 성씨와 이름마저 빼앗기는 불운을 겪게 되었을 뿐만 아니라 그들이 갖고 있던 민족교육체계도 여지없이 무너지는 비운을 겪게 되었다. '9·18'사변 후 일제는 '충량(忠良)한 황국신민'과 식민지지배를 위한 전문 인력을 육성하기 위해 조선인 학교에도 이른바 '신학제(新學制)'를 도입해 조선인 학교를 '만주국'의 지배하에 두고 식민지교육을 강요했다. '신학제'는 초등교육에 중점을 둔 데 반해 중등교육의 범위를 대폭 축소하고 그 학제를 축소함으로써 조선인의 중등교육을 파괴했다. 뿐만 아니라 대성, 동흥, 은진, 명신 등 중학교의 보통교육을 금지시키고 그러한 학교들을 직업학교로 개편함으로써 초등교육에서 중등교육에 이르는 조선인 학교의 보통교육체계를 단순한 직업인력 양성체계로 바꾸어 버렸다.

---

20) 허명철, 박금해, 김향화, 리정 저:『연변조선족 교육의 실태조사와 대안연구』, 요녕민족출판사, 2003년, 10～11쪽 참조.

이러한 일제의 고압(高壓)적인 식민지 노화교육정책에 맞서 조선인 지식인들은 여러 가지 민중단체, 서당과 가정을 발판으로 해서 다양한 민족교육을 진행함으로써 우리 민족의 말과 글, 민족적 정체성과 전통문화를 굳건히 지켜 냈다.

제3단계(1945～1949):

1945년 광복을 맞이한 조선인들은 중국공산당의 지도하에 정치적, 경제적 평등을 누리게 되었으며 민족교육을 발전시킬 수 있는 전기를 마련하게 되었다. 조선인들은 일제치하에 있었던 학교들을 민족학교로 개편, 복구했고 새로운 민영학교를 설립했다. 일례로 1948년 연길현에 171개소의 소학교가 있었는데 그중 새로 설립된 민영학교가 141개소였고, 또 27개소의 중학교가 있었는데 그중 민영중학교가 16개소나 되었다. 그리고 조선인 출신의 교사를 대량 육성하기 위해 1945년 간도사도학교(間島師道學校)를 연길사범학교로 개편했다. 1947년 흑룡강성에서도 목단강련합중학교에 조선족 사범반(師範班), 상지조선족중학교에 사범반을 부설했다. 특히 1949년 4월 중국의 첫 소수민족대학교요, 조선민족의 대학인 연변대학교를 설립함으로써 우리 민족은 소학교 교육으로부터 대학교 교육에 이르는 완벽한 민족교육의 체계를 가질 수 있게 되었다.

제4단계(1949～1966):

중화인민공화국이 성립된 후 대다수 조선인들은 중국국적을 취득해 중국 56개 민족의 일원으로 되었고 민족평등권과 민족자치권을 부여받게 되었다. 따라서 조선족 교육도 과거의 자연발생적이며 단순한 민족적 사립학교 교육에서 사회주의의 이념에 입각한 중국 교육의 일부분으로 되었으며 그 발전의 황금기를 맞게 되었다.

첫째, 소학교와 초급중학교 교육을 실시해 1952년 조선족 거주 지역에 소학교 교육을 보편화했고 1958년 초급중학교를 보편화했으며 고급중학교를 확산시켰다.

둘째, 청장년의 문맹을 퇴치하고 노농과외교육체계(즉 성인교육)를 확립함으로써 1958년 연변조선족자치주는 중국 경내 최초의 '문맹퇴치문화주(文盲退治文化州)'로 되었다.

셋째, 1958년 이후 전일제(全日制) 중학교, 대학교 외에 반공반독(半工半讀), 반농반독(半農半讀) 형태의 반일제(半日制) 직업중학교와 농업중학교 및 려명농대(黎明農大)와 같은 대학교를 설립했다.

넷째, 연변을 중심으로 하는 조선족 학교 교육망을 형성하고 사회주의민족교육체계를 확립했다.

제5단계(1966~1976):

10년간 지속된 '문화대혁명'으로 말미암아 조선족 교육도 커다란 타격을 받았다. '조선어무용론'이 고개를 쳐들었고 민족어문교육이 위축되었으며 조선족 교육체계가 무너지고 그 질이 크게 떨어졌다.

상술한 5단계를 거쳐 우리 조선족은 갖은 시련을 극복하고 민족교육의 명맥을 이어 갔으며 조선족공동체의 정체성을 지키고 이민사 150여 년을 기록하는 시점에서 조선족 형제들이 자기의 말과 글을 알고 민족적 자부심이 강한 민족으로 남게 하였다. 이러한 의미에서 조선족의 대표적인 교육자였던 고 정판룡 교수는 생전에 제자들에게 "100여 년 전부터 우리 동포들이 일본으로, 중국으로 미국으로 흩어져 나갔다. 미국, 일본에 간 동포들은 잘사는 일은 해냈지만 현지 주류민족에게 동화되어 조선민족으로 살아남기에는 대부분 실패를 했다. 하지만 우리 조선족은 두만강, 압록강을 건너온 지 100여 년 되었지만 민족교육을 통해 조선민족으로 살아남기에 성공했다. 이제 잘사는 일만 하면 된다."라고 말씀하곤 했다.

2. 당면한 민족교육의 위기

해방 후 조선족 교육은 외면상 거족적인 발전을 가져왔지만 그것은 중국 정부의 소수민족 우대정책의 혜택을 받은 바 많았고 농경문화를 바탕으로 하는 조선족 집거구라는 울타리 안에서 자란 한 그루의 꽃나무였다. 그것은 아직 자생력과 자율성을 가지지 못한 교육 형태였다.

1976년 '문화대혁명'의 결속과 더불어 조선족 교육은 복구, 소생의 기미를 보이다가 다시 한 번 된서리를 맞게 되었다. 1978년에 시작된 개혁과 개방이 심화됨에 따라 전통적인 농촌집거구가 해체되고 농촌인구가 대거 주변 도시와 산해관 이남의 대도시로 분산되고 있는가 하면 지어는 외국으로 흘러나가고 있다. 이러한 조선족 사회의 구조적 변동은 조선족 교육을 위기로 몰아넣고 있다.

목전 조선족 교육이 안고 있는 문제점들을 다섯 가지로 개괄할 수 있다.

첫째, 학생 수의 감소와 이로 말미암은 조선족 학교의 통폐합이다. 연변지구 도시 조선족 소학교의 경우 신입생은 1995년에 9,516명이었으나 2002년에는 4,210명으로서 44.2%나 감소하였음을 볼 수 있다.[21] 농촌 지역의 상황은 더욱 엄중하다. 2001년 연변 지역 농촌소학교 신입생 수는 도합 421명으로 1995년에 비해 82%나 줄었으며 재학생 수는 4,368명으로 1995년에 비해 67%나 감소하였다.[22]

학생 수의 감소로 말미암아 조선족 학교의 통폐합은 불가피하게 되었다. 연변 농촌 지역 조선족 소학교 수는 2001년에는 43개소로서 1989년의 188개소에 비해 77%나 감소하였다. 조선족 산재(散在)지구의 경우도 예외가 아니다. 길림성 통화지구 조선족 소학교와 중학교는 신입생 수가 적어 1980년의 139개소에서 1998년의 95개소로 줄어들었다.[23]

여기서 농촌교육의 황폐화와 조선족 학교의 통폐합으로 말미암아 중퇴생(中退生)들이 속출하고 있음을 지적해야 하겠다. 농촌 현지에서 정상적인 교육을 받을 수 없는 조선족 학생들은 도시에 있는 학교로 전학하든지 인근에 있는 한족학교를 선택할 수밖에 없다. 이 과정에 적잖은 학생들이 학교 교육에서 이탈한다. 왜냐하면 농촌의 조선족 학생들은 향진(鄕鎭)이나 현성(縣城)에 가서 공부할 수밖에 없는데 거기서 기숙사 생활을 하자면 경제부담이 따르게 마련이고 기숙사 생활에 적응하지 못하거나 현지 학생들의 따돌림을 당하거나 고급중학교 진학 가망이 없을 경우에는 학교를 중퇴하고 고향으로 돌아가는 경우가 속출하고 있다. 흑룡강성 조선족 중학생의 경우 1996년 이후 중퇴율은 30%에 달하고 있다.[24]

둘째, 가족분산으로 말미암은 학생들의 심리문제이다. 조선족 학생들의 부모들 가운데 상당수는 돈을 벌기 위해 아버지나 어머니 또는 부모 모두가 장기간 외지에 나가 있거나 출국한 상태이다.

아버지나 어머니 또는 부모 모두가 출국한 학생들의 상황을 보기로 하자. 용정시의 조선족 소학교의 경우 2,253명 학생 중 932명으로 41.4%를 차지하고 있고, 심양의 소가툰조선족소학교 4개 학급 199명 학생 중 139명으로 69.9%를 차지하고 있으며,

21) 연변조선족자치주교육위원회, 「1996～2002년 교육통계자료」.

22) 동상서.

23) 윤성문 등, 「통화지구 조선족 교육발전문제」(『민족단결』, 조문판, 1999년 제2기, 37쪽).

24) 정신철, 『중국 조선족 사회의 변천과 전망』, 료녕민족출판사, 1999년, 119쪽.

길림 류하조선족중학교의 경우 246명 학생 중 132명으로 53.7%를 차지하고 있다.[25] 중국 경내의 다른 곳에 가서 장기간 돈벌이를 하는 가정까지 계산하면 상술한 비율은 훨씬 더 높아질 것이다.

이와 같이 부모들의 출국 내지 외지 진출에 따른 가족분산은 학생들의 정서불안을 야기하고 부모들의 통제 결여로 인한 일탈행위와 학력 저하를 야기하기 쉽다. 이러한 학생은 '조숙하고 눈치가 빠르며 현실에 민감하고 성적이 나쁘고 자퇴율이 높은' 특성을 보인다.[26] 출국한 부모들은 자식에게 미안한 마음 때문에 보상 차원에서 돈을 풍족하게 보내는 경향이 있는데, 이 때문에 자식들은 쉽게 물질주의적 가치에 빠지게 된다. 간혹 부부 별거가 이혼으로 이어질 경우 학생들은 더욱 통제하기 어려운 상황에 놓이게 된다.

셋째, 교사의 감소 및 자질 부족 또한 심각한 문제로 제기되고 있다. 중국의 개혁과 개방은 조선족 사회 교사들에게도 커다란 영향을 미치고 있으며, 그것은 일차적으로 교사의 감소로 나타나고 있다. 교사의 감소는 조선족 교육 전반에 나타나고 있는 현상이지만, 특히 경제적 상황 및 교육환경이 낙후한 농촌의 경우에는 상황이 매우 심각하다. 연변 농촌 조선족 소학교의 경우 1995년에는 843명이었으나 2002년에는 523명으로 무려 20%에 가까운 수가 감소하고 있다.

한편 남아 있는 교사의 전문성과 자질 역시 문제가 있는 것으로 보인다. 초급중학교와 고급중학교의 경우 조선족 학교 교사들 가운데 학력 미달자가 상당수 존재하고 있음을 알 수 있다. 초급중학교와 고급중학교 교사 가운데 본과 이상의 학력 소지자는 각각 전체의 53.2% 및 89.0%이다. 학력 미달자는 아니더라도 비사범계 출신들이 상당수이며, 이는 교사로서의 사명감, 전문성, 자질에서 문제를 야기할 수 있는 주된 요인으로 지적될 수 있다.

교사의 전문성과 자질에 문제가 있기 때문에 1990년대 중반 이후 조선족 학교의 교육 질은 한족학교에 비해 떨어지고 있다. 이를테면 수학수준 시험성적을 비교해 보면 조선족 소학교의 평균 점수는 60.35이고 한족소학교의 평균 점수는 65.81이며, 조선족 초급중학교의 평균 점수는 68.48이고 한족 초급중학교의 평균 점수는 71.17로

---

25) 량옥금, 「연변조선족의 사회문제: 인구감소현황과 그 과제」(권태환, 박광성, 「교육과 조선족 사회의 위기」, 권태환 편, 『중국 조선족 사회의 변화: 1990년 이후를 중심으로』, 서울대학교출판부, 2005년, 95-117쪽에서 재인용).

26) 채미화, 「연변 조선족 중소학교 교육문제 실태조사」, 『교육문제연구』 제20집, 2004년, 93-111쪽.

나타나고 있다.[27)]

넷째, 점차 가시화되고 있는 한족학교 선호 현상이다. 조선족 학생들이 한족학교를 선호하는 주된 이유는 '한어를 잘 배워기 위해서'이다. 한어를 잘 구사하는 것이 중국에서의 대학진학이나 사회적 성공에 유리하다는 판단 때문에 한어를 잘 배울 수 있는지 여부가 학교선택의 기준이 되고 있다. 하여 조선족 학생들이 한족학교에 입학하는 비율은 해마다 증가추세를 보이고 있다. 연변의 경우, 1985년에는 조선족 소학생의 3.6%, 중학생의 6.16%가 한족학교에서 공부하였지만, 1995년에는 각각 8.18%, 7.43%, 그리고 1999년에는 9.2%, 8.5%로 그 비율이 증가하였다. 돈화시의 경우에는 한족학교에 다니는 조선족 학생 수가 전체의 42.9%에 이르고 있고 안도현의 경우에도 전체 조선족 학생의 21.96%가 한족학교를 다니는 것으로 나타났다.[28)]

3. 민족교육의 위기 극복을 위한 제안

조선족 교육을 되살리자면 여러 방면의 복합적이 노력이 경주되어야 하겠지만 적어도 아래의 세 개 방면의 노력을 경주하는 것이 급선무로 나선다.

첫째, 조선족 학교 분포망을 조절함과 아울러 산업화, 도시화 및 이민물결에 발맞추어 새로 형성된 도시 조선족 집거지역에 조선족 학교를 신설해야 한다.[29)]

'촌마다 소학교, 향마다 중학교'라는 전통적인 농촌교육 중심의 체계를 조절해 자금과 시설이 부족하고 교사와 재학생이 적은 조선족 학교들을 통합해 상대적으로 경쟁력이 강한 조선족 학교를 출범시켜야 한다. 조선족 교육의 요람이었던 농촌 교육의 진지를 포기하는 것은 가슴 아픈 일이지만 산업화, 도시화의 추세로 말미암은 농촌인구의 유실은 막을 길이 없기 때문이다.

이와 동시에 도시에 있는 조선족 학교의 수용력과 교수 질을 제고함으로써 향후 조선족 교육의 중점을 도시에 두어야 한다. 현재 도시의 조선족 학교는 교육시설이 부족해 농촌에서 밀려드는 학생들을 수용하기에는 한계에 이르렀다. 학교, 정부, 학부

27) 연변조선족자치주교육위원회, 「2002년 교육통계자료」.

28) 연변조선족자치주교육위원회, 「1999년 교육통계자료」.

29) 정신철, 「도시민족교육의 중요성」, ≪주간 흑룡강신문≫, 2006년 10월 29일~11월 4일 판, 제25면.

모들이 뜻을 모아 교육투자를 확대해 농촌에서 온 학생들이 큰 부담이 없이 도시에서 교육을 받을 수 있는 여건을 마련해야 한다.

조선족 인구이동의 추세에 따라 잡거지구, 특히는 산해관 이남의 도시에 조선족 학교를 신설하거나 민족교육을 진행할 수 있는 장을 마련해야 한다. 북경의 망경신성(望京新城)이나 청도 같은 지역과 도시는 이미 수만 명 내지 십여만 명을 헤아리는 조선족들이 살고 있어 그들 자녀들의 교육문제가 심각한 문제로 대두하고 있다. 중원으로 들어간 만주족이 물에 소금이 녹듯이 사라진 사례를 염두에 둘 때 이러한 지역과 도시에 민족교육의 씨를 뿌리는 작업은 그 무엇보다도 시급하다고 본다.

둘째, 교육을 숭상하고 교사를 존중하는 기풍을 조성해야 하며 교사보수체계를 합리적으로 조정하고 교육여건을 개선해야 한다. 현재 조선족 교사의 보수는 상당히 낮으며 일부 학교에서는 임금체불 현상마저 나타나고 있다. 이 때문에 교직을 기피하는 경향이 나타나고 있다. 교직의 불안정성과 교사의 유실(流失)은 정상적인 수업이 이루어지는 데도 걸림돌이 되고 있다. 교사들에게 합리적인 보수는 제공하지 않고 사명의식만을 강조하는 것은 현실적이지 못하다. 오직 교사들의 보수체계를 개선해야만이 우수한 교사를 유치할 수 있고 교육의 질을 높일 수 있다. 이를 위해서는 무엇보다도 먼저 정부 측의 재원지원이 늘어나야 할 것이다.

정부 측의 재원지원을 늘림과 아울러 기업인, 독지가들의 지원을 적극 유치해야 한다. 한국 SK그룹에서 경영하는 한국고등교육재단은 1974년에 설립되었는데 해마다 160억 원의 예산으로 우수한 한국의 젊은 두뇌들을 미국의 하버드나 예일 같은 명문대학교에 보내서 박사학위공부를 하게 하고 아시아 여러 나라의 우수한 중, 청년 학자들을 한국에 초청해 연구하게 할 뿐만 아니라 아시아 14개 대학교에 아시아연구센터를 건립해 지속적으로 지원해 주고 있다. 우리 조선족 사회에는 아직 크게 성공한 민족기업이 적고 기부문화(寄附文化) 역시 정착되지 않았지만 조만간에 민족교육을 관심하고 흔쾌히 사재를 털 기업인이나 독지가가 나타나리라 생각한다. 정부와 학교 및 언론은 조선족 교육의 발전에 기여한 기업인이나 독지가들을 적극 홍보하고 이를 통해 조선족 교육에 대한 전 사회적인 관심과 지지를 이끌어 내야 한다.

하드웨어 측면의 인프라 개선을 위해서는 한국 정부나 기업의 도움을 받을 수 있다. 물론 박금해 교수가 지적한 바 있지만 한국의 재외동포지원에서 조선족은 이른바

'공산권'에 살고 있는 까닭에 늘 소외의 대상이 되어 왔었다. 한국의 재외동포교육기관은 미국에 1,000개소, 일본에 150개소, 기타 지역에 800여 개소, 도합 2,000개소의 교육기관을 두고 12만 명의 재외동포를 포용해 교육을 하고 있지만 중국 조선족의 교육은 한국의 재외한민족교육지원에서 거의 배제되고 있다.[30] 이제 한국 정부, 기업 또는 민간단체는 지금까지의 의식 및 행태를 과감히 탈피하여 조선족 교육의 기반 확충에 각별히 관심을 가질 필요가 있으며 중국정부도 그것을 적극 유치할 수 있는 정책적 장치를 마련해야 할 것이다.

셋째, 다원공존, 다원공생의 시대에 있어서 조선어는 우리 민족의 생존과 발전의 무기로 될 수 있음을 알아야 한다. 새가 좌우의 두 날개로 날 수 있듯이 둘 이상의 언어와 문자를 소유한 자만이 다원공존, 다원공생의 국제화 시대를 비상(飛翔)할 수 있다. 황차 한국은 경제적으로 세계 12대 무역국으로 부상하고 있고 한류열풍은 중국과 동남아를 강타하고 있으며 한국기업은 중국에 대거 진출해 있다. 따라서 한국어를 장악한 인재를 대량 수요하고 있다. 이러한 상황에서 거의 자생적으로 익힐 수 있는 모국어를 포기하고 한어에만 매달리는 것은 참으로 어리석은 짓이 아닐 수 없다. 물론 한어도 잘해야 하겠지만 그것은 모국어 실력을 확실하게 키운 다음에야 효력을 발생할 수 있다. 이런 의미에서 조선족의 한족학교 선호 현상이 가지는 문제점을 지적하고 조선족 학생 전원에게 조선어교육을 보급해야 한다. 물론 이는 조선족 교육시설을 개선하고 교사의 질을 높일 때만이 가능해진다.

조선족 학교 교사의 자질 향상 및 조선어교육의 질적 수준을 제고하기 위해서는 여러 지역에 산재해 있는 조선족사범학교, 특히 연변대학교 조문학부와 중앙민족대학교 조문학부의 역할을 십분 발휘해야 한다. 하지만 연변대학교 조문학부의 경우만 보더라도 학과목 배치, 연구 방향 등에 있어서 많은 문제점을 노정하고 있으며 조선족 기초교육을 위한 교사 양성에서 많은 차질을 빚어내고 있다. 2002년 12월 북경에서 열린 '세계 속의 조선(한국) 언어문학 교양과 교재편찬 연구' 국제학술회의에서 연변대학교의 김관웅 교수는 「연변대학교 조문학부에서의 문학 창작교육의 문제점과 해결대안」을 발표했고 중앙민족대학교의 리원길 교수는 「중국 조선언어문학학부의 문학교양에서 제기되는 문제점과 개선대안」을 발표한 바 있는데 상기 두 편의 논문에

30) 박금해, 「중국 조선족 사회의 현실과 바람직한 미래상」, 재외동포재단후원 해외교포문제연구소 주최 교포정책포럼 발표논문, 2004년, 참조.

서는 조문학부의 문학교육에 있어서 이론과 실천이 탈리되는 학원식 교육의 문제점과 그 위해성에 대해 깊이 있게 해부하고 그 개선대안을 내놓은 바 있다.[31]

조선어 학과목 배치와 연구의 경우에도 고대조선어나 어음과 방언, 중조문자관계사에 대한 학습과 연구에 치우치고 있는 반면 현대조선어와 그 실천적 능력을 키우는 데는 대단히 소홀한 것 같다. 하여 현재 조문학부 졸업생들은 짜깁기로 논문은 얼추 써 내지만 식사문(式辭文) 하나 제대로 쓰지 못하는 경우가 적지 않다. 또한 대학원 교육에 비해 본과교육이 많이 뒤처진 상태에 있으며 한족학생을 상대로 하는 한국어 교육에 비해 조선족 학생들을 상대로 하는 조선어교육은 오히려 답보상태에 있다. 게다가 사범학교나 연변대학교 조문학부 졸업생들이 보수(報酬)가 적다고 중학교 교사직을 기피하고 있어 사범학교 교육과 소학교 교육, 대학교 교육과 중학교 교육이 탈절되는 현상을 빚어내고 있다. 물론 조선족 소학교와 중학교 교사들의 대우가 개선되어야 최종적으로 풀릴 문제이지만, 조문학부 학생들의 애족, 애향심을 고양시킴과 아울러 학과목에 대한 조절을 통해 그들의 조선언어문학 자질을 높임으로써 평생 조선족 소학교, 중학교 교사로 일할 수 있는 우리 민족의 인재들을 대량 양성해야 할 것이다.

:: 맺는말

교육이 죽으면 민족이 죽고 교육이 살면 민족이 산다. 조선족 사회가 여러 가지 문제를 안고 있지만 교육만 살리면 기사회생(起死回生)의 전기를 마련할 수 있다. 통합의 방법으로 꺼져 가는 민족교육의 불씨를 돋우고 산해관 이남의 대도시까지 새로운 민족교육의 씨앗을 뿌린다면, 또 한 걸음 더 나아가 연길, 할빈, 목단강, 심양, 대련, 북경, 청도 등 지역을 중심으로 정보화 시대에 걸맞은 민족교육 네트워크를 결성한다면 우리 조선족 교육은 중화대지에 영원히 뿌리를 박을 수 있을 것이다.

이러한 바람직한 전망을 현실화하기 위해서는 원론적으로 두 가지 일을 잘해야 한다. 하나는 당과 국가의 민족정책 및 민족교육정책을 십분 활용해 현지 행정당국에 민족교육의 중요성과 절박성을 호소함으로써 지속적으로 정책적인 지원을 받는 것이

31) 리원길 주필, 박승권 부주필, 『세계 속의 조선(한국)언어문학 교양과 교재편찬 연구』, 민족출판사, 2003년.

고, 다른 하나는 하늘은 스스로 돕는 자를 도와주는 법이니 민족교육에 대한 조선족 전체 구성원의 관심과 성원을 이끌어 내는 것이다.

서전서숙 설립 100주년이 되는 올해, 지난 세기 초반에 용정 지역에 민족교육을 일떠세웠고 해방 직후 연길에 연변대학교를 일떠세웠던 그러한 아름다운 전통을 되살려 조선족 교육의 일대 부흥운동을 일으켰으면 하는 바람이다.

－2006년 12월 9일

민족문화와 시민정신 ·········

—조선족문화발전추진회 성립 10주년을 축하하여

존경하는 조성일 회장님, 하객 여러분:

조선족문화발전추진회(이하 추진회로 약함)는 조성일 회장님을 비롯한 전체 회원 여러분의 일심단결과 투철한 시민정신으로 조선족공동체의 생존과 발전을 위해 10년간 수많은 난관을 이겨 내고 풍성한 성과를 이룩함으로써 명실 공히 우리 민족문화의 든든한 보루(堡壘)로, 우리 시민사회의 구심점으로 되었습니다. 참으로 축하할 만한 일입니다.

저는 추진회의 출범과 존재 의미를 두 가지 차원에서 찾고자 합니다.

우선, 추진회는 조선족문화의 든든한 파수꾼이라는 점입니다. 주지하다시피 오늘의 세계는 지구촌이라 부를 수 있을 정도로 좁아지고 구미 중심의 세계화가 추진되고 있지만 자기 존재와 자기 발전을 위한 약소민족, 하위문명권의 움직임도 무시할 수 없습니다. 오히려 약소민족, 하위문명권의 존재와 발전은 전반 인류사회의 다양화와 총체적인 발전의 필수불가결의 조건으로 되고 있습니다. 중국과 같은 다민족 국가의 경우도 마찬가지입니다. 다양한 민족문화의 꽃이 피어야 백화만발한 화원을 이룰 수 있습니다. 이러한 의미에서 추진회의 출범은 역사의 대세를 따른 것이요, 추진회의 출범으로 좌충우돌하던 우리 민족사회가 하나의 구심점을 갖게 되었다고 하겠습니다.

다음으로 추진회는 시민의식의 소산이요, 시민의식의 구현이라고 봅니다. 시민의식은 시민사회를 떠받치고 있는 사람들의 생활태도 또는 마음의 자세로서, 그것은 역사적으로 봉건제도를 타파하고 시민사회를 일구어 낸 이념입니다. 시민의식은 사회를 구성하는 개인이 독립한 인간으로서 책임을 가지고 행동을 하는 것, 즉 전근대적인 미망(迷妄)이나 비굴에서부터 우선 자신을 해방시키려는 생활태도를 말합니다. 둘째로는 각자가 자유롭고 평등한 인간으로서 자신의 생활을 향상시키려는 입장에서 발언하는 태도, 셋째로는 정치적으로 민주주의의 기본을 지지하는 의식을 말합니다. 그러므로 시민의식은 전근대적인 생활을 근대화하는 데 필요할 뿐만 아니라 오늘의 대중사회에 있어서 더욱 필요합니다. 이러한 의미에서 우리 민족문화의 생존과 활로를 찾기 위해 수많은 지성인들이 추진회의 기치 밑에 뭉쳤으니 이는 우리 시민의식의 성장을 보여 줍니다.

지난 10년간, 추진회는 조선족공동체의 교육과 문예의 발전을 위해 거대한 기여를 했습니다. 동북3성 청소년들을 상대로 하는 대형 백일장은 해마다 성황을 이루고 있고 '민족교육진흥상'은 기초교육의 전초(前哨)에서 뛰고 있는 교사들에게 커다란 힘을 주고 있으며 추진회의 종합지 『문화산맥』과 추진회의 사이트 koreancc.com은 중국 경내에서는 물론이요, 세계 여러 나라에 살고 있는 우리 민족의 애환을 달래고 삶의 지혜를 북돋우는 맑고 깊은 샘물로 되고 있습니다. 특히 추진회는 천방백계로 자금을 유치해 가난하고 이름 없는 문학인, 예술인의 작품 발표회를 만들어 주었고 언제나 약하고 소외당한 자의 편에 서서 진리를 고수하고 부패한 권력에 저항해 왔습니다. 참다운 지성과 양심의 대변자가 바로 추진회라고 하겠습니다.

이 자리에서 저는 가정의 아픔과 육신의 연로함을 이겨 내고 추진회를 10년간 이끌어 오시면서 불같은 민족애와 투철한 역사의식, 강인한 의지와 걸출한 리더십을 유감없이 보여 주신 우리의 코기러기—조성일 회장님께 진심으로 뜨거운 경의와 축하를 드립니다.

새는 좌우의 두 날개로 하늘을 납니다. 정부와 사회단체가 때로는 싸우고 때로는 손을 잡으면서 역동적인 두 날개를 펼칠 때 우리 조선족공동체는 창공을 자유롭게 날 수 있으리라 생각합니다. 이에 추진회에 대한 정부 측의 관심, 그리고 한국을 비롯한 세계 여러 지역 유지인사들의 지속적인 성원을 바라 마지않으면서 이로써 축사를 마칩니다.

감사합니다.

－2006년 6월 28일

우리의 민간정부 ········

우리의 민간정부—연변조선족문화발전추진회(이하 추진회로 약함)는 11성상의 간거하면서도 빛나는 역정을 걸어왔다. 이젠 바람 거친 산마루에 뿌리를 내린 소나무마냥 하늘을 향해 소소리 높게 자라나 한껏 푸름을 떨치고 있다. 이젠 비바람도, 설한풍도 무섭지 않다.

문화발전추진회는 우리의 민간정부다.

시민의 권익을 대변하고 시민의 참여의식과 창조성을 묶어 정부의 힘이 미치지 못하는 영역에서 시민 모두의 보다 나은 삶과 이 민족사회의 융성발전을 위해 많은 일을 했다. 새가 두 날개로 창공을 날듯이 정부와 시민단체가 서로 감독, 비판하고 서로 상보상생(相補相生)하면서 긴장과 균형을 이룰 때 사회는 발전하고 시민은 삶의 희열을 느낀다. 그사이 추진회는 얼마나 많은 일을 했던가? 해마다 대형 백일장을 펼쳐 우리말과 글을 지키고 자라나는 세대의 꿈을 키워 주었으며 해마다 민족교육의 최일선에서 학생들을 가르치는 우수한 교사들을 선발해 푸짐한 상을 주고 해외견학까지 시켜 주었다. '민족문화 지키기 특별강연회'는 물론이요, 이 사회의 지성들의 지혜와 슬기를 남은 『문화산맥』을 속속 펴냈다. 가난한 예술기들이 작품을 내는 일도, 중견작가들의 창작에 단비를 뿌리는 문학상을 설립하는 일도 오로지 추진회를 찾아오면 그 해법을 얻게 된다. 참으로 추진회는 연변도서관에 초라하게 얹혀살고 있지만 웬만한 정부기관이나 그 무슨 화려한 협회보다 열 배 스무 배 되는 일을 했다. 추진회야말로 우리 시민운동의 구심점이요, 우리의 민간정부라 하지 않을 수 없다.

진리의 탐구와 정의의 구현, 이는 추진회의 기치이다.

추진회는 시민의 대변자로서 언제나 약하고 소외된 자들의 편에 서 있으며 전근대적인 폐습과 부패를 질시(嫉視)하고 정치권력의 오만과 방자함에 화살을 날린다. 추진회는 문화영역에 모를 박고 있는 것만큼 문학예술계의 비정과 비리를 용서하지 않으며 문학예술계의 역사적이며 현실적인 문제에 있어서 철두철미 원리원칙을 지키려고 했다. 21세기 벽두에 친일문인 김문학이 괴변과 독설로써 동아시아 근, 현사를 왜곡하고 우리 민족에게 흑칠을 할 때, 지어는 적잖은 연변의 문인들이 그에 동조할 때, 추진회는 단연 "No" 하고 '김문학현상과 비교문화의 시각과 방법론' 학술회의를 개최했다. 또한 추진회는 문단의 서열과 권위를 고려하지 않고 현대시와 '토템시'에 대한 지상토론을 벌여 시시비비를 대쪽같이 갈랐다. 추진회의 사이트는 언제나 개방된 시각으로 국내외 소식과, 언론들을 수렴하되 언제나 진리를 고수하고 사회의 정의를 지켜 냈다. 추진회 사령부가 초라한 사무실에 있어도 천군만마를 지휘할 수 있는 것은 바로 추진회가 진리와 정의라는 기치를 들고 있기 때문이다.

추진회라는 이 민간정부의 주석은 조성일 회장이다.

연변에 대한 불같은 사랑, 청렴결백하고 강직한 성품, 탁월한 조직력과 지칠 줄 모르는 추진력, 그리고 신선한 아이디어 창출력을 고르게 갖춘 백전노장이다. 이 몇 년 사이 그는 사랑하는 자식과 외손자를 잃었고 사모님 또한 한 다리를 잃은 채 병상에 누워 있다. 하지만 그는 이 모든 아픔과 가정적인 어려움을 이겨 내고 70고령에 불철주야 뛰어다니고 주말 휴식도 없이 추진회 사이트를 경영하고 문단유사를 집필한다. 특히 청렴결백, 이는 조성일 회장의 매력이요, 역량이다. 조성일 회장은 수많은 행사를 주관하지만, 단돈 한 푼 허투루 쓰거나 선물 하나 챙길 줄 모른다. 혹간 양주 한 병 들어와도 임원들이 모인 귀한 자리에 내놓는다. 연변의 가난한 선비들은 지금도 조성일 회장 덕에 가끔 기름진 음식에 향기로운 술을 마실 때가 많다. 늘 베풀기만 하는 사람, 바로 조성일 회장이다.

본인은 언제인가 『지성의 덕목』이란 글에서 국내외 유지인사들과 기업인들에게 한 가지 부탁을 한 적 있다. 다시 말씀 드리자면, 추진회의 사령부를 하나 번듯하게 짓는 데 좀 도움을 달라는 부탁이다. 사령부가 너무 비좁고 초라하다. 일을 좀 더 통이 크게 벌이기에는 이젠 한계를 넘어섰다.

오늘 다시 우리 시민정신의 산실이요, 우리의 민간정부인 추진회 청사 하나를 번듯하게 지어 보자는 제안을 한다. 회원들이 십시일반으로 출자를 하고 국내외 독지가들이 뜻을 모아 도와준다면 그게 그렇게 어려운 일이겠는가.

청기와에 단청을 입힌 추진회 청사 옥상에서 꽃구름 피는 연변 땅을 굽어보는 조성일 노회장님의 모습을 보는 게 저 한 사람의 소원일까.

두 손 모아 빌면서 이로써 축사에 갈음한다.

– 2007년 6월 28일

우리의 새로운 삶의 지혜········

연변을 중심으로 주로 동북삼성의 농촌지역에 거주하던 중국 조선족들이 동북삼성의 도시 주변으로, 산해관 이남의 대도시로 대거 이동하고 있다. 북경, 청도와 같은 도시는 각각 10만 명을 육박하는 조선족 사회를 일구어 내고 있다. 심지어 발 빠른 조선족의 일부는 한국, 일본, 미국 등 나라에 정착해 새로운 조선족단체까지 만들어 내고 있다. 이를 두고 조선족 사회의 해체이며 붕괴라고 아우성을 치는 이들도 있으나 이는 한 치 보기들의 견해이다.

물론 일찍 중원을 지배했던 만주족이 물에 소금이 녹듯 가뭇없이 사라진 사례가 있다. 그리고 우리 조선족의 이동도 당분간 경제적 진출에 주안점을 두고 있는 반면 새로운 지역에 있어서의 언론, 출판, 교육의 정립에는 미흡한 실정이다. 바꾸어 말하면 경제적 부를 쫓아간 단순 인력들이 많고 지식인들은 그들과 합류할 대신 강 건너 불구경하는 식으로 민족이동이라는 대세를 방관하고 있다. 이런 상태가 그냥 지속된다면 이러한 절해고도 형국의 조선족공동체는 주변의 주류문화에 의해 흡수, 동화되어 버릴 소지가 많다.

이제 우리가 해야 할 일은 무엇인가?

하나는 100여 년간 어렵사리 지탱해 온 연변을 비롯한 동북 지역의 조선족공동체를 보존하는 길이다. 이 땅을 잃으면 다시 찾을 수 없고 이제 한반도가 통일되면 적어도 연변이나 요동 지역은 그야말로 젖과 꿀이 흐르는 땅으로 부상할 것이기 때문이다.

우리가 해야 할 다른 하나는 산해관 이남의 대도시에 형성된 조선족 사회에 우리의 뿌리를 심는 작업이다. 신문과 잡지를 꾸리고 민족문화단체를 결성하고 유아교육으로부터 시작해 적어도 우리의 자식들이 중학교 단계까지 확실하게 민족교육을 받을 수 있는 여건을 마련해야 한다.

요컨대 '연변'을 지키고 산해관 이남에 우리의 씨를 심는 작업만 잘한다면 우리가 얻는 것은 우리 민족공동체의 풍요와 확장이지만 잃는 것은 아무것도 없다, 그리고 외적 분산 가운데서 자신의 내적 결속력을 다지고 한반도를 망라한 세계 여러 지역

조선민족공동체와의 경제적, 문화적 네트워크를 형성한다면 우리 민족의 '문화영토'는 한결 넓어질 것이다. 또한 이러한 우리 민족문화의 개화와 발전은 전반 중화민족문화의 꽃동산에 이채를 더해 줄 것이다.

이러한 역사적인 과제를 두고 생각할 때 '연변'을 지키는 자만이 '애국자'이고 '연변'을 떠난 자는 '배신자'라는 편협한 생각을 버려야 한다. 이제 '연변 사람'들은 개방적이며 진취적인 의식을 가지고 연변을 굳건하게 지킴과 아울러 새로운 대륙의 발견에 동참해야 하고 '연변'을 떠난 사람들은 죄의식을 떨쳐 버리고 미지의 대륙을 개척하는 선구자로 자부해도 좋을 것이다. 이러한 의미에서 '연변 사람'과 관내에 진출한 조선족들이 서로 손을 잡고 농촌과 도시, '연변'과 '관내(關內)'를 아우르는 하나의 폭넓고 역동적인 민족공동체를 일구어 낼 시기가 왔다고 본다.

– 2006년 1월 7일

연변의 가치 ········

올해부터 연변대학에서 해마다 한 번씩 '두만강－압록강포럼'을 열고 이 지역의 역사와 문화, 이 지역의 조화와 발전에 관심을 갖고 있는 여러 나라의 석학들을 모시고 고차원의 학술회의를 하게 되는데 이 포럼은 아래와 같은 과제를 설정하고 깊이 있는 발표와 토론을 진행하게 된다고 한다.

지역문화의 특수성은 세계문화의 다양성을 이루는 근본요소이므로 문화의 일방적인 동화를 극복하고 문화의 다양성을 글로벌 시대의 보편적 가치로 승화시킬 수 있는 방향이 무엇인가를 모색한다. 이에 '일로전쟁' '간도문제', '9 · 18사변', '만보산사건', 항일투쟁, 연변조선족자치주의 창립 등 무수한 역사적 사변을 통해 조선족공동체가 어떻게 기타 민족과의 관계를 처리하고 자기의 민족적 정체성을 지켜 왔는지를 짚어 보고 조선족이민사, 개척사, 투쟁을 통해 정치와 경제, 문학과 예술, 사회와 민속 등 여러 분야에서 두만강 지역의 문화교류와 발전 및 인류의 보편적인 가치증대에 기여한 한락연, 정률성, 주덕해, 김학철 등 조선민족 명인들의 발자취와 그 의미를 짚어 보며 두만강 지역의 공동개발과 생태보호 등 문제도 아울러 다룬다.

연변 지역의 독특한 지정학적 가치를 발굴하고 그것을 통해 중국문화 내지는 세계문화의 다양성과 가치를 증폭시키고자 하는 '두만강학술토론'은 참으로 멋지고 참신한 아이디어이다.

주지하다시피 까마득한 선사시대로부터 오늘에 이르기까지 이 두만강과 압록강 지역에서 얼마나 많은 족속들이 서로 얽히고설키면서 아름다운 신화를 창조하고, 또 얼마나 많은 민족들이 이 땅에 흘러 들어와 괭이를 휘둘러 황무지를 일구고 생명의 씨앗을 뿌렸던가. 서전서숙의 종소리가 여기서 울렸고 '3 · 13' 만세운동의 함성 또한 여기서 일어났다. 조선족과 한족을 비롯한 여러 민족 인민들이 어깨를 겯고 피어린 투쟁을 해서 일제와 국민당군대를 물리치고 연변조선족자치주를 출범시킨 곳 역시 이 지역이다.

오늘의 탈냉전 시대, 두만강과 압록강 지역을 중심으로 하는 동북아는 거대한 변화를 맞고 있다. 이 지역의 국가들은 이념과 동맹의 울타리를 부수고 관계정상화를 이룩했고 글로벌화와 시장경제의 물결을 타고 경제적 교류와 협력을 강화하고 있다. 또한 활발한 인적, 문화적 교류를 통해 두만강과 압록강 지역 주민들 간 상호 이해와 협력의 폭이 넓어지고 있다. 두만강과 압록강 지역은 중국과 조선을 중심으로 하는 동북아 여러 나라 경제와 문화의 합수목으로 되고 있으며 동북아의 '찬란한 변계'로 떠오르고 있다. 이 지역의 유구한 문명과 제반 민족, 제반 국가들 간의 다원공존, 다원공생의 역사는 이 지역 주민들이 오늘을 사는 데 중요한 교훈과 경험을 주고 있을 뿐만 아니라 이 지역과 비슷한 세계 여러 지역의 발전에도 귀중한 참고적 가치를 제공하고 있다.

이러한 의미에서 '두만강－압록강포럼'에 기대하는 바가 크며 이를 계기로 정치계, 기업계 등 분야에서도 새로운 발상의 전환을 하고 '변연'의 잠재적 가치를 발굴하며 우리 연변의 새로운 도약과 발전을 꾀해야 하리라 생각한다.

변죽을 쳐서 복판을 울린다는 속담도 있지만, 변두리는 새로운 자원이 묻혀 있는 곳이며 그것은 결코 막힌 공간이 아니라 두 가지 이상의 문화를 아우를 수 있는 합수목이요, 다리와 같은 지역이다. 이러한 의미에서 변두리는 새로운 중심으로 떠오를 수 있는 가능성을 십분 갖고 있다. 싱가포르가 그러했고 이스탄불이 그러했다. 핀란드가 그러했고 콜럼버스의 아메리카대륙 발견 이전에는 미국도 세계의 중심이 아니라 미지의 변두리였다. 요즘 조선족 형제들이 동경하는 상해나 청도 지역도 농경사회에서는 썰렁한 어촌에 지나지 않았다.

이제는 우리 모두 연변이 가지고 있는 변두리의 가치를 변증법적으로 인식해야 할 때다.

－연변일보 2008년 3월 21일

중·한 현대문학 연구자의 만남의 자리[32) ....

존경하는 국내외 학자 여러분:

한국문학연구회 학자 여러분과 함께 연길에서 만나게 된 것을 기쁘게 생각한다. 여러분들 중에는 여기 동포사회에 지극한 애정을 가지고 10여 년간 한 해도 거르지 않고 연변을 찾아 주시고 가난하나 꿈과 열정을 가지고 열심히 공부하는 동포학생들에게 장학금을 주신 분들도 계시고 박경리의 대하소설 『토지』의 번역을 주선해 주시고 한국문학을 중국에 소개하는 데 큰 역할을 해 주신 분들도 있다. 모두에게 깊은 감사를 드린다.

두만강 압록강 너머의 이 광활한 동북 지역은 고대에는 더 말할 것 없고 근, 현대에도 우리 민족의 삶의 숨결이 거세게 들려왔던 곳이다. 이 지역의 우리 민족들은 청·일·러 강대세력의 틈바구니에서 자기의 말과 글, 민족적 정체성을 지켜 내고 연변조선족자치구를 일구어 냈으며 현재 중국 주류문화와 한국문화 사이의 찬란한 변두리에서 새로운 변화와 발전을 꾀하고 있다.

특히 이 지역의 우리 문학은 중국 소수민족문학의 한 갈래이면서도 재중 코리안 디아스포라문학의 성격을 다분히 갖고 있다. 이 지역 문학은 일제 치하 우리 문학의 명맥을 이어 나가고 우리 문학의 지평을 넓히며 민족적 정체성의 갈등과 여타 민족과의 충돌과 화합을 예술적으로 승화시킴으로써 우리 문학의 세계화에 크게 기여했다. 이러한 우리 문학의 한 줄기 광맥을 한국에서 오신 여러 학자들과 함께 발굴, 조명해 보는 작업을 가졌으니 참으로 다행스러운 일이라고 생각한다.

여기서 잠깐 연변대학교 조선-한국연구센터를 소개하고자 한다. 이 센터는 1989년 창립되었고 정판룡, 김병민 소장을 거쳐 2004년부터 저희가 소장을 맡고 있습니다만, 현재는 중국 교육부 길림성 소속 인문사회과학 중점연구기지로서, 산하에 한국학 연구소와 아시아연구소를 두고 의욕적인 연구와 문화 활동을 하고 있다. 올해는 『조선한국학 연구총서』 8-9집과 함께 5부의 학술저서를 펴내고 중국 경내 아시아연구소장 연석회의와 두만강학술포럼을 개최하게 되며 제2회 와룡학술상 시상식을 갖게 된다. 와룡학술상은 중국 경내 한국학 연구에서 탁월한 업적을 쌓은 학자들에게 수여함

32) 2008년 7월 2일 연변대학교 캠퍼스에서 한국문학연구학회 제2회 학술대회가 화기애애하면서도 진지한 부위기 속에서 개최되었다. 이덕화, 조남철, 이승윤 등 26명의 한국 학자와 조성일, 김관웅, 김호웅 등 16명의 중국 조선족 학자들이 앉은 자리에서 한국방송통신대 조남철 교수의 '중국 조선족문학의 현황과 전망', 연변대 김관웅 교수의 '1990년대 이후 조선족문학의 디아스포라문학 주제'라는 기조발표가 있었고 이어 4개 분과로 나뉘어 도합 30여 편의 논문이 발표되었다. 이번 학술회의에서는 조선족문학이 한국 학자들의 새로운 관심을 받았고 디아스포라문학이 새로운 연구 대상으로 떠올랐다.

으로써 중국 경내에 한국학 연구에 있어서의 연변대학교의 중심적 위치를 웅변적으로 말해 주고 있다.

국내외 학자 여러분께서 저희 연구센터의 사업에 지속적인 관심과 성원을 주시기를 간절히 바란다. 아울러 이번 학술회의가 화기애애한 분위기 속에서 여러분의 보다 심도 있고 진지한 발표와 토론이 이루어지기를 바라 마지않는다.

– 2008년 7월 2일

'화이부동'과 연변문단 ········

이놈의 연변문단이 아옹다옹, 티격태격할 때마다 공자님의 말씀을 떠올린다.

공자님은 "군자(君子)는 화이부동(和而不同)이요, 소인(小人)은 동이불화(同而不和)이니라."라고 말씀을 했다.

공자님이 말씀하는 군자는 만인의 사표가 될 만한 모범적인 인간을 말한다. 이러한 군자는 남과 사이좋게 지내지만 자기의 정체성, 주체성을 잃지 아니하며 더더욱 의로움(義)이나 원리원칙을 버리고 무턱대고 남을 좇지는 아니한다. 말하자면 군자는 다양성을 존중하기에 상황, 사안, 사람에 따라 그에 맞게 조화를 이룬다. 특히 군자는 득세했을 경우에도 독선과 오만을 삼가며 다른 사람을 자기에게 동화시키려고 강요하지 않는다.

공자님이 말씀하는 소인은 인격적으로 큰 결함을 가진 자를 말한다. 이러한 소인은 자기의 정체성과 주체성, 자기의 철학이 없이 시세(時勢)에 편승하고 유행을 따르며 권력에 아부, 굴종한다. 하지만 뒤에서는 남의 험담을 하고 동산재기를 꾀하고 서로 물고 뜯기를 일삼는다. 그래서 남들과 조화를 이루지 못한다. 이러한 소인배가 권력을 잡으면 조직 구성원들의 개성을 존중하지 않으며 모든 구성원들을 자기의 의지에 동화, 복종시키려 한다.

공자님은 "화이부동, 동이불화"라고 말씀할 때 분명 '화(和)'와 '동(同)'을 갈라 쓰고 있다. '화'가 부동한 개성들의 조화로운 통일체라면 '동'은 하나(一)에 의한 열(十)의 동화, 부화뇌동(附和雷同)이다. 여기서 '화'는 다양성을 인정하며 다원공존, 다원공생을 의미한다. 관용과 공존의 논리이다. 반면에 '동'은 다양성을 인정하지 않고 획일적인 가치만을 용납함을 의미한다. 지배, 흡수, 합병의 논리이다. 이런 의미에서 '화'와 '동'은 철저하게 대립을 이루고 있다.

따라서 '화이부동'이라고 했을 때 그것은 자기와 타자의 차이를 인정함을 말한다. 그러니 타자를 지배하거나 자기와 동일한 것으로 흡수하려 하지 않는다는 의미로 읽어야 한다. 반대로 소인은 '동이불화'라고 했을 때 그것은 타자를 용납하지 않으며 타자를 지배하고 흡수하여 동화한다는 의미로 읽어야 한다. 따라서 군자는 다양성을 인정하고 타자와 평화롭게 공존, 공생할 수 있는 데 반해 소인은 다양성을 인정하지 않고 타자를 지배하려고 하며 타자와 공존하지 못한다.

상황에 따라 응하고(隨緣), 처지에 맞게 행하는 것(素位)—이는 처세의 지혜이다. 우리 문단에서 문인들마다 독선과 오만에 사로잡혀 자기의 관점, 방법만을 고집하고 강요한다면 온갖 부작용, 부조화, 역기능과 잡음, 엉킴, 갈등이 어지러이 일어나겠지만 '화이부동'의 철학으로 자기의 정체성, 주체성을 지키되 상대의 개성과 인격을 존중하면서 경우에 맞게 변통한다면, 우리 모두 연령도, 성미도, 문학관도 다른 사람과 손잡고 일할 수 있는 아량과 지혜를 갖춘다면 가는 곳마다 평화가 깃들고, 하는 일마다 얻지 못함이 없을 것이다.

자고로 문인은 괴짜가 많고 다양성은 문학 본연의 존재양상이요, 생명이기 때문이다.

– 2007년 5월 13일

사다리 잡은 재상·········

요즘 여러 종류의 문학상 심사에도 참가하고 화려한 문학비 제막식이나 문학상 시상식에도 참가하고 있으나 마치 진수성찬을 대접받다가 가시를 삼킨 듯 찜찜한 마음을 금할 수 없다. 현상금을 내는 후원자는 후원자대로 입김이 세고 주최 측은 주최 측대로 생색을 내고 지어는 큰 고기는 잡아 자기 망태기에 넣는 판이다. 결국 열심히 일한 작가, 예술인들에게는 국물도 차례지지 않는다. 그래서 가끔은 라파엘로의 일화를 떠올리면서 쓴 웃음을 짓게 된다.

라파엘로(1483~1520)는 미켈란젤로, 레오나르도 다빈치와 함께 르네상스 시대를 빛낸 3대 명화가의 한 사람이다. 그는 이탈리아 궁정화가의 아들로 태어나 8세 때부터 아버지의 지도를 받으면서 그림을 그렸다. 불행하게도 어려서 부모를 잃은 후에는 큰아버지의 보호를 받으면서 비타, 페루지노에게서 그들의 감미로운 화풍을 배웠다. 특히 다빈치, 미켈란젤로 등의 작품을 통해 그들의 화면구성, 명암법을 배운 동시에 동적 및 지적 요소를 섭취함으로써 완전히 낡은 화풍에서 벗어나 라파엘로 자신의 독자적인 화풍을 수립했다. 1508년 라파엘로는 교황 율리오 2세의 초청을 받고 7, 8년간 로마 최초의 대작인 바티칸 궁전 서명실(署名室) 장식에 참여해 천정화를 그린 후 사면의 벽에 '성테의 논의', '아테네 학당', '삼덕상(三德像)' 등 대작을 그렸다. 1514년부터는 성 베드로 성당 건축주임의 중직에다가 로마 시 고적 발굴 및 부흥계획을 추진하는 주임이 되어 다채로운 활동을 펼쳤으나 아쉽게도 37세의 나이에 요절했다. 그러나 그는 짧은 생애에도 많은 걸작을 남겼으며 큰 업적을 이루었다. 그는 명민하고 온후한 성품에다가 대단한 미남이여서 누구에게나 사랑을 받았고 선배의 업적을 집대성하여 전성기 르네상스의 고전적인 양식을 완성하였다.

아마도 라파엘로가 바티칸 궁전 서명실의 천정화를 그릴 때의 일인 것 같다. 라파엘로가 위태롭게도 높다란 사다리에 올라 천정화(天井畫)를 그리고 있는데 율리오 2세가 국무성 원장과 함께 그곳을 지나갔다. 국무성은 교황의 수석보좌기관으로서 교황 비서국이라고도 하는데 교황청 기구 가운데서 가장 상위에 위치하여 교황청 내외의 주요업무를 총괄하고 각 기구 사이의 교량 역할도 하는 부서이다. 그런즉 국무성

원장이란 오늘의 내무부장과 외무부장을 겸한 자리이다. 일국의 재상(宰相)쯤 되는 높은 벼슬이라 하겠다.

라파엘로는 잠깐 아래를 내려다보면서 눈인사를 할 뿐인데 교황은 놀라움을 감추지 못하면서 국무성 원장더러 사다리를 잡으라고 지시했다. 라파엘로의 안전을 위해서였다.

하지만 국무성 원장은 민망한 눈빛으로 교황을 흘끔흘끔 쳐다보면서 어색한 웃음을 지었다. 아니, 미천한 화가가 그림을 그리고 있는데 일인지하만인지상의 어른더러 사다리를 잡고 있으라니요?

이에 교황은 빙그레 웃으면서 한마디 던졌다.

"사다리를 잡고 있으라면 잡을 것이지 왜 꾸물거리는 거요. 국무성 원장은 임자가 아니더라도 할 사람이 많지만 이 천정화는 라파엘로가 아니면 그릴 사람이 없단 말이오."

국무성 원장이 울며 겨자 먹기로 라파엘로가 타고 앉은 사다리를 잡았음은 더 말할 것 없다. 누구의 명(命)이라고 감히 거역하랴. 그렇지만 상상을 해 보시라, 형벌을 받고 있는 노예처럼 일국의 재상이 사다리를 잡고 진땀을 흘리는 장면을!

물론 국무성 원장이란 자는 그 후로부터는 감히 예술가들을 업신여기지 못하고 그들의 착실한 시중꾼으로 일했을 것이다. 아무튼 교황으로부터 고관대작에 이르기까지 예술을 숭상하고 예술가를 예우(禮遇)할 줄 알았기에 르네상스, 즉 예술의 황금기를 맞았으리라 생각해 본다.

하지만 요즘 우리 문예를 관장하는 '재상'들의 모습은 어떠한가? 상, 중, 하로 나누어 본다.

사다리는 잡고 있되 감 놓아라, 배 놓아라 잔소리가 많은 것은 그래도 상에 속한다 하겠다. 책임성이 있고 천진한 점이 있기 때문이다.

사다리를 잡기는 고사하고 아예 라파엘로를 밀어내고 부득부득 사다리에 오르는 것은 그래도 중에 속한다 하겠다. 무얼 배우고자 하는 마음이 있고 그 열정 또한 가상(嘉尙)하기 때문이다.

하, 즉 꼴지는 사다리는 잡고 있되 일단 천정화가 완성되면 모두 사다리를 잡은 자기 자신의 공로로 치부하고 온갖 지면을 통해 라파엘로 이상으로 떠벌려 자랑을 한다. 그리고 제막식이나 시상식 잔치에 가 보면 '라파엘로'들의 얼굴은 보이지 않고 사다리를 잡고 있던 '재상'들이 오히려 생화묶음을 안고 즐겁게 웃고 있다. 이는 엉큼한 도둑놈의 짓거리라 아니 할 수 없다. 이들이야말로 뭇 새들의 예쁜 깃을 훔쳐다가 자기 자신을 화려하게 치장하고 나선 이솝 우화의 까마귀를 연상케 한다.

이런 염치없는 족속들이 판을 치는 한 우리 문예는 희망이 없다고 본다. 그리고 정직하고 재능 있는 작가, 예술인들의 슬픔과 비애는 증폭될 뿐이다.

– 2005년 10월 11일

스승마저 사기를 쳐 먹다니 · · · · · · · · ·

::키워 준 강아지 발뒤축 문다더니

요즘 중국의 유명한 간행물인 『(문적보)文摘報』에 김문학 씨의 『동아삼국지』가 연재되고 있는 모양인데 김씨의 스승인 한정현(韓正賢) 선생이 나서서 해당 간행물에 의의(疑意)를 제기하는 편지를 보내서 화제가 되고 있다. 제자가 대성(大成)해서 동아시아 삼국을 무대로 문필활동을 한다면 스승으로서는 대견스럽고 자랑스러운 일이겠는데 왜 김문학 씨의 스승인 한정현 선생이 의의(疑意)를 제기했을까?

필자는 지난 1월 25일 심양에서 열린 요동문학상 시상식에 갔다가 현지 원로문인들인 김광명, 한정현 두 분 선생을 만나 김문학 씨의 사기행각을 알게 되었다. 그런데 오늘 또 한정현 선생이 보내온 편지와 함께 자료 2건, 사진 1매를 받았다. 한정현 선생은 편지에서 "이제는 시간이 퍽 흘렀기에 아픈 상처도 거의 아물어 갑니다. 어쩌면 제 학생에게 물렸으니 그 상처가 더 오래 가는 듯합니다."라고 하면서 김문학 씨의 사기행각을 낱낱이 폭로했다.

김문학 씨 쪽의 말은 들어 볼 수 없으므로 먼저 한정현 선생 쪽의 가슴 쓰린 사정을 소개하고 편지와 사진의 내용을 공개한다.

만약 김문학 씨가 억울하게 생각한다면 반론을 제기해도 무방하리라 생각한다.

::번역과 출판에 얽힌 미묘한 이야기

한정현 선생은 김문학 씨의 중학교 시절 은사이다. 김문학 씨가 심양시 조선족제3중학교에 다닐 때 글을 꽤나 잘 지었다. 그래서 조선어문 담당교사인 한정현 선생은 심양시 조선족제2중학교에 근무하는 친구인 문영범 선생에게 김문학 씨를 추천했다. 문영범 선생이 근무하는 조선족제2중학교 쪽이 조건이 좋았기 때문이다. 그 바람에 김문학 씨는 물을 만난 고기처럼 동북사범대학교에 입학할 수 있었고 1991년 일본에 갈 수 있었다.

1998년 9월 김문학 씨는 전화와 편지로 옛날의 은사인 한정현 선생에게 중국의 유명한 산문작가인 여추우(余秋雨) 선생의 저서 『중국문화의 고달픈 려행(원 책명-(中國文化苦旅)』을 번역해 한국에서 출판하기로 했다고 하면서 번역을 맡아 달라고 했다.

김문학 씨가 한정현 선생에게 보낸 편지는 다음과 같다.

> 존경하는 한 선생님
> 前略 안녕하십니까.
> 전화서 말씀 드린 번역 件입니다.
> 『中國文化苦旅』를 『중국문화답사기』란 書題로 한국서 出判 계약이 되었습니다.
> 번역 要領:
> 1. 원고지 200字, 또는 400字 使用
> 2. 마감일: 1998년 11월 30일
> 3. 될수록 한국식 表現으로 하십시오.
> 4. 원고가 끝나면 곧 일본의 저에게 항공 등기우편으로 郵送해 주세요.
> 5. 번역 시 원문은 단락을 너무 붙여 썼는데 한국어로 옮길 때는 단락을 좀씩 띄어 주십시오.
> 6. 원고료는 말씀 드린 바와 같이 千字 20~25元, IMF 한국 사정이니 出版社 측도 곤란을 겪고 있는 사정입니다. 잘 理解해 주십시오.
> 그럼 잘 부탁드립니다.
> 안녕히 계십시오.
>
> 98.9.28. 學生 金文學 드림, 서울서

이 편지를 받은 한정현 선생은 곧 번역에 착수했고 이 책은 2000년도 한국 명지사를 통해 총 40만 자 상, 하 2책으로 출판되었다. 그런데 애초 김문학 씨가 한정현 선생에게 언약했던 일이 크게 빗나갔다.

첫째, 이 책은 한정현 선생이 전부 번역했음에도 불구하고 한정현, 김명학 번역에 김문학 감수(監修)로 출판되었다. 김명학은 김문학의 동생이다. 김명학 씨가 번역, 출판에 무슨 배역을 놀았는지 모르겠으나 한 글자도 번역을 하지 않은 사람을 김문학 씨 자의(恣意)대로 역자(譯者)로 넣었다.

둘째, 김문학 씨는 한정현 선생에게 번역료로 고작 3,000원을 드렸을 뿐이다. 김문학 씨의 언약대로라면 적어도 1만 원은 받아야 했다. 실은 한정현 선생이 남의 손을 빌려 원고를 타이핑을 하는 데만 1,500원을 썼으니 그의 손에 들어온 것은 1,500원밖에 아니 된다. 이 돈은 원고의 필기료에도 못 미친다.

이에 한정현 선생은 김문학 씨에게 여러 번 채문했다. 그러나 김문학 씨는 한국 출판사의 사정이 어렵다고 하면서 꼬리를 사렸다.

한정현 선생은 너무 어처구니가 없어 한국 명지사에 편지를 보냈다. 그랬더니 한국 명지사 박명호 사장이 아래와 같은 편지를 보내왔다. 그제야 한정현 선생은 제자인 김문학 씨에게 크게 속힌 걸 알게 되었다.

∷종이로 불을 싸지 못해

여기서 한국 명지사 박명호 사장의 편지를 보기로 하자. 김문학 씨가 어떤 배역을 놀았는지 그대로 드러난다.

> 한정현 선생:
>
> 안녕하십니까?
>
> 보내 주신 서신 반갑게 받아 보았습니다. 이렇게 늦게 답장을 드리게 되어 정말 죄송합니다. 그간 여러 가지 사정이 있어 이렇게 늦어졌습니다만, 다시 한 번 양해해 주시면 대단히 고맙겠습니다. 그간 저도 『중국문화답사기』 때문에 너무 많은 시간과 손해를 보고 있던 차에, 한 선생님의 서신을 받아 보고서야 완전히 속은 것을 깨닫게 되었습니다.
>
> 처음부터 자세히 말씀드리겠습니다. 본래 저는 김명학 씨와 인연이 되어 서로 연락을 하던 중에 김문학 씨가 서울로 오게 되어 처음 만나게 되었고, 바로 그 자리에서 문제의 『중국문화답사기』를 계약하게 되었습니다. 그 당시 어려웠지만 번역자에게 지불해야 된다면서 요구하기에 번역료 및 원고료로 300만 원에 계약했습니다(1999년 7월 경). 그동안 그림을 넣고 한국 실정에 맞게 편집과 교정 과정에서 시간이 많이 걸려 아시는 바와 같이 작년에야 책이 나오게 되었습니다.
>
> 그런데 책이 나오자마자 타 출판사에서 저자와 직접 정식 계약했으니 명지사 책을 팔면 위법이라는 것입니다. 그래서 김문학 씨에게 연락해 보니 계약금이 저자에게 전달이 안 되어 명지사가 계약한 것은 제3자와 했기 때문에 무효가 된 것입니다. 한국

에서 저작권법이 매우 엄하기 때문에 명지사에서 모든 것을 포기하고 말았던 것입니다. 실은 번역료가 지불된 것으로 알고 있었는데 한 선생님의 서신을 보고 깜짝 놀랐습니다.

그동안 김문학 씨가 서울에 올 때마다(5번 정도) 편의를 제공하고 성의를 다했지만 모든 것이 허망하고 배신감만 느껴집니다. 그사이에 김문학 씨 모친의 회갑이라 해서 심양도 한 번 방문했습니다만 집에까지는 방문하지 못하고 호텔에만 며칠 있다 돌아왔습니다.

실은 『중국문화답사기』를 읽으면서 순수 우리말을 많이 사용하고 번역이 참 잘되었다고 생각하고 있었는데, 이렇게 좋지 않은 일로나마 알게 되어 매우 반갑습니다. 『중국문화답사기』를 생각하면 다시는 생각하고 싶지 않지만, 한 선생님과 인연이 되었으니 앞으로도 계속 중국에 대해 관심을 가지겠으며, 많은 정보 주시면 대단히 고맙겠습니다. 그리고 주 목사 남편에게 부탁드린 건도 계속 알아봐 주시면 고맙겠습니다. 한번 만날 기회를 기대합니다.

아무쪼록 한 선생님과 가정에 항상 행복이 가득하시기를 진심으로 기원합니다.

2001년 5월 10일 박명호 드림

이 편지를 보면 명지사 사장 박명호 선생도 김문학 형제에게 많이 당했음을 알 수 있다. 적어도 김문학 씨가 계약을 하고도 여추우 선생 쪽에 원고료를 지불하지 않았기에 타 출판사가 여추우 선생과 새로운 계약을 맺고 그의 산문집을 내게 되었으며 명지사는 커다란 손실을 입게 되었다.

2005년 5월 한정현 선생이 한국을 방문했을 때 명지사 박명호 선생을 찾았다. 그랬더니 박명호 선생은 요즘 일본의 김문학 씨에게서 전화가 왔는데 한정현 선생에게 여추우의 출판 동의서를 받은 일과 계약금으로 300만 원을 받은 일을 꼭 비밀에 부쳐 달라고 부탁했다고 알려 주었다.

아래에 여추우 선생의 번역, 출판 '동의서'를 부록으로 첨부하지만 이 동의서가 심히 의심스럽다. 중국의 유명한 산문가가 자신이 피땀으로 쓴 산문집을 아무런 부대조건이 없이 김문학 씨에게 번역, 출판을 의뢰할 수 있겠는가? 황차 지적 소유권 문제로 중국 출판계도 화끈 달아오른 판국에 여추우 선생이 시골의 촌로처럼 몇 글자를 적어 동의서를 낼 수 있었을까 심히 의심된다. 이 동의서의 진위는 여추우 선생에게 물어보면 금세 드러날 일이지만, 아무튼 여추우 선생의 시뻘건 도장이 찍혔으니 왈가

왈부할 일이 아니다.

::불 보듯 환한 일

이상의 자료들을 분석, 종합해 보면 김문학 씨가 저지른 아래와 같은 불미스러운 일이 드러난다.

첫째, 김문학 씨는 명지사에서 계약금을 받았음에도 불구하고 여추우 선생에게는 물론, 한정현 선생에게도 제대로 지불하지 않았다. 결과 여추우 선생은 한국의 다른 출판사에 번역, 출판을 의뢰함으로써 명지사는 큰 손실을 입게 되었다.

둘째, 김문학 씨는 명지사로부터 번역료와 원고료 300만 원(인민폐 2만 2천 원에 상당함)을 받았으나 그중 3,000원만 한정현 선생에게 주었으니 적어도 19,000원을 얼렁뚱땅 가로채서 먹었다.

셋째 한정현 선생이 혼자 번역했음에도 불구하고 김문학 씨는 자기의 동생 김명학을 역자로 둔갑시켰다.

넷째, 김문학 씨는 명지사에 커다란 손실을 안겨 주었다. 40만 자에 상, 하 2권으로 출판된 책이 창고에 쌓여 폐지로 되었으니 그 손실은 적게 추산해도 한화 2,000만 원은 되리라 생각한다.

김문학 씨가 만약 이상의 사실을 인정한다면 적어도 은사인 한정현 선생과 명지사에 진심으로 사죄하고 중간에서 가로챈 한정현 선생의 번역료를 돌려 드려야 할 것이다.

– 2006년 2월 17일

신판 장님의 코끼리 구경 · · · · · · · ·

요즘 인류의 기원에 관한 박 아무개의 거창한 글들을 보면 어릴 때 익히 들었던 동화가 떠오른다.

장님 다섯 명이 코끼리 구경을 하는데, 첫 번째 장님이 코끼리의 배를 만져 보고

"코끼리는 바람벽처럼 생겼는데?"

하고 탄성을 지르니까 두 번째 장님은 코끼리의 코를 만지더니

"아니야. 코끼리는 구렁이같이 생겼는걸!"

하고 면박을 주었고 세 번째 장님이 코끼리의 다리를 안아 보더니

"코끼리는 나무통처럼 생겼는걸!"

하고 아는 체하는데 네 번째 장님은 코끼리의 귀를 한참 만져 보더니

"아, 코끼리는 부채처럼 생겼구나."

하고 아예 결론을 내 버리는데, 마지막 장님은 코끼리의 꼬리를 만져 보더니

"임자들은 다 틀렸어. 코끼리는 밧줄처럼 생겼어." 하고 못을 박아 버렸다.

똑같은 것이라도 보는 관짐에 따라서 달라질 수 있다는 것을 말해 주는 동화다. 사실 우리는 자신의 관점만이 옳다고 주장할 때가 참으로 많다. 그러면서 자신의 관점과 다른 이들에게는 덮어놓고 면박을 주기 일쑤다. 때로는 자기와 의견이 다른 이들을 어떻게든 깔아뭉개는 극단적인 행동까지 불사한다. 하지만 그러한 자세는 자신을 오류의 구렁텅이로 빠트리는 것이 되고 만다.

코끼리의 어느 부분을 만지느냐에 따라서 서로 다른 모습을 이야기하는 것과 마찬가지로, 종합적인 시각을 가지지 못한다면 그른 판단을 내리기 십상이다. 더욱이 자신의 판단만 옳고 다른 사람들의 판단은 그르다고 말하는 데 익숙하다면, 그것은 오만이요 독선이다.

박 아무개가 다루는 것은 인류의 기원에 관한 지극히 깊고 넓은 학문이요, 한평생 연구해도 그 변두리에도 가기 어려운데, 일개 기자 출신이 왈가왈부할 일이 아니라고 본다. 더더구나 수많은 학자들이 내놓은 다종다양한 견해들 중, 자기의 구미에 맞는 것만 두루 모아 놓고 모든 '종족과 민족은 아프리카에서 뻗어 나왔소, 백의동포도 그

러하오.' 하고 속단한다면, 그것은 코끼리 구경을 나온 장님들의 짓거리에 지나지 않는다고 생각한다.

황차 구미 중심의 글로벌화에 대응해 소수자집단마다 자기의 정체성을 찾고 그 가치를 새롭게 자각하고 있는 마당에, 다원공존과 다원공생을 주장하는 마당에 박 아무개가 한사코 인류의 동본동종(同本同種)을 외치는 저의(底意)는 어디에 있는지? 그가 무식해서 떠드는 소리라면 용서할 수 있겠지만, 가랑잎으로 눈을 가리고 아웅 하는 수작으로 우리 민족의 유구한 역사와 전통을 말살하려고 한다면, 강세를 이룬 다수자에게 아부, 굴종하고 얼토당토않은 '고고학적 발견'으로 인류의 동본동종과 다수자에의 동화만을 강조한다면 지탄을 받아 마땅하다고 본다. 세계 여러 인종의 기원 자체가 화이부동(和而不同)이요, 화이부동의 공존공생만이 세계 여러 민족 모두를 구원할 수 있기 때문이다.

아직 코끼리 전모(全貌)를 보지 못한 연변의 청소년들을 망칠까 봐 이 글을 쓴다.

– 2008년 1월 3일

아름다운 축제—청송컵 백일장 10년 ········

—청송백일장 10년 경과 보고

안녕하십니까?

봄소식을 갖고 불원천리 연변에 찾아 주신 이성연 교수님을 비롯한 조선대학교 교수님 이 자리에 오신 여러분께 뜨거운 인사를 드립니다.

10회 청송컵 백일장에 즈음해 지나온 역사를 되돌아보매 그야말로 감개무량합니다. 10년간 지속된 청송컵 백일장의 의미와 성과를 아래와 같은 세 개 방면으로 말씀 드릴 수 있을 것 같습니다.

첫째, 청송문학상은 한국에서는 IMF 위기가 터지고 중국 조선족 사회가 농촌공동체의 해체와 교육, 문화의 불황을 심각하게 겪던 1997년에 막을 올렸습니다. 이 백일장은 재외동포를 사랑하는 한국 조선대학교의 지극한 동포애의 소산으로서, 배움을 열망하고 문학을 사랑하는 여기 청소년들에게는 가뭄에 단비가 되었습니다. 특히 번마다 한국의 전라도에서 연변까지 찾아 주시어 몸소 심사를 하고 어린 학생들을 지도해 준 이성연, 백수인 등 교수님들은 우리 청소년들에게 피는 물보다 진함을 알려주고 따뜻한 모국의 사랑을 안겨 준 귀인이라 하겠습니다.

둘째, 청송이라는 말 그대로 이 백일장은 이제 중국 조선족 청소년들의 문학상에서 가장 역사가 길고 가장 권위적인 상으로 자리를 잡았으며 수많은 문학의 꿈나무들을 발굴, 육성해 우리 문학의 탄탄한 기반을 다지는 데 일조했습니다. 제1회 청송문학상 대상을 받은 이영실 씨는 지금 연변의 명문 연변제1고급중학교에서 교편을 잡고 후학들을 키우는 문학교사로 열과 성을 다해 일하고 있고, 이해영 학생은 서울대학교에서 박사학위를 받고 지금은 청도해양대학교에서 교수로 근무하고 있습니다. 그리고 2003년 청송컵 장원상을 수상한 서채화 학생은 지난해 연변문학 윤동주문학상 신인상을 수상해 연변작가협회 회원으로 되기도 했습니다.

셋째, 청송문학상은 연변대학교의 캠퍼스문화를 선도하는 데 일조했습니다. 특히 연변대학교 조문학부 학생들은 청송컵 백일장을 배운 지식을 활용하고 심신을 수련하는 도장으로 삼아 왔습니다. 특히 청송 백일장은 수많은 학생들이 적극적으로 동참해 준 데서 그야말로 연변대학교의 축제의 장으로, 하나의 아름다운 풍물시로 자리매김했습니다. 현재 청송컵 백일장을 통해 훈련받은 수많은 참여자들이 연변을 비롯한 동북3성의 현지에서 우리말과 글을 지키고 다종다양한 문화축제를 손수 만들고 꽃피우는 데 주력으로 일하고 있습니다.

10년 세월, 하나의 자그마한 솔 씨가 그야말로 낙락장송으로 자라났습니다. 이제이 아름다운 터전에 우리 문화의 영원한 궁궐을 세우는 작업은 그냥 지속되어야 하리라 생각합니다. 연변대학교의 지지와 성원은 물론이요, 사회 각 계층의 전폭적인 지지와 성원을 바라 마지않습니다.

마지막으로 10년간 청송컵 백일장을 전폭적으로 지지, 성원해 주신 조선대학교와 여러 교수님들께 다시 한 번 깊은 감사를 드리면서 이로써 말씀을 줄입니다.

감사합니다.

– 2006년 4월 22일

21세기 화랑의 활무대, 훈민정음의 대축제 ········

-제11회 조선족 중, 소학교 학생 글짓기 경연대회 시상식 폐회사

존경하는 수상자 여러분, 하객 여러분:

누가 조선족 사회는 불 꺼진 나라라고 했습니까? 누가 조선족 청소년들은 자기 민족의 말과 글도 모른다고 했습니까?

7월 14일 오전 연변대학교 종합체육관에 오신 분들은 보았을 것입니다. 실내 운동장과 4면 관람석을 입추(立錐)의 여지도 없이 꽉 메운 청소년들의 꽃물결과 그들의 초롱초롱한 눈빛을!

5천여 명의 청소년들이 펜을 달리고 있었습니다. 지난해 소학교에 입학한 애들도 있고 사춘기 초중생들도 있었으며 명년이면 대학에 입학할 고중생들도 있었습니다. 그뿐입니까? 수백 명의 학부모들도 체육관 주변에 삼삼오오 모여 서서 손에 땀을 쥐고 있었습니다. 이들 모두가 우리말과 글에 대한 불같은 사랑을 안고 왔습니다.

우리 청소년들은 평소에 갈고닦은 글재주를 유감없이 보여 주었습니다. 오늘 수상의 영예를 지닌 학생들은 우리 조선족의 신동(神童)이요, 우리 조선족의 화랑(花郎)들입니다. 신라 때 화랑들이 심신(心身)을 단련하고 유사봉공(有事奉公)의 정신을 함양해 나라의 통일을 이룩하였듯이, 오늘은 우리의 화랑들도 우리말과 글을 닦아 무한경쟁 시대의 역군으로 자라고 있습니다. 참으로 가슴 뿌듯한 일입니다.

말과 글은 민족의 얼을 담고 있고 민족의 말과 글은 민족의 얼을 포근히 감싼 옷이나 다름없습니다. 옷을 입지 않은 사람을 정상인이라 할 수 없듯이, 엄격한 의미에서 훈민정음이라는 우리말과 글을 잃은 사람을 백의겨레라 할 수 없습니다. 말 달리고 칼 부려 이 땅을 제패했던 일부 민족들이 물에 소금이 녹듯이 자취도 없이 사라진 것은 바로 말과 글을 잃어 버렸기 때문입니다. 타산지석(他山之石)이란 말도 있지만 이 뼈아픈 교훈을 우리는 영원히 잊지 말아야 합니다.

오늘의 세계는 글로벌 시대이며 무한경쟁 시대입니다. 새가 두 날개로 날고 사람이 두 발로 걷듯이, 자기의 모국어를 바탕으로 두 가지 이상의 언어를 장악한 자만이 국제사회에서 자유롭게 비상(飛翔)할 수 있습니다. 한어만 알면 된다는 발상은 참으로 유치한 생각입니다. 한어를 잘하면 중국에서 먹고사는 데는 별로 지장이 없을지 모르지만 적어도 조선, 한국과 교류하고 세계를 무대로 일하는 데는 한계가 있습니다. 그래서 요즘 한족형제들도 열심히 조선어를 배우고 있지 않습니까? 어머니의 젖꼭지만 물어도 초보는 배울 수 있는 모국어, 버리지 말고 열심히 익혀 창공을 날 수 있는 두 날개를 가져야 합니다.

사실 우리말과 글—훈민정음은 세상에서 가장 간편하고 가장 배우기 쉽고 가장 과학적인 언어입니다. 그래서 머리가 총명한 사람은 하루아침에 깨칠 수 있고 머리가 좀 둔한 사람이라 해도 열흘이면 익힐 수 있습니다. 특히 훈민정음은 음색이 아름답고 문자가 간편해 지식정보화 사회에서 가장 효율적인 언어로 각광을 받고 있으며 세계인이 선호하는 언어로 부상하고 있습니다. 우리 조선족은 훈민정음을 조자룡이 창다루듯이 자유자재로 다룰 수 있어야 할 뿐만 아니라 중국 여러 민족에게 가르쳐 주고 보급할 시대적 사명을 지니고 있습니다. 사실 연변대학교 조문학부를 졸업한 석사, 박사들이 중국 방방곡곡의 대학들에서 훈민정음을 가르쳐 주고 있는 게 현실입니다.

우리 속담에 "소가 힘이 세다고 왕 노릇 하랴", "말 한마디에 천 냥 빚을 갚는다"고 했습니다. 지식정보화 시대의 무기는 총칼이 아니라 지식이요, 문화입니다. 쉽게 말하면 글재간입니다. 저는 오늘 수상의 영예를 지닌 학생 여러분들 중에 세계적인 웅변가, 시인, 소설가, 철학가들이 용솟음쳐 나오리라 믿어 의심치 않습니다. 여러분의 대성(大成)을 기원합니다.

마지막으로 이 축제의 성공을 위해 다년간 전폭적인 성원과 지지를 보내 주신 한국 (주)아이템플클래스를 비롯한 국내외 후원 단체와 독지가 여러분, 그리고 이 축제를 공동 주최한 연변조선족문화발전추진회를 비롯한 여러 단체에 깊이 감사를 드리며 아울러 현장 관리와 심사를 맡아 주신 관계자 여러분께도 깊은 감사를 드립니다.

명년 백일장은 더욱 큰 불길로 타오르리라 믿어 마지않습니다.

감사합니다.

- 2007년 7월 16일

대학교와 학생서클········

11월 30일 저녁 종소리문학사 창립 30주년 기념 문집 출간 기념행사가 연변대학교 교수, 연변문단의 문인들이 참가한 가운데, 연길 상우호텔 연회청에서 성황리에 열렸다. 출간기념행사에 뒤이어 생기발랄한 종소리문학사 회원들이 준비한 다채로운 예술공연이 펼쳐져 참가자들의 흥을 한결 돋우어 주었다.

종소리문학사는 1978년 연변대학교 조문학부 77, 78년급 학생들이 주축이 되어 창립한 서클인데 올해 30주년을 맞게 되었다. 종소리문학사는 문학에 대한 사랑을 안고 문학 창작, 동인지 출간, 문단사회와의 폭넓은 교류를 통해 그동안 수많은 시인, 작가들을 배출했다. 또한 현재 종소리문학사에서 활약하는 학생들은 정기적으로 작품발표회, 백일장, 유명문인초청강연회 등 다양한 활동을 벌이고 조선족문학지와 사이트에 알찬 작품을 발표함으로써 상당한 문학적 기량을 선보이고 있다. 이들의 활약상은 연변대학교의 건전한 캠퍼스문화 조성에 신선한 바람을 일으키고 있을 뿐만 아니라 우리 민족문학의 미래에도 밝은 빛을 더해 주고 있다.

종소리문학사 역시 하나의 학생서클이다. 한국에서는 대학생 동아리단체라 한다. 아무튼 학생서클이나 동아리단체는 교실에서 배운 지식과 이론을 실천하고 학생들의 독립적인 인격과 자치(自治)능력을 키울 수 있는 중요한 활무대이다. 우리나라의 저명한 교육가 도행지(陶行知, 1891～1946)는 '5・4' 운동 때 「학생자치문제에 관한 연구」라는 글에서 "이른바 학생들의 자치는 보육주의(保育主義) 교육에 대한 반동으로 나타났다. 그것은 무절제한 자유가 아니라 학교 당국과 더불어 학교를 다스리는 것이며 모든 규장제도를 부수어 버리는 게 아니라 모두가 자각적으로 법을 지키는 것이며 자유방임을 하고 학교에서 독립해 나가는 게 아니라 자치(自治)의 도리를 연습하는 것이다."라고 하면서 공화정체(共和政體)와 전제정치(專制政治)의 가장 큰 구별은, 전자는 스스로를 다스릴 줄 아는 공민(公民)으로 구성되고 후자는 다스림을 받는 순민(順民)으로 구성되는데, 순민들이 다스려지면 어색한 대로 당분간 안정을 기할 수 있겠지만 공민의 자치가 이루어지면 세상은 영구히 태평해진다고 하였다.

이러한 도리를 잘 알고 있는 세계의 명문대학은 모두 학생들의 서클활동을 권장,

장려하고 있으며 품위 있는 학생서클을 자랑하고 있다. 일례로 일본 와세다대학 웅변회라는 서클은 역사와 현실에 나서는 정치, 경제, 문화 영역의 최첨단 테마들을 다루고 있으며 일본 총리대신을 비롯한 정치가들은 이 웅변회의 초청을 받아 강연을 하는 것을 무상의 영광으로 알고 있다. 또한 우리나라 북경대학이 유명해진 중요한 원인의 하나는 학생들이 '5·4운동'을 비롯해 중국의 신민주주의 운동을 선도해 나간 데 있다. 우리 연변대학교의 초대 교장 림민호(林民鎬, 1904~1970) 선생께서는 정판룡, 권철, 허호일 등 1, 2기생들이 말똥종이에 철필로 쓴 '처녀지'라는 동인지를 꾸렸을 때 그걸 받아 보시고 아주 흡족해하시면서 등사 기름과 종이를 대주었다는 사례는 학생서클을 권장해 온 우리 학교의 훌륭한 전통으로 전해지고 있기도 하다.

종소리문학사 창립 30주년이 가지는 가장 큰 의미는 바로 우리 연변대학교의 학생서클이 하나의 아름다운 캠퍼스문화로 자리를 잡았고 우리 학생들의 자치능력 또한 괄목할 만한 수준에 이르렀음을 표명한다. 11월 29일 본과교수평가차 연변대학교를 방문한 길림대학교 문학원 원장이며 전국 '명교수(名師)'인 장부귀(張富貴) 교수는 "연변대학교 종소리문학사는 대를 이어 계주봉을 이어 가면서 장장 30년 동안이나 활발하게 활동했고 훌륭한 기념문집까지 냈는데, 이러한 사례는 아마도 중국 대학교 역사에서도 전무후무할 것이다. 종소리문학사는 연변대학교 학생서클의 높은 품위와 실적을 대변한다."고 높이 평가했다.

미구하여 우리 문단을 빛낼 종소리문학사 성원들에게, 우리 사회를 선도해 나갈 공민, 엘리트들에게 큰 박수를 보내 주기 바란다. 그리고 인민공화국의 모범적인 공민이 될 여러분께서 개인의 이익이 아니라 공중의 이익을 우선시하며 옴니암니 권력을 다툴 것이 아니라 성심성의로 남을 섬길 줄 알며,남을 훈계할 것이 아니라 스스로를 관리할 줄 알며, 덮어놓고 대항할 것이 아니라 서로 협동할 줄 알며, 걸핏하면 화를 낼 것이 아니라 차근차근 도리를 따지면서 학생자치의 모범을 보여 주시기를 바란다.

종소리문학사의 무궁한 발전을 기원한다.

– 2007년 11월 30일

변연복합문화의 이론과 조선족공동체의 가치 ········

—이승률 박사의 『동북아 시대와 조선족』을 읽고

이승률 선생께서 다년간의 노력 끝에 『동북아 시대와 조선족』이라는 역작을 펴낸 데 대해 진심으로 축하한다.

이승률 선생은 조선족문제에 관한 기성 연구성과를 검토한 기초 위에서 유럽과 미국 중심의 대서양 시대로부터 중, 일, 한 중심의 동북아 시대가 열리고 있음을 지적하고 있으며, 특히 21세기 동북아 국제협력 시대에 있어서의 조선족공동체의 중요한 매개적 역할과 그 가치에 주목하고 있다. 그것은 조선족공동체는 한반도문화와 중국문화의 융합으로 형성된 이중문화구조, 즉 변연복합문화적 특징을 가지고 있기 때문이라고 했다. 이 저서는 '디아스포라', '경계인'의 이론이나 기존의 '며느리론', '접목의 원리' 등을 비판적으로 수용하면서 조선족공동체는 21세기 동북아 국제협력 시대의 '소금'이라는 메타포를 개발하고 자기의 독자적인 이론체계를 이루고 있다. 특히 조선족문화의 특성과 가치를 구명함에 있어서 협애한 민족주의에 함몰되지 않고 열린 민족주의 시각을 보여 줌으로써 조선족문화 건설에 중국 정부와 한국 지성인들 모두의 관심을 모을 수 있는 실현 가능한 대안을 제시하고 있다.

이승률 선생은 한국의 성공한 기업인이지만 실리보다는 대의명분을 추구해 연변대학교 과학기술학원의 건설과 발전에 커다란 기여를 한 지성인으로 알고 있다. 특히 기업 경영과 연변대학교 과학기술학원의 효율적인 운영을 위해 동분서주, 노심초사하는 가운데 동북아 시대의 도래와 조선족공동체의 발전에 관심을 가지고 지천명의 나이에 석사과정과 박사과정을 원만히 마치고 오늘 마침내 이 같은 역작을 펴냈다. 이에 경이로움과 함께 감사의 마음을 금할 수 없다.

조선족공동체는 중국공산당과 정부의 지속적인 관심과 지원 및 연변조선족 자체의 노력을 거쳐 위기를 극복하고 동북아시아 시대의 주역으로 떠오르고 있다. 이 과정에서 한국의 독지가들과 지성인들의 조언과 도움도 많이 받아 왔음은 더 말할 것 없다. 이들의 불같은 농포애와 민주화와 산업화를 동시에 이룩한 귀중한 경험은 조선족공동체의 발전에 귀중한 타산지석으로 되어 왔다. 하지만 요즘 우리 조선족공동체 내부에서는 물론이고 중국 전역에 토사구팽(兎死狗烹)의 심리로 한국인들을 홀대하는 풍조가 일고 있다. 심각히 반성하고 열린 시각으로 한국의 독지가들과 지성인들이 조선족 공동체 건설에 동참하도록 해야 할 것이다.

이러한 의미에서 다시 한 번 축하의 말씀을 드리는 바이다.

2007년 10월 11일

우리 연변에 독서문화의 바람이 불었으면 ········

여기에 놀라운 수치가 있다.

목전 우리나라에 독서습관을 가지고 있는 사람은 전체 인구의 5%밖에 되지 않아 인도보다도 낮은 것으로 나타났다. 독서습관을 갖고 있는 사람의 경우, 2005년 중국 국민은 고작 4.5권을 본 데 반해 한국 국민은 11권, 프랑스 국민은 14권, 유대인은 64권을 보았다(『新華文摘』, 2007년 4기, 136쪽 참조). 보다시피 유대인은 독서에 있어서도 세계에서 앞자리를 달리고 있다.

유대인은 이렇게 책을 즐겨 보는 민족이니 세계 60억 인구의 0.2%, 불과 1,200만 명 되나 마나 하지만 역대 노벨상 수상자의 거의 삼분의 일을 차지하고 있다. 그리고 인류역사 전체에 긍정적이든, 부정적이든 큰 업적을 남긴 유대인들은 헤아릴 수 없을 만큼 많다. 합리주의 철학과 근대과학의 길을 연 스피노자, 『자본론』을 저술하여 공산주의운동을 일으킨 칼 마르크스, 이론물리학의 아인슈타인, 진화론의 찰스 다윈, 심리학의 프로이드 등 이들의 영향을 빼고는 현대를 논할 수 없게 되었다.

오늘날 독서를 하지 않는 게 세계적인 현상이고 그중 우리나라가 가장 심하다고 한다면 연변의 경우는 어떠한가? 통계수치가 없어 구체적인 상황은 알 수 없지만 연변의 도서시장은 큰물이 쓸고 간 들판처럼 썰렁해진 지 오래다. 우리 연길 시민들은 서시장이나 백화에 쇼핑은 잘 가지만 서점은 왼눈으로도 보지 않는다. 일부 잘사는 시민들의 자택에 가 보면 외제 가전제품이 즐비한 가운데 양주를 진열한 찬장이 눈부시지만 유독 책장만은 없다. 서재가 있는 집은 거의 없다. 혹간 친구의 저택에 놀러 가서 푹신한 소파에 모심을 당해도 심심풀이로 볼 신문 한 장, 잡지 한 권 없다. '신문, 잡지 대신 텔레비전을 보지 않는가'하고 반문하는 사람도 있겠지만 실은 텔레비전을 보아도 시사, 지식 프로는 보지 않고 폭소대잔치만 본다.

책을 보지 않으니 신문이 팔리지 않고 잡지가 팔리지 않는다. 한때 10만 부 이상 팔리던 신문이 몇천 부 팔리는 데 그치고 연변의 대표적인 문학지는 1,000권도 팔리지 않는다. 그러니 신문이나 잡지는 불경기라 1,000자에 20원 좌우밖에 안 되는 원고료도 지불하지 못하고 편집자들도 월급의 50~70%밖에 받지 못하고 있다. 하여 작가들은 글을 쓰고자 하는 의욕을 잃게 되고 기자, 편집자들은 책임감을 잃고 가랑잎으로 눈 가리고 아웅 하는 수작으로 얼렁뚱땅 신문, 잡지를 내고 있다. 이처럼 독자가 없으니 책이 팔리지 않고 책이 팔리지 않아 원고료와 월급을 제대로 받지 못하니 좋은 책을 내기는 글러 먹었다. 좋은 책이 없으니 독자는 더더욱 책을 쓴 오이 보듯 한다. 그러니 우리의 독서문화는 해마다 내리막길을 걷고 있다.

책이 없는 사회는 해가 진 골짜기와 같고 책을 읽지 않는 자는 입에 가시가 돋치게 마련이다. 농민이나 촌장이 책을 보지 않으니 긴긴 겨울 화투 치기나 하지 않으면 신세타령이나 하게 되고 노동자나 공장장이 책을 보지 않으니 시장이 돌아가는 이치를 알 리 없고 하루아침에 자본의 큰손에 게도 구럭도 다 놓치는 신세가 되고 만다. 더욱 한심스러운 것은 민족의 미래요, 나라의 장래라고 하는 청소년들이 책을 보지 않고 허송세월을 한다는 사실이다. 그러니 뜻이 있고 예의 바르게 살아야 할 그네들이 아예 절제와 절도의 미덕을 모르고 입에서 뱀이 나가는지 구렁이가 나가는지 모르고 있다. 한마디로 책을 보지 않으니 전반 연변 사람들의 정신적인 기상과 문화적인 소질이 땅에 떨어지고 있다.

텔레비전에 컴퓨터까지 가가호호에 보급되는 시대라고 하지만 책은 여전히 인류의 문명과 지혜의 가장 큰 보물고로 된다. 오직 독서를 통해서만이 진리를 찾고 견식을 넓힐 수 있고 독립적인 사고력과 풍부한 상상력, 창조력을 키울 수 있으며 존경을 받을 만한 교양인이 될 수 있다. 또한 독서하는 기풍이 살아나야 우리 민족이 살고 연변이 살아난다. 일본인들은 독서문화를 바탕으로 귤과 온천밖에 자원이 없는 일본 열도에 세계 굴지의 공업대국을 만들어 냈고 500만 인구밖에 안 되는 핀란드 역시 구소련과 독일의 틈바구니에서 무수히 전란을 겪었지만 국민의 왕성한 독서력에 힘입어 세계 굴지의 산업국가로 솟아올랐다.

부럽지 않은가. 이제 연변에도 독서하는 바람이 불기를 바라면서 당과 정부, 시민사회 모두가 합심해 독서문화를 권장하고 그 발전을 기할 수 있는 계통적인 아이디어를 내기 바란다.

– 2007년 4월 24일 밤에

≪연변문학≫을 직접 경영할 데 관한 보고서 · · · · · · · ·

연변조선족자치주 주장 귀하:

안녕하십니까?

≪연변문학≫지의 경영부진으로 깊은 심려를 끼쳐 드린 점을 더없이 죄송하게 생각합니다.

≪연변문학≫을 비롯한 우리 주 내 7개 잡지를 연변인민출판사에 귀속시켜 통일적으로 경영한다는 소식을 듣고 여러 가지로 착잡한 생각이 들었습니다. 축구장이 없는 프로축구단을 상상할 수 없듯이 기관지가 없는 작가협회 역시 상상할 수 없습니다. 이에 1월 10일 연변작가협회 주석단은 충분한 논의와 합의를 거쳐 주 당위와 정부의 따뜻한 지도와 전폭적인 지지를 받는 전제하에서 우리 연변작가협회에서 직접 ≪연변문학≫을 경영하는 방법을 모색하게 되었습니다.

아래에 그 이유와 경영방법에 대해 말씀을 드리고자 합니다.

1. ≪연변문학≫은 58년의 역사를 가진 중국 조선족의 최대 월간지로서 조선족 문인들의 활무대로, 신진 작가의 요람으로, 200만 조선족의 정신문명 본거지의 하나로 되어 왔습니다. 우리나라 56개 민족이 일심동체가 되어 중국 특색의 조화로운 사회를 건설하는 이 시점에서 ≪연변문학≫은 약화되어야 할 것이 아니라 강화, 발전되어야 하리라 생각합니다.

2. 그동안 ≪연변문학≫지는 '반우파투쟁'이나 '문화대혁명'과 같은 정치적 수난을 겪기도 했지만 수많은 작가와 독자들의 변함없는 사랑 속에서 불사조처럼 쓰러졌다가는 다시 일어나곤 했습니다. 특히 이 과정에서 주 당위와 정부의 지속적인 지도와 지원을 받았는데, 이는 ≪연변문학≫이 반세기 이상 존속될 수 있는 근본적인 조건으로 되어 왔습니다. 말하자면 ≪연변문학≫의 존재와 번영발전은 우리 당의 민족정책의 정확성을 세상에 자랑하는 것으로 됩니다.

3. 연변작가협회는 성급 작가협회의 자격을 갖고 있고 동북삼성과 북경 지역에 있는 작가들도 망라하고 있는바, 명실 공히 중국 조선족 작가들의 유일무이한 대표문학지입니다. 현재 우리나라의 경우, 성급 이상의 작가협회는 더 말할 것 없고 일부 도시와 현에서도 다투어 문학지를 경영하고 있는 상황입니다. 만약 ≪연변문학≫을 잃는다면 500여 명 중국 조선족 작가들은 농토를 잃은 농사군의 꼴이 될 것이요, 연변작가협회는 구심점을 상실하고 허울만 남게 될 것입니다.

4. 연변인민출판사에 귀속시켜 경영하고 여전히 연변작가협회 기관지로 두면 될

것 아니냐고 쉽게 이야기할 수도 있겠지만 인사권, 재정권, 편집권을 상실한 ≪연변문학≫을 어떻게 연변작가협회 기관지라고 할 수 있겠습니까? 특히 연변인민출판사에 귀속되면 ≪연변문학≫의 특성과 독자성을 상실하고 일반 상업성을 띤 잡지로 전락될 위험이 있습니다. 현시점에서는 ≪연변문학≫을 연변작가협회 산하에 두고 그 특성을 강화하고 그에 자율성과 독자성을 최대한 부여해야 하리라 생각합니다.

5. ≪연변문학≫을 살리자면 아래와 같이 조처하면 되리라 생각합니다.

1) 소수민족의 문학예술을 시장경제의 틀에서 다룰 것이 아니라 하나의 공익사업으로 간주하고 전폭적인 지원을 해야 한다는 중공중앙의 지시에 따라 ≪연변문학≫을 정상적으로 운영할 수 있도록 주 당위와 정부에서 인사, 재정 지원을 강화해야 합니다. 연변작가협회에서 직접 관리하되 여전히 독립적인 채산단위로 두어야 합니다.

2) 작가협회 주석이 ≪연변문학≫ 사장 직을 겸하며 작가협회 이사들 중 정치이론 수준과 실무 수준이 뛰어난 자를 선발해 상임 부사장을 맡깁니다.

3) 문학예술의 특성을 충분히 고려하고 문단사회의 공인을 받는 문인을 선발하기 위해서, 부사장 후보자는 남녀를 막론하고 만 55세 이하까지 고려할 수 있어야 합니다.

3) 현 ≪연변문학≫ 사무시설을 매각, 처분해 '연변문학 발전기금'으로 이용함과 아울러 연변작가협회 청사에 이전시켜 통일적으로 관리해야 합니다. 이와 함께 '≪연변문학≫ 살리기' 운동을 벌여 국내외적으로 적극 '연변문학 발전기금'을 유치하고 확대해야 합니다.

요컨대, 지금 ≪연변문학≫은 사는가, 죽는가 하는 관건적인 고비에 와 있고 우리 모두는 조선족문학을 살린 공로자가 되느냐 아니면 조선족문학을 죽인 역사의 죄인이 되는가 하는 중요한 선택의 마당에 와 있습니다.

≪연변문학≫을 연변작가협회 산하에 두고 직접 관리, 경영하는 것은 ≪연변문학≫도 살리고 연변작가협회도 살릴 수 있는 유일 정확한 방법이라고 생각하면서 주 당위와 주 정부에서 적극 지지해 주기를 간절히 바랍니다.

2008년 1월 13일

연변작가협회 주석단 성원 일동(김호웅 집필)

제3편 디아스포라의 시학과 중국 조선족문학

디아스포라의 시학 ········

가을비 쓸쓸하게 내리는데
고독한 내 신세 구 누가 알아주랴
창밖에 구질구질 밤비 내리고
외로운 초불 켜고 머나먼 고국을 그리네.[33]

당나라에 가 있던 최치원(857~?)의 시이다. 12살 어린 나이에 만리타향 당나라에 가서 16년간이나 유학하고 벼슬살이를 살았던 최치원, 그는 이국타향에서 나그네로 떠돌면서 늘 소외감을 느꼈다. 그는 오매에도 고국산천과 부모형제들을 그리고 고국의 운명을 걱정하면서 수많은 시문을 남겨 당나라에 크게 문명을 떨쳤는데 그중 고국을 그린 가장 감동적인 한시가 바로 상술한 시이다.

이 시에서 보다시피 문학은 본질적으로 두 가지 물음에 답을 준다. 즉 '나'는 누구인가? '나'의 생존상황은 어떠한가 하는 것이다. 이 근원적인 물음을 던지지 않거나 그러한 물음에 답을 줄 수 없는 문학은 의미가 없다. 요즘 세계적 범위에서 화두(話頭)에 오르고 있는 디아스포라의 문학(diaspora writing, 離散寫作)이 이에 해답을 줄 수 있는데 사실 1990년대 이후 토니 모리슨, 주제 사라마구, 고행건, 오르한 파묵 등

33) 秋風唯苦吟, 世路小知音. 窓外三更雨, 燈前萬里心(『秋夜雨中』).

의 경우와 같이 노벨문학상을 수상한 대부분 작가들이 디아스포라였다.

약 200만으로 추산되는 조선족은 조선반도에 살다가 두만강, 압록강을 건너와 동북에 정착한 과경민족(跨境民族)의 후예들로서 오늘도 여전히 유대민족과 마찬가지로 디아스포라의 특성을 갖고 있다. 조선족공동체에 내재한 디아스포라의 성격을 인정하고 그 잠재적 창조성을 십분 발굴, 발휘할 때만이 우리 조선족문학은 새로운 지평을 열 수 있으리라 생각한다.

디아스포라(diaspora, 離散, 飛散)는 그리스어에서 나온 말인데 기원전 6세기 유대인들이 나라를 잃은 후 세계 각지로 나가 떠돌이 생활을 해 온 그러한 비참한 상황을 가리킨다. 디아스포라는 아래와 같은 세 가지 의미를 포함하고 있다.

첫째는 유대민족은 자기의 고토나 고향을 떠나 타향, 타국에 흩어져 살고 있지만 여전히 자기의 문화적 특성을 보존하고 있다. 둘째는 유대민족은 역사적으로 수난을 당했다(vietimhood, 受害)는 의식이다. 셋째는 바빌로니아는 유대인들의 추방지요 그들이 수난을 당했던 곳이기도 하지만 또한 그들이 자기의 문화를 재건한 곳이기도 하다.

하지만 오늘날 디아스포라에 관한 문제를 연구하는 학자들은 유대역사에서 나온 디아스포라 개념과 현대 디아스포라 개념 사이에는 연계성도 있지만 구별점도 있다고 본다. 유대인의 디아스포라는 현대적인 디아스포라의 출발점으로 되지만 그 규범으로는 될 수 없으며 현대 디아스포라의 다양한 형태를 다 대변할 수는 없다.

현대적인 의미에서의 디아스포라는 주로 지난 20세기의 근대적인 여러 가지 힘, 이를테면 정치권력, 경제력이나 군사력, 전쟁이나 혁명 등이 낳은 '경계적인 존재'를 지칭한다. 그들은 어쩔 수 없이 국민국가라는 틀에서 쫓겨난 존재로서 경계적인 삶을 살아가는 인간 또는 민족공동체이다.

이러한 디아스포라적인 인간 또는 민족공동체는 경계적인 삶, 변두리의 삶을 살고 있기 때문에 부동한 문화와의 모순과 충돌 또는 교류와 영향 관계 속에 놓이게 된다. 바꾸어 말하면 디아스포라의 개체 또는 민족공동체는 자기의 고토와 고유문화에 대한 짙은 향수와 집착을 갖는 동시에 다른 문화에의 동경과 접목을 피할 수 없게 된다. 그 결과 디아스포라의 개체 또는 민족공동체는 문화적 변이(變異)를 일으키게 되며 혼종성(hybridity) 또는 다중문화신분(culture identity)을 갖게 된다. 이러한 의미에서 에드워드 사이드(1935~2003)는 디아스포라의 삶은 '모체에서 찢겨 나간 자의 상처'이고 아픔인 동시에 '일종의 특권이며 다시 얻을 수 없는 우세'로 된다고 하였다. 그것은 잡종강세(雜種强勢)는 하나의 보편적인 진리이기 때문이다. 이러한 의미에서 호머 바바(1949~)는 새로운 문화는 다양한 문명들이 교차되는 '걸출한 변두리'에서 파생된다고 하였다.

물론 디아스포라는 다른 문화와 교류 또는 접목을 함에 있어서 자기 문화의 뿌리를 지켜야만이 전반 인류문화의 다원화에 일조할 수 있다. 이와 반대로 주변 문명과 문화에의 일방적인 동화(同和)는 문명 또는 문화공동체의 개체 수를 격감시키게 되므로 다원공존, 다원공생의 세계를 만드는 데 불리하다.

디아스포라적인 실존상황과 가치관을 다룬 것을 디아스포라 글쓰기(diasporic writing, 離散寫作)라고 하는데 이를 광의적인 디아스포라 글쓰기와 협의적인 디아스포라 글쓰기로 나눌 수 있다.

광의적인 디아스포라 글쓰기는 서방과 동방을 막론하고 장구한 발전과정과 독특한 전통을 갖고 있다. 서방의 경우, '유랑자 소설(picaresque novelists)'이나 '망명작가(writers on exile)'들의 작품이 그러하다. 유랑자 소설의 인물들은 시종 유동(流動)적인 상황에 놓여 있는데 그 전형적인 소설로 세르반테스의 『돈키호테』, 트웨인의 『톰 소여의 모험』 등을 들 수 있다. 몰론 이 경우 작가 자신이 외국에 망명했거나 외국에서 유랑한 것은 아니다. 하지만 망명작가들의 경우는 그들 자신의 가정적 불행, 그들 자신의 지나친 선봉의식(先鋒意識)이나 기괴한 성격, 또는 그들 자신이 모국의 고루한 문화와 비평관행에 불만을 가짐으로 말미암아 하는 수 없이 타국으로 망명한다. 그들은 외국에서 떠돌이 생활을 하는 가운데서 오히려 빛나는 작품을 창작해 낸다. 영국의 낭만주의 시인 바이런이 그렇고 노르웨이의 극작가 입센이 그러하며 또 아일랜드의 조이스, 영미 모더니즘 시인 엘리트가 그러하다. 이들은 외국에서 떠돌이 생활을 하는 가운데서 자기의 모국과 민족의 현실을 깊이 반성하면서 독특한 형상과 참신한 견해들을 내놓았다.

협의적인 디아스포라 글쓰기는 상술한 유랑자 소설과 망명작가 작품의 연장선 위에서 형성되었지만 주로 20세기 이후 현대적인 의미의 디아스포라 현상과 관련된다. 여기서는 아래와 같은 몇 가지 문제들이 화두에 오른다.

첫째는 잃어버린 고토와 고향에 대한 끝없는 향수(鄕愁)이다. 그것은 에드워드 사이드가 말한 바와 같이 망명이란 "개인과 고토, 자아와 그의 진정한 고향 사이에 생긴 아물 줄 모르는 상처로서 그 커다란 애상(哀傷)은 영원히 극복할 수 없기 때문이다." 향수는 디아스포라의 영구한 감정이며 그것은 또 잃어버린 에덴동산에 대한 인류의 원초적인 향수와 이어져 제국의 식민지배와 근대문명에 대한 비판적 기능을 수행한다.

둘째는 디아스포라는 모국과 거주국의 중간 위치에 살고 있기에 '집'이 없다고 말한다. 그들은 모국과 거주국 모두에게 백안시당하는 경우가 많으며 따라서 이중적 아이덴티티의 갈등을 경험하게 된다. 이러한 이중적 정체성의 갈등을 극복하기 위한 다양한 시도들, 이를테면 민족적 아이덴티티를 잃은 자의 고뇌와 슬픔, 모체 문화로의 회귀와 그 환멸, 사랑과 참회를 통한 화해, 근대와 전근대의 모순과 충돌, 그리고 이질적인 문화형태들의 숙명적인 결합 등 감동적인 야야기로 펼쳐질 수 있을 것이다. 아무튼 이중적 아이덴티티의 갈등은 현대문학의 최고의 주제—인간의 소외(疎外)와 맞닿아 있으며 그것은 인류의 보편적인 공감대를 획득할 수 있다.

셋째로 디아스포라는 모국과 거주국 사이에서 이중적 아이덴티티의 갈등을 경험하기도 하지만 어쨌든 그들은 아주 미묘한 '중간상태(median state, 中間狀態)'에 처해 있고 '경계의 공간(liminal, 閾限)'을 차지하고 있어 보다 넓은 영역을 넘나들 수 있다. 하기에 디아스포라의 경력은 풍부한 소재를 약속해 준다. 이국(異國)의 기상천외한 자연, 인정과 세태를 보여 줄 수 있을 뿐만 아니라 이국이라는 타자(The other, 他者)를 통해 자기 민족과 문화를 비추어 볼 수 있다. 여기서 두 가지 형상을 창조할 수 있는데 하나는 이국의 근대적 발전상을 확인하고 유토피아적 형상을 창조하는 경우이고 다른 하나는 이국의 식민지 현실을 확인하고 모국의 식민지 현실을 재확인하는 이데올로기적 형상을 창조하는 경우이다. 둘 다 거대한 인식적, 미학적 가치를 가진다.

넷째로 디아스포라는 '중간상태'에 처해 있고 아주 미묘한 '경계의 공간'을 차지하고 있다. 바꾸어 말하면 디아스포라 문화계통은 쌍개방(双開放)적 성격을 지니며 그것은 디아스포라의 다중문화구조를 규정한다. 이러한 다중문화구조를 가진 '제3의 문화계통'은 단일문화구조를 가진 문화계통, 즉 모국과 거주국의 문화계통에 비해 더욱 강한 문화적 기능과 예술적 창조력을 갖게 된다. 특히 예술적 형식에 있어서도 고금중외의 우수한 문학과 예술의 기법을 십분 수용해 변형, 환몽, 패러디, 아이러니와 역설 등 다양한 기법들을 활용할 수 있을 것이다.

여기서 다시 디아스포라의 시학에 비추어 조선족공동체와 그 문학에 대해 말해 보자. 우리 문학의 뿌리로 거슬러 올라가 보면 혜초의 여행기 『왕오천축국전(往五天竺國傳)』이나 이 글의 서두에서 본 최치원의 한시 「가을비 속에서」가 바로 광의적 의미에서의 디아스포라 글쓰기라고 할 수 있다.

중국 조선족문학의 경우 강소성 남통에서 외롭게 살았던 김택영의 시문(詩文), 상해와 북경 등지에서 활동했던 주요섭, 김광주의 소설들, 그리고 용정, 신경을 중심으로 활동한 안수길, 최서해, 김창걸 등의 소설들을 모두 협의적인 의미의 디아스포라 글쓰기라 할 수 있을 것이다.

해방 후 조선족은 중국 국적을 가졌고 중국 공민의 권리와 의무를 충실히 이행했으니 해방 전과 사정이 좀 다르다고 하겠으나 디아스포라의 아픈 기억은 여전히 집단무의식으로 작용하고 있다. 그리고 연변을 중심으로 하는 동북 지역의 조선족 집거구는 여전히 조선반도 문화와 중국의 주류문화 사이에 있는 경계적인 지역이요, 여기에 살고 있는 작가들은 어차피 디아스포라의 성격을 다분히 갖고 있다고 해야 하겠다. 황차 1978년 개혁개방 이후 조선족의 한국, 일본, 러시아, 미국 등 나라로의 이동 및 산해관 이남 대도시로의 이주는 새로운 디아스포라를 양산하고 있다.

조선족 작가의 경우, 연변을 비롯한 동북의 조선족 작가들은 중국과 조선, 한국 사이를 자유롭게 나들고 있고 지어는 유순호처럼 미국에, 장혜영처럼 한국에, 김문학처럼 일본에 장기 거주하는 경우도 있다. 또한 리원길, 황유복, 오상순, 서영빈, 장춘식, 김재국처럼 조선족 집거구를 떠나 중국의 수도요, 다양한 문화의 합수목인 북경에 '걸출한 변두리'를 조성해 가지고 활발하게 문학활동을 하고 있다. 이들 모두의 움직임을 통틀어 새로운 디아스포라의 글쓰기라 해도 무리가 없을 것이다.

물론 조선족 작가들은 이주 초기부터 심각한 디아스포라의 아픔을 경험했지만 그것을 마음 놓고 표현할 수 있는 자유를 부여받지 못했다. 한때 모국의 역사와 문화에 대한 애착, 모국과 거주국 문화 사이에서의 이중적 아이덴티티의 갈등은 의혹과 불신을 초래했다. 하지만 개혁, 개방 후 자유로운 문학의 시대를 맞아, 다원공존과 다원공생의 세계사적 물결을 타고 디아스포라의 삶과 이중적 아이덴티티의 갈등을 형상화하고 그러한 갈등을 극복, 승화시켜 보편적인 인간해방의 시각으로 자연과 인간을 바라

보는 우수한 작품들이 많이 나오고 있다. 아마도 조성희의 단편소설 「동년」, 박옥남의 단편소설 「둥지」, 허련순의 장편소설 「누가 나비의 집을 보았는가」와 연변을 다룬 석화의 연작 서정시 「연변」 등이 대표적일 것이다.

그럼 석화의 서정시 「연변 2, 기적소리와 바람」을 보자.

기차도 여기 와서는
조선말로 붕-
한족말로 우(嗚)[34] -
기적 울고
지나가는 바람도
한족바람은 퍼~엉(風)[35] 불고
조선족바람은 말 그대로
바람 바람 바람 바람 분다

그런데 여기서는
하늘을 나는 새새끼들조차
중국노래 한국노래
다 같이 잘 부르고
납골당에 밤이 깊으면
조선족귀신 한족귀신들이
우리들이 못 알아듣는 말로
저들끼리만 가만가만 속삭인다

그리고 여기서는
유월의 거리에 넘쳐나는
붉고 푸른 옷자락처럼
온갖 빛깔이 한데 어울려
파도를 치며 앞으로 흘러간다

이 시는 상이한 것들이 갈등이 없이 공존하는 다문화적 혼종성, 쉽게 말하자면 조선족과 한족이 연변 땅에서 공존, 공생해야 하는 숙명 내지 필연성을 유머러스하게 이미지화하고 있다. 제1연에서는 기차와 바람을 의인화하면서 '붕-'과 '우(嗚)-',

34) 울 오(嗚 wu)자.
35) 바람 풍(風 feng)자.

'바람'과 '퍼~엉[風]'의 대조를 통해 조선족과 한족의 언어적 상이성을 확인한다. 그렇지만 제2연에서는 미물인 새들도, 납골당의 귀신들도 서로 상대방의 소리와 언어에 구애를 받지 않고 의사소통을 한다고 했다. 말하자면 두 문화형태 간의 대화와 친화적인 관계를 하늘을 날며 즐겁게 우짖는 새와 납골당에서 이야기를 주고받는 귀신이라는 메타포를 통해 유머러스하게 표현함으로써 몽환적인 색채를 십분 살리고 있다. 제3연은 이 시의 기승전결(起承轉結)의 내적 구조에서 보면 '전(轉)'과 '결(結)'에 속하는 부분인데 연변의 풍물시라고 할 수 있는 '6 · 1' 아동절 날, "붉고 푸른 옷자락처럼/온갖 빛깔이 한데 어울려/파도를 치며 앞으로 흘러간다"고 색채적 이미지를 구사함으로써 다원공존, 다원공생의 논리로 자연스럽게 매듭짓고 있다. 한마디로 말하면 이 시야말로 디아스포라 글쓰기의 전형적인 사례라 하겠고 필자가 앞에서 구구히 논의한 디아스포라의 시학을 일목요연하게 구현했다고 본다.

이제 석화 시인은 물론이요, 우리 문단의 더욱 많은 작가, 시인들이 문화적 자각을 가지고 우리 민족의 삶과 운명을 극명하게 파헤칠 수 있는 디아스포라 글쓰기에 동참해야 할 것이다. 디아스포라, 그것은 우리 조선족문학의 '잃어버렸던 주제'요, 특성이며 세계문학과 대화할 수 있는 중요한 통로(通路)이기 때문이다.

– 2007년 1월 22일, 연길 연서가 민항아파트에서

전환기 조선족문학의 현주소와 전망

—『2005년도 조선족우수작품집』을 읽고

1. 들어가는 말

흑룡강조선민족출판사에서 2005년부터 동북3성 문학잡지사와 일간지 문예부간 책임자들의 협력을 받아 한 해에 한 책씩 『중국 조선족우수작품집』을 펴내기로 하였다. 참으로 의미 있는 작업이라고 생각한다. 이러한 작업을 통해 해당 연도에 발표된 수작들을 한 책으로 일목요연하게 볼 수 있음은 더 말할 것 없고 이러한 작업이 해마다 주어지면 10년, 20년 후에 훌륭한 작품사(作品史)로 남을 것인데 이는 연구자들에게 좋은 텍스트를 제공하게 될 것이다. 뿐만 아니라 중국 조선족문학의 수작들을 가지고 국내외 문단과 대화, 교류할 수 있는 자산으로 되리라 생각한다.

필자는 흑룡강조선민족출판사의 위탁을 받고 무려 60만 자에 달하는 작품들을 읽어 보고 이 글을 쓰게 되었다.

우선 필자는 우리 조선족 문단의 외적 환경에 주목하고자 한다.

우리가 살고 있는 세계는 구미 중심의 글로벌화가 급속도로 전개되는 반면에 약소국가, 약소민족들이 각자 자신의 정체성을 찾으려는 노력이 더욱 두드러지고 있다. 중국 조선족의 경우 역시 그러하다. 조선족 사회는 농경사회로부터 도시산업사회로, 폐쇄적인 사회로부터 개방적인 사회로, 단일한 이데올로기로부터 다양한 가치를 지향하는 역사적 전환기에 처해 있으며 민족적 정체성의 보존과 민족공동체의 생존, 발전은 최상의 과제로 나서고 있다.

이러한 시대의 변화에 적응해 우리 작가들도 민족적 사실주의의 기치를 들고 조선족의 삶의 현실을 묘사함과 아울러 민족적 정체성 찾기, 여성의 자아 찾기, 생태주의 등 새로운 주제를 들고 나오면서 아이러니와 역설, 판타지 기법 등을 선보이고 있다.

이 글에서는 이 작품집에 수록된 작품들을 근대문명에 대한 반성과 여성의 자아 찾기 및 민족적 정체성 찾기라는 새로운 패러다임으로 접근해 장르 별로 고찰해 보고자 한다.

2. 아동문학—동심에 바탕을 둔 의인화의 기법

오늘날 조선족 사회가 경제적, 문화적 위기를 경험하는 가운데 가장 큰 상처를 입고 있는 것은 우리 아동들이다. 부모의 출국과 이혼 및 경제적인 궁핍과 민족교육의 부진으로 말미암아 어린 가슴은 멍들고 그들은 사랑을 갈구하고 있다. 이 작품에 실린 동시들은 어린이의 시각과 의인화 기법으로 그들의 아픔을 짚어 보고 그들의 꿈을 그리고 있다.

> 새끼 캉가루와 엄마 캉가루
> 숨바꼭질 한대요
>
> 새끼 캉가루 홀랑
> 엄마 주머니속에 숨으니
>
> 엄마 캉가루 짐짓
> 사위를 두릿두릿
>
> – 지영호의 「캉가루」 전문

캥거루는 남쪽 나라의 농눌이라 여기서는 공원이나 텔레비전 화면을 통해서나 볼 수 있지만 이 작품이 우리 어린이들에게 감동을 주는 까닭은 어디에 있을까? 행복한 어린이들은 자애로운 어머니를 연상케 할 것이고 모성애를 잃은 어린이들은 자신의 서글픈 처지를 연상하면서 눈물에 젖을 것이다. 그리고 이 동시는 '숨바꼭질', '주머니 속'과 같은 시어를 통해 캥거루 어미와 새끼를 의인화하고 있다.

김득만은 우리 문단의 대표적인 아동문학가로서 노익장(老益壯)의 정열로 많은 아동문학작품들을 창작하고 있는데 얼마 전에도 『벙어리장갑』과 같은 명작을 내놓아 문단의 찬사를 받았다. 그는 이 작품집에서도 『대낮음악회』와 같은 수작을 선보이고 있다.

밤과 낮이/바뀐/갓난이도//
낮잠에/콜콜//
밤대거리/마친/아빠도//
낮잠에/쿨/쿨//
콜콜……/쿨쿨……/대낮음악회//
청중이라고는/뜨개질하는/어머니 하나뿐.

'콜콜/쿨쿨'과 같은 양성모음과 음성모음, 정중동(靜中動)의 대조를 통해 평화롭고 행복한 가정 분위기를 잘 보여 주었다.

이 작품집에 실린 동시들 가운데서 낯설기 하기에 성공한 작품은 「락엽」이라는 똑같은 제목의 동시 2편이다. 흑룡강의 원로시인 강효삼의 동시 「락엽」은 가을나무를 꺽다리 소년으로 의인화하고 수북수북 떨어지는 낙엽을 글을 쓰다 구겨서 던진 종이로 치환(置換)함으로써 익살과 해학을 창출하고 있다면 지영옥의 「락엽」은 수풀을 나무학교로, 한 잎 두 잎 떨어지는 낙엽을 숙제 없는 기쁨을 안고 한들한들 춤추면서 공원놀이, 들놀이, 뱃놀이하러 떠나는 귀염둥이 얼굴로 치환하고 있다. 낙엽을 시적 소재로 다루었으되 어른들의 허무한 애상(哀想)이나 섣부른 철리를 이야기하지 않고 철두철미 순진한 아이들의 감정과 정서에 맞게 자연물을 변형시킴으로써 독자들에게 산산한 미소를 선물한다. 이 두 수의 시는 동시에서의 낯설게 하기는 인위적인 조작이 아니라 동심에 바탕을 둘 때만이 가능한 것임을 말해 준다.

이 작품집에는 김미란, 김군, 전복록, 박룡원의 동화 4편이 실려 있는데 그중 김미란의 「광고성의 틀려시장」과 김창규의 「손발이 없는 거지」를 재미있게 읽었다. 김미란의 창작동화 「광고성의 틀려시장」을 보자.

광고성(廣告城)의 시민들은 무더기로 쏟아지는 각양각색의 광고 때문에 난리를 겪는다. 광고가 괘씸해서 태워 버리면 오히려 온 도시가 연기에 싸인다. 또한 광고딱지들을 아무데나 마구 붙이는 바람에 도적방지문은 피부염에 걸린다. 그렇다고 광고를 태워 버리면 그 연기 때문에 고생을 하게 된다. 틀려시장의 아내는 하루에 세수를 300번 하고 그을음 냄새가 싫어 하루에 향수를 200번을 친다.

연기에 그을린 까만 얼굴에 분을 바르다 보니 광고성 여인들의 얼굴은 잿빛 색깔이 되어 버렸습니다. 틀려시장은 아내가 분을 바를 때마다 "세수를 해야지, 분을 바르는 일은 틀려,

틀린 일이야…….” 하고 부르짖었습니다. 아내까지 ‘우리 틀려선생’이라고 부르다 보니 시장은 짜장 틀려시장으로 되어 버렸습니다.

이렇게 익살맞은 틀려시장이지만 책임감이 강하고 아이디어만은 잘 내놓다. 그는 저잣거리에서 전병을 구워 팔고 있는 할머니를 보고 반짝 아이디어가 떠올라 ‘먹을 수 있는 광고’를 개발하고 도적방지문에 광고딱지를 붙이는 사람들을 혼내 줄 수 있는 점착제와 미니카메라를 장착한 마법안경을 개발한다. 이처럼 이 작품은 현대 광고문화의 폐단을 고발함과 아울러 독자들을 즐거운 환상과 아이디어의 세계로 이끌고 간다.

아동소설의 경우, 최동일의 「룡이의 산」, 전춘식의 「나는 왜 울어야만 했을가」, 「크라네 부는 아저씨」 등 작품을 볼 수 있는데 주로 부자(父子)간의 갈등을 오해적인 수법으로 다루고 있으며 외로움을 이겨 내면서 자식을 키우는 아버지와 동생의 뒷바라지를 하는 누나와의 갈등과 그런 오해를 풀고 인간적으로 성장하는 소년들의 형상을 창조함으로써 참된 윤리와 도덕의 승리를 노래하고 있다. 특히 최동일의 「룡이의 산」은 소년들의 대화를 생동하고 재치 있게 전개해 실감을 자아내고 있다.

3. 시의 세계—민족적 실존의 이미지화와 여성의 글쓰기

지난 한 해도 시단이 윤지인이 기중 활발한 편인데 최룡관 시인이 펴낸 이미지시론이 문단의 쟁명을 불러일으킨 가운데 조선족문화발전추진회는 『중조대역판 조선족명시』[36]를 펴내서 조선족 100년 시사(詩史)를 점검하고 중국 독자들에게 조선족 시문학의 수작들을 선보이고 있다. 뿐만 아니라 2005년 연변일보 문학상을 수상한 박춘월의 서정시 「록(綠)」은 찬반이 엇갈린 가운데 소송사건까지 빚어냈다. 우리 문단에서 처음으로 문학쟁명을 법정놀음으로 비화한 해프닝이 일어난 것이다.

대체로 거의 모든 평론가들은 서정시 「록」을 상징시로 보는 데 의의(疑意)가 없으나 일방에서는 이 작품을 생명의식을 내재한 작품으로 보고 있고 다른 일방에서는 이 시를 기독교적인 전도시(傳道詩)로 보고 있다.

---

36) 연변조선족문화발전추진회 편찬: 『중국 조선족명시』, 북경 민족출판사, 2004년.

상징은 하나의 보조관념으로 둘 이상의 원관념을 암시한다고 할 때 적어도 이 시를 단순히 생명의식을 고양한 작품으로, 또는 단순한 기독교 전도시로 볼 수 없다. 이 시는 분명 기독교적인 원형 이미지를 차용했고 에덴에서 나와 세례를 받고 다시 에덴으로 돌아가야 한다는 논리를 펴고 있으니 1차원적으로는 원죄와 참회, 귀의, 구원의 구조와 의미를 가지고 있다고 하겠다. 그렇지만 수용미학적인 관점에서 볼 때 2차원적으로 생명의식을 노래한 시로 볼 수 있을 것이며 페미니즘의 관점으로 볼 때 3차원적으로 마조히즘적인 경향을 노래한 시로도 볼 수도 있을 것이다. 특히 상징시의 해석에서 핵심 시어, 이미지, 시적 구조 및 거기서 나오는 1차원적인 의미에 대한 분석을 회피한다면 쉽게 시를 오독할 수 있음을 지적해야 하겠다.

「록」에 대한 쟁론은 한창 지속되고 있는 상황이니 이 작품에 대한 분석은 잠시 접어 두고 이 작품집에 실린 시들을 보기로 하자. 리삼월, 윤효삼 등 원로시인들과 리문호, 김학송, 석화 등 중년시인들, 그리고 윤청남, 김일량, 한영남, 박춘월, 심명주 등 젊은 시인들의 얼굴들이 두루 보인다.

석화의 시 「빈들」(외 2수)은 시인 자신이 나서 자란 연변, 그 지정학적인 한계, 하지만 숙명적으로 지켜야 할 땅—연변에 대한 애환과 애착을 빈들, 방천, 모아산 등 객관적 상관물을 통해 노래하고 있다. 특히 시 「빈들」은 '드는 낫'에 잘려 이삭들이 실려 간다고 했는데 여기서 드는 낫은 단순히 농사도구와 가을걷이라는 물리적인 현상만을 지칭하는 것이 아니다. '드는 낫에 잘려/이삭들은 실려가고'—이는 자식들을 먼 곳에 보내는 행위요, 우리 모두에게 들이닥친 위기요, 재난일 수도 있다. 하지만 그 이삭들이 쌀이 되고 밥이 되어 남의 식탁에 오를 때 '빈들에 남은 그루터기들은/실핏줄 같은 뿌리를 뻗어/땅속 깊은 곳에서 서로 엉킨다'고 노래하고 있는데 그것은 민족의 뿌리와 생명의 영원함을 의미한다. 하기에 '한물 간 바람은 저만치서/빈들에 머물다 간다' 이 시에서 '실핏줄 같은 뿌리'라는 비유도 좋지만 '저만치서'라는 공간적 이미지도 적절하게 주어지고 있다. 요컨대 이 시는 빈들에 남은 뿌리라는 객관적 상관물을 통해 재생의 몸부림을 치고 있는 조선족공동체의 현실을 잘 형상화했다.

김학송은 모든 욕망을 접어 두고 득도와 달관의 경지를 지향한다. 그의 시 「안개」는 리상각의 시 「파도」[37]와 같은 병치은유의 구조를 가진다. 리상각이 '오늘도 만들

37) 동상서, 94쪽.

고 마구 솟구치다 무너지는' 파도의 특성에 기탁해 인간의 덧없는 삶을 갈파하고 있다면 김학송은 '보이면서 아니 보이는 것, 붙잡을 수 없기에 붙잡고 싶은 것, 텅 비면서 무궁하게 존재하는' 안개의 특성에 기탁해 인생과 사랑을 갈파하고 있다. 그러나 각운(脚韻) '것'을 너무 단조롭게 반복해 흠이 되고 있다.

가지려 하면 도망치는것
버리려 하면 뒤따라오며 나를 삼키는것
알수 없는것, 가질수 없는것
신의 옷자락인양 추운 내 영혼 감싸주는것
－김학송의 「안개」 4연 중의 제2연

박춘월의 시 「포도주」와 「숨은 드라마」는 그의 문제작 「록」에서 보다시피 '도포의 서랍에는 새소리 많아/몇 알 꺼내 호주머니에 집어놓고'요 하는 알쏭달쏭한 시어들을 가지고 장난을 치지 않는다. 그와는 달리 마치 갤러리(畵廊)에 걸린 액자처럼 정교하고 깜찍하다. 시 「포도주」는 '포도주＝바람둥이 계집'이라는 은유적 구조를 가진다. 포도주는 여자라는 총체적인 은유를 구체적으로 단계화해 포도주는 남자의 품에 안긴 '알몸의 자줏빛 여자', 새물새물 웃으면서 남자의 온몸에 '한 줌의 독침'을 꽂는 여자, 남자를 옷으로 입고 '너울너울 춤추는 여자'라고 하면서 제4행에 와서 반전의 기법을 선보인다. 즉 새벽녘에는 남자를 헌옷처럼 벗어 버리고 색다른 화려한 옷—남자를 찾아서 '새로운' 여행을 떠난다고 했다. 바람둥이 여자의 생리를 구체화시켜 섹시하게 이미지화함으로써 '포도주'라는 명제를 재미있게 풀이하고 있다.

시 「포도주」가 어딘가 마조히즘 경향을 보여 주고 있다면 시 「숨은 드라마」는 사디즘 경향을 드러내고 있다. 마조히즘이 이성에게서 학대를 받음으로써 오히려 성적 쾌감을 느끼는 이상성욕이라면 사디즘은 이성을 학대함으로써 오히려 성적 쾌감을 느끼는 변태성욕이라고 할 수 있다. 작품을 보자.

내 눈이 핀센트 되여/그의 모양을 집어/액자에 담아/벽에 건다//
집안이 환하다//
가끔 액자를 걸어 나와/신명나는 드라마 엮는 그//
밖에서 문 두드리는 그는//드라마를 전혀 모른다//
문은/끝까지 열리지 않는다.

—박춘월의 「숨은 드라마」 전문

이 시는 에로틱[好色, 色情]한 단막극을 연상케 한다. 상대에 대해 얼마나 욕심을 냈으면 두 눈이 핀셋이 되어 마치 외과의사가 인체에서 세포를 추출해 내듯이 '그'를 집어냈겠는가. 액자에 박혀 가냘픈 신세가 된 그, 물화(物化)되어 버린 '그'는 완전히 시적 화자의 노리개가 되어 꼭두각시극을 논다. 칼 융이 내놓은 탈과 영혼이라는 용어를 차용한다면 탈이 능욕을 당하는 것도 모르고 영혼은 밖에서 문을 두드린다. 마지막 행을 보면 '문은/끝까지 열리지 않는다'고 했으니 이 시 역시 기승전결의 완벽한 구조로 반전의 묘미를 창출한다. 이처럼 이 작품은 에로틱한 여성의 시각으로 현대여성의 사디즘 경향을 극적으로 형상화하고 있다. 한마디로 이 작품은 생동한 이미지로써가 아니라 아이러니한 극적 구조와 사디즘적 경향으로 승부를 건 작품이라고 하겠다.

4. 수필의 세계—진솔한 고백과 성찰의 미학

우리 조선족 수필문학은 1980년대 초반 문창남의 수기, 김학철의 잡문, 정판룡의 에세이로 그 시대를 열었다. 그동안 장정일, 김관웅, 서영빈 등 쟁쟁한 남성 수필가들이 나타났고 거기에 리화숙, 리선희, 리혜선, 양은희, 김순희 등 여성 수필가들이 합세해 그야말로 수필의 개화기를 열었다. 연변에는 어머니수필회가 출범해 수필문학의 저변 확대에 기여하기도 했다. 수필작가가 늘어나고 수필이 많은 독자층을 확보함에 따라 2005년 벽두에 북경에서 중, 일, 한 우리 민족 수필가들이 모여 '제1회 수필의 시학 국제학술세미나'[38]를 개최했고 ≪도라지≫ 잡지는 '조선족수필상'을 설정했다.

이 작품집에 실린 산천의 평론 「수필쥐라기공원의 새 성원과 생존의 곤혹」은 우리 수필문학이 대두하게 된 사회문화적 변화를 짚어 보고 나서 남성세계에 도전한 작가 리화숙, 어머니수필의 묘미를 깨친 작가 리선희 등 여성 수필가의 작품들을 중점적으로 다루고 있다. 그런데 '쥐라기'라는 낱말이 너무 생소해 사전을 뒤져본즉 쥐라기(Jura紀)란 지질시대의 중생대(中生代)를 이루는 세 기(紀) 중의 둘째 기, 약 1억 7천

38) 제1회 '수필의 시학' 국제학술세미나 특집(≪도라지≫, 2005년 제1기).

만 년 전에서 1억 4백만 년 전까지의 3천 5백만 년간을 말한다고 한다. 이러 난해한 비유로 우리 수필의 현 단계나 여성수필의 현주소를 짚어 본다면 공연히 독자들을 오리무중에 빠뜨릴 소지가 많다.

아래에 새롭게 부상한 3명 여성 수필가의 작품을 다루어 보고자 한다. 그들로는 요녕의 최영옥, 서정순, 연변의 현영애이다. 이들 작품은 모두 여러 민족문화의 다원공생 또는 민족적 정체성 찾기라는 새로운 테마를 다루어 주목된다.

최영옥은 어머니로 된 자신의 일상에서 수필적인 소재를 발견한다. 수필 「성장의 번뇌」[39]는 15살 사춘기 사내애의 생일날에 있었던 이야기를 다루고 있다. 아들애의 생일날이라고 엄마는 생일 케이크를 사 들고 귀가한다. 하지만 사춘기의 아들애는 엄마의 진정과 사랑을 알아주기는 고사하고 심드렁하니 불평을 부리고 엉뚱한 짓거리만 한다. 마침내 아들놈은 "나를 근심하지 마세요."라는 글쪽지만 남기고 생일날 장밤 PC방에서 보내고 돌아온다. 작자는 아들놈의 이상한 짓거리에 당혹스러움과 서러움을 느끼며 지어는 배신감과 분노를 느끼기도 한다. 하지만 남편의 느긋한 처사와 아들애의 뒤늦은 참회에 비로소 하나의 철리를 느낀다. 그것인즉 '결코 짧다고만 할 수 없는 15년 모령(母齡)을 맞는 오늘, 애를 밝고 바르게 성장하도록 돕는 길은 바로 그 엄마도 함께 성장하는 길'이라는 것이다. 이 수필은 사춘기에 처한 자식을 가진 엄마의 일상을 다루고 있되 단순히 신변잡사를 구구히 늘어놓는 데 그치지 않고 그것을 의미화(意味化)하고 있다. 말하자면 사춘기에 처한 자식과 부모의 갈등은 서로 상대를 이해하고 어머니 쪽에서 기다리는 여유를 가져야 함을 일깨워 주고 있다. 일방적으로 자식이 부모의 의지에 따르기를 바라지 말고 부모 쪽에서 오히려 자식이 스스로 반성하고 성숙되기를 기다리는 여유와 아량이 있어야 함을 말하고 있다. 수필을 고백(告白)의 문학, 자조(自照)의 문학이라고 할 때 전반 글에 관통된 여성 특유의 섬세한 눈길과 차분한 정서가 녹아들어 있어 읽는 이들의 마음을 맑아지게 한다.

역시 어머니의 일상을 다루었으되 이 작품집에 실린 「엄마가 되는 이유」는 사뭇 중요한 소재를 다루고 있다. '식구라고 해야 아들까지 세 식구지만 입맛이나 식성이 모두 각각'이다. 아내이자 어머니인 '나'는 남편과 아들애의 구미에 맞는 음식을 만들지 못해 전전긍긍한다. 중화요리책을 펼쳐 들고 공부를 하고 물고기를 죽이고 뱀을

39) 『료동문학』 제6집.

따는 법을 배우려고 애를 쓰지만 여전히 요령부득이다. 하지만 '나'는 열심히 노력하는 엄마가 되려 하고 '엄마가 되는 데는 기나긴 여정만 있을 뿐 이유는 없다.'고 생각한다. 보다시피 이 작품의 소재는 단순한 모성애를 넘어 다양한 개성의 공존이라는 테마를 내재하고 있다. 동이불화(同而不和)가 아니라 화이부동(和而不同)[40]이라는 명제로 접근해 좀 더 깊이 있는 의론을 전개했으면 좋지 않을까 하는 아쉬움이 남는다.

서정순은 고급중학교 교사로 지내는 바쁜 일상에도 여성적인 섬세한 눈초리로 생활 주변에서 소재를 발굴해 부지런히 수필을 쓰고 있다. 『료동문학』 1기부터 8기까지 쓴 수필들만 보아도 이 4, 5년 사이에 커다란 진전을 보이고 있다. 「소중한 엄마, 핑크빛 친정」[41]과 이 작품집에 실린 「김장철의 서정」을 보면 그의 수필은 주로 잃고 잃어져 가는 것들에 대한 절절한 애정을 다루고 있다고 하겠다. 「소중한 엄마, 핑크빛친정」이 시골의 고향집을 지키면서 일편단심 남편과 자식의 시중을 들고 있는 친정어머니의 부덕과 모성애를 찬미한 작품이라면 「김장철의 서정」은 이젠 볼 수 없는 김장철에 대한 미련을 다루고 있다. 김치를 담그고 쏸차이[酸菜]를 담그는 장면에 대한 섬세한 관찰과 묘사도 일품이지만 온 마을에 넘치는 즐거움, 특히 이웃과 두 민족 사이에 오가는 정이 더욱 가슴에 뭉클하게 와서 닿는다. 이처럼 서정순의 수필이 근본적으로 뿌리박고 있는 곳은 동년의 시간이다. 그는 동년기에 그와 함께 존재했던 일상의 일들을 통해 삶의 의미를 추출해 내고 인정이 메말라 가는 현대문명을 꼬집고 있다. 이는 삭막한 도시생활에 지쳐 있는 사람들에게 커다란 힘을 주는 활력소가 된다. 물론 이 수필은 소재가 내재한 다른 한 사상의 보석, '김치'와 '쏸차이'라는 부동한 문화공존과 그 의미를 포착하지 못한 아쉬움도 남긴다.

현영애의 수필 「당신은 잃어버린 신발 한짝을 찾으셨나요」는 흥미로우면서도 사뭇 중요한 소재를 다루고 있다. 추석날 작자는 산소로 가는 길에 조양천역 대합실 의자에 앉아 무심히 오가는 신발들을 내려다본다. 그런데 착시현상(錯視現象)이라 할까, 분주히 오가는 사람들이 신은 신발이 모두 한 짝으로 보인다. 하여 작자는 자연 로마

40) 화이부동(和而不同)이라는 뜻은 남과 사이좋게 지내기는 하나 무턱대고 한데 어울리지 않는다는 뜻으로, 조화를 이루되 부화뇌동(附和雷同)하지 않는다는 뜻이다. 즉 논어 자로편에서 공자는 군자를 화이부동(和而不同)하는 사람, 소인을 동이불화(同而不和)하는 사람이라고 규정하고 있다. 여기서의 화는 남의 의견을 잘 조화하는 것이고, 동은 맹목적으로 남의 의견을 따라가는 것이다. 그러니 공자는 조화를 제대로 실현하는 사람은 군자로 보았고, 그렇지 못한 사람은 소인으로 보았다.

41) 『료동문학』 제6집.

신화에 나오는 모노샌들로스 이이손(외짝사나이)의 이야기이며 한 짝 신발만 신고 천하를 떠돌아다닌 달마대사의 이야기며 잃어버린 유리구두와 꽃신을 찾고 행복하게 된 신데렐라와 콩쥐의 이야기를 연상한다. 뿐만 아니라 작가는 자기 자신도 소싯적에 신발 한 짝을 잃고 부모님의 욕을 먹을까 봐 마음을 졸이던 이야기를 하면서 아래와 같이 의론을 전개한다.

> 잃어버린 고무신을 한 짝 찾는 것은 분명히 내가 할 일인데 그 일을 완수하지 못했습니다. 이러저러한 이유로 삶에 게을렀고 타성에 너무 빠져 있었던 것은 아니었을까요? 한쪽 발이 시려 납니다. 아니, 어쩌면 오랫동안 그냥 한쪽 발이 시렸는데 모르고 있은 것뿐인지도 모르겠습니다. 삶이 사십 고개를 넘어서면 먼 산을 바라볼 때라는 어느 스님의 말이 생각납니다. 인제 자기 삶을 챙길 때라는 것입니다. 살아간다는 것은 어쩌면 모노샌들로스 아이손처럼, 외짝만 신은 달마대사처럼 그리고 신데렐라나 콩쥐 아가씨처럼 잃어버린 나머지 한 짝 신발을 찾아가는 머나먼 길이 아닐까요?

세상만물은 음과 양이 조화되는 법이니 신발도 짝이 맞아야 완정한 것이다. 잃었던 꽃신을 찾은 콩쥐 아가씨가 행복하게 살았듯이 인간도 자기의 정체성을 찾을 때만이 완정한 삶을 영위할 수 있는 것이다. 짝을 잃었을 때는 정체성이 깨지는 법이요, 불안과 위기가 따르는 법이다. 이처럼 이 작품은 깜찍한 소재로 개인적 또는 민족적 정체성의 문제를 은근하게 다룬 수작이라고 하겠다.

5. 소설의 세계—민족적 정체성의 추구와 판타지의 매력

세기 교차기 조선족 소설의 중요한 테마는 여성의 자아 찾기와 민족의 정체성 찾기라고 할 수 있다. 먼저 이 작품집에 수록된 평론들을 보기로 하자.

장춘식의 평론 「성장의 아픔을 넘어—신세대여성 소설의 한 단면」에서는 성장소설의 개념으로 서은숙, 김서연, 리진화, 박미옥, 박초란 등 신진 여성 소설가들의 소설들을 치밀하게 다루고 있으나 이들 모두가 여성 작가라는 점을 감안할 때 페미니즘의 사각을 가미했더라면 더욱 깔끔한 분석과 종합을 기대할 수 있지 않았을까 생각한다. 필자는 리진화의 단편 「바늘」을 통해 남성 작가들의 소설에서는 볼 수 없었던 여성의 글쓰기의 장점, 즉 섬세한 감수성과 묘사력 및 환유를 보았기 때문이다.

그 다음, 장정일의 평론이다. 그는 「로신계보의 작가 김학철에 관한 노트」에서는 조선족문학의 대부 김학철과 노신의 관계에 초점을 맞추어 전자가 후자를 어느 정도 숭배하였으며 전자가 후자의 영향을 어느 정도 받고 있는가를 세세히 논증하면서 민족적 정체성의 문제를 다루어 주목된다. 이 글에서는 "작가는 본 민족문화의 정체성을 체질화함과 동시에 타민족문화의 정체성도 습득하게 된다."는 논지를 펴면서 "다중(多重)의 정체성을 자신의 정체성으로 소화하면서 작가의 안목은 세계의 보편성에로 활연(豁然)히 열리게 된다."고 하였다. 장정일은 그 범례로 괴테에 대한 다니엘 바렌보임과 에드워드 사이드의 견해를 들고 있지만 민족정체성과 민족문화의 개념을 혼동하고 있고 바렌보임과 에드워드 사이드의 견해를 금과옥조로 보는 과(過)를 범하고 있다. 말하자면 상술한 인용문에 있는 '타민족문화의 정체성'이나 '다중의 정체성'을 '다른 문화의 장점'이라고 고쳐야 할 것이다. 다원공존, 다원공생의 시대에 민족적 정체성은 지켜져야 하며 타민족의 정체성에 대한 경도(傾倒)는 민족동화로 이어지기 십상이기 때문이다.

오상순은 중앙민족대학교의 문학교수이자 현장비평가로서 조선족 소설에 대한 세밀한 읽기를 통해 처음으로 『중국조선족소설사』를 펴냈고 '뿌리 찾기 문학'과 '반성문학'이라는 명제로 조선족 소설의 주제경향을 개괄하고자 한다. 하지만 중국문학의 보편적인 개념으로 조선족문학의 특수성을 대체해 개념의 설정에 좀 무리를 드러낸다. 이를테면 2004년에 발표한 평론 「20세기 80~90년대 조선족 소설에 나타난 '뿌리 찾기' 의식」은 조선족 소설의 핵심 테마인 민족적 정체성 찾기에 포인트를 두고 그 역사적인 발전맥락을 상세히 정리하려고 하였다. 하지만 '뿌리 찾기 문학(尋根文學)'이라는 중국 주류문학의 개념을 조선족문학에 무분별하게 도입하는 데는 의의(疑意)를 제기하지 않을 수 없다. 그리고 탈식민주의 문화이론을 염두에 둘 때 세계 소수파(minority)의 문학 또는 디아스포라의 문학(離散文學)과 대화를 할 수 있는, 이른바 민족적 정체성을 본격적으로 다룬 작품은 적어도 1990년대 이후에 나오지 않았나 생각한다.

이 작품집에 수록된 오상순의 평론 「20세기 80~90년대 조선족 소설에 나타난 비판의식」 역시 최근 우리 소설들을 폭넓게 독파하고 이른바 '비판의식'이라는 명제로 우리 소설의 주요한 한 갈래 주제경향을 설명, 개괄하고 있다. 많은 양의 소설의 경개를 정리, 분류한 데는 가치가 있으나 이른바 '비판의식'의 제반 발전 단계와 그 배경에 대해 좀 더 거시적인 안목을 가질 필요가 있으며 구체작품분석에 있어서도 소설미학방법론과 형식주의 비평방법을 좀 더 치밀하게 적용할 필요가 있다고 본다.

그렇다면 2005년도 우리 소설들에서는 어떤 인물성격과 테마들을 다루고 있으며 어떤 기법들을 구사하고 있는가?

먼저 박옥남의 단편 「둥지」를 보자. 이 작품은 우리 조선족 농촌공동체의 와해와 붕괴 과정을 진실하게 묘사한 수작으로서 우리 모두에게 커다란 충격을 준다.

이 작품은 도데의 「마지막 수업」의 서사구조를 답습한 한계를 지니고 있기는 하지만 일인칭 시점에 의한 생동한 세부묘사, 속담의 적절한 사용, 아낙네들의 개성적인 대화를 통해 조선족 농촌공동체의 피폐상을 극명하게 보여 주고 있다. 우리 민족 어린이들이 뛰놀던 벽동소학교가 한족들에게 팔려 양 우리로 변하고 '학교간판이 도끼날에 두 쪽으로 쪼개져 교실 창문 위에 거꾸로 박혀 있는' 광경은 얼마나 처량한가! 둥지가 부서진다면 알인들 어찌 성하랴! 주인공 성수는 양 우리로 변한 학교를 보면서 아래와 같이 생각한다. '문득 저 집에 들어올 양들이 나보다 훨씬 행복하다는 생각이 들었다. 나는 있던 집도 없어졌는데 양들은 이렇게 팔자에도 없는 좋은 벽돌기와집에서 살게 생겼으니 말이다.'—이 얼마나 눈물겨운 역설과 아이러니인가.

150여 년 전 미국의 스토우 부인의 소설 『톰 아저씨의 오막살이』(1852)가 떠오른다. 이 소설은 톰 아저씨라는 비천한 흑인 노예를 주인공으로 다루고 있는데 그는 깨끗한 양심의 소유자이지만 혹독한 백인 농장주는 그를 이라자라는 여노예와 함께 다른 농장주에게 팔아넘기게 된다. 이 소설의 가장 감동적인 장면은 말을 타고 채찍을 휘두르면서 쫓아오는 노예주를 피해 여자 흑인노예인 이라자가 갓 얼음이 풀리기 시작한 오하이오 강에서 성엣장을 이리저리 건너뛰면서 도망치는 장면이다. 흔들거리는 성엣장 위에서 그녀의 신발은 벗겨져서 두 발은 칼날 같은 얼음부스러기에 베고 찢겨서 선혈이 낭자했지만 사생결단하고 도망을 친다. 잡혀서 다시 노예살이를 하는 것은 차가운 강물 속에 빠져서 죽는 것보다 더 무서웠던 것이다. 그야말로 혹정(酷政)은 맹호보다 무서운 법이다. 하여 이 소설은 노예폐지운동의 기폭제가 되었다. 미국의 남북전쟁을 승리에로 이끌었던 폐노주의자(廢奴主義者) 아브라함 링컨 대통령이 스토우 부인을 만나서 "부인께서 남북전쟁을 일으켰습니다."라고 말한 것은 결코 농담만이 아니었던 것이다.

이와 마찬가지로 「둥지」라는 소설 역시 조선족공동체의 처참한 상황을 고발하고 있으니 우리 조선족공동체 살리기 또는 새 농촌건설운동의 기폭제가 될 수 있으리라 생각한다.

권중철의 소설 『아, 넋의 자취여』는 새로운 캐릭터(character, 성격)를 창조해 주목된다. 소설은 성격창조를 기본적인 과제로 내세운다. 성격 또는 인물이 살지 않은 소설은 아무리 새로운 기법을 구사했다 해도 소설 본연의 사명을 망각한 것이며 독자들의 공감을 얻기 어렵다. 우수한 소설은 작중인물과 더불어 문학사에 기록되고 두고 두고 읽힌다. 장편의 경우 세르반테스의 『돈키호테』가 그렇고 톨스토이의 『안나 카레니나』가 그러하며 단편의 경우 노신의 「공을기」가 그렇고 라도향의 「벙어리 삼룡이」가 그러하다. 이 소설의 주인공은 '작은아버지'이다. 그는 적어도 김동인의 소설 『붉은 산』의 주인공 삵이나 안수길의 소설 『원각사』의 주인공인 억쇠의 연장선에 서 있다. 한국의 장편 드라마 <김두한>에 나오는 '시라소니'를 연상케 하기도 한다.

주인공인 '작은아버지'는 성씨는 장씨이나 이름은 누구도 모른다. 그 대신 유난히 큰 거시기(男根)와 엉덩이에 난 흉터가 인상적이다. 왜소하고 강마른 몸매이나 언제나 칼날같이 번쩍번쩍 빛나는 독수리눈을 가진 그는 한 마리의 늑대와 같은 야인이다. 일단 분통이 터진다 하면 몸집은 작지만 상대가 누구든 생사를 불문하고 주먹으로 치고 이마로 들이박고 한다. 그는 민주연군 전사로 항일전쟁에 참가했고 인민해방군전사로 제3차 국내전쟁에 참가해 해남도까지 쳐 내려간 공신이지만 당원도 아니고 군인복원증도 없다. 현에서 몇 번째 가는 관직을 받았지만 그것마저 헌신짝처럼 내던지고 시골에 내려와 사는 괴짜다. 하지만 그는 모름지기 애증이 분명한 사람인지라 일본 놈을 미워하고 혁명경력을 빙자해 공물을 마음대로 독차지하는 자들을 눈이 찢어지게 미워하며 홀로 사는 분이 엄마를 동정하고 군인의 영예를 소중히 간직한다. 성미가 거칠고 걸핏하면 주먹을 쓰지만 경우가 바르고 정직한 사람이다. 그는 살벌한 '문화대혁명' 때 의지가지없는 분이 엄마를 비호해 준 '죄'로 반란파들에게 물매를 맞고 숨진다. 작자는 이러한 생동한 성격미의 창조를 통해 허례허식과 부정부패가 판을 치는 현실을 비판하고 참된 인간성의 부활을 호소하고 있음이 분명하다.

이 소설은 일인칭 소설시점을 택하고 있는데 모든 인물과 사건을 '나'의 추억, 관찰과 서술에 의해 묘사, 진척시키고 있다. 뿐만 아니라 그야말로 누워서 떡 먹기로 호젓한 산속에서 일본여인과 통정을 하는 장면, 혁명경력을 빙자해 마을을 쥐락펴락하는 '천도깨비'를 혼내 주는 장면, 분이 엄마와 치근덕거리는 '백대가리'와 그 형제들을 굴복시키는 장면 등 전형적인 세부를 통해 의협심이 강하고 강기(剛氣) 있는 '작은아버지'의 성격을 잘 그려 냈다. 또한 '작은아버지'의 유난히 큰 거시기에 대해 반복적으로 묘사함으로써 은근히 남성미를 암시하고 작품에 익살과 해학의 미를 더해 주고 있다.

김혁의 『불의 제전』은 판타지(fantagy) 소설이라 이를 순문학으로 볼 수 있는지 쟁론할 여지가 남아 있다. 하지만 상상이 빈약하고 언어가 거칠고 메마른 오늘의 문단 사정을 염두에 둘 때 현실에 안주할 줄 모르는 김혁 씨의 대담한 실험정신과 이 소설에서 보여 준 풍부한 상상력, 미끈하고 윤택한 언어구사력 및 우리 민족사에 대한 깊은 통찰력은 특별히 주목된다.

『불의 제전』을 보면 적봉(赤峰)을 성산으로 우러르는 남하족(南河族)과 산북족(山北族)이 곡성(哭城)이라는 담을 사이 두고 은연중 갈등과 마찰을 빚어내고 있는데 이를 배경으로 남하족의 진(眞)이라는 화동(火童)의 눈물겨운 성장사와 그의 비장한 운명을 다루고 있다. 불을 무서워하던 진이 화신무(火神舞)에 열광하게 되고 산북족의 유(柔)라는 처녀애와 열연에 빠지기도 하며 월경(越境)하여 산북의 불씨를 가져다가 가가호호에 나누어 주는 등 여러 가지 남하족의 금기(禁忌)를 어긴 죄로 두 눈을 잃게 되지만 불과 화신무에 대한 집념은 버릴 수가 없다. 나중에 진은 미친 듯이 춤을 추고 북을 두드리면서 터져 오르는 적봉의 용암 속으로, 불 속으로 걸어 들어가 열반(涅槃)한다.

이 소설은 우선 불을 매개(媒介)로 상상의 나래를 펼치고 있다. 상고시대 북방의 여러 부족과 삼한의 여러 나라가 봄, 가을에 있었던 '밤낮으로 쉬지 않고 음주(飮酒), 가무(歌舞)한 국가대회'도 불을 둘러싼 군중의 광희(狂喜)로 이어진 제의(祭儀)였다. 그리고 불은 우리 민족의 경우 신화에서는 왕권, 영웅탄생, 정화(淨化) 등을 의미하고 우리 무속이나 민속에서는 열정, 정화를 의미했으며 우리 풍습에서는 생명력과 복(福), 벽사(辟邪)를 의미하고 유교에서는 개화(改火), 불교에서는 자기 멸각(滅却)을 통한 승화를 의미하였으며 역사와 문학에서는 위기와 정열을 의미했다. 『불의 제전』에서는 불의 다양한 상징적 의미를 유감없이 보여 주고 있는데 그중에서도 어지러운 세상을 정화하고 멸각을 통한 승화의 의미에 포인트를 주고 있다. 화신무에 열광하고 불 속에서 열반하는 주인공 진의 형상에서 가장 두드러지는 것은 예술에 대한 집착, 열정적인 사랑, 만민을 위한 헌신성, 스승에 대한 존경과 같은 것들이다. 이러한 덕목들은 무지막지한 족장(族長)과 이해타산에 밝은 동료인 교(狡)와의 대비를 통해 더욱 분명히 드러난다. 이러한 환상적인 인물과 사건을 다루고 있음에도 불구하고 이 소설이 암시하는 바는 분명하다. 그것은 우리 민족이 국토의 분단을 극복하고 대동세계를 이루는 길은 우리 민족 전체가 불의 세례를 받아 스스로를 정화하거나 재생해야 함을 암시하고 있다. 이 소설은 작자의 해박한 지식, 환상적인 플롯, 장려한 언어구사와 깊이 있는 주제의 발굴로 말미암아 독자들의 사랑을 받으리라 생각한다.

6. 맺는말

2005년, 우리 작가들은 다양한 장르에 걸쳐 풍성한 성과를 올렸다. 우리 작가들은 구미 중심의 글로벌화에 대비한 다원공존, 다원공생의 새로운 시대적 흐름에 적응해 우리 민족의 현실과 운명을 직시하면서 민족적 정체성 찾기, 여성의 자아 찾기 및 '자기 멸각을 통한 승화' 등 다양한 주제를 다루면서 의인화, 객관적 상관물에 의한 이미지화, 여성의 글쓰기, 판타지 등 기법을 비교적 원숙하게 다루고 있다.

지난 한 해의 성과를 바탕으로 우리는 무엇을 해야 하는가?

서구 중심의 근대화는 인류의 복지를 획기적으로 개선했지만 문명의 충돌, 환경오염과 생태파괴라는 커다란 문제점을 안고 있다. 서구 중심의 근대를 성찰하고 보다 인간적인 근대를 지향하기 위해서는 민족의 정체성 찾기와 생태주의는 문학의 가장 중요한 주제로 부상된다. 우리 조선족문학도 이 새로운 세계문학사적 패러다임에 능동적으로 편입할 때만이 인류의 보편적인 감성과 지향에 호소할 수 있는 우수한 문학을 창조할 수 있다.[42]

우리 작가들의 탈태환골의 의식전환과 장인정신(匠人精神)의 부활을 기대한다.

－2006년 6월 19일

42) 김호웅: 『근대에 대한 성찰과 조선족문학의 주제』(『중일한문화산책』, 흑룡강조선민족출판사, 2005년 10월.).

디아스포라의 삶과 문학의 형식미에 대한 탐구 ········

—2006년 『조선족문학우수작품집』을 중심으로

2006년 우리 작가, 시인들은 열띤 문학적 쟁명과 활발한 작품활동을 통해 디아스포라로서의 자기의 문화적 신분, 자기의 독특한 삶의 방식을 자각하고 자기의 작품을 통해 '나(또는 우리)는 누구인가? 나의 삶의 방식과 진로는 어디에 있는가?'라는 물음을 던져 왔으며 문학의 언어, 이미지, 구조, 기법에 대한 쟁론을 통해 문학적 형식미의 중요성을 자각하게 되었다.

아래에 평론, 시, 소설, 수필 순으로 2006년 우리 문학의 전개양상을 윤곽적으로 살펴보고자 한다.

∷우리의 비평: 나는 누구인가를 물어라

2006년 한 해 동안 문학비평은 다른 장르에 비해 자기구실을 잘한 것 같다. 조성일, 최삼룡, 전국권, 장정일, 한춘(필명 산천), 김월성, 전성호 등 원로평론가들이 꾸준히 현장비평에 참여해 노익장의 정열을 과시하였는가 하면 김관웅, 김호웅, 윤윤진, 서영빈, 장춘식, 김경훈, 조일남, 전경업, 리광일, 우상렬 등 중년 평론가들이 새로운 사조와 방법론을 소개하면서 우리 문학의 방향을 제시하려고 노력했다. 특히 조성희, 최룡관(필명 최흔), 김파 등은 창작과 비평 양쪽에서 모두 빼어난 활약상을 보여 주었으며 강걸, 최미성 등 신인들이 두각을 나타내기도 했다.

우리 문학비평은 단순한 작품론적 범위를 훨씬 벗어나 우리 문학의 기본성격, 유파와 사조, 판도(版圖)에 관한 문제, 지어는 문단의 비리와 비정에까지 날카로운 메스를 가했다. 그리고 문학비평은 갑론을박의 쟁론을 통해 현대시의 성격과 기법 등에 대한 이해를 가져오고 처음으로 광범위한 독자층을 확보하게 되었다.

할빈의 비평가 산천은 「그 어느 울밑에도 채송화는 피여난다」라는 평론에서 산재지구 우리 문학의 생성, 발전사를 되돌아보면서 십분 도전적인 견해를 내비치고 있다.

그는 중국의 주류문학에 비할 때 연변문단은 변두리적인 존재로 되고 연변의 문단에 비해 볼 때 산재지구의 작가들은 소외된 존재로 된다고 하면서 산재지구의 작가, 작품들에 대한 연변문단의 독선과 오만, 무관심에 유감을 표시한다. 뿐만 아니라 이제는 시장경제, 지식정보화 시대이니만큼 조선족문학은 지각변동을 일으키게 마련이고 앞으로 조선족문화 내지 문학의 구심점은 연변이 아니라 외국 또는 중국 주류문화와의 합수목에 살고 있는 유학파, 연해파, 도시파들에 의해 형성될 것이라고 추단하고 있다. 이 글은 산재지구 조선족문학의 형성, 발전의 지형도(地形圖)를 일목요연하게 그렸고 산재지구 조선족문학에 내재한 디아스포라적인 성격을 어렴풋하게나마 지적하고 있어 주목된다. 하지만 연변문학의 하위(下位)개념으로 산재지구의 문학을 설정하는 데는 무리가 따르며 심지어 우리 문학 자체의 내부분열을 야기할 위험을 안고 있다고 본다. 디아스포라의 이론으로 연변문학과 산재지구문학을 아우르는 전반 조선족문학의 특성과 창조성을 깊이 있게 구명하는 것이 오히려 이 글이 남긴 과제라 하겠다. 물론 이러한 과제는 허련순의 장편 『바람꽃』, 김재국의 장편수기 『한국은 없다』의 경우와 같이 1990년대 중반부터 문학적으로 형상화되기 시작했고 최근 김관웅, 김호웅, 장춘식 등 비평가들에 의해 이론적으로 활발하게 논의되고 있다. 한마디로 이들은 디아스포라는 우리 조선족의 존재방식이요, 이중적인 아이덴티티의 갈등은 우리 문학의 영원한 주제라고 말하고 있다.

연변의 비평가들이 산재지구의 문학을 소외시키고 있다는 산천의 그릇된 견해를 시정하기라도 하듯이 연변의 소장학자 강결[43]은 북만 지역의 대표적인 소설가 윤림호와 그의 소설을 비중 있게 다루고 있다. 그는 「윤림호 소설의 기본모티프에 대하여」라는 글에서 윤림호는 청소년기의 불우한 체험을 자기 소설의 중요한 소재로 삼고 있는데 그의 소설의 기본모티프는 불우한 출신성분, 소외된 불구자, 농촌청년의 콤플렉스라고 지적했다. 따라서 윤림호의 소설은 이러한 기본모티프에 의한 다양한 인물성격과 갈등, 플롯과 장면의 전개를 통해 좌적 사조와 편견으로 말미암은 사회의 허황함과 잔혹함을 신랄하게 비판하고 원시적인 생명력에 의한 민중의 재생을 예언한 것만큼 윤림호는 20세기 80~90년대 조선족 문단의 '대표적인 소설가의 한 사람'으로 된다는 정당한 결론을 내리고 있다.

43) 연길 출신으로서 2005년 연변대학교 조선문학 석사과정을 졸업하고 현재 중경에 있는 사천외국어학원 한국어 학과 학과장으로 근무하고 있음.

조성희의 평론 「새 시기 중국 조선족녀류소설문학에 대한 통시적고찰」은 최초로 조선족 여성 소설을 주제학적 측면에서 통시적으로 고찰하고 분류한 역작이다. 이 글은 1980년대부터 활약한 수십 명 여성 소설가의 무려 200편에 육박하는 작품을 꼼꼼하게 읽고 그 경개와 특징, 특히는 주제의식의 변화를 설득력 있게 분석했다. 하지만 이 글은 여성의 글쓰기라는 측면에서 여성 소설에 고유한 환유와 묘사의 섬세성을 지적해야 할 과제를 남기고 있다.

장정일의 평론 「자유로움에서 건져낸 진실」은 2005년도 ≪도라지≫에 실린 수필들 중에서 허무궁, 한영남, 리진화의 수필을 높이 사 주고 있는데 상기 3편의 수필이 성공할 수 있은 것은 수필 본연의 특징인 '자유로움'을 실천했기 때문이라고 하면서 "방자하면서도 냉철하고 느슨하면서도 절제가 있는 정신의 자유로운 비상의 권리, 여의치 않는 삶의 모진 풍랑 속에서도 여유를 가지고 새들의 아름다운 울음소리와 꽃들의 행복한 미소를 표현할 수 있는 기쁨, 이는 모든 수필가들에게 주어진 은총이요, 특권"이라고 말하고 있다. 수필의 본질과 묘미를 갈파한 발언이라고 생각한다.

김관웅은 불같은 정의감과 넘치는 정열, 빼어난 예술적 감각과 고금동서를 아우르는 풍부한 지식으로 좌충우돌하면서 시시비비를 가르고 우리 문단을 리드해 가고 있는 대표적인 문학인이며 우리 문단의 귀재이다. 그의 평론 「우리의 시는 어디로 가야 하는가?」는 최룡관과의 쟁론을 거쳐 우리 시단의 현황과 향후 진로에 대한 생각 및 시의 본질과 특성 및 기법에 대한 견해를 종합적으로 진술하고 있다. 그는 우리 시문학의 열악한 생존환경을 구체직으로 분석하고 나시 우리 시문학의 폐단을 현실도피의 경향, 탐미주의적인 문자유희, 서방의 문학사조에 대한 무비판적인 수용 등으로 진단하고 그 치유책(治癒策)을 내놓고 있다. 즉 시인은 뜨겁게 사회와 현실을 포옹하면서 우리 민족의 의식과 그 생활과 정서를 노래함과 아울러 인간의 아름다운 감정을 생동하는 이미지로 보여 주고 개방적이고 다원적인 시문학을 지향해야 한다고 주장한다. 특히 우리 시인들이 창작한 수작들을 엄선해 주제학적 비평과 형식주의적인 비평을 균형감 있게 조화시켜 깊이 있게 분석함으로써 충분한 설득력을 지니고 있다.

::우리의 시문학: 삶이 불평스러우면 울어라

2007년의 시단은 다사다난한 가운데 풍성한 결실을 맺었다. '해란강문학상', '정지용문학상' 심사결과를 두고 시시비비가 난무했고 지어는 어처구니없이 법정놀음까지 일어날 뻔했다. 현대시의 본질과 특징에 대한 쟁론이 벌어졌고 연변 시인협회가 발족해 연변작가협회 시분과위원회와 더불어 '여야(與野)대립구도'를 이루면서 활발한 활동을 벌렸다. 남연전의 토템시가 중국 주류문단에서 공전(空前)의 찬양을 받은 대신 조선족 시단에서는 찬반이 엇갈렸다. 시단의 춘추전국 시대는 자연 이군돌출의 기인들을 배출해 김응룡의 「둥지」, 석화의 「연변」 연작시를 비롯해 좋은 시작들을 선보였다.

공자는 "시는 원망스러움을 노래한다[詩可以怨]."고 했고 한유(韓愈)는 "삶이 불평스러우면 울어야 한다[不平則鳴]."고 했다. 고금중외 그 어느 시대이든지 참다운 시란 본질적으로 민중의 삶과 그 희로애락을 대변한다. 공자나 한유의 말 그대로 시인은 시절이 한스러워 울고 민중이 불쌍해서 운다. 이 작품집에는 김철, 김응준, 강효삼 등 원로시인들과 리문호, 김동진, 김응룡, 김파, 최룡관, 김학송, 리임원, 석화, 김영건, 조광명 등 중견시인들의 얼굴이 두루 보이지만 우리 민족의 실존적 상황과 희로애락을 대변한 김응룡과 석화, 김일량의 시들을 중점적으로 다루어 보고자 한다.

우선 주목되는 시인은 김응룡이다. 그는 최근 몇 년래 농촌, 농민, 농업이라는 삼농(三農)의 문제를 시적 소재로 다루면서 우리 농민과 농촌을 대신하여 구슬프게 울었다. 우리 민족의 실존적인 상황은 오불관언(吾不關焉)이라고 하면서 유미주의의 상아탑 속에 틀고 앉아 콧노래만 부르고 있는 그러한 시인과는 달리 김응룡은 민족적 사명감과 양지를 가진 참여파 시인이다. 하여 그는 시 「둥지」로 한국 '문예시대' 2006년 해외동포문학상을 수상하기도 했다. 먼저 그의 시 「기다림」을 보자.

> 정오무렵/사람 그림자 하나 없는/시골마을에/개가 짖는다/컹
> 마을길에 느닷없이 나타난 녀인 보고/이 집 개 저 집 개/짖어댄다 목 메여 짖어댄다//
> 산비탈 메밀에서/다락논에서/김을 잡던 외기러기 사내들/약속이나 한 듯/일손놓고 일어선다//
> 행여/행여/저마다 부서지는/마음을 추슬러본다.//

김관웅이 지적한 바 있지만 이 작품은 세련미와 함축미를 갖고 있어 진한 감동과

더불어 긴 사색의 여운을 남겨 준다. 여성이 증발해 버린 농촌에서 외기러기 사내들만이 살아가는 한적한 마을에 느닷없이 여인이 나타난다. 남정들은 행여 마누라가 돌아온 게 아닌가 하고 동일한 기대를 건다. 이농향도(離農向都), 해외노무송출 등으로 인한 부부이별의 아픔, 노총각들의 결혼난에서 비롯된 가정의 해체를 얼마나 잘 보여주었는가. 우리 농민들의 고통스러운 실존상황을 아주 짧지만 특색 있는 모멘트를 통해 집약적으로 보여 준 데 이 시의 묘미가 있다.

> 어둠이 깃든 시골/개구리들이 운다/눈물도 없는 개구리들의 울음/높이 질벅하다//
> 비도 오지 않아/강가 모래불에 묻은 엄마/물에 밀려갈 근심도 없는데/왜 우느냐 물었더니//
> 아니란다 개굴개굴/개구리들이 우는 이유/아는지 모르는지/이영이 고삭은 초가에서/진작 잠에 곯아떨어진 늙은 량주/꿈을 꾼다//
> 꿈에 안아보는/손자손녀 재롱에/행복의 웃음 느침으로 흘러내려/베개잇 적신다//
> 이 시골 인적/늙은 량주마저/초가에 묻힐가봐/개구리들은 운다/밤새껏 밤새껏//
>
> -「시골개구리들의 울음」 전문

이 시에서 시골 여름밤의 개구리 울음소리는 초상난 집에서 애고애고 들려오는 곡성처럼 청승맞기 그지없다. 그러나 이 개구리소리는 시인의 애타는 목소리에 다름 아니다. 감정이입의 표현수법을 아주 잘 구현한 수작이라고 해야 할 것이다. 이처럼 김응룡은 날로 황폐해지고 있는 우리 농촌과 날로 영락해 가는 우리 농민들을 대신해 슬피 울고 있는 시인이다.

이전에 탄광의 광부들은 갱내 일산화탄소 농도를 알기 위해서 카나리아 새장을 들고 갱으로 들어갔다고 한다. 카나리아라는 새는 사람보다 먼저 고통을 느끼고 죽음으로써 광부들에게 위험을 알렸다고 한다. 민족적 사명감과 우환의식을 가진 우리 시인들은 카나리아와 비슷한 존재로서 우리 민족이 위기에 처했을 때 가장 민감하게 반응하고 경고하는 역할을 한다. 비유를 하자면 김응룡 시인의 시들은 질식해 가는 카나리아의 비명과도 같은 것이다.[44]

이제 석화의 시를 보자. 석화는 최근 몇 년간 「연변」 연작시들을 부지런히 써 내고 있다. 그에게 있어서 연변은 시인이 나서 자란 고향이고 영원히 묻힐 땅이다. 특히 그는 연변이 가지는 디아스포라적인 의미를 포착해 다각도로 이미지화한다.

44) 김관웅, 「민족적사실주의 길로 나가는 김응룡시인」, 김관웅 사이트 '우리 동네 문학동네' 참조.

기차도 여기 와서는/조선말로 붕－/한족말로 우(嗚)－/기적 울고/지나가는 바람도/한족바람은 퍼～엉(風) 불고/조선족바람은 말 그대로/바람 바람 바람 분다//
그런데 여기서는/하늘을 나는 새새끼들조차/중국노래 한국노래/다 같이 잘 부르고/납골당에 밤이 깊으면/조선족귀신 한족귀신들이/우리들이 못 알아듣는 말로/저들끼리만 가만가만 속삭인다//
그리고 여기서는/유월의 거리에 넘쳐나는/붉고 푸른 옷자락처럼/온갖 빛갈이 한데 어울려/파도를 치며 앞으로 흘러간다//

－「연변 · 2」 전문

이 시는 상이한 것들이 갈등이 없이 공존하는 다문화적 혼종성, 쉽게 말하자면 조선족과 한족이 연변 땅에서 공존, 공생해야 하는 숙명 내지 필연성을 유머러스하게 이미지화하고 있다. 제1연에서는 기차와 바람을 의인화하면서 '붕－'과 '우(嗚)－', '바람'과 '퍼～엉[風]'의 대조를 통해 조선족과 한족의 언어적 상이성을 확인한다. 그렇지만 제2연에서는 미물인 새들도, 납골당의 귀신들도 서로 상대방의 소리와 언어에 구애를 받지 않고 의사소통을 한다고 했다. 말하자면 두 문화형태 간의 대화와 친화적인 관계를 하늘을 날며 즐겁게 우짖는 새와 납골당에서 이야기를 주고받는 귀신이라는 메타포를 통해 유머러스하게 표현함으로써 몽환적인 색채를 십분 살리고 있다. 제3연은 이 시의 기승전결(起承轉結)의 내적 구조에서 보면 '전(轉)'과 '결(結)'에 속하는 부분인데 연변의 풍물시라고 할 수 있는 '6 · 1' 아동절 날, '붉고 푸른 옷자락처럼/온갖 빛깔이 한데 어울려/파도를 치며 앞으로 흘러간다' 고 색채적 이미지를 구사함으로써 다원공존, 다원공생의 논리로 자연스럽게 매듭짓고 있다. 한마디로 말하면 이 시야말로 디아스포라 글쓰기의 전형적인 사례라 하겠고 필자가 앞에서 구구하게 논의한 디아스포라의 시학을 일목요연하게 구현했다고 본다.

석화의 다른 시 「칠월, 장마뒤끝 오얏들이」는 더욱더 감칠맛이 난다. 김용룡이 풍전등화같이 스러져 가는 우리 농촌의 현실을 두고 구슬프게 울었다면 석화는 새로운 생명의 탄생을 예언하며 회심의 미소를 짓는다.

칠월, 장마뒤끝 오얏들이/애기엄마 젖꼭지만큼하다//
하얗게 피여났던 춘삼월 꽃잎/하늘하늘 나비처럼 내려앉은 가지마다/어제오늘 다르게 굵어지는 열매들//
알알이 노랗게 단물이 들기까지/아직 한철 남았고/새콤새콤 입안을 톡 쏘는 싱싱한 맛/새색

시 입술만 감빨게 한다//
오얏나무집 할배 입이 귀가에 걸렸나/오가는 길손마다 손목 잡고 건네는 말씀－/이제 아기 울음소리에 동네가 들썩할거요/십년, 십년만의 경사라니깐//

기승전결의 내적 구조를 가진 한 폭의 수채화같이 아름다운 시다. 제1연은 기(起)에 해당하는데 여기서는 칠월장마 뒤끝의 오얏이 애기엄마 젖꼭지만큼 하다는 기발한 착상과 비유로 독자를 사로잡는다. 분홍바탕에 자줏빛이 감도는 오얏을 애기엄마 젖꼭지에 비유한 것은 아마 석화 시인이 처음이 아닌가 한다. 이게 바로 모양과 색깔의 동질성에 바탕을 둔 이질적인 사물들 간의 비유가 성립될 수 있는 까닭이요, 낯설게 하기이다. 제2연에서는 기를 받아 물고 꽃잎을 나비에 비유했고 오얏이 어제오늘 다르게 굵어진다고 했다. 승(乘)에 해당하는 대목이다. 쉽게 말하자면 분위기를 조성하고 능청을 떨었다. 제3연과 제4연의 첫 구절에서는 노랗게 단물이 들었다는 시각적인 이미지와 입 안을 톡 쏘는 싱싱한 맛이라는 미각적 이미지를 구사하면서 자연스럽게 입술을 감빨고 있는 새색시와 좋아서 입이 귓가에 걸린 할배를 등장시킨다. 이는 전(轉)에 해당된다고 하겠다. 무엇이 좋아서 입이 귓가에 걸렸을까? 이제 아기 울음소리가 동네에 들썩할 것이고 이는 십년 만의 경사이기 때문이란다. 이는 결(結)에 속한다. 아무튼 이 시는 미구하여 소생할 조선족 농촌을 비유적인 이미지와 다양한 감각적 이미지 및 기승전결의 내적 구조를 통해 그린 수작이라 하겠다.

김일량의 시도 시적 이미지의 창조에서 일가(一家)를 이룬다고 하겠다. 김일량은 안도현 시골에 묻혀 사는 농빈시인이다. 그는 마음을 비우고 청빈낙도(清貧樂道)의 자세로 고향의 청산녹수와 벗하며 살고 있기에 청산의 새소리 같은 청아한 시편들을 지을 수 있었으리라 생각한다.

파운드(1885～1972)는 "방대한 저작을 남기기보다 일생에 단 한 번이라도 훌륭한 이미지를 만드는 게 낫다."고 말한 바 있다. 김일량의 서정시 「여름산은 새소리 따라 간다」는 기승전결의 완미한 구조를 취하지 못해 뒷부분이 좀 처진 느낌을 주기도 하지만 자연에 대한 깊은 관찰력을 보이고 있어 주목된다. 이를테면 '여름산에 새소리는/동화 같이 화창하다'와 '청 맑은 새소리가/동전잎처럼 반짝인다'와 같은 비유는 그 내적 구조로 보면 '새소리'라는 청각적 이미지를 '동화(童畵)'나 '동전잎'과 같은 시각적 이미지로 전환시킨 그러한 기발함을 보인다.

새소리 붉은 석양 물고
나무숲속에 잠을 감추면
익는 수박속 같이
달콤한 향기가 모이는 꿈 꾼다

여기서는 새소리를 의인화함과 더불어 붉은 석양과 같은 색채적 이미지, 익는 수박과 같은 미각적 이미지, 달콤한 향기와 같은 후각적 이미지를 조화롭게 구사해 그야말로 선경같이 고요하고 아름다운 이미지를 창조함으로써 시인의 탁월한 언어구사력을 유감없이 보여 주었다. 이처럼 우리 시인들은 다작(多作)에 의해서가 아니라 고금중외 그 누구도 구사한적 없는, 단 하나의 새로운 이미지나 새로운 메타포를 창조, 개발할 때만이 시인의 이름에 값할 수 있을 것이다.

::우리의 소설: '빛나는 변두리', 그리고 우리말의 묘미를 살려라

소설분야는 림원춘, 류원무, 박선석 등 원로작가들이 지속적인 활약상을 보이는 가운데 최홍일, 우광훈, 량춘식, 정형섭, 김동규, 박일 등 작가들이 가세를 하고 있다. 특히 허련순, 리혜선, 조성희, 박옥남, 양은희 등 여성 작가들의 소설들은 주제의식이나 기법에 있어서 남성 작가들을 무색하게 만들고 있는 형국이다.

우리 조선족 사회는 여전히 자체의 경제적 기반을 가지지 못한 채 도시화, 산업화의 길목에 서 있으며 이민과 이산(離散)의 아픔을 안고 우왕좌왕하고 있다. 2006년의 소설들은 다양한 인물과 이야기를 통해 조선족 사회의 현실을 리얼하게 보여 주고 있으며 그러한 현실과 상반되는 유토피아를 지향하고 있다. 여기서는 주로 정형섭과 최홍일, 리혜선과 박옥남의 소설들을 보기로 한다.

정형섭의 중편소설 『기러기문신』은 신판 심청전을 만들 만한 귀한 소재를 다루고 있어 주목된다. 절세의 효녀 심청이 아버지 심 봉사의 눈을 뜨게 하기 위해 공양미 삼백 석에 몸을 팔아 임당수에 풍덩 빠졌듯이 이 소설의 주인공 윤순은 불구자인 아버지를 봉양하고 두 오빠를 장가들이기 위해 자신의 모든 것을 다 바친다. 그녀는 자기를 사랑하는 총각이 있음에도 불구하고 한국인에게 시집을 가서 아버지를 봉양하고 두 오빠를 한국에 데려간다. 그런데 그녀의 남편은 변태성욕자로서 멀쩡한 윤순에게 자꾸만 성형수술을 시킨다. 그녀는 눈과 코를 수술하고 나중에는 젖무덤까지 수술한다. 하지만 의외의 의료사고로 염증이 생겨 윤순은 두 젖무덤을 척출(剔出)하지 않으면 아니 된다. 젖무덤은 여성의 신비요, 상징이라고 할 때 그것까지 바쳐서 아버지를 봉양하고 두 오빠의 뒷바라지를 했다는 사실은 그녀의 희생이 극에 달했음을 의미한다. 그녀는 가정을 살리기 위해 가장 큰 희생을 감내해야 했던 작금의 수많은 조선족 여성의 한 전형이라 할 수 있다. 하지만 이 소설은 오랜만에 윤순을 찾은 옛 연인의 철없는 시선을 통해 윤순의 젖무덤에 난 수술자리를 탐미주의 시각으로 묘사, 감상함으로써 작가의식의 한계를 보여 주었으며 따라서 인물성격의 논리를 위반하고 주제의 분열을 가져왔다. 다 쓴 죽에 코를 풀었다고나 할까. 하지만 현명한 독자들은 이 소설을 통해 조선족 사회의 실태를 알 수 있으며 윤순의 비극적 운명에 커다란 동정을 보내게 된다.

최홍일은 우리 문단의 중견작가로서 '내가 지옥에 들어가지 않으면 누가 들어가랴'라는 투철한 작가의식을 가지고 소설 창작에 몰두하고 있다. 그의 단편소설 「닉명신」은 취중에 두 동료와 함께 부패한 권력자를 고발한 익명신을 썼다가 술이 깬 후 보복이 무서워 후회막급, 전전긍긍하는 한 퇴직교사의 나약한 모습과 모순된 심리를 다룬 작품인데 해학적이고 유머러스한 장면과 주인공의 기형적인 인간상에 대한 생동한 묘사를 통해 좌적인 정치운동과 권력의 횡포에 의해 인간들의 심령이 얼마나 병들고 기형화되고 있는가를 극명하게 묘파한 수작이다.

엎치락뒤치락하는 정치운동은 인간에게 명철보신의 처세철학을 갖게 했다. 사람들은 권력의 비정과 비리에 대해서는 증오하나 앞장에 서서 저항을 하지 않는다. 그 누군가 고양이의 목에 방울을 달기만 바랄 뿐 선뜻이 나서지 못하는 게 오늘을 사는 인간들의 생리다. 이 소설은 이러한 사회적 병폐와 인간의 몰락상을 야유, 풍자하면서 새로운 시민정신의 각성을 촉구하고 있다. 작품은 3인칭을 택했으되 작자가 독자들에게 이야기를 하는 특이한 고백체 담론방식을 구사함으로써 한결 더 진실성과 친근감을 기할 수 있었다. 뿐만 아니라 주인공에 대한 심미적 거리를 적절하게 조절해 그에 대한 직접적인 풍자, 매도보다는 그러한 정신적 기형을 만들어 낸 좌적인 사조와 비틀린 사회풍조를 고발하는 데 포인트를 둠으로써 휴머니즘의 세계를 지켜 내고 있다.

리혜선은 우리 소설문단의 중견소설가다. 최근 몇 년간 단편 「병재씨네 빨래줄」, 장편 『빨간 그림자』와 같은 실험적인 소설들을 썼고 그러한 실험정신에 평단의 찬반이 엇갈렸다. 필자는 좀 실망을 했던 편인데 이태 전 ≪도라지≫ 에 실린 「매니큐어」라는 수필을 보고 리혜선 씨의 문학적 재치를 다시 긍정하게 되었다가 2006년 ≪장백산≫에 실린 중편 『터지는 꽃보라』를 보고 우리 문단의 사라졌던 재녀(才女)를 다시 찾은 느낌을 받았다.

이 소설의 작중인물들 모두는 진짜 이름을 쓰지 않고 익명이나 별명으로 통한다. 오늘의 대중사회에서 개개인은 익명으로, 기호나 수자로 존재함은 더 말할 것 없다. 가끔 현금인출기에서 비밀번호를 넣고 돈이 나올 때마다 우리 모두 익명으로만 통하는 자신의 실체를 실감하게 되는 것이 아닌가. 이 작품의 경우에도 작중인물들은 '오징어파티'에 '고구마', '별난 여자', '안니', '제이'로 통한다. 이러한 익명의 조건에서 이들은 자기의 욕구를 거침없이 분출한다. 천사가 악마로 변한다. 모든 탈을 벗어던지고 추악한 몰골을 드러낸다. 황차 '3 · 8' 여성의 날이라는 특수한 시간과 곤강에서 익명의 네 중년여인들이 쏟아 내는 성적 기갈과 음담패설은 읽는 이들을 포복절도케 한다. 기실 그들은 가정을 위해 한국에서 10년씩이나 허둥대면서 일했지만 일단 귀국하자 자식과 남편, 사회에 의해 소외되고 마는 이방인들이다. 그래서 이 작품을 읽다 보면 눈물 어린 미소를 짓게 된다. 아무튼 우리 사회의 진통과 해체, 그리고 소외의 주제를 익명이라는 장치를 통해 재미있게 풀이했다고 본다.

박옥남은 최근 혜성같이 나타난 여성 소설가로서 둥지, 목욕탕에 온 여자들, 마이허 등 3편의 단편소설로 작가적 기량을 충분히 인정받게 되었다. 소설은 정신적 배경을 실감 있게 그려 갈등을 설정하고 소설적 분위기를 고조시키게 마련인데 박옥남은 한족과 조선족의 잡거지역이라는 문화적 혼종성에 초점을 맞춘다. 이는 디아스포라 문학의 강세요, 주류문학의 공백을 파고드는 작업이다. 디아스포라적인 인간 또는 민족공동체는 경계적인 삶, 변두리의 삶을 살고 있기 때문에 부동한 문화와의 모순과 충돌 또는 교류와 영향 관계 속에 놓이게 된다. 바꾸어 말하면 디아스포라의 개체 또는 민족공동체는 자기의 고토와 고유문화에 대한 짙은 향수와 집착을 갖는 동시에 다른 문화에의 동경과 접목을 피할 수 없게 된다. 그 결과 디아스포라의 개체 또는 민족공동체는 문화적인 변이(變異)를 일으키게 되며 혼종성 또는 다중문화신분을 갖게 된다. 이러한 의미에서 에드워드 사이드(1935~2003)는 디아스포라의 삶은 '모체에서 찢겨 나간 자의 상처이며 아픔'인 동시에 '일종의 특권이며 다시 얻을 수 없는 우세'로 된다고 하였고 호머 바바(1949~)는 새로운 문화는 문명들이 교차되는 걸출한 변두리에서 파생된다고 하였다. 이러한 의미에서 볼 때 박옥남의 단편 「마이허」는 개미허리와 같은 강 하나를 사이에 두고 살고 있는 중국인 마을과 조선인 마을의 색다른 풍속을 아주 생동하게 그리면서 한족과 조선족의 공존, 공생의 원리를 너무나도 재미있게 보여 주고 있다고 하겠다.

∷우리의 수필: '여성의 글쓰기' 우세를 살려라

수필분야에는 남호손(본명 황유복), 허무궁, 양은희, 장춘식, 최순희, 조광명 등 중견 수필가들의 얼굴이 보인다. 특히 남호손의 수필 「나를 찾아 홀로 떠난 려행」은 '나는 누구인가'라는 중요한 물음에 깊이 있는 대답을 준 디아스포라 글쓰기의 한 사례로 되겠다. 하지만 여기서는 김점순, 리선애, 오경희의 수필을 통해 여성의 글쓰기와 그 매력에 대해 살펴보고자 한다.

김점순은 중학교 교사로 지내면서 짬짬이 많은 글들을 써 왔고 최근 몇 년간 여러 가지 문학상들을 석권해 오면서 재기발랄한 모습을 보여 왔다. 이번에 수필 부분 본상으로 뽑힌 「발」은 그동안 일편단심 문학을 사랑하면서 부지런히 글 농사를 지어 온 작자의 피와 땀의 결실이라고 본다.

「발」은 전형적인 서사수필이다. 작자는 '아무렇지도 않고 예쁠 것도 없는/사철 발 벗은 아내가……'라는 정지용의 시에서 수필적 계기를 얻고 자연히 아버지의 발을 연상하게 된다. 아버지를 그리되 아버지의 전모를 그리지 않고 아버지의 발에 초점을 맞추고 다양한 각도로 조명한다. 말하자면 산전수전 다 겪은 아버지의 발을 몇 개의 장면을 통해 간결하지만 다각도로 묘사한다. 계기적인 사건, 장면만을 다루고 그것을 의미화하는 수필 본연의 특징에 익숙하다.

이를테면 모내기철 논둑길을 휘청거리며 뛰어다니는 까닭에 누런 흙물이 줄줄 흐르는 발, 노란 개흙과 새초를 뒤섞어 맨발로 직신직신 이긴 까닭에 황토로 반죽된 발, 그리고 겨울철 새하얀 눈길에 땔나무를 해 온 아버지가 땀내 물씬 풍기는 솜신을 거꾸로 들고 흔들면 하얀 눈가루들이 와르르 쏟아지면서 싱그러운 산 기운이 풍긴다고 했다.

이처럼 천진한 동심으로 아버지의 발을 그리고 있는가 하면 오랜만에 시가지에 살고 있는 딸네 집에 온 아버지에게 '주디안마(足底按摩)'를 시키려 했던 일을 유머러스하게 이야기하고 나서 의론을 전개하는데 그 계기가 적절하고 거기서 탄력을 받았으니 의론 역시 감칠맛이 나고 설득력을 가진다. 여기서 아버지의 발은 그의 근면하고 순박하고 희생적인 부성(부성)을 대변하는 상징으로 작용하며 작자에게는 물론이요, 독자들에게도 무궁무진한 여운을 남겨 주고 커다란 감동으로 다가온다.

리선애의 수필 「이별의 연길정거장」은 한국의 유명한 대중가요 '이별의 부산정거장'을 패러디하고 있다. 하지만 이 수필은 몽타주의 기법을 십분 활용해 서로 모순되는 것 같지만 논리적으로 서로 연계되는 세 개의 장면을 교묘하게 연결시키고 있다. 특히 아래와 같은 장면묘사는 여성 작자 특유의 섬세하고 깔끔한 시선을 느끼게 한다.

> 연길 정거장에서 아버지인 듯한 사람의 팔에 안긴 여자애는
> "엄마, 한 밤 자면 오나?"
> 라고 묻는데 그녀가 차마 3년이란 말을 못 해서 세 손가락을 펼쳐 보인다. 그러니 그 애는
> "세 밤?"
> 하고 초롱초롱한 눈으로 쳐다보는데 그녀는 차마 말을 못 하고 고개만 끄덕인다. 그러자 철모르는 애는
> "야 좋다. 엄마, 나 세 밤 안 자고 기다릴 거야."
> 라고 하는데 옆에서 그 장면을 보는 나의 가슴마저 옥죄어 든다.
> 뿡! 열차가 떠나는 기적소리가 울렸다.

그야말로 화룡점정(畵龍點睛)이라 할까, 수천 명의 인파가 북새통을 이루고 이별의 눈물바다를 이룬 연길 정거장을 구구히 설명하기보다 열 배나 더 감동을 주는 장면묘사이다.

아무튼 이 작품은 작자가 연길 청년호를 지날 때 본 다정한 연인들과 원앙새 한 쌍, 어느 전통혼례식 때 본 전안례(奠雁禮)의 장면을 그리면서 그러한 풍속에 담긴 우리 민족의 아름다운 윤리와 도덕성을 찬미하고 동경한다. 하지만 현실은 엄청 다르다. 원앙의 사랑을 꿈꾸어 왔던 수많은 가정이 풍비박산이 났고 기러기사랑을 맹세했던 수많은 부부들이 외기러기 신세로 되어 버렸다.

여기서 작자는 부부간에 서로 천만리 떨어져 있어도 '늘 간절하고 애절하게 그리고 서로에게 무심해지지 않도록 다가서는 자세가 중요'하며 부부간의 사랑은 각자가 자기의 책임과 의무를 다할 때만이 지속될 수 있다고 말한다. 왜냐하면 부부간의 사랑은 아름다운 꽃나무와 같이 알뜰살뜰 물을 주고 가꾸지 않으면 시들어 버리기 때문이란다. 여성 작자의 섬세한 눈길과 청순한 감정이 생동하는 형상으로 녹아 있는 깜찍한 수필이라고 생각한다.

앞에서 본 김점순의 「발」을 서사수필이라고 한다면 오경희의 「흔들리는 미학」은 전형적인 서정수필이다. 이 작품은 페미니즘의 시각으로 남성중심주의 통념을 부수어 버린다. 남성중심주의적인 봉건적 예교와 관습에 의한다면 여성은 흔들려서는 아니 되는 존재이다. 열녀 춘향이 충신은 불사이군이요, 열녀는 불사이부라고 노래했듯이 흔들림이 없는 충성과 사랑은 자고로 절찬을 받아 왔다. 하지만 만고의 열녀 춘향에게 부족한 것은 피와 살이다. 하기에 오경희는 종(鍾)은 흔들려야 종노릇을 할 수 있고, 갈대는 흔들리면서 강물에 허리를 적시며, 청초함을 자랑하는 사리꽃은 아름답다고 했다. 이게 바로 거꾸로 보기 시학(詩學)이요, 남성중심의 사고 패턴을 전복시킨 페미니즘의 시각이다. 뿐만 아니라 "똑바로 산다는 게 흔들리는 것이고 부드럽게 휘어서 꺾이지 않는 것이 스러지지 않고 다시 처음으로 돌아오는 똑바름이 아닐까……. 단단하지 말고 억세지 말고 잘 흔들리며 꽃처럼 살았으면 좋겠네요."라고 했듯이 이 작품은 변증법적인 철리와 작자의 소망까지 깜찍하게 풀어내고 있어 더욱더 감칠맛이 난다.

∷ 맺는말

2006년 우리 문학을 디아스포라의 삶과 문학의 형식미에 대한 탐구라는 측면에서 다루어 보았다.

우리는 중국 주류사회와 조선반도 사이에 살고 있는 디아스포라적인 존재이다. 이제는 폐쇄된 지역에 갇혀 있다는 그러한 고독감, 상실감, 좌절감을 떨쳐 버리고 두 개 이상의 문화를 아우를 수 있는 빛나는 변두리에 살고 있다는 자각을 가져야 할 것이다. 석화나 박옥남의 경우처럼 자기의 민족적, 지역적 우세를 변증법적으로 살려 우리 문화의 토착성, 다른 문화형태와의 갈등과 공존의 실존적 상황을 형상적으로 다룰 때 비로소 우리 문학의 독특한 가치를 창조할 수 있을 것이다.

그리고 그 어떤 첨단적인 주제라 하더라도 문학성을 떠나서는 그 존재가치를 논할 수 없는 법이니 작가들 모두가 자신의 언어를 갈고닦아 새로운 비유와 상징, 아이러니와 패러독스를 개발하고 새로운 문학적 장치와 기법을 구사할 때만이 우리 문학인 개개인을 살리고 우리 문학 전체를 살찌울 수 있으리라 생각한다.

편폭의 제한을 받는데다가 이 글의 통일성을 기하기 위해 아동문학 분야를 다루지 못한 것을 미안하게 생각한다.

－2007년 4월 10일

민초의 고뇌와 울분, 그리고 그 끈질긴 생명력 ....

–『2007중국 조선족문학우수작품집』을 읽고

요즘 나라 사정을 보면 해마다 10% 이상의 고속성장을 기록하고 있고 신문, 잡지들에서 억대부자들의 얼굴을 심심치 않게 볼 수 있지만 권리 없고 돈 없는 민초들은 집장만을 하랴, 자식의 학비를 대랴 그야말로 가랑이가 찢어질 지경이다. 이제는 우리나라가 안고 있는 기본 문제가 빈부의 격차요, 지역격차다. 게다가 권력층의 부정과 부패가 극에 달해 민초의 원성이 하늘을 찌르고 있다.

그래서 '검은 고양이든 흰 고양이든 쥐만 잡으면 좋은 고양이다.', '일부분 사람들이 먼저 부유해져야 한다.'는 논리도 한물 가게 되었다. 단순 투자에 의한 고속성장을 억제하고 이윤의 많은 부분을 서민의 수입 향상에 할애함으로써 내수시장을 확대해야 온당하고 지속적인 성장을 담보할 수 있다는 논리가 대두하고 있고 사회분배의 공평성을 기해 빈부격차와 지역격차를 줄여야 조화로운 사회를 구축할 수 있다는 논리도 지도층이나 서민 모두의 공감을 얻고 있다.

다른 민족의 경우를 보아도 고향을 떠나 산지사방으로 흩어져 날품을 팔아 살고 있는 수억 민공(民工)들의 존재가 큰 문제로 되고 있지만, 우리 조선족 형제자매들의 경우는 더욱 처참하다. 농촌에 처녀의 씨가 말라서 총각들이 장가를 들 수 없거니와 설사 가족을 이룬 사람들이라 하더라도 한쪽이 한국이나 러시아로 날품을 팔러 가 있는 바람에 7, 8년씩 별거생활을 하기 일쑤다. 이들의 고뇌와 한, 외로움과 울분을 누가 달래 줄 수 있으랴?

혹자는 문학은 정치와는 관련이 없고 문학자는 사회문제라는 무거운 십자가를 짊어질 하등의 이유도 없다고 말한다. 애오라지 순수한 자아를 표현하면 그만이란다. 이건 가랑잎으로 눈 가리고 아옹 하는 수작이다. 자고로 참된 문학자는 민초의 고뇌와 울분을 외면하지 않았으며 훌륭한 문학은 모두 민초를 대변해 원성을 터뜨렸다.

다행스러운 것은 2007년 우리 조선족문학은 다양한 소재와 주제를 다루었으되 전환기 빈부격차와 지역격차에 초점을 맞추고 민초의 고뇌와 울분을 대변하고 그들의 끈질긴 생명력을 노래함으로써 수많은 독지들의 공감대를 획득하고 있다는 점이다.

아래에 시, 수필, 소설 순으로 보기로 하자.

::서정시의 경우, 민초의 애환과 작은 생명에 대한 찬가

지난 1년간 현대시와 '토템시'에 대한 쟁론이 일고 있는 가운데, 김동진, 김학송, 리범수, 전춘매 등 시인들이 빼어난 모습을 보였다. 이들 시인들이 관심하는 바는 민초의 애환과 그 영원한 생명력이다.

김학송의 서정시 「겨울의 또 다른 풍경」은 눈 내리는 시골을 배경으로 온돌방에 앉아 행여나 셈평이 펴일까 꿈꾸는 농부의 애달픈 모습을 스케치한다. 하지만 지긋지긋한 가난과 눈덩이 굴러 가듯 커만 가는 빚더미를 떨쳐 버릴 수는 없다. 그래서 '농부의 겨울은 참/저 흩날리는 눈발처럼 길기도 하다'고 하소연한다. 비료 값은 천정부지로 솟고 쌀값은 오를 줄 모르는 현실, 농사지을수록 빚만 걸머지게 되는 농촌의 실상을 의인화와 해학적인 필치로 이미지화했다. 연변의 첫 문인등산대를 만들어 가지고 10여 년간 천산만야를 누비고 다니면서 시골 농부들의 삶을 가까이에서 지켜본 결실이라고 하겠다.

김학송과 똑같이 '풍경'을 다루었으되 심예란은 도시의 쓰레기통을 뒤지고 있는 늙은 거지에게 눈길을 돌린다. 그는 「쓰레기장 풍경」이라는 시에서 '크리스마스 선물이나 받은 것처럼/쓰레기봉지들을 하나하나 풀어 보'는 늙은이, '날이 어두워지면 빈 병 속으로/꽃씨처럼 자잘한 별이 흘러'들고 '몸뚱이도 병속으로 가물가물 들어'가는데 '별등이 켜진 병속에서/몸뚱이(거지늙은이-필자 주)는 시를 쓴다'고 했다. 이 얼마나 아이러니한 몽환의 세계인가. 여기서 우리는 분명 도시의 어두운 구석을 보게 되며 불우한 소외층의 모습을 보게 된다. 우리 사회의 어둡고 침침한 구석을 오히려 환몽적인 필치로 그림으로써 현실고발의 효과를 극대화하고 있다.

리범수는 연변대학교 조문학부의 30대 미혼의 미남 강사인데 그의 시 또한 해학과 유머가 넘쳐 읽는 이들을 즐겁게 한다. 그는 쉽사리 시를 내놓지 않지만 일단 내놓으면 마치 시치미를 떼고 있던 마술사가 슬쩍 재주를 부리듯이 엉뚱한 시를 내놓는다. 대학원생 시절 「형씨 K의 자취방 소묘」(2001)로 시단의 이목을 끌더니 지난해 연변문학에 「잔돈은 지갑을 만나면 늘 계면쩍어한다」는 시를 발표해 또 한 번 독자들의 주목을 끌었다.

시는 약(藥)이 아니니 재미가 있어야 읽힌다. 재미가 있는가, 없는가 한번 같이 읽어 보자.

오십전이라는 체면과 일원이라는 체통으로
함께 인민페의 거룩한 계보임에도
송구스러움과 까닭 모를 불안감에
잔뜩 구겨진 얼굴을 더욱 쪼그리는

잔돈은 지지리 슬픈 족속이다
지갑을 만나면 계면쩍은 무리들이다.

시인은 계속 잔돈과 지갑의 관계에 초점을 맞추면서 잔돈의 처지와 생리를 풀어간다. 두부 한 모나 소금 한 봉지, 풋배추 한 단 사고 나면 한동네 친구처럼 만나는 잔돈은 GDP라는 난해한 외래문자와 행복지수라는 어물쩍한 신조어와는 사돈도, 팔촌도 되지 않고 아파트, 자가용과는 촌수도 없다고 했다. 또한 잔돈은 '혈색 좋고 체격 좋은 백 원짜리의/빳빳한 얼굴을 쳐다보기 민망스럽고/둘이 합치면 더 위엄스런 하나가 되는/오십 원짜리의 오만한 눈길도 서러워' 지갑을 만나면 늘 계면쩍어진다고 했다. 이 시는 능청을 떨면서도 완벽한 기승전결의 시적 구조를 갖고 나중에 다음과 같이 노래한다.

지갑 속에 있고 싶어도 나돌기를 잘 하지만
언젠가는 오구작작 함께 모여서
점잖은 십 원짜리라도 되어 보고 싶은
때 묻고 보풀 인 거친 꿈을 안고 산다.

이 시의 매력은 심통하게 제유(提喩)를 구사한 데 있다. 제유는 사물의 한 부분으로 전체를 또는 하나의 낱말로 그와 관련되는 모든 것을 나타내는 비유법의 일종이다. 그러니까 '잔돈'은 가진 게 별반 없는 서민층을, '백 원짜리'나 '지갑'은 가진 자를 뜻한다. 그런즉 이 시는 가진 자에 대한 빼앗긴 자의 열등감과 비난의 목소리를 완곡적으로 대변함으로써 빈부격차의 부조리한 사회의 정곡을 찌른 작품이라 할 수 있다. 민초를 위한 문학적인 항변(抗辯), 이는 대학교 교단에서 당대중국문학사를 강의하는 시인 리범수 씨의 몫인지도 모른다. 우리는 그에게 서민문학에 대한 더욱 깊이 있는 탐구를 요청할 수 있겠다.

김학송은 '흥부 박씨 물고 오는' 농부의 꿈을, 심예란은 버려진 병 속에 들어가 시를 쓰는 거지 늙은이의 꿈을, 리범수는 서민층의 '때 묻고 보풀 인 꿈'을 노래하고 있다면 김동진은 '말하는 이끼', 즉 초민백성의 꿈과 생명력 노래하고 있다. 그는 「말하는 이끼」라는 시에서 더는 작아질 수 없는 눈과 귀와 가슴으로 흘러가는 구름을 보고 바람소리, 새소리 듣고 있는 천년 바위, 나무와 더불어 살고 있는 작은 생명체―이끼를 노래한다. 이끼, 그것은 세상이 알아주든지 말든지, 끈질기게 살아가는 민초의 몸짓이요, 생리에 다름 아니다.

민초의 애환과 함께 디아스포라의 삶과 정서를 다룬 작품들도 주목된다. 전춘매의 조시 「성 밖도 성이다」가 그러하다. 전춘매는 연변을 떠나 북경에 살고 있는 여성 시인이니, 일종의 이중적 디아스포라라고 하겠다. 향수는 디아스포라문학의 영원한 주제인데 이를 어떤 방식으로 시화(詩化)하는가가 중요하다. 시인은 호화로운 북경성에 살고 있지만 자기 자신이 설 자리는 없다고 느낀다. 그래서 성 밖에 성을 쌓는다. 성 밖의 성은 하나의 허구요, 공상의 세계다. 이를 구체적으로 이미지화할 때 비로소 시가 성립된다. 시인은 성 밖의 성을 두고 '바라만 보다가/보습날 하나 박고/바라만 보다가/씨 한 번 뿌리고/그렇게 바라만 보다가/하아얀 마음의 기둥에/그리움의 기와를 얹어/소망으로 채워가는/또 하나의 고향집'이라고 했다. 공상 속의 성을 다양한 이미지로 구상화(具象化)시키는 솜씨가 범상치가 않다. 또 시인은 북경 골목의 평범한 냉면집을 찾는데 '이 빠진 냉면 그릇 상처 사이로/추억의 실바람이 싸늘히 불어와/세월 너머 할머니의 냉면 맛을 더듬게 한다.'고 했다. 얼마나 예리한 시적 발상이며 얼마나 자연스러운 연상인가? 섬세하고 완곡적인 여성 글쓰기의 장점도 십분 살렸다고 본다.

∷수필의 경우, 민초의 삶과 죽음에 대한 사색

이 작품집에는 김양금, 양은희, 리영애, 채영춘, 김두필, 조광명, 허무궁 등 수필가들의 얼굴이 두루 보이는데 그들은 작자의 일상을 기록하는 수기(手記)적인 한계를 뛰어넘어 민초의 삶과 죽음을 깊이 있게 사색하고 있다. 특히 김양금과 양은희 두 여류 수필가의 수필이 돋보인다.

김양금은 「늙은 버드나무」라는 수필로 연변일보 2007년 '해란강문학상'을 수상하게 되는데 그는 수상소감에서 다음과 같이 고백한 바 있다.

> 「늙은 버드나무」는 쓰고 싶은 충동을 느껴서부터 7년 만에 펜을 든 글입니다. 짧은 글이 7년의 잉태와 진통을 겪었다면 자신의 무재부터 통탄할 일이지만 자기만의 새로운 것을 발견하지 못하면 펜을 들지 못하니 할 수 없습니다.
> 늙은 가로수 줄기에 가득 붙은 혹이 무엇인지는 계절과 해가 지나서야 알 수 있었습니다. 거듭 잘린 나무에도 새잎은 피어날 수 있었고 거기서 저는 슬픈 우리들의 재탄생의 가능성을 보았습니다. 말없는 나무와의 대화가 이루어졌고 비로소 저는 펜을 들게 되었습니다.

김양금의 「늙은 버드나무」는 자칫하면 평범한 수필로 지나쳐 버릴 수 있는 작품이다. 자고로 '나무'를 다룬 시인묵객이 하도 많기 때문이다. 하지만 작가는 버드나무를 소재로 다루었으되 냇가에 실실이 늘어진 능수버들도 아니요, 공원이나 관광지에 소소리 높게 자란 버드나무도 아닌, 길거리에 초라하게 서 있는 늙은 버드나무에 눈길을 돌린다. 그리고 그 모습을 리얼하게 묘사한다. '터덜터덜한 줄기들에는 작으면 사발만큼, 크면 대야만큼 한 혹들이 험한 바위너설처럼 덕지덕지 붙어 있'는 늙은 버드나무, '허리만 한 아름이지, 키는 잘리고 잘려 기둥뿐인 난쟁이' 늙은 버드나무, '정수리에는 수관도 없'이 가냘픈 새 가지 몇 대만을 겨우 키워 냈기에 '초라한 노구(老軀)에 찢어진 양산을 쓴 것 같이 위태로워 보인다.'고 했다. 여기서 '늙은 버드나무'라는 메타포는 무엇을 의미하는가? 현대문명에 의해 소외되는 우리의 전통적인 모습일 수 있으며 획일주의와 편의주의적인 발상에 의해 비틀리고 찢기고 재단되는 인간의 생명이요, 자연의 모습일 수도 있다. 늙은 버드나무라는 메타포를 적절하게 구사하고 버드나무라는 관습적 상징을 개인적 상징으로 전환시킨 데 이 작품의 성공비결이 있다고 하겠다.

김양금의 수필 「늙은 버드나무」가 길가에 버려진 늙은 버드나무에서 일어난 생각을 깊이 있게 다루고 있다면, 양은희의 수필 「일월의 빛」과 「한 송이 무덤으로 언덕에 피어」(연변문학 2007년 1월 호)는 인간의 삶과 죽음을 두고 깊은 사색을 한다.

먼저 수필 「일월의 빛」을 보기로 하자. 작자는 세모(歲暮)에 역서를 펼쳐놓고 뜻 깊은 날마다에 동그라미를 그린다. 그녀에게는 하루하루가 사랑스럽고 귀중하단다. 하지만 이러한 유한부인의 일상, 삶의 충실감은 한 이름 없는 쌀가게 주인의 일상에 의해 허무하게 무너진다. 아파트 3층까지 쌀 포대를 메고 올라온 아낙, 빚을 갚고 남들처럼 허리를 펴고 살기 위해 숨을 죽이고, 그러나 이악스럽게 살고 있는 쌀가게 주인 내외, 그들의 알찬 삶에 비하면 한 유한부인의 삶이란 얼마나 사치스럽고 경박한 것인가를 잘 말해 주었다. 역시 야생화같이 끈질긴 민초의 삶과 생명력을 긍정한 깜찍한 작품이라고 생각한다.

수필 「일월의 빛」이 민초의 충실한 삶을 긍정하고 있다면 수필 「한 송이 무덤으로 언덕에 피어」는 인간의 삶과 죽음에 대한 깊은 사색을 보여 준다. 이 작품을 두고 김병민 교수는 다음과 같이 논하고 있다.

살아 있는 자의 창문을 통해 유유히 흐르는 계절을 바라보며 작가는 죽은 자의 무덤에도 창문이 있었으면 하고 생각을 한다. 그 창문을 '삶과 죽음 그리고 그사이에 드리운 안개 같은 부드러움'이라고 쓰고 있다. 이 '안개 같은 부드러움'으로 작가는 사람들이 통상적으로 생각하는 삶과 죽음 사이의 두터운 장벽을 허물고 삶과 죽음으로 갈린 사랑하는 사람들 사이의 다하지 못한 그리움과 인연을 애석해하고 살아서 이루지 못한 꿈에 대한 죽은 자의 애환을 서글퍼한다. 여기에 멈추지 않고 작가는 무덤에 낸 '창문'을 통해 '다 헤지 못한 별'을 두고 떠난 '북간도의 사나이' 윤동주 시인과 '두만강을 건너오신 외할머니', 그리고 '내 멋진 아버지' 등 이미 저 세상에 계신 민족의 혼을 불러낸다. 따라서 이 '창문'은 또한 '죽어 버린' 우리의 영혼과 우리의 실존과의 소통을 실현하는 통로로 승화되는 것이다. 그래서 "새벽안개 속을 걸어 다시 해가 뜰 때, 때 묻은 영혼을 하얗게 빨아 널며 아침을 노래하는 자손들의 일상을 지켜볼 수 있도록 창 하나 내어 드리고 싶다."고 말하고 있다.

인간에게 있어 유일하게 절대적인 결과가 있다면 그것은 바로 죽음이다. 그래서 비관적 성향이 보다 강한 실존철학자 하이데거는 인간을 '죽음에 이르는 존재'라고 정의한다. 누구에게나 피해 갈 수 없는 존재이기 때문에 모든 사람들은 죽음에 대한 사색을 하면서 산다. 다만 어떤 사람에게 있어 사색의 결과는 두려움으로 나타나고 어떤 사람에게는 극복과 초월의 의지로 나타난다는 구별이 있을 뿐이다.

작가는 이 수필에서 삶과 죽음의 경계 혹은 관련에 대한 사색을 하고 있다. 삶과 죽음의 문제 자체도 너무나 무거운 문제겠지만 삶과 죽음의 경계 혹은 관련에 대한 문제는 훨씬 더 복잡하고 거대한 문제이다. 물론 작가는 여기에 대한 해답을 찾으려고 하는 것이 아니다. 작가는 다만 자기의 소박한 사색을 '무덤에 단 창문'이라는 표현으로 수필에 담아내고 있을 뿐이다.

아무튼 다소 엉뚱해 보이는 제목의 이 수필은 그 첫 줄을 읽는 순간부터 점점 끝까지 읽어 내려가게 하는 그런 작품이라고 할 수 있다. 그 원인이라면 아마 독자가 작가의 사색을 공유할 수 있기 때문이라고 하겠다. 마음속에는 살아 있지만 이 세상에서는 다시 볼 수 없는 사람들에 대한 그리움, 그리고 다시 볼 수 없다는 사실에 대한 슬픔, 그리고 삶과 죽음의 막연한 거리감에 대한 절감, 이는 사별을 경험해 본 사람이라면 누구나 공감하는 감수이리라. 누구나 사색을 해 보았지만 누구나 다 작가가 아니기에 그것을 수필로 써 내지는 못했고 자신과 사색을 공유할 수 있는 작품을 읽었을 때 진지한 감동과 즐거움을 얻게 되는 것이다. '무덤에 창문을 내겠다'는 발상이 바로 이 수필에서 작가와 독자가 공유할 수 있는 사색이 되는 것이다.

주광잠 선생은 "예술적 가치의 위대함이란 종합적으로 말하면 개인의 마음속의 감상 가능한 완벽한 경지로 함께하는 무수한 사람들의 마음을 적셔 주어 인류로 하여금 시공의 한계를 뛰어넘어 마음과 마음이 공감을 하도록 하는 즐거움을 얻도록 하는 데 있다."고 했다. 이런 의미에서 인간이라면 누구나 한 번쯤은 겪어 보았을 삶과 죽음의 사색을 담은 「한 송이 무덤으로 언덕에 피어」는 작가와 독자가 충분히 공유할 수 있는 수필이라 할 수 있겠다. 또한 작가는 삶과 죽음에 대한 무거운 사색을 유창하고 소박한 언어로 그려 내는 동시에 독자의 사색을 표층에서 심층으로 이끌어 가면서 따뜻한 커피 한 잔을 마시는 것처럼 쓴맛에서부터 깊은 향을 음미하는 사색의 심화 과정을 경험하도록 한다. 이야말로 이 수필이 가진 가장 큰 매력이 아닌가 싶다.

∷소설의 경우, 성의 상품화와 민초의 성적 고뇌

강호원의 단편 「쪽빛」은 한국의 어느 한 외딴 섬에 있는 공장에서 벌어진 중국동포 정호와 한국인 우반장(禹班長)의 갈등과 화해의 과정을 다룬 작품이다. 인간평등주의 사회에서 지내 온 중국동포와 가부장적인 수직논리에 젖은 한국인 사이에는 자연 갈등과 충돌이 생긴다. 중국동포 정호는 육중한 철판들이 부딪치고 쇠를 갈아 내는 소음으로 진동하는 노동현장, 고된 노동과 변덕스러운 기후 때문에 육신은 무너질 것 같은데, 설상가상으로 한국인 우 반장이 시도 때도 없이 퍼붓는 훈계와 욕설을 받아야만 한다. 우 반장은 입만 열면 '씨팔, 씨팔' 하고 열 살이나 손우인 정호에게 거리낌 없이 반말을 쓴다. 하지만 우 반장에게서 '병신'이란 말을 듣는 순간 정호는 천둥같이 노해서 쇠파이프를 들고 길길이 뛴다. 결국 정호는 사장에게 들통이 나서 해고를 당하게 된다. 그제야 우 반장이 공장을 떠나는 정호를 붙잡고 "나는 집에 노모도 없고 툭 털면 먼지라카지만두 형님은 연변에 마누라에 자식들까지 두고 온 게 아닌겨?" 하고 한사코 붙잡는다.

이처럼 이 작품은 적절한 배경을 통해 분위기를 잡고 치열한 갈등과 충돌을 통해 극적 긴장감을 고조시키고 나서 자연스럽게 화해를 이끌어 냈다. 이러한 화해를 가능케 한 것은 물론 두 밑바닥인생의 가슴속에 고여 있는 따뜻한 인간애와 민족적 동질성이다. 이 작품의 제목은 '쪽빛'인데 그것은 바다나 하늘의 색갈인 동시에 핏줄의 색깔이며 격렬한 파란(波蘭)과 충격(衝擊) 뒤에 오는 평온과 순수의 빛이 아닐 수 없다. 이러한 의미에서 이 작품은 치밀하게 계산한 상징을 내적 장치로 깔고 있다고 하겠다.

강호원의 단편 「쪽빛」의 경우와 같이 리얼한 필치, 원숙한 문학적 장치와 기법으로 우리 하층민의 삶을 원색(原色)으로 보여 준 작품들 가운데서 특별히 주목하고자 하는 것은 우리 사회의 성의 타락과 성적 고뇌를 다룬 작품이다.

김춘택의 「한 여자가 끓이는 아이칭마라탕」은 우리 사회에 만연되고 있는 성의 상품화와 도덕적인 타락상을 꼬집고 있다. 여주인공 Love박은 남편을 잃고 혼자서 애를 키우는 불쌍한 여인의 허울을 쓰고 있지만 자기의 사욕을 채우기 위해 동시에 한국인 남자, 일본인 남자를 사귄다. 그야말로 아이칭마라탕[愛情麻辣湯]을 끓인다. 이 소설은 메신저 대화의 형식에 간단없이 현념을 조성해 읽을 재미를 더해 주고 있다.

하지만 아이칭마라탕[愛情麻辣湯]에 비해 '개불'이라는 메타포가 더욱 음미할 맛이 난다. 김금희의 「개불」은 '개불'을 소도구로 설정해 가지고 욕정을 만족시키기 위해 동가식서가숙하는 몰염치한 여인의 형상을 창조함으로써 우리 사회의 정조관념의 붕괴를 보여 주고 있다. '개불'은 바다에 사는 개불과의 환형동물(環形動物)인데 몸길이는 10－30센티미터이고 주둥이는 원뿔꼴이며 황갈색을 띤다. 바다 밑의 모래 속에 'U' 모양의 구멍을 파고 산다.

이 작품에서는 '개불'을 두고 "사람의 피부 같은 색깔에다 원통형의 몸통마저 차라리 남자의 그것과 너무 닮아 있었는데 게다가 그것을 만지면 꿈틀하니 수축이 되면서 제법 탄탄해진다."고 했다. 통설에 의하면 '개불'은 남성의 정기를 돕는다고 한다. 그런데 주인공 '여자'는 '개불'을 천하일미로 생각하고 있고 '개불'을 사 주는 남자이면 마음도 몸도 다 허락한다.

"개불 굶은 지 벌써 다섯 달이 넘어간다."고 했는데 이는 이 '여자'가 얼마나 남성을 밝히고 있는가를 말해 준다. 실은 남편과 좀 모순이 생겼고 그 남편이 두어 달 집을 비운 사이에 욕정을 참지 못해 '개불'을 사 준 다른 남성과 통정을 했을 뿐이었다. 남편이 돌아오자 이 '여성'은 원상으로 돌아와 얌전한 아낙으로 둔갑하고 그녀의 가정에도 평화와 행복이 깃든다. 이처럼 이 소설은 '개불'이라는 소도구를 이용해 우리 사회의 편의주의(便宜主義)적인 세태와 성의 문란상을 풍자한 소설이라 하겠다.

우리 사회의 성적 문란상과 성의 상품화를 다룬 「개불」, 「한 여자가 끓이는 아이칭마라탕」에 비해 우리 사회의 성(性)과 애(愛)의 괴리, 허구한 세월 성적 욕구를 만족시킬 수 없는 수많은 기혼 남녀들의 고통과 절규를 형상화한 리휘의 「울부짖는 성」은 우리에게 더욱 커나란 충격으로 다가온다.

「울부짖는 성」은 아내를 한국에 보낸 두 남성의 비극을 다루고 있다.

주인공은 원명은 나오지 않고 '물알'이라는 별명으로 통한다. '물알'이란 덜 여물어서 물기가 있고 말랑말랑한 곡식의 알을 지칭하지만 세속에서는 허우대는 크나 힘이 없는 남성을 말한다. 이 작품의 주인공 '물알' 역시 학교 배구대에서 쫓겨날 정도로 킷값을 못 하는 사람이지만 자식사랑은 지극해 모범 학부모로 통한다. 그는 아내가 한국에 간 지 6년이나 되지만 지극정성을 다해서 아들 민호의 공부 뒷바라지를 한다. 그래서 민호는 학급에서 제일 공부를 잘한다. 뿐만 아니라 아내가 힘들게 벌어서 부쳐 온 돈을 한 푼도 헛되게 쓰지 않는다. 후에 아내가 돈을 부쳐 보내지 않아도 군말이 없이 지낸다. 그는 담임선생의 칭찬도, 친구의 부러움도 관계치 않고 묵묵히 애비 노릇만 할뿐이다. 하지만 지칠 대로 지친 '물알'은 학부모회의에 와서도 끄덕끄덕 졸기만 한다. 어느 날 그는 아닌 밤중에 친구 산호(별명은 개미)를 불러 가지고 맥주 여섯 병을 마시고 나서 혀 고부라진 소리로 묻는다.

> "야, '개미'야, 너 어데 여자 없니?"
> '물알'이 여자를 찾는 소리는 처음이었다. '개미'는 일변 놀라고 일변 우스워서 히죽거렸다.
> "야, 무랄아, 너도 여자를 찾을 때 있니?"
> "임마, 나도 남자다. 나도 좆대가 있다. 아직은 무, 무랄이 아니다."
> "이 새끼, 그럼 너네 앙깐한테 미안한 생각이 안 드니?"
> "야 임마, 넌 앙깐이 금방 갔재? 난 6년이다."
> "그럼 그만 벌면 됐잖니? 돌아오라고 해라."
> "안 온다. 온다, 온다 하면서 6년이다. 미치겠다."
> "네가 아이를 잘 키웠으니 너네 앙깐이 꼭 돌아와서 너한테 사랑을 푸짐히 줄 거다. 여태껏 잘 참아 왔잖아. 좀만 더 참아라."
> '개미'는 '물알'을 위로해 주었다.
> "개코같다. 인생이 얼만데? 돈이 뭐야? 부부라는 게 오랫동안 갈라져 있고도 부부라고 할 수 있니? 난 정말 여자 생각나 죽겠다."

"여자 생각 나 죽겠다."—이 어찌 '물알'만의 부르짖음이라고 하겠는가? 이 소설에 나오는 담임선생님의 말대로 56명 학생 중 어머니나 아버지가 출국한 학생이 46명이니 82%를 웃돌고 있다. 80%의 부부가 장기간 별거하고 있다는 사실은 우리 사회의 인권 부재를 증명하고도 남음이 있다. 연암 박지원 소설에 나오는 열녀 함양 박씨도 치솟는 욕정을 참을 길 없어 밤마다 동전을 매만져 그것이 다 닳아빠졌다고 한다. 성적 욕망은 인간의 무의식 중 가장 원초적인 욕망이며 성적 욕구불만은 사회의 불안정을 의미하기 때문이다. 이러한 의미에서 리휘의 소설 「울부짖는 성」은 민초의 고뇌를 성적 욕망의 억눌림과 그 위기라는 차원에서 다룬 수작이라고 생각한다.

::맺는말

2007년 우리 문학을 민초들의 삶과 애환 및 그 생명력을 다룬 작품들을 중심으로 살펴보았다. 이러한 소재와 주제는 전환기 우리 문학에서 지속적으로 다루어야 할 것이다. 왜냐하면 문학은 본질적으로 배부른 자를 위해 존재하는 게 아니라 배고픈 자를 위해 존재하며 약한 자를 달래고 약한 자를 위해 항변함으로써 궁극적으로 인간의 소외(疏外)를 극복하기 위해 존재하기 때문이다.

– 2008년 7월 30일, 연길에서

2007연변문학 윤동주문학상 심사평 ....

2007년 연변문학 윤동주문학상 심사는 조성일, 리상각, 김병민, 류홍식, 김호웅이 맡았고 반복적인 논의와 합의를 거쳐 시 부분 본상에 김동진, 신인상에 리범수, 수필 부분 본상에 양은희, 신인상에 방원, 소설 부분 본상에 리휘, 신인상에 김금희, 평론 부분 본상에 장춘식을 뽑았다. 평론 부분 신인상은 마땅한 작품이 없어 공석으로 남겼다.

요즘 나라 사정을 보면 해마다 10% 이상의 고속성장을 기록하고 있고 신문, 잡지들에서 억대부자들의 얼굴을 심심치 않게 볼 수 있지만 권리 없고 돈 없는 민초들은 집장만을 하랴, 자식의 학비를 대랴 그야말로 가랑이가 찢어질 지경이다. 이제는 우리나라가 안고 있는 기본 문제가 빈부의 격차요, 지역격차다. 게다가 권력층의 부정과 부패가 극에 달해 민초의 원성이 하늘을 찌르고 있다.

그래서 '검은 고양이든 흰 고양이든 쥐만 잡으면 좋은 고양이다.', '일부분 사람들이 먼저 부유해져야 한다.'는 논리도 한물 가게 되었다. 단순 투자에 의한 고속성장을 억세하고 이윤의 많은 부분을 시민의 수입 향상과 사회복지에 할애함으로써 내수시장을 확대해야 온당하고 지속적인 성장을 담보할 수 있다는 논리가 대두하고 있고 사회분배의 공평성을 기해 빈부격차와 지역격차를 줄여야 조화로운 사회를 구축할 수 있다는 논리도 지도층이나 서민 모두의 공감을 얻고 있다.

다른 민족의 경우를 보아도 고향을 떠나 산지사방으로 흩어져 날품을 팔아 살고 있는 수억 민공(民工)들의 존재가 큰 문제로 되고 있지만, 우리 조선족 형제자매들의 경우는 더욱 처참하다. 농촌에 처녀의 씨가 말라서 총각들이 장가를 들 수 없거니와 설사 가족을 이룬 사람들이라 하더라도 한쪽이 한국이나 러시아로 날품을 팔러 가 있는 바람에 7, 8년씩 별거생활을 하기 일쑤다. 이들의 고뇌와 한, 외로움과 울분을 누가 달래 줄 수 있으랴?

다행스러운 것은, 2007년 연변문학 윤동주문학상 수상작들은 다양한 소재와 주제를 다루었으되 전환기 빈부격차와 지역격차에 초점을 맞추고 민초의 고뇌와 울분을 대변하고 그들의 끈질긴 생명력을 노래함으로써 많은 독자들의 공감대를 획득하고 있다.

아래에 시, 수필, 소설, 평론 순으로 보기로 하자.

리범수는 연변대학교 조문학부의 30대 미혼의 유머러스한 미남 강사인데 그의 시 또한 해학과 유머가 넘쳐 읽는 이들을 즐겁게 한다. 그는 쉽사리 시를 내놓지 않지만 일단 시를 내놓으면 마치 시치미를 떼고 있던 마술사가 슬쩍 재주를 부리듯이 엉뚱한 시를 내놓는다. 대학원생 시절 「형씨 K의 자취방 소묘」(2001)로 시단의 이목을 끌더니 지난해 연변문학에 「잔돈은 지갑을 만나면 늘 계면쩍어한다」를 발표해 또 한 번 독자들의 주목을 끌었다.

이 시에서 시인은 잔돈과 지갑의 관계에 초점을 맞추면서 잔돈의 처지와 생리를 재미있게 풀어 간다. 두부 한 모나 소금 한 봉지, 풋배추 한 단 사고 나면 한동네 친구처럼 만나는 잔돈은 GDP라는 난해한 외래문자와 행복지수라는 어물쩍한 신조어와는 사돈도, 팔촌도 되지 않고 아파트, 자가용과는 촌수도 없다고 했다. 또한 잔돈은 '혈색 좋고 체격 좋은 백 원짜리의/빳빳한 얼굴을 쳐다보기 민망스럽고/둘이 합치면 더 위엄스런 하나가 되는/오십 원짜리의 오만한 눈길도 서러워' 지갑을 만나면 늘 계면쩍어진다고 했다. 이 시는 능청을 떨면서도 완벽한 기승전결의 시적 구조를 갖고 나중에 다음과 같이 노래한다.

> 지갑 속에 있고 싶어도 나돌기를 잘 하지만
> 언젠가는 오구작작 함께 모여서
> 점잖은 십 원짜리라도 되어 보고 싶은
> 때 묻고 보풀 인 거친 꿈을 안고 산다.

이 시의 매력은 심통하게 제유(提喩)를 구사한 데 있다. 제유는 사물의 한 부분으로 전체를 또는 하나의 낱말로 그와 관련되는 모든 것을 나타내는 비유법의 일종이다. 그러니까 '잔돈'은 가진 게 별반 없는 서민층을, '백 원짜리'나 '지갑'은 가진 자를 뜻한다. 그런즉 이 시는 가진 자에 대한 빼앗긴 자의 열등감과 비난의 목소리를 완곡적으로 대변함으로써 빈부격차의 부조리한 사회의 정곡을 찌른 작품이라 할 수 있다.

리범수가 서민층의 '때 묻고 보풀 인 꿈'을 노래하고 있다면 김동진은 '말하는 이끼', 즉 초민백성의 꿈과 생명력을 노래하고 있다. 그는 「말하는 이끼」라는 시에서 더는 작아질 수 없는 눈과 귀와 가슴으로 흘러가는 구름을 보고 바람소리, 새소리 듣고 있는 천년 바위, 나무와 더불어 살고 있는 작은 생명체―이끼를 노래한다.

이끼, 그것은 세상이 알아주든지 말든지, 끈질기게 살아가는 민초의 몸짓이요, 생리에 다름 아니다. 이처럼 시인은 가장 작은 생물체의 입을 빌려 위대한 우주의 법칙을 말해 주고 있다.

방원의 수필 「할미꽃」은 할미꽃이라는 잘 알려진 메타포를 구사하고 있되 절제된 정감과 정확한 언어표현으로 늙으신 어머니로 은유된 할미꽃의 모습을 잘 그리고 있고, 양은희의 수필은 작자의 일상을 기록하는 수기(手記)적인 한계를 뛰어넘어 민초의 삶과 죽음을 깊이 있게 사색하고 있다. 수필 「일월의 빛」에서 작자는 세모(歲暮)에 역서를 펼쳐 놓고 뜻 깊은 날마다에 동그라미를 그린다. 그녀에게는 하루하루가 사랑스럽고 귀중하단다. 하지만 이러한 유한부인의 일상은 한 이름 없는 쌀가게 주인 내외의 드바쁜 일상에 의해 허무하게 무너진다. 아파트 3층까지 쌀 포대를 메고 올라온 젊은 아낙, 빚을 갚고 남들처럼 허리를 펴고 살기 위해 숨을 죽이고, 그러나 이악스럽게 살고 있는 쌀가게 주인 내외, 그들의 알찬 삶에 비하면 한 유한부인의 삶이란 얼마나 사치스럽고 경박한 것인가를 잘 말해 주었다. 역시 대조적인 수법으로 야생화 같이 끈질긴 민초의 삶과 생명력을 긍정한 수작이라고 생각한다.

김금희의 단편 「개불」은 '개불'을 소도구로 설정해 가지고 욕정을 만족시키기 위해 동가식서가숙하는 몰염치한 여인의 형상을 창조함으로써 우리 사회의 정조관념의 붕괴와 도덕적 타락상을 보여 주고 있다. '개불'은 바다에 사는 개불과의 환형동물(環形動物)인데 몸길이는 10－30센티미터이고 주둥이는 원뿔꼴이며 황갈색을 띤다. 바다 밑의 모래 속에 'U' 모양의 구멍을 파고 산다. 이 작품에서는 '개불'을 두고 "사람의 피부 같은 색깔에다 원통형의 몸통마저 차라리 남자의 그것과 너무 닮아 있는데 게다가 그것을 만지면 꿈틀하니 수축이 되면서 제법 탄탄해진다."고 했다. 통설에 의하면 '개불'은 남성의 정기를 돕는다고 한다. 그런데 주인공 '여자'는 '개불'을 천하일미로 생각하고 있고 '개불'을 사 주는 남자이면 마음도 몸도 다 허락한다.

"개불 굶은 지 벌써 다섯 달이 넘어간다."고 했는데 이는 이 '여자'가 얼마나 남성을 밝히고 있는가를 말해 준다. 실은 남편과 좀 모순이 생겼고 그 남편이 두어 달 집을 비운 사이에 욕정을 참지 못해 '개불'을 사 준 다른 남성과 통정을 했을 뿐이었다. 남편이 돌아오자 이 '여성'은 원상으로 돌아와 얌전한 아낙으로 둔갑하고 그녀의 가정에도 평화와 행복이 깃든다. 이처럼 이 소설은 '개불'이라는 소도구를 이용해 우리 사회의 편의주의(便宜主義)적인 발상과 성의 문란상을 풍자하고 있다.

우리 사회의 성적 타락상을 다룬 「개불」에 비해 우리 사회의 성(性)과 애(愛)의 괴리, 허구한 세월 성적 욕구를 만족시킬 수 없는 수많은 기혼 남녀들의 고통과 절규를 형상화한 리휘의 소설 「울부짖는 성」은 우리에게 더욱 커다란 충격으로 다가온다.

이 작품은 아내를 한국에 보낸 두 남성의 비극을 다루고 있다. 주인공은 원명은 나오지 않고 '물알'이라는 별명으로 통한다. '물알'이란 덜 여물어서 물기가 있고 말랑말랑한 곡식의 알을 지칭하지만 세속에서는 허우대는 크나 힘이 없는 남성을 말한다. 이 작품의 주인공 '물알' 역시 학교 배구대에서 쫓겨날 정도로 킷값을 못하는 사람이지만 자식사랑은 지극해 모범 학부모로 통한다. 그는 아내가 한국에 간 지 6년이나 되지만 지극정성을 다해서 아들 민호의 공부 뒷바라지를 한다. 그래서 민호는 학급에서 제일 공부를 잘한다.

뿐만 아니라 '물알'은 아내가 힘들게 벌어서 부쳐 온 돈을 한 푼도 헛되게 쓰지 않는다. 후에 아내가 돈을 부쳐 보내지 않아도 군말이 없이 지낸다. 그는 담임선생의 칭찬도, 친구의 부러움도 관계치 않고 묵묵히 애비 노릇만 할 뿐이다. 하지만 지칠 대로 지친 '물알'은 학부모회의에 와서도 끄덕끄덕 졸기만 한다.

어느 날 그는 아닌 밤중에 친구 산호(별명은 개미)를 불러 가지고 맥주 여섯 병을 마시고 나서 혀 고부라진 소리로 '여자 생각나 죽겠다.'고 호소한다. '여자 생각 나 죽겠다.'—이 어찌 '물알'만의 부르짖음이라고 하겠는가? 이 소설에 나오는 담임선생님의 말대로 56명 학생 중 어머니나 아버지가 출국한 학생이 46명이니 82%를 웃돌고 있다. 80%의 부부가 장기간 별거하고 있다는 사실은 우리 사회의 인권 부재를 증명하고도 남음이 있다. 연암 박지원 소설에 나오는 열녀 함양 박씨도 치솟는 욕정을 참을 길 없어 밤바다 동전을 매만지고 굴려 그 모서리가 다 닳아 빠졌다고 한다. 성적 욕망은 인간의 무의식 중 가장 원초적인 욕망이며 성적 욕구불만은 사회의 불안정을 의미하기 때문이다. 이러한 의미에서 리휘의 소설 「울부짖는 성」은 민초의 고뇌를 성적 욕망의 억눌림과 그 위기라는 차원에서 다룬 수작이라고 생각한다.

장춘식은 최근 몇 년간 현장비평의 선두에 서서 활발한 비평활동을 전개한 중견 평론가이다. 그는 평론 「일상과 꿈 사이의 방황」에서 문예 창작심리학과 형식주의비평방법으로 전춘매의 시집을 치밀하게 분석하고 있다. 현대문명에 권태를 느낀 나머지 동(動)적인 세계보다 정(靜)적인 세계, 현재의 시간과 공간보다 과거의 시간과 공간에 연민과 애정을 가지고 있는 전춘매의 시의 특징을 포착함과 아울러 그의 시에 내재한 역설의 미학에 대해 깊이 있게 분석했다. 특히 자기가 총애하는 젊은 시인들의 작품을 무분별하게 추어올리는 진부한 관행을 지양하고 전춘매 시인의 장점과 단점을 균형감 있게 분석함으로써 건전한 현장비평의 한 모범을 보이고 있다.

2007년 연변문학 윤동주문학상 수상작들을 민초들의 삶과 애환 및 그 생명력이라는 시각에서 살펴보았다. 이러한 소재와 주제는 전환기 우리 문학에서 지속적으로 다루어야 할 것이다. 왜냐하면 문학은 본질적으로 배부른 자를 위해 존재하는 게 아니라 배고픈 자를 위해 존재하며 약한 자를 달래고 약한 자를 위해 항변함으로써 궁극적으로 인간의 소외(疏外)를 극복하기 위해 존재하기 때문이다.

– 2008년 8월 12일, 연길에서

혼돈과 미망의 동굴을 벗어나기 위한 몸부림·········

—2006년 '해란강문학상', '제1제당상' 수상작 심사평

지난해 공모는 연변일보 자체가 탈퇴환골을 위한 커다란 진통을 겪었고 게다가 여러 가지 원인으로 말미암아 우리 문단의 중견 시인, 작가들이 적게 참여한 까닭에 이왕에 비해 응모작 수준이 많이 떨어진 느낌을 받았다.

장정일, 우광훈, 리임원, 최국철, 김호웅 등 5명 중견작가들로 구성된 심사위원회는 충분한 논의와 합의를 거쳐 종심에 교부된 10명 작가의 11편 작품 가운데서 량영철의 소설 「비오는 날의 그래픽」, 리선애의 수필 「리별의 연길정거장」, 김경희의 수필 「계절은 소리 없이 다가오나 봅니다」를 '해란강문학상' 수상작으로, 김일량의 서정시 「여름산은 새소리를 따라간다」(외 1수)를 '제1제당상' 수상작으로 뽑게 되었다.

우리 조선족 사회는 여전히 자체의 탄탄한 경제적 기반을 가지지 못한 채 도시화, 산업화의 길목에 서 있으며 이민과 이산(離散)의 아픔을 안고 우왕좌왕하고 있다. 2006년 수상작들은 다양한 인물과 이야기를 통해 조선족 사회의 현실을 리얼하게 보여 주고 있으며 그러한 현실과 상반되는 유토피아를 지향하고 있다.

량영철의 단편소설 「비오는 날의 그래픽」은 비 오는 날의 쓸쓸한 분위기와 여로(旅路)의 플롯을 통해 좌절과 허탈감에 빠진 두 남녀 주인공의 하루 동안의 탈주행각을 형상화하고 있다. 경제력이 없는 까닭에 아내의 버림을 받은 남주인공, 그에게는 핸드폰번호와 신분증번호는 있지만 도시호적은 없다. 말하자면 그는 도시에 들어왔지만 소외된 촌사람이다. 수지라는 여주인공 역시 남편을 잃고 지력장애가 있는 애 하나를 키우고 있는 불쌍한 여자다. 그녀는 아이에게 아빠가 되어 줄 만한 남자를 찾고 있는데 이미 골수에 깊은 병이 들어 있다. 남주인공은 결국 그녀를 점유하거나 구제할 힘도, 그녀에게 기생(寄生)할 수는 더욱 없음을 절감하고 그녀 곁을 떠나고 만다. 이러한 남주인공의 심리는 "세상은 늪이라오. 누군가는 그 늪에서 악어로 살고 또 누군가는 악어새로 살겠지. 하지만 나는 악어가 되어서도 아니 되고 악어새가 되어도 아니 되는 것이다."는 심리묘사에서 잘 드러난다. 한마디로 이 소설은 실의와 절망에 빠진 조선족 홀아비의 형상을 통해 조선족 사회의 혼돈(混沌)과 미망(迷妄)의 상황을 잘 보

여 주었다고 하겠다. 하지만 '단군신화', '악어와 악어새'라는 두 개 메타포의 중복으로 말미암은 형상의 난삽함, 언어의 빈약함과 외래어의 남용 등은 큰 흠집으로 된다고 해야 하겠다.

량영철의 소설이 조선족 사회의 위기상황과 그 구성원들의 허탈감과 무기력함을 묘파하고 있다면 리선애의 수필 「리별의 연길정거장」은 우리 민족의 전통적인 민속, 그것에 내재한 아름다운 윤리와 도덕에서 조선족 사회의 병폐를 극복할 수 있는 대안을 찾고 있으며 김경희의 수필 「계절은 소리 없이 다가오나 봅니다」는 삶과 죽음의 미학에 대해 잔잔한 어조로 이야기하고 있다.

수필의 경우, 지면의 제한으로 리선애의 작품만을 보기로 하자. 이 수필의 제목은 한국의 유명한 대중가요 '이별의 부산정거장'을 패러디하고 있다. 하지만 이 수필은 몽타주의 기법을 십분 활용해 서로 모순되는 것 같지만 논리적으로 서로 연계되는 세 개의 장면을 교묘하게 연결시키고 있다. 특히 아래와 같은 장면묘사는 여성 작자 특유의 섬세하고 깔끔한 시선을 느끼게 한다.

> 연길 정거장에서 아버지인 듯한 사람의 팔에 안긴 여자애는
> "엄마, 한 밤 자면 오나?"
> 라고 묻는데 그녀가 차마 3년이란 말을 못 해서 세 손가락을 펼쳐 보인다. 그러니 그 애는
> "세 밤?"
> 하고 초롱초롱한 눈으로 쳐다보는데 그녀는 차마 말을 못 하고 고개만 끄덕인다. 그러자 철모르는 애는
> "야 좋다. 엄마, 나 세 밤 안 자고 기다릴 거야."
> 라고 하는데 옆에서 그 장면을 보는 나의 가슴마저 옥죄어 든다.
> 뿡! 열차가 떠나는 기적소리가 울렸다.

그야말로 화룡점정(畵龍點睛)이라 할까, 수천 명의 인파가 북새통을 이루고 이별의 눈물바다를 이룬 연길 정거장을 구구히 설명하기보다 열 배나 더 감동을 주는 장면묘사이다.

아무튼 이 작품은 작자가 연길 청년호를 지날 때 본 다정한 연인들과 원앙새 한 쌍, 어느 전통혼례식 때 본 전안례(奠雁禮)의 장면을 그리면서 그러한 풍속에 담긴 우리 민족의 아름다운 윤리와 도덕성을 찬미하고 동경한다. 하지만 현실은 엄청 다르다. 원앙의 사랑을 꿈꾸어 왔던 수많은 가정이 풍비박산이 났고 기러기사랑을 맹서했

던 수많은 부부들이 외기러기 신세로 되어 버렸다.

여기서 작자는 부부간에 서로 천만리 떨어져 있어도 '늘 간절하고 애절하게 그리고 서로에게 무심해지지 않도록 다가서는 자세가 중요'하며 부부간의 사랑은 각자가 자기의 책임과 의무를 다할 때만이 지속될 수 있다고 말한다. 왜냐하면 부부간의 사랑은 아름다운 꽃나무와 같이 알뜰살뜰 물을 주고 가꾸지 않으면 시들어 버리기 때문이란다. 여성 작자의 섬세한 눈길과 청순한 감정이 생동하는 형상으로 녹아 있는 깜찍한 수필이라고 생각한다.

김일량은 13년째 이어지고 있는 '해란강문학상'과 '제1제당상' 공모에 지속적인 관심을 가지고 적극 참여해 온 시인이다. 지난해 '해란강문학상'을 받은 바 있지만 시인의 치열한 작가정신과 금번 응모작품이 지닌 문학성을 높이 사서 심사위원 모두가 '제1제당상'으로 선정하기에 주저하지 않았다. 시인은 안도현 시골에 묻혀 사는 농민 시인이다. 그는 마음을 비우고 청빈낙도(淸貧樂道)의 자세로 고향의 청산녹수(靑山綠水)와 벗하며 살고 있다. 하기에 청산의 새소리 같은 청아한 시편들을 지을 수 있었으리라 생각한다.

파운드(1885～1972)는 "방대한 저작을 남기기보다 일생에 단 한 번이라도 훌륭한 이미지를 만드는 게 낫다."고 말한 바 있다. 김일량의 서정시 『여름산은 새소리 따라 간다』는 기승전결의 완벽한 구조를 취하지 못해 뒷부분이 좀 처진 느낌을 주기도 하지만 자연에 대한 깊은 관찰력을 보이고 있고 참신한 이미지를 창조하고 있어 주목된다. 이를테면 '여름산에 새소리는/동화같이 화창하다'와 '청 맑은 새소리가/동전잎처럼 반짝인다'와 같은 비유는 그 내적 구조를 보면 '새소리'라는 청각적 이미지를 '동화(童畵)'나 '동전잎'과 같은 시각적 이미지로 전환시킨 기발함을 보이고 있고,

> 새소리 붉은 석양 물고
> 나무숲속에 잠을 감추면
> 익는 수박속같이－
> 달콤한 향기가 모이는 꿈 꾼다

여기서는 새소리를 의인화함과 더불어 '붉은 석양'과 같은 색채적 이미지, 익는 수박과 같은 미각적 이미지, 달콤한 향기와 같은 후각적 이미지를 조화롭게 구사해 그

야말로 선경같이 고요하고 아름다운 이미지를 창조함으로써 시인의 탁월한 언어구사력을 유감없이 보여 주었다. 그리고 우리 시인들은 다작(多作)에 의해서가 아니라 고금중외 그 누구도 구사한적 없는, 단 하나의 새로운 이미지나 새로운 메타포를 창조, 개발할 때만이 시인의 이름에 값할 수 있으리라 생각한다.

수상자들에게 모두에게 축하를 드림과 아울러 명년에는 보다 많은 중견 작가, 시인들이 '해란강문학상', '제1제당상' 응모에 참여해 주실 것을 바라 마지않으면서 이로써 심사평을 마친다.

– 2007년 1월 19일

내일 솟을 태양을 향해 아리랑 열두 고개를 넘는다 ·········

–연변TV신문 성원컵 생활수기 공모 수상작 심사평

연변TV신문편집부의 추천을 받은 10편의 작품을 두고 심사위원 이선희와 김호웅의 최종 심사를 거쳐 아래와 같이 등차를 나누어 수상작을 선정했다. 금상에 김철균의 「순간적인 선택 따라 수십 번 달라진 내 운명」, 은상에 리태학의 「부모구실」과 리경원의 「회답편지」, 허정숙의 「힘겹게 넘어온 삶의 아리랑 고개」, 동상에 장경률의 「이 세상이 필요로 하는 한」, 김태현의 「아들의 선물」, 한인자의 「인생의 영원한 동반자」, 우수상에 리영철의 「마지막 출근의 나날에」, 임춘영의 「나무가 되여」가 당선되었다.

수기(手記)는 말 그대로 자기의 체험을 자신이 적은 글이다. 이번 공모에 참가한 작자들은 혹은 공무원으로, 혹은 평범한 부모로, 혹은 지체장애자나 원양어선의 어로공으로 살면서 자신의 절실한 체험을 자신의 손으로 적음으로써 삶의 희로애락을 독자들과 더불어 공유하고 내일 솟을 태양을 향해 어두운 삶의 아리랑 열두 고개를 넘어가는 우리 민족 생활의 진실한 모습을 보여 주었다.

리태학의 「부모구실」은 여러 가지 어려움을 이겨 내고 두 오누이를 훌륭하게 키워낸 아버지의 체험을 생동하고 진실한 세부로 보여 주고 있다. 아들 동인이는 아기 때 큰 병을 겪었고 그 후유증으로 맘미암아 여덟 살이 되도록 'ㄱ, ㄴ, ㄷ, ㄹ……'도 제대로 발음하지 못했으나 미술적 천부를 가지고 있고 그림 그리기를 즐겼다. 리태학 씨 부부는 아들의 천부를 발견하고 아들에게 스케치할 때 쓰는 해골 대신 소머리 해골을 만들어 주었다. 시장에서 소머리를 사다가 바깥에 큰 솥을 걸어 놓고 무려 장작을 두 수레나 태워서야 해말갛고 음각(陰刻)이 분명한 소머리 해골을 만들 수가 있었단다.

리태학 씨 부부는 자식을 위해서라면 소 갈 데 말 갈 데 가리지 않고 뛰어다니기도 했지만 자식의 배움의 길에 고문 역할도 잘했다. 자식의 고집에 꺾이는 눈먼 사랑을 한 게 아니라 선견지명을 가지고 자식의 진로를 열어 주었다. 따님 금희는 몇 점 차이로 소망했던 중국과학기술대학에 가지 못하고 길림대학에 가게 됐다. 금희는 한 해 더 시험을 보려고 했지만, 리태학 씨 부부는 설사 중국과학기술대학에 가더라고 딸자식의 적성에 맞지 않은 학과에 입학하면 오히려 자식의 전도를 망칠 수 있다고 판단하고 길림대학에 가도록 차근차근 권고한다.

고진감래라고 리태학 씨네 내외간이 자식에게 온갖 정성을 쏟고 올바르게 가르친 덕분에 아들 동인이는 현재 한국 전남대학교 미술학과 석사과정에 있고 따님 금희는 현재 포항공대 정보통신학 박사과정에 있다. 아무튼 이 수기는 가난한 부모의 자식사랑과 그 성공의 이야기를 생동하고 진실하게 엮어서 읽는 이들에게 커다란 감동으로 다가온다.

리경원 씨의 「회답편지」는 실패와 좌절을 딛고 동산 재기한 자신의 체험을 진솔하게 적고 있다. 리경원 씨는 돈을 벌어 잘살아 보겠다는 일념에서 한국과 호주에 노무일꾼으로 가려고 했으나 두 번 다 거액의 자금을 털리고 빈털터리로 나앉게 된다. 리경원은 빚에 쫓기며 어렵게 담배농사를 지었으나 하늘도 무심하게 우박을 퍼부어 농사마저 망치게 되었고 당 조직의 도움으로 양계를 했지만 전염병이 도는 바람에 바야흐로 알을 낳을 닭 5백 마리를 모조리 죽이고 만다. 이제는 소금, 간장을 사 먹을 돈도 없게 되었고 마침내 아내는 글쪽지 한 장 달랑 남겨 놓고 떠나가 버린다. 오기와 패기는 사내의 이름이다. 리경원 씨는 연거푸 들이닥치는 시련과 좌절을 딛고 칠전팔기(七顚八起) 다시 일어선다. 리경원은 아홉 살 먹은 철없는 아들을 키우고 늙은 부모님을 모시면서 돼지를 기르고 소를 치고 남들이 버리고 간 논과 밭을 양도받아 농사를 지었다. 그야말로 13년간 눈이 오나 비가 오나 가리지 않고 하루와 같이 '팽이처럼 돌아치며 일'해서 이자까지 22만 원의 빚을 갚고 농기계에 덩실한 기와집까지 사 놓고 아들을 일본에 유학까지 보냈다. 이 무렵 리경원 씨는 다시 살자는 옛 아내의 편지를 받지만 "가난하면 물러나고 부자가 되니 다가서는 그런 사랑을 나는 하고 싶지 않소." 하고 단칼에 베어 버린다. 이 수기는 남성이 위축되는 우리 조선족 사회에서 얼마나 큰 진동과 감동을 주고 있는가. 인생의 아리랑 고개를 넘자면 실패와 좌절이 무서운 게 아니라 다시 일어설 줄 모르는 게 무서우며, 오직 가족에 대한 사랑과 책임, 사내의 오기와 패기를 가지고 다시 일어서면 언제인가는 찬란한 태양이 떠오르리라는 생활의 철리를 우리 모두에게 알려 주고 있다.

1등상을 받은 김철균 씨의 수기 「순간적 선택 따라 수십 번 달라진 내 운명」은 인생을 살아감에 있어서 올바른 선택이 얼마나 중요한가를 말해 주고 있다. 『성경』에서는 세상에 다시 되돌릴 수 없는 게 세 가지가 있다고 했다. 쏘아 버린 화살, 뱉어 버린 말, 놓쳐 버린 기회가 그것이다. 인간은 매일 매 시각마다 선택의 갈림길에 서 있다. 하기에 사르트르는 신념과 의지를 가진 자는 매일 매 시각마다 자유선택을 통해 바른 삶을 지향하고 자기의 본질을 개선한다고 말한다. 김철균 씨는 신문에 싣는 수기라는 제한된 편폭에 자기 평생의 경력을 다 이야기하려는 욕심을 부리지 않았다. 이 수기는 자유선택의 중요성을 말할 수 있는 두 개의 전형적인 사실만을 이야기한다. 하나는 작자의 순간적인 나태함과 무책임성으로 말미암아 정치적 박해와 생활고로 말미암아 강에 뛰어들어 자결한 어머니를 구하지 못하게 된 이야기이고, 다른 하나는 한국의 원양선박을 타고 대서양에서 어로작업을 하던 중에 대형냉장창고에 갇혀 동사(凍死)될 뻔했다가 구사일생으로 살아난 이야기이다. 작자는 부주의로 대형냉장창고에 갇힌 신세로 되었지만 희망을 포기하지 않고 살기 위해 움직였고 우연히 버저(buzzer, 단속적으로 전류를 보내서 철편을 진동시켜 내는 신호 또는 그 장치)를 발견했으며 그것을 눌렀기 때문에 구조될 수 있었던 것이다. 이렇게 이 수기는 피의 교훈과 경험을 주는 정반대되는 두 개의 이야기를 하고 나서 인생이란 부단히 선택하고 노력하는 과정인데 '선택 없는 노력은 있을 수 없고 반대로 노력 없는 선택 역시 무의미하다.'는 도리를 말해 주고 있다. 소재를 취사선택해 요리하는 재치와 전형적인 장면묘사와 정반대되는 사건의 대조를 통해 의미를 더욱 두드러지게 부각하는 방법, 생활 속에서 인생의 철학을 발견하는 작자의 안목 등은 이 작품의 무게를 더해 준다.

이 외에도 허정숙의 「힘겹게 넘어온 삶의 아리랑 고개」 등 감동적인 작품들이 많으나 편폭의 제한으로 일일이 평가하지 못함을 아쉽게 생각한다.

모두에게 수상을 축하한다.

– 2007년 3월 15일

뿌리 찾기, 그리고 진실의 힘········

–청년생활 '제5회 화신문학상' 심사평

≪청년생활≫ 잡지는 조선족 청년들의 마음의 들창이요, 활무대이며 우리 정신문화의 귀중한 보금자리의 하나이다. 우리 조선족 청년들은 ≪청년생활≫을 통해 세상을 알고 심신(心身)을 달래고 꿈을 키우고 활력을 되찾는다.

무엇보다도 먼저 제5회 화신문학상 심사과정을 통해 청년생활의 문화적 품격이 한결 높아진 사실을 확인할 수 있었고 고백과 참회, 사회비판의식에 의한 진실성이 한결 높아졌음을 확인할 수 있었다. 배영호, 전태균, 이원철, 김호웅, 이혜선, 조일남 등 저명한 편집인들과 작가들이 심사를 맡았는데, 그들은 충분하게 논의를 한 후 투표를 통해 9편의 후보작 중에서 박득룡의 「신비로운 어미지향」을 금상으로, 김원범의 「옛날 덕신은 '뽈개지' 천하였다」와 회령의 「비상세월의 흑색서류」를 각각 은상으로, 전일봉의 「청소년군체: 풀어놓은 들말이 될 때」, 하연의 「아빠가 아침에 밝게 웃으실 때」, 렴복희의 「수수하게 사는 즐거움」을 각각 동상으로 뽑게 되었다.

전체 수상작을 실화와 수필로 나누어 볼 수 있는데, 그중 전자의 경우 청소년들의 실체를 진맥하고 우리의 지역문화를 다룬 실화가 4편이다.

주지하다시피 21세기는 문화의 세기이며 우수한 문화를 가진 민족만이 글로벌화와 무한경쟁의 시대에서 생존하고 발전할 수 있다. 그러므로 우리 작가들은 지역문화에 대한 실증적인 조사를 통해 민족적 정신과 문화적 정취가 물씬 풍기는 우수한 작품을 창작함으로써 청소년들로 하여금 자기의 민족적 정체성을 찾고 자기의 향토와 민족문화에 대한 긍지를 가지게 해야 한다. 이는 우리 민족의 새로운 도전과 비전을 위한 발판으로 된다.

전일봉의 「청소년군체: 풀어놓은 들말이 될 때」를 보면, 작자는 뜨거운 사회적 책임감과 민족적 사명감을 갖고 청소년 군체(群體)에 존재하는 문제점들을 날카롭게 포착, 분석하고 그 극복 대안을 모색하고 있다. 작자는 이 작품에서 청소년들의 자아중심적 사고, 불효와 사치, 물신숭배와 이기주의, 우울증과 무절제한 성행위, 지어는 범죄 현상에 이르기까지 세밀하게 조사, 분석하면서 그 위해성을 지적하고 그 극복책을 제시함으로써 사회에 경종을 울리고 있다. 일례로 가난한 집 아이들의 열등감을 해소시켜 주지 못할 때 그러한 아이들의 마음속에서 싹트고 있는 불신과 적대감은 일종 사회적 악성종양으로 번질 수 있음을 말하고 있는데 이는 참으로 정부나 시민단체의 주의를 촉구하는 날카로운 지적이라 하지 않을 수 없다.

김원범의 「옛날 덕신은 '뽈개지' 천하였다」는 연변 축구운동의 보금자리인 용정시 덕신향의 빛나는 축구역사를 소개하고 있어 읽는 이에게 민족적 긍지와 자부심을 심어 주고 깊은 감동에 젖게 한다. 이 작품은 조선족의 축구운동은 1905년부터 시작되었다고 하면서 그 제1번지가 간도성(연변)이고 그중에서도 가장 활기를 띠고 축구운동을 벌렸던 마을이 바로 용정시 덕신향 장동촌이라는 사실을 증언하고 나서 위만주국, 남북조선, 해방 후의 중국 갑급팀과 국가팀에서 맹활약을 한 덕신 출신의 명장들을 일일이 소개하고 있다. 간도성과 위만주국시대에 '호랑이'와 '명중포'로 소문난 박주환, 박인환 형제, 1950년대에 벌써 중화인민공화국 '국가건장' 칭호를 수여받은 최태환과 최중석, 이들 외에도 최호균, 김병규, 리도근, 유지영, 김문수, 김하복, 김영환, 김호, 손중천, 박장수 등 명장들의 빛나는 일대기는 그야말로 체육운동과 평화를 사랑하는 우리 민족의 자랑스러운 발자취에 다름 아니다. 그러므로 이 작품을 읽는 청년세대들은 민족적 긍지와 자랑을 만끽하게 되며 그것은 또 새로운 신화 창출의 귀중한 에너지로 되고 있다.

박득룡의 「신비로운 어미지향」은 훈춘 경신의 지리와 역사, 물산과 세태를 소상하게 소개하고 있어 관광안내문으로도 손색이 없다. 특히 작자는 경신 출신의 ≪연변일보≫ 훈춘 특파기자로서, 자기의 고향 경신에 대한 해박한 지식에 민족적 정감을 부여해 그야말로 북방의 어미지향 경신을 한 폭의 수채화처럼 그려 읽는 이들의 한없는 동경을 자아내게 한다. 호수가 별처럼 널려 있는 경신, 낚싯대만 드리우면 10~20킬로그램 되는 월척(越尺, 큰 고기)들이 꼬리를 물고 나오고 채를 친 청무와 함께 무친 새빨간 붕어회나 황어회는 둘이 먹다 하나가 죽어도 모른단다. 그리고 푸르른 동해바다를 바라보면서 중, 조, 러 3국 사이에 끼어 있는 경신진 남단의 방천은 '닭울음소리 세 나라에 들리고 개 짖는 소리 세 나라 강을 깨우는 곳'으로서 그야말로 동북아 금삼각지대에 있는 신비의 땅, 관광의 명소가 아닐 수 없다. 어디 그뿐인가. 경신사람들의 인심 또한 순후해 웃어른을 공대하고 아랫사람을 사랑하는 우리 민족의 미풍양속이 그대로 살아 숨 쉬고 있다고 했다.

작자는 경신의 지리와 역사, 물산과 세태를 이야기함과 아울러 경신의 풍부한 초지, 농토, 임업, 어업 자원을 개발하고 경신을 동북아의 무역중심지, 관광명소로 건설할 데 관한 밝은 기획과 전망까지 펼쳐 보이고 있다. 이처럼 이 작품은 갈피갈피에 작가의 뜨거운 향토애와 개방적인 문화산업의식을 구현하고 있어 다른 후보작을 제치고 단연 금상의 영예를 누리게 되었다.

회령의 「비상세월의 흑색서류」는 앞에서 본 세 편의 실화와는 달리 우리 민족사에 있어서의 한 가닥 어두운 과거사를 반성하고 있다. 극좌노선이 살판을 치던 시절, 작자가 살던 농촌지역에서는 억지로 정관수술을 하고 낙태를 시키는 이른바 '계획생육대회전'이 벌어지는데 그야말로 웃지도 울지도 못할 해괴망측한 일들이 벌어진다. 일례로 임신한 지 8개월이나 되는 '8선녀'의 엄마를 '분만촉진', 즉 억지로 낙태시키는 장면은 인류사상 전대미문의 희비극이 아닐 수 없다. 이처럼 이 작품은 특이한 소재를 가지고 역사의 잔혹한 진실을 파헤치고 있되 그 번 운동에 동참했던 작자 자신의 과오를 심각하게 뉘우침으로써 우리 작가의식의 성숙을 보여 주고 생명존중의식, 인권옹호사상을 고양시키고 있다. 그리고 이 작품은 어처구니가 없는 사건과 장면에 적절한 유행어, 속담, 비유를 가미시켜 해학과 유머를 창출함으로써 한결 더 독자들을 매료하고 있다.

다음은 동상으로 뽑은 2편의 수필인데, 먼저 하연의 「아빠가 아침에 밝게 웃으실 때」를 보기로 한다. 이 작품은 시장경제시대 부성(父性)의 곤혹과 참회, 부활을 다루고 있다. 하는 일이 뜻대로 되지 않아 주정뱅이로 타락한 아빠, 지친 몸을 이끌고 집에 돌아오면 가장집물을 부수고 처자식에게 폭력을 행사한다. 그만큼 부성의 권위는 추락된다. 그러던 아빠가 학부모회의에 갔다 오더니 새로운 사람으로 변한다. 말하자면 아내가 불쌍한 줄을 알고 자식이 귀한 줄을 알게 된다. 실은 학부모회의에 갔다가 딸애가 쓴 눈물 어린 작문을 보고 자기를 참회하게 된 것이다. 이 작품은 논픽션과 픽션의 구별이 분명치 않아 좀 꾸며 낸 흔적이 보이지만 우리 사회가 요청하는 부성의 부활이라는 중요한 테마를 전면에 내세우고 재치 있게 다루고 있어 읽는 이들에게 잔잔한 감동을 주기에 족하다. 음양의 조화는 우주의 섭리요, 모성과 부성의 조화 역시 청소년들이 건강하게 자랄 수 있는 필수 여건이기 때문이다. 렴복희는 「수수하게 사는 즐거움」에서 남동생과 '나'의 부동한 삶의 추구와 방식에 대한 대비, 그리고 작자 자신의 솔직한 고백과 의론을 통해 물신숭배, 향락주의 풍조에 말려들지 않고 수수하게 살아가는 삶의 방식, 즉 무소유(無所有)의 미학을 제시한다. 작자는 "내세울 것 하나 없는, 지극히 평범한 나의 삶은 실패일까? 작은 것에 만족하고 행복해하는 사람, 남에게 폐를 끼치지 않고 자기의 삶을 에누리 없이 영위해 가는 사람, 일한 만큼 거두고 그 속에서 오는 즐거움에 감사해하고 행복해하는 사람도 올바르게 살아가는 것이 아닐까?" 하고 물음을 던지는데, 얼핏 생각하면 인생에 실패한 자의 자아위안으로 느껴져 입맛이 개운치 않지만, 곰곰이 생각하면 이러한 삶의 방식 역시 바람직하다고 공감을 하게 된다. 패기와 열정은 청년의 자본이지만 검박함과 절제 역시 아름다운 청춘의 미덕이기 때문이다.

요컨대 제5회 화신문화상 수상작을 통해 한 마당 폭풍이 지나간 뒤 돛대를 추켜세우고 새로운 출항을 준비하는 배를 연상케 되었다. 우리 뿌리에 대한 긍지와 우리 삶의 터전에 대한 애착, 그리고 자기의 허물을 진솔하게 고백하는 그러한 진실성과 성숙의 미, 이제 우리 청년호 원양함선은 새로운 희망봉을 향해 만경창파를 헤치고 나아가리라 확신한다.

모두에게 수상을 축하한다.

－2007년 5월 17일

남의 소설 읽기와 내 소설 쓰기········

—소설가 정세봉과 평론가 김호웅이 본 우리 소설

정세봉

≪문학과 예술≫지에서 우리 조선족 소설을 두고 김호웅 교수와의 대담을 해 달라는 요청에 수락은 했었는데 정작 임(臨)해 보려니까 생각이 많아짐을 어쩔 수가 없습니다.

첫째는 과연 내가 나설 자리인가 하는 것이고 둘째는 만약 나설 경우, 내가 과연 뭘 말할 수 있을 것인가 하는 사려(思慮)입니다.

하나는 구설수(口舌數)가 싫고 다른 하나는 만약 진행할 경우, 책임성이라는 부담감이 있기 때문입니다.

그래서 며칠을 내내 고민, 고민을 하다가 일단은 솔직한 생각들을 진솔하게 나누어 보기로 마음을 잡았고, 진행해 보다가 안 되면 '투항'을 해도 무방하지 않을까 싶었음을 우선 말씀 드립니다.

소설편집을 10여 년 해 보는 과정에 항상 느끼면서도 무심했던 것인데 지난해부터 소설가학회의 카페(홈페이지)에다 우리 문단 작가들의 『대표작 모음집』을 꾸미는 일을 시도, 진척시켜 보는 와중에 우리 작가들의 문학(작품)이 많이 유치하고 서툴다는, 예전에 무심했던 사실이 하나의 '문제'로 집요하게 머릿속에 눈뜨는 것을 어쩔 수 없었습니다.

하긴 수십 년을 '갇힌 세상'에서 살았고 또한 '표현의 자유'의 한계성 등 여러 외(外)적인 원인으로 그렇게 될 수밖에 없지 않느냐 하는 것도 당연하다고 할 수가 있겠지요.

반성해 보면 나 자신도 그렇게 스스로를 위안하고 서툰 문학에 만족을 하고 있었던 것 같습니다.

그런데 도대체 그게 이유가 될 수 있는가 하는 것입니다. 말하자면 정치 사회적, 역사적 환경과 여건 등 외적인 요소들 때문에 수준 높은 문학을 할 수가 없었다는 게 합리적인 또는 절대적인 이유로 될 수가 있느냐 하는 문제지요.

지구촌의 여러 대륙, 수많은 나라, 수많은 민족들의 개개의 역사와 삶도 무겁고 고단하고 처절하기는 별반 차이가 없었다는 사실과 그런 속에서 오히려 수준 높은 문학, 큰 작가들이 나타났다는 사실을 연관시켜 보게 되면서 이런저런 생각들을 하게 되더군요.

김 교수님께서도 당연히 이러한 문제, 또는 이런 문제들을 포함한, 우리 소설문학과 작가들에 대한 더 넓은 안목과 견해들을 가지고 있으리라고 생각하고 있기에 많이 궁금합니다.

김호웅

이렇게 인터넷으로 만날 수 있다니 세봉 선생님과 제가 서로 다른 별나라에 살고 있는 느낌이 드네요. 한편 달리 생각하면 이렇게 만나는 것도 좋은 것 같네요.

세봉 선생님은 커피를 즐기시고 저는 술을 좋아하고, 세봉 선생님은 운치 있는 다방을 찾고 저는 서민적인 술집을 드나드는 사람이니, 공연히 돈 팔고 서로 체면 때문에 일방이 손해 보는 만남을 가질 것 있습니까.

앞으로 며칠은 메일로 세봉 선생님의 구수한 소설이야기를 듣는 게 좋을 것 같습니다. 대화를 시작하기 전에 한 가지 부탁이 있습니다. 세봉 선생님은 저의 큰형과 동갑이고 저보다 열 살 손우 어른이니 허물없이 호웅 씨라고 불러 주기 바랍니다.

저는 대학교 시절에 소설을 좀 써 본 적 있지만 아직 소설에 입문을 못 한 사람입니다. 좋은 시를 쓰기도 힘들지만 좋은 소설을, 그것도 중편이나 장편 편폭의 소설을 쓰기는 더욱 어려운 것 같습니다. 비유하자면 시는 단란한 신방을 꾸미는 작업이요, 소설은 호텔을 짓는 작업이라고 생각하면 어떨까요.

그리고 대학교 교단에 서서 남의 자식을 가르치는 게 주업이라 집구석에 들어앉아 느긋하게 소설을 볼 새가 없어요. 다행이 몇 년간 연변문학 '윤동주문학상' 소설 부분 심사를 본의 아니게 '독점'을 하다 보니 자타가 좋다고 하는 후보작들은 더러 읽어 본 셈입니다. 또 '조선족문학사'와 '문학비평방법론' 강의를 하기 위해서는 우리 문학의 흐름과 현황 및 바람직한 방향 등에 대해서는 울며 겨자 먹기로 공부를 하지 않으면 안 되게 되었습니다. 이번 기회에 세봉 선생님에게서 많은 걸 공부하게 될 것 같습니다.

요컨대 우리 문학이 좀 유치하고 우리 이웃인 중국 주류문학이나 한국문학에 비해 많이 뒤처지고 있다고 말씀하셨는데, 저도 대체로 동감이지만 우리 조선족문학이 모두 날알은 없고 쭉정이뿐이라고는 생각하지 않습니다. 작가 자신의 삶과 고뇌, 우리 민족의 실존과 몸부림을 형상화해서 중국 주류문학과도 다르고 한국문학과도 다른, 그러면서도 세계문학과 대화할 수 있는 새로운 싹들이 보이고 있다고 봅니다. 이런 문제는 이제 마지막에 좀 의견을 나눌 문제이고 이번 대화에서는 한 문제, 한 문제씩 세봉 선생님의 고견을 듣고자 합니다.

오늘은 먼저 한 가지 문제만 가르침을 받고자 합니다.

우리 문학의 독자적인 성격과 특징을 드러내자면 조선족문학 전체를 염두에 두어야 하겠지만, 일단 1990년대 이후의 소설들과 그 문학적 경향을 다루어 보고자 합니다. 세봉 선생님의 경우만 보더라도 1990년 좌우에 쓴 「엄마가 교회로 가요」, 「빨간 크레용 태양」과 같은 소설들은 그 이전의 「하고 싶던 말」, 「볼세비크의 이미지」와 같은 소설과는 완판 달라졌다고 생각을 합니다. 그리고 이런 작가의식의 변화는 세봉 선생님의 경우에만 국한되는 게 아니라 최홍일, 이혜선, 허련순 등 작가들의 경우에도 마찬가지입니다.

일단 1990년대 이후 소설문단의 지각변동과 새로운 경향에 대해 말씀해 주시지요. 세봉 선생님은 요즘 어떤 작품을 구상하고 있고 어떤 작가들의 움직임을 주시하고 있습니까?

정세봉

씨(氏)로 말을 낮추어 달라는 요청은 고맙게 생각합니다만 그것이 오히려 저한텐 부자연스러우니 그럼 그냥 호웅 선생으로 호칭을 하겠습니다.

우리 소설문학이 그래도 낟알은 있다고 봐야 하지 않겠는가 하는 말씀은 당연히 옳은 평가이고 저도 그렇게 자부하고 있습니다.

특히 1990년대 이후의 소설문학은 말씀 그대로 '지각변동'이 있었다고 보이며 그전 시기에 비해 확실히 깊어지고 많이 세련되어 가고 있는 것도 역시 부정할 수 없는 사실이지요. 구체적으로 여러 작가와 작품 및 그 경향성 같은 것들에 관해서 갑자기 이론적으로 언급을 한다는 것은 솔직히 자신이 없는 일이라 생략을 하는 바이지만요.

그런데 스스로도 늘 그렇게 '충분히 긍정'을 해 놓고서도 그 뒤끝이 개운치 못한 것이 문제입니다. 아무리 봐도 우리 소설문학이 뭔가 답답하고 심하게 표현을 하면 「눈이 감긴다」는 생각을 떨쳐 버릴 수가 없다는 얘기죠.

그래서 한번 부정적으로 보는 시각 쪽에 무게를 많이 두고 접근을 해 보는 것도 좋지 않겠는가 하는 생각을 해 본 겁니다.

물론 그것은 세계문학의 구석구석을 고추장 맛보기로나마 기웃거려 보면서 느끼고 떠오른 생각인데 우선 세계 유명작가들의 단편들이 충격적이었습니다.

아르헨티나의 호헤르 루이스 보르헤스거나 프랑스의 르 클래지오, 오스트리아의 아르투어 슈니츨러 등 작가들의 단편소설들은 그야말로 기가 막히지요.

쿠바 작가 까르뻰띠에르의 「씨앗으로 가는 려행」을 실례로 든다면 마르시알이라는 주인공(대농장주)이 죽는 순간부터 이야기가 시작되는데 마치 필름이 거꾸로 돌아가듯이 이야기가 역으로 진행이 되며 무척 빠른 템포 속에 주인공의 옹근 인생과정이 그려지면서 어머니의 자궁 속에서 끝이 납니다. 그리고 세상의 모든 것이 '근원'으로 돌아가지요.

야생마처럼 거친 것 같으면서도 마력이 붙은 듯 흥미진진한 문장력으로 숨 돌릴 사이 없이 읽어 내려가게 만드는 무서운 속도감을 지닌, 짧은 그 단편소설을 읽고 나면 저도 모르게 경이로운 미소가 그려집니다.

그러면서 자연 나 자신(혹은 우리들)의 소설문학을 되돌아보게 되고 비교를 해 보게 되는 거죠.

따라서 세계문학의 큰 흐름과 그 문학사적 흐름 속에 무수히 부침해 온 어떤 법칙 같은 것들을 살펴보면서 충분히 소화해 내고 세계문학을 구석구석 널리 섭렵을 하는 것이 지금 이 시점에서도 절박하다는 느낌입니다.

김호웅

요즘 세계문학에 대해 관심이 많으신 것 같군요. 워낙 세계문학은 방대한 영역이고 언어 장벽이나 자료 부족으로 말미암아, 더더구나 일상에 쫓기다 보니 저는 과문입니다만, 우리 문학을 정리하고 살찌게 하기 위한 참조계로 일본, 미국, 러시아에 살고 있는 해외조선민족문학에 오히려 관심을 가지고 있습니다. 재일조선인 문학의 경우에는 김사량, 김달수, 김학영, 김석범, 리회성, 리양지, 유미리 등 1, 2, 3대 작가들 모두 민족적 정체성의 문제를 깊이 다루고 변형, 승화시켜 적어도 일본 주류문학에서 인정하는 작품들을 양산하고 있지요.

미국적 한국인 작가의 경우에도 리창래(1965~) 같은 작가는 「원어민」이라는 작품으로 헤밍웨이상까지 받았습니다. 해외 화인문학(華人文學)도 디아스포라 글쓰기(離散寫作)라는 형태로 좋은 작품들을 선보이고 있어 중국 본토 문학인들의 부러움을 사고 있습니다. 1990년대 이후 「백년고독」을 쓴 마르케스를 비롯해 남미, 그리고 구라파와 아시아, 구라파와 아프리카 경계 지대에 살고 있는 작가들도 두각을 나타내고 노벨문학상을 독점하다시피 하고 있는 형국입니다. 미국의 흑인작가들도 노벨문학상을 탔습니다.

20세기의 가장 중요한 주제인 디아스포라의 주제, 소외와 인간의 보편적 해방의 주제를 다룬 작품들이 광(光)을 치고 있지요. 물론 이는 우리 작가들이 군침만 흘렸을 뿐 이념, 제도적인 한계 때문에 감히 다루지 못했던 주제들입니다.

하지만 적어도 1996년 허련순의 장편 『바람꽃』이나 요즘 히트를 치고 있는 그녀의 장편 『누가 나비의 집을 보았을가』와 같은 작품은 본격적으로 디아스포라의 삶을 다루고 있어 세계문학의 흐름과 궤를 같이하는 조짐을 보인다고 하겠습니다.

우리 소설을 먼저 진맥한 후, 다시 세계적인 거장들의 기교나 기법들을 어떻게 우리 소설에 접목시킬 것인가 하는 문제를 논의하기로 하죠. 먼저 1990년 이후 우리 소설가들의 새로운 의식전환, 새로운 경향에 대해 진맥해 보고 분류해 보는 게 순서인 것 같은데요.

저는 우리 문학도 세계사적인 패러다임과 중국 주류문학의 패러다임에서 자유로울 수 없다고 봅니다. 구소련을 비롯한 사회주의권이 흔들리고 '88' 서울올림픽을 거쳐 중한수교가 이루어짐으로써 중국 조선족 사회도 세계에 대해 그리 낯설지 않게 되었습니다. 기존의 이념과 통념에서 벗어나 자유를 어느 정도 누릴 수 있게 된 거지요. 볼셰비키의 이념적 경직화에 가장 큰 비애를 느꼈던 작가들이 오히려 지배적인 이념과 사상의 울타리에서 뛰쳐나와 보통 인간의 생명의 숨결에 더욱 관심을 가지기도 합니다. 거대서사를 기피하고 자질구레한 인간사에 관심을 가집니다. 이러한 의미에서 세봉 선생님의 「빨간 크레용 태양」이나 이혜선 씨의 「병태네 빨래줄」 같은 작품이 시사(示唆)하는 바가 크지요. 문학의 세속화, 다중심주의 시대가 열렸다고 생각합니다. 중국 주류문학에서는 이를 신사실주의라고 명명하고 있습니다.

아마도 두 번째 경향은 김관웅 박사가 말한 바와 같이 민족적 사실주의 작품이라 하겠습니다. 이 경우, 민족의 현실을 정시하고 민족적 위기를 극복하기 위한 다양한 민족구성원의 몸짓을 구체적으로 형상화하고 있습니다. 이 계열에 속하는 작품으로 김훈의 「또 하나의 '나'」, 최홍일의 「흑색의 태양」, 최국철의 「제5의 계절」과 같은 작품을 들 수 있겠지요. 이러한 작품들은 현실고발을 거쳐 주체적인 자각에까지 이르는 경우가 많은데, 대체로 사르트르의 실존주의철학에 기대고 있습니다.

하지만 요즘 흑룡강의 하늘에 별처럼 떠오르고 있는 박옥남 씨의 소설 「둥지」, 「목욕탕에 온 여인들」, 「마이허」 등은 성급한 대안이 아니라 우리 민족의 생존상황과 타민족과의 공존공생의 숙명을 리얼하게 그리고 있어 오히려 더욱 강한 공감대를 획득하고 있습니다.

그 외에도 페미니즘소설, 생태주의소설들이 나와 한결 다양성을 보여 주었다고 생각합니다. 이 외에도 최홍일의 『눈물 젖은 두만강』과 박선석의 『쓴웃음』 같은 장편은 우리 민족의 근현대사와 당대사를 형상화한 큰 스케일의 작품으로 알고 있습니다.

세계문학의 잣대로 볼 때 또 어떤 주제경향을 주시해야 한다고 봅니까? 혹시 이 외에 세봉 선생께서 특별히 중요시하고 있는 작가나 작품이 있다면 말씀해 주시기 바랍니다.

정세봉

역시 호웅 박사시군요. 1990년대, 우리 소설문학의 흐름을 길을 틔워 놓듯이 금방 열어 주시니까 일목요연하군요. 솔직히 소설 쓰는 사람들은 대개 소설의 생리에만 몰두를 하게 되니까 비평(이론) 쪽엔 많이 어둡답니다.

우리 소설문학의 경향성적인 흐름도 세계문학과 중국 주류문학의 사조적인 흐름에 궤를 맞추어 그렇게 정리를 하니까 고개가 끄덕여지는군요.

사실 김훈의 단편 「또 하나의 나」, 최국철의 중편 『제5의 계절』, 이 두 소설은 제가 편집을 했던 작품들인데 어떤 경향의 작품으로 가치를 가지는가 하는 데 대해서는 크게 생각해 본 적이 없었거든요. 특히는 문학사적인 흐름이라는 선상에서 '민족적 사실주의' 경향의 작품으로 분류를 시켜 놓고 거론을 할 수 있다는 것이 또 다른 의미를 지닌다고 생각을 합니다.

호웅 선생이 해외조선인 문학권(圈) 쪽에 눈길을 돌리고 살펴보고 있음에 저도 크게 공명을 합니다.

우리 '민족문학'이 이념이라는 벽 때문에 반세기 넘게 서로를 알지 못한 채 시간을 죽여 왔던 그 깊은 단절의 골을 이제라도 메우고 교류의 폭을 넓혀 가야 하는 그 당위성과 절박성을 저도 잘 알고 있기 때문입니다.

비록 여러 가지 원인과 여건으로 인해서 여러 갈래의 동포문학 속에 아직 깊이 들어가 보지 못함이 안타깝지만 오히려 모르기 때문에 더욱 강렬한 호기심을 갖게 되는 거죠.

러시아의 김 아나똘리는 『사할린의 방랑자들』, 『아버지의 숲』, 『신의 플류트』 등 장편대작들을 낸 작가로 죽음의 문제, 인간 내부에 사려 있는 동물적인 본성, 역사와 개인의 운명 간의 상호관계, 혈족관계 등등의 문제들을 포괄적으로 다룸과 동시에 인간의 기본적인 조건에 대한 심오한 철학적 문제를 다루는 작가로 알고 있고 박미하일의 작품도 일부 단편들은 읽었지만 『해바라기 꽃잎 바람에 날리다』든가 『천사들의 기슭』과 같은 장편들은 읽지 못했지요.

소개 글들을 통해서 '작은 것으로 큰 것을 의미하게 하는 것'이 그의 창작적 지향이라는 정도로 알고 있습니다.

재일동포작가들의 작품세계에 대해서도 잘 모르기는 마찬가지이지만 리회성이나 김석범 등 작가들의 문학이 민족정체성이라는 '핏줄 테마'를 가지고 치열하게 고뇌하고 쓰는 작가들임은 알고 있지요.

양석일의 『피와 뼈』라는 장편에서 큰 충격을 받은 바가 있습니다. 재일동포들의 고단한 삶의 역사를 다루면서 민족정체성이 담긴 민족인상(民族人像)을 그려 낸, 그야말로 '악마적인 감동'과 신선한 충격을 주는 걸작이지요.

재미동포문학도 백여 년 걸어온 문학사까지 정리되어 있음에 크게 놀랐던 것이지만 여러 갈래의 동포문학들을 알고 깊이 요해하는 것은 대단히 흥미로운 일이며 우리 자신의 문학을 되돌아볼 수 있는 계기로 될 수가 있다는 점에서도 크게 유조하다는 생각입니다.

또한 상호 교류 가운데서 우리 중국 조선족문학도 자기의 '중국적인 얼굴'을 가지고 그들 문학과 만날 수 있게 되었다는 것은 사뭇 가슴 설레는, 사변적인 일이라 하겠습니다.

어느 기회에 소설가들의 작은 규모의 모임이라도 조직해 놓고서 호웅 선생을 모시고 싶은 욕심도 생기는군요.

세계문학의 잣대로 볼 때 어떤 주제적 경향을 주시해야 하는가 하는 문제는 거창하게 논의할 수도, 또한 간단명료하게 언급을 할 수도 있는 문제라고 봅니다.

문학이 다루어야 할 수많은 문제 가운데 크고 중대하고 보다 절박한 문제(주제적 경향)들은 언제나 있는 것이지요.

저는 지금도 그 첫자리로 권력의 독재와 횡포, 그 부조리를 꼽고 싶습니다. 지난 20세기만 보더라도 소련의 블가꼬브, 나보꼬브, 솔제니친, 파스테르나크……, 동구권의 임레 케르테스(헝가리), 밀란 쿤데라(체코), 이스마일 카다레(알바니아) 등 사회주의권(圈) 작가들과 중남미의 호헤르 루이스 보르헤스(아르헨티나), 가르시아 마르케스(콜롬비아), 카를로스 푸엔테스(멕시코)……그들 모두가 그런 문제를 깊이 있게 포괄적으로 다뤄 냄으로써 세계문학의 거장들로 떠올랐다는 사실은 시사하는 바가 큽니다.

김학철 선생도 당연히 그들 반열에 세우셔야죠.

이른바 '디아스포라적 삶'을 문학이 다루는 문제도 중국 조선족 작가들 앞에 새삼 첨예하게 떠오른 테마라 할 수가 있겠습니다. 사실 디아스포라적인 삶이란 어떤 의미에선 지구촌의 모든 민족(혹은 온 인류) 구성원들의 숙명이라 말할 수가 있는 것이지만 어느 때보다도 우리(중국 조선족) 모두가 아프게 껴안고 나가야 할 현실이기 때문이지요.

그리고 제가 작가로서 피부로 느끼는 것이지만 우리 사회의 구석구석, 생리 속에 아직도 완명(頑瞑)하게 뿌리 내려 있는 '이데올로기의 벽'을 허무는 문제도 작가들이 치열(熾熱)하게 다루어야 할 주제라고 생각합니다.

세계문학의 흐름을 보면 러시아(소련)고 동구라파, 말하자면 사회주의권(圈) 쪽 흐름이 대개 공통성을 가지고 있고 우리보다 많이 앞서 가고 있지요. 러시아만 보더라도 1990년대부터는 1980년대 후반의 '복권문학', '망명문학'의 자리를 포스트모더니즘 문학이 대신 차지하고 하리또노브, 프레빈, 쏘꼴로브 등등의 쟁쟁한 젊은 작가군(群)이 등장을 해 가지고 기존의 창작방법과 전통을 거부하고 암호화, 상징화, 적나라한 성적 표현, 변칙적이고 과장된 어휘들을 사용하면서 개혁, 개방기의 혼란과 암운을 뚫고 문학의 새로운 활로를 모색하고 있는 것으로 알고 있습니다.

하지만 세계문학의 경향적(혹은 사조적) 흐름이라는 것이 필경은 그 어떤 법칙성을 지니고 있는 것인 만큼 궁극적으로는 따라가게 되어 있겠지만 굳이 연연하거나 본뜨려 하는 것은 무리라고 생각합니다.

우리 나름대로, 우리가 안고 있는 시대적, 현실적 고민과 근본적이고 절박한 문제들, 온갖 모순으로 가득 찬 욕망과 부조화의 세계, 힘없는 백성들과 소외된 인간들이 최선을 다해 살아가려고 사투(死鬪)를 연출하고 있는 삶의 현장에 무수히 숨어 있고 깔려 있는 글감들을 각자 나름대로의 '특출한 눈'과 역량대로 캐내고 다뤄 내면 참문학으로 될 것입니다.

우리 소설문학의 실상으로부터 보건대 무엇을 쓰는가 하는 것이 우선은 중요한 것이지만 어떻게 쓰는가 하는 문제가 훨씬 절실하게 다가와 있다는 느낌입니다.

무엇을 쓰든지 간에 잘 써야만 문학으로 인정을 받게 되는 것이고 아무리 작고 가벼운 제재를 다루었다고 하더라도 하나의 그 어떤, 남들이 보아 내고 말한 적이 없는, 깊은 철학과 신선하고 충격적인 메시지를 던져 주는 작품이라면 십분 중대한 제재를 다룬 것으로도 되는 것이기 때문이지요.

재일동포작가 유미리의 경우만 봐도 전문적으로 파편화된 가정, 가정의 정체성이라는 문제를 다루고 있지만 그의 문학이 큰 주목을 받고 있지 않습니까.

비교적으로 하는 얘기지만 우리 소설문단에 이미 나온 장편소설이 수십 부가 되고 내가 직접 취급을 했던 장편만도 십여 부가 됩니다. 예전에도 그 문학성이 안타까웠지만 지금 이 시점에 와서 보니 소설의 기법 쪽에 역점을 두고 고민을 해 보는 것이 절실하다는 느낌입니다.

최근에 저는 이런 생각을 해 보았습니다. 한 작가의 평생의 글쓰기 작업이란 어쩌면 타고난 문학적 천재성을 스스로 확인을 하는, 또한 세상 사람들한테서 최종 인정을 받는, 길고도 처절한 과정이라는…….

그리고 그 이른바 천재성이라는것이 재창조적인 언어를 통한, 말하자면 소설을 '문학'으로 만드는, 예술적 기량에 있는 것임을 새삼스레 깨달았습니다.

루이스 보르헤스, 가르시아 마르케스, 카를로스 푸엔테스, 이사벨 아엔데 등 일군(一群)의 중진들이 유럽문학의 정전을 감연히 거부, '몽환적 사실주의'라는 생경한 기치를 들고 나와 중남미문학을 일약 세계문학의 중심에 폭발적으로 떠오르게 한 사실은 엄청난 충격이었습니다. 그들은 도전적이고 탐구적인 실험과 진통을 무수히 겪으면서 소설기법상의 일대 혁명을 이뤄 냈던 거지요.

게다가 호헤르 볼피, 이그나시오 빠디야, 차베스 카스타녜다, 우로스, 페드로 앙헬

팔로우 등 멕시코의 젊은 작가 5명이 '크랙선언문'이라는 엄청난 도전을 내걸고 기존 문단에 저항, 하나의 새로운 문학사조를 창출해 낸 사실은 또 하나의 흥미롭고도 경탄스러운 충격이 아닐 수가 없습니다.

비평가의 안목으로 우리 소설들을 살펴보건대 사조적 경향, 소설언어, 소설의 여러 기법상 어떤 변화들이 있고 어느 작가, 어느 작품에 실험적인 몸짓이 보인다든가 하는 데 대한 호웅 선생의 간단한 견해와 인상을 듣고 싶군요.

김호웅

정년을 한 후 많은 편집자들이나 작가들은 하루아침에 착한 할아버지나 할머니가 되는 게 오늘의 현실이지요. 우리 대학교 교수들 중에도 정년을 하면 책장을 덮고 낚시터나 산으로 소풍만 가는 경우가 적지 않아요. 하지만 세봉 선생님은 오히려 정년을 한 후 많은 책을 읽은 것 같군요. 구소련과 일본에 있는 우리 동포들의 문학에 대해서도 소상히 알고 있군요. 참 부럽습니다.

저희처럼 대학교에서 교편을 잡고 살다 보면 자기 전문분야 밖의 세계는 돌아볼 겨를이 별로 없습니다. 좋은 교수라는 평가를 받기 위해서는 부지런히 논문을 쓰고 여러 가지 평가나 검사에 응부해야 한답니다. 결국 귀한 세월을 다 흘려보내게 되죠. 물론 여러 분야의 교수들이 모여 하나의 완벽한 세계를 구축하고 학생들에게 보다 체계적인 교육을 시키게 되는 거지요. 아무튼 세봉 선생님처럼 내 시간을 내가 지배할 수 있는 여건은 아직도 10년을 기다려야 마련될 것 같습니다.

각설하고, 우리 소설문단에서 기대를 걸어 볼 수 있는 작가들을 감히 줄을 세워 보겠습니다. 리원길, 정세봉, 최홍일, 김훈, 우광훈, 리여천, 김재국, 허련순, 리혜선, 조성희, 량춘식, 박옥남과 같은 작가들이라고 생각합니다.

요즘 문학상 심사관계로 여러 문학지, 신문에 실린 소설들을 보았습니다. 허련순, 리혜선, 박옥남 등 여성 작가들의 작품에서 큰 감동을 받았고 우리 소설문학의 가능성을 확인하게 되었습니다. 허련순 씨의 소설에 대해서는 요즘 김관웅 박사가 상세하게 다루었기에 여기서는 약하기로 하고 박옥남과 리혜선의 일부 작품들을 보기로 하죠.

박옥남의 「둥지」라는 작품은 작년 4월 목단강시에 가서 『2005년 조선족우수작품집』에 실을 작품을 보다가 우연히 읽게 되었죠. 세봉 선생님의 말씀처럼 문학은 천재성이 없이는 아니 되는가 보아요. 후에 알아본데 의하면 박옥남 씨는 오상사범학교 일본어학과를 나와 상지조선족중학교에서 일어교사로 근무하고 있는 여성인데, 우리말과 글을 너무나 잘 다루고 있더군요. 화롯불에서 파낸 감자나 고구마처럼 구수하단 말이에요. 오히려 산재지구 작가들의 소설에서 이기영의 작품을 읽는 그런 구수한 언어미를 맛볼 수 있었습니다. 1980년 연변문단에 리원길이라는 언어의 귀재가 불쑥 나타났을 때 받았던 그런 충격을 받았습니다. 박옥남 씨는 2006년에는 「목욕탕에 온 여자들」, 올해 벽두에는 「마이허」라는 단편을 발표했죠. 「둥지」는 도데의 단편소설 「마지막 수업」의 구조를 배운 것 같고 「목욕탕에 온 여자」는 일본 근대소설의 총아 아쿠타가와 류노스케(1892～1927)의 영향을 받은 흔적이 있는데, 아무튼 사물을 관찰하는 시선이 예리하고 언어가 일품이에요. 「마이허」에서 개미허리와 같은 강 하나를 사이 두고 살고 있는 중국인 마을과 조선족 마을의 색다른 풍속을 아주 생동하게 그렸죠. 이 소설은 민속사적으로도 가치가 있는 작품이라고 보아요.

상투적인 언어, 비유만 되풀이한다면 영원히 자기의 독창적인 문학세계를 만들어 낼 수 없죠. '물 찬 제비요', '억대우 같은 사내'와 같은 상투적인 비유는 '죽은 비유'지요. 묘사, 비유, 은유, 상징 등은 새롭게 개발되어야 하고 참신해야 합니다. 여기에 작가의 첫째가는 사명이 있는 게 아닐까요. 기업에 비유하자면 새록새록 신제품을 개발하지 못하면 도태되는 것과 마찬가지로 작가도 새로운 묘사, 비유, 은유, 상징, 아이러니, 역설을 개발하지 못한다면 독자를 잃게 되죠. 이런 의미에서 저는 박옥남 작가에게 큰 매력을 느끼고 있고 큰 기대를 걸게 됩니다.

이혜선 씨야 우리 문단의 중견 소설가이지요. 최근 몇 년간 단편 「병태씨네 빨래줄」, 장편 『빨간 그림자』와 같은 실험적인 소설들을 썼고 그러한 실험정신에 평단의 찬반이 엇갈렸죠. 저는 좀 실망을 가졌던 편인데, 이태 전≪도라지≫ 잡지에 실린 「매니큐어」라는 수필을 보고 이혜선 씨의 문학적 재치를 다시 긍정하게 되었다가, 작년 ≪장백산≫에 실린 중편 『터지는 꽃보라』를 보고 우리 문단의 사라졌던 재녀(才女)를 다시 찾은 느낌을 받았어요.

김학철 선생님의 말마따나 소설은 뭐니 뭐니 해도 읽을 재미가 있어야 하죠. 소설은 결코 약이 아니거든요. 몇 년간 『터지는 꽃보라』와 같이 재미가 있는 소설을 처음 읽게 되었거든요.

이 소설의 작중인물들은 모두 진짜 이름을 쓰지 않고 익명이나 별명으로 통합니다.

오늘의 대중사회에서 개개인은 익명으로, 기호나 수자로 존재함은 더 말할 것 없습니다. 저도 가끔은 현금인출기에서 비밀번호를 넣고 돈이 나올 때마다 익명으로만 통하는 저희 실체를 실감하게 되죠. 세봉 선생님도 마찬가지겠지요. 이 작품의 경우에도 작중인물들은 '오징어파티'에 '고구마', '별난 여자', '안니', '제이'로 통하죠. 이러한 익명의 조건에서 이들은 자기의 욕구를 거침없이 분출합니다. 천사가 악마로 변하죠. 모든 탈을 벗어 던지고 추악한 몰골을 드러내게 되지요. 황차 '3 · 8'절이라는 특수한 환경에서 익명의 네 중년여인들이 쏟아 내는 성적 기갈과 음담패설은 읽는 이들을 포복절도케 합니다. 기실 그들은 가정을 위해 한국에서 10년씩이나 허둥대면서 일했지만 일단 귀국하자 자식과 남편, 사회에 의해 소외되고 마는 이방인들이죠. 그래서 이 작품을 읽다 보면 눈물 어린 미소를 짓게 되는 것 아니겠습니까. 우리 사회의 진통과 해체, 그리고 소외의 주제를 익명이라는 장치를 통해 재미있게 풀이했다고 봅니다.

물론 한국의 양문길이라는 소설가가 1970년대 「익명의 여인들」(『문학사상』, 1973.3)이라는 소설을 쓴 바 있는데, 이 소설은 생래(生來)적인 이름은 필요가 없고 묘한 수자로 된 번호로만 명명되면서 하루살이처럼 그날그날을 술집에서 팁으로 살아가는 여인들의 이야기를 다루고 있죠. 이 소설을 이혜선 씨가 보았는지는 모르겠지만, 설사 보고 썼더라도 『터지는 꽃보라』는 십분 자기 창조성을 가미한 완전히 다른 작품이에요, 근래에 보기 드문 수작이라고 봅니다.

먼저 두 여성 작가에 대해 말씀을 드렸습니다만, 세봉 선생님은 어떤 작가, 어떤 작품을 좋게 보고 있는지요?

정세봉

박옥남과 리혜선, 두 여성 작가의 근황과 근작들에 대한 호웅 선생의 솔직한 견해와 소상하면서도 간결, 명쾌한 분석 및 긍정적인 평가를 흥미 있게 읽고 나니까 저도 기분이 좋군요. 우리 문단에 이런 작가적 고민과 탐구를 게을리 하지 않는 소설가들이 있다는 것은 대단히 고무적인 일이라 하겠습니다.

동문서답일지는 모르겠지만 저는 어느 한 작가의 어떤 작품에 대해서보다는 우리 문단 소설 일반을 놓고 이야기하고 싶습니다.

요즘 미국 L.A 소재, 『해외문학』지의 조윤호 시인님이 이메일 서신에서 우리 문단의 소설에 대한 견해를 얼핏 내비치었습니다. 미국 쪽은 단편일 경우, "짧으면서도 재미있게 쓰는 것이 추세인데 연변의 소설들은 별로 재미도 없으면서 터무니없이 긴 것이 문제…….”

재미만 있다면 좀 긴 것이 무슨 문제가 되겠습니까? 문제는 ‘재미가 없다’는 데 있는 것이지요.

호웅 선생이 위에서 언어의 상투성에 대해서 언급을 하셨지만 소설발상의 상투성부터 깨는 일이 우선 중요하지요. 새로운 발견이라곤 없는, 사회의 통념과 일상의 관습에 대한 깨뜨림이 전혀 없는, 남들이 백번도 더 써먹고 말한 주제를 가지고 이야기를 엮어 본대야 그게 신선할 수가 있겠습니까?

“천만 사람이 서쪽 달을 쫓는 때에 홀로 동쪽으로 향하는 사람! …….”—최서해의 『혈흔』의 이 한 구절을 저는 창작에서의 신조처럼 여기고 있습니다. 왕왕 진실(혹은 진리)은 반대쪽에 있는 것이기 때문이며 뭔가에 대한 끝없는, 도전적인 깨뜨림에 새로운 세계(작품)가 창출되는 것이기 때문이지요.

저의 단편 「빨간 크레용 태양」을 호웅 선생도 평론을 하셨지만 제 스스로도 제일 자부하고 있는 작품입니다. 말하자면 발상 자체가 엄청난 ‘깨뜨림’을 잉태하고 있는 소설이기 때문이지요.

‘태양’으로 추앙받던 ‘위인’이 서거되어 온 대륙에 추도곡이 깔려 흐르고 온 대륙이 눈물바다로 되어 있는 그 장엄하고도 슬픈 날(역사적인 순간)—그날에 벌어졌을 수 있는, 또는 연출되었을 많은 이야기들을 가지고 작가들은 많은 소설들을 써 낼 수가 있을 것입니다.

그렇지만 그런 날, 언감생심 처녀총각이 섹스(사랑)를 하게 되는 이야기를 다룰 수 있는, 또한 그런 이야기를 통해서 외쳐질 엄청난 메시지(주제)에 대해서 작가마다 다 생각이 미칠 수 있는 것이 아니라는 얘기지요.

제 소설에 대한 자랑 같아서 좀 쑥스럽긴 하지만 일단은 소설발상의 상투성 깨기란 한 작가가 자신의 창작행정에 걸음마다 부딪치고 껴안고 고민을 해야만 하는 두통거리임을 짚고 넘어갑니다.

일전에 문학비평가 허승호 씨의 「낭떠러지에 선 중국 조선족 소설문학」이란 글을 읽었는데 문제점의 첫 번째로 역시 ‘재미없다. 이야기가 지루하고 서술이 따분하며…….'를 지적하였더군요. 그렇게 되는 이유를 저는 두 번째로 우리 소설가들의 소설의 구성기법문제로 보고 있습니다.

아리스토텔레스가 플롯을 '비극의 혼'이라 하였지만 실제 소설작품의 성패는 구성에 달려 있는 것이라고 말할 수가 있지요. 이른바 '구성'이라는 것이 단순히 얽음새를 엮는 일이 아니고 소설 첫머리에서부터 독자를 금방 사로잡아 흡인해 버리고 소설 속에 몰입시킬 수 있는 이야기구조의 마력(魔力)성을 창조해 내는 일인 것만큼 역시 구성의 상투성은 실패작밖에 양산할 수가 없는 것이지요.

현시대, 세계의 많은 뛰어난 작가들이 소설기법에서 기존의 틀을 깨뜨리는 실험을 끊임없이 하고 있다는 사실을 주목해야 할 것입니다.

특히 단편소설일 경우, 절묘하고 파격적인 구성기법을 요하며 한 작가의 소설가적인 역량과 번뜩이는 천재성을 보여 줄 수 있는 것이지요.

우에서 언급을 했던, 이야기를 거꾸로 진행시키는 쿠바 작가 까르뻰띠에르의 「씨앗으로 가는 려행」도 그렇지만 아르헨티나 작가 보르헤스의 단편 「비밀의 기적」은 더구나 기막힙니다. 주인공은 탄환이 발사되고 그것에 맞을 때까지의 찰나 동안, 자신의 관념 속에서 1년에 달하는 시간의 삶을 누리지요. 물론 그것은 구성기법에만 국한되는 것은 아니고 그가 도전적으로 탐구를 했던 환상과 현실의 경계를 무너뜨리는 포스트모더니즘적, 환몽적 사실주의적 기법인 것이지만은.

한마디로 우리의 소설문학이 여러 기법상에서의 환골탈태적인 변혁이 없이는 희망이 어두우리라는 전망입니다. 우리 소설문학의 '침체의 늪'에 충격의 돌멩이라도 던져야 할 것이라는 생각을 떼쳐 버릴 수가 없네요. 물론 그것은 소설 쓰는 사람으로서의 나 스스로에게 던지는 아픈 자성의 돌멩이이기도 한 것이지요.

다음번엔 소설의 언어에 대해서 의견을 나누고 싶군요. 나 자신이 지금 고민을 겪고 있는 문제이기 때문이기도 합니다.

김호웅

세봉 선생님께서 잘 지적해 주셨지만 우리 작가들의 소설적인 발상, 배경설정, 플롯, 인물창조의 기법, 언어 등에 모두 참신성이 결여되어 있는 것 같습니다. 문제는 적잖은 작가들이 소설미학에 관한 공부가 없이 소설을 쓰고 있다는 데 있습니다.

사실 우리 문단은 『소설 창작론』 하나 나와 있지 않은 어설픈 상황입니다. 연변대학교에서 현동언 선생이 쓴 『소설 창작론』이 프린트 본으로 쓰이다가 이젠 씨가 말랐고 현룡순 선생이 평생 쓰던 강의안이 최근 한국에서 출판됐는데 연변에서는 구해 보기가 힘듭니다.

한국에서 나온 소설 창작론들을 참고할 수 있는데 제가 가장 많은 도움을 받은 것은 조남현의 『소설원론』입니다. 요즘 『소설신론』이란 책으로 새롭게 나왔지요. 소설의 원론적인 개념, 범주들을 가장 학문적으로 깊이 있게 다루었습니다. 좀 평이하게 쓴 것으로는 전상국의 『당신도 소설을 쓸수 있습니다』와 송하춘 선생의 『발견으로서의 소설기법』을 들 수 있지요. 전상국, 송하춘은 모두 한국의 이름난 소설가들이고 대학교 교수여서 소설 쓰기 작법을 명징하게 가르치고 있습니다. 연변에서 소설 쓰는 이들도 한번 구해 볼 만한 책이지요.

소설미학 공부를 해야 할 뿐만 아니라 역사, 철학 관련 명저들도 두루 섭렵하는 게 좋을 것 같습니다. 우리 소설의 내용이 왜 빈약하고 촌스러운가 하면 우리 작가들의 지식이 빈약하고 자기의 독자적인 철학을 가지고 있지 못한 것과 관련된다고 생각합니다. 한국의 박경리의 『토지』 같은 소설을 보면 정치, 사회, 역사, 민속, 철학 등 분야에 있어서도 당대의 최고 학자들마저 혀를 내두르게 합니다. 저는 재작년 가을에 한국에 갔다가 강원도 원주에 있는 토지문학관에서 박경리 님을 뵙고 부근의 삼겹살집에서 저녁을 대접받은 일이 있었는데 그분의 해박한 지식과 철학적 안목에 크게 놀랐습니다. 서울 청계천도 그분의 발상에 의해 새롭게 만들어진 것이라고 하더군요. 연세대 출신의 두 분 교수와 함께 갔었는데 그분의 '강의'만 듣다가 온 폭이 되고 말았지요. 궐련을 꼬약꼬약 피우면서 청사유수로 이야기를 엮어 대는데 고금중외를 아우르는 그분의 박식함에 손을 들고 말았지요. 소설가들이 소설만 읽어서는 살찔 수가 없어요.

소설언어에 대해 잠깐 저의 소견을 말씀 드리지요. 문학적 언어는 한마디로 메타포입니다. 원관념으로 말하는 게 아니라 언제나 보조관념으로 말하죠. 은유, 상징, 아이러니, 패러독스입니다. 이 점에 대해 한국의 이어령 선생이 잘 비유했지요. 그는 과학적 언어는 꿀벌의 언어이고 문학적 언어는 나비의 언어라고 했습니다. 그는 의미를 전달한다는 같은 목적이라 할지라도 '벌의 언어'와 '나비의 언어'는 서로 다르다고 하면서 "문학적 언어는 나비처럼 복잡한 곡선을 긋고 움직인다."고 했습니다.

문학적 언어의 특질을 너무 형상적인 비유로 갈파했다고 봅니다. 장인정신으로 부단히 새로운 비유를 개발하고 글을 윤택 있게 쓰는 법을 익혀야 하리라고 생각합니다. 우리 문단에서는 역시 김학철 선생이 모범을 보여 주었지요. 김학철 선생의 『격정시대』를 보십시오. 재미있는 일화, 창조적인 비유들이 지천에 깔려 그야말로 곡선을 그으면서 날아가는 나비의 '춤'을 연상케 합니다. 1930년대 서울 종로거리의 야경을 묘사한 장면은 한국의 작가들도 절찬을 아끼지 않고 있습니다.

그런데 우리 일부 작가들은 소설을 쓸 때 사전도 보지 않는 것 같고 편집자들도 얼추 넘겨 버리는 것 같습니다. 지저분한 속어, 사투리, 상투적인 비유가 난무하고 있어 밥 먹다가 돌을 씹은 것처럼 가끔 낯을 찡그리게 됩니다. 여성의 풍만한 가슴을 비유하는데 '농구공 같은 가슴'이라고 했어요. 이건 소설적인 묘사가 아니라 항간의 잡배들이나 쓰는 비속한 비유입니다.

세봉 선생님과 더불어 여러 가지로 많은 이야기를 나누고 싶지만 문학과 예술지에서 규정한 편폭을 벌써 넘어섰구먼요. 저는 의연히 세봉 선생님의 역작을 기대하고 있습니다. 마지막으로 선생님께서 꼭 하고 싶은 말씀이 있다면 요약해 주시지요.

정세봉

대화, 즐거웠습니다.

개인적으로 호웅 선생과 처음 문학 관련, 대화를 진지하게 나누어 보았다는 점이 기분 좋고 우리 소설문학에 대해서 함께 고민을 해 보았다는 의미에서 감격스럽습니다.

앞으로 가끔씩 만날 기회를 가졌으면 좋겠고 또한 우리 문단에 이런 대화의 분위기를 점차 만들어가는 것이 십분 절실하다는 생각을 가져 봅니다.

한 가지 하고 싶은 진언(眞言)이라면 21세기는 노마드시대란 말도 있지만 우리 작가들이 앞으로 연해지구에 가서 사업을 하면서 글을 쓸 수도 있고 해외에 나가 정착을 하면서 작가생활을 할 수도 있지요. 그리고 세계 속의 여러 갈래의 동포문학과 교류하면서 우리 문학이 인젠 세계를 향해 도전을 해야 하는 시점이 아닙니까?

굳이 내가 이런 말을 해야 하나?…… 고려 끝에 하는 얘기지만 '좁은 바닥'에서의 '갈등구조'에서 초탈을 하는 넓은 아량과 멋이 우리 문단 풍토에 점차 정착이 됐으면 하는 바람입니다.

– 2007년 4월 17일

리얼리즘의 힘과 다양한 소설기법 ········

—제1회 요동문학상 소설 부분 수상작 심사평

강재희의 「탈곡」, 박성군의 「빵구난 그물」, 최렬의 『사막의 정한』을 소설 부분 우수작으로 선정하게 되었다. 3편의 소설들은 리얼리즘 정신으로 우리의 역사와 현실을 조명하고 있으며 생동한 성격, 정제된 플롯, 참신한 주제를 다루고 있으며 대조, 비유, 상징, 야유와 풍자 등 기법에 의해 우리 소설문학의 지평을 더욱 넓어지게 하였다.

강제희의 단편 「탈곡」은 조선족 농촌사회의 병폐와 일부 우리 민족 구성원의 허랑방탕한 근성을 꼬집은 하나의 세태풍속화이다. 소설의 제목을 「탈곡」이라 했는데 이는 다분히 상징성을 지닌다. 탈곡은 곡식의 낟알을 이삭에서 털어 내는 작업을 말하지만 이 소설의 내용을 염두에 두면 온갖 명분과 구실을 만들어 뚜드려 먹고 마시는 우리 농촌사회의 현실을 암시한다. 또 그것은 껍데기는 버리고 낟알만 챙겨야 함을 의미하는지도 모른다. 그야말로 이 작품은 취기 어린 농담, 육담들이 오가고 도리깨가 난무하는 탈곡장을 연상시킨다. 작품은 복이네 집에서 탈곡을 하는 하루의 일과를 다루고 있는데 부지런한 '되놈'과 먹고 놀기만 좋아하는 조선족 농민들과의 대조를 통해 우리 조선족공동체의 부끄러운 현실을 적나라하게 드러낸다. 하지만 제3인칭 서술시점을 취함으로써 지나친 흥분이나 섣부른 비판을 자제했고 시종일관 세부묘사에 의한 형상의 진실성을 추구했다. 온 마을 사람들이 흥청망청 취했을 때도 직설적인 비판을 삼가고 능청스럽게 아이러니를 창출한다. "모두들 점심 술에 푹 취해 버렸다. 취하지 않은 것이라면 공연히 정주와 마당에서 사람들의 발길에 묻어 다니는 햇강아지 누렁이뿐이었다."

박선군의 단편 「빵구난 그물」 역시 한국초청 사기에 관여한 브로커들의 추접스러운 행태 및 그 윤리, 도덕적인 파산 과정을 유머러스하게 보여 준 수작이다. 우선 이 작품의 주인공 맹 사장이라는 호칭부터 보자. 작중인물의 성씨와 이름은 성격묘사의 보조적 수단으로 사용된다. 성씨와 이름이 작중인물에 대해 어느 정도의 암시성과 상징성을 띤다면 성격묘사에 도움을 받게 된다. 맹 사장은 맹씨(孟氏)로되 우리에게는 날랠 맹(猛), 어두울 맹(盲)을 연상시킨다. 워낙 그는 뱃사람이다. 하지만 천성이 게으르고 데면데면한 맹 사장은 '빵구'가 난 그물을 그대로 어로작업에 사용해서 큰 실수를 저지르고 해고당한다. '맹'이라는 성씨에 어울리는 짓거리이다. 맹 사장은 아우의 도움을 받아 노모를 모시고 홀아비로 어렵게 살아간다. 맹 사장은 궁여지책으로 중국에 들어와 한국위장결혼을 알선하는 일로 돈을 벌려고 한다. 하지만 일은 배배 꼬여서 결국 그의 파트너 숙희마저도 등을 돌리고 만다. 남 잡이가 제 잡이라고 맹 사장은 끝끝내 패가망신을 하고 '죄인이 압송되어 가는 것처럼' 한국으로 끌려간다. 성격창조는 소설의 첫째가는 과제라고 할 때 이 소설은 악인형이나 선인형의 기존 인물유형의 틀에 갇히지 않고 시종일관 장면과 플롯을 통해 맹 사장의 성격과 그 윤리, 도덕적 파산 과정을 생생하게 살려 내고 있다.

최렬의 중편 『사막의 정한』은 20세기 신판 『사씨남정기(謝氏南征記)』이다. 이 작품은 '우파분자'의 아내 전씨(全氏)의 파란만장한 생애를 다루고 있다. 전씨는 남편이 '우파분자'로 몰리는 바람에 몽골사람들이 살고 있는 황막한 사막지대로 추방되고 남편이 재차 끌려간 후에는 철없는 자식들을 데리고 온갖 수모와 괄시를 당하면서 무진 고생을 겪는다. 수년 후 학수고대하던 남편이 돌아왔으나 그는 어느덧 허랑한 사람으로 변한다. 하지만 전씨는 자식들을 데리고 남편을 찾아 떠난다. 이 소설은 김만중의 『사씨남정기』와 비슷한 모티프들을 다루고 있되 고진감래식의 해피엔딩으로 끝나지 않으며 또한 전씨를 억지로 여강자형의 인물로 만드는 우(愚)를 범하지 않았다. 시종일관 성격의 논리를 존중함으로써 모성과 부덕을 겸한 한 여성의 시대적, 인간적 비극을 증언하고 있다. 다음으로 이 소설은 배경설정과 이야기의 전개력 및 장면묘사에서 장점을 보인다. 전씨가 가냘픈 여인의 몸으로 가랫줄을 당기는 장면, 섬약한 여인네가 달구지에 나무를 싣는 장면, 전씨네가 마을의 양곡 배급에서 따돌림을 당하는 사건, 전씨네가 살던 집이 큰비에 무너지는 사건 등 장면묘사는 이 작품의 질감을 더해 주고 있다. 마지막으로 이 작품은 언어구사의 정확성과 비유의 생신함이 돋보인다. "공연히 장부책만 벌컥거리던 부기원은 애함애함 밭은기침만 했다." "앞니가 다 빠져 입이 합죽했다."의 경우에서 볼 수 있듯이 유일어의 정확한 구사, "그제야 란이는 마지못해 자리에서 일어났다. 마구 헝클어진 머리는 흡사 두드려 잡은 부엉이 꼴이었다.", "논판인지 피판인지 모를 논에 모진 영감 수염보다 작은 벼이삭을 놓고 소출을 기대한다는 것부터가 어리석은 생각이었다."의 경우에서 보다시피 상투적인 비유—

'죽은 비유'가 아니라 참신한 비유들을 창조함으로써 형상의 감화력을 한결 높이고 있다.

이번 심사를 통해 료동문학의 가능성과 저력을 재확인하면서 우리 민족의 삶의 현장에 주안점을 두고 치열한 작가의식과 예술적 탐구로 자기의 독창적인 소설세계를 구축해 온 세 분 작가의 노력에 치하를 드린다.

－2005년 10월 23일

풋풋한 인간애, 그리고 고백과 성찰의 미학·········

─제1회 요동문학상 수필 부분 수상작 심사평

『료동문학』을 통해 많은 신진 수필가들의 얼굴을 알게 된 점이 무엇보다도 기뻤다. 신진 수필가들의 작품이 많은 것만큼 자신의 신변잡사를 작품화한 수기(手記) 형태의 덜 익은 작품이 많았지만 그래도 적잖은 작품들은 조선족과 한족 잡거지구의 세태와 풍속을 다루면서 잃어버린 낙원에 대한 향수를 달래고 있었으며 적잖은 수필가들은 자기 자신의 절실한 인생문제를 두고 고민하고 스스로 참회하는 과정을 통해 인간적으로 성장하는 모습을 보여 주었다. 결국 김성일의 「한화 300만원」, 서정순의 「김치, 쏸차이 콤플렉스」, 최영옥의 「성장의 번뇌」를 수필 부분 우수작으로 선정하게 되었다.

김성일의 「한화 300만원」은 작가와 한국 삼원기업 오 사장과의 사이에 있었던 눈물겹도록 아름다운 이야기를 다루고 있다. 수필이 아니라 실화라고 하는 편이 좋겠지만 감동적인 성격창조, 굴곡적인 이야기, 진솔한 감정을 높이 사서 우수작으로 뽑게 되었다. 우리는 흔히 자신의 불찰은 반성하지 않고 한국인을 동포도 모르는 냉혈동물로 치부하거나 개별적인 한국인의 오만무례함에 진저리를 치는 나머지 모든 한국인을 통틀어 부정한다. 하지만 이 작품은 객관적인 시각을 잃지 않고 있으며 오 사장을 통해 따듯한 동포애, 피는 물보다 진하다는 사실을 확인한다. 필자는 귀국 후 3년이 지난 후 부득이한 사정으로 체불된 한화 300만 원을 오 사장으로부터 받게 되었을 때 더욱 큰 충격을 받는다. '그것은 사장님의 이국동포에 대한 관심이며 사랑이며 더 나아가서 인간에 대한 믿음'이기 때문이다. 피를 나눈 동포 사이에도 상호 존중과 신뢰가 그 무엇보다 중요함을 말해 준 수작이라 생각한다.

서정순은 고급중학교 교사생활을 하는 바쁜 일상에도 여성적인 섬세한 눈초리로 생활 주변에서 소재를 발굴해 부지런히 수필을 쓰고 있다. 『료동문학』 1기부터 8기까지 쓴 수필들만 보아도 이 4, 5년 사이에 커다란 진전을 보이고 있다. 「소중한 엄마, 핑크빛 친정」(제6기)과 「김치, 쏸차이 콤플렉스」(제8기)를 보면 그의 수필은 주로 잃고 잃어져 가는 것들에 대한 절절한 애정을 다루고 있다고 하겠다. 「소중한 엄마, 핑크빛 친정」이 시골의 고향집을 지키면서 일편단심 남편과 자식의 시중을 들고 있는 친정어머니의 부덕과 모성애를 찬미한 작품이라면 「김치, 쏸차이 콤플렉스」는 이젠 볼 수 없는 김장철에 대한 미련을 다루고 있다. 김치를 담그고 쏸차이(酸菜)를 담그는 장면에 대한 섬세한 관찰과 묘사도 일품이지만 온 마을에 넘치는 즐거움, 특히 이웃과 두 민족 사이에 오가는 정이 더욱 가슴에 뭉클하게 와서 닿는다. 이처럼 서정옥의 수필이 근본적으로 뿌리박고 있는 곳은 동년의 시간이다. 그는 동년기에 그와 함께 존재했던 일상의 일들을 통해 삶의 의미를 추출해 내고 인정이 메말라 가는 현대문명을 꼬집고 있다. 이는 삭막한 도시생활에 지쳐 있는 사람들에게 커다란 힘을 주는 활력소가 된다. 물론 이 수필은 소재가 내재한 다른 한 사상의 보석, '김치'와 '쏸차이'라는 부동한 문화의 공존과 그 의미를 포착하지 못한 아쉬움도 남긴다.

최영옥의 「성장의 번뇌」는 15살 사춘기 사내애의 생일날에 있었던 이야기를 다루고 있다. 생일날이라고 엄마는 생일 케이크를 사 들고 귀가한다. 하지만 사춘기의 아들애는 엄마의 진정과 사랑을 알아주기는 고사하고 심드렁하니 불평을 부리고 엉뚱한 짓거리만 한다. 마침내 아들놈은 "나를 근심하지 마세요."라는 글쪽지만 남기고 생일날 장밤 PC방에서 보내고 돌아온다. 작자는 아들놈의 이상한 짓거리에 당혹스러움과 서러움을 느끼기도 하고 지어는 배신감과 분노를 느끼기도 한다. 하지만 남편의 느긋한 처사와 아들애의 뒤늦은 참회에 비로소 하나의 철리를 느낀다. 그것인즉 '결코 짧다고만 할 수 없는 15년 모령(母齡)을 맞는 오늘, 애를 밝고 바르게 성장하도록 돕는 길은 바로 그 엄마도 함께 성장하는 길'이라는 것이다. 이 수필은 사춘기에 처한 자식을 가진 엄마의 일상을 다루고 있되 단순히 신변잡사를 구구히 늘어놓는 데 그치지 않고 그것의 의미화(意味化)하고 있다. 말하자면 사춘기에 처한 자식과 부모의 갈등은 서로 상대를 이해하고 기다리는 여유를 가져야 함을 일깨워 주고 있다. 일방적으로 자식이 부모의 의지에 따르기를 바라지 말고 부모 쪽에서 오히려 자식이 스스로 참회하고 성숙되기를 기다리는 여유와 아량이 있어야 함을 말하고 있다. 수필은 고백(告白)의 문학, 자조(自照)의 문학이라고 할 때 전반 글에 관통된 여성 특유의 섬세한 눈길과 차분한 정서가 녹아들어 있어 읽는 이들의 마음을 맑아지게 한다.

인간적인 정의, 진솔한 고백, 섬세한 언어로 자기 수필의 아름다운 동산을 가꾼 세 분 수필가의 노력에 치하를 드린다.

－2005년 10월 23일

캐릭터와 판타지의 매력 ·········

-2005년 연변문학 '윤동주문학상' 소설 부분 심사평

2005년도 연변문학 '윤동주문학상' 소설 부분 본상 후보작으로 김혁의 『불의 제전(祭典)』, 리여천의 『인연의 숲에서 하느작이던 풀은』, 권중철의 『아, 넋의 자취여』, 그리고 신인상 후보작으로 량영철의 『오늘 내리는 비』, 류일복의 『소서와 처서 사이』 등이 거론되었으나 심사위원들의 충분한 논의와 심사를 거쳐 김혁의 중편 『불의 제전』을 본상 수상작으로, 권중철의 『아, 넋의 자취여』를 신인상 수상작으로 뽑게 되었다.

우선 권중철의 『아, 넋의 자취여』부터 보기로 하자. 이 소설은 새로운 캐릭터(character, 성격)를 창조해 주목된다.

소설은 성격창조를 기본적인 과제로 내세운다. 성격 또는 인물이 살지 않은 소설은 아무리 새로운 기법을 구사했다 해도 소설 본연의 사명을 망각한 것이며 독자들의 공감을 얻기 어렵다. 우수한 소설은 작중인물과 더불어 문학사에 기록되고 두고두고 읽힌다. 장편의 경우 세르반테스의 『돈키호테』가 그렇고 톨스토이의 『안나 카레니나』가 그러하며 단편의 경우 노신의 「공을기」가 그렇고 라도향의 「벙어리 삼룡이」가 그러하다.

『아, 넋의 자취여』의 주인공은 '작은 아버지'이다. 그는 적어도 김동인의 소설 『붉은 산』의 주인공 삵이나 안수길의 소설 『원각사』의 주인공 억쇠의 연장선에 서 있다. 한국의 장편 드라마 <김두한>에 나오는 '시라소니'를 연상케 하기도 한다.

주인공인 '작은 아버지'의 성씨는 장씨이나 그 이름은 누구도 모른다. 그 대신 유난히 큰 거시기(男根)와 엉덩이에 난 흉터가 인상적이다. 왜소하고 강마른 몸매이나 언제나 칼날같이 번쩍번쩍 빛나는 독수리눈을 가진 그는 한 마리의 늑대와 같은 야인이다. 일단 분통이 터진다 하면 몸집은 작지만 상대가 누구든 생사를 불문하고 주먹으로 치고 이마로 들이박고 한다. 그는 민주련군 전사로 항일전쟁에 참가했고 인민해방군전사로 제3차 국내전쟁에 참가해 해남도까지 쳐 내려간 공신이지만 당원도 아니고 군인복원증도 없다. 현에서 몇 번째 가는 관직을 받았지만 그것마저 헌신짝처럼 내던지고 시골에 내려와 사는 괴짜다. 하지만 그는 모름지기 애증이 분명한 사람인지라 일본 놈을 미워하고 혁명경력을 빙자해 공물을 마음대로 독차지하는 자들을 눈이 찢어지게 미워하며 홀로 사는 분이 엄마를 동정하고 군인의 영예를 소중히 여긴다. 성미가 거칠고 걸핏하면 주먹을 쓰지만 경우가 바르고 정직한 사람이다. 그는 살벌한 '문화대혁명'때 의지가지없는 분이 엄마를 비호해 준 '죄'로 반란파들에게 물매를 맞고 숨진다. 작자는 이러한 생동한 성격미의 창조를 통해 허례허식과 부정부패가 판을 치는 현실을 비판하고 참된 인간성의 부활을 호소하고 있음이 분명하다.

이 소설은 일인칭 소설시점을 택하고 있는데 모든 인물과 사건을 '나'의 추억, 관찰과 서술에 의해 묘사, 진척시키고 있다. 뿐만 아니라 그야말로 누워서 떡 먹기로 호젓한 산속에서 일본 여인과 통정을 하는 장면, 혁명경력을 빙자해 마을을 쥐락펴락하는 '천도깨비'를 혼내 주는 장면, 분이 엄마와 치근덕거리는 '백대가리'와 그 형제들을 굴복시키는 장면 등 전형적인 세부를 통해 의협심이 강하고 강기(剛氣) 있는 '작은 아버지'의 성격을 잘 그려 냈다. 또한 '작은 아버지'의 유난히 큰 거시기에 대해 반복적으로 묘사함으로써 은근히 남성미를 암시하고 작품에 익살과 해학의 미를 더해 주고 있다.

김혁의 『불의 제전』은 판타지(fantasy) 소설이라 이를 순문학으로 볼 수 있을까 하여 본상 수상작으로 뽑는 데 많이 주저했다. 하지만 상상이 빈약하고 언어가 거칠고 메마른 오늘의 문단사정을 염두에 둘 때 현실에 안주할 줄 모르는 김혁 씨의 대담한 실험정신과 이 소설에서 보여 준 풍부한 상상력, 미끈하고 윤택한 언어구사력 및 우리 민족사에 대한 깊은 통찰력은 본상을 받아 마땅하다는 판단에 이르게 하였다.

『불의 제전』을 보면 적봉(赤峰)을 성산으로 우러르는 남하족(南河族)과 산북족(山北族)이 곡성(哭城)이라는 담을 사이 두고 은연중 갈등과 마찰을 빚어내고 있는데 이를 배경으로 남하족의 진(眞)이라는 화동(火童)의 눈물겨운 성장사와 그의 비장한 운명을 다루고 있다. 불을 무서워하던 진이 화신무(火神舞)에 열광하게 되고 산북족의 유(柔)라는 처녀애와 열연에 빠지기도 하며 월경(越境)하여 산북의 불씨를 가져다가 가가호호에 나누어 주는 등 여러 가지 남하족의 금기(禁忌)를 어긴다. 진은 벌을 받아 두 눈을 잃게 되지만 불과 춤에 대한 집념은 버릴 수가 없다. 나중에 진은 미친 듯이 춤을 추고 북을 두드리면서 적봉의 용암 속으로, 불 속으로 걸어 들어가 열반(涅槃)을 한다.

이 소설은 우선 불을 매개(媒介)로 상상의 나래를 펼치고 있다. 상고 시대 북방의 여러 부족과 삼한의 여러 나라가 봄, 가을에 있었던 '밤낮으로 쉬지 않고 음주(飮酒), 가무(歌舞)한 국가대회'도 불을 둘러싼 군중의 광희(狂喜)로 이어진 제의(祭儀)였다. 그리고 불은 우리 민족의 경우, 신화에서는 왕권, 영웅탄생, 정화(淨化) 등을 의미하고 우리 무속이나 민속에서는 열정, 정화를 의미했으며 우리 풍습에서는 생명력과 복(福), 벽사(辟邪)를 의미하고 유교에서는 개화(改火), 불교에서는 자기 멸각(滅却)을 통한 승화를 의미하였으며 역사와 문학에서는 위기와 정열을 의미했다. 『불의 제전』에서는 불의 다양한 상징적 의미를 유감없이 보여 주고 있는데 그중에서도 어지러운 세상을 정화하고 멸각을 통한 승화의 의미에 포인트를 두고 있다. 화신무에 열광하고 불 속에서 열반하는 주인공 진의 형상에서 가장 두드러지는 것은 예술에 대한 끈질긴 집착, 사랑하는 처녀에 대한 불같은 사랑, 만민을 위한 헌신성, 스승에 대한 존경과 같은 것들이다. 이러한 덕목들은 무지막지한 족장(族長)과 이해타산에 밝은 동료인 교(狡)와의 대비를 통해 더욱 분명히 드러난다. 이처럼 환상적인 인물과 사건을 다루고 있음에도 불구하고 이 소설이 암시하는 바는 분명하다. 그것은 우리 민족이 국토의 분단을 극복하고 대동세계를 이루는 길은 우리 민족 전체가 불의 세례를 받아 스스로를 정화하거나 재생해야 함을 암시하고 있다.

이 소설은 작자의 해박한 지식, 환상적인 인물과 플롯, 수려한 언어구사와 깊이 있는 주제의 발굴로 말미암아 독자들의 사랑을 받으리라 생각한다.

모두에게 수상을 축하한다.

– 2005년 3월 25일

조선족 소설문학, 1987년~2006년의 풍경········

조성일, 권철 주편의 『중국조선족문학사』(1990) 이후 많은 현장비평이 주어지고 오상순의 『중국조선족소설사』(2000년) 등 전문저서와 다수의 개인평론집들이 나왔다. 하지만 1986년도 이후 조선족 사회의 구조적 변동과 주변 환경의 변화에 따른 조선족문학의 변화, 특히 소설문학의 변화에 대해서는 아직 체계적인 연구가 이루어지지 못했다. 특히 새로운 시각과 방법론의 결여로 말미암아 1987년에서 2007년 현재까지 우리 소설문학의 새로운 변화를 포착하고 그 사상, 예술적 특징과 발전맥락을 진단하지 못하고 있다.

따라서 이 글에서는 근대에 대한 성찰, 현대소설의 미학이라는 패러다임에 비추어 우리 소설문학의 새로운 주제적 경향과 예술적 성과를 중, 단편소설에 한해 윤곽적이나마 가늠해 보고자 한다.

1986년 이후 우리는 시장경제의 도입을 비롯한 일련의 새로운 사회정치적 변화들을 경험한다. 1986년 북경을 중심으로 한 '민주화의 물결', 1988년 서울올림픽을 계기로 불기 시작한 '서울비람'과 '연변비람', 1989년 구소련의 해체와 동유럽사회주의권의 붕괴, 1992년 마침내 우리는 '적국'이었던 한국과도 수교를 하게 된다. 이 시기 도시화, 출국바람으로 말미암아 조선족공동체는 농촌의 붕괴, 인구의 감소, 문화교육의 쇠퇴 등 여러 가지 위기를 경험한다. 하지만 조선족공동체를 살리기 위한 노력도 주어져 시민단체들이 우후죽순처럼 일어섰다.

이러한 사회정치적 변화와 더불어 자본주의적 생활양식과 서방의 철학, 미학, 사회학, 심리학 저서들이 사태처럼 수입되고 19세기 상징주의, 이미지즘으로부터 모더니즘, 포스터모더니즘 유파와 사조들이 한꺼번에 밀려들었다. 조선족 문단의 경우는 상술한 서방의 철학과 사상, 유파와 사조들을 중국의 주류문학을 통해 수용하는 경우도 있었지만 주로 한국을 통해 쉽게 접할 수 있었다. 손창섭, 하근찬, 최인훈, 김승옥, 이청준, 황석영, 박완서, 조정래, 박경리의 소설이 널리 읽혔다. 게다가 조선족 작가들과 한국 작가들은 서울과 연변에서 빈번히 만날 수 있었고 조선족 작가들은 안방에서 한국의 TV들을 시청할 수 있게 되었다. 특히 인터넷문화는 조선족 작가에게 언제든지 세계와 소통할 수 있는 여건을 마련해 주었다.

상술한 사회정치적이며 생활문학적인 변화 속에서 조선족 작가들은 더는 서방세계에 대해 낯설지 않게 되었고 사상, 의식적으로 탈퇴환골의 변화를 경험하게 되었으며 새로운 시각으로 자연과 인간을 바라볼 수 있게 되었다.

우선 주제적인 측면에서 1987년에서 2006년 현재까지 20년간 우리 소설문학의 변화를 살펴보면 다음과 같다.

첫 번째 경향은 탈이념, 세속적 삶에 대한 추구다. 우리 작가들은 기존의 이념과 통념에서 벗어나 세속적인 삶에 의미를 부여한다. 그들은 이제는 십자가를 짊어진 하느님이 아니라 세속적인 인간이다. 정세봉과 같이 볼셰비키의 이념적 경직화에 비애를 느끼고 그 본연의 모습을 찾으려고 했던 작가들이 오히려 그 이념과 사상의 울타리에서 뛰쳐나와 보통 인간의 생명의 숨결에 더욱 관심을 가지기도 했다. 거대서사를 기피하고 자질구레한 인간사에 관심을 가지는 것이다. 이러한 작가의식의 변화에 대해 이혜선은 다음과 같이 발언하고 있다.

"다시 한 번 우리들의 분주스러운 삶을 바라보았다. 삶은 사라지는 것이므로 살아가는 것이다. 생존의 본능과 죽음의 본능을 동시에 갖고 있는 것이 인간이므로 자질구레하고 추상적이고 구체적인 여러 가지 소망과 의미를 만들 줄 아는, 그런 본능과 창조력을 갖고 있어 참으로 삶을 견뎌 내는 데 다행스럽다고 생각한다. 그리고 스스로 여러 가지 스트레스를 풀어 가는 갸륵하고 처절한 노력도 경탄스럽다. 이런 의미에서 지루하고 피곤하고 심각한 모티프를 오히려 가볍게 다루고 싶었던 것은 우리 모두의 비슷한 삶에 대한 자조(自嘲)와 반발인가 싶다."

하지만 탈이념, 세속적 삶을 추구한 소설의 효시(嚆矢) 또는 대표적인 작품들로는 1990년대 초반에 발표한 정세봉의 「빨간 크레용 태양」, 「태양은 동토대의 먼 하늘에」, 「엄마는 교회에 가요」와 같은 작품을 들 수 있다. 이러한 작품들에서 정세봉은 신(神)의 부재, 가치관의 혼란, 신앙과 희망을 상실한 현대인간의 비애를 다루고 있다.

정세봉의 단편 「빨간 크레용 태양」은 문득 모택동이 서거한 소식이 전해진 어느 한 농촌마을을 배경으로 설정한다. 주인공 '나'의 아버지를 비롯한 마을 사람들은 신적인 존재의 서거로 말미암아 커다란 슬픔과 불안에 잠기지만 사춘기 소년인 '나'는 그 하늘땅이 무너지는 사변과는 관계없이 사랑하는 처녀 희애와 함께 강가의 초막에서 안고 뒹굴면서 사랑을 나눈다. 여기서 신과 인간을 대립시키고 있으며 신이 존재하건 말건 보통 인간의 불행과 행복은 별개로 존재하고 있음을 보여 주었다.

두 번째 경향은 김관웅이 말한 바와 같이 민족적 사실주의적 성격을 지닌 작품들이다. 이 경우, 민족의 현실을 정시하고 민족적 위기를 극복하기 위한 다양한 민족구성원들의 몸짓을 구체적으로 형상화하고 있다. 이 계열에 속하는 작품으로는 최홍일의 「흑색의 태양」, 김훈의 「또 하나의 '나'」, 최국철의 「제5의 계절」, 리원길의 「직녀야, 니나 내려다구」, 박옥남의 「둥지」, 양춘식의 「달도」, 정형섭의 『기러기문신』과 같은 작품을 들 수 있다. 이러한 작품들은 현실고발을 거쳐 주체적인 자각에까지 이르는 경우가 많은데, 대체로 사르트르의 실존주의철학에 기대고 있다. 구세주의 손길이 피부에 닿지 않고 있으니 위기 극복의 힘을 주체의 자각에서 찾을 수밖에 없었던 것이다.

김훈의 단편 「또 하나의 나」를 보기로 하자. 주인공 '나'는 비정하고 허황한 현실 속에 '여분의 존재'로 주어진 외롭고 고독한 실업자이다. '나'는 1950년대 후반부터 시작된 극좌 정치노선으로 말미암아 '동년시절 영향실조에 걸린 구루병 환자, 소년시절에 반란에 무조건 도리가 있다던 홍위병, 청년시절 광활한 천지에서 지구를 다스리던 지식청년, 중년시절 부모처자를 가진 정리해고자'이다. 그는 마치도 어항 속에 갇힌 풀개구리나 자라처럼 불확실한 현실 속에서 가난에 찌들고 그 어떤 우상에 의해 속임을 당하기도 하며 그 어떤 정체모를 권력에 의해 조롱을 당하기도 한다. 나중에 그는 유일한 생존수단인 직업마저 잃고 만다. 이 광명한 천지에 그가 설 자리는 아무데도 없고 마누라에게서도 남편대접을 받지 못하는 소외계층으로 굴러 떨어진다. 하지만 주인공 '나'는 마침내 실의와 비애, 자기기만과 자포자기의 늪에서 헤어 나와 새로운 삶을 개척해 나갈 의지와 결단을 되찾는다.

민족적 사실주의 경향을 지닌 작품들 중에서 우리 민족공동체의 해체와 위기의 원인을 민족 자체의 허랑방탕한 향락주의 풍토에서 찾은 작품들도 주목된다. 요녕지역의 작가 강재희의 소설이 그러하다. 그의 단편 「탈곡」은 조선족농촌사회의 병폐와 허랑방탕한 근성을 꼬집은 세태풍속화이다. 소설의 제목을 '탈곡'이라 했는데 이는 다분히 상징성을 지닌다. 탈곡은 곡식의 낟알을 이삭에서 털어 내는 작업을 말하지만 이 소설의 내용을 염두에 두면 온갖 명분과 구실을 만들어 뚜드려 먹고 마시는 우리 농촌사회의 현실을 암시한다. 또 그것은 껍데기만 버리고 낟알만 챙겨야 함을 의미하는

지도 모른다. 이 작품은 취기 어린 농담, 육담들이 오가고 도리깨가 난무하는 탈곡장을 연상시킨다. 작품은 복이네 집에서 탈곡을 하는 하루의 일과를 다루고 있는데, 부지런한 '되놈'과 먹고 놀기만 좋아하는 조선족 농민들과의 선명한 대조를 통해 우리 조선족공동체의 치부(恥部)를 적나라하게 드러낸다. 하지만 제3인칭 서술시점을 취함으로써 지나친 흥분이나 섣부른 비판을 자제했고 시종일관 세부묘사에 의한 형상의 진실성을 추구했다. 온 마을 사람들이 홍청망청 취했을 때도 직설적인 비판을 삼가고 능청스럽게 아이러니를 창출한다.

"모두 점심 술에 푹 취해 버렸다. 취하지 않은 것이라면 공연히 정주와 마당에서 사람들의 발길에 묻어 다니는 햇강아지 누렁이뿐이었다."

세 번째로 디아스포라적 삶을 자각하고 민족적 또는 개인의 정체성의 문제를 다룬 작품들이다. 김재국의 장편수기 『한국은 없다』가 작가의 진실한 체험과 아픔을 통하여 민족적 정체성의 문제를 처음으로 한중 언론매체에 전면으로 부각시킨 작품이라면 허련순의 장편소설 『바람꽃』이나 조성희의 단편소설 「동년」은 민족적 정체성의 문제를 다룬 효시적인 소설이라고 본다.

조성희의 「동년」은 몽환적 사실주의 특징을 가진 수작이다. 아랫마을에는 조선족이, 윗마을에는 한족이 살고 있는데 아랫마을 조선족 총각은 윗마을 한족 처녀를 사모하면서 도둑연애를 한다. 한편 윗마을 검정 수캐는 아랫마을의 흰 암캐를 찾아와 짝짓기를 한다. 조선족 총각은 그를 시샘하고 질투하는 한족 젊은이들에게 들통이 나서 늘씬히게 맞아 쓰러지고, 야밤중에 윗마을의 검정 수캐는 아랫마을 수캐들에게 물리고 뜯겨 죽어 버린다. 그런데 이듬해 봄에 아랫마을에서 희한한 일이 생긴다. 아랫마을의 흰 암캐가 여러 마리의 새끼를 낳았는데 신기하게도 모두 얼룩 강아지들이란 이야기다. 두 민족 사이의 반목과 문화적인 마찰 및 그 숙명적인 공존과 융합의 생리를 인간세계와 동물세계와의 대조를 통해 그려 낸 유머러스한 작품이다.

박옥남의 단편 「둥지」와 「마이허」 역시 조선족공동체의 해체과정과 민족적 정체성의 문제를 다룬 수작이다. 「둥지」를 보자. 조선족 어린이들이 뛰놀던 벽동소학교가 한족들에게 팔려 양 우리로 변하고 '학교간판이 도끼날에 두 쪽으로 쪼개져 교실창문 위에 거꾸로 덧박혀 있'는 광경은 처량하기 짝이 없다. 둥지가 부서진다면 알인들 어찌 성하랴. 주인공 진수 소년은 '문득 저 집에 들어올 양들이 나보다 훨씬 행복하다는 생각이 들었다. 나는 있던 집도 없어졌는데 양들은 이렇게 팔자에도 없는 좋은 벽돌기와집에서 살게 생겼으니 말이다.' 이 얼마나 눈물겨운 역설과 아이러니인가.

그 외에도 페미니즘소설들이 각광을 받고 있다. 이선희의 「그녀의 세계」와 같은 페미니즘 소설이 1980년대에도 나왔지만 1990년대 이후 권선자, 이혜선, 허련순, 조성희 등 여성 작가들이 남성 작가들에 비해 강세를 보였고 페미니즘소설의 창작에서도 새로운 경지를 열어 놓았다. 권선자의 「엄마의 저수지」, 허련순의 「하수구에 돌을 던져라」 등은 부권제에 도전하고 남성의 무능함과 도덕적 타락에 반기를 듦과 아울러 여성의 자각을 다룬 충격적인 작품이 아닐 수 없다.

「엄마의 저수지」의 주인공 금혜는 일반인의 눈으로 볼 때는 행복한 주부이다. 시골출신이지만 병원 원장의 후실로 들어가 그야말로 호강을 하면서 살고 있다. 하지만 출근하는 남편의 양복 잔등에 '기다랗게 누워 있는 굽실굽실한 황금빛 머리카락'을 보는 순간 커다란 배신감을 느끼며 점차 자기 자신을 되돌아본다. 다만 여성이라는 이유로 남편에게 씨받이로 이용된 자신, 친정집 동생들에게도 일방적으로 베풀어야만 하는 자신, 지어는 자식들에게까지 모성은 한낱 대가 없는 희생물로 되고 마는 구슬픈 사실을 발견한다. 저수지의 물도 차면 언제를 넘어 흐르듯이 여기서 금혜의 일탈은 시작된다. 이처럼 이 작품은 페미니즘의 시각으로 여성에게 희생만을 강요하는 남성중심의 사회가 지니고 있는 비도덕성과 허위성, 즉 현대적 삶의 불모성을 고발하고 있다. 최근 몇십 년간 쓰러지는 가정과 조선족공동체를 살리기 위해 아무런 정감적, 경제적 보상도 받지 못하고 짐승처럼 혹사당하기만 했던 여성들을 생각할 때 금혜의 형상은 전형성을 띤다고 해야 하겠다.

무엇을 쓰는가 하는 것이 우선은 중요한 것이지만 어떻게 쓰는가 하는 문제가 훨씬 절실하게 다가와 있다. 소설적인 기법에서 남성 작가들에 비해 박옥남, 허련순, 이혜선 등 여성 작가들의 작품들이 돋보인다.

박옥남은 오상사범학교 일본어학과를 나와 상지조선족중학교에서 일어교사로 근무하고 있는 여성 교사인데, 우리말과 글을 너무나 잘 다루고 있다. 화롯불에서 파낸 감자나 고구마처럼 구수하다. 오히려 산재지구 작가들의 소설에서 이기영의 작품을 읽는 그런 구순한 언어의 미, 오염되지 않은 우리말과 글의 진미를 맛볼 수 있다. 1980년 연변문단에 리원길이라는 언어의 귀재가 불쑥 나타났을 때 받았던 그런 충격을 받았다. 박옥남은 2006년에는 「목욕탕에 온 여자들」, 올해 벽두에는 「마이허」라는 단편을 발표했다. 「둥지」는 도데의 단편소설 「마지막 수업」의 구조를 배운 것 같고 「목욕탕에 온 여자」는 일본 근대소설의 총아 아쿠타가와 류노스케(1892~1927)의 영향을 받은 흔적이 있는데, 아무튼 사물을 관찰하는 시선이 예리하고 언어가 일품이다. 「마이허」에서 개미허리와 같은 강 하나를 사이를 두고 살고 있는 중국인 마을과 조선족 마을의 색다른 풍속을 아주 생동하게 그렸다. 이 소설은 민속사적으로도 가치가 있는 작품이다.

상투적인 언어, 비유만 되풀이한다면 영원히 자기의 독창적인 문학세계를 일구어 낼 수 없다. '물 찬 제비요', '억대우 같은 사내'와 같은 상투적인 비유는 '죽은 비유'이다. 묘사, 비유, 은유, 상징 등은 새롭게 개발되어야 하고 참신해야 한다. 여기에 작가의 첫째가는 사명이 있다. 기업에 비유하자면 새록새록 신제품을 개발하지 못하면 도태되는 것과 마찬가지로 작가도 새로운 묘사, 비유, 은유, 상징, 아이러니, 역설을 개발하지 못한다면 독자를 잃게 된다. 이런 의미에서 박옥남의 출현은 전통적인 언어와 기법에 안주하던 우리 소설문단에 생기와 활기를 불어넣었다.

허련순의 단편 「하수구에 돌을 던져라」는 짧은 편폭의 단편이지만 순진한 농촌 여성이 인간적으로 자각하고 새로운 출구를 찾는 과정을 핍진하게 그리고 있으며 허랑하고 무능하고 몰염치한 남성사회에 도전장을 던지고 있다. 주인공 '그녀'는 가정을 살리기 위해 출국수속을 하다가 돈만 날린다. 시어머니와 남편의 핀잔과 야유를 이기지 못해 '그녀'는 자살을 시도하나 성사하지 못한다. '그녀'는 마침내 남편의 허락을 받고 위장결혼을 하고 한국으로 가게 된다. 그제야 남편은 '여태 한 번도 느껴 보지 못한 처절함과 배신감, 그리고 질투와 분노까지 겹쳐서' 노발대발한다. 하지만 '그녀'는 태연히 립스틱을 꺼내서 입술에 바른다. 남편이 '그녀'의 손에서 립스틱을 뺏더니 "거지 같은 놈한테 잘 보일 필요는 없다니깐." 하고 소리를 지른다. 이때 '그녀'는 "당신은 그런 말을 할 자격이 없는 사람"이라고 쏘아붙이면서 당당하게 맞선다.

가정과 사회를 살리기 위해 한 몸을 던지는 여성에 비해 남성사회는 초라하고 비열하고 무맥하다. '남편'은 아내가 돈을 벌어 오기를 바라서 가짜 이혼을 했고 이혼 서류에 도장을 찍은 날부터 3개월이 지나야 재혼이 가능하다는 말을 듣고 아내와의 위장결혼수속을 다그치기 위해 자신의 사망신고서를 낸다. 어디 그뿐인가. '남편'은

‘그녀’가 돈을 보내오자 ‘성공’했다고 생각하며 “이제 큰소리하면서 살게 됐소.” 하고 좋아한다. 남성사회의 타락상을 적나라하게 드러낸 것이다.

특히 이 소설은 시종 시비경우는 바르나 말수 적은 ‘누님’의 시점을 통해 작중인물을 관찰하고 ‘그녀’의 내심독백을 차분하고 절제 있게 펼쳐 보임으로써 자칫하면 남성세계에 대한 속 얕은 흥분과 비난으로 끝날 수 있는 소재를 예술적인 완성도가 높은 소설로 만들었다. 그리고 이 작품은 집 떠난 고양이라는 소도구를 적절하게 등장시켜 상징적 의미를 더해 주고 있을 뿐만 아니라 ‘그녀’의 ‘여위고 작은 맨발’을 세 번 반복적으로 묘사함으로써 복선과 조응, 상징의 미학도 창출해 전반 작품을 탄탄하게 구성하고 있다.

“마치 열 살에 성장을 멈춘 듯한 작은 발, 그것은 아마 바로 지금부터 커지려고 작았던 것인지도 모른다. 이제야 나는 그녀의 작은 발에 대한 징크스를 알 것 같았다.”

이 한 단락의 의론은 이 작품의 총체적인 의미를 암시, 대변하고도 남음이 있다. 발은 한 인간의 육체를 땅에 세우며 그 인간을 어떤 방향으로 가게 하는 인체의 중요한 기관이다. 그러므로 작게 보이던 발이 크게 보인다고 했을 때 그것이 의미하는 바는 분명하다. 즉 ‘그녀’가 자유선택을 통해 남성세계에 도전하고 자기의 길을 찾았음을 의미한다.

이처럼 허련순의 소설은 페미니즘의 시각과 적절한 시점, 상징적인 기법을 능란하게 구사하고 있다.

이혜선의 중편소설 『터지는 꽃보라』는 특이한 소재와 인물, 다양한 소설적 기법과 장치를 통해 독자들을 매료한 작품이다.

이 소설의 작중인물들은 모두 진짜 이름을 쓰지 않고 익명이나 별명으로 통한다. 오늘의 대중사회에서 개개인은 익명으로, 기호나 수자로 존재함은 더 말할 것 없다. 우리는 가끔은 현금인출기에서 비밀번호를 넣고 돈이 나올 때마다 익명으로 통하는 자신의 실체를 실감하게 된다. 이 작품의 경우에도 작중인물들은 ‘오징어파티’에 ‘고구마’, ‘별난 여자’, ‘안니’, ‘제이’로 통한다. 이러한 익명의 조건에서 이들은 자기의 욕구를 거침없이 분출한다. 천사가 악마로 변한다. 모든 탈을 벗어 던지고 추악한 몰골을 드러내게 된다. 황차 ‘3 · 8’절이라는 특수한 환경에서 익명의 네 중년여인들이 쏟아 내는 성적 기갈과 음담패설은 읽는 이들을 포복절도케 한다. 기실 그들은 가정을 위해 한국에서 10년씩이나 허둥대면서 일했지만 일단 귀국하자 자식과 남편, 사회에 의해 소외되고 마는 이방인들이다. 그래서 이 작품을 읽다 보면 눈물 어린 미소를 짓게 된다. 우리 사회의 진통과 해체, 그리고 소외의 주제를 익명이라는 장치를 통해 재미있게 풀이했다고 본다.

이상으로 1987년에서 2006년까지 우리 소설의 윤곽을 살펴보았다. 이 외에도 허련순의 『그녀 몸속의 고양이 열 마리』와 같은 생태주의소설, 김혁의 『불의 제전』과 같은 판타지소설을 주목할 수 있고, 또 최홍일의 『눈물 젖은 두만강』과 박선석의 『쓴웃음』 같은 장편은 우리 민족의 근현대사와 당대사를 형상화한 큰 스케일의 작품으로 알고 있다. 하지만 다음 기회에 논의하기로 한다.

우리 소설가들의 정진(挺進)을 기대한다.

– 2007년 8월 25일 초고, 10월 25일 수정

2007년도 지용문학상 수상시집 심사경위 ········

2007년도 정지용문학상은 연변작가협회 시집공모에 응모된 작품들을 심사대상으로 삼았다. 심사에 오른 시집은 모두 8부이다. 시인들은 미발표작 20수를 제기해 미구에 나올 시집을 대신했다.

제10회 정지용문학상 심사는 지난 5월 4일 용정시 봉림화원에서 있었는데 연변작가협회 주석 허룡석의 주최하에 조성일(비평가), 리상각(시인), 김호웅(비평가), 석화(시인), 조일남(비평가) 등 5명의 비평가와 시인들이 심사를 맡았다.

심사위원들은 하루 동안, 심사에 오른 작품들에 대한 개별심사와 종합심사를 진행했다. 심사위원들은 큰 책임감을 가지고 정독과 논의를 거듭해 아래와 같이 합의를 보았다.

1. 우리 민족의 대표적인 현대시인이며 '향수'의 시인인 정지용의 거룩한 인격과 치열한 문학정신, 아름다운 시세계에 걸맞게 응모작품들이 무엇을 썼는가에 우선 큰 비중을 둠과 동시에 어떻게 썼는가 하는 예술성도 홀시할 수 없음에 대해 공동한 인식을 가지면서 사상성과 예술성의 2내 심사기준을 나시 한 번 확인하였다.

2. 후보자의 문학적 경력, 문학적 성취 및 문단에 대한 기여도 등도 종합적으로 고려해야 할 뿐만 아니라 흑룡강, 요녕 등 여러 지역에 살고 있는 우리 시인들을 차별없이 고려해야 한다고 인정했다.

3. 정지용문학상은 조선족 문단에서 권위성, 공정성과 투명성을 가진 최고의 문학상으로 자리를 잡아야 한다고 인정했다.

4. 명년부터는 수상시집의 질을 담보하기 위해 완정한 개인 시집을 응모시집으로 제출해야 하며 수상시집은 중국 경내에서 최고의 수준으로 인쇄해 배포해야 한다고 인정했다.

5. 하루 동안의 심사를 거쳐 최후로 김동진과 그의 시(4번), 리문호와 그의 시(1번)를 두고 논의의 범위가 좁아졌는데 결국 시적 언어의 세련도와 시적 구성의 정제함에 있어서는 김동진의 시들이 높이 평가되었지만, 조선족의 산재지구인 심양에서 우리 민족의 현실과 미래에 대한 깊은 우환의식을 가지고 심오한 시적 탐구를 했다는

점과 언중유골(言中有骨)의 유머러스한 시풍을 확립해 우리 시단에서 일가(一家)를 이루었다는 점이 높이 평가되어 결국 리문호와 그의 시집이 수상의 영예를 지니게 되었다.

－2007년 5월 4일

흔들리는 민족공동체와 바로 서기의 미학 ········

—2006년 연변문학 '윤동주문학상' 심사평

리상각, 김병민, 김호웅, 조성일

2006년 제27회 ≪연변문학≫ 윤동주문학상 시 부분 본상에는 강효삼 시인의 시 「초불엔 재가 없다」, 신인상에는 채국범의 시 「한줄기 향기가」가 선정되고 수필 부분 본상에 김점순의 「발」을, 신인상에 오경희의 「흔들리는 미학」이 선정되었으며 소설 부분 본상에는 최홍일의 단편소설 「닉명신」, 신인상에는 장형섭의 중편소설 『기러기문신』이 선정되었고 평론 부분은 본상 수상작을 내지 못하고 2편의 신인상 수상작만을 선정하게 되었다.

1

예로부터 '촟불'을 쓴 시인들이 많은데 거개가 이별의 슬픔, 그리움의 눈물을 쓴 것으로서 아픈 마음을 표현한 것이었다. 그러나 강효삼은 남다른 시상을 익히고 있다. 촟불의 고귀한 헌신정신에 초점을 맞추고 깊이 있게 썼다. 자기의 온몸을 바치는 모진 아픔, 그 아픔을 이겨 가며 끝까지 자기 몸을 태우는 불굴의 정신, 나중에는 자신의 눈물까지도 다 태우고 재도 남기지 않는다. 이처럼 한 구절, 한 구절 점진적으로 시정신의 깊이를 발굴해 냈다. 눈물마저 태우며 재를 남기지 않는다는 데 강렬한 빛을 발사하는 이 시의 초점이 있는 것이다.

촟불은 그 어떤 대가도 바라지 않는다. 자기를 바치는 촟불은 그 어떤 재물도, 칭찬도, 명예도 바라지 않는다. 헌신정신은 그처럼 치열한 것이다. 이 시는 우리에게 자신의 영혼을 스스로 반성해보게 한다. 시는 6행에 59자로 된 아주 짧은 작품이지만 촟불의 빛나는 정신은 우리를 깊이 감동시킨다.

채국범의 시 「한줄기 향기가」에서 한 줄기 향기는 인간미를 말한 것이며 꿈의 대명사이기도 하다. 세월이 가고 꽃은 져도 향기는 남는다. 꽃이 진다고 새가 애처롭게 울어도 우리 영혼의 터전에는 향기가 남는다. 향기는 바람을 거슬러 갈 것이다. 기러기가 떼를 지어 저 멀리 날아가듯 한 줄기 향기가 비껴가리라. 인간미에 대한 찬미, 아름다운 꿈에 대한 염원은 이처럼 줄기차고 확고하다. 시는 자유분방한 사유로 거침없이 서정을 토로했으므로 독자들에게 상쾌한 기분을 준다.

2

김점순은 중학교 교사로 지내면서 짬짬이 많은 글들을 써 왔고 최근 몇 년간 여러가지 문학상들을 석권해 오면서 재기발랄한 모습을 보여 왔다. 이번에 수필 부분 본상으로 뽑힌 「발」은 그동안 일편단심 문학을 사랑하면서 부지런히 글 농사를 지어온 작자의 피와 땀의 결실이라고 본다.

수상작 「발」은 전형적인 서사수필이다. 작자는 "아무렇지도 않고 예쁠 것도 없는/사철 발 벗은 아내가……"라는 정지용의 시에서 수필적 계기를 얻고 자연히 아버지의 발을 연상한다. 아버지를 그리되 아버지의 전모를 그리지 않고 아버지의 발에 초점을 맞추고 다양한 각도로 조명한다. 말하자면 산전수전 다 겪은 아버지의 발을 몇 개의 장면을 통해 간결하지만 다각도로, 세부적으로 묘사한다. 계기적인 사건, 장면만을 다루고 그것을 의미화 하는 수필 본연의 특징에 익숙하다.

이를테면 모내기철 논둑길을 휘청거리며 뛰어다녀서 누런 흙물이 줄줄 흐르는 발, 노란 개흙과 새초를 뒤섞어 맨발로 이긴 나머지 황토로 반죽된 발, 그리고 겨울철 새하얀 눈길에 땔나무를 해 온 아버지가 땀내 물씬 배인 솜신을 거꾸로 들고 흔들면 하얀 눈가루들이 와르르 쏟아져 나오면서 싱그러운 산 기운을 풍긴다고 했다.

이처럼 천진한 동심으로 아버지의 발을 그리는가 하면 오랜만에 시가지에 살고 있는 딸네 집에 온 아버지에게 '주디안마(足底按摩)'를 시키려 했던 일을 유머러스하게 이야기하고 나서 의론을 전개하는데, 계기가 적절하고 거기서 탄력을 받았으니 의론 역시 감칠맛이 나고 설득력을 가진다.

김점순의 「발」을 서사수필이라고 할 수 있다면 오경희의 「흔들리는 미학」은 전형적인 서정수필이다. 이 작품은 페미니즘의 시각으로 남성중심주의의 통념을 부수어 버린다. 남성중심주의적인 봉건적 예교와 관습에 의한다면 여성은 흔들려서는 아니되는 존재다. 열녀 춘향이 충신은 불사이군이요, 열녀는 불사이부라고 했듯이 흔들림이 없는 충성과 사랑은 자고로부터 절찬을 받은 것이다. 하지만 만고의 열녀 춘향에게 부족한 것은 피와 살이다. 하지만 오경희는 종(鍾)은 흔들려야 종노릇할 수 있고 갈대는 흔들리면서 세상과 맞선다고 본다. 그리고 흔들려서 강물에 허리를 적시고 청초함을 자랑하는 싸리꽃은 아름답다고 했다. 이게 바로 거꾸로 보기의 시학(詩學)이요, 남성중심주의 고루한 사고 패턴을 전복시킨 페미니즘의 시각이다. 뿐만 아니라 "똑바로 산다는 것이 흔들리는 것이고 부드럽게 휘어져서도 꺾이지 않는 것이 스러지지 않고 다시 처음으로 돌아오는 똑바름이 아닐까. ……단단하지 말고 억세지 말고 잘 흔들리는 치마처럼, 활짝 피어서 잘 감탄하는 꽃처럼 살았으면 좋겠네요."라고 했듯이 변증법적인 철리와 작자의 소망까지 깜찍하게 풀어내고 있어 더욱더 감칠맛이 나는 수필로 되었다.

3

최홍일의 단편소설 「닉명신」은 취중에 두 동료와 함께 부패한 권력자를 고발한 익명신을 썼다가 술이 깬 후 보복이 무서워 후회막급, 전전긍긍하는 한 퇴직교사의 나약한 모습과 모순된 심리를 다룬 소설인데, 해학적이고 유머러스한 장면과 주인공의 기형적인 인간상에 대한 생동한 묘사를 통해 '좌'적인 정치운동과 권력의 횡포에 의해 인간들의 심령이 얼마나 병들고 기형화되고 있는가를 극명하게 묘파한 수작이다.

엎치락뒤치락 하는 정치운동은 인간에게 명철보신의 처세철학을 갖게 했다. 사람들은 권력의 비정과 비리에 대해서는 증오하나 앞장에 서서 저항을 하지 않는다. 그 누군가 고양이의 목에 방울을 달기만을 바랄 뿐 선뜻이 나서지 못하는 게 오늘을 사는 인간들의 생리다.

이 소설은 이러한 사회적 병폐와 인간의 몰락상을 야유, 풍자하면서 새로운 시민정신의 각성을 촉구하고 있다. 작품은 3인칭을 택했으되 작자가 독자들에게 이야기를 하는 특이한 고백체 담론방식을 구사함으로써 한결 더 진실성과 친근감을 기할 수 있었다. 뿐만 아니라 주인공에 대한 심미적 거리를 적절하게 조절해 그에 대한 직접적인 풍자, 매도보다는 그러한 정신적 기형을 만들어 낸 '좌'적인 사조와 비틀린 사회풍조를 고발하는 데 포인트를 둠으로써 휴머니즘의 세계를 지켜 내고 있다.

장형섭의 중편소설 『기러기문신』은 신판 『심청전』을 만들 만한 귀한 소재를 다루고 있어 주목된다. 절세의 효녀 심청이 아버지 심 봉사의 눈을 뜨게 하기 위해 공양미 삼백 석에 몸을 팔아 임당수에 풍덩 빠졌듯이 이 소설의 주인공 윤순은 불구자인 아버지를 봉양하고 두 오빠를 장가들이기 위해 자신의 모든 것을 다 바친다.

그녀는 그를 사랑하는 총각이 있음에도 불구하고 한국인에게 시집을 가서 아버지를 봉양하고 두 오빠를 한국에 데려간다. 그런데 그녀의 남편은 변태성욕자로서 멀쩡한 윤순에게 자꾸만 성형수술을 할 것을 요구한다. 그녀는 눈과 코를 수술하고 나중에는 젖무덤까지 수술한다. 하지만 의외의 의료사고로 염증이 생겨 윤순은 두 젖무덤을 척출(剔出)하지 않으면 아니 된다.

젖무덤은 여성의 신비요, 상징이라고 할 때 그것까지 바쳐서 아버지를 봉양하고 두 오빠의 뒷바라지를 했다는 사실은 그녀의 희생이 극에 달했음을 의미하며 또한 그녀는 가정을 살리기 위해 가장 큰 희생을 감내해야 했던 작금의 수많은 조선족 여성의 한 전형이라 할 수 있다.

하지만 이 소설은 오랜만에 윤순을 찾은 옛 연인의 철없는 시선을 통해 윤순의 젖무덤에 난 수술 자리를 탐미주의 시각으로 묘사, 감상함으로써 작가의식의 한계를 보여 주었으며 따라서 인물성격의 논리를 위반하고 주제의 분열을 가져왔다. 하지만 현명한 독자들은 이 소설을 통해 조선족 사회의 실태를 알 수 있으며 윤순의 비극적 운명에 커다란 동정을 보내게 된다.

4

평론 부분은 본상 수상작을 내놓지 못해 아쉬움이 있었으나 2편의 신인상 수상작을 내놓게 되어 다행이었다.

신인상 수상작으로는 최미성의 시평 「23자(字)의 매력—김철의 시 「고향」을 두고」, 강걸의 소설평 「윤림호 소설의 기본모티브에 대하여」가 당선되었다.

최미성의 시평은 김철의 단시 「고향」의 매력을 깊이 있게 다룸으로써 평론가로 될 수 있는 남다른 소질을 구김 없이 보여 준 작품이다.

최미성은 "전편 시는 23자로 이루어졌지만 자자주옥(字字珠玉)이다. 고향을 노래한 23글자 뒤에는 시인의 한과 사랑이 깔려 있고 그의 이러한 정서는 조선민족의 삶의 정서 및 더 나아가서 세계 여러 민족들의 삶의 정서와 맥을 같이하고 있다."고 피력

하면서 "서정의 육화—'살점'", "상징적 기호로서의 '가시'", "감정의 절실한 표현—'다치면 아프다'"라는 세 부분으로 나눠 시 「고향」의 예술적 매력을 재치 있게 설파하였다.

최미성은 은유적 기법으로 창출한 김철의 시 「고향」을 분석함에 있어서 시 텍스트를 거머쥐고 '살점', '가시', '다치면 아프다' 등 이미지, 상징어, 은유적 표현 및 그것들의 상호 연관성에 착안하면서 자기의 상상력과 감수성을 동원하여 끈질기게 분석하였다. 이런 분석의 방법은 사회역사적, 형식주의적, 구조주의적 방법론의 장점을 수용하면서 시 「고향」의 저변에 은폐되어 있는, 타향에 사는 시적 화자의 고향에 대한 남다른 애정과 그리움 그리고 아픔과 한을 설득력 있게 읽어 냈다.

강걸의 소설평 「윤림호 소설의 기본모티프에 대하여」는 소설가 윤림호가 생전에 창출한 소설들의 텍스트를 주요한 연구 대상으로 하여 조선족 소설사에 있어서 윤림호의 소설이 가지는 의미와 위치를 확인하고자 하였다.

강걸은 자기의 평론에서 윤림호는 청소년기의 불우한 체험을 자기 소설의 중요한 소재로 삼고 있으며 그의 소설의 기본 모티브는 불우한 출신성분, 소외된 불구자, 농촌청년의 콤플렉스로서 윤림호 씨는 "'좌'적 사조와 편견으로 말미암은 사회의 허황함과 잔혹함을 신랄하게 비판하고 원시적인 생명력에 의한 민중의 재생을 예언한 조선족 문단의 대표적인 소설가의 한 사람이다."라고 정당한 결론을 내렸다.

상술한 두 수상자는 텍스트를 꼼꼼히 읽고 구체적으로 세밀하게 분석하고 작품의 심층적 의미를 밝혀내려는 자세를 가지고 자기 나름의 감수성과 논리를 다양한 방법론을 사용하여 가시화하려고 노력한 좋은 비평적 성과를 일궈 냈다. 그들은 선배 평론가들의 자리를 비집고 들어서기 시작했으며 괄목할 만한 평론을 창출하고 있다. 참으로 경이롭고 감사하다.

"청출어람(靑出於藍)"이란 성구가 있다시피 젊은 세대가 자기의 지속적인 학습과 심각한 자기성찰을 토대로 하여 기성평론가의 평론방법과 논리를 계승발전 혹은 초월하면서 우리 조선족 평단의 토양에 푸르싱싱한 새로운 평론의 나무를 심어 주길 바란다.

모두에게 수상을 축하하며 정진을 기대한다.

2007. 8. 17.

시인의 아름다운 눈빛을 찬미한다 ········

—『시혼』 창간호 출간을 기념하여

연변 시인들의 높뛰는 심장의 고동소리와 함께 『시혼』이 출간되어 자유와 평화, 민족과 인류를 사랑하는 우리 시인들의 꽃밭을 마련하게 되었다.

『시혼』의 출간을 진심으로 축하한다.

시는 문학의 아버지요, 시는 모든 문학과 예술의 핵으로 된다. 시가 없는 소설이나 희곡, 미술과 음악은 심장이 없는 허깨비에 지나지 않는다. 시적 정감과 철리를 내재할 때만이 문학과 예술은 하늘을 나는 새들처럼 생명을 가질 수 있고 천산만학을 넘나드는 맹호처럼 질주할 수 있다. 또한 시적 언어와 표현은 모든 문학과 예술의 전범으로 되며 시적 수련을 거친 자만이 다른 예술에서도 빛을 발할 수 있다.

하기에 시인의 눈빛에는 별과 달이 흐르고 시인의 이마에서는 태양이 빛나며 시인의 심장은 언제나 활화산으로 끓고 있다. 시인의 눈은 새봄에 싹트는 하나의 꽃씨를 보고도 웃고 울밑에 속절없이 핀 봉선화를 보고도 운다. 시인의 이마는 예지로 빛나고 언제나 민중의 선두에서 빛난다. 시인의 심장은 언제나 약한 자를 위해 울고 권력의 부패와 횡포에 맞선다. 하기에 시인이여, 너의 이름은 아름다운 천사요, 언제나 깨어 있는 시대의 선각자요, 민중의 대변자다.

『시혼』—이는 우리의 꽃밭이나. 찬바람을 이겨 내고 구슬땀을 흘려 이렇시리 일구어 낸 꽃밭이다. 장미, 백합, 수선화, 진달래, 접시꽃, 맨드라미도 심자. 백화가 만발해야 봄을 이룬다. 그리고 너도나도 물을 주고 김을 매서 아름다운 꽃동산을 이루면 저 산 너머의 나비와 꿀벌들도 찾아오게 하자. 가끔 이 꽃밭에 앞 동네의 강아지들이 철없이 뛰어들어 한 다리 들고 오줌을 갈리고 뒷동네의 씨암탉들이 꽃망울을 뜯어 먹고 흙을 파헤칠 수도 있으리라. 모든 생명들이 찾아와야 생기가 도는 법, 강아지들은 어르고 얌치없는 씨암탉들은 날개 죽지를 고운 실로 매서 닭장에 넣자. 미운 정, 고운 정 나누노라면 우리의 꽃밭은 날로 무성해질 것이다.

이로써 축사에 갈음한다.

연변의 시인들에게 영광이 있으라.

－2007년 4월 10일

내일 솟을 태양을 향해 아리랑 열두 고개를 넘는다 ········

―연변TV신문 성원컵 생활수기 공모 수상작 심사평

연변TV신문 편집부의 추천을 받은 10편의 작품을 두고 심사위원 이선희와 김호웅의 최종 심사를 거쳐 아래와 같이 등차를 나누어 수상작을 선정했다. 금상에 김철균의 「순간적인 선택 따라 수십 번 달라진 내 운명」, 은상에 리태학의 「부모구실」과 리경원의 「회답편지」, 허정숙의 「힘겹게 넘어온 삶의 아리랑 고개」, 동상에 장경률의 「이 세상이 필요로 하는 한」, 김태현의 「아들의 선물」, 한인자의 「인생의 영원한 동반자」, 우수상에 리영철의 「마지막 출근의 나날에」, 임춘영의 「나무가 되여」가 당선되었다.

수기(手記)는 말 그대로 자기의 체험을 자신이 적은 글이다. 이번 공모에 참가한 작자들은 혹은 공무원으로, 혹은 평범한 부모로, 혹은 지체장애자나 원양어선의 어로공으로 살면서 자신의 절실한 체험을 자신의 손으로 적음으로써 삶의 희로애락을 독자들과 더불어 공유하고 내일 솟을 태양을 향해 어두운 삶의 아리랑 열두 고개를 넘어가는 우리 민족 생활의 진실한 모습을 보여 주었다.

리태학의 「부모구실」은 여러 가지 어려움을 이겨 내고 두 오누이를 훌륭하게 키워낸 아버지의 체험을 생동하고 진실한 세부로 보여 주고 있다. 아들 동인이는 아기 때 큰 병을 겪었고 그 후유증으로 말미암아 여덟 살이 되도록 'ㄱ, ㄴ, ㄷ, ㄹ……'도 제대로 발음하지 못했으나 미술적 천부를 가지고 있고 그림 그리기를 즐겼다. 리태학 씨 부부는 아들의 천부를 발견하고 아들에게 스케치할 때 쓰는 해골 대신 소머리 해골을 만들어 주었다. 시장에서 소대가리를 사다가 바깥에 큰 솥을 걸어 놓고 무려 장작을 두 수레나 태워서야 해말갛고 음각(陰刻)이 분명한 소머리 해골을 만들 수가 있었단다.

리태학 씨 부부는 자식을 위해서라면 소 갈 데 말 갈 데 가리지 않고 뛰어다니기도 했지만 자식의 배움의 길에 고문 역할도 잘했다. 자식의 고집에 꺾이는 눈먼 사랑을 한 게 아니라 선견지명을 가지고 자식의 진로를 열어 주었다. 따님 금희는 몇 점 차이로 소망했던 중국과학기술대학에 가지 못하고 길림대학에 가게 됐다. 금희는 한 해 더 시험을 보려고 했지만, 리태학 씨 부부는 설사 중국과학기술대학에 가더라고 딸자식의 적성에 맞지 않은 학과에 입학하면 오히려 자식의 전도를 망칠 수 있다고 판단하고 길림대학에 가도록 차근차근 권고한다.

고진감래라고 리태학 씨네 내외간이 자식에게 온갖 정성을 쏟고 올바르게 가르친 덕분에 아들 동인이는 현재 한국 전남대학교 미술학과 석사과정에 있고 따님 금희는 현재 포항공대 정보통신학 박사과정에 있다. 아무튼 이 수기는 가난한 부모의 자식사랑과 그 성공의 이야기를 생동하고 진실하게 엮어서 읽는 이들에게 커다란 감동으로 다가온다.

리경원 씨의 『회답편지』는 실패와 좌절을 딛고 동산 재기한 자신의 체험을 진솔하게 적고 있다. 리경원 씨는 돈을 벌어 잘살아 보겠다는 일념에서 한국과 호주에 노무일꾼으로 가려고 했으나 두 번 다 거액의 자금을 털리고 빈털터리로 나앉게 된다. 리경원은 빚에 쫓기며 어렵게 담배농사를 지었으나 하늘도 무심하게 우박을 퍼부어 농사마저 망치게 되었고 당 조직의 도움으로 양계를 했지만 전염병이 도는 바람에 바야흐로 알을 낳을 닭 5백 마리를 모조리 죽이고 만다. 이제는 소금, 간장을 사 먹을 돈도 없게 되었고 마침내 아내는 글쪽지 한 장 달랑 남겨 놓고 떠나가 버린다. 오기와 패기는 사내의 이름이다. 리경원 씨는 연거푸 들이닥치는 시련과 좌절을 딛고 칠전팔기(七顚八起) 다시 일어선다. 리경원은 아홉 살 먹은 철없는 아들을 키우고 늙은 부모님을 모시면서 돼지를 기르고 소를 치고 남들이 버리고 간 논과 밭을 양도받아 농사를 지었다. 그야말로 13년간 눈이오나 비가 오나 눈이 오나 가리지 않고 하루와 같이 '팽이처럼 돌아치며 일'해서 이자까지 22만 원의 빚을 갚고 농기계에 덩실한 기와집까지 사 놓고 아들을 일본에 유학까지 보냈다. 이 무렵 리경원 씨는 다시 살자는 옛 아내의 편지를 받지만 "가난하면 물러나고 부자가 되니 다가서는 그런 사랑을 나는 하고 싶지 않소." 하고 단칼에 베어 버린다. 이 수기는 남성이 위축되는 우리 조선족 사회에서 얼마나 큰 진동과 감동을 주고 있는가. 인생의 아리랑 고개를 넘자면 실패와 좌절이 무서운 게 아니라 다시 일어설 줄 모르는 게 무서우며, 오직 가족에 대한 사람과 책임, 사내의 오기와 패기를 가지고 다시 일어서면 언제인가는 찬란한 태양이 떠오르리라는 생활의 철리를 우리 모두에게 알려 주고 있다.

1등상을 받은 김철균 씨의 수기 「순간적 선택 따라 수십 번 달라진 내 운명」은 인생을 살아감에 있어서 올바른 선택이 얼마나 중요한가를 말해 주고 있다. 『성경』에서는 세상에 다시 되돌릴 수 없는 게 세 가지가 있다고 했다. 쏘아 버린 화살, 뱉어 버린 말, 놓쳐 버린 기회가 그것이다. 인간은 매일 매 시각마다 선택의 갈림길에 서 있다. 하기에 사르트르는 신념과 의지를 가진 자는 매일 매 시각마다 자유선택을 통해 바른 삶을 지향하고 자기의 본질을 개선한다고 말한다. 김철균 씨는 신문에 싣는 수기라는 제한된 편폭에 자기 평생의 경력을 다 이야기하려는 욕심을 부리지 않았다. 이 수기는 자유선택의 중요성을 말할 수 있는 두 개의 전형적인 사실만을 이야기한다. 하나는 작자의 순간적인 나태함과 무책임성으로 말미암아 정치적 박해와 생활고로 말미암아 강에 뛰어들어 자결한 어머니를 구하지 못하게 된 이야기이고, 다른 하나는 한국의 원양선박을 타고 대서양에서 어로작업을 하던 중에 대형냉장창고에 갇혀 동사(凍死)될 뻔했다가 구사일생으로 살아난 이야기이다. 작자는 부주의로 대형냉장창고에 갇힌 신세로 되었지만 희망을 포기하지 않고 살기 위해 움직였고 우연히 버저(buzzer, 단속적으로 전류를 보내서 철편을 진동시켜 내는 신호 또는 그 장치)를 발견했으며 그것을 눌렀기 때문에 구조될 수 있었던 것이다. 이렇게 이 수기는 피의 교훈과 경험을 주는 정반대되는 두 개의 이야기를 하고 나서 인생이란 부단히 선택하고 노력하는 과정인데 "선택 없는 노력은 있을 수 없고 반대로 노력 없는 선택 역시 무의미하다."는 도리를 말해 주고 있다. 소재를 취사선택해 요리하는 재치와 전형적인 장면묘사와 정반대되는 사건의 대조를 통해 의미를 더욱 두드러지게 부각하는 방법, 생활 속에서 인생의 철학을 발견하는 작자의 안목 등은 이 작품의 무게를 더해 준다.

이 외에도 허정숙의 「힘겹게 넘어온 삶의 아리랑 고개」 등 감동적인 작품들이 많으나 편폭의 제한으로 일일이 평가하지 못함을 아쉽게 생각한다.

모두에게 수상을 축하한다.

－2007년 3월 15일

허련순의 단편소설 「하수구에 돌을 던져라」 ·········

1

“그 나무에 그 열매”요, “그 사람에 그 글”이라는 말도 있지만 문학작품은 작가에 의해 창작되며 작가는 작품에 생명을 부여한다. 그러므로 작가의 기질과 인격, 경력과 문학관을 알면 작품을 감상, 분석할 수 있는 지름길에 들어설 수 있다.

허련순(許蓮順)은 1955년 1월 16일 연길에서 마차부로 일하는 허씨 가문의 다섯째 딸로 태어났다. 그만 실망한 아버지는 한 달가량 집을 떠나 바깥을 나돌았다. 그래서 아기는 세상에 태어난 지 한 달이 되도록 이름도 갖지 못했다. 6촌 오빠가 장남삼아 지어 준 이름이 허련순이다.

허련순은 연길 교외에 있는 인평 소학교와 중학교를 나와 농사를 짓다가 1976년 연변대학교 조문학부에 입학해 1980년 졸업하고 연길시소년궁 창작실, 연길문화관 창작실을 거쳐 1993년부터 연길시창작평론실에서 전직 작가로 일하게 되었다. 1999년 한국 광운대학교에 가서 한국국어국문학 석사과정을 수료했다.

허련순은 1986년 처녀작으로 단편소설 「안해의 고뇌」를 발표한 후부터 지금까지 ‘문학은 죽음을 통하여 거듭 문학으로 태어난다.’는 신념을 갖고 부지런히 창작에 정진해 장편소설 『잃어버린 밤』, 『바람꽃』, 『뻐꾸기는 울어도』, 『누가 나비의 집을 보았을가』를 발표했고 작품집 『사내 많은 녀인』, 『바람을 몰고 온 여자』, 『우주의 자궁』을 펴냈다. 이 외에도 TV드라마 『갈꽃』, 『녀자란 무엇입니까?』, 『떠나는 사람들』과 장막극 『과부골목』을 펴냈다. ‘전국소수민족준마상’, ‘동북3성금호상’, ‘길림성소수민족문학상’, ‘≪장백산≫ 모드모아문학상’, ‘≪연변문학≫ 윤동주문학상’, ‘≪도라지≫ 문학상’, ‘김학철 문학상’ 등 다수의 상을 수상했다. 현재 국가1급 작가로서 연변작가협회 부주석, 연변여성문인회 회장 등 직을 맡고 있다.

허련순 문학의 전반 흐름은 민족적 정체성의 문제와 여성문제로 나누어 볼 수 있다. 그는, 자신은 이민의 역사를 가진 민족의 일원으로, 게다가 여성으로 태어났다는 것을 강조한다. 그는 문학의 근원은 결핍이며 그 자신의 문학 근원 역시 소수자의 슬픔이라고 말한다. 결핍 너머의 충만감이나 슬픔 뒤에 숨어 있는 희열을 찾기 위한 필사적인 노력이 바로 글을 쓰는 동력이 된다는 것이다. 하기에 그의 문학은 자연스럽게 민족의 정체성 찾기와 여성의 정체성 찾기로 이어진다.

아래에 「하수구에 돌을 던져라」의 주제와 배경과 갈등과 인물, 소설적 기법 등을 구체적으로 살펴보고자 한다.

2

2004년 ≪연변문학≫ 제5기에 발표한 허련순의 단편소설 「하수구에 돌을 던져라」는 여성의 정체성 찾기를 다룬 소설로서, 그해 『≪연변문학≫ 윤동주문학상』 소설부분 본상을 수상했다. 허련순은 "언어탐구와 여성성의 창조, 그리고 존재론적 추구 등에서 새로운 나의 문학의 지혜를 모색하고 싶다."고 하면서 이 작품의 창작동기와 내용을 다음과 같이 요약한 바 있다.

"단편소설 「하수구에 돌을 던져라」는 나의 또 다른 탈출구가 되기를 바라면서 쓴 작품이다. 우리 조선족들의 자기 정체성과 관련된 존재론적 질문을 던져 우리 민족의 현실을 반성적으로 환기하고 싶었다. 타성에 빠져 반성을 모르는 채 일상을 살고 있는 인간들, 던져 주거나 받아먹고 사는 네 익숙한 '하수구' 같은 인생, 옳고 그름이 무엇인지도 모르는 혼탁한 현실에 진정한 삶의 방식과 의미를 제시하고 싶었다.

'실패한 인생을 성공'이라고 말하고 '죽은 영혼이 성공했다'고 말하는 역설과 혼동의 논리로 이미 사회로부터 유리되어 더 이상 정상적인 꿈꾸기가 불가능한 인간들이 살아가기 위한 몸부림으로 일어나는 착시(錯視) 현상, 그런 현상으로도 결코 행복해질 수 없다는 것을 다루고 있다. 즉 자의(自意)에 의하여 살아가는 것이 아니라 타의에 의해 살아지는, 살아지는 것이 아니라 사라지는 인생을 비참하게 그리고 있다."

3

소설에서 작중인물의 행위나 사건은 언제나 어떤 시간과 장소에서 일어난다. 이처럼 행위나 사건들이 언제 어디서 일어났는지를 보여 주는 소설의 요소를 통칭 배경이라고 한다. 우리가 사진을 찍을 때 배경을 의식하게 되는 것은 그것이 조성해 주는 분위기를 통해 인물을 더욱 돋보이게 하려는 데 있다. 이와 마찬가지로 소설의 배경은 인물의 성격과 행동, 지어는 작품의 주제를 암시하기도 한다.

소설의 배경은 보통 자연적 배경, 사회적 배경, 정신적 배경의 세 가지로 나눌 수 있는데 현대소설에 와서는 정신적 배경이 보다 큰 의미를 가진다. 정신적 배경에서는 작품에 나타난 계절이나 지리적인 장소보다 그곳을 지배하고 있는 특유한 사유방식이나 관습을 더욱 중요한 요소로 삼는다. 이러한 정신적 배경과 소설의 주인공은 갈등과 모순을 빚어내게 마련이다. 우수한 소설은 주인공의 보편적인 이념이나 합리적인 사고방식과 불합리한 사회현실이나 고루한 사유방식 사이에 엄청난 괴리(乖離)를 보여 준다. 그러므로 독자는 소설에서 그 시대를 지배하는 어떤 풍속이나 관습을 충분히 이해하지 않고서는 주인공의 성격이나 작품의 의미를 이해할 수 없다.

「하수구에 돌을 던져라」는 목전 조선족 사회의 극심한 진통과 위기를 보여 주면서 물신주의 풍조와 윤리, 도덕적인 타락상을 정신적 배경으로 깔고 있다. 주인공이 살고 있는 동네의 남성들을 보면 땅 판 돈을 쥐 소금 녹이듯이 써 버린다. 그들은 겨울이면 마작이나 화투를 치고 여름이면 베짱이처럼 그늘 밑에서 신세타령이나 한다. 딸이나 아내가 외국에 가 돈을 벌지 못하는 집 남성들은 작은 놀음에도 끼우지 못해 그야말로 사람 축에 들지 못한다. 시어머니는 가만히 앉아만 있는 며느리를 보고 능력이 없고 융통성이 없는 년이라고 몰아붙인다. 시어머니의 성화에 며느리는 한국 가는 비자를 내려다가 돈만 날리게 된다. 그러자 시어머니는 또 공연히 설쳐서 땅 판 돈을 날렸다고 구시렁거린다.

주인공의 남편은 조선족 남성사회의 고루한 의식을 대변한다. 그는 아내가 돈을 벌어 오기를 바라서 가짜 이혼을 했고 이혼서류에 도장을 찍은 날부터 3개월이 지나야 재혼이 가능하다는 말을 듣고 위장결혼수속을 다그치기 위해 자신의 사망신고서까지 낸다. 어디 그뿐인가. '남편'은 '그녀'가 돈을 보내오자 '성공'했다고 생각하며 "이제 큰소리하면서 살게 됐소" 하고 좋아한다. 금전만능의 풍조, 특히 남성사회의 윤리, 도덕적인 타락상을 적나라하게 드러낸 것이다.

이러한 남성사회의 윤리적, 도덕적 타락상에 진절머리를 치던 여주인공은 마침내 남성중심의 사회에 도전장을 내고 여성의 정체성을 찾게 된다.

4

엥겔스는 "모권제가 뒤엎어진 것은 여성으로 놓고 말하면 세계역사적 의미를 가지는 실패였다. 남편은 가정에서도 권력을 잡았고 여성은 하찮은 존재로 인정되고 부림을 당하고 남편의 성욕을 만족시켜 주는 노예로 되었으며 아이를 낳아 주는 간단한 도구로 되어 버렸다." 몇천 년 동안 동서양을 막론하고 부권제사회는 여성들을 비하(卑下)하고 그들에게 억압을 가해 왔으며 그것을 불변의 철칙으로 합리화해 왔다. 이에 반대해 19세기 중반부터 여성에게 사회적, 정치적, 법률적으로 남성과 동등한 권리와 지위를 부여하자는 여권주의운동이 일어났고 문학에 있어서도 부권제와 성차별을 강력하게 비판하며 여성의 정치적, 경제적, 문화적 해방을 지향하는 여성주의문학이 출현했다.

「하수구에 돌을 던져라」는 짧은 편폭의 단편이지만 순진한 여성이 인간적으로 자각하고 새로운 출구를 찾는 과정을 핍진하게 그리고 있으며 허랑하고 무능하고 몰염치한 남성사회에 도전장을 던지고 있다. 주인공 '그녀'는 가정을 살리기 위해 출국수속을 하다가 실패한다. 시어머니와 남편의 핀잔과 야유를 이기지 못해 '그녀'는 자살을 시도하나 성사하지 못한다. '그녀'는 마침내 남편의 허락을 받고 위장결혼을 하고 한국으로 가게 된다. 그제야 남편은 '여태 한 번도 느껴 보지 못한 처절함과 배신감, 그리고 질투와 분노까지 겹쳐서' 노발대발한다. 하지만 '그녀'는 태연히 립스틱을 꺼내서 입술에 바른다. 남편이 '그녀'의 손에서 립스틱을 빼더니 "거지 같은 놈한테 잘 보일 필요는 없다니깐." 하고 소리를 지른다. 이때 '그녀'는 "당신은 그런 말을 할 자격이 없는 사람"이라고 쏘아붙이면서 당당하게 맞선다.

이처럼 이 소설은 갖는 능욕과 희생을 당하면서도 가정과 사회를 지켜 온 '그녀'의 성장과정과 여성적인 자각을 그림으로써 독자들에게 깊은 감동을 주고 있다.

5

시점이란 서술자 혹은 인물과 산문 속의 사건이 대응되는 위치와 상태를 말한다. 말하자면 서술자 혹은 인물이 어떤 각도에서 이야기를 관찰하고 있는가 하는 문제이다. 시점을 어떻게 정하는가 하는 문제는 작품의 언어표현, 얽음새의 조합, 의미의 제시, 지어는 작품의 성패와 관계된다.

이 소설은 시종 시비경우는 바르나 말수 적은 '누님'의 시점을 통해 작중인물을 관찰하고 '그녀'의 내심독백을 차분하고 절제 있게 펼쳐 보임으로써 자칫하면 남성세계에 대한 속 얕은 흥분과 비난으로 끝날 수 있는 소재를 예술적인 완성도가 높은 소설로 만들었다.

그리고 이 작품은 집 떠난 고양이라는 소도구를 적절하게 등장시켜 상징적 의미를 더해 주고 있을 뿐만 아니라 '그녀'의 '여위고 작은 맨발'을 여섯 번 반복적으로 묘사함으로써 복선과 조응, 상징의 미학도 창출해 전반 작품을 탄탄하게 구성하고 있다.

"마치 열 살에 성장을 멈춘 듯한 작은 발, 그것은 아마 바로 지금부터 커지려고 작았던 것인지도 모른다. 이제야 나는 그녀의 작은 발에 대한 징크스를 알 것 같았다."

이 한 단락의 의론은 이 작품의 총체적인 의미를 암시, 대변하고도 남음이 있다. 발은 한 인간의 육체를 땅에 세우며 그 인간을 어떤 방향으로 가게 하는 인체의 중요한 기관이다. 그러므로 작게 보이던 발이 크게 보인다고 했을 때 그것이 의미하는 바는 분명하다. 즉 '그녀'가 자유선택을 통해 남성세계에 도전하고 자기의 길을 찾았음을 의미한다.

6

요컨대 이 소설은 농촌사회와 전통적인 가치관의 붕괴로 특징지어지는 조선족 사회를 배경으로 하면서 남존여비의 고루한 관습에 의해 소외되고 위축되어 오던 한 여성의 분노와 반발, 도전과 탈바꿈의 과정을 다양한 소설적 장치와 기법을 통해 생동하게 그림으로써 전환기 조선족문학의 대표적인 여권주의소설로 자리매김을 하게 되었다.

– 2008년 4월 1일

서민의 고뇌와 애환 · · · · · · · · ·

－2008년 'CJ'상, '해란강문학상' 수상작품 심사평

이번 심사는 조룡남, 장정일, 김호웅, 허휘훈, 리혜선 등 중견문인들이 맡았고 충분한 논의와 비교를 거쳐 강호원의 단편 「쪽빛」을 'CJ상' 수상작으로, 김양금의 수필 「늙은 버드나무」, 전춘매의 조시 「성밖도 성이다」, 김경화의 단편 「원점」을 '해란강문학상' 수상작으로 선정했다.

상기 수상작들은 리얼한 필치, 원숙한 문학적 장치와 기법으로 우리의 삶을 원색(原色)으로 보여 주고 있으며 밑바닥인생과 디아스포라들의 고뇌와 애환(哀歡)을 예술적으로 형상화하고 있다.

김경화의 단편 「원점」은 그 제목이 암시하는 바와 같이 우리 생활을 있는 그대로, 아무런 과장과 분식(粉飾)도 없이 원점에서 원색으로 보여 준다. 작금의 우리 사회를 보면 경제적 불황으로 말미암아 남성은 가정을 유지할 힘을 상실하고 여성은 타락의 늪에 빠지기 쉬운데, 이 작품의 주인공 '언니' 역시 염치와 정조 같은 것은 헌신짝처럼 내동댕이친다. 그녀는 설사 못난이요, 불구자라 하더라도 배불리 먹여 주고 등 따뜻하게 입혀 주기만 하면 그런 남자들의 품에 안겨 기생(寄生)하는 몰염치한 여인이다. 하지만 그러한 여인의 타락을 부른 것은 지지리 못난 가난이요, 그 장본인은 나태하고 무책임한 남성사회에 있음을 이 작품은 은근히 꼬집고 있다. '언니'의 남편은 가출해 오랫동안 객지로 떠돌고 있는 아내를 찾을 대신 "빨리 돈이나 부치라고 해라. 쌀이 거의 다 떨어진다." 하고 소리를 치는데 이러한 누추한 모습을 보면 그야말로 김동인의 소설 「감자」를 연상케 한다. 특히 이 작품의 마지막 부분에서 '언니'는 "가출이 아니라 어느 풀숲으로 잠깐 소피를 보러 갔다."고 하면서 "그래, 그동안 아무런 일도 없었어. 아무 일도 일어나지 않았어! 언니는 잠시 오줌이 마려웠을 뿐이야……." 하고 능청을 떨고 있는데 이러한 아이러니는 작중인물의 도덕적 타락에 대한 신랄한 야유가 아닐 수 없다.

강호원의 단편 「쪽빛」은 한국의 어느 한 외딴 섬에 있는 공장에서 벌어진 중국동포 정호와 한국인 우 반장(禹班長)의 갈등과 화해의 과정을 다룬 작품이다. 인간평등주의 사회에서 지내 온 중국동포와 가부장적인 수직논리에 젖은 한국인 사이에는 자연 갈등과 충돌이 생긴다. 중국동포 정호는 육중한 철판들이 부딪치고 쇠를 갈아 내는 소음으로 진동하는 노동현장, 고된 노동과 변덕스러운 기후 때문에 육신은 무너질 것 같은데, 설상가상으로 한국인 우 반장의 시도 때도 없이 퍼붓는 훈계와 욕설을 받아야만 한다. 우 반장은 입만 열면 "씨팔, 씨팔" 하고 10살 손우인 정호에게 거리낌 없이 반말을 쓴다. 하지만 우 반장에게서 '병신'이란 말을 듣는 순간 정호는 천둥같이 노해서 쇠파이프를 들고 길길이 뛴다. 결국 정호는 사장에게 들통이 나서 해고를 당하게 된다. 그제야 우 반장이 공장을 떠나는 정호를 붙잡고 "나는 집에 노모도 없고 툭 털면 먼지라카지만두 형님은 연변에 마누라에 자식들까지 두고 온 뫔이 아닌겨?" 하고 한사코 붙잡는다. 이처럼 이 작품은 적절한 배경을 통해 분위기를 잡고 치열한 갈등과 충돌을 통해 극적 긴장감을 고조시키고 나서 자연스럽게 화해를 이끌어 냈다. 이러한 화해를 가능케 한 것은 물론 두 밑바닥인생의 가슴속에 고여 있는 따뜻한 인간애와 민족적 동질성이다. 이 작품의 제목은 '쪽빛'인데 그것은 바다나 하늘의 색갈인 동시에 핏줄의 색깔이며 격렬한 파란(波蘭)과 충격(衝擊) 뒤에 오는 평온과 순수의 빛이 아닐 수 없다. 이러한 의미에서 이 작품은 치밀하게 계산한 상징을 내적 장치로 깔고 있다고 하겠다.

김양금의 「늙은 버드나무」는 자칫하면 평범한 수필로 지나쳐 버릴 수 있는 작품이다. 자고로 '나무'를 다룬 시인묵객이 하도 많기 때문이다. 하지만 작가는 버드나무를 소재로 다루었으되 냇가에 실실이 늘어진 능수버들도 아니요, 공원이나 관광지에 소소리 높게 자란 버드나무도 아닌, 길거리에 초라하게 서 있는 늙은 버드나무에 눈길을 돌린다. 그리고 그 모습을 리얼하게 묘사한다. '터덜터덜한 줄기들에는 작으면 사발만큼, 크면 대야만큼 한 혹들이 험한 바위너설처럼 덕지덕지 붙어 있'는 늙은 버드나무, '허리만 한 아름이지, 키는 잘리고 잘려 기둥뿐인 난쟁이' 늙은 버드나무, '정수리에는 수관도 없'이 가냘픈 새 가지 몇 대만을 겨우 키워 냈기에 초라한 노구(老軀)에 찢어진 양산을 쓴 것같이 위태로워 보인다고 했다. 여기서 '늙은 버드나무'라는 메타포는 무엇을 의미하는가? 현대문명에 의해 소외되는 우리의 전통적인 모습일 수 있으며 획일주의와 편의주의적인 발상에 의해 비틀리고 찢기고 재단되는 인간의 생명이요, 자연의 모습일 것이다. 늙은 버드나무라는 메타포를 적절하게 구사하고 버드나무라는 관습적 상징을 개인적 상징으로 전환시킨 데 이 작품의 성공비결이 있다고 하겠다.

전춘매는 연변을 떠나 북경에 살고 있는 여성 시인이니, 일종의 이중적 디아스포라라고 하겠다. 향수는 디아스포라문학의 영원한 주제인데 이를 어떤 방식으로 시화(詩化)하는가가 중요하다. 시인은 호화로운 북경성에 살고 있지만 자기 자신이 설 자리는 없다고 느낀다. 그래서 성 밖에 성을 쌓는다. 성 밖의 성은 하나의 허구요, 공상의 세계다. 이를 구체적으로 이미지화할 때 비로소 시가 성립된다. 시인은 성 밖의 성을 두고 "바라만 보다가/보습날 하나 박고/바라만 보다가/씨 한 번 뿌리고/그렇게 바라만 보다가/하아얀 마음의 기둥에/그리움의 기와를 얹어/소망으로 채워가는/또 하나의 고향집"이라고 했다. 공상 속의 성을 다양한 이미지로 구상화(具象化)시키는 솜씨가 범상치가 않다. 또 시인은 북경 골목의 평범한 냉면집을 찾는데 "이 빠진 랭면 그릇 상처 사이로/추억의 실바람이 싸늘히 불어와/세월너머 할머니의 랭면 맛을 더듬게 한다."고 했다. 얼마나 예리한 시적 발상이며 얼마나 자연스러운 연상인가? 섬세하고 완곡적인 여성 글쓰기의 장점도 십분 살렸다고 본다.

수상작들이지만 언어를 한결 더 다듬어 써야 할 보편적인 과제를 안고 있다. 김경화의 단편 「원점」의 경우는 플롯이 산만하고 세부묘사가 결여되어 있어 인물이 살지 못했으며, 김양금의 수필 「늙은 버드나무」는 의론을 한 가닥으로 잡지 못해 현대문명에 의한 인간소외의 문제냐, 아니면 끈질긴 생명력에 대한 찬미냐 하는 주제의 분열을 초래할 우려가 있고, 전춘매의 조시 「성밖도 성이다」는 기승전결의 내적 구조를 갖지 못해 느슨하게 풀린 감을 준다.

수상자 여러분께 모두에게 축하를 드리면서 이로써 심사평을 마친다.

－2008년 1월 18일

우리들의 자화상, 그리고 참신한 은유와 상징 ·········

—2005년 제9회 '청송컵' 백일장 심사평

천고마비의 계절, 천산만야에 황금물결 설레고 백두산도 오색치마를 입었는데 여기 와룡산 기슭에 자리를 잡은 연변대학교 캠퍼스에서 연변대학교와 한국 조선대학교에서 공동 주최한 제9회 '청송컵' 백일장이 성황리에 막을 내렸다.

이번 백일장에는 연변의 8개 현과 시, 그리고 길림성의 장춘, 교하, 서란, 흑룡강성의 목릉, 녕안, 치치할, 오상, 목단강 그리고 요녕성의 철령에서 온 글짓기 명수 도합 1,565명이나 참가했다. 구체적으로 말씀 드리면, 소학교조에 409명, 중학교조에 866명, 고급중학교조에 290명, 대학교조에 286명 참가했다. 작년의 참가자 2백여 명에 비한다면 일대 성황을 이룬 셈이다.

심사위원회는 조선대학교의 교수이며 시인인 이성연 선생, 흑룡강일보사의 기자이며 시인인 한룡남 선생, 그리고 연변대학교의 교수들인 김호웅, 정일남, 이봉우, 신철호, 이충실 등 선생들로 구성했다. 응모작에 대한 반복인적 정독과 논의, 비교를 거치고 최종 합의를 보아 소학교조 최향란의 「오또기」, 김서영의 「나의 꿈」, 중학교조 김화의 「사진 한 장」, 허춘연의 「집」, 고급중학교조 리홍의 「잊지 못할 그 사람」, 박예화의 「나의 고백」, 대학교조 리은실의 「우리들의 자화상」, 박설매의 「하늘과 바다의 사랑을 하고 싶다」 등 최우수상을 비롯한 30편의 작품들을 수상작으로 뽑게 되었다.

모두에게 수상을 축하하는 바이다.

수상작들을 보면 아래와 같은 특성과 장점을 보이고 있다.

첫째, 수상작들은 한정된 제목에 근거해 글을 써야 했지만 자신의 생활과 체험에서 다양한 소재들을 발굴해 현시대 아동, 청소년들의 고뇌와 번민, 꿈과 지향, 신념과 의지를 잘 보여 주었다.

주지하다시피 오늘날 아동, 청소년들의 주변 환경은 비교적 열악하다. 금전만능과 물신숭배의 풍조, 민족교육의 부진과 부모들의 출국바람으로 말미암아 가정은 파탄되고 우리 아동들은 상실의 아픔에 모대기고 있다. 특히 많은 불우한 어린이들이 배불리 먹고 따듯하게 입지 못하고 있으며 학자금을 댈 길 없어 학교의 문전에서 소외당하고 있다.

하지만 애솔나무가 설한풍을 이겨 내고 따사로운 봄을 맞듯이 우리 아동, 청소년들도 고난과 시련을 이겨 내고 씩씩하게 자라나고 있다. 그들은 고금중외의 위인과 명인들을 본보기로 삼아 현실적인 아픔을 꿈으로 달래고 있으며 아름다운 내일을 동경하고 용기를 되찾고 있다. 연길시 동산소학교 김서영은 「나의 꿈」이란 동시에서 다음과 같이 노래한다.

> "엄마가 해라면/아빠는 달, 나는 아기별//
> 아기별은/달과/같이 있을 수 있지만//
> 해와 함께/있을 수는 없어//
> 얼마나 해엄마가/보고 싶을까?//
> 엄마가/아빠와 나를 두고/멀리멀리 간 것처럼//
> 아기별도 해엄마가/보고 싶고/외로울 거야//
> 별아, 별아/아기별아/인제는 네 마음/나도 알겠다//
> 엄마와 함께/살고 싶은 꿈/나도 꼭 같단다."
>
> －김서영 「나의 꿈」 전문.

여기서 꼬마시인은 엄마와 아빠가 갈라진 아픈 현실을 구구하게 늘어놓지 않는다. 하늘에 있는 해와 달, 그리고 아기별과의 상관관계를 통해 어린 심령의 아픔을 대상화한다. 말하자면 아기별은 외로운 '나'의 마음을 대변한다. 정경융합, 즉 주체와 객체가 잘 융합된 것이다. 이처럼 꼬마시인은 해를 잃고 달과 함께 어두운 밤하늘을 지켜 가는 아기별의 외로운 신세를 동정함으로써 오늘의 비정한 현실을 극복하고자 한다. 꼬마시인의 천진무구한 동심과 아기별로 승화한 그의 서정세계가 우리의 가슴을 울린다.

김서영 꼬마시인이 상실의 아픔을 아기별과의 대화를 통해 극복하고자 했다면 허춘연 소녀시인은 집을 노래하고 있되 집이 가지는 관습적인 상징의 틀을 깨고 다양한 개인적인 상징을 창출함으로써 보다 폭넓은 공동체를 지향한다. 그의 시 「집」을 보자.

> "3각형을 그려봅니다/왜냐구요?/그것은 매 각마다/아버지, 어머니, 내가 있기 때문입니다./그래서 3각형은 우리 가족의 집입니다.//

구형을 그려봅니다./왜냐구요?/그것은 구형이란 교실에/흑판과/책걸상, 선생님과 학생들이 있기 때문입니다./그래서 구형은 우리 반급의 집이랍니다//
오각별을 그려봅니다./왜냐구요?/그것은 오각별 다섯 개가/붉은 바탕에뭉쳐 우리나라를 이루기 때문입니다./그래서 오각별은 우리나라의 집입니다.//
동그라미를 그려봅니다./왜냐구요? /그것은 민족의 언어, 풍속습관……/그 하나도 빼놓으면 완전할 수 없는 동그라미이기 때문입니다./그래서 동그라미 는 서로 뭉쳐 지구촌이라는 큰 집을 만듭니다.//
우리는 집을 떠날 수 없습니다./왜냐구요?/그것은 들어서면/햇빛보다 따 사롭고 꽃보다 향기롭기 때문입니다./그래서 누구나 자신의 모든 집을 사랑합니다."

여기서 소녀시인은 설문식의 정제된 시적 형식, 중학생들이 매일같이 접하는 다양한 기호학적 부호들을 통해 상상의 나래를 한껏 펼친다. 그것은 기승전결의 시적 구도에 맞게 가족에서 학급으로, 학급에서 조국으로, 지구촌으로 재미있게 확장된다. 나중에 그 큰 집에는 햇빛과 같은 따사로움과 꽃과 같은 향기가 넘치기 때문이라고 함으로써 '큰 집'의 존재에 당위성을 부여한다. 집단에 대한 사랑과 조국에 대한 사랑, 한걸음 더 나아가 인류의 공존과 평화의 주제를 재치 있게 다룬 수작이라고 생각한다.

다음으로 우리 아동, 청소년들의 개성과 심리를 그린 작품들이 돋보인다. 수필의 주인공은 나 자신이며 수필은 고백(告白)적인 자조문학(自照文學)이다. 작자의 취미, 지식, 이상, 정서, 인생관, 세계관, 가치관, 좋아하는 것, 싫어하는 것, 살아온 삶, 앞으로의 계획, 마음속 비밀까지도 솔직하게 드러낸다. 그래서 수필 쓰기는 자신의 삶과 인생을 진실이라는 거울 앞에 비춰 보이는 행위라고 말한다. 아무런 보탬이나 덜어냄이 없이, 숨김이나 치장함 없이 알몸이 되어 솔직하게 고백하는 것, 그래서 '내가 누구인가?', '나는 어떻게 살았고, 또 앞으로는 어떻게 살려고 하는가?'까지 숨김없이 드러내어 말하고, 속마음을 열어 보이는 문학이 수필이다. 이러한 의미에서 중학조 김화의 「사진 한 장」과 리은실의 「우리들의 자화상」은 우리 아동과 청소년들의 마음을 환히 들여다볼 수 있는 작품으로서 읽는 이들에게 깊은 감동을 준다.

「사진 한 장」이란 제목을 두고 대부분 학생들은 한국에 간 아빠 엄마, 선생님이나 친구의 사진을 떠올렸고 부모자식 간의 그리움과 사랑, 사생 간의 이야기, 친구 간의 우정 같은 상투적인 이야기나 주제를 다루었다. 그러나 김화 학생은 한국 동방신기 멤버 중의 한 연예인인 유노윤호의 사진을 둘러싸고 벌어진 한 단락 재미있는 풍파를 다루고 있다. 작자는 문구가게에서 평소 숭배하던 한국의 연예인 유노윤호의 사진을 보고 그것을 한 장 사서 책갈피에 넣어 정히 간직한다. 그런데 이 사진을 할머니가 보게 된다. 할머니는 철없는 손녀가 웬 사내애와 열연에 빠진 줄로 알고 심히 근심스러워한다. 나중에야 그런 일이 아님을 알게 된 할머니는

"너의 남자친구인가 했지……. 하긴 이렇게 잘생긴 총각이 내 손녀의 신랑이 된다면야 얼마나 좋겠느냐?"

하고 말한다. 그 바람에 온 집 안에 웃음꽃이 만발한다. 오해수법을 재치 있게 구사했고, 한류열풍이 불고 있는 오늘날 기성세대와는 다른 사춘기 소녀들의 개성과 심리를 생동하게 보여 주었다고 하겠다.

리은실의 「우리들의 자화상」 역시 고루한 관습과 통념에 억매일 줄 모르는 20대 대학생들의 꿈과 정열, 고뇌와 방황, 사랑과 우정, 감성과 이성을 솔직하게 털어놓고 있다. 한 단락 인용해 본다.

> "……이십대의 우리는 정열적인 사랑을 불태웁니다. 열심히 사랑하고 열심히 아파합니다. 실연의 상처도 겪습니다. 허황하다는 인터넷 사랑에 빠지기도 합니다. 그것이 설사 허무한 사랑으로 끝난다 할지라도 우리는 뜨겁게 사랑합니다. 그러다가 가슴 찢는 고통을 겪기도 하지만 우리는 용케 다시 일어섭니다. 허무했던 어제를 뒤돌아보아도 별로 서럽지 않은 건 우리에게 내일이 있기 때문입니다. ……
> ……뜨거운 감성과 차가운 이성이 부딪치는 자리, 그 자리에 우리가 서 있습니다. ……"

고백과 자조의 문학이라는 수필의 본질을 터득한 솔직한 고백이요, 진지한 성찰이라고 하겠다. 바로 이러한 솔직한 고백과 자아성찰을 통해 우리 젊은이들은 인간적으로 성숙된다.

마지막으로 수상작들은 명제(命題)가 내포한 의미를 다각적으로 포착하고 참신한 은유와 상징을 구사하고 있다. '오또기', '다리', '거울', '집', '뿌리', '하늘을 나는 새에게서 받은 계시' 등 명제는 그 자체가 각각 다양한 상징적 의미를 내포하고 있다. 그런즉 무엇보다도 먼저 명제가 내포한 상징적 의미를 정확하게 또는 다양하게 포착해야 할 것이다.

이를테면 '오또기'는 넘어질 줄 모르는 도전정신의 상징으로 볼 수 있는데 우수상을 받은 이유진 꼬마작가가의 수필 「오또기」는 바로 그러한 상징적 의미를 포착했고 부자간에 오또기를 두고 벌어진 한 단락의 이야기를 재미있게 엮었다. 어린 작자는

한어성적이 올라가지 않아 애를 태운다. 그때 아빠는 오뚜기를 선물한다. 오뚜기가 번마다 넘어졌다가 다시 일어나는 모습을 보고 꼬마 작가는 다시 분발해 한어성적을 제고한다. 그러다가 아빠가 실업을 당하게 되자 꼬마작가는 오뚜기를 다시 아빠에게 선물한다는 이야기인데 꼬마작가의 효성과 어른스러움이 묻어나는 글이라 우리에게 감동을 주고도 남음이 있다.

그리고 「하늘을 나는 새에게서 받은 계시」의 경우도 그러하다. '새'가 하늘을 날 수 있는 것은 날개가 있기 때문이며 그것도 좌우 두 날개가 균형을 이루기 때문이다. 하늘을 날 수 있는 날개를 키워야 한다는 의미를 포착해도 좋고, 부동한 개성이나 성격을 용납하여 일심동체가 되어야만 집단의 힘을 키울 수 있다는 도리를 포착해도 좋다.

또한 새는 닭장에 갇힌 닭과는 달리 창공을 날며 자유를 만끽한다. 새는 자유의 상징이다. 고중조 김령리 학생의 「하늘을 나는 새에게서 받은 계시」는 새는 자유의 상징이라는 점에 착안을 했다. 뿐만 아니라 새와 연을 비교한다. 작자는 말한다.

"연은 비록 그 외모가 아름다우나 하늘을 나는 새에 비한다면 가장 중요한 한 가지가 없는 것이다. 바로 '자유'이다. 아무리 하늘을 누벼 보고 싶어도 가늘고 질긴 연줄에 매달려 사람에게 조종을 받아야만 한다. 그 연을 바라보던 중 나 자신도 하나의 연이 아닐까 하는 생각이 들었다."

그래서 작자는 지난 시절의 영예에 묶이거나 남의 눈치를 보거나 하지 않고 자신의 개성대로 살아가는, 이른바 연이 아닌 자유로운 새가 되기를 다짐한다. 이처럼 명제에 깃든 의미를 다각적으로 해명하고 자신의 느낌이나 생각을 은유와 상징 및 다양한 기법을 통해 형상적으로 보여 준 데 대부분 수상작이 성공한 비결이 있다.

앞으로 수상자 여러분이 고금중외의 명작들을 많이 읽고 부지런히 문학적 기량을 갈고닦아 훌륭한 작가로 되기를 기원한다.

명년 '제10회 청송컵 백일장'에서 다시 만나기를 바라면서 이로써 심사평을 마무리하고자 한다.

– 2005년 10월 4일

'김학철, 김사량 문학과 조선의용군의 항일투쟁 국제학술회의' 개막사 · · · · · · · ·

안녕하십니까?

김학철 탄신 90돌에 즈음해 조선의용군의 자랑스러운 항일투쟁을 회억하고 그 역사적 현장에서 굴함이 없이 싸웠던 김학철, 김사량의 문학을 조명하며, 더불어 그들의 문학정신을 기리게 된 것을 기쁘게 생각합니다. 오늘 행사는 기조발표와 '김학철 기념비제막식', 논문발표 등 다양한 프로그램을 가지고 진행하게 되는데 중국, 한국, 일본을 비롯한 우리 조선민족문학권에 커다란 반향을 일으키게 될 것입니다. 저는 이 자리를 빌려 한국 실천문학사 김영현 대표님과 귀한 발표를 해 주실 고인환, 고명철 교수를 비롯한 한국의 벗들, 그리고 대회 참가자 여러분께 뜨거운 환영과 경의를 드리고자 합니다.

조선의용군 전사들은 거개가 황포군관학교 출신들로서 그들은 중국의 혁명과 조선의 해방과 독립이라는 이중사명을 가지고 태항산을 중심으로 하는 항일의 전초(前哨)에서 가장 용감하고 지혜롭게 싸웠습니다. 그럼에도 불구하고 그들은 해방 후 한반도의 분단과 이념과 체제의 대립으로 말미암아 푸대접을 받아야 했고 개중에는 새롭게 군림한 정치권력에 의해 형장의 이슬로 사라진 이들도 적지 않습니다.

이러한 조성의용군의 항일투쟁을 증언하고 예술적으로 형상화한 대표적인 작가가 바로 김사량과 김학철입니다. 김사량의 『노마만리』와 김학철의 『격정시대』는 조선의용군의 항일투쟁을 예술적으로 기록한 20세기의 고전(古典)으로 자리를 잡았습니다. 또한 이들 두 분은 뜻을 같이했던 절친한 친구요, 격정의 시대 조선, 일본, 중국을 무대로 일제와 싸웠던 '동아시아 일체형'의 작가로서 민족적인 정체성을 고수함과 아울러 문학을 통해 인류 보편의 진(眞), 선(善), 미(美)를 구현하려 했던 우리 민족의 첫 세계인이기도 했습니다.

특히 김사량의 『빛속으로』와 같은 작품이 우리 민족의 디아스포라적 체험과 슬픔을 최초로 증언한 수작이라면 김학철의 『20세기의 신화』와 같은 작품은 제국주의의 침략을 '단절'시키고 민족의 독립을 전취했지만 독립국가 내에 다시금 제국(帝國)의 행태를 '반복'시킨 그러한 정치권력에 도전장을 낸 작품입니다. 이러한 의미에서 김사량의 문학은 탈식민주의 문화이론에 의해 새롭게 각광을 받아야 할 것이며 카프카의 '변신'과 같이 불안과 소외(疎外)의 주제를 다룬 20세기의 세계적인 명작으로 평가될 수 있을 것입니다. 또한 김학철의 문학은 그 자신의 지성적인 자각과 용기로 오만과 독선, 개인숭배와 부동한 정견을 가진 자들에 대한 잔혹한 탄압을 일삼음으로써 새로운 제국으로 타락한 국제공산주의운동의 보편적인 맹점을 찌른 정치소설로서 중국 잠재문학의 백미요, 세계 반체제문학의 빼놓을 수 없는 수작으로 된다고 생각합니다.

오늘 이 자리에 오신 국내외 석학들께서 다양한 시각과 방법론으로 조선의용군의 항일투쟁사와 김학철, 김사량의 문학을 새롭게 조명하고 우리 문학연구의 새로운 지평을 열 수 있기를 간절히 기대합니다. 특히 백화제방, 백화만발의 정신을 충분히 구현해 보다 자유롭고 활기 있는 발표와 토론의 장을 만듦으로써 문학연구의 새로운 풍토를 조성하는 데 일조(一助)할 수 있기를 바랍니다.

마지막으로 태항산기슭 호가장에 '김학철, 김사량 항전문학비'를 세우는 데 큰 힘을 기울여 주신 김영현 대표와 사재(私財)를 털고 투철한 역사의식과 탁월한 예술적 감각을 십분 발휘해 룡가미원에 '김학철기념비'를 축조해 줌으로써 오늘의 행사에 이채를 더해 주신 필충극 선생께 깊이 감사를 드립니다.

– 2006년 11월 4일

오호라, 사자가 죽으니 들개의 밥이 되는가········

2007년 8월 25일 오전, 연변대학교 도서관 3층 회의실에서 연변작가협회 평론분과의 회의가 있었다.

제1부는 소설에 관한 세미나이고 제2부는 『중국조선족문학비평사』 출간 기념모임이다.

제1부에서 먼저 연변대학교의 김 아무개 교수의 '근대에 대한 성찰과 디아스포라의 삶'이라는 테마의 기조발표가 있은 후 자유토론에 들어갔는데 먼저 림 아무개라는 원로소설가가 포를 쏘고 유 아무개라는 원로소설가가 가세를 했다. 아마도 김 아무개 교수가 1990년대 이후 우리 소설문학을 다룰 때 이들 두 원로의 이름을 일언반구도 제기하지 않은 게 이들의 심기를 불편하게 한 것 같았다.

이들은 아닌 밤중에 홍두깨 격으로 고(故) 김학철 선생을 공격하고 비평가들을 야유, 비난한다.

림 아무개 원로소설가의 고견을 먼저 들어 보자.

1. 김학철의 『20세기의 신화』가 어디 소설인가.

2. 김학철의 잡문은 8, 90%가 사람을 잡는 글이다.

3. 김학철이 자기 사후(死後)에 12명 문인만이 와서 장례를 치러 달라고 한 건 문단의 분열을 일부러 조장한 것이다.

4. 이 12명 문인은 모두 김학철 생전에 그에게 아부했던 사람이다.

5. 김학철은 생전에 "림원춘은 노루 때린 몽둥이 삼 년 우려먹는다."고 했는데 내가 우려먹은 게 아니라 신문과 방송, 출판사에서 자진해서 한 일이다.

이에 유 아무개 원로소설가가 한술 더 떴다.

1. 우리 평단에 만세평론가, 신사평론가, 자기 지식을 자랑하는 허풍쟁이 비평가 세 부류가 있다.

2. 우리 문단에 새로운 우상을 만들고 섬기는 풍조가 일고 있다,

3. 김학철을 '산맥'이라 했는데 산맥은 여러 봉우리들이 줄줄이 이어진 걸 말한다. 김학철은 하나의 봉우리에 지나지 않는다. 너무 추켜세우지 말라.

이에 발제를 했던 김 아무개 교수가 참다못해 일격을 가했다.

“오늘 회의의 주제를 오도하지 마시라. 왜 고인이 된 사람의 인격을 모독하는가? 김학철 선생에 대한 험담을 하는 게 오늘 회의의 주제라면 나는 퇴장하겠다. 왜 김학철 선생 생전에는 찍소리 한마디 못 하다가 이제 와서 비난하는가? 수치스럽지 않는가!”

유 아무개 원로소설가의 변명은 이렇다.

“김학철의 생전에도 그와 의견을 달리하는 2편의 글을 쓴 바 있다.”

결국 주최 측의 중재로 일단 쟁론을 그만두고 소설에 대한 본래의 화제로 돌아갔다.

최 아무개 소설가가 언권을 얻어 가지고 한마디 바른 소리를 한다.

“김학철 선생의 『20세기의 신화』는 정치소설입니다. 정치소설로 볼 때는 대단히 의미가 있는 작품입니다.”

휴식시간에 병풍 뒤에서 림 아무개 원로소설가가 김 아무개 교수를 찾아와

“너 왜 우리를 잘못 생각하니? 그런 게 아니야.”

하고 나이를 빙자해 누르려고 한다. 김 아무개 교수는

“고인이 된 사람을 두고 그렇게 험담을 하는 게 아닌 줄 압니다. 벌써 한두 번이 아니지요. 아주 품위가 없군요.”

하고 말허리를 자르고 외면을 했다.

김학철 선생이 임종에 ‘악인’의 한 사람으로 지목한 이 아무개 특대 원로소설가가 나경호텔 술상에서 점잖게 훈수를 두기를,

“모택동이 다 나쁜가? 중앙에서도 3:7로 그의 일생을 평가하지 않는가?”

이에 김 아무개 교수의 형이 되는 연변대학교 김 아무개 교수가 날카롭게 비판을 했다.

“3:7이라고 했는데 김학철 선생은 바로 그 3을 비판한 겁니다. 무엇이 잘못되었습니까?”

이 아무개 특대 원로소설가는 말문이 막혀 먼 산만 쳐다본다.

이게 오늘 우리 문단의 현실이다. 그야말로 ‘반우파투쟁’과 ‘문화대혁명’은 여전히 진행형이다.

김 아무개 교수는 화를 가라앉힐 겸 발표원고 뒷면에 몇 글자 적어 김 아무개라는 친구에게 건네주었다.

所感－

소인배들의 앙앙불락, 거인 사후의 험담과 비방은 까부수어야 한다.

거인의 생전에는 고양이 앞의 쥐처럼 전전긍긍, 찍소리 한마디 못 하다가 사후에는 칼을 물고 날치는 놈들.

이놈들을 조기두름처럼 다 묶어도 우리의 김학철 선생 하나와 바꾸지 못한다.

≪연변문학≫ 2007년 3－4기에 실린 이 아무개 원로시인의 「문단유사」라는 글 좀 보라. 거인의 생전에 지은 죄가 무서워 가장 비굴하게 아첨을 떨다가도 거인의 사후에는 동면에서 깨난 뱀처럼 혀를 날름거리면서 고인을 물고 뜯지 않는가.

오호라, 사자가 죽으니 들개의 밥이 되는가?

그렇게 될 수는 없다!!!

정의감이 있고 사리분별을 할 줄 아는 사람이라면 다 같이 몽둥이를 들고 늙은 들개들을 정신이 버쩍 들게 두들겨 패야 한다.

이에 되돌아오는 쪽지－

김 아무개 兄:

사자의 발톱에 얼마나 공포를 느꼈으면 사자가 이 세상을 떠나간 지 7년째가 되는데도 들개들이 잊지 못하고 있을까요?

연변문단이라는 울타리도 한 개 씨족사회에 불과하지요. 그중에서도 늙은 들개 몇 마리가 옛 치욕에 평생 속을 끙끙 앓는 모습이 처량하게만 보이네요.

글 같지도 않은 글을 몇 줄 걸쩍거려 작가라는 감투를 쓰고도 부끄럽지 않아서 정의의 검을 든 비평가들에게 반격을 하려 하니 하룻강아지 범 무서운 줄 모르는군요.

또한 우리 민족의 다수가 살고 있는 한국이란 광활한 무대가 역사적으로 최종 판단을 한다는 것은 그들에게도 숙명적인 선택일 것이요.

'반우파투쟁'과 '문화대혁명'의 파쇼적 정치 속에서도 폭도들과 힘겨룸을 할 수 있었는데 오늘 파리 몇 마리 윙윙거린다고 어찌 세상이 변하리오.

역사의 치욕의 기둥(恥辱柱)에 누추한 들개 몇 마리를 더 추가해 디룽디룽 매달아야 하겠습니다.

－2007년 8월 26일, 김 아무개 드림

『김학철평전』 출간 소감·········

오늘 『김학철평전』과 『조선의용군 최후의 분대장 김학철』(4) 출간 기념 모임에 오신 국내외 문인 여러분께 깊이 감사를 드립니다. 특히 대한추위도 마다 않고 멀리 모국에서 오신 실천문학사 김영현 대표 일행과 공사다망함에도 불구하고 자리를 빛내주신 연변대학 김병민 총장님을 비롯한 여러분께도 깊은 감사를 드립니다.

김학철 선생과의 만남은 저의 인생에 큰 행운이요, 저의 성장에 커다란 도움을 주었습니다. 그분께서는 한 혁명가의 신념과 의지라는 것은 저 하늘에 치솟은 산악보다도 더 드팀이 없음을 깨우쳐 주었고, 한 문학가의 사명감과 정열은 도도히 흐르는 강물과 같이 마를 줄 모른다는 것을 알게 하였습니다. 그리고 수차 좌절과 수난을 딛고 일어나 인간 승리의 신화를 창출한 그분의 혁명적 낙관주의와 유머는 전제주의에 맞선 참된 지성인의 무비의 용기와 저력을 알게 하였습니다. 특히 민족에 대한 사랑을 넘어 '적국(敵國)' 일본의 선량한 인간들마저 껴안으려고 했던 그분의 폭넓은 인류애는 다원공존, 다원공생의 시대를 살아가는 우리 모두에게 귀감이 된다고 생각합니다.

영국인들은 인도를 주어도 셰익스피어를 내줄 수 없다고 했는데, 우리의 경우 이 불모의 땅에 김학철과 같은 지성이 태어난 것은 그야말로 하늘이 내린 축복이 아닐 수 없습니다. 옥에도 티가 있거늘 그분도 인간이지, 신(神)은 아닙니다. 지금도 '좌'적인 사상과 편견에서 벗어나지 못해 김학철 선생을 두고 앙앙불락하거나 그분에게서 한두 마디 비판을 받은 일을 두고 불평을 부릴 것이 아니라, 그분의 인간적인 무게와 문학적인 깊이를 헤아려 보는 마음과 눈을 가져야 할 것입니다. 김학철 선생이 없었더라면 20세기 후반의 우리 문학이 얼마나 초라해졌겠습니까? 김학철의 인생과 문학은 누가 무어라 해도 20세기 후반 우리 조선족문학이 남긴 가장 값진 유산이며, 자라나는 세대의 가장 소중한 정신적 양식으로 되리라 생각합니다.

이 자리를 빌려 태항산자락에 '김학철, 김사량 항일문학비'를 멋지게 일떠세운 데 이어 『김학철평전』을 기획하고 필자에게 커다란 믿음과 격려를 준 실천문학사 김영현 대표와 김재용 교수께, 좋은 글감을 양도해 주고 여러 모로 조언과 가르침을 준 김관웅 교수께, 많은 일화와 사진자료들을 제공하고 원고를 수차 알뜰하게 보완, 수정해 주면서 모든 섭외와 뒷바라지를 맡아준 공동 집필자 김해양 선생께 감사를 드리며 너무 아름다운 합작이었다고 생각합니다.

마지막으로 김학철 선생의 영전에 이 책을 드림과 아울러 무자년 새해를 맞이해 국내외 문인 여러분의 건강과 건필을 기원합니다.

－2007년 1월 26일

『김학철평전』 머리말 · · · · · · · · ·

—한 조선의용군 분대장의 기나긴 저항과 마지막 미소

김호웅, 김해양

중국의 산서성과 하북성을 가로지른 거대한 태항산(太行山), 그 기슭의 하북성 원씨현 호가장(元氏縣胡家庄) 동구 밖에 있는 보리밭 언덕에 김학철(金學鐵) 김사량(金史良)의 항일문학비(抗戰文學碑)가 나란히 세워졌다. 이는 2005년 8월 반파쇼전쟁승리 60주년을 앞둔 날이다.

태항산에서 캐어 온 거친 화강암, 전화 속에 휘날리는 깃발 모양의 기념비, 그 제막식에는 중국과 한국의 수십 명 작가들과 백여 명 현지 농민들이 참석했다. 호가장 전투가 있은 지 65년 만에 세워진 두 조선인작가의 기념비.

이 기념비는 무엇을 말하려 하는가?

이는 중국의 광활한 대지에서 중국인민의 해방과 조선의 자유와 독립을 위해 일제와 싸운 수많은 우리 민족의 영령들에게 위안이 될 것이요, 중국의 200만 조선족동포는 더 말할 것 없고 글로벌 시대 세계로 퍼져 나간 우리 민족이 어떻게 살아야 함을 일깨워 주지 않는가?

김학철은 더욱이 광복 후 그의 파란만장한 삶으로 우리 모두에게 귀감을 보여 주고 있다. 우리의 20세기는 파시스트, 그리고 그것을 뒤엎은 뒤 독립국가 내에 독버섯처럼 틀고 앉은 새로운 권위주의, 정치권력과 싸운 것으로 특징지어진다. 소련의 경우가 그렇고 중국의 경우가 그렇고 한반도나 저 멀리 동유럽의 경우가 그렇다.

새로운 권위주의와 정치권력을 두고 탈식민주의 문화이론에서는 '단절 속의 반복'이라는 명제를 내놓고 있다. 제국주의의 식민통치와 지배를 '단절'시켰지만 독립국가 내에 권위주의와 부정, 부패가 만연되어 지배계층과 민중들 사이에 지배와 피지배의 수직적인 논리와 현실이 '반복'되고 있다는 뜻이다.

파시스트에 대한 저항에는 수많은 사람들이 동참을 했지만 새로운 권위주의와 정치권력에 대한 저항에는 많은 시간이 소모되었고 선각자도 찾기 힘들었다. 파시스트를 물리치고 정권을 잡은 이들이 '영웅'으로 '태양'으로 자처하고 그들에 대한 저항에는 역시 목숨을 바칠 각오가 필수이기 때문이다.

하지만 김학철은 그야말로 수억 인파가 지는 서쪽 달을 쫓아갈 때 홀로 해 돋을 동쪽으로 향한 사람이었다. 그는 당시 좌익유치병에 시달리는 중국의 정치적 현실에서 모택동의 우상이라는 '20세기의 신화'를 뒤엎은 선각자요, 목숨을 걸고 권위주의와 정치권력에 도전장을 내놓은 투사였다. 이러한 의미에서 그는 중국의 그 어떤 작가의 추종도 불허하는 잠재문학(潛在文學)의 기수요 대표이며 파렴치한 독재와 부패한 정치권력에 맞서 싸운 아시아의 대표적인 지성인이다.

김학철은 중국 조선족 작가로서 시종 우리 민족 언어에 한없는 애착심을 가지고 문학 창작에 열중했다. 그는 모국어의 우수성을 확신하고 모국어의 뿌리에 중국어, 일본어, 영어에 대한 풍부한 지식을 접목시켜 김학철 특유의 독창적인 비유, 익살과 해학, 풍자와 유머를 창출함으로써 우리 문학의 보고(寶庫)를 풍부히 한 언어대가이다.

파시스트에 대한 저항, 비정한 정치권력과의 투쟁, 불면불휴의 문학 창작 과정에서 그는 또 여러 번이나 극한적인 상황을 극복하고 인간승리의 신화를 창출했다. 그는 일본 감옥에서 한 다리를 잃고 실의와 절망에 잠길 대신 총칼을 붓으로 바꾸어 들었고 이승만, 김일성, 모택동이라는 거대한 우상들에 차례로 도전하였으며 어두운 철창 속에서도 내일 솟을 태양을 의심하지 않았다. 22년 동안의 비인간적인 생활을 종말짓고 자유의 몸이 되었을 때는 어언간 65세의 나이가 되었다. 하지만 그는 최후의 질주를 멈추지 않고 85세 운명의 최후까지 20년간 거대한 문학유산을 우리에게 남겨놓았다.

닉슨은 자신의 자서전에서 세계적인 인물은 아래와 같은 몇 가지 여건을 구비해야 한다고 했다. 첫째는 세계사의 중심국가여야 한다. 영국의 산업혁명이나 프랑스의 시민혁명 내지는 미국의 남북전쟁과 같은 세계사적인 사변이 일어난 국가의 인물만이 세계적인 인물로 될 수 있다. 둘째로는 인구나 영토에 있어서 중등국가 이상의 나라에서 태어나야 한다. 셋째로는 문화적 전통이다. 이는 물론 일리가 있는 견해이지만 주로 미국을 염두에 두고 한 말이며 관념론적인 영웅사관에 기초한 견해이다.

이와 반대로 역사적 유물론이나 민중사관으로 바라볼 때 거대한 역사적 사변의 가장 밑바탕에서 고뇌하고 분노하고 저항한 수많은 엘리트들, 전제주의에 대한 그들의 반역과 저항, 그들의 실존적 고뇌와 자유선택이야말로 귀중한 것이며 그러한 보통 인간들의 힘이 모여 최종적으로 역사의 수레바퀴를 굴려 왔음을 누구도 부인하지 못할 것이다.

김학철은 생의 마지막까지 자신을 조선의용군의 최후의 분대장이라 불러 왔다. 사실로 그는 벼슬에 전혀 흥취가 없이 최후의 분대장으로 살아왔다. 하지만 그의 파란만장한 일생은 열 장군의 생을 합친 것보다 더욱 비장하고 더욱 아름답다. 그럼에도 불구하고 최후까지 연변의 수수한 아파트에서 중산복(中山服)을 입고 지낸 이 무명영웅은 우리에게 친근하게 다가오고 우리에게 시시로 삶의 방향을 가르쳐 주고 있다.

이제 그의 파란만장한 삶의 자취를 더듬어 본다.

김학철의 자서전『최후의 분대장』과 그의 수많은 잡문들이 그 자신의 경력과 그가 살았던 시대를 너무 극명하게, 형상적으로 보여 주었고 그의 문필 또한 탁월해서 별도로 그의 평전을 쓴다는 것은 참으로 어려운 일이었다. 김학철 선생의 모든 기록에서, 그리고 김학철에 관한 여러 선행 연구결과에서 많은 유익한 도움을 받았음을 여기에 명기하고 싶다. 또한 감히 '지음'이란 말 대신에 '편저'란 말을 썼음을 밝힌다. 마지막으로 실천문학사 김영현 대표와 원광대학교 김재용 교수의 믿음과 편달에 감사를 드려야 할 것이다.

– 2007년 11월

조선의용군 항일투쟁의 예술적 기념비 ·········

……다리를 총에 맞아 쓰러진 채 붙들려 간 동무는 일본 어떤 형무소로 끌려갔다고 할 뿐 그 생사와 진위를 알 수 없었던바 이번 해방을 맞이하여 일본으로부터 돌아왔다. 척각의 작가 김학철이 바로 이 사람이었다. ……

– 김사량의 『노마만리』에서

일찍 40년대로부터 '척각의 작가'로 세인들의 이목을 끌어 온 김학철은 기나긴 정치적 박해와 인간적 멸시를 이겨 내고 오늘도 70고령에 백발을 날리며 투사의 드높은 자각과 의지로 간거한 문학의 원정을 계속하고 있다. 최근 연간의 피타는 노력의 결실로 세상에 나온 그의 장편소설 『격정시대』(상, 하)는 조선의용군의 피어린 항일투쟁을 형상화한 예술적 기념비로, 근 반세기에 걸치는 작가의 문학적 지향과 탐구의 예술적 결정체로 거대한 인식적 가치와 미학적 가치를 갖고 있다.

김학철은 근 반세기에 걸치는 문학활동을 통하여 번역작품을 내놓고도 2백여만 자에 달하는 문학작품을 내놓았다. 그는 수필, 전기문학, 소설 등 다양한 장르의 문학작품을 통하여 광활한 시대생활을 반영하고 여러 가지 인물형상을 창조하였다. 그러나 그의 전반 작품에는 하나의 주선율이 흐르고 있으니 그것은 바로 조선민족의 해방투쟁에 대한 열렬한 찬미와 그 성스러운 혈전에서 목숨을 바친 무명영웅들의 정신적 미에 대한 예술적 탐구이다. 그런데 이러한 기본 테마와 문체는 장편소설 『격정시대』에 와서 집대성되고 있으며 난숙기에 이르고 있는 것이다.

1

사나운 비바람치는 길가에/다 못 가고 쓰러지는 너의 뜻을/이어서 이룰 것을 맹세하노니/진리의 그늘 밑에 길이 길이 잠들어라/불멸의영령

– 김학철, 류신 작 「조선의용군 추도가」에서

조선의용군은 조선과 조선민족을 해방하기 위한 거룩한 투쟁대오의 주요한 한 갈

래이며 '국제반파쇼전쟁의 아시아싸움터에서 용맹하게 싸운 동방피압박민족의 해방운동에 있어서의 빛나는 전범이다.' 김학철은 조선의용군 항일투쟁의 역사적 견증인일 뿐만 아니라 그 대오 속에서 총칼을 잡고 피 흘리며 싸운 투사의 한 사람이다. 그는 40년대 중엽 일본감옥에서 풀려 나오자마자 조선의용군 용사들이 피로써 적어 놓은 영웅업적을 이 땅 위에 길이길이 전해야 할 작가적 의무를 가슴깊이 느끼면서 「담배국」 등 그들의 투쟁생활을 형상화한 특색 있는 단편소설들을 쓴 바 있다. 하지만 그 후 모종 역사적 및 정치적 원인으로 말미암아, 더욱이는 당내의 종파주의 경향으로 말미암아 항일전쟁시기 조선의용군계통에서 싸운 조선족혁명가들은 '민족주의 분자', '소자산계급급진분자'로, 심지어는 '국민당간첩', '외국간첩'으로 낙인받았으며 그들의 피어린 투쟁업적은 여지없이 말살당하게 되었다.

장장 20여 년간이나 정치적 생명과 창작의 자유를 박탈당했던 작가는 이 억울한 참극을 가슴 아프게 보고만 있을 수밖에 없었다. 하기에 작가는 다시 붓을 잡게 도자 "신화가 아닌, 날조가 아닌 진실한 역사적 면모 즉 있는 사실 그대로를 꾸밈없이 적어서 세상에 내놓음으로써 사람들로 하여금 영광스러운 전통에 대한 긍지감으로 가득 차게 할 때는 드디어 왔다."라고 환희에 넘쳐 외쳤던 것이다.

장편소설 『격정시대』에 나오는 인물, 사건 및 에피소드들을 그 이전에 쓴 작가의 많은 작품들에서 볼 수 있다. 작가는 이번에 그러한 독립적인 인물, 사건 및 에피소드들을 윤색, 보충하고 있으며 '핍박에 의하여 량산에 오르'는 『수호전』, 『림꺽정』 등 고전소설들의 슈제트 구성 방식을 본받아 예술적으로 재구성하였다. 소설은 1928년부터 1941년에 이르는 조선, 중국의 시대생활을 폭넓게 펼쳐 보이면서 서선장, 문정, 씨동이……등 조선의용군 용사들의 집단적 형상을 창조하고 있다. 특히 주인공 서선장은 작품의 구성선색을 이어 주는 인물로서뿐만 아니라 작품의 주제해명에서도 가장 중요한 지위를 차지하고 있다.

소설을 펼치면 1928년 초봄의 어느 날 원산 앞바닷가에 그림을 그리려 나온 보통학교 4학년 학생 서선장이와 만나게 된다. 고양이수염을 깎기도 하고 벌집을 뚜지기도 하는 '무사분주하고 장난이 심'한 선장이, 그래도 총명이 뛰어나 작문만은 제일 잘 짓는다. 그런데 그 당시 날 따라 혹심해지는 일제의 식민통치와 그에 대한 조선인민들의 반일운동의 물결은 선장이로 하여금 민족의식에 눈뜨게 한다. 특히 마을의 진보적인 애국청년 한정희와 담임교 김영하의 교양과 영향 밑에 선장이는 모름지기 나라와 민족을 사랑하는 마음을 키우게 된다.

선장이가 서울에 사는 변호사의 처 숙자 아주머니네 집에 양자로 들어가서 공부하게 된 것은 그야말로 행운이었다. 서울에서 선장이는 친일주구 강 교장을 밀어내는 반일학생운동에 참가하며 또 광주학생운동의 소식에 가슴을 끓이기도 한다. 특히 원산부두 노동자들이 총파업을 단행했을 때 일본선원들이 뱃고동을 울려 성원하던 일에서와 체포령이 내린 유명한 독립운동가 리재유 등을 자기 저택에 숨겨 두었다가 발각된 일본인 스기우라 교수의 사건에서 선장이는 커다란 충격을 받는다.

30년대에 들어서면서 일제의 침략야심이 더욱 노골화됨과 더불어 간도의 만보산사건, '9·18' 사변이 일어나며 김영하를 비롯한 애국청년들이 체포, 투옥된다. 괴로움에 모대기던 선장이는 중국 광주의 황포군관학교에서 조선젊은이들이 공부하고 있다는 소식이며 상해의 홍구공원에서 조선젊은이 윤봉길이 폭탄을 던져 상해파견군사령관 시라가와 대장을 포함한 일본군장령 10여 명을 살상했다는 소식이며에 접한다. 하여 피 끓는 선장의 가슴은 한껏 부풀어 오른다. "남들은 다 목숨을 걸고 나라의 독립을 위해 싸우는데 나만 안일하게 여기서 공부를 해? 수치스러운 일이다. 도저히 양심이 허락하지 않는다. 그렇지만 여기서는 폭탄도, 권총도 다 손에 넣을 수 없으니까…… 중국으로 건너가자, 임시정부를 찾아가자, 황포군관학교로 찾아가자, 가면 무슨 수가 나겠지, 가자!" 이처럼 소설은 천진난만한 소년 선장이가 독립운동의 길에 나서게 된 과정을 실감 있게 보여 주면서 작품의 배경을 30년대 중엽의 상해에로 옮기고 있다.

'9·18' 사변 후 동북의 조선인 반일독립운동은 세 갈래로 나뉘었다. 한 갈래는 동북지구에 계속 남아 투쟁을 벌였고 한 갈래는 상해 광주로 남하했다가 후에 남경 등지로 전이하였다. 모진 고생 끝에 상해에 이른 선장이는 리춘근, 김혜숙 등 독립운동가들을 만나며 그들의 소

개로 남경에 본부를 둔 '조선민족혁명당'의 상해지하조직에 들어가 테로 활동에 참가한다. 선장이는 처음으로 '시가 1천만 원어치의 헤로인이 밀수입되는 걸 눈감아 주고 뇌물을 받아서 벼락부자가 된' 상해해관의 조선인관 신영호를 혼내 주는 '사로니까행동'에 참가한다. 첫 행동에서 선장이는 당황해하고 빈구석이 많았으나 그 후 용감하고 민첩한 조직의 성원들과 사귀는 사이에 어느덧 '표범의 넋을 지닌 사슴'으로,

용감한 테러분자로 자라난다.

상해에서 선장이는 조직의 선전위원이며 중국공산당 당원인 성재수를 만나게 되며 그의 영향밑에서 『변증법적유물론』, 『유물사관』 등 혁명서적과 『국가와 혁명』, 『프랑스내전』, 『철학의 빈곤』, 『가족, 사유제와 국가의 기원』 등 마르크스주의 사상에 눈뜬다. 말하자면 '개인 테로는 극소수의 가장 고상하고 가장 용감한 애국자들만이 해낼 수 있는 신성한 사명'이라고 믿어 의심치 않던 단순한 민족주의자 선장이는 점차 '민중을 발동하는 것을 주요한 투쟁수단으로 삼'는 공산당을 우러러보게 되며 민족주의자 '리춘근과 김혜숙에게서 받은 인상이 무색해지리만큼 보다 강렬한 것을 선장이는 성재수에게서 느끼게 된다.'

남경의 중앙육군관학교에서의 생활은 선장이의 성격발전에 커다란 영향을 준다. 그는 여기서 김두봉, 한번 등 이름난 공산주의자들과 접촉하게 되며 진일보 마르크스주의 서적을 읽게 된다. 1936년 학교를 졸업한 선장이는 국민당군대 소위로 임명되어 '8 · 13' 상해보위전에 참가하기도 하지만 국민당의 무저항정책과 '염통 곰기는 줄은 모르고 그 식이 장식으로 벼슬 오를 궁리, 천 냥 모을 궁리만 하는 국민당군대의 썩은 늪같이 침체된 생활'에 염오를 느낀다.

무한의 함락전야, 중국공산당과 주은래동지의 창의 밑에 1938년 10월 10일 국민당정부의 비준을 맡고 조선의용대가 한구에서 정식으로 성립을 선포하였다. 조선의용대는 '산해관 이남 각지에 흩어져 활동하던 조선혁명가들 특히는 군사교육을 받은 청년층'들로 조직되었다. 조선의용대는 국민당 관할구역에서 활동하게 되었는데 맨 먼지 동방의 마드리드로 불린 무한을 보위하는 전투에 뛰어들었다. 조선의용대에 들어간 선장이는 전우들과 함께 항전표어를 쓰기도 하고 극을 공연하기도 하였다. 이러한 항일투쟁의 물결 속에서 선장이는 마침내 중국공산당에 가입한다.

그러나 선장이는 일본어를 능숙하게 장악한 까닭에 국민당군대 군단사령부의 통역－'수양아들' 노릇을 하지 않으면 안 된다. 국민당의 소극항전, 적극반공의 정책과 그들의 호화로운 생활은 선장이의 가슴에 분노의 씨앗을 묻어 주었다. 선장이는 '목숨을 걸고 정의의 전쟁에 뛰어들어 서기까지 남의 눈치를 보아야 하는 신세가 한스러웠다.' 이는 또한 국민당 관할구역에서 활동한 전체 조선의용대 대원들의 공통한 심정이기도 하였다. 그 무렵 조선의용대 내부에서는 자연히 '해방구로 넘어가야 한다',

'팔로군과 합류하는 게 유일한 출로다'라는 사상조류가 대두하였다. 이런 정세하에서 1940년부터 1941년 가을까지 팔로군 총부는 조선의용대를 낙양을 거쳐 황하를 넘어 태항산혁명근거지로 들어가도록 배치하였던 것이다.

선장이와 그의 전우들은 이와 같이 천신만고를 겪고 기나긴 '두름길'을 거쳐 마침내 인민의 품으로, 공산당의 품으로 들어간 것이다. 이와 같이 장편소설 『격정시대』는 주인공 서선장을 비롯한 조선의용군대원들의 운명과 투쟁생활을 혁명발전 중에서 진실하게 역사적으로, 구체적으로 묘사함으로써 조선의용군의 형성, 발전의 역사적 과정을 예술적으로 재현하였으며 그들의 불후의 업적을 소리높이 가송하였는바 작가의 말 그대로 '모종 원인으로 조성되었던 역사의 공백을 메울 수 있는' 거대한 문헌적 가치를 가지고 있는 것이다.

2

> 나는 혁명자를 타고난 천재처럼, 초인간처럼 그 언제나 낙관적 정신이 포만된 신적 존재로 묘사하는 데는 동의하지 않는다. 최소한 내 전우들 중에서는 그런 굉장한 인물을 보지 못하였다.
>
> 김학철의 『항전별곡』에서

장편소설 『격정시대』는 제목과는 달리 사시적인 전경소설이 아니다. 소설에서는 거대한 역사적 사변이나 대전역을 정면으로 묘사하지 않았으며 위대한 전략가나 거인적인 영웅인물을 부각하지도 않았다. 그와는 달리 중국에서 활동한 조선혁명가들과 조선의용군대원들의 운명, 단편적인 전투생활과 해학적인 일화들을 통하여 그들의 성격미를 사실주의적으로 보여 주었다.

우선 소설에서는 중국 땅에서 활동한 조선혁명가들과 조선의용군대원들의 생활 모습과 그들의 희로애락을 풍속화적인 화폭으로 보여 주고 있다. 상해 프랑스조계지에서의 생활, 남경 화로강훈련소에서의 생활, 중앙륙군관학교에서의 생활 그리고 전투생활과 행군생활은 그 얼마나 활기와 인정미로 차 넘치고 있는가! 그들은 누구라 없이 그리운 고국에 사랑하는 부모형제를 두고 온 젊은이들이기에 고향에서 오는 편지 한 장이 천금같이 귀중한 것이며 또 그들 모두가 피 끓는 젊은이들이기에 이성이 그립고 사랑이 그리운 것이다. 그들 중에는 명망이 높은 김두봉 선생의 따님에게 '뒷구멍으로 편지를 내어 짝사랑을 고백'한 엉큼한 친구가 있는가 하면 '무릇 그 눈에 띄는 범위 안에 만년필이기만 하며 누구의 것인가를 막론하고 한번 갖다 분해해 보아야만 직성이 풀리는' 괴짜도 있다. 그 외에도 매일 이름을 가는 리강의 일화, 20세기 계명구도이며 술고래인 김문의 일화……등은 모두 생활미가 풍기는 조선의용군생 활의 진실한 풍속화이다.

다음으로 소설에서는 서선장, 씨동이, 마점산, 문정, 송일엽 등 수십 명의 조선혁명가들과 조선의용군 용사들의 형상을 창조하였다. 그들은 모두 각이한 곡절과 경난을 겪고 중국 땅에 들어와 항일투쟁에 참가한 20세기의 '양산박영웅'들이며 '청석골영웅'들이다.

씨동이는 선장이와 같은 고향의 태생이다. '시커먼 소도적처럼' 생긴 그는 한마을에 사는 쌍년이를 무척 아끼고 사랑하였으나 돈 없고 권리 없는 까닭에 왜놈에게 빼앗기고 만다. 그는 한정희의 영향 밑에서 원산부두 노동자들의 파업투쟁에 참가하여 선두적 역할을 논다. 그는 그 번 파업투쟁에서 부상을 입고 체포되나 '칼 물고 뜀뛰기로' 병원 2층에서 뛰어내려 상해로 온다. 소설은 조난당한 마을의 어민들을 구하는 사건을 통하여 처음부터 선이 굵게 씨동이의 성격을 창조하고 있다. 불시에 폭풍우가 불어닥치고 노까지 잃은 배 한 척이 뭍에 닿으려고 무진 애를 쓴다. 폭풍우는 더욱 기승을 부리고 배 위의 어부들은 뱃전을 붙잡고 아우성을 치는데 그네들의 부모처자들은 땅바닥에 주저앉아 목 놓아 울고 있다. 이때 마을의 어른 한 진사가 상금으로 50냥을 걸고 위험에 빠진 어민들을 구하려고 한다.

벌써부터 "사나운 바다를 노려보며 우리 안에 갇힌 들짐승처럼 안절부절못하던 씨동이가 마닐라로프를 어깨에 메고 물속에 뛰어든다." "그는 죽을 고비를 넘으며 끝내 사경에 처한 어민들을 구해 낸다. 하지만 일이 끝난 후 씨동이는 상금 50원을 받을 염을 하지 않는다." 가난에 쪼들린 부모들이 "50원이면 입쌀이 여덟 가마야." 하고 그 상금을 받기를 원하고 또 한 진사가 상금 50원을 보내오기까지 했지만 씨동이는 "엄마가 아무리 불쌍해도 인금 떨어질 일은 나 못 하겠소. 죽는 사람을 구하는 데 상금이 다 뭐야. 개 콧구멍같이!" 하고 내뱉는다. 여기서 우리는 의롭고 씨억씨억한 조선젊은이의 고매한 성격미를 보게 된다.

고달픈 연회생활, 양반대감들의 천시와 희롱, 피비린 전란과 생사 이별의 피눈물…… 험악한 세월을 최하층의 인간으로 살아온 가냘픈 기생들! 과연 조국이 그녀들에게 무엇을 주었기에 나라를 위하여, 민족을 위하여 자기의 사랑과 절개를, 피와 목숨을 바치는 것인가? 이는 그 옛날 임진왜란 때의 계월향, 논개로부터 『격정시대』에 나오는 송일엽에 이르기까지 하나의 눈물겨운 절창으로, 천고의 수수께끼로 남아 있다. 임진왜란 때 촉석루에서 술잔치를 하다가 만취한 왜장 게야무라 로꾸스께를 껴안고 사품치며 흐르는 남강에 뛰어들어 함께 죽었다는 애국기생 논개와 마찬가지로 송일엽의 고향 역시 경상남도 진주이다. 논개를 가장 숭상하는 일엽이는 상해 공공조계의 유명한 댄스홀 '메트로폴리스'의 댄서로 있으면서 반일테로활동에 종사한다. 그녀는 선장이네와 배합하여 악마 같은 무라다 경부를 미인계로 끌어내다가 황포강에서 통쾌히 처단하기도 하며 상해보위전에서는 위문선전대로, 그 후 조선의용군 생활에서는 활약적인 여전사로 싸우기도 한다.

그런데 이 '20세기 논개'는 '크르멘처럼 자유분방하고 활달'한가 하면 '좀 샘바르고 또 좀 변덕스러웠다.' 그녀는 프랑스조계지에서 선장이를 만나자마자 홀딱 반해 버린다. 그는 불시에 선장이의 등을 끌어당겨 자기 가슴에 붙이고 입을 쪽 맞추기도 하며 야밤삼경에 선장이의 방에 찾아들기도 한다. 하지만 조직의 수요로 무라다 경부 같은 악마와 동침해야 하는 일엽이, 그는 선장이에게 더없는 부끄러움과 미안함을 느끼며 무서운 심리고통에 모대긴다. 또한 그녀는 자기의 사랑이 성취될 수 없을 때에는 한창 무르익어 가는 전보경과 반해량의 사랑을 공연히 시샘하고 질투하기도 한다. 일엽이는 조선의용군에 참가한 다음에도 커다란 모순과 고민 속에 빠진다. 번화하고 현란한 댄스홀에서 맘껏 유흥을 즐기던 일엽이에게는 부대의 철 같은 규율과 조직생활이 부자연스럽게만 느껴졌던 것이다. 하기에 그녀는 전우들을 보고 "혁명대오는 왜 이렇게…… 개인의 자유란 게 하나도 없지요?" 하고 불평을 부린다. 이처럼 소설에서는 한 여의용군전사의 애달픈 운명과 복잡한 성격구조를 깊이 있게 헤쳐 보이면서 '악마'와 '천사'의 대결로 이루어진 그녀의 생명변증법을 진실하게 표현하였다.

요컨대 『격정시대』에 나오는 조선혁명가들은 그 어떤 정치개념의 메가폰으로, 풍운을 휘어잡는 거인적인 존재로 나타나고 있는 것이 아니라 인정미가 흐르고 자기 생명체의 충동을 느낄 줄 아는 평범하고 진실한 인간들이다. 특히 작가는 주인공들의 사회계급적 성격과의 결합 속에서 그들의 기질적 성격을 생동하고 풍부하게 그림으로써 세속적이면서도 비장한 조선의용군 생활의 실태와 평범하면서도 영웅적인 조선혁명가들과 의용군 용사들의 군상을 성공적으로 반영, 표현하였다.

3

> 우스개 즉 유머가 부족하거나 아주 없는 작품은 읽기가 따분합니다. ……독자가 따분해하는 작품에는 아무리 심오한 철리가 담겨 있더라도 그것은 실패작이랄 수밖에 없습니다. 문학작품은 약이 아니므로 상을 찡그리고 억지로 삼킬 수는 없는 것입니다.
>
> – 김학철의 창작담 『문학도끼리』에서

『격정시대』에는 거인적인 영웅형상도 없고 첫 시작부터 마지막까지 관통된 박력있고 굴곡적인 슈제트선도 없다. 여기에는 오직 순박하고 정직하고 용감하거나 꾀바르고 거만하고 비굴한 각양각색의 인간들의 운명과 그들의 희로애락이 있을 뿐이며 능청맞고 배포한 해학과 유머, 날카롭고 신랄한 기지와 풍자가 흘러넘치고 있을 뿐이다.

작가는 1985년 단편소설 「짓밟힌 정조」로 '≪천지≫문학상'을 받고나서 다음과 같이 말한 바 있다. "무슨 일이 있을 때마다 남의 장단에 춤이나 추는 따위의 경사로운 작가는 하루 세끼 밥을 먹는 꼭두각시입니다. 앵무새처럼 남의 말을 되받아 옮기거나 하는 약삭스러운 작가는 두 다리로 걸어 다니는 마이크입니다. ……한마디로 말하여 작가에게는 개성이 뚜렷한 영혼이 있어야 합니다. 어떠한 풍속에서도 방향을 잃지 않는 나침판이 있어야 합니다. 그 나침판이란 곧 마르크스주의에 바탕을 둔 사회주의적 사실주의입니다." 이와 같이 김학철에게는 '어떠한 풍랑 속에서도' 드놀지 않는 작가적 신념이 있었기에 그 어떤 정치적 이념에 의하여 역사를 분식하거나 인물을 우상화, 신격화하지 않았다. 말하자면 영웅성으로 비겁성을 가리지도 않았고 또 그 대상의 존귀함에 허리를 굽힐 줄은 더욱 몰랐다. 김학철의 앞에 나선 인물은 무엇보다도 먼저 생명유기체로서의 생생한 인간이었고 그 인간적인 생활과 기질, 습성, 취미였다.

하기에 육군군관학교에 광림하여 위엄 있게 장편훈유를 하는 장개석 각하도 야비하고 너절한 인간으로 낙인되는 것이다. 말하자만 작가에게는 위엄스레 콧수염을 기른 장개석 교장 각하도 '히틀러식으로 채플린 수염을 기른' 희극 배우로 보이고 '담배도 안 피우고 술도 차도 안 마시는' 장 교장의 고아한 습관도 좀스럽고 어리석게만 보인다. "환영곡이 그치고 훈유가 시작되니 종관이 앞으로 나와 유리컵에 보온병의 물을 따라서 연탁 위에 올려놓는데 보니 말간 맹물이다. 장 교장은 담배도 안 피우고 술도 차도 다 안 마시는 까닭에 생전 어디를 가나 맹물대접밖에 못 받게 되었다." 실로 깨고소한 야유이며 조롱이다. 더욱이 장개석 특급상장각하는 마라톤 훈유를 하고 그 훈유가 끝나기 전에는 자리를 뜨지 못하게 되어 있었으므로 눈 뜨고 볼 수 없는 희극의 탄생을 여기서 고한 것이다. 여해암이라고 하는 학생이 "방광이 파열 직전의 상태에 놓였으므로…… 허리에 찬 빨병을 앞으로 끌어당겨 마개를 빼고 거기다 배설을 하기로 한 것이다. 그 결과 위에서는 숙연히 훈유를 삼가 듣고 아래서는 수채가 거침없이 폐수를 방출하였다."고 묘하고 익살맞은 완곡어법 그리고 장중한 기분과 세속적인 기분, 위인의 도고함과 소인의 안타까움이 대조되면서 희극적 뉘앙스를 한결 짙게 표현한 것이다.

소설에서는 하나하나의 단편적인 사건을 재치 있게 엮고 있는데 매 하나의 사건은 모두 상대적 독립성을 가지고 있으면서도 선장이의 성격발전—조선의용군의 형성과 발전이라는 이 기본 선에 통일되고 있다. 작가는 슈제트의 구성에 있어서 그의 긴장성, 비장감을 추구한 것이 아니라 그것들이 내포한 희극적 이미지를 발굴하는 데 모를 박고 있다. 이를테면 자기 혼자만 호의호식하겠다고 중국백성들에게 마약을 뿌린 외국상인을 묵과해 준 신영호에게 버릇을 가르쳐 주고자 의사의 신분으로 찾아간다는 그 자체가 벌써 물씬 해학미를 풍긴다.

> ……커피를 마시고나서 의사가 주인을 보고
> "선생님, 앉은 자리에서 웃옷만 좀 헤치시지요."
> 말한 다음 곧 조수를 향하여
> "청진기" 하고 손을 내밀었다.
>
> ……신영호 씨가 태평한 마음으로 무심히 바라보니 조수가 가방에서 꺼내서 의사에게 건네주는 것이 천만뜻밖에도 청진기가 아니고 권총이다. ……신영호 씨가 속으로 '아차 속았구나!' 외쳤으나 때는 늦어서 성복 후의 약방문이었다.

가짜의사의 능글맞고 교묘한 행동, 초풍할 듯이 놀란 신영호의 얼굴, 그 얼마나 희극적 기분이 넘치는 장면인가!

'전쟁할 때'라는 괴상한 별명을 가진 문정이의 얼굴은 1946년 서울에서 출판되던 ≪문학≫ 잡지 창간호에 실린 김학철의 단편소설 「담배국」에서 첫 선을 보인 바 있다. 간도 땅 훈춘이 고향인 문정이는 '작딸막한 키에 빼빼 여윈 말라깽이인데 홀쭉한 얼굴에는 병색이 끼어 있다.' 그는 됨됨이가 능청스럽고 말본새가 고약하며 훈련에서는 잔꾀만 부린다. 어느 한번 '산병반군(散兵半群)' 연습을 하고 중대장의 '강평'을 듣는 중인데 문정이는 또 눈을 판다. 괘씸한 생각이 든 중대장이 문정이를 대열 앞에 불러다 세워 놓고 "산병반군은 어떤 때 쓰는 거지?" 하고 물으니 문정이는 한나절이나 어정쩡해 있다가 "전쟁할 때 쓰는 겁니다." 하고 대답한다. 하여 문정이는 전우들의 폭소를 자아내고 '전쟁할 때'라는 영예스럽지 못한 별명을 갖게 된다. 하지만 그처럼 꾀바르고 '추태백출'하던 문정이도 정작 전쟁할 때가 되니—조선의용군이 태항산으로 들어갈 때—자기의 슬기와 총명을 뛰어나게 발휘한다. 실로 평론가 장정일 씨가 말한 바와 같이 문정이는 사령관도 아니고 출중한 영웅인물도 아니다. '그는 오히려 이리저리 밀리는 축에 속하는 사람이다. 허나 작가의 붓끝에 묘사된 이런 보통인간은 그지없이 사랑스럽다. 인간적으로 사랑스러우며 그 단순성과 그 천성적인 결함 뒤에 숨은 내면세계가 사랑스럽다.'

소설에서는 『춘향전』, 『흥부전』 등 고전작품들과 『임꺽정』 등 걸출한 역사소설의 전통을 살려 이따금 희극적인 장면과 삽화를 설정하여 유머적인 기분과 정취를 한결 돋우고 있을 뿐만 아니라 비유, 과장, 상징……등 다양한 문체론적 수법들을 능란하게 구사함으로써 형상의 생동성과 해학성을 한결 높이고 있다. 소설에서는 거액의 뇌물을 받아먹고 호화판 생활에 잠긴 신영호를 묘사하면서 "신영호 씨의 아랫배가 차차 거위 알 모양으로 불러 오름을 따라 집지기 불독의 살진 두 볼도 중태처럼 점점 늘어졌다."라고 비유하고 있으며 황포강의 물귀신으로 되는 줄은 모르고 송일엽의 자색에 반하여 침을 흘리는 무라다 경부를 두고 "껍질이 꺼슬꺼슬한 악마도 제가 좋아하는 여자 앞에서는 강아지 배 바닥같이 말랑말랑해지는 모양이다."라고 비유적으로 야유, 풍자하고 있다. 또한 한 진사 댁 마름 "최 선생은 나이가 마흔 된 사람으로 홀쭉한 얼굴에 두 귀가 유난히 발쪽하여 흡사 우승컵에 달린 손잡이 같았다."고 한 스케치식 묘사는 얼마나 인상적이며 『로빈슨크루소』에 나오는 생번들같이 고양이 고기를 먹으면서 "야, 얼빠진 소리 하지 마. 광동 사람들은 고양이 고기, 뱀 고기, 쥐 고기, 원숭이 고기……안 먹는 고기가 없다. 네발 가진 건 책상, 걸상만 빼놓고 다 먹고 날아다니는 건 배행기만 빼놓고 다 먹는단다."라고 내던진 씨동이의 말은 또 얼마나 해학적이고 낙천적인가!

유머는 총명과 지혜의 상징이며 바다와 같은 흉금을 가진 인간만이 소유할 수 있다. 천박한 자에게는 유머를 낳을 재간이 없는 것이고 협애한 자에게는 유머를 낳을 만한 도량이 없는 것이다. 유머는 오직 '심오하고도 극히 발달한 정신'을 소유한 인간이나 민족만이 구사할 수 있는 것이다. 작가의 말로 말한다면 '한 되들이 알단지들'은 죽어 변성을 해도 유머적인 세계에 들어설 수 없는바 '작품의 무게는 언제나 그것을 쓴 사람이 겪은 고통의 심도와 정비례하는 것이다.'

소설은 작가가 급촉이 집필한 사정과도 관계되겠지만 전반 작품의 구성밀도가 잘 공제, 조절되지 못한 까닭에 상권이 좀 지루한 감을 준다. 소설의 주제해명과 인물성격의 발전요구로부터 본다면 상권을 훨씬 줄여도 방할 것이다. 물론 이러한 문제는 명쾌한 사건처리와 유머적인 필치에 의하여 많이 해소되고 있다.

장편소설 『격정시대』는 조선의용군 열혈남아들이 벌인 성스러운 항일투쟁의 역사적 화폭을 예술적으로 재현하고 그들의 고매한 성격미를 보여 주었으며 해학과 유머의 극치를 이루고 있음으로 하여 조선민족문학의 한 페이지를 빛나게 장식하였으며 세계 조선어문학권에 커다란 파문을 일으키고 있다. 그러나 조선의용군의 항일투쟁에 대한 예술적 탐구는 아직도 시작에 불과하며 이 투쟁 생활은 우리 작가들에게 무궁한 제재와 다양하고 심오한 주제를 약속하고 있다. 소련 군사제재의 문학이 여러 번 획기적인 변모를 가져온 것처럼 앞으로 작가 자신에 의하여, 특히는 젊은 세대의 작가들에 의하여 조선의용군의 투쟁생활은 다양한 장르로, 다양한 각도로 깊이 있게 형상화되리라고 필자는 믿어 마지않는다.

-≪아리랑≫ 제36기, 1990. 4.

김학철의 옥중체험과 그의 중편소설『밀고제도』를 논함········

::들어가는 말

김학철은 일제강점기에 약 4년간(1941년 12월~1945년 9월), '문화대혁명시기'에 10여 년간(1967년 12월~1977년 12월) 옥살이를 했다. 김학철은『준엄한 나날에—호가장전투 10주년을 기념하여』(1951), 「죄수복에 얽힌 사연」(1985), 『죄수의사』(1987), 『밀고제도』(1987) 등 많은 수기, 잡문과 소설에서 자기의 옥중체험을 다루고 있다. 그는 옥중체험을 통해 봉건주의, 권위주의의 잔혹성과 허황함을 알 수 있었고 협애한 민족주의를 넘어서서 보편적인 인류애를 가질 수 있었으며 자신의 신념과 의지의 탑을 쌓을 수 있었고 극한적인 상황을 초월할 수 있는 혁명적 낙관주의를 배울 수 있었다.

소설의 경우, 김학철은 '문화대혁명' 시기 돌배골감옥에서 일어난 해괴망측한 일들을 통해 인도주의의 부재, 생명과 인권에 대한 모독, 인간성의 타락을 고발하고 있다. 이러한 전제주의 치하의 피폐한 현실과 함께 '사람들의 정신세계를 휩쓰는 일장 온역'—밀고제도를 집중적으로, 신랄하게 고발, 풍자한 작품이 바로 1987년에 발표한 중편소설 『밀고제도』이다.

그런데 이 작품에 대해서는 『중국조선족문학사』(1990)에서도 논의하지 않았고 그 후에도 별로 다루지 않았다. 다만 2006년 연변대학교 김경희의 석사학위청구논문 「김학철 옥중체험문학 연구」에서 간략하게 다루었을 뿐이다.

이 글에서는 김학철의 중편소설 『밀고제도』의 사상, 미학적 성취 및 그 문학사적 의의에 대해 논의하고자 한다.

1. 극한적인 생존상황에 대한 신랄한 고발

작품은 '유소기시대'가 아니라 '문화대혁명' 시기, 그것도 '사인무리'가 거꾸러지기 전후 시기를 배경으로 하고 있다. 이는 장기수들 모두가 문화대혁명 이전의 감옥살이를 아름다운 옛 추억으로 간주하는 한편 "유소기 시대엔 이렇지 않았다고요. ……그러던 게 이놈의 문화대혁명인지 개나발인가 시작되면서부터는……노상 이렇게 배를 곯고 살아야 하니……에참!" 하고 불평을 부리는 데서 극명히 드러난다. 이러한 시대 한정은 극좌적 정치기운이 가시지 않은 사회 상황을 고려했기 때문이지, 이 작품이 가지는 보편적이며 거대한 전형성과는 관계가 없다.

돌배골감옥에서 '죄수'들은 최저 수준의 의식주마저 보장을 받지 못하면서 짐승처럼 혹사당한다. 그들은 이와 빈대의 습격에 무방비로 노출되어 있었다. 변소는 구더기가 끓고 일 년 가도 목욕탕 신세 한 번 질 수 없다. 허구한 날 배곯는 고생은 더욱 견디기 어려웠다. '27근', '31근', '36근', '42근' 이와 같이 한 달에 차례지는 식량의 근수(斤數)로 사람을 구분하는데, 그것은 부식물이라는 게 전연 보잘것없는 조건하에서 인간이 생명을 유지할 수 있는 최저한의 분량밖에 아니 되었다.

여기서 작품은 재미있는 에피소드를 보여 준다. 이 에피소드는 김학철의 잡문 「강냉떡에 얽힌 사연」에도 나오지만, '모범죄수'들이 공장참관을 갈 때 아침밥으로 나온 강냉떡 한 개와 점심밥으로 나누어 준 빵 두 개씩을 한꺼번에 먹어 치운다. 그래서 점심에 간수들을 난감하게 만들고 분통이 터지게 만든다. 어쨌거나 죄수들은 오랜만에 '배를 한번 농구공처럼 불룩하게 만들어보고 싶던 숙원들을 풀었던 것이다.'

생활대우 면에서 더욱 황당한 것은 일반 형사범이 정치범보다 용돈을 많게 받는다는 점이다. 일반 형사범은 1원 50전, 정치범은 1원이다. 그래서 강간죄로 7년을 먹은 놈이 "야 내가 반혁명이었더라면 어떡할 뻔했니. 하늘이 굽어 살폈지." 하고 좋아하는 판이었다. 그뿐인가. "존엄한 헌법이 휴지 장처럼 쓰레기통 속에 들어가 버린 세월이라 정신병자들도 문화혁명의 덕택을 입어서 일반 공민들과 똑같은 자격으로 감옥살이를 해 본다는 영광을 돌배감옥에서는 당당히 누리고 있었다."

또한 목구멍이 포도청이라고 헐벗고 굶주리는 죄수들은 갖은 방법을 다 대서 암거래를 한다. 만기출옥을 6개월 앞둔 출감대(出監隊) 죄수들은 바깥에 나가 일할 때면 자연 외부 사람들과 접촉하게 되는데 "쌍방은 여벌의 스웨터를 벗어 주고 배갈 한 병, 메리야스를 벗어 주고 잎담배 한 모숨, 이런 식의 암거래를 눈 깜박할 사이에 해치웠다." 그렇게 암거래를 한 물건을 '초특급 안주머니'에 넣어 가지고 검신(檢身, 몸

수색)을 무사통과하는 에피소드는 옥중체험을 하지 않고는 알 수 없는 일이다. 감옥 안의 인정과 세태에 대한 유머러스한 묘사도 이 작품의 가치를 더해 준다고 하겠다.

이와 같이 이 작품은 '죄수'들의 비인간적인 생활을 통해, 흑백이 전도된 현실을 통해 '사회주의적 인도주의가 자취를 감춰 버린' 돌배골감옥의 실상을 낱낱이 고발하고 있다. 특히 이 작품은 김학철 자신의 옥중체험을 바탕으로 창작된 것이기에 『20세기의 신화』에 비해 훨씬 더 현장성과 진실감을 준다.

2. 반인륜적인 밀고풍토에 대한 비판

게다가 감옥 당국은 제한된 관리인원으로 수많은 죄수들을 통제하기 위해 파렴치하게도 상호감시, 즉 밀고제도를 적용한다. 죄수들은 서로 감형을 받기 위해 동범(同犯)을 물어먹고 온갖 모략과 중상을 일삼는다.

예하면 동범의 『모주석어록』을 훔쳐다가 거기에 있는 '최고분' 초상의 두 눈을 멀게 하고 슬쩍 그 죄를 전가(轉嫁)시키는 자가 있는가 하면, 일부러 탈옥모의를 하고는 뒷구멍으로 감옥 당국에 고자질하는 자들도 있었다. 이러한 고자쟁이는 오히려 감옥 당국의 믿음을 받고 모범죄수로 되어 감형이 된다.

이 작품의 클라이맥스는 륙상호의 밀고로 정직한 사나이 위봉현이 '사인무리'가 거꾸러진 뒤 1년이 지나 사형집행을 당하는 일이다. 륙상호는 일부러 위봉현을 꼬드겨 탈옥모의를 하지만, 슬그머니 굴뚝 뒤에 갖다 버린 허접 쓰레기 밑에 녹이 슨 손도끼 하나를 감추어 놓고 그것을 위봉현이 한 짓으로 조작한다. "사람은 사람에 대해서 승냥이"라는 서양의 격언, 또는 "타인은 나의 지옥"이라는 사르트르의 격언을 연상케 하는 극한적인 상황이다.

'밀고' 또는 '고자질'은 간신배들이 하는 짓이요, 그들은 '입으로 입을 죽이는[口戕口]' 명수들이다. 하지만 그것은 자고로 권력층의 암투에나 쓰였던 것이 아니던가. 하지만 돌배골감옥 당국은 죄수들을 통제하기 위해 그들에게 밀고를 권장함으로써 인간성의 부패와 타락을 불러온 것이다. 아마도 이러한 의미에서 아인슈타인은 『나의 세계관』이라는 글에서 "강력한 전제제도일수록 부패와 타락의 속도가 빠르다. 왜냐하면 폭력이 만들어 내는 것은 모두 저열한 인격을 가진 자들이기 때문이다."라고 말한 것이다.

3. 인간 생명과 존엄의 승리에 대한 확인

10여 년 전 연변대학교 림성호 교수는 가문잔치에 갔다가 추리구감옥의 간수를 지낸 손님을 만났고 우연히 김학철에 관한 이야기를 나누게 되었다. 그 간수 출신의 손님은,

"김학철, 참 무서운 어른이지요. 우리 추리구감옥에 좀 버르장머리가 없는 젊은 간수가 있었는데 아무 죄수에게나 반말을 쓰고 툭하면 손찌검을 했지요. 그러다가 결국 김학철 선생에게 되게 걸렸지요. '자넨 애비도 없는가? 어디다 반말이여!' 하고 추상같이 호령을 하는 데는 그 젊은 간수도 기절초풍을 하고 물러나고 말았어요. 그리고 그 양반, 매일 아침 냉수마찰을 하는데 오동지섣달에도 단 하루 거루는 법이 없었거든요. 믿음과 의지력이 대단한 분이였지요."

하더란다.

이러한 김학철의 인간적 존엄과 의지력은 이 작품에 그대로 녹아 있다. 말하자면 이 소설이 무시무시한 인간지옥을 보여 주면서도 독자들에게 희망을 잃지 않게 하는 것은 작품 속에 시종 관통된 참된 인간애와 정신적 불구와의 대결과 투쟁이요, 후자에 대한 전자의 승리를 암시하고 있기 때문이다.

주인공 허성민은 기자 출신의 지식인으로서 끝가지 인간적인 존엄을 지키며, 또한 그와 김철호라는 죄수의 주위에 뭉친 정직한 죄수들이 고자쟁이를 혼내 준다.

가장 통쾌한 장면은 박춘길이 자기를 자꾸 물어먹는 고자쟁이를 '그놈 죽이고 나 죽으면 고만'이라고 벼르던 나머지 그예 일을 저지른 장면이다.

> "박춘길은 말을 쇠며 손에 든 걸이대를 두 손으로 꼬나 잡았다. 그 사나운 기세에 겁이 덜컥 난 고자쟁이가 댓바람
> '살인이야!'
> 고함으로 지르며 몸을 빼쳐서 뺑소니를 치는데 '살인이야' 소리에 개도가 되고 또 고무가 된 박춘길은 날쌔게 몇 발자국 따라 나가며 꼬나 잡은 걸이대로 냅다 찔렀다.
> '으악!'

비명을 지르며 나가곤드라지는 고자쟁이의 허리에는 원한의 걸이대가 마치 보병용 안테나 처럼 그대로 꽂혀 있지 않는가!"

특히 낡은 옥사 개축공사를 하다가 붕락사고가 났을 때 여러 죄수들이 보여 준 인도주의와 헌신성은 인간 생명과 존엄의 승리를 말해 주고 있다.

"낡은 옥사의 개축공사를 하는데 이날 기술자격이 전연 없는 기술자 명색이 시공규정을 어기고 무모하게 일을 시켰다. 그것이 잘못된 것임을 뻔히 알면서도 거부할 힘이 없는 죄수들은 마지못해 주추에서 불과 30센티밖에 안 되는 곳까지 파들어 가다가 그예 필연적인 결과를 빚어내고 말았다. 옥사의 한 귀퉁이가 와르르 무너지는 바람에 땅을 파들어 가던 죄수들이 돌멩이에 치이고 흙 속에 묻힌 것이다. 엎친 데 덮치기로 감방인 덕 위에서 곤히 잠을 자고 있던 밤대거리군 죄수들이 공중제비로 날아 떨어져서 돌과 흙에 깔린 놈들을 또 덮치기까지 한 것이다.
허성민도 다른 조원들과 함께 간수의 지휘를 기다릴 사이도 없이 두 주먹 불끈 쥐고 사고현장으로 달려갔다. 사람이 당장 죽게 된 것을 보자 다들 제 정신 없이 달려들어 간장초롱만큼씩 한 돌덩이를 끵 하면 하나씩 들어내곤 하는데 어디서 그런 사천왕 같은 힘들이 솟아났는지 아무도 모를 일이었다. 죄수들의 몸속에도 역시 사람의 피가 흐르고 있었던 것이다……."

보다시피 이 작품은 '문화대혁명' 시기 인간생지옥과 같은 감옥생활을 여실하게 보여 주고 있으되 허탈과 절망에 빠지지 않고 선과 악의 대립과 투쟁을 통해 인간 생명과 존엄의 승리를 찬미한 수작이라 하겠다.

4. 『밀고제도』의 소설적 장치와 기법

김학철은 옥중생활을 통해 인간의 극한적인 실존상황을 초극할 수 있는 무기는 웃음이라는 철리를 깨닫게 된다. 그는 워낙 낙천적인 기질의 소유자인지라 일제의 감옥에서 한 다리를 절단했을 때 누이동생의 편지를 받고 "사람은 인력거를 끄는 동물이 아니거든. 한 다리가 없어도 괜찮아!" 하고 답장을 보낸 적 있다. 하지만 추리구감옥은 그에게 있어서 그야말로 생활의 대학교였다. 그의 잡문 「죄수복에 얽힌 사연」이 이를 말해 준다.

말하자면 추리구감옥의 죄수복들이 다 공주령(公主嶺) 여자 감옥의 여수(女囚)들이 지어 보내는 것인데 징역살이를 하는 여자들이 조신할 리가 없는지라 심심풀이로 수의 속에다 실없이 글쪽지를 끼워 보내는 장난들을 곧잘 했다. "오매불망 못 잊는 내 낭군이시여!" 이런 쪽지가 차례진 젊은 죄수 녀석은 좋아서 괜히 싱글벙글하지만 "사랑하는 내 아들아, 이 엄마는 네가 보고 싶어……." 이런 쪽지를 받은 백발의 늙은 죄수는 대번에 내(연기) 마신 고양이상이 돼 버리는 것이었다.

지옥에도 웃을 일이 있는 법이니 추리구감옥에서 김학철은 모진 역경과 시련을 이겨 낼 수 있는 유일한 방법—낙천주의를 배운 것이다. 따라서 그는 문학 창작에 있어서도 "나는 따분한 설교는 딱 질색하는 사람"이라고 했고 소설은 약이 아니므로 억지로 먹일 수 없다고 하면서 형상성과 유머는 소설의 생명이라고 하였다. 뿐만 아니라 그는 "문학의 기본적인 바탕은 언어이므로 이에 대한 수양을 쌓는 것을 게을리 한다면 그것은 베실로 수를 놓겠다는 것과 마찬가지일 것이다."라고 했다.

아래에 중편소설 『밀고제도』의 소설적 장치와 기법에 대해 살펴보기로 한다.

첫째, 2차적 알레고리에 의한 서사구조와 그 상징성이다.

알레고리(allegory, 寓意 또는 諷諭)는 "확장된 비유라고 우선 정의할 수 있는데 그것은 표면적으로는 인물과 행위와 배경 등 통상적인 이야기의 요소들을 갖추고 있는 사건인 동시에, 그 이야기 배후에 정신적, 도덕적, 또는 역사적 의미가 전개되는 뚜렷한 이중구조를 가진 작품이다. 짧게 말하면, 구체적인 심상의 전개와 동시에 추상적 의미의 층이 그 배후에 동반되는 것이 의식되도록 된 작품이 알레고리인 것이다."

현대소설에서 알레고리는 중요한 상징적 기능을 한다. 김학철의 경우, 장편소설 『20세기의 신화』에서 안데르센의 동화 『벌거벗은 임금』을 알레고리로 사용했다면 그의 중편소설 『밀고제도』에서는 미크로네시아 토인과 쪽지의 이야기를 알레고리로 사용한다. 말하자면 허성민이 심심해하는 죄수 동료들에게 토인과 쪽지의 이야기를 들려주는데, 이는 단순한 삽화 같지만 작품의 전체 구조상으로 볼 때 면밀히 계산된 알레고리라 할 수 있다. 잠깐 이 야기를 정리해 보자.

> "전에 미크로네시아 어느 섬에 서양인 선교사 하나가 있었는데 산 위에다 교회당을 지으려고 토인들을 데리고 일을 했다.
> 날마다 점심때가 되면 토인 하나가 산 밑에 있는 선교사 댁에 가서 선교사의 짐을 날라 오

는데 선교사 부인이 매번 쪽지에다 '샌드위치 3개 보냅니다.' 또는 '크림빵 4개 보냅니다.' 이렇게 적어서 주어 보냈다.
하루는 심부름하는 토인 놈이 그걸 들고 오면서 하도 먹음직스러우니까 '에라 한 개쯤 떼먹어서야 모르겠지' 판단을 내리고 용감하게 한 개를 게 눈 감추듯이 가무려 버렸다. 맛이 기가 막히게 좋았다. 토인이 아닌 보살 하고 갖다 바치는 점심보따리를 받아서 끌러 보더니 선교사가 대번에 '너 하나 떼먹었구나?' 하는 바람에 그 토인은 절대로 그런 일이 없다고 딱 잘라 뗄 수밖에 없었다.
이튿날도 유혹을 못 이겨 또 하나 가무리고 나머지는 갖다 바치니 선교사가 '너 오늘도 또 하나 떼먹었구나?' 하고 나무랐다.
'선교사님, 제가 떼먹는 걸 보지도 못 하시고…… 어떻게 그렇게 말씀하실 수 있습니까?' 토인이 능청스럽게 항의를 하니 선교사는 그 갖다 준 쪽지를 내밀어 보이면서 '여기 네가 하나 떼먹었다고 적혀 있는데도?' 하고 덜미를 짚으니 토인은 너무 놀라서 벌린 입을 다물지 못했다. 고놈의 쪽지가 고자질을 한 줄은 꿈에도 몰랐으니까.
토인은 이젠 개도가 되어서 다음 날 크림빵을 떼먹기 전에 그놈의 쪽지부터 먼저 저쪽 바위 뒤에 갖다 감추어 놓고 안심하고 한 개를 또 먹었다.
아, 그런데 뜻밖에도 선교사가 쪽지를 보더니 또 때어먹었다고 했다. 토인이 일변 괴이쩍어하며 일변 대꾸질하기를 '원 참 선교사님도! 그럴 줄 알고 미리 그놈의 쪽지부터 바위 뒤에 갖다 감춰 놓고 나서 먹었는데…… 그놈이 어떻게 봅니까! 제 눈으로 보지도 못한 놈의 말을 그래 들으십니까?' ……"

이 이야기의 배후에 숨어 있는 추상적 의미는 적어도 두 가지로 해석될 수 있다. 하나는 '글을 모르면 망신을 한다.'는 것이고 다른 하나는 바로 '쪽지의 얄궂은 기능'이라 하겠다.

이 소설은 상술한 1차적 알레고리를 설정하고 나서 돌배골감옥의 쪽지풍파라는 2차적 알레고리를 창조한다. 돌배골감옥의 쪽지풍파는 현대판 토인과 쪽지 이야기에 다름 아니다. '호상감독'이라는 명분 아래에 비일비재로 조작되는 날조와 무함, 그야말로 돌배골감옥은 눈 감으면 코를 베 먹는 험악한 지옥이 아니던가.

이처럼 이 소설은 2차적 알레고리를 통해 돌배골감옥의 상층구조는 철근 콘크리트 기둥으로 받쳐져 있는 게 아니라 수천수만 기수부지의 밀고장을 가려서 만든 기둥 위에 덩그러니 올라앉아 있는 것 같다고 했고 그것은 '문화대혁명' 시기 중국사회의 축도(縮圖)임을 암시하고 있다. 즉 '문화대혁명'은 별게 아니라 '사람들의 정신세계를 휩쓰는 일장의 온역'임을 암시하고 있다.

둘째, 서술시점의 교차에 의한 현념의 조성이다.

중편 『밀고제도』는 『20세기의 신화』와 거의 같은 서사시점을 택하고 있다. 말하자면 3인칭 시점을 택했으되 작중인물의 인지(認知) 정도에 따라 작중인물보다 훨씬 적게 알고 이야기하는 '제한적 서술', 작중인물 정도로 알고 이야기하는 '제한 전지(全知)적 서술', 작중인물보다 더 많이 알고 이야기하는 '전지적 서술' 가운데서 '제한적 서술'과 '제한 전지적 서술'을 교차시킨다.

죄수들이 총총히 자리를 정돈하고 동서방향으로 병행한 긴 캉(炕) 위에 마주 대하고 죽 늘어앉기가 바쁘게 당번간수가 들어왔다. 떠들썩하던 감방 안이 갑자기 고자누룩해졌다. 기침소리 하나 들리지 않았다. 개개 다 가장 착한 체 꾸미고—부처 가운데 토막들이 되어 가지고—검열을 받았다. 간수가 검열을 하는 중에 숱한 죄수들이 너도 나도 미리 준비해 두었던 무슨 쪽지를 바치는데…… 처음 보는 허성민에게는 참으로 볼만한 광경이었다.

(저게 대체 무얼까?)
간수는 줌이 버는 쪽지를 일변 제복 호주머니에 넣으면서 일변 다음 칸으로 통하는 사잇문을 열었다.
벽돌 나르는 일을 하다가 쉴 참에 허성민은 위생가방을 메고 공사장에 따라 나온 남재수에게 넌지시 물어보았다.
"뭐하는 게냐 그 쪽지들이?……"
"밀고장."
남재수가 소곤소곤 귀띔해 주었다.
"밀고장?"
"응, 조심해라. 너도 벌써 걸렸을지 모르니. 닥치는 대로 물어먹는 판이다."
"내가 무얼 어떡했기에?"
"무얼 어떡해야만 물어먹는 줄 아니? 꿈을 꾼다! 이게 이른바 '호상감독'이라는 거야. 쪽지를 많이 바칠수록 성적이 오르고 성적이 올라야 감형을 바라지야. 단 일 년이라도……. 하다못해 단 반년이라도……. 형기를 좀 줄여 볼까 해서 다들 기를 쓰는 판이다."
"아무 잘못도 없는데 밀고를 해?"
"야 그럼 넌 어째서 10년씩이나 먹었니?"
허성민은 말문이 막혔다.
(그런 생생이판이었구나!)

여기서 허성민은 '제한적 서술'을 하고 있고 남재수는 '제한 전지적 서술'을 하고 있다. 이러한 방법으로 현념을 조성하고 양파 벗기듯 감옥의 비밀과 실상을 고발하며 그 본질적 측면을 제시한다. 바꾸어 말하면 여러 차례의 '제한적 서술'과 '제한 전지적 서술'의 교차를 거쳐 마침내 자연스럽게 '전지적 서술'로 전환한다.

셋째, 수사(修辭)의 귀재, 유머의 대사(大師)

아래의 예문들을 보자. 얼마나 다양한 수사법을 구사하고 있는가, 절로 웃음이 나오지 않는가.

(1) "사용 연한을 까맣게 초과한 바리캉으로—양털을 깎는 것보다 더 대수롭지 않게—눈 깜박할 사이에 하나씩 깎아 내치는데 마지못해 머리를 내미는 죄수들은 다 마취를 아니 하고 수술을 받는 환자들처럼 겁을 먹었다."

(2) "점심에도 또 2냥이므로 워낙 걸신이 들린 놈에게는 코끼리가 감자 한 알 먹은 폭밖에 아니 되었다."

(3) "농사는 흉년, 반혁명은 풍년, 왜 모르니?"

(4) "비좁은 틈바구니에서 옹색스레 하룻밤을 자는데 오른쪽에 누운 이꾸러기와 왼쪽에서 자는 이꾸러기의 몸에서 굶주린 이들이 살길을 찾아 떼떼이 집단이주를 해 오는 바람에 허성민은 갑자기 몸이 가려워 나서 여기 긁고 저기 긁고 하느라고 다른 일을 못 볼 지경이었다."

(5) "이 나라의 소독약붙이, 살충제붙이는 '문화대혁명'에게—불가사리가 쇠붙이를 먹어 치우듯이—다 잡아먹혀서 아주 씨가 진 모양이었다."

(1)과 (2)는 비유법을 구사했다. 상투적인 비유가 아니라 김학철 자신이 개발한 참신한 비유다. 원관념과 보조관념의 동질성을 기하면서도 기상천외한 보조관념을 개발할 때 참신한 비유는 태어난다. 그리고 (3)은 대조법이고 (4)는 의인법이며 (5)는 패러디이다. 또한 이 모두가 유머를 내재하고 있어 웃음이 절로 나고 '곰의 발바닥—웅장'처럼 그 뒷맛이 그윽하다.

∷나가는 말

정통성이 없이 황제의 옥좌에 오른 여황제 무측천(624～705)은 천하를 얻고 다스리는 과정에서 가장 너절한 밀고수단을 이용했고 가장 비열한 시스템인 밀고제도를 시행했다. 밀고는 인류사회의 가장 비열하고 너절한 행위이며 밀고제도는 인류사회의 가장 비열하고 너절한 제도이다. 어떤 동기에서 밀고제도를 만들고 밀고를 권장했는지를 막론하고 그것은 인간성을 추락시키고 사회적 불신과 반목을 조장하는 무치한 행위이다. 밀고의 동기에는 대체로 두 가지가 있을 수 있다. 하나는 타인을 무함해 개인적인 원한을 풀려는 것이고 다른 하나는 공을 세워 상을 타려 하거나 출세를 하기 위해서이다. 밀고수단과 밀고제도는 인권에 대한 유린이며 인간의 본성에 대한 왜곡이다.

구소련은 스탈린의 개인숭배와 반대파에 대한 숙청에 밀고제도를 광범위하게 도입하였고 중국은 극좌 노선이 지배하던 시기에 '계급투쟁의 확대화'에 편승해 계급투쟁의 한 방편으로 밀고제도를 보편화하였다. 그것도 '계급의 적을 적발한다.'는 명분하에 밀고제도를 만들고 밀고를 권장했다. 중세기 봉건사회도 아닌 20세기 중반에 중국 사회에서 밀고행위가 보편화되고 밀고제도가 생겨났다는 것은 분명 수치스러운 일이다.

김학철은 중편소설 『밀고제도』는 투철한 인도주의적 입장에 서서 인권을 유린하고 아름다운 인간성을 왜곡, 타락시키는 밀고제도에 대해 신랄한 풍자와 비판의 메스를 들이대고 인간 생명과 존엄의 승리를 노래함으로써 우리 문학의 사회비판성과 인문정신을 드높인 수작이다.

중편소설 『밀고제도』는 『20세기의 신화』와 달리 김학철 자신의 옥중체험을 다룬 자서전적인 작품이라는 데 의미가 있을 뿐만 아니라 '문화대혁명' 시기의 저질적인 밀고풍토에 대한 비판을 중심으로 옥중체험을 다룬 그의 모든 작품들을 집대성하고 있다는 데도 의미가 있다. 따라서 이 작품은 1980년대 중반에 발표한 리원길의 『한 당원의 자살』(1985)과 함께 우리 조선족문학에 있어서의 '반성문학'의 대표적인 작품으로 다루어져야 할 것이다. 또한 이 작품에서 보여 준 2차적 알레고리에 의한 서사구조 상징성, 다양한 내적 시점에 의한 현념의 조성 기법, 참신한 수사기법과 유머는 우리 소설문학의 수준을 한 단계 제고시키는 데 크게 기여했다.

뿐만 아니라 김광웅이 지적한 바와 같이 김학철의 『밀고제도』는 그의 『20세기의 신화』, 『죄수의사』 등과 함께 러시아 솔제니친의 『이반 데비소비치의 하루』, 『암병동』, 『수용소군도』, 스파쩨르나크의 『의사 지바고』, 헝가리의 알텔 케스트러의 『정오의 암흑』 등 반스탈린주의, 반개인숭배의 소설들과 함께 전(前) 사회주의문학권에서의 '집중캠프문학'이나 '정견이 부동한 작가들의 문학(不同政見者文學)'과 같은 계보를 이루고 있다.

여기서 한 가지 소식을 전한다. 2007년 6월 5일, 러시아 총통 푸틴의 명령에 따라 솔제니친은 '인문활동영역에서 걸출한 성취를 거둠'으로 하여 2006년 러시아연방 국가상을 수상했다. 러시아과학원 원장의 말에 의하면 솔제니친은 "그의 일생의 정력을 20세기 러시아의 자아참살을 연구하고 묘사하는 데 바쳤으며 그 번 혁명과 그 혁명으로 말미암아 사람을 잡아먹은 수용소군도가 생기고 우리 인민의 정화(精華)를 소멸된 그러한 역사적 비극을 연구하고 묘사했다."고 평가했다.

김학철의 문학세계 역시 솔제니친의 경우처럼 중국 국내, 더 나아가 세계적인 각광을 받을 날이 있으리라 믿어 의심치 않는다.

∷참고문헌

1. 김학철, 『밀고제도』, 『무명소졸』, 요녕민족출판사, 1998.
2. 이상섭, 『문학용어사전』, 민음사, 1988년 제8판.
3. 서울대학교 국어교육연구소, 『국어교육사전』, 대교출판, 1999.
4. 이상우, 『소설의 이해와 작법』, 월인, 2001년 수정판.
5. 류짜이푸 지음, 이기면, 문성자 옮김, 『류자이푸의 얼굴 찌푸리게 하는 25가지 인간유형』, 예문서원, 2004년.
6. 장첩, 「솔제니친이 러시아연방국가상을 수상하다」, 『외국문학동태』, 2007년 4기.

밤하늘의 별 같은 시인—윤동주········

1985년 윤동주가 처음으로 연변에 알려진 후 그의 고향과 생가가 그를 기리는 우리 민족의 거룩한 순례지가 되어 지금도 국내외 많은 사람들이 그의 모교와 묘소를 찾고 그가 살던 명동의 옛집을 찾고 있다. 하지만 윤동주의 시를 소개한 책자 하나 없어 심히 부끄럽게 생각하던 차에 석화 시인이 연변에서 최초로 윤동주의 대표적 시들을 깊이가 있으면서도 평이하게 해석한 책자를 펴내서 참으로 다행스럽게 생각한다.

명동시절 윤동주의 친구였던 문익환 선생은 자기의 친구 윤동주를 두고 "그를 회상하는 것만으로도 언제나 나의 넋이 맑아짐을 경험한다."고 회상한 바 있다. 수염이 허연 노인네가 까마득한 소년시절의 친구를 두고 "언제나 나의 넋이 맑아짐을 경험한다."고 했으니 윤동주의 인간적 성실성과 재능, 그의 애처로움과 장함을 가히 상상해 볼 수 있겠다.

윤동주는 중국 용정에서 태어나 일본 후쿠오카에서 마지막 생을 마감할 때까지 겨우 27년하고 한 달밖에 살지 못했다. 그렇지만 그가 문학으로 남긴 업적과 그의 발자국에 새겨진 의미는 우리 문학사에서 최고의 가치를 지닌다. 용정에 시심(詩心)의 뿌리를 박고 결백하고 희생적인 마음으로 잎사귀에 이는 바람에도 괴로워했고 별을 노래하는 마음으로 모든 죽어 가는 것들을 사랑하면서 조국과 민족을 위한 제단에 자기의 젊은 몸을 조용히 바친 그의 아름다운 시들은 그야말로 밤하늘에 빛나는 별과 같은 존재이다.

윤동주의 생애와 그의 시가 가지는 의미를 세 가지로 나누어 볼 수 있겠다.

첫째, 그는 강인한 저항정신을 지녔지만 이를 사춘기 소년과 같은 청순한 감각으로, 겸허하고 유연한 언어로 써 나갔기 때문에 다수 독자들의 공감과 사랑을 받는다. 또한 그는 저항시인이었지만 그 기본정신은 결코 타민족에 대한 배타주의가 아니라 평화주의이고 인도주의였다.

둘째, 그의 정신은 염치사상(廉恥思想)이다. 염치는 부끄러워하는 마음으로서 예의(禮義)와 더불어 참된 인간이 가져야 할 덕목이다. 그것은 깨끗하게 살아야 한다는 도덕정신이다. '죽는 날까지 하늘을 우러러 한 점 부끄러움이 없기'를 간절히 기원한 그의 사상은 정신적 순결주의이며 그것은 우리의 전통적인 염치사상과 다름없다.

셋째, 그가 남긴 가장 빛나는 시는 사명시(使命詩)이다. 우리 민족 또는 온 세상에서 고통을 받고 죽어 가는 모든 사람들을 위하여 자신이 무엇인가를 하도록 사명을 받았다는 정신이다.

그러므로 우리는 윤동주의 시를 통해 순수한 동심, 겸허한 자세, 평화주의와 인도주의를 되찾을 수 있고 자기반성을 통해 바람직한 인간으로 거듭날 수 있다. 더욱이 우리는 윤동주를 통해서 이 세상을 위하여 무엇인가를 하도록 사명을 받았다는 놀라운 자각을 하게 된다. 그것은 민족을 위한 사명이며 세계적인 평화를 위한 사명이며 조화롭고 아름다운 사회를 만들기 위한 사명이다. 우리는 이를 자각하고 실천하는 대열에 나섬으로써 진정한 삶의 목표와 가치를 찾고 긍지를 갖게 된다.

석화 시인은 많은 아름다운 가사와 시들을 창작해 독자들의 사랑을 널리 받는 우리 시단의 재능 있는 시인이며 학자이다. 그는 다년간 윤동주의 시에 매료되어 깊은 연구를 해 왔고 한국 배재대학교에서 갈고닦은 시적 안목과 재간으로 윤동주의 대표 시들을 추려 다양한 방법론으로 깊이 있게 분석하고 유려한 문체로 평이하게 해석했다.

윤동주의 시를 접하는 이들에게 길잡이가 될 수 있는 좋은 책이라고 생각하면서 많은 독자들의 일독(一讀)을 부탁드림과 아울러 청소년들의 필독서가 되리라 생각한다.

－2006년 5월 10일, 와룡산 언덕에서

별의 시인 윤동주를 기념하여 ········

–윤동주 서거 60주년 기념 학술대회 개회사

삼복 무더위를 무릅쓰고 연변을 찾아 주신 이윤기 박사님, 이기택 총재님, 박영우 회장님을 비롯한 한국의 귀빈 여러분, 그리고 공사다망한 가운데 이 자리에 찾아오신 연변 지역의 문인 여러분께 깊은 감사를 드립니다.

오늘 우리는 반파쇼전쟁 승리 60주년에 즈음하여 성스러운 반일투쟁의 전적지인 연변에서 윤동주 관련 학술회의를 개최하게 되었습니다. 참으로 뜻 깊은 모임이라고 생각합니다.

윤동주는 칠흑같이 어두웠던 일제 치하의 밤하늘에 빛났던 아름다운 별입니다. 그는 28년이라는 짧은 삶을 살았지만 인간적인 성실성과 불같은 동포애를 가슴에 품고 살았고 주옥같은 시편들을 남겼으며 밝아올 민족의 아침을 위해 자기의 피를 조용히 뿌렸습니다.

그의 짧은 인생도 빛나지만 그의 시는 더욱 눈부십니다. 그의 시는 시인 자신의 고뇌와 참회, 겨레에 대한 사랑과 미래에 대한 지향을 아름다운 서정으로 육화시키고 있어 역사성과 함께 현대성을 지닙니다. 그의 몸은 천애지각을 떠돌았지만 그의 넋만은 어머니가 계시는 '북간도'의 밤하늘에 찬란한 별로 돋아 있었고 그는 순진무구한 동심과 인간적인 사랑의 소유자였음에도 불구하고 늘 자신을 두고 깊이 참회하고 반성했습니다. 또한 그는 총칼을 들고 일제와 싸운 투사는 아니지만 자기에게 '주어진 길'을 확고히 걸어갔고 언제 어디서나 '십자가가 허락된다면 목을 드리우고 꽃처럼 피어나는 피를 어두워 가는 밤하늘 밑에 조용히 흘'릴 각오가 되어 있었습니다. 그야말로 '하늘을 우러러 한 점 부끄럼이 없'는 윤동주의 인간적인 성실성과 민족애, 올곧은 신념과 희생정신은 오늘을 살아가는 우리 모두의 귀감이 되며 오늘 우리 민족 공동체의 위기를 극복하고 보다 아름다운 미래를 만들어 나가는 주춧돌이 된다고 생각합니다.

이러한 의미에서 윤동주의 자료 발굴도 중요하지만 그의 삶과 그의 시의 의미를 깊이 있게 해석하고 그의 시정신을 자라나는 세대의 마음에 깊이 뿌리를 내리게 하는 작업이 보다 중요하다고 생각합니다. 동시에 윤동주가 연변의 시인이냐 한국의 시인이냐가 중요한 것이 아니라 우리 민족의 시인으로서 그의 시가 어찌하여 인류의 보편적인 공감대를 획득할 수 있는지, 그 사상의 심오함과 이미지의 절묘함을 해석하는 작업이 보다 중요하다고 생각합니다.

오늘 학술회의가 윤동주 연구의 새로운 계기가 되리라 생각하면서 이 회의를 마련하기 위해 많은 노력을 기울여 주신 이윤기 박사, 박영우 회장님을 비롯한 한국의 귀빈 여러분께 다시 한 번 깊은 감사의 말씀을 드리면서 이로써 개회사에 갈음하고자 합니다.

감사합니다.

– 2005년 8월 15일, 연길에서

대일(對日) 협력과 저항의 몇 가지 양상

—재만 조선인 문학의 경우를 중심으로

::국문초록

재만 조선인 문학에 있어서의 일제에 대한 협력과 저항의 양상은 조선 국내의 문학과는 달리 일부 특수성을 가진다. 만주국의 가면적인 성격과 일·조·한 세 민족의 관계에 대한 문인들의 인식과정, 일제의 언론통제와 일본인, 중국인에 비해 발표지면의 제한을 받았던 조선인 문인들의 모국어 창작에 의한 문화적 저항, 문학의 다층적 의미구조 등에 대한 올바른 이해를 전제로 할 때만이 재만 조선인 문학에 있어서의 대일(對日) 협력과 저항의 기본 양상을 정확하게 파악할 수 있다. 이러한 문학의 외적, 내적 상황을 종합적으로 고려하지 않는다면 재만 조선인 문학의 주류와 그 긍정적인 가치를 부정하거나 친일적인 작품을 무분별하게 수용하는 양극단으로 치닫게 될 것이다.

핵심어:
가면적 성격, 언론통제, 문화적 저항, 다층적 의미구조

::들어가는 말

먼저 재미있는 책 하나를 소개하고자 한다. 『라이프 제2차 세계대전—레지스탕스』[45] 라는 책이다. 이 책 마지막 부분 '마침내 설욕의 때가 오다'에는 프랑스 국민의 거족적인 보복장면들이 사진으로 수록되어 있다. 파리의 거리에서 바지와 신발을 벗긴 채

45) 파임-라이프 북스 편집부 저, 한국일보 타임-라이프 편집부 역, 『라이프 제2차 세계대전』, 1990년 제8판.

대독(對獨) 협력행위를 문책당하는 사나이가 있는가 하면 파리의 시민들이 욕설과 조소를 던지는 가운데 대독 협력자로 적발된 여자가 거울에 비치는 자기의 모습을 보지 않으려고 한사코 외면하고 있는 장면도 있다. 전후 몇 주일 동안에 재판에 회부되는 일도 없이 1만 1천 명의 대독 협력자가 즉결로 처형되고 정규 재판소가 설립된 뒤 다시 769명의 시민이 처형된 외에 3만 9천 명이 투옥되고 약 4만 명의 가벼운 대독 협력자가 시민권의 박탈이라는 '국민적 불명예'의 벌을 받았다.

그렇지만 해방 후에 이루어진 많은 재판은 대체로 자의적(恣意的)이고 앞뒤가 맞지 않은 판결로 끝났다. 점령군을 지지한 저명한 선전가나 저널리스트들이 잡혀 나와 극형을 선고받는 반면 독일군과 계약을 맺거나 그들에게 납품하여 치부한 경제 면에서의 대독 협력자에 대해서는 거의 관심이 돌려지지 않았다. 이러한 불공평한 단죄방법을 꼬집어 파리 시민들은 통렬하게 빈정댔다. "똑같은 대독 협력자라 해도 대서양의 벽을 건설한 자들은 자유의 몸이 되고 대서양의 벽을 가리켜 훌륭한 아이디어라고 쓴 자는 감옥으로 갔다."라고.

해방 후 한국에서의 친일파 청산은 지지부진한 데 반해 '만주'에서의 일본인 및 친일파에 대한 청산은 무자비했다. 또한 한국 사회는 일제로부터 해방된 이후에도 구조적 식민성으로 말미암아 많은 고통을 겪어 온 데 비해 중국 조선족 사회는 완전히 공산당이 정권을 잡음으로써 일제시대의 지배구조가 이월(移越)된 한국과는 완전인 달리 일제의 잔재를 상대적으로 극복할 수 있었다. 그럼에도 불구하고 최근 한국 사회의 친일문제담론의 영향으로 말미암아 중국 조선족 사회에도 친인문제담론이 시작되고 친일문학에 대한 올바른 가치판단기준도 없이 친일문학작품선을 펴내기도 했다. 연변인민출판사에서 펴낸 친일문학작품선[46]이 그 보기라고 하겠다.

이 작품선은 최삼룡의 「해방전 중국 조선족문학에서 친일과 친일성향에 대하여」라는 해제를 싣고 나서 35편의 작품을 친일작품 내지 친일경향을 드러낸 작품으로 수록했다. 하지만 많은 문제점을 노정하고 있다.

이 글에서는 이 작품선에 수록된 작품들을 기본 텍스트로 삼아 재만 조선인 문학에 있어서의 대일(對日) 협력과 저항의 양상을 구명하고자 한다. 주지하다시피 재만 조선인 문학은 조선 국내의 문학과는 달리 일부 특수성을 가진다. 만주국의 가면적인

46) 이성권 주편, 『20세기 중국조선족문학사료전집』 제6집, 연변인민출판사, 2002년 5월.

성격과 일·조·한 세 민족의 관계에 대한 문인들의 인식과정, 일제의 언론통제와 일본인, 중국인에 비해 발표지면의 제한을 받았던 조선인 문인들의 모국어 창작에 의한 문화적 저항, 문학의 다층적 의미구조 등에 대한 정확한 이해를 전제로 할 때만이 재만 조선인 문학에 있어서의 대일 협력과 저항의 기본양상을 정확하게 파악할 수 있다. 문학의 외적, 내적 상황을 종합적으로 고려하지 않는다면 재만 조선인 문학의 주류와 그 긍정적인 가치를 부정하거나 친일적인 작품을 무분별하게 수용하는 양극단으로 치닫게 될 것이다.

1. 만주국의 가면적 성격과 대일 협력과 저항

만주국은 일본의 괴뢰정권이지만 중화민국과 관계를 끊은 '독립국'으로 표방했고 '민족협화(民族協和)'와 '왕도낙토(枉道樂土)'를 건국선언으로 내놓았다.

하지만 만주국이 성립된 후 일제는 이 괴리정권을 엄격히 조종하고 통제했다. 1933년 8월 8일 일본내각은 '만주국지도방침요강'을 통과했다. 이 '요강'에서는 "현행체제하에서는 관동군 사령관 겸 만주국 주재 전권대사의 내부관할하에 주로 일본관리를 통하여 실제적으로 진행한다."고 규정했다. 따라서 만수국에 대한 관리는 일본인들로만 구성된 총무청이 주관했고 총무장관의 직권은 국무총리를 훨씬 초월했다.

이른바 '민족협화'를 고취함에 있어서도 민족 '우열론'을 내놓고 일본민족은 세계상에서 가장 우수한 민족으로서 기타 민족을 지도하고 계몽하고 인도하는 지위에 있는 민족이기에 '오족(五族)'의 선달자(先達者)이며 '민족협화의 핵심'이라고 하였다. '만주에서의 일본인의 지위는 교민이 아니라 주인이었다.'[47]

일제는 저들의 최고무상의 지위와 '오족협화'를 고취하는 한편 조, 만, 몽, 한 등 여러 민족에 대해 각기 다른 정책을 실시했다. 조선인에 대해서는 주로 두 가지 정책을 폈다. 하나는 '조선인을 이용하고 회유하여 황민(皇民)으로 만드는 것'이고 다른 하나는 조, 한 민족 간의 관계를 도발하여 '조선인들이 한족과 멀리하게 해야지 가깝게 하게 하지 말아야 한다.'는 것이다.[48] 그것은 황민화 정책과 민족분열정책이었다.

47) 王子衡, 『僞滿日本官吏手册』, 『文史資料選集』 第39輯, 56-57쪽.

48) (日)滿洲國史編纂刊行會編, 東北淪陷十四年史吉林編寫組譯, 『滿洲國史』(分論, 上), 1990年, 97쪽.

일제가 한민을 보호한다는 구실로 '간도문제'를 일으키고 '만보산사건'을 조작한 것이 그 전형적인 보기로 된다.

황민화 정책은 조선에서의 황민화 운동의 연장으로 실시되었다. 일제는 '내선일체(內鮮一體)', '선만일여(鮮滿一如)'를 고취하면서 조선인은 일본인과 마찬가지로 일본과 만주국의 이중국적을 가진 민족[49]이라고 하면서 회유술책을 쓰는 한편 신사참배와 창씨개명을 강요하고 조선어교육을 엄금하였으며 조선인을 대상으로 '징병령'(1943.8)을 반포하여 조선인 청년들을 침략전쟁의 희생양으로 만들었다. 황민화 정책의 실질은 말할 것 없이 조선인을 식민통치의 노예로 만드는 것이었다.

그럼에도 불구하고 민족협화, 왕도낙토, 황민화 정책은 나라를 잃고 만주 땅에 흘러 들어온 이민과 지식인들에게 커다란 유혹으로 작용했다. 권중일(權中一)은 「새국민의 자각」이라 글에서 다음과 같이 쓰고 있다.

> "朝鮮人은 여러個의 複雜한政治적 段階를過한 오늘날은 大日本帝國의 地域單位속에包攝되야 日本帝國의 一部分으로써 無限한生長을生長하여왓다. 따라서 今日의朝鮮人은 一個의民族單位를形成한民族이아니라 完全히日本民族으로再編成된 皇國國民인것을 自覺하지 안으면안된다. 께-테는 '살기爲해서하는것은 모두가 善이다' 하엿다. 우리는우리 민족의生長과發展을위해서는 또는그것의確保를爲해서는 歷史的으로보나 地理的으로보나 日本民族으로純化되메依하서만이 可能하다는것을 徹底히自覺하지안흐면 안된다."[50]

얼마나 실용주의적인 친일논리인가. 하지만 이른바 '친일'에는 두 가지 경우가 있다. 하나는 농민이민의 경우이다. 농민을 비롯한 이주민들은 만주의 원주민과 갈등을 빚을 때 자연 일본의 세력에 기대게 되었다. 이는 의지가지없는 이주민들의 막부득이한 선택이다. 하지만 개인의 영달과 부귀를 위해 일제에 아부하고 지어는 일제의 개다리로 날뛴 경우는 완전히 대일 협력에 속하며 지탄을 받아 마땅하다.

이러한 두 가지 부동한 상황을 형상화한 작품으로 안수길의 소설 『벼』와 김우석(金寓石)의 희곡 『김동한』을 들 수 있다.

---

49) '오족협화'와 '내선일체'는 모두 일제의 지배적 이데올로기이지만 조선에서는 '내선일체'를, 만주국에서는 '오족협화'를 내세웠다. 만주국은 재만 조선인을 오족협화의 한 구성원으로 보려 하였는데 1936년 조선총독부 미나미 총독이 '내선일체'를 강조하면서 재만 조선인을 일본제국의 신민으로 보려 하였다. 이리하여 만주국과 조선총독부 사이에 갈등이 빚어졌고 그사이에 끼운 재만 조선인이 난처한 국면을 맞게 되었다. 김재용, 「'내선일체'의 연장으로서의 만주국인식」, 『조선-한국언어문학연구』 2, 흑룡강조선민족출판사, 2005. 5, 273-274쪽 참조.

50) 『20세기 중국조선족문학사료전집』, 786-787쪽.

안수길의 『벼』에는 매봉툰의 조선인 촌민, 원주민과 중국관헌 및 육군 편의대(便衣隊), 일본인 도매상 나카모토와 일본영사관이라는 세 가지 세력이 등장해 갈등을 빚어낸다. 원주민의 분노와 중국관헌 소현장(邵縣長)의 명령으로 말미암아 조선인 촌민들이 힘겹게 세운 운봉학교가 불타 버리고 이에 항의하는 조선인 촌민들을 진압하기 위해 중국 육군편의대가 출동한다. 격분한 조선인 촌민들은 나카모토를 통해 일본영사를 불러오는 한편 원주민들의 마을로 짓쳐 들어간다. 하지만 제방에 이르러 육군편의대와 마주 서게 된다. 촌민들은 일제히 논밭에 엎드린다. 이처럼 이 작품은 조선인 촌민들과 원주민, 중국관헌과의 갈등을 다루면서 일본의 세력에 기대는 경향을 보인다. 이는 그 당시 조선인 이주민들의 실존적 상황을 사실주의적으로 반영한 것으로서 이 작품을 친일적인 작품으로 볼 수는 없겠다.

하지만 김우석의 희곡 『김동한』[51]은 경우는 다르다. 이 희곡은 만주국 시기 동만(동滿)에서 악명이 높았던 친일주구 김동한[52]을 가송하기 위해 창작한 것으로서 ≪만선일보≫ 1940년 신춘문예응모에서 1등상을 받았다.

희곡 『김동한』은 3막으로 되어 있다.

제1막은 1933년 간도협조회가 설립되던 날 저녁 김동한의 저택에서 그와 일본인 삼택(三宅), 친일분자 손기환 등이 국수를 먹으면서 협조회 설립을 축하한다. 삼택과 기환은 김동한의 '빛나는' 반소반공친일의 경력과 공적을 치하하고 서로 일사보국(一死報國)의 결의를 다진다. 김동한은 대일본제국은 '따뜻한 나라'라고 하면서 대일본제국 국민을 '내 동포'라고 한다. '내 동포를 위하여 내가 죽는 날까지 내 나라를 위하여' 싸우는 것이 김동한의 유일한 신념이다.

제2막에서 김동한은 동변도 어느 깊은 산속에 있는 비적 우두머리네 집에 들어가 감언이설과 위협공갈로 그들을 귀순시킨다. 여기서 김동한은 만주국의 '휘황한 성과'를 극구 선전한다.

---

51) ≪만선일보≫, 1940년 1월 10일~24일 연재.

52) 김동한(金東漢, 1891~1937)은 조선 함남 서천(西川) 출신으로서 성진보교와 평양대성중학을 졸업하고 러시아에 건너가 군관학교를 졸업, '10월혁명'에 참가했다가 이를 배반하고 반소반공 친일분자로 전락했다. 1933년 관동군의 신임을 받아 간도협조회를 창립했고 동변도특별공작본부 본부장에 임명되어 악질적인 친일행각을 벌였다. 1937년 12월 가목사 헌병대 대장의 지령을 받고 삼강성 의란현(三江省 依蘭縣)에 가서 귀순권유활동을 벌이다가 항일연군 제5군 독립사 정치부 주임 김정국(김정국, 1912~1938)의 부대에 의해 격살되었다. 김동한이 죽은 후 일본정부에서는 그에게 욱일훈장(旭日勳章) 6등을 수여하고 1939년 12월 연길공원에 그의 기념비를 세웠었다. 그리고 이 희곡은 1940년 1월 11일 신경조선인협화문화부 연극반에 의해 연극으로 공연되었다.

제3막에서 김동한은 새로운 지시를 받고 가목사 방면으로 떠난다. 여기서 김동한의 이른바 '덕성'과 '재능'을 부각하기 위해 동리의 노파를 등장시킨다. 김동한의 부인은 흔쾌히 목돈을 빌려 주고 노파는 입에 침이 마르도록 김동한을 치하한다. 그날 밤 김동한의 부인은 무서운 꿈을 꾸고 남편의 출타를 두고 불길한 예감에 싸인다. 김동한은 동생과 부인의 간곡한 만류도 마다하고 '결연히' 사지로 들어간다. 김동한은 동생에게 다음과 같이 말한다.

> "지금은진히 국가가위기에처하여있는때이다." "개인의생명을앗기는곳에 국가의 안태가업는것이다. 그러한의미로나는어느때 어느곳에서나 국가를위하야쓰러진다 하면그외의만족 더없다. 이것이내가 로령을빠져나온후 지금까지가지고잇는 구든의지의전부다. 만주국 오족협하의왕도락토의만주국 이러한 리상국가에 치안을괴란하고 잇는 그들에게귀순공작을하다가 그들의손에쓰러진다구하여두 나의뒤에는 또반드시 또동한이가출전하야 나의일을계승하여줄것이라고 밋는다."

보다시피 철두철미한 일제주구의 절규이다. 이처럼 희곡 『김동한』은 만주국이나 일본을 자기의 국가로 인정하고 거기에 충성을 다 바친 친일주구를 미화한 전형적인 친일문학작품이라고 하겠다.

2. 만주국의 언론통제와 모국어에 의한 문화적 저항

'오족협화'라고 하지만 만주국의 언론과 문예는 일본인들이 지배하고 있었고 일, 조, 만, 몽, 한의 문예는 심각한 불균형을 이루고 있었다. 대련에서 출범한 일본인 문학은 1940년 좌우에 신경으로 그 중심을 옮기게 되며 정부의 보조금과 협화회의 도움을 받아 그 조직과 활동범위를 크게 확대한다. 이를테면 ≪만주낭만≫, ≪작문≫, ≪단층(斷層)≫, ≪고량(高粱)≫, ≪신문학권(新文學圈)≫ 등 여러 가지 동인지들을 갖고 있었고 ≪만주신문≫, ≪만주일일신문≫, ≪하르빈일일신문≫ 등 신문의 예문란, 그리고 ≪만주공론≫, ≪예문(藝文)≫, ≪만주행정(滿洲行政)≫, ≪만몽평론≫, ≪신천지≫, ≪북창(北窓)≫ 등 많은 종합지와 문학지를 갖고 있었으며 그 외 여러 개소의 출판사와 도서발행회사를 갖고 있었다. 하여 한 일본인 평론가는 "만주의 작가들은 지금까지 쓰기만 하면 발표는 어렵지 않았다. 과언인지는 몰라도 일본에서는 동인지잡지에도 발표하기 어려운 작품이 만주에서는 두말할 것 없이 일류라고 하는 잡지에 당당하게 게재될 수 있다. 이는 작가에게 있어서 행운인지 불행인지 모르겠지만 이로 인해 만주의 문학수준이 현저히 낮아지게 된 것도 사실이라고 생각"한다고 하였다.[53] 이렇게 일본인 문학은 발표기관이 난립(亂立)해 문학수준이 낮아지는 역작용을 일으키는 정도에까지 이르렀다. 그리고 당시 직업작가는 키다무라 켄지로우[北村謙次郎]뿐이었지만 만주국정부는 정책, 경제상에서 점차 일본인 문인들을 직업화의 길로 나가게끔 밀어 주었기에 그들은 원고비가 있는가, 없는가의 문제가 아니라 많거니 적거니 하면서 여유 있게 창작활동을 하였다.

하지만 다른 민족의 상황은 이와 정반대였다. 인구가 만주국 총인구의 90% 이상을 차지하고 있을 뿐만 아니라 유구한 문학전통을 갖고 있은 중국인문학의 생존공간은 그 인구와 반비례를 이루었다. 일제는 만주국 초기에 벌써 대부분의 중국어 신문, 잡지, 출판업소의 경영권과 자주권을 장악, 통제하고 합병, 폐간함으로써 중국인문학의 지면을 통제, 축소하였다. 또한 반일, 애국, 민족적인 문학에 대해서는 잔혹하게 탄압하면서 그 간행물과 출판물을 차압하고 그 대신 친일문학을 적극 부추겨 주었다.

재만 조선인 문학의 경우는 그 생존환경이 더욱더 열악했다. 일제는'만선일체(滿鮮一体)'를 표방하고 조선인을 만주국의 주요한 구성원이라고 하였지만 다른 한편으로는'내선일체(內鮮一体)'를 부르짖으면서 황민화 정책을 실시하였다. 하여 조선인은 '일본인'으로 되어 문화적 독립성을 갖지 못하게 되었고 민족동화(同化)의 위기에 직면하게 되었다. 조선인 문학의 생존토대라고 할 수 있는 조선문 출판물은 1937년 전에 ≪만몽일보≫와 ≪간도일보≫ 두 신문뿐이었으나 그것마저도 1937년에 합병되어 ≪만선일보≫ 하나로 겨우 남게 되었는데 이 신문의 문예란마저 일본인이 심사, 통제하였다. 뿐만 아니라 『만주국 각 민족 작가 창작선집』을 비롯한 일본어로 된 만주국 문학작품집에는 조선인 문학작품 한 편도 수록되지 못했고 3차례나 열린 대동아문학자대회에도 조선인대표는 한 사람도 참가하지 못했다.

그러므로 조선인문단의 평론가였던 고재기는 "발표기관이 결핍한 것이 확실히 선계(鮮系)문학의 일대 장애였고 일대 고뇌"[54]라고 했고 황건은 "시련장이 되고 활동무대

---

53) 山田淸三郞, 『滿洲國文化建設論』, 藝文書房, 1934年, 207쪽.

가 될 자기 기관이 없음은 문학실천에 있어서 한 개 치명적인 조건이 아닐 수 없다." 고 했으며[55] 아당(啞堂)은 양심 있는 기업인의 출현을 호소하고 있다.

> "……滿洲各地에 朝鮮人文化를吸收하려는 새로운機運이 形成되여가고잇스니 이機運을一層 常化하려면 역시出版物의刊行이업스면 안될 것이다. 이러한意味에서 滿洲內에잇는 企業的良心을가진出版業者가 한사람쯤 登場하야도 過히時機가 늣다고 하지못할것이다.
> ……
> 나오라! 良心잇는出版企業者여! 鮮系國民의 活潑한 文學運動에一臂之力을加할 勇氣잇는 이의 出現을지금기다리고잇다."[56]

하지만 워낙 경제적 기초가 박약한 조선인들 중에는 출판경비를 댈 만한 사람이 없었다. 그리하여 조선인 문인들은 '피와 땀으로 엮은 역사를 수록할 것은 이곳에서 생장한 또는 뒤이어 들어온 문화부대에게 책임이 크게 있다고 생각'하고 부동한 자세로 현세에 부응하기도 하고 저항하기도 하면서 집요하게 문학활동을 전개하였다. 그들은 1942년을 전후하여 재만 조선인작품집 『싹트는 대지』, 『만주시인집』, 『재만조선시인집』, 소설집 『북원』 등 단행본들을 출판하였다.[57] 이 단행본들의 출판은 조선인 문학에 있어서 결코 쉬운 일이 아니었다. 염상섭이 쓴 『싹트는 대지』의 서문만 보아도 이 점을 알 수 있다.

> "……이번 이 간행은 오직 출판기록으로만 본다 하여도 만주에 있는 우리로서는 실로 획기적 사업이 아닌가 한다. 이것이 앞으로 자랑될 만한 소위 전집도 아니요 불과 십 편 미만의 단편을 모은 것이라 하여 남은 대수롭지 않게 여길지 모르겠고 혹은 근세의 조선 사람이 만주생활에 뿌리를 박은 지도 반세기는 훨씬 넘었건만 문학적 소산이라고 고작 이뿐이냐고 웃을 사람도 없지 않을 것이다. 그러나 개척민은 실생활의 빈곤 이상으로 현대문화의 혜택에서 멀리 떨어져 있었다는 사실로 보아서는 결코 오늘의 이것을 적다 하고 뒤늦다 못 할 것이다. 도리어 이것이 빈 바가지 속에서 나왔고 녹슨 호미 끝에서 자라났음을 생각하면 고맙고 갸륵타 아니 할 수 없을 것이다."[58]

54) 高在騏, 「在滿鮮界文學」, 『新滿洲』, 康德九年 6月號 第4卷, p93.
55) 황건, 「滿洲朝鮮人文學의 今後發展策」, ≪만선일보≫, 1940년 1월자.
56) 啞堂, 『待望出版業者』, ≪만선일보≫, 1940년 3월 4일자.
57) 『싹트는 대지』는 한찬숙, 권용원, 주우씨(住友氏) 등의 경제협찬을 받아 출판했고 『만주시인집』, 『재만조선시인집』은 모두 개인의 경제협찬을 받아 출판했다.
58) 『20세기중국조선족문학사료집』(제5집), 연변인민출판사, 2001년 4월, 469－470쪽에서 재인용.

보다시피 조선인 문인들은 열악한 여건을 이겨 내고 작품발표 지면을 고수, 확장했을 뿐만 아니라 일제의 민족동화 및 민족말살정책에 저항해 모국어에 의한 문학 창작을 견지했다. 이러한 조선인 문학의 중요성을 두고 고재기는 『재만선계문학』이라는 글에서 다음과 같이 쓰고 있다.

"본고에서 말하는 만주선계문학은 만주의 선계작가들이 조선어로 쓴 문학만을 가리키고 기타는 제외로 한다. 이 견해의 정확 여부는 논의할 여지가 있지만 나는 만주선계문학의 운명은 곧 재만의 조선어의 운명이라고 생각한다. 모토(母土) 조선의 언어문제를 추이하여 이렇게 생각지 않을 수 없다."[59]

여기서 고재기는 조선인 문학을 조선어의 운명 나아가 민족의 운명과 관련시키고 있다. 안수길, 신영철 등도 "국내에서 말살되고 있는 어문을 여기서 지켜야 한다, 그리고 문학을 살려야 한다."고[60] 하면서 문학 창작과 작품집출판에 진력하였다. 물론 조선인 문인들의 모국어에 의한 창작은 일제의 의혹과 질의에 부딪친다. 1940년 4월에 있은 내선만문화좌담회(內鮮滿文化座談會)에서 일본인 문인 나카 겐노리(仲賢禮)가 조선인 문인들에게 이렇게 묻는다.

"朝鮮作家가 朝鮮語로大槪쓰고잇는 것은 日本語로 쓰는것이異端視되기때문입니까或은그것이 主流로되여잇기때문입니까."

이에 조선인 문인 이갑기(李甲基)는 다음과 같이 대답한다.

"文學의國籍이나 族籍을 分類할때 아즉文學槪論의課程에屬하는일이나마爲先그文學이씨워진言語의族母이무엇보담도第一의問題가아니겟습니까. 이러케決定하면文學의民族情緖니作家의族籍이다른言語에의한制作이니또는그素材의 如何로이야기는相當히複雜性을가지나무엇보담 支那文學이기에는먼저支那語文學임이必要함과가티朝鮮文學이기에는爲先朝鮮語文學임이第一의條件이겟습니다. 그런點에서朝鮮作家가 朝鮮文學을한다는의미에서朝鮮語로쓰게되는것이며둘째는亦是제言語에對한愛着으로그런것이아니겟습니까……"[61]

59) 高在騏, 『在滿鮮界文學』, 『新滿洲』, 康德九年 6月號 第4卷, 92쪽.

60) 안수길 「용정・신경시대」 『중국조선민족문학대계(10) 소설집・안수길』, 연변대학조선언어문학연구소 편, 2001년 11월, 548쪽 참조.

61) 「朝鮮文學과 內地文壇」, ≪만선일보≫, 1940년 4월 6일자 참조.

조선문학이기에 조선어로 씌어야 하고 조선작가이기에 조선어를 애착한다는 것이다. 얼마나 당당한 발언인가! 역시 이 좌담회에서 일본인 문인들이 조선인 문인들에게 일본어로 창작할 것을 제의하자 박팔양은 다음과 같이 말한다.

> "그點은 어떨런지요 朝鮮서는 小說을 原體純諺文으로쓰는習慣이잇습니다. 그런데 이번金史良이 朝光이란雜誌에 漢諺純文을 試驗하는모양인데 이때까지의눈으로 서러서그런지아주小說을對하는것갓지안아요. 늬간서먹서먹하지안습니다. 그런데 이것은作者로 讀者에게 이런印象을주게하는것은自己로서 여간손해가아니여요. 文字의 形式을 달이하는대로 이런差異가잇는바이나 生活의相異한言語로서 그生活의在來로가젓든 微妙한 것을 讀者들에게傳하기에는여간어려운일이아니여요. 이건結局飜譯文學이 얼마나어렵다는 一般論으로도證着되겟지요."62)

박팔양은 김사량의 실패한 사례를 들면서 타민족의 언어로 자기 민족의 미묘한 정서를 표현한다는 것은 어불성설이라고 논박한 것이다.

"살벌한 민족생존 위기 가운데서, 더욱이 조선어교육이 폐지된 상황하에서 조선인 문인들이 광복의 날까지 시종 조선언어문자로 민족의 생존상황을 진실하게 반영한 문학 창작활동을 견지하였다는 것은 민족정신의 보루인 민족문학을 확보하였다는 것을 말해 주며 이것은 조선인 문학의 가장 기본적이고도 주요한 특징이라고 할 수 있다. 나아가 조선인의 불굴의 문화저항의 표현이라고 보지 않을 수 없다."63)

3. 문학적 저항의 다층적 의미구조

조선인 문인들은 민족문학의 명맥을 지속, 확장하기 위해서는 만주국의 기성 언론지를 이용하거나 그들의 지배적인 담론구조에 순응하는 형식을 취할 수밖에 없었다. 하지만 이러한 표면적인 형식의 이면에는 민족문학에 대한 사명, 민족의 실존과 정서 및 강한 휴머니즘적 지향이 잠재해 있는 것이다. 조선인 문학, 중국인문학을 비롯한 비일본인 문학의 이러한 다층적 의미구조에 대해서는 문예정찰부의 언론감시를 맡은

62) 「國民文學의 建設! 滿洲國에서도 考慮될가」, ≪만선일보≫ 1940년 4월 9일자 참조.
63) 김장선, 『위만주국 시기 조선인 문학과 중국인문학의 비교연구』, 도서출판 역락, 2004년, 111쪽.

일부 영민한 경찰들도 낌새를 채고 있었다. 1943년 5월 4일 만주국 수도경찰부 총감 미다 마사오[三田正夫]가 경무총국장 야마다 도시스께[山田俊介]에게 바친 비밀서류에 이런 내용이 적혀 있다.

> "강덕 6년 6월 25일의 치안경찰 특비발(特秘發) 제545호 명령에 좇아 정찰활동을 진행한 이래 관내대상에 대하여 측면으로 정찰을 진행하였다. ……만주좌익문학(滿洲左翼文學)은 탄생한 날부터 이미 정치상의 형세에 주의하여 추상적이고 모호한 형식으로 창작하였기에 이런 문학에 대한 인식이 결핍한 타민족에게 있어서 그 중심사상을 장악하자면 참으로 힘든 일이다. 특히 대동아전쟁이 폭발한 후 정부의 반만항일운동(反滿抗日運動)에 대한 검거, 진압조치는 날로 좌익작가들의 주의[警覺性]를 불러일으켜 그들은 보다 추상화되고 애매한 방법을 쓰고 있다. ……그들은 이론적인 술어를 사용하지 않고 만주문화인의 정감을 내포한 용어를 전문 사용하여 심사인원을 얼려 넘긴다. ……또한 표면상 정부를 옹호하는 척하면서 정부를 반대하는 정서를 불러일으키기도 한다."[64)]

아래에 조선인 문학의 다층적 의미구조를 평론, 시, 소설을 통해 살펴본 후 이어서 만주국의 국책에 순응하면서 어떻게 '추상화되고 애매한 방법'으로 '표면상 정부를 옹호하는 척하면서 정부를 반대하는 정서를 불러'일으켰는가를 보기로 하자.

우선 ≪만선일보≫에 게재된 문학평론들을 보자. 물론 ≪만선일보≫는 대체로 일제의 대동아 건설이라는 야망과 만주국의 건국이념을 선양한 일제의 어용신문이다. 하지만 조선인 문인들은 만선일보 학예란을 발판으로 자기의 민족문화 건설을 꾀했다. ≪만선일보≫에 게재된 문학평론들을 보면 표면적으로는 만주국의 건국이념을 액면 그대로 받아들이고 있지만 내면적으로는 우리 민족의 문학 건설에 주안점을 두고 깊이 있는 논의를 진행하고 있다. 여기서 황건의 「만주조선인 문학의 특수성」, 윤도혁의 「만주조선인 문학의 전통성과 특이성」, 김귀의 「농민문학의 방향으로」, 김춘강의 「문학정신을 창정(創定)하고 요람을 만들자」, 신서야의 「만주조선문학의 성격과 특이성」, 안수길의 「만주에도 일즈기 조선문학이 있었다」와 「간도중심의 조선문학 발전과정과 현계단」, 「문단건설의 구체안과 문학인의 박력적 활동」, 송지영의 「저류에서 방황하는 정열」 등 평론들을 들 수 있다. 구체적으로 말하자면 황건은 "文化的萌芽期에 들엇섯다고도 볼수잇는今日에 處한滿洲朝鮮人文學의 啓蒙的使命은 너무나

64) 「首都警察廳特秘發第一四一四號」, 『長春文史資料』 1989년 제2집, 233－235쪽 참조.

큰바가잇는가한다"고 하면서 조선문학의 전통을 소화, 흡수하는 한편 만주라는 "그 歷史特異한 性格만을 가질수잇는 獨自的文學", 즉 "自主性이 잇는" 조선인 문학을 건설해야 한다고 주장한다.[65] 윤도혁도 당면 조선인 문학은 "우리의生活을 主題로하는朝鮮文學이오 이것을어떠케 成長發展시키느냐 하는 것이 여긔에 問題의 焦點이다"고 하면서 만주라는 지역적 특색이 있고 조선민족성이 있는 문학을 건설해야 한다고 주장한다.[66] 박영준은 "生活의根據가잇는곳에 生活의 反映이업슬수업스며따라마음의表象이 업슬수업"다고 하면서 "滿洲朝鮮人文學을建設하려함에는 文化人이다가티손을잡고 한길을것는데 비로소曙光이 잇슬것이"다고 주장한다.[67] 또한 김귀는 농민문학론을 주장하여 이렇게 말한다.

> "滿洲는아즉까지는 넓은 荒蕪地를開拓하여가는農民이 全人口의最多數를點하고잇서 그生產方法이 原始的 農耕을主로 삼는 情勢에잇다고본다.
> 그리고또한 朝鮮의自由開拓民은 集團開拓民은 거개가 農村으로가서 土地開發에 從事하고잇슴으로 이러한 部分的인 文學對象으로서의 농민—더나아가선 滿洲에잇는 農民全體의 主體的인對象으로積極的인農民文學이 成立할수잇슬것이라고 생각한다.
> 大陸的인雄大한創造적性格은 오로지農民을볼수잇슴으로 나는이에 農民(흙)文學을提唱하려하는者이다."[68]

김귀의 농민문학론에는 일부 현세부응의 색채가 있기는 하지만 당시 농민문학이 조선인 문학의 주조로 되어야 한다는 견해는 지당하다고 볼 수 있다. 이광현은 "이땅이文學人들은 文學開拓挺身隊가되어 우리의文學開拓에로 ᄊᆞ순히努力합시다"고 조선인 문학을 적극적으로 개척해야 한다고 호소한다.[69]

다음으로 ≪만선일보≫ 학예면을 보면 우리 민족의 사상과 정서, 그리고 조선인 이주민들의 피눈물 나는 수난사와 개척사를 형상화한 문학작품들을 다수 볼 수 있다.

---

65) 황건, 「滿洲朝鮮人文學과 文學人의 信念」(≪만선일보≫ 1940년 1월 12일), 「滿洲朝鮮人文學의 特殊性」(≪만선일보≫ 1940년 1월 13일), 「滿洲朝鮮人文學의 今後發展策」(≪만선일보≫ 1940년 1월 16일)등 3편 문장을 참조.

66) 윤도혁, 「滿洲朝鮮文學의 傳統性과 特異性」(≪만선일보≫ 1940년 1월 17일), 「滿洲文學의 方向과 文學人의 態度」(≪만선일보≫ 1940년 1월 18일), 「明日의 文學史와 作品의 價値」(≪만선일보≫ 1940년 1월 19일) 등 3편 문장을 참조.

67) 박영준, 「作家의 輩出과 讀者의 向上을 緊急動議」(≪만선일보≫ 1940년 1월 23일), 「現段階의 眞實한 批評과 發表機關의 期待」(≪만선일보≫ 1940년 1월 24일)를 참조.

68) 김귀, 「農民文學의 方向으로」(≪만선일보≫ 1940년 1월 20일)에서 재인용.

69) 리광현, 「文學開拓의 設計圖」(≪만선일보≫ 1940년 1월 27일)를 참조.

이러한 작품들은 『왕도낙토』나 『오족협화』와 같은 건국이념과는 완판 다른 사상과 감정을 보여 주고 있다. 천청송의 『이역의 밤』을 보자.

> "고요한 밤이면/고즈넉히 들리는 호궁소리 더욱 애닯구나/함박눈 퍼붓는 새벽녘에 떠나가신/사랑선비가 웬일인지 한없이 그립다/담사리 우거진 담밑에서 숨박꼭질하던/흩어진 동무들이 보고 싶다/눈보라 휘날려 문풍지 떨고/말달리는 방울소리 요란쿠나//
> 옛고장 물레방아칸에서 맺어둔/기약을 어기고 시집간 순이가 원망스럽다/화로불가에 이마를 마주대고/할머니의 이야기를 귀담아 듣던 시절이 부럽다/먼동리 개짖는 소리 은은하고/시름없이 눈내리는 이역의 밤은 서글프구나."[70]

처량하게 들리는 '호궁소리'에 시적 화자는 멀리 두고 온 고향을 사무치게 그린다. 흩어진 옛 친구들, 야속하게 시집을 가 버린 순이, 화롯불 가에 이마를 대고 할머니의 옛이야기를 듣던 일, 이 모두가 우리 민족의 생활이고 정서가 아닐 수 없다. 이와 같은 사정을 두고 오양호는 "군국주의의 앞잡이라는 ≪만선일보≫지만, 그 문예란에 반영된 우리 문학의 실상은 이런 선입관과는 상당히 달랐고, 문학의 서정성과 순수문학의 기본 항이 그대로 지속되는 요소를 발견할 수 있"[71]다고 하였다.

이러한 맥락에서 볼 때 『20세기조선족문학사료전집』에 수록된 이포영(李抱影) 연시조 「예서 기리사리다」[72]와 최종식(崔宗植)의 서정시 「밤」[73]과 같은 시를 친일문학 작품으로 볼 수 없다.

> 떠나온 고향이니 생각한들 멋하련만/荒原에 달빗기고 胡弓소리 들릴때면/살구꽃피는애고향 안그럴수 없노라//
> 黃昏에 소를몰아 어슬어슬 돌아오면/휘파람 소리듯고 몰래반겨 주군하는/順伊는어데갓슬꼬 생각아득 하여라//
> 동생들 압세우고 동구박글 나설적에/삽살이 저도가자 그얼마나 지저댓소/지금은뉘집애들과 함께몰려 단니리//
> 그때일 생각하면 생각사록 그리우나/눈물로 떠난고향 다시가진 못할것을/情들면고향안되리 가서무엇 하리오//
> 滿洲라 널븐땅은 갈아내도 남는구료/밤이면 胡酒들고 아리랑에 흥도깁소/나라도五族協和

70) 1940년 4월 27일자 ≪만선일보≫. 표기법은 현대문으로 하였음.

71) 오양호, 『日帝占領期 滿洲朝鮮人文學硏究』, 문예출판사, 1996년 제1판 143-144쪽.

72) ≪만선일보≫, 1940년 3월 10일.

73) ≪만선일보≫, 1940년 4월 24일.

(오족협화)니 예서기리 사리다
於敎化

이포영(李抱影) 「예서 기리사리다」라는 연시조인데 살구꽃 피는 고향과 반겨 주던 순이에 대한 향수와 그리움, 다시는 가지 못할 고향에 대한 체념을 노래한 시이다. 마지막에 '나라도 오족협화'라는 시구가 나오지만 전반 연시조의 내용과 정서와는 크게 관계가 없다. 최종식(崔宗植)의 「밤」과 같은 서정시는 더더욱 친일문학작품으로 볼 수 없다.

압내/물소리/졸졸졸//
동네는/고요히/소리도 업다//
하늘에는/쪽배/말업시 흘러가고//
별들은/꼼박 꼼박/조을고//
밤은/고요히/꽃이피네.

이 시는 자연을 노래한 전형적인 서정시(詠物詩)로서 대일 협력이나 만주국에 대한 찬미와 같은 시어는 전혀 보이지 않는다. 아무리 일제치하라 해도 잠깐 자연을 즐기거나 고요한 밤의 정취에 젖어들 만한 여유마저도 없었던 것은 아니다. 이 서정시를 두고 최삼룡은 "이 시도 1940년 3월이라는 시대적 배경 속에서 보면 비전형적이며 비현실적"[74]이라고 했는데 자연산수를 노래한 시에 대한 지나친 사회정치적 해석은 오히려 작품을 오독할 소지가 많다.

소설의 경우 박영준의 『密林의 女人』과 현경준의 『유맹(流氓)』(1940)은 모두 타락자에 대한 개조과정을 다룬 작품이나 전자는 철두철미한 친일문학이요, 후자는 외면적으로는 국책문학의 형식을 띠고 있으나 내면적으로는 '당대 사회의 암흑상을 암시'[75]하면서 휴머니즘의 경향을 지닌 소설이라고 할 수 있다.

먼저 박영준의 『密林의 女人』을 보자. 박영준의 경우 1940년 1월 22일자 ≪만선일보≫에 「『김동한』 독후감」이라는 글을 발표해 그 자신의 친일적 진면목을 드러낸 바 있다. 그는 일제의 주구를 노래한 희곡 『김동한』을 두고 "존경할 만한 사람을 내

74) 『20세기 중국조선족문학사료전집』 제6집, 28쪽.
75) 장춘식, 『해방전 조선족이민소설연구』, 민족출판사, 2004년, 161쪽.

세우고 또 대중 앞에 紹介하여야 할 것은 후배들에게 지워진 한 책임이며 따라서 그의 남기고 간 발자취로써 이 세대의 서광을 만든다는 것이 마땅히 남은 사람이 할 일이다."고 했다. 박영준은 김동한을 존경할 만한 사람으로 보고 있고 그와 같은 친일주구를 선전하는 것을 작가적 사명으로 생각하고 있으며 그의 발자취로써 새로운 세대를 교육해야 한다고 말한 것이다. 작가 자신의 친일적인 정체를 드러낸 발언이라고 본다.

이러한 친일경향은 그의 소설『密林의 女人』에서 더욱 극명하게 드러난다. 이 소설은 15살 때 공비(共匪)에게 잡혀가 10여 년간 '산속생활'을 하던 중 다리에 부상을 입고 일본군 토벌대에 의하여 포로로 잡힌 김순이라는 여자를 정신적으로 귀화시키기 위해 협화회 회원인 '내'가 집에 데려다 놓고 파란곡절을 겪었다는 이야기로 되어 있다. 최삼룡은 이 작품을 다음과 같이 평가한다.

> "……박씨는 이 단어(共匪—필자 주)를 직접 쓰고 있는데 그가 노리는 점이 무엇인가를 짐작할 수 있다.
> 소설에서 10년간 항일한 이 여자는 세상도 모르고 시대의 변화도 모를 뿐만 아니라 인간의 모든 정상적인 상식과 감정을 상실한 것으로 묘사하고 있다. 금반지 아까운 줄도 모르고 돈이 중한 줄도 모르고 여자로서 몸단장할 줄도 모르고 예의도 모른다.
> 그런데 인간조건을 완전히 상실한 김순이가 '나'라는 협화회 회원의 인내성 있고 인간적이고 희생적인 교육과 감화에 의하여 다시 인간으로 되고 인간세상으로 돌아온다는 것이다.
> 김순이와 대조되는 '나'는 아주 긍정적인 형상으로 창조되고 김순이라는 항일전사와 '나'라는 협화회 회원의 대결에서 '나'는 철저한 승리를 쟁취한다. 이 소설보다 더 반공친일적이고 더 반동적인 작품이 있을 수 있을까!"[76)]

박영준의『密林의 女人』에 대한 최삼룡의 견해에는 대체로 동의하지만 여기서 한마디 짚고 넘어가야 할 것은 유치환의 시「首」에 나오는 '비적(匪賊)'을 이른바 '공비(共匪)'와 동일시할 수 있을까 하는 문제이다.『연수현 조선족100년사』에 의하면 해방 전 유치환이 농장을 경영했던 연수현 지역의 "이주민들이 벼농사를 지어 생계를 유지했는데 무엇보다도 고통스럽고 힘들었던 것은 토비와 결탁한 한족들의 민족기시였다."고 했다. "조선이주민들을 난민이라고 깔보며 무엇이든 약탈해 갔는데 어쩌다 소 한 마리 판 돈이라도 있으면 영락없이 빼앗아 갔다."[77)] 하여 해방 전 연수지역에

76)『20세기 중국조선족문학사료전집』제6집, 22－23쪽.

서 활동하던 조선독립군이나 해방 후 이 지역에서 토비숙청을 했던 중국공산당의 부대들은 토비들을 사살하면 그 "머리를 잘라 성 밖에 내다 걸게 함으로써 토비들의 기염을 꺾어 놓았다."[78] 이러한 역사사실을 염두에 둘 때 유치환의 「首」에 나오는 '비적'을 '공비'라고 속단하고 이 작품을 반공친일작품으로 규정한 것은 재고되어야 한다.

이제 현경준의 소설 『유맹(流氓)』을 구체적으로 보기로 하자.

아편밀매나 아편중독의 문제는 만주국의 엄중한 사회문제의 하나였다. 조선인 사회 역시 아편밀수나 아편중독으로 몸살을 앓고 있었음을 박영준의 『중독자』, 『무화지』(1939), 김창걸의 『창공』(1940) 등 소설을 통해 알 수 있다. 1941년 3월 ≪만선일보≫는 국책협력의 목적으로 '금연문예작품대현상모집'을 하게 되는데 건국10주년기념사업의 일환으로 펼친 것이라 '금연소설' 1등에 300원, 2등에 150원이라는 거금을 상금으로 내걸었다. 아무튼 그 번 현상모집을 좌우로 '금연소설'이 많이 나왔는데 이를 장춘식은 '중독자소설군'[79]이라고 지칭했고 아편문제를 복합적으로 접근하고 있는 소설로 현경준의 『유맹』을 들었다. 이 작품에 대해 권철은 "언론자유라고는 전혀 없는 상황에서 우회적으로 당시 조선민족의 실생활의 한 단면을 증언"[80]한 작품이라고 했고 리광일은 "저류에 민족의식을 깔"[81]아 둔 작품이라고 하였으며 채미화는 "보도소장의 감화로 타락자의 인성이 새롭게 소생한다는 명쾌한 듯한 이야기 줄거리 밑에 감추어진 심층적인 구조는 인성과 인생의 가치에 대한 철학적인 탐구"라고 하면서 "더욱 은폐적인 차원에서 당대 사회현실이 인정하고 있는 가치체계에 대해 비판하고 항거하고 있다."[82]고 지적했다. 소설 『유맹』을 비교적 치밀하게 분석한 학자는 장춘식인데 그는 이 작품은 일제와 만주국의 전횡과 부패로 말미암아 '패배의식'에 젖은 당대 민족 엘리트들의 타락상을 통해 '당대 사회의 암흑상을 암시'했다고 지적했다.[83] 하지만 이들 연구는 이 작품의 주인공에 대한 분석을 외면함으로써 이 작품이 가지

---

77) 연수현민족종교사무국, 연수현조선족경제문화교류회, 『연수형조선족100년사』, 민족출판사, 2004, 42쪽.

78) 동상서, 98쪽.

79) 장춘식, 『해방전 조선족이민소설연구』, 150쪽.

80) 권철, 『광복전 중국 조선민족 문학 연구』, 한국문화사, 1999년, 280쪽.

81) 리광일, 「형경준의 소설문학에 대한 이해」, 『중국조선민족문학대계9, 소설집, 현경준 편』, 흑룡강조선민족출판사, 2002.

82) 채미화, 「현경준소설연구」, 『조선－한국언어문학연구』, 민족출판사, 204쪽, 206쪽.

83) 장춘식, 『해방전 조선족이민소설연구』, 147－163쪽.

는 다른 한 차원의 의미에 대해서는 홀시한 것 같다.

작가의식이나 소설의 주제에 대한 연구는 무엇보다도 먼저 인물형상분석을 해야 한다. 특히 소설에서 주인공을 비롯한 중심인물들의 성격과 행위는 주제해명에서 결정적인 역할을 놀게 된다. 『유맹』의 중심인물은 물론 보도소 소장과 명우이다. 보도소 소장은 기로에 들어선 조선인 청년들이 자신을 뉘우치고 새로운 삶을 찾을 수 있도록 선도하는 역할을 한다. 그는 만주국의 공무원으로서 당국의 지시를 받들며 자신의 직책에 충성한다. 하지만 우리는 보도소 소장의 처사에서 만주국 공무원으로서의 외형적인 모습보다는 마치 어느 마을이나 어느 가문의 어르신과 같은 성품, 즉 그의 인내와 관용, 사랑과 헌신성을 더욱 중요시하게 된다. 그는 의지가지없는 순녀를 수양딸로 받아 키워 주고 명우를 위해 생일 파티도 마련하며 그와 어머니를 상봉케 한다. 이러한 보도소 소장의 사랑과 교육을 받아 명우는 완전히 새로운 인간으로 부활해 교편을 잡고 순녀와 결혼하며 어머니를 모셔다가 봉양한다.

기실 보도소 소장의 형상은 『별』[84]과 같은 그의 전 단계 소설에서 창조한 교사형상의 연장선 위에서만이 해석이 가능해진다. 보도소 소장은 만주국 관리라는 외형적인 모습을 띠고 있지만 실제로는 인덕과 품위를 갖춘 교육자이다. 이러한 의미에서 이 작품의 내면적 주제는 역시 휴머니즘으로서 이 작품에 흐르는 것은 따뜻한 인간애와 인간성의 옹호이며 승리인 것이다.[85] 이러한 의미에서 『유맹』은 만주국의 국책문학을 내부로부터 전복시킨 작품이라고 할 수 있겠다.

: : 맺는말

일제의 잔재를 극복하고 민족의 정기를 살리는 일은 바람직하나 친일문학에 대한 논의는 역사주의 원칙에 준해 문학의 외적, 내적 상황을 충분히 고려해 세밀하게 텍

84) 『별』은 사생관계를 다룬 현경준의 단편소설이다. 열심히 공부하는 애들은 월사금을 내지 못해 학교를 그만두는데 공부에 별 흥취가 없고 놀아 대기만 하는 부잣집 애들만 학교에 남는다. 그래서 담임교사인 명우는 애들이 결석하고 퇴학하는 문제를 해결하기 위해 일일이 학생들의 가정을 방문한다. 여기저기 옹송그리고 서 있는 초가집들은 문들이 찌그러져 당장 무너질 것만 같다. 햇빛도 들지 않는 어두운 집 안에서 누렇게 부황이 든 얼굴들이 불쑥불쑥 내밀 때 명우는 무어라고 말할 용기가 나지 않는다. 태양이 되지 못할지언정 캄캄한 밤하늘의 별이라도 되어 제자들의 앞길을 밝혀 주리라고 맹세하는 담임교사 명우의 형상, 이러한 형상의 핵을 이루는 것은 인도주의 정신에 입각한 교육자의 책임감이요, 그것은 또 『유맹』의 주인공 보도소 소장의 형상과 맥을 같이하고 있다.

85) 안금련(지도교수 김호웅), 「현경준소설연구」, 2003년 연변대학 석사학위 청구논문, 16－18쪽.

스트를 분석해야 할 것이다. 재만 조선인 문학의 경우 일제에 의해 조작된 만주국의 가면적 성격을 간파하기에는 일정한 시간을 요하였으며 일제의 언론통제에 지혜롭게 대응해 만주국 국책문학의 틀 속에서 모국어에 의한 민족문학을 창출하고 지켜 낸 것은 자랑스러운 일이며 그것은 하나의 문학적 저항이라고 보아야 할 것이다. 또한 문학은 본질적으로 메타포이며 다층적 의미구조를 가진다고 전제할 때 눈가림으로 장식한 '왕도낙토'요, '오족협화'요 하는 친일 또는 만주국 국책 영합적 언사에 촉각을 곤두세울 것이 아니라 해당 작품의 이미지나 시적 구조 내지 인물형상이나 기본 갈등의 배후에 숨어 있는 작품의 보다 심오한 내면적 의미에 더 깊은 관심을 가져야 할 것이다. 특히 신이 아니고 인간인 이상 아무리 민족적이고 저항적인 작가라 하더라도 일부 실수나 오점을 가지게 마련이니 한 편의 작품으로 그의 전반 문학경향을 부정하는 오류는 삼가야 한다고 보며, 자라나는 세대를 위한다면 불사조와 같은 우리 민족의 불굴의 투쟁사에 대한 회의와 절망을 초래하게 하는 우(愚)를 범해서는 아니 된다고 본다.

– 2006년 7월 16일, 연길에서

겨레 얼 지키기와 치열한 문학정신·········

–한용무 선생의 새 시집 출판을 축하하여

한룡무 선생이 오랜 잉태(孕胎)와 산고(産苦)의 아픔을 이겨 내고 예쁜 새아기와 같은 시집을 펴낸 데 대해 그의 오랜 친구로서 진심으로 축하한다.

한룡무 선생을 알게 된 것은 1990년, 일본 동경에서이다. 친구 좋아하고 술 즐기는 한용무 선생이 일본에서 외롭게 지내는 나를 가끔 술자리에 불러 주어 재일동포 작가, 시인들을 많이 만날 수 있었다. 자식 농사도 많이 지은 한용무 선생은 경제적으로 그리 유족한 편은 아니라 고급 요정에서는 술 놀이를 하지 못하고 늘 불고기며 김치 따위에다가 가스레인지 하나 자가용에 싣고 교외로 나가기 일쑤였다. 동경 도심의 요란스러움과 요사함을 피해 야외에서 시원한 공기를 쐬면서 기름진 술과 향기로운 청주를 맘껏 마시면서 우리는 인생을 논하고 문학을 논했다. 덩치가 크고 목청이 큰 한용무 선생은 늘 술자리의 왕자로 군림했고 재일조선인 문학과 세계 여러 나라에 있는 우리 겨레의 문학을 접목시켜야 할 필요를 역설했으며, 한 민족문학은 모국어에 의해 창작되어야 함을 강조했다. 사실 그는 일본문학의 막강한 권위와 침투에 도전하면서 오늘까지 모국어—한국어에 의한 문학 창작을 고수한 많지 않은 재일조선인 작가의 한 사람이다.

한용무 선생은 학문연구와 민족운동을 겸한 시인이다. 1990년대 초반 연변에서 열린 국제고려학회 소장학자 학술대회에서도 그의 얼굴을 볼 수 있었고 북경에서 열린 회의에서도 그의 열띤 발표를 들을 수 있었다. 그는 재일조선인 시문학의 발자취를 학문적으로 정리했고 중국을 비롯한 세계 여러 나라에 있는 우리 민족 학자들과 광범위한 네트워크를 결성했다. 그의 뚝심, 그의 정열은 우리 모두에게 큰 힘을 주었고 그의 때 묻지 않은 착한 심성과 송죽 같은 의리는 우리 모두가 천애지각에 흩어져 살아도 늘 함께 있게 해 주었다. 한용무 선생은 과연 치열한 문학정신으로 겨레 얼을 살리기 위해 해외동포문학의 선두에서 열심히 뛰어온 선각자요, 맹장(猛將)이다.

오늘의 시대는 다양한 문명이 공존하고 변두리 문화 내지 문학의 가치가 더욱 소중하게 각광을 받고 있다. 한용무 선생께서 지천명의 나이에 더욱 좋은 작품들을 창작하리라 믿어 의심치 않으면서 이로써 축사에 갈음한다.

– 2006년 3월 1일, 중국 연길에서

만해 한용운과 중국 조선족 문단 ⋯⋯⋯

이 글에서는 만해 한용운의 시문학에 대한 중국 조선족 학계의 연구 성과, 그의 시문학이 중국 조선족 사회에 알려지게 된 경로를 살펴보고 나서 그의 문학이 중국 조선족문학에 끼친 영향을 고찰해 보고자 한다. 이와 더불어 만해 한용운의 사상과 문학을 선양하고 그 독자층과 연구의 지평을 넓힐 데 관한 필자의 소견을 터놓고자 한다.

1. 만해 한용운에 대한 학문적 소개와 연구

중국 조선족 사회의 경우, 만해 한용운은 먼저 사학계에 알려졌고 문단에 알려진 것은 썩 후의 일이다. 그는 무엇보다도 먼저 1919년 '3·1' 만세운동을 일으킨 33명 민족대표의 한 사람으로 사학계에 알려졌다. 광복 전 그의 작품이 신문을 통해 만주지역의 조선인들에게 읽히고 그들의 사랑을 받았을 가능성이 많다. 이학성(李鶴城, 1907～1984)의 「님 찾는 마음」(1930)이나 설인(雪人)의 「님은 나에게」(1942) 같은 시에서는 만해 한용운과 같은 시적 경향을 보이고 있다.

> 님이시여, 당신이 부르시며는
> 우거진 숲속의 사슴의 달음질로
> 안개의 골짜기를 찾아서 가지요
>
> 님이시여, 당신이 부르시며는
> 옛 마을 찾아오는 제비의 나름으로
> 검푸른 太空으로 찾아서 가지요
>
> 님이시여, 당신이 부르며는
> 하늘에 흐르는 번개의 빛으로
> 화산의 비탈도 찾아 가지요.[86)]

86) 1930년 5월 21일 ≪민성보≫.

'님'을 다룬 이학성의 서정시 「님 찾는 마음」이다. 이학성은 ≪조선일보≫ 만주특파기자로 활동했고 조선일보에서 간행하는 ≪조선지광≫, ≪조광≫과 같은 잡지에 부지런히 투고했던 사람이니 만해 한용운의 시집 『님의 침묵』을 접했을 가능성이 많다. 아무튼 이학성의 서정시 「님 찾는 마음」에 나오는 "'님'을 사랑하는 사람으로 볼 수도 있고 '빼앗긴 조국'이라고 볼 수도 있겠으나 어두움을 불사르는 빛이나 그 어떤 추상적인 진리로 보아야 마땅할 것이다."[87]

광복 후 만해 한용운은 북한에서 편찬한 문학사를 통해 중국 조선족 사회에 알려졌다. 안함광의 『조선문학사』(1956),[88] 『조선문학통사』(상, 1959)는 해방 후 중국 조선족 사회에 많이 읽혔지만, 만해 한용운은 소개하지 않았다. 『조선문학통사』의 경우에는 '당시 부르주아 시인들의 감상주의적 퇴폐문학과는 정반대로 철두철미 인민의 이익과 행복 그들의 민족적 사회적 해방을 위하여 복무'[89]한 이른바 이상화, 김창술, 박세영, 박팔양의 문학만을 다루고 있다.

만해 한용운을 북한에서 처음 다룬 것은 아마도 정홍교, 박종원의 『조선문학개관』(1986)인 것 같다. 이 책은 평양 김일성대학교에 유학하고 있던 중국 조선족 유학생들의 교과서로 이용되었고 중국에 입수되어 중국 조선족 학자들 속에서 많이 읽혔으며 한때 연변대학교 조문학부, 중앙민족대학교 조문학부 참고서로도 널리 이용되었다. 정홍교, 박종원의 『조선문학개관』에서는 만해 한용운의 작품을 반일애국문학으로 보면서 다음과 같이 평가한다.

> "한용운의 시들은 나라 잃은 민족의 설움과 빼앗긴 조국에 대한 그리움을 깊은 정서와 사색을 담아 절절하게 노래한 것이 특징이다.
> 한용운의 작품들은 애상적인 색조와 불교적인 요소를 가진 제한성이 있기는 하나 1919년 3·1인민봉기를 전후한 시기 일제식민통치하의 우리 인민들의 민족적 비애와 나라의 독립에 대한 열망을 진실하게 반영한 것으로 하여 긍정적인 의의를 가진다."[90]

재중동포 학자의 경우 만해 한용운과 그의 시문학을 처음 다룬 학자는 북경대학교

87) 김호웅, 『재만 조선인 문학연구』, 국학자료원, 1998년, 182쪽.
88) 이 책은 1956년 연변인민출판사에서 재판됨.
89) 조선민주주의인민공화국 과학원 언어문학연구소 문학연구실 편, 『조선문학통사』 하, 과학원출판사, 1959년, 59쪽.
90) 정홍교, 박종원, 『조선문학개관』, 사회고학출판사, 1986년, 341－342쪽.

의 박충록 교수이다. 박충록 교수는 「만해 한룡운의 시세계」[91]라는 짧은 논문에서 그의 일대기를 간략하게 소개하고 나서 그의 대표작 「님의 침묵」을 다루고 있기도 하지만, 주로 「당신은 보았습니다」, 「나의 길」, 이순신과 을지문덕을 노래한 「무제」, 「계월향에게」와 같이 저항적인 성격이 뚜렷한 시에 주목한다. 그리고 만해 한용운의 시는 "명상적이고 철리성이 강하고 상징적"이라고 하면서 무생물을 재치 있게 의인화하는 만해 한용운 시적 기법에 찬탄을 금치 못한다. 이 논문의 결론부분에서 박충록 교수는 "시인 한용운은 일제의 식민지통치하에서 신음하는 조선인민의 민족적 수난의 비애와 나라의 독립에 대한 열망을 개성적으로 진실하게 반영한 우국우민의 시인임에 손색이 없다."고 평가했다.

박충록 교수의 뒤를 김병민 교수가 그의 『조선문학사』(1994)에서 김소월과 나란히 만해 한용운과 그의 시문학을 소개하고 있다. 김병민 교수는 만해의 시 「군말」을 통해 만해 한용운의 창작의도를 해석하고 나서 「당신은 보았습니다」, 「님의 침묵」을 중점적으로 다루고 있다. 그는, 한용운은 "불교신자이며 독립운동가이며 동시에 애국문인"이라고 하면서 시 「당신은 보았습니다」는 "식민지현실의 민족적 체험을 예술적으로 일반화하면서 민족에게 각성과 희망의 더운 입김을 불어넣고 있다."고 했고 시 「님의 침묵」은 "잃어버린 조국과 떨어지려야 떨어질 수 없는 간절한 심정과 되찾을 조국에 대한 희망이 잘 조화되어 노래되고 있다."고 했다. 나중에 김병민 교수는 「님의 침묵」을 다음과 같이 평가한다.

> "시집 『님의 침묵』은 독특한 사상예술적 성과를 이룩하고 있다. 우선 시인은 불교적인 현세, 내세의 순환구조를 시에 차용하여 민족의 절망과 희망을 변증법적으로 보여 주었으며 그 속에서 자신의 절절한 애국적 염원과 민족적 정서를 용해시켜 나갔다. 한용운은 비록 불교신자였고 불교계 지도자였지만 그의 시는 불교설교에만 집념하지 않음으로써 애국시인, 민족시인으로 한층 위상을 높이고 있다. 다음으로 그의 시는 산문시적인 특징을 갖고 있지만 생동한 시적 형상 창조와 민족어의 활용으로 하여 생경하고 지루한 감이 전혀 없다. 그의 시는 화려하면서도 무게와 심도를 보여 주는 것이 특징적이다.
> 한용운은 자기의 시 창작을 통하여 민족의 현실을 재치 있게 일반화하였고 시대적 요청과 민족적 정서를 적극 대변하였다. 이와 함께 산문시의 형식을 다양한 측면에서 탐구했다는데 그의 시작이 가지는 사가사적 위치가 있다."[92]

91) 한국 『창조문학』, 1993년 여름호.
『박충록문학연구문집』(4), 민족출판사, 2003년.

보다시피 만해 한용운은 북한을 통해 중국 조선족 사회에 알려졌으며 중국 조선족 작가들의 평가도 대체로 북한 학자들의 견해를 따르고 있다. 지금까지 박충록 교수의 논문 1편이 나왔을 뿐이며 그것도 주로 시적 주제에 대한 분석에 치중하고 있을 뿐 시적 형식에 대한 분석은 인상주의 비평의 수준에 머물러 있다.

이처럼 만해 한용운에 대한 연구는 미진한 편이다. 그 근본적인 원인은 물론 오랜 시일 지속된 중국 조선족 사회와 남한 사이의 단절에 있겠지만, 구체적인 원인은 아래와 같은 데서 찾을 수 있을 것이다.

첫째, 중국 조선족 사회의 경우, 1978년 개혁개방 이전만 하더라도 북한의 영향이 절대적이었는데, 북한의 문학사 서술은 프로문학 내지 수령형상창조문학을 주축으로 한 만큼 승려 출신인 한용운의 작품에 대해서는 동반자작가라는 범위에서 제한적으로 다룰 수밖에 없었다. 따라서 북한이라는 유일한 창구를 통해 남한문학을 접할 수밖에 없었던 중국 조선족 사회로 놓고 볼 때 만해 한용운은 생소하면서도 특이한 존재로 될 수밖에 없었다.

둘째, 해방 후 중국은 사회주의 이념과 체제를 선택, 고수했고 '반우파투쟁', '문화대혁명'과 같은 정치운동을 통해 이른바 부르주아적 감정, 종교적 정서를 지양하고 혁명적이고 전투적인 문학을 선호했다. 바꾸어 말하면 문학은 정치의 시녀(侍女)로 전락해 버렸다. 그런즉 이른바 '애상적인 색조와 불교적인 요소'를 가진 만해 한용운의 문학을 받아들일 수 있는 자유로운 사회풍토가 갖추어지지 않았다.

셋째, 문학이론의 경우 구소련과 북한을 통해 사회주의 리얼리즘과 혁명적 낭만주의를 받아들였고 20세기 현대시를 비롯한 모더니즘문학에 대한 극단적인 반감과 무지를 드러내고 있었다. 그런즉 만해 한용운의 시에 내재한 심오한 상징과 역설, 시적 화자의 여성적 어조 등 모더니즘적 기법은 중국 조선족 사회에서 이해되고 높이 평가될 수 없었다.

2. 만해 한용운의 시문학과에 대한 중국 조선족 문단의 수용

중국 조선족 학자들에 의한 만해 한용운에 대한 연구가 미진했던 반면, 1978년 이

92) 김병민, 『조선문학사 - 근대현대부분』, 연변대학출판사, 1994년, 175 - 176쪽.

후 만해 한용운은 점차 중국 조선족 문단에 알려지게 되었다. 오늘날 연변 지역의 문인들과 식자(識者)들 가운데 만해 한용운과 그의 대표작 「님의 침묵」을 모르는 사람은 거의 없을 것이다. 연변의 시인들은 만해 한용운을 20세기 한국이 낳은 가장 탁월한 시인의 한 사람으로 알고 있다. 뿐만 아니라 중국 조선족 시문학에서 만해 한용운과 그의 시풍의 영향을 다다소소 볼 수 있다.

어찌하여 이러한 현상이 생기는가?

그것은 1978년 이후 중한 간의 민간적인 교류가 재개되고 '88' 서울올림픽을 거쳐 1992년 중한 수교가 이루어짐에 따라 중국 조선족 사회와 한국 사회와의 문학교류가 활발해졌기 때문이다. 구체적으로 보면,

첫째, 한국의 문학도서들이 인입되어 널리 읽혔다. 한국의 '사랑의 책 보내기 운동본부' 등 단체에서 연변도서관, 연변대학교 등에 책을 보내는 작업을 시작했고 연변대학교에 다녀간 구상 시인, 강창민(서경대), 표언복(목원대), 조남철(방송통신대) 등 교수들이 도서를 기증하기도 했다. 최근에는 우한용(서울대), 유문선(한신대) 교수가 진귀한 신문자료와 문학도서들을 기증해 왔다. 연변대학교 조문학부 자료실에서는 2종 판본의 만해 한용운의 시집 『님의 침묵』을 볼 수 있다.[93] 그것은 강창민 교수가 기증한 것으로 되어 있다. 이렇게 입수된 한국도서들 가운데 『문학개론』, 『문학이란 무엇인가』, 『현대시론』 등이 많았는데 시문학, 특히 상징, 역설을 다룬 부분에서는 거의 예외 없이 한용운의 작품을 범례로 다루고 있었다.

둘째, 한국의 학자, 교수들이 연변을 찾아와 한국 근, 현대시를 소개했다. 강창민(서경덕), 윤영천(인하대), 허형석(군산대), 안병렬(안동대) 황송문(선문대) 등 한국의 교수들이 연변대학교 학부생과 대학원생들에게 '시론'과 '한국근대시사'를 강의했고 홍문표(명지대), 이시환(한국 동방문학 주간) 등 교수, 시인들도 연변작가협회 산하의 시인, 작가들을 상대로 한국의 명시들을 소개하면서 강연을 했다. 이들은 만해 한용운의 작품을 한국 현대시의 대표적인 작품으로 다룸으로써 그의 인생과 문학에 대한 연변 현지 시인, 문학도들의 이해에 많은 도움을 주었다.

셋째, 많은 시인, 작가들이 친척방문의 형식 또는 한국의 한국문인협회, 민족작가협의회 등 단체의 초청을 통해 한국을 견학했다. 김정호, 김학송 등 시인들의 경우와

93) 동국대학교 한국문학연구소, 『한국문학총서 1 - 한용운』, 19
한용운 시집 『님의 침묵』, 진명문화사, 1970년.

같이 한국에 2년 이상 체류하면서 한국의 시인들과 폭넓게 교류하면서 여러 권의 시집을 낸 경우도 있다. 1992년 후 한국의 여러 대학에 가서 연구하는 문학교수들의 수가 늘어났으며 한국의 여러 대학교에 가서 한국문학 석사, 박사과정을 밟는 젊은이들이 늘어났다. 조선족 문단의 중견 평론가로 활동하고 있는 김병민, 김관웅, 채미화, 김호웅, 허휘훈, 윤윤진, 서영빈, 리광일 등은 서울대, 전남대, 한양대, 인하대, 한국외국어대, 배재대 등에서 연수 또는 강의했고 김경훈, 우상열, 장춘식, 이광재, 김해응 등은 한국교원대, 충북대, 한국정신문화연구원, 전주대 등에서 박사과정을 밟았다.

상술한 교류를 통해 한국 현대시인들과 그 작품들이 중국 조선족 사회에 널리 알려지게 되었다. ≪연변문학≫, ≪장백산≫, ≪도라지≫ 등 문학지와 ≪연변여성≫, ≪청년생활≫ 등 종합지에 한국의 현대명시들이 소개되기 시작했는데, 아마도 가장 많이 소개된 것은 윤동주, 정지용, 이육사, 서정주, 한용운, 서정주, 조지훈, 신석정, 유치환, 박목월 등일 것이다.

이들 시인 중 윤동주는 1985년 일본학자 오오무라 마스오에 의해 그의 무덤과 생가 터가 발굴된 후 한국 해외한민족연구소 이윤기 박사에 의해 윤동주 생가가 복원되고 ≪연변문학≫지에 '윤동주문학상'이 설치되었다. 또한 미주한인협회 전임 회장 현봉학 박사에 의해 ≪중학생≫ 지에 '윤동주문학상'이 설치되고 연변대학교에서 전임 무안 군수 이재현 선생의 지원으로『윤동주시집』중조 대역판을 냄으로써 '윤동주 붐'을 이루었다. 정지용은 한국 충북 옥천군에서 1997년부터 연변에 '정지용문학상'을 설치하면서 '정지용 붐'을 이루었다. 아쉽지만 윤동주, 정지용에 비해 만해 한용운은 연변에 덜 알려진 셈이다.

3. 만해 한용운이 중국 조선족 시문학에 끼친 영향

해외동포문학의 기본 주제는 민족적 정체성의 갈등과 그 예술적 극복이다. 정체성(identity)은 복수(複數) 타자와의 관계 속에서 규정되어야 하는 주체의 귀속과 관련되는 문제로서 여기에는 개인적 정체성, 민족적 정체성, 국가적 정체성 등 다양한 국면과 상황이 벌어질 수 있는데 그중에서도 민족적 정체성은 가장 심각한 문제로 나타난다. 중국 조선족은 고국과의 관계, 중국의 주류민족과의 관계에서 정체성의 갈등을 겪게 마련인데, 이러한 정체성의 갈등은 중국 조선족 시문학의 중요한 모티프로 설정되게 마련이다.

그렇다면 만해 한용운의 시문학은 국권을 상실한 식민지 백성의 한과 국권회복의 강렬한 의지를 예술적으로 대변한 문학으로 의미가 있을 뿐만 아니라, 해외동포문학의 기본적인 주제를 암시한 선구적인 문학으로 의미를 갖기도 한다. 만해 한용운은 「님의 침묵」의 서문 '군말'에서 "나는 해 저문 벌판에서 돌아가는 길을 잃고 헤매는 어린羊이 기루어서 이 시를 쓴다."고 명백하게 말했다. 바꾸어 말하면 만해 한용운은 나라 잃은 민족을 위해서 시집 「님의 침묵」을 펴낸 것이다.

만해 한용운의 시문학은 주제적인 측면에서뿐만 아니라 예술적인 측면에서도 해외동포문학에 시사하는 바가 많다. 우리는 만해 한용운의 시를 통해 인도의 현대 시성 타고르의 영향을 볼 수도 있지만 고려가요나 정철의 「사미인곡」과 같은 우리 민족 전통시가의 훈향도 느낄 수 있다. 그의 시는 풍부한 상징과 역설, 여성적인 부드러움, 더욱이는 그 저변에 깔린 강렬한 저항의식과 민족애로 우리 한국 현대시의 전범으로 된다. 친근감을 주면서도 그 저변에 탁월한 시적 기법을 간직하고 있는 만해 한용운의 문학은 '마음속의 말을 터놓고 할 수 없는' 해외동포 시인들에게는 하나의 본보기가 되었다.

실제로 1978년 이후 중국 조선족 시문학은 만해 한용운의 영향을 알게 모르게 받아들이고 있는 듯싶다. 중국 조선족 시인들의 시집을 두루 펼쳐 보면 '님'이나 '당신'을 노래한 시들을 쉽사리 만나게 된다. 송정환의 「님의 무덤앞에서」(1978), 임효원의 「님의 얼굴」(1984), 조룡남의 「님 그려 쓰린 맘」(1986), 「오시는 님」(1994), 박화의 「가신 님」(1992), 이성비의 「님」(1997), 한영남의 「가을이면 푸른 하늘을 걸어서 오는 당신」(2003)……등이 그렇다. 하지만 이러한 시들은 남녀 간의 상사지정을 노래한 애정시가 대부분이다. 이성비의 「님」을 보자.

> 누군가 내방에 불을 켰소/남 다 자는 달콤한 밤에//
> 누군가 내 방에서 말씀을 하오/남 다 자는 고용한 밤에//
> 밝은 빛에 두 눈이 시오/고운 목청에 두 귀가 열리오//
> 날이 새면/누구도 그 빛 못 보았다 하오//
> 속세의 빛 아닌 불새/속세의 목소리 아닌 가락//

이 시의 3연은 만해 한용운의 「님의 침묵」에 나오는 “나는 향기로운 님의 말소리에 귀먹고 꽃다운 님의 얼굴에 눈멀었습니다.”를 변형시킨 것 같다. 그리고 이 시에서 다루는 ‘님’의 존재도 불투명하지만, 그것을 민족이나 조국을 상징한다고 말하기는 어렵다.

만해 한용운의 영향은 ‘님’이나 ‘당신’을 다룬 작품에서 굳이 찾기보다는 민족적 정체성의 갈등을 형상화한 작품, 고향과 모국과 민족의 전통문화에 대한 피맺힌 그리움과 사랑을 다룬 작품, 모국의 통일에 대한 열망을 다룬 작품, 또는 ‘님’에 대한 헌신적인 사랑을 여성적인 어조로 노래한 작품에서 찾을 수 있을 것이다. 여기서 이삼월의 「접목」(1993), 김철의 「고향 1」(2000), 「고향 3」(2000), 김성휘의 「흰옷 입은 사람아」(1988), 윤청삼의 「천지에서」(1994), 이임원의 「동해바다」(1997), 이성비의 「통일다리」(2000), 김영춘의 「8월의 호수가를 거닐며」(1998) 등을 들 수 있다.

김철은 「고향」1에서

> 손에/가시가 들어//
> 다치면/아프다//
> 고향, 넌 내/가시 든 살점//[94]

라고 노래하고 있는데 ‘고향은 가시 든 살점’이라는 기발한 은유를 통해 실향민들의 아픔을 극명하게 대변하고 있다. 또 그는 「고향 3」에서

> 놋대접 막걸리 안에/달이 둥-둥 떠 있다//
> 술도 달도//마시고 나면//
> 사정없이 내리치는/박달나무 북채//
> 아서라/멍든 내 가슴이 터질라//[95]

라고 노래하고 있는데 해외동포의 사무치는 향수를 기승전결의 시적 구도 속에 잘 함축하고 있다.

모국의 통일을 지향한 시작품 가운데 윤청남의 「천지에서」(1994)를 주목할 만하다.

94) 김철 시집, 『나, 진짜 바보이고 싶다』, 중국 민족출판사, 2000년, 3쪽.
95) 동상서, 4쪽.

세월의 풍상고초에/멍이 든 가슴//
7천만의 아침밥을/안쳐야 할 가마//
기다림에 지닌 꿈이/하얗게 머리발 푸는데//
아아, 언제나 오려나 벽을 넘어/
감격의 피리소리//[96]

백두산은 민족의 성산이요, 역사의 견증자이다. 하지만 동족상쟁과 민족분단으로 가슴에 멍이 들었다고 했다. 이 시에서는 천지를 두고 "7천만의 아침밥을/안쳐야 할 가마"라고 했는데 그 상상력이 놀랍다. 이어서 '기다림에 지친 꿈'이라는 추상적인 개념을 '하얗게 머리발을 푸는데'라는 색채 이미지로 전환하며, 나중에 기승전결의 시적 구도와 반전의 기법을 살려 희망의 메시지를 암시하고 있다. 이 시는 오매불망 모국의 통일을 바라는 조선족 형제들의 세기적인 소망을 대담한 상상과 정제된 시적 구성으로 노래한 수작이라 하겠다.

연변의 애정시로서 '초탈한 거동을 버리고 사랑하는 사람을 그리워하는 여성의 목소리로 친근하게 느껴질 수 있도록 노래를 부른'[97] 시인은 김영춘이다. 그는 시 「8월의 호수가를 거닐며」에서 다음과 같이 노래하고 있다.

8월의 호수가를 거닐면
한 마리 은빛 잉어가 되고 싶어요

그대 하늘색 샤쯔와 금빛 낚시대
곱게 비껴있는 호수

그 푸르른 호심에서 헤염치며
그대 넋을 빼앗는 백조가 못 될 바엔
물속에 숨어 그대를 지켜보는
자그마한 꿈이고 싶어요

그러다가 서글피 읊조리는 그대 사랑시
나를 부르는 예쁜 미끼라 믿어질 때
그대 사랑의 낚시를 텀벙 물고

96) 연변조선족문화발전추진회 편찬, 『중국 조선족명시』, 민족출판사, 2004년.
97) 조동일, 『한국문학통사』 5, 제3판, 지식산업사, 1994년, 183쪽.

행복한 죽음으로 그대 손에 이르고 싶어요. [98)]

이 시는 임을 사랑하는 자신을 미끼를 덥벙 무는 은빛 잉어에 대상화시키는 지혜를 보여 준다. 더욱이 이 시는 여성적인 어조에 마조히즘적 경향까지 내비치고 있어 만해 한용운 시의 기법에 잇닿아 있다고 하겠다.

4. 결론—만해 시의 연구자, 독자층의 저변 확대를 위한 제안

만해의 시문학은 민족적 정체성의 갈들을 경험하고 있는 해외동포의 향수를 달랠 수 있으며 글로벌 시대에 오히려 소외받고 있는 약소민족 내지 계층에게 보편적인 감동을 줄 수 있다고 본다. 이러한 의미에서 해외동포사회에서의 만해 시 연구와 읽기의 저변 확대는 아주 바람직한 것이라고 본다. 이에 세 가지 제안을 내놓는다.

1. 『만해 한용운 시집』을 한중대조판으로 중국에서 출판한다. 이 작업은 만해 한용운의 시를 중국 조선족 독자들에게 읽힐 수 있을 뿐 만 아니라 중국인 독자들에게도 읽힐 수 있어 목전 중국에서 세차게 불고 있는 한류열풍에 품위를 더해 줄 수 있다.
2. '만해 한용운 시문학상'을 중국 조선족 사회에 세운다. 이 작업은 만해 한용운과 그의 문학을 중국 조선족 사회에 널리 알리는 홍보효과를 볼 수 있음은 물론이요, 더불어 중국 조선족 시문학의 질적 향상을 꾀할 수 있다.
3. 북한학자들을 망라한 남한, 중국, 북한 3국 학자들이 참가한 '만해 한용운 시문학 국제학술회의'를 중국 연변대학교에서 개최한다. 이 작업은 3자가 다 수용할 수 있는 작가를 선택함으로써 3자의 합작에 의한 공동연구와 통일문학사 편찬의 한 초석이 될 수 있다.

– 2005년 12월 1일, 연길에서

98) 연변조선족문화발전추진회 편찬, 『중국 조선족명시』, 민족출판사, 2004년.

萬古의 忠魂과 그 苦惱·········

-鄭夢周의 使行詩를 중심으로

金虎雄(中國 延邊大學校 敎授)

::국문개요

정몽주는 그의 유명한 「丹心歌」로만 많이 알려졌다. 그래서 그는 李成桂의 易姓革命을 반대해 고려 말의 祭壇에 피를 뿌린 名儒로서, 임금을 향한 一片丹心의 化身으로는 각인되었으나, 元末明初라는 동아시아의 격변기에 風前燈火의 위기에 처한 高麗를 구하고 그 强盛을 圖謀한 그의 雄志 그의 苦惱, 그의 탁월한 方略 및 이를 담은 使行詩는 널리 알려지지 못했다.

본고는 精神分析學과 比較文學形象學의 원리와 방법론으로 정몽주의 사행시에 대해서는 깊이 천착해 보았다. 위선 정몽주의 시대와 그의 명나라行을 고찰하고 그의 사행시에 나타난 中國形象을 살펴본 기초 위에서 명나라라는 他者를 통해 정몽주의 苦惱와 衷情 및 그의 열린 視覺과 知慧가 어떻게 드러나고 있는가를 보고자 하였으며 나중에 정몽주의 현대적 意義를 구명하고자 하였다.

주제어: 鄭夢周, 使行詩, 中國形象, 苦惱, 忠魂, 現代적 意義

1. 서론

鄭夢周는 그의 유명한 시조 「丹心歌」로만 많이 알려졌다. 그래서 그는 李成桂의 易姓革命을 반대해 고려 말의 祭壇에 피를 뿌린 名儒로서, 임금을 향한 一片丹心의

化身으로는 각인되었으나, 元末明初라는 동아시아의 격변기 風前燈火의 危機에 처한 高麗를 구하고 그 强盛을 圖謀한 그의 雄志, 그의 苦惱와 탁월한 方略에 및 그의 使行詩는 널리 알려지지 못했다.

본고는 精神分析學과 比較文學形象學의 원리와 방법론으로 정몽주의 使行詩에 대해서는 깊이 천착해 보았다. 위선 정몽주의 시대와 그의 명나라行을 고찰하고 그의 사행시에 나타난 중국형상을 살펴본 기초 위에서 중국이라는 他者를 통해 정몽주의 고뇌와 충정 및 그의 열린 視覺과 知慧가 어떻게 드러나고 있는가를 보고자 하였으며 나중에 정몽주의 현대적 의의를 구명하고자 하였다.

2. 원말명초의 중국과 정몽주의 사행 편력

정몽주가 親明排元을 주장했다. 이는 당시 중국의 정세를 간파한 뛰어난 慧眼과 識見에 의한 것이었다. 이미 元은 衰退하여 기울고 있었고 明은 旭日昇天하는 기세로 일어나 장차 천하를 制覇할 조짐을 보이고 있었다. 더욱 元은 북쪽 오랑캐의 나라이고 明은 한족의 나라였다. 정몽주는 性理學者로서 正統思想과 大義名分, 尊王洋夷論에 투철했던 만큼 親明排元을 주장하였다.

그러나 정몽주는 禑王 2년 成均館 大司成으로 당시의 집권자 李仁任이 추진하는 排明親元정책을 통렬히 반대했다가, 削奪官職을 당하여 연양에 유배되는 몸이 되었다. 排元親明정책을 강행했던 恭愍王이 죽고 禑王이 즉위하자 李仁任 등이 親元政策을 强行하던 중에 불행한 事件이 발생했다. 明의 사신 孫內侍가 살해되고 徵馬使로 왔던 明의 사신 蔡斌 父子가, 호송하던 金義에 의해 恭愍王 23년 귀환 도중 살해되고 金義가 公馬 200필을 앗아 가지고 北元으로 망명한 충격적인 사건이 일어났다.[99]

이 사건으로 말미암아 明과 高麗의 國交는 단절되기에 이르렀고 高麗는 元에 기울어지게 되었다. 이에 明의 노여움을 사서 明은 더욱 高壓적인 태도로 高麗를 위협하고 高麗의 사절을 거절하였다. 명은 사신 살해사건을 執政大臣이 직접 와서 해명할 것을 강요하고 歲貢을 增額하였다. 이후 明에 간 사절은 빈번히 入國하지 못하고

99) 문경현, 「정몽주」, 朴成壽, 李離和 外, 『한국인의 원형을 찾아서』, 一念, 1987년, 15쪽.
姜龍範, 劉子敏, 『明代中朝關係史』, 黑龍江朝鮮民族出版社, 1999年, 64-65쪽.

쫓겨 돌아왔다. 禑王 9년에 김유를 보냈으나 明은 이들을 下獄했다.

정몽주는 高麗의 사절로 도합 4차에 걸쳐 明을 다녀갔는데 그중 세 번 洪武帝를 謁見했다.

明 초엽 高麗의 사절들은 海路와 陸路로 明의 도읍 金陵(현재의 南京)까지 갔다. 遼東半島를 거쳐 배를 타고 渤海를 건너 山東半島의 登州에 내려 가지고 陸路로 金陵까지 갔다. 그 대표적인 노선을 보면,

開城 – 遼東(乘船) – 登州 – 蓬萊驛 – 萊州 – 膠州縣 – 高密縣 – 淮陰縣 – 寶應縣 – 高郵縣 – 龍潭驛 – 金陵

이었다. 정몽주가 "나그네 길 얼마나 험난한가"[100] 하고 개탄했지만 참으로 눈보라가 치고 파도가 세찬[101] 길고 험난한 노정으로 보통 서너 달에서 반년 남짓이 걸렸다.

정몽주는 그의 나이 36세 되던 恭愍王 21년(1372년) 3월에 洪師範의 書狀官으로 처음 명나라를 다녀왔다. 명나라가 蜀을 평정한 것을 賀禮함과 아울러 租貢을 바치고 明의 太學에 高麗의 자제들을 儒學시키기 위해서였다.[102] 갈 때는 순조로운 편이었으나 돌아오는 길에서는 예상치 못한 患을 당하기 일쑤였다. 이를 두고 『明朝實錄』에서는

홍무 5년 7월 "고려의 使者 홍사범, 정몽주 등이 바다에서 폭풍을 만나 배가 부수어지는 참변을 당했다. 홍사범 등 39명이 溺死하고 정몽주 등 113명이 嘉興 쪽으로 표류해 왔는데 百戶 丁明의 배가 이들을 구했다."[103]

라고 기록하고 있다. 이러한 어려움이 있었지만 정몽주는 그의 나이 46세 때인 禑王 8년(1382년) 4월과 11월에 두 차례에 걸쳐 명나라를 다녀왔다. 4월에는 輳足金銀進貢使로 갔으나 歲貢이 정성스럽지 못하다고 해서 되돌아왔고 11월에는 請謚使로 갔다가 역시 入京이 거절되어 이듬해 정월에 돌아왔다.

100) "肯識此路行路難"『江南柳』

101) "積雪經寒凜,狂濤涉險難"『書諸橋驛壁上』

102) "洪武五年三月癸酉, 是月, 高麗國王王顓密直同知洪師範, 鄭夢周等奉表賀平夏, 貢且請遣子弟入太學"『明太祖實錄』卷七三, 第二册, 1340－1341쪽.

103) "洪武五年秋七月癸卯, 太倉衛奏: 高麗史臣洪師範, 鄭夢周等渡海洋遭颶風舟壞, 師範等三十九人溺死, 鄭夢周等一百三十人漂至嘉興界. 百戶丁明舟救之獲免."『明太祖實錄』卷七五, 第二册, 1393－1394쪽.

제3차로는 정몽주의 나이 48세 되던 禑王 10년(1384년) 7월에 夏聖節使로 明太祖의 生辰을 賀禮하기 위해 명나라를 다녀왔다. 앞에서 이야기한 바 있지만 蔡斌 父子의 살해 사건 등으로 말미암아 明과 高麗의 관계가 불안하여 누구도 가기를 꺼렸다. 그런데 任堅味 장군이 정몽주를 천거했다. 진평중이 병을 핑계로 빠졌기 때문이다. 왕은 정몽주를 불러 말했다.

"경은 고금에 널리 통달할 뿐만 아니라 과인의 뜻도 알고 있도다. 진평중이 아파서 능히 갈 수 없어 경으로 대신케 했으니 경의 뜻은 어떠하오?"

하고 물으매 정몽주는

"임금님의 명이라면 물불을 가리지 않을 것이옵니다. 하물며 명나라에 사신으로 가는 일이야 어찌 받들지 않겠나이까. 그러나 금릉은 우리나라와 무려 8천 리나 떨어져 있사옵니다. 발해에서 바람이 불기를 기다리다가는 일자를 제외하고도 꼬박 90일이 걸리옵니다. 지금 聖節이 겨우 60일 남았는데 바람을 기다리는 열흘을 빼고 나면 겨우 50일 남았을 뿐이라 이야말로 신이 한스럽게 생각하는 일이옵니다."

했다. 왕이 어느 날에 떠나겠느냐고 묻자 정몽주는 어찌 일각이라도 늦추겠느냐고 하면서 다른 대신들이 마치 소가 도살장에 들어가는 것만큼 싫어하는 사행 길을 忠君愛國의 심정으로 大命을 받고 쾌히 떠났다.

밤낮으로 航海를 强行하여 聖節 날에 賀禮의 글을 올렸다. 명태소는 정몽주를 보고 말하기를 "너희 나라 대신이 핑계를 대고 오려 하지 않아 날마다 독촉을 했더니 너희가 왔구나. 너는 전에 蜀을 평정한 것을 하례하려고 온 자가 아니더냐?" 하고 반가워했다.

정몽주가 지난 번 귀국 시에 배가 부수어져 바다에서 표류하던 일을 아뢰니 명태조는 정몽주를 위로하고 후대했다.

제4차는 정몽주의 나이 50세 때인 禑王 12년(1386년) 2월의 일이다. 정몽주의 외교수완을 높이 산 고려조정은 君臣의 朝服과 便服을 정하고 5년 간 미납한 세공과 증액한 세공을 蕩減해 주기를 간청하기 위해 정몽주를 명나라에 파견했다. 황제는 정몽주가 올린 표문을 보고 감동한 나머지 5년간 체납된 歲貢을 면제하고 3년에 한 번 세공을 바치되 좋은 말 50필로 그 액수를 줄여 주었다.

이리하여 정몽주는 파국으로 치닫던 대명외교를 회복하는 데 빛나는 공을 세웠다. 외교로 고려에 위대한 공헌을 한 것이다.

정몽주는 4차에 걸쳐 명에 사절로 다녀왔을 뿐만 아니라 북방의 오랑캐와 남쪽의 倭寇를 掃蕩하기 위해 빈번하게 出征하였으니, 그는 평생 客苦를 치를 대로 치렀다고 할 수 있다. 특히 그의 나이 41세 때인 禑王 3년(1377년) 9월에는 前大司成으로 일본을 다녀왔는데 그는 탁월한 외교수완을 십분 발휘해 포로로 잡혀갔던 고려인 數百 명을 귀환시키는 공을 세우기도 했다.

3. 정몽주의 사행시에 나타난 객고, 향수

정몽주의 사행시에 있어서 위선 客苦와 旅愁, 그리고 鄕愁의 감정을 다룬 시편들에 주목하고자 한다. 정몽주에게 있어서 使行은 자신의 정치적 포부를 펼치고 治國平天下의 理想을 실현하는 공간으로 된다. 하지만 그것은 또 부모처자와 이별하고 친우들과 헤어져서 외롭게 떠도는 나그네의 생활이기도 했으므로 무서운 客苦와 鄕愁를 동반하기도 했다. 더욱이 반년 좌우 걸리는 千辛萬苦의 使行 길에서 정몽주는 고국의 자연, 고국에 두고 온 가족과 친구들을 사무치게 그리워하였으며 이를 漢詩로 달래게 되었던 것이다.

강남 버들, 강남 버들아,
봄바람에 하늘하늘 황금 실을 늘였구나.
강남의 버들은 해마다 좋으련만
강남의 나그네는 언제면 돌아가리
망망한 창해에 물길이 만 길
고향은 어디냐, 하늘 끝이라네.
하늘 끝 사람 밤낮 돌아올 배를 기다리며
하염없이 떨어지는 꽃을 보며 길이 탄식을 할뿐
상사의 괴로움을 알겠지만
이 세상 행로난이야 제 어이 알리
세상에 못할 노릇 멀리 타향을 떠도는 일.
어느 새 소년의 귀밑머리 눈처럼 희었구나. 104)

-「江南柳」卷一

104) 江南柳江南柳, 春風裊裊黃金絲。江南柳色年年好,江南行客歸何時。滄海茫茫萬丈波,家山遠在天之涯。天涯之人日夜望歸舟, 座對洛花空長歎空長歎。但識相思苦,肯識此間行路難。人生莫作遠遊客,少年兩鬢如雪白。

강남은 양자강 이남을 말한다. 수륙만리를 달려와 明太祖의 접견을 기다리다가 우연히 강남의 푸른 버들가지를 보게 된 시인은 오리려 깊은 탄식을 내뿜게 된다. 御名을 받들고 사절로 온 몸이지만 마음에 젖어드는 客苦와 鄕愁를 떨칠 길 없다. 아득히 일렁이는 물결 너머에 있을 고향의 산수며 그리운 친지들과 친구들의 모습이 눈에 삼삼 밟혀 온다. 하여 시인은 "세상에 못 할 노릇이 멀리 타향에 떠도는 일"이라고 하면서 "어느 새 소년의 머리털도 허옇게 세었구나." 하고 개탄하고 있다. 이 시에서는 어쩌면 목숨을 잃을 수도 있는 사행 길을 거듭 오가면서도 生과 死를 도외시한 도인의 꿋꿋한 풍모가 스며 있는가 하면 또 이별의 안타까움을 느끼는 보통 인간의 따듯한 情도 찾아볼 수 있다.[105]

정몽주는 강남의 푸른 버들가지를 보고도 고향의 "그리운 얼굴들 눈앞에 삼삼"하다고 했는데, 그가 그리는 고향 사람들 중에는 두 자식도 있다.

모든 근심 다 날려 보냈다 하지만
두 아들만은 잊을 수 없네.
어미의 따뜻한 보살핌 저버리지 않고
옛 사람들 시편 달달 외웠네.
하지만 이 애빈 적선을 한 바 없거니
너희들 스스로 이름을 날려야 하리.
이 몸이 늙고 병 든 뒤라야
大成한 너희들을 볼 수 있겠지.

－「憶宗誠宗本兩兒」

정몽주가 혼인을 한 연대나 부인의 행적은 알 길이 묘연하다. 다만 『高麗史』열전에 정몽주에게 宗誠, 宗本이라는 두 아들이 있었음을 전하고 있을 뿐이다. 정몽주는 御名을 받들고 사철 戰場에 나가 있거나 외국에 사절로 나가 있는 몸이라 두 아들은 부인이 키운 것 같다. 어머니의 자애로우면서도 엄격한 가르침을 받아 두 아들은 古詩를 달달 외울 정도로 총기가 좋았다. 하지만 정몽주는 두 아들이 애비에게 의존할 수 있는 길을 사전에 차단한다. 애비에게 의탁할 생각을 말고 스스로 자립하지 않으면 아니 된다고 말한다. 평생 부정한 권세와 맞서서 청빈한 삶을 살아온 名儒 鄭夢

105) 林鍾旭, 「圃隱 鄭夢周의 詩文學에 나타난 中國體驗과 性理學적 世界觀」, 『한국문학연구』 제12집, 1989년, 358쪽.

周다운 訓戒요, 代代로 正道를 걸어온 정씨 가문의 家訓이라 할 수 있겠다.

이처럼 정몽주는 고향에 두고 온 두 자식을 염려하고 있는가 하면 또 麗末鮮初라는 격변기에 뜻을 같이한 동지들을 사무치게 그리기도 한다.

> 해질녘 나무그늘 뜰에 가득한데
> 陶翁은 홀로 앉아 古詩를 읊고 있으리.
> 鄭生은 만날 때마다 학문을 강론했고
> 가끔 가다 李老 모셔다 心을 논했지.
> 처마 끝에 달 걸리고 별 돋으면 노형들 얼굴 떠오르고
> 바람에 문발 고리 절렁이면 노형들 인기척인가 하네.
> 언제면 다시 만나 오늘 밤을 이야기할까
> 내일이면 淮陰으로 말 달려야 하건만.[106]
>
> –「有悔李陶隱鄭三峰李遁村三君子」

내일이면 말 달려 淮陰으로 간다고 했으니 高密縣 여인숙에서 지은 한시인 것 같다. 저물녘 여인숙 창가에 앉아 고국의 친구들을 그리고 있는 정몽주의 모습이 선명히 떠오른다. 李崇仁, 鄭道傳, 李集과 더불어 허물없이 학문을 논하고 한시를 주고받던 일을 회상하고 있는데, 여기서 이들 三君子에 대한 정몽주의 인물평을 접할 수 있어 더더욱 흥미를 끈다. 일찍이 "문장은 牧隱이요, 시는 陶隱이라"[107] 했으니 빼어난 詩才를 가진 李崇仁의 모습을 두고 '獨吟'이란 시어로 함축하고 있고, 麗末鮮初에 排佛崇儒論者로 붓을 날린 鄭道傳의 모습을 두고 '講學'이란 시어로 그의 강인한 성격과 論客으로서의 예리함을 함축하고 있다. 그리고 申旽의 모함과 박해를 받고 죽을 고비를 넘긴 뒤 자연에 은거해 여생을 마친 李集의 모습을 두고는 '論心'이라 함축했다. 더욱이 反轉의 기법으로 친구에 대한 절절한 思念을 접어 두고 다시 말을 달려야 하는 상황을 노래함으로써 시적 餘韻을 倍加시키고 있다.

---

106) "日長濃綠滿園林, 相見陶翁坐獨吟。每遇鄭生留講學,時邀李老共論心。月臨星角思顔色, 風動簾鉤訝足音,後會何時說今夜,明朝驅馬向淮陰"

107) 崔笠,「新印陶隱詩集跋」,『簡易堂集』卷3(경문사, 1981 영인), 125쪽.

4. 정몽주의 사행시에 나타난 중국형상

정몽주는 사상가요, 문장가로서 일반 사절들과는 달리 수륙만리 명나라 도읍을 다녀오면서 명나라의 자연과 인물, 문물과 제도에 자별한 흥취를 가졌고 이를 한시로 기록하였다.

> 나그네길 봄바람에 미칠 듯이 흥겨워
> 절승경개 지날 때면 술잔을 기울이네.
> 돈주머니 텅텅 빈 걸 원망치 말라
> 錦囊에 새로 얻은 시편 그득하거늘108)
>
> －「飮酒」卷一

그는 객고에 시달리다가도 勝景에 臨하면 도도한 詩興을 걷잡을 길 없어 술잔을 기울이고 한시를 지었다. 정몽주의 문인다운 호탕한 일면이 잘 드러나는 한시다.

정몽주는 또 金陵 외각에 있는 白鷺洲를 돌아보며 다음과 같이 읊조린다.

> 白鷺洲 기슭에 이는 물결 하늘에 닿고
> 鳳凰臺 아래 자란 풀은 아물아물 안개처럼 감도네
> 세 산봉과 두 물줄기는 依舊하건만
> 그 옛날 李謫仙은 보이질 않네.109)
>
> －「舟次白鷺洲」卷一

白鷺洲는 金陵 근교 서남쪽 長江에 있는 백사장으로서 鳳凰山頂에 있는 鳳凰臺와 어울려 그 빼어난 경관을 자랑하고 있다. 여기서 '세 산봉'은 남경 서남쪽으로 흐르는 장강 기슭에 나란히 서 있는 산봉우리를 가리키고 있고 '두 물 줄기'는 白鷺洲에 의해 장강이 두 갈래로 흐름을 말한다. 정몽주의 한시「舟次白鷺洲」는 李白의 한시를 패러디하고 있다. 이백은 일찍 이곳을 돌아보고「登金陵鳳凰臺」라는 한시에서 "떠도는 구름 해를 가리고 장안을 볼 수 없어 가슴 아프네"110)라고 노래했다. 이러한

108) "客路春風發興狂, 每逢佳處卽傾觴。還家莫怪黃金盡, 剩得新詩滿錦囊。"
109) "白鷺洲邊浪接天, 鳳凰臺下草如煙。三山二水渾依舊, 不見當年李謫仙。"
110) "總爲浮雲能蔽日, 長安不見使人愁。"

李白의 한시는 널리 傳誦되었고 이를 본떠서 많은 시인들이 白鷺洲를 노래했다. 南宋의 楊萬里는 "謫仙이 시구를 남긴 곳에 애꿎은 봄바람만 거미줄 어루만지네."[111] 라고 노래했고 北宋의 郭祥正은 "높은 대에 봉황의 날갯짓은 보이지 않고 드넓은 장강만 바다로 흘러드네."[112]라고 노래했다. 그렇다면 정몽주의 상기 한시는 한평생을 호탕하고 자유분방하게 지낸 李白에 대한 欽慕의 정을 토로하는 한편 어지러운 세상을 바로잡을 영웅이 보이지 않음을 한탄하고 있다고 보아도 큰 무리는 없을 것 같다.

정몽주는 명나라의 자연경관에 심취해 아름다운 시편을 남겼을 뿐만 아니라 명나라 인물들과 교분을 가지는 일에도 노력을 기울였고 그러한 심정을 한시로 표현했다.

> 名賢이 계신 곳은 먼 곳 사람도 알고 있거니
> 큰 덕과 높은 재주는 내가 배울 바이라
> 郵亭에 오면 만나리라 했는데
> 어찌하여 세상일이란 어긋나기를 잘 하나
> 조용히 누워 지는 달 바라보면 사념은 끝없나니
> 맑은 바람 같은 그대 모습 눈앞에 보는 것만 같네
> 이제 갔다 돌아올 날 며칠 남지 않았으니
> 푸른 등불 아래서 회포를 풀 수 있기를
>
> —「僕在本國, 聞諸橋薛先生之名, 今過是驛, 莫夜忽忽, 殊失謁見之禮, 路上吟成七言唐律, 以圖後會云」卷一

이 한시에는 선비를 禮遇하는 정몽주의 자세를 잘 볼 수 있다. 긴 제목에서도 알 수 있지만, 정몽주는 고려에 있을 때부터 諸橋 薛先生의 이름을 익히 알고 만나 뵈려고 다짐했지만 그만 밤이 깊어 만날 수 없었다. 이 작품은 金陵에 갔다가 돌아오는 길에는 만나 뵐 수 있기를 바라는 마음을 노래하고 있는데 諸橋 薛先生의 상세한 이력을 알 수 없지만, 뵙지 못하는 결례를 깊이 사과하는 정몽주의 겸허한 자세와 좋은 가르침을 구하려는 정몽주의 지극한 求道心이 잘 드러나고 있다. 정몽주가 돌아가는 길에 薛先生을 만났는지는 알 길 없으나, 徐宣이라는 선비와 만나 다음과 같은 한시를 남긴다.

---

111) "只有謫仙留句處, 春風掌管拂蛛煤。"

112) "高臺不見鳳凰遊, 浩浩長江入海流。"

천하의 바퀴자국 똑같이 되는 날은
성스러운 군주가 文을 숭상하는 때일세.
우연히 훌륭한 선비 만나니
얼씨구나 구면인 것 같네
풍채와 의표는 후배의 거울이 되고
경학과 학문은 내 배울 바로다.
원대한 사업은 서로 면려해야 하거니
어찌 서로의 이별을 아쉬워하랴.[113]

－「膠水縣別徐敎諭」卷一

보다시피 정몽주는 천하의 수레바퀴가 통일되는 것으로 大同世界를 비유했고 이상적인 나라는 그 君主가 文을 숭상한다고 믿었다. 이와 같은 이상을 품고 있는 선비를 명나라에서 만났으니 어찌 기쁘지 않으랴! 황차 이 선비의 風采나 儀表가 만인의 귀감이 되고 경학과 학문에 있어서도 만인의 스승이 되니 잠깐 만났다가 갈라진다 해도 마음을 서로 통하고 서로 면려한다고 했다. 性理學의 대가인 정몽주의 정치이상과 교유철학을 보여 주는 대목이라 하겠다. 정몽주는 외교사명을 마치고 高麗에 돌아온 후에도 明의 친구들을 잊지 못하고 있는데 이는 屈原의 시를 본떠서 쓴 「思美人辭」[114]에서 볼 수 있겠다.

이제 명의 도읍 金陵을 노래한 정몽주의 사행시를 중점적으로 살펴보고자 한다.

金陵은 정몽주의 사행 길에 있어서 최종 목적지요, 그의 외교재능과 정치이상을 펼 수 있는 중요한 장소였다. 하여 정몽주는 金陵행에 언제나 희망에 부풀어 있었다. 이러한 심정을 정몽주는 "靑山이 淮甸을 휘감았고 芳草는 江南에 우거졌다."[115]고 노래했으며 "버들가지 실실이 푸르렀고 들꽃은 점점이 붉은데 선비는 흥에 겨워 天閑으로 말 달리네."[116]라고 노래했다.

세월이 흘러 백발이 성성한 정몽주는 다시 사행 길에 오르는데 그의 눈앞에는 마치 金陵의 鐘山이 보이는 것만 같다. 그는 「4월 19일 江을 건너 龍潭驛에 이르러」

113) "萬邦同軌日,聖主右文時。邂逅逢佳士,歡欣似舊知。風儀傾後輩,經術卽吾師。遠大宜相勉 何须惜別離。"

114) "思佳人兮如玉, 隔滄海兮共明月。顧茫茫兮九州, 豺狼當途兮龍野戰。绁予馬兮扶桑, 怅何時兮遊讌, 進以禮兮退以義, 缙绅笏兮戴華簪。願一見兮道予意, 君何爲兮江之南。" 範善筠, 「屈原對韓國古典詩歌的影響」, 『屈原文學論集』, 新亞社, 2001, 195쪽에서 재인용.

115) "靑山绕淮甸, 芳草滿江南。"「淮陰驛分道別應鎭撫」.

116) "官柳綠相倚, 野花紅未殘 書生亦榮矣 獻馬向天閑"「書諸橋驛壁上」

라는 한시에서 "눈송이 내릴 때 압록강에 닿았더니 꽃잎이 흩날릴 때 용담에 이르렀네. 울울창창한 종산이 어렴풋이 보이는데 백발이 되어 강남땅을 다시 밟았구나."[117] 하고 감개무량해서 노래했다. 그럼 아래에 정몽주가 금릉에 들어서면 지은 「入京」이란 한시를 보자.

강남의 절승경개에 천년 고도 石頭城[118]
녹수는 금릉을 에둘렀고 청산은 옥경을 감쌌네
英傑이 나라를 세우니 천하가 바로잡히고
뗏목 타고 금릉에 이른 몸, 마치 하늘을 거니는 듯하네.

정몽주는 금릉의 지리, 역사와 문물에 대해 소상히 알고 있었으며 중국 고대 한시에 대해서도 해박한 지식을 갖고 있었다. 금릉을 '石頭城' 또는 '石首城'이라 하며 '石城'이라 약칭하기도 한다. 기원 211년 孫權은 자기의 정치적 중심을 金陵에 옮겨 앉고 金陵을 건업(建業)이라 하였으며 석두산(淸凉山) 옛 金陵의 토대 위에서 유명한 石頭城을 축조했다. 기원 229년 孫權은 마침내 武昌(지금의 湖北省 鄂城)에 있던 도읍을 건업으로 옮겨 왔다. 明太祖 朱元璋은 金陵을 두고 "장강이라는 천연적인 해자가 있고 龍이 똬리를 틀고 호랑이가 雄據하고 있는 形局은 가히 강남의 명승이라 할 만하니 족히 나라를 세울 만하다."[119]고 했다. 南朝의 齊謝眺는 그의 한시 「入朝曲」에서 "강남은 아름다운 고장, 金陵은 帝王의 고을이라네."[120]라고 노래한 바 있다. 정몽주는 이와 같은 古事와 漢詩들을 自由自在로 녹여 金陵을 찾은 자신의 歡喜와 感懷를 노래하고 있다. 그에게 있어 明나라는 萬國이 본받아야 할 나라였고 금릉은 그야말로 地上天國이나 다름없었다. 바꾸어 말하면 정몽주는 자기의 조국 高麗도 明과 같은 富國强兵의 天國으로 만들고 싶었으니 明이나 金陵이라는 他者는 유토피아적 형상으로 된다 하겠다.

천신만고 끝에 金陵에 닿은 정몽주의 눈에 비친 모든 것은 신선하고 아름다웠다. 하여 金陵을 讚美한 「皇都」 4수를 연이어 지어낸다.

---

117) "雪落來過鴨綠, 花飛始到龍潭。隱約鍾山蒼翠, 白頭又踏江南。" 「四月十九日渡江至龍潭驛」
118) "江南形勝地, 千年石頭城。綠水環金闕, 青山繞玉京。一人重建極, 萬國此朝正, 我亦乘槎至, 宛如天上行。"
119) "長江天塹, 龍盤虎踞 江南形勝之地, 眞足以立國" 『明太祖實錄』 卷四五.
120) "江南佳麗地, 金陵帝王州"

皇都의 네 대문 묵직하게 열려 있고
멀리서 찾아온 손님 가슴 뿌듯하구나.
해살은 부드러운데, 魏公의 저택엔 紫雲이 서린 듯하고
봄은 깊은데, 푸른 버들가지 거리마다 흐느적거리네.
비단 도포에 烏紗帽 쓴 공자님들
예쁜 아가씨들 붉은 수를 놓은 버선 신었네.
賓館은 소소리 높은 벼랑에 있어
구태여 秦淮에 머무를 것 없어라.[121)]

이 시는 遠景으로부터 近景, 近景으로부터 遠景에 이르면서 금릉의 偉容과 世態를 핍진하게 그리고 있다. 명나라의 金陵은 그 당시만 해도 세계에서 가장 거대하고 화려한 도읍이었다. 금릉은 宮城(紫金城), 皇城, 京城, 外廓城 네 겹으로 되어 있었다. 정몽주는 皇城에 대문이 네 개라고 노래하고 있지만 기실은 여섯 개 문이 있었다. 그것들로는 長安 左門과 右門, 洪武門, 東安門, 北安門과 西安門이다. 정몽주는 이러한 金陵의 번화한 모습에 찬탄을 금치 못하는데 그가 말하는 秦淮河는 金陵 通濟門 밖에 있는 九龍橋를 빠져나가는데 이 지역은 수많은 이야기를 담고 있어 金陵의 풍물시로 알려진 곳이다. 아마다 정몽주는 빈관 樓臺에 서서 秦淮河 쪽을 바라보면서 당나라 杜牧의 "날 저물어 진회하 기슭에 닻을 내리니 여기저기 술집에서 손님을 부르네"[122)]라는 시구를 떠올렸을 것이다.

정몽주는 「皇都」3에서 또 다음과 같이 노래한다.

부끄럽구나, 백발로 봄바람에 客이 되니
강남은 꾀꼬리 울고 버들 숲에 점점이 붉은 꽃 피었구나.
말과 소떼 흐르는 평화로운 세상
용 서리고 범 앉았는가, 제왕의 도읍이여
키 높은 버들은 개국공신 저택 가리고
천자만홍 꽃가지는 朝天道師의 宮을 덮었네.
이제나 저제나 궁궐에서 황제의 말씀 받잡고자
술집 한 번 찾을 사이 없구나.[123)]

121) "皇都穆穆四門開, 遠客觀光慰壯懷。日暖紫雲低魏闕, 春深翠柳夾官街。錦袍公子烏紗帽, 倩袖女兒紅錦繡。賓館峭嶢近天上, 蘭舟不用泊秦淮。"「第一首」.

122) "夜泊秦淮近酒家"「泊秦淮」.

123) "羞將白髮客春風, 鶯江啭江南綠映紅。歸馬放牛文治盛, 盤龍距虎帝居雄。柳藏開國功臣宅, 花覆朝天導師宮。闕下時時聽宣諭, 無緣一上酒樓中。"

「皇都」3의 첫 句에서 당나라 杜牧의 "천리에 꾀꼬리 울고 버들 숲에 점점이 붉은 꽃 피었는데 산촌 水廓의 술집마다 酒旗 펄럭인다."[124]를 본떠서 강남의 아름다운 경관을 노래하고 있다. 두 번째 句에서는 金陵에 대한 시인의 깊은 지식을 시적으로 표현하고 있다. 三國 시기의 諸葛亮은 금릉(建業)을 두고 "鍾山은 龍이 똬리를 틀고 앉은 모습이요, 石城은 범이 웅크리고 앉은 형국"[125]이라고 했고 南宋의 楊萬里는 「봉황대에 올라」에서 "龍이 서리고 범이 웅크리고 있는 산천, 예로부터 鼓角소리 애처롭게 들렸어라"[126] 하고 노래했기 때문이다. 세 번째 句에서는 徐府와 朝天宮의 웅장함과 찬란함에 대해 노래하고 있다. 朱元障이 으뜸가는 開國功臣으로 禮遇한 魏國公 徐達의 저택은 규모가 크고 화려했다. 朝天宮은 유구한 역사를 갖고 있는데 五代 때 吳王 楊薄이 여기다 궁전을 세웠는데 이를 '紫極殿'이라 했고 그 후에는 '祥符宮', '天慶宮'이라 했다. 후에는 寺刹, 道觀으로 改築기도 했으나 朱元障은 金陵에 도읍을 세운 후에는 여기다가 亭子를 만들고 宮闕을 築造했는데 이름을 '朝天宮'이라 했다. 朝天宮은 국가적인 大典을 치르기 전에 文武百官이 淨身을 하고 禮儀凡節을 연습하는 곳으로 쓰이거나 高官大爵의 자제들이 벼슬길에 나가기 전에 天資禮義를 熟習하는 곳으로 쓰였다. 이러한 금릉의 위용과 문물에 대한 찬미를 두고 손쉽게 事大主義라고 단죄하기보다 문물제도를 잘 갖춘 강성한 제국명에 대한 欽慕라고 보아야 할 것이다. 바꾸어 말하면 이 한시에는 자기의 조국 高麗도 그러한 偉容과 發展을 이룩해야 한다고 생각하는 정몽주의 꿈과 의지가 깃들어 있는 것이다.

이제 정몽주는 「皇都」4를 보자.

장검을 휘어잡고 용처럼 솟아올라 천하를 평정하니
당대의 호걸들 너도나도 도와 나섰네.
세상의 큰 인물은 丞相 徐達이요,
천하에 큰 經綸을 쌓은 이는 太師 李善長일세.
駙馬의 정원에는 봄빛이 넘치고
國公의 누각에는 달빛이 휘황하구나.
비로소 알겠거니, 盛代의 功臣과 후예들
더불어 태평을 누리며 萬歲를 기약함을[127]

---

124) "千里鶯啼錄映紅, 山村水廓酒旗風。" 「江南春」.

125) "鍾山龍盤, 石城虎踞。"

126) "龍盤虎踞山川在, 古往今來鼓角哀。" 「等鳳凰臺」.

「皇都」4는 明이 천하를 통일할 수 있은 원동력은 朱元障 한 개인의 타고난 천부와 자질에서 비롯된 것이 아니라 徐達이나 李善長과 같은 英雄豪傑들이 그를 잘 輔弼했기 때문이라고 하였다. 이는 高麗도 難局을 打開하기 위해서는 君臣이 철통같이 뭉치고 君民이 一心同體가 되어야 함을 暗喩한 것에 다름 아니다.

5. 결어 - 포은 정몽주의 현대적 의미

정몽주는 고려 말기 기울어져 가는 國運을 되살리기 위해 暗中摸索하면서 싸웠던 萬古의 忠臣이다. 그는 李成桂의 易姓革命은 목숨을 걸고 반대했지만 동아시아의 격변기에 親元排明 정책을 반대했고 旭日昇天하는 기세로 떠오르는 명나라와의 親和적 外交를 통해 國運을 되살리고자 했다. 목숨을 건 千辛萬苦의 사행 길에서 그는 客苦와 鄕愁를 한시로 달랬는데 이는 정몽주의 인간적인 모습을 보여 주는 동시에 한국 使行文學의 白眉로 된다. 특히 그는 명나라의 自然과 人物, 文物과 制度에 관심을 갖고 이를 한시로 노래함으로써 한중문화교류의 아름다운 사례를 남겼으며 金陵의 偉容과 世態를 소상하게 그림으로써 고려의 强盛과 發展을 기대했다.

동아시아의 강대국 속에 끼어 있는 한국(조선)의 대외정책에 있어서 名分과 實利의 모순을 균형감 있게 처리하는 것은 국가 存在와 發展을 이루는 중요한 과제로 된다. 時代와 歷史의 發展推移를 통찰하고 끝없이 苦惱하고 思考하면서 민족과 국가의 운명을 타개하기 위해 노력한 고려의 충신 정몽주, 그는 오늘을 살고 있는 한국인의 거울이 된다.

127) 尺劍龍飛定四維, 一時豪傑爲扶持. 山河大嚦徐丞相, 天地經綸李太師. 駙馬林池春爛漫, 國公樓閣月參差. 始知聖代功臣後, 共享升平萬歲期.

제4편 부록

베트남—뜨거운 열기로 달아오른 땅········

야자수 설레는 베트남, 우리 50대의 사람들 모두가 소년시절 영웅의 나라로 동경하던 땅이다.

1960년대 중반 세계의 으뜸가는 강대국 미국을 상대로 동에 번쩍, 서에 번쩍 게릴라전을 벌였던 베트남 국민. 그 무렵 매일 신문과 방송을 메웠던 대미 저항운동의 수령 호지명의 침착하고 노련한 표정과 멋진 쐐기 수염, 남녀를 구분할 수 없이 푹 삿갓을 눌러쓴 베트콩 유격대원들, 저잣거리에서 채마광주리를 들고 다니다가도 일단 미군을 만나면 번개같이 작탄을 꺼내 던지고 사라지는 베트콩 유격대원들.

기억의 저편 대안에 숨어 있던 베트남을 지천명의 나이에 방문하게 될 줄이야. 4박 5일이라 보면 얼마나 보았으랴만 사랑하는 내 고향 형제자매들에게 베트남에 관한 몇 가지 이야기만 들려주고자 한다.

::오토바이의 천국

베트남을 방문하게 된 것은 하노이에서 '제4차 아시아연구센터 소장 학술회의'가 열렸기 때문이다.

한국 굴지의 대기업 SK그룹 산하에 한국고등교육재단이 있는데 중국 경내 8개소의 대학교와 캄보디아, 라오스, 베트남, 타이, 미얀마연방, 몽골 등 나라에 6개소, 도합 14개소의 아시아연구센터를 창설하고 지원하고 있었는데 지난 11월 30일 우리 연변대학교에도 15번째로 아시아연구센터를 창설하게 된 것이다.

그런데 안성맞춤으로 12월 15일부터 18일까지 베트남 수도 하노이에서 '제4차 아시아연구센터 소장 학술회의'가 열리게 되었고 우리 연변대학교도 대표단을 파견하게 된 것이다. 연변대학교 대표단 단장에는 박영호(朴永浩) 부총장, 단원에는 아시아연구센터 소장이라는 벼락감투를 쓰게 된 필자와 한강(韓强) 외사과장이었다.

한강 과장이 우리 일행의 출국수속을 책임졌기에 우리 일행은 그야말로 땅 짚고 헤엄치기로 베트남에 갈 수 있었다. 한강 과장에게서 들은 바로는 북경 고니(天鵝)국제여행사를 통해 북경 주재 베트남 대사관에서 비자를 받았다고 한다. 고니국제여행사에는 연변대학교 출신의 김희덕(金熙德) 박사 부인 서정해(徐貞海) 여사가 부장으로 근무하고 있었던 것이다. 아무튼 까다로운 일본이나 한국 입국수속과는 달리 베트남 쪽의 서면초청이 없어도 베트남 대사관에서는 마치 맘씨 고운 가문에서 이웃에 떡 돌리듯 비자를 쉽게 내준다고 한다.

15일 아침 7시 40분 비행기로 우리 일행은 연길 공항을 이륙해 오전 9시 30분경에 북경공항에 내렸고 연변대학교 북경사무소 왕사걸(王士杰) 주임의 안내로 공항 부근의 화원호텔에서 잠깐 쉬었다가 오후 3시 30분경에 하노이를 바라고 북경공항을 떠났다. 연길서 북경까지 2시간, 북경서 하노이까지 4시간, 비행기에서만 다섯 시간 좋이 지내야 하는 장도여행이었다. 우리 일행처럼 시간에 쫓기고 공무로 가는 길이 아니라면 연길서 기차로 북경, 서안, 청도, 곤명을 거쳐 하노이에 간다면 똑같은 여행비용으로 많은 곳을 돌아볼 수도 있을 것이었다.

저녁 6시 30분(하노이 시간 저녁 6시 20분) 하노이공항에 도착을 했다. 어슴푸레한 네온사인이 내리비추는 공항 개찰구를 빠져나왔다. 베트남 수도의 공항이라 하지만 연길 공항보다 작아 보였고 공항 직원들의 움직임도 굼떠 보였다. 하지만 까다로운 질문이나 시끄러운 검색은 일절 하지 않고 모든 손님들을 순순히 내보낸다. 공항 로비에 나와 보니 중국 경내 여러 대학교에서 온 학자들이 웅기중기 서서 기다리고 있었다. 중국에서는 보통 키의 사람들이었지만 베트남 사람들에 비하면 머리 하나는 더

커 보였다. 하노이대학교 교수들과 한국고등교육재단 북경사무소 소장 강태석(康泰碩) 선생이 달려 나오면서 반갑게 맞아 주었다.

공항광장에 나와 본즉 역시 어촌처럼 어두운데 높다란 원통 탑 위에 장방형 날개를 가로 단 대형 광고판이 보였다. 한국 삼성(三星)의 광고판이었다. 그 양쪽으로 한국 포항이며 엘지 광고판들과 일본 소니, 미쯔비시 광고판들이 위병(衛兵)처럼 둘러서 있었다. 오색찬란한 광고판에는 냉장고, 텔레비전 등 여러 가지 한국과 일본 브랜드 상품과 함께 베트남어와 한국어, 일본어가 명멸하고 있었다.

우리 일행은 버스에 탑승해 하노이 도심으로 달렸다. 하노이는 끝없는 평야에 자리를 잡고 있었다. 두 대의 버스가 스쳐 지날까 말까 한 비좁은 포장도로로 좋이 한 시간은 달리는 듯싶었다. 인구 300만 되는 대도시라고 하지만 고층빌딩은 별로 없고 2층, 3층 단독건물들이 산재해 있었다. 평지붕에 네모반듯한 베트남 재래식 살림집이 있는가 하면 삼각 지붕에 베란다가 달린 프랑스식 양옥도 있었다.

버스는 가로등도 없는 좁다란 포장도로를 달리는데 가끔 가다 외눈박이 귀신과 같은 물체들이 마주 달려와 옆으로 날카롭게 비켜 지나갔다. 오토바이들이었다. 헬멧[128]도 쓰지 않은 남녀들이 고속으로 달려와서는 버스 머리에서 튕겨나가듯 스쳐 지나는데 보기에도 아슬아슬했다.

정부 측에서 오토바이를 탈 때 헬멧을 써야 한다는 법안을 여러 번 내놓았지만 번마다 시민들의 거센 반대에 부딪쳐 실행할 수 없었다고 했다. 사실 열대지대에 위치한 베트남, 겨울철 평균 기온도 16.5℃나 된다는 베트남에서 헬멧을 쓴다는 건 일내 고역이 아닐 수 없었다.

이튿날 하노이대학교에 가는 길에 본즉 민가며 가게 앞에는 오토바이가 무더기로 세워져 있었다. 거개가 소형 일제 오토바이였다. 더욱이 횡단 도로에서 버스가 잠깐 설 때마다 맞은쪽에서는 백여 대의 오토바이가 멈추어 섰다가는 푸른 등이 켜지기 바쁘게 마치 야생마처럼 뛰쳐나오곤 했다. 그야말로 북경 거리의 자전거 물결과 쌍벽을 이루는 오토바이 물결이었다.

버스 옆으로 번뜩번뜩 스쳐 지나는 오토바이물결을 보면 뒤쪽 짐받이에 예쁘장하게 생긴 연인을 앉힌 젊은이들도 있는가 하면 머리가 허연 노파들을 앉힌 노인네들

128) helmet, 머리를 보호하고 위하여 쓰는 투구형 모자.

도 있었다. 젊은이건 늙은이건 맨머리 바람에 핸들을 잡고 요리조리 잘도 빠져나갔다.

우리가 도착하기 이틀 전 하노이대학교 전임 총장도 오토바이를 타고 소풍을 하다가 마주 달려오는 오토바이에 치어서 절명했다고 하니 온 국민이 오토바이에 미쳤다고 해야 하겠다.

이 오토바이천국은 일본이 만들었다고 한다. 1990년대 초반 베트남에도 개혁과 개방의 바람이 불자 상술(商術)에 밝은 일본은 오토바이 2천여 대를 베트남에 선물했고 그걸 먼저 정부 관원들이 타고 다녔는데 오토바이는 금시 부(富)의 상징으로, 시체 멋으로 되어 너도나도 다투어 구매하기에 이르렀다고 한다.

물론 시장경제가 10여 년 지속된 오늘의 시점에서 오토바이는 부의 상징, 시체 멋이 아니라 생활의 필수품이 되었다. 하노이만 보아도 외국기업이나 합자기업은 대개 도시 외각지대에 자리를 잡고 있어 시민들이 출퇴근을 하자면 오토바이가 없어서는 아니 되는 것이다.

헬멧도 쓰지 않고 남녀노소 오토바이를 타고 신나게 달리는 나라 베트남은 오늘 개혁과 개방의 선풍을 몰아오고 있다. 1996년 이후 연평균 6~7%의 성장세를 보이고 있고 미쯔비시, 마쯔시다, 혼다와 같은 일본의 대기업과 삼성, 엘지, 포항, SK와 같은 한국의 대기업들도 대거 진출해 있다. 버스를 타고 달리노라면 하노이 외각지대에 우후죽순처럼 일어나고 있는 공업단지들을 얼마든지 볼 수 있었다.

이번 걸음에야 확실히 알게 되었지만 베트남은 결코 작은 나라가 아니었다. 한반도의 1.5배가 되는 32.95만 평방킬로미터의 국토에 무려 한국의 2배에 달하는 8,400만 인구가 살고 있었다. 게다가 일 년에 3모작을 할 수 있으니 밥 굶을 우려는 전혀 없고 3,260킬로미터에 달하는 해안선을 끼고 앉았으니 사철 해산물이 넘친다. 더더구나 프랑스, 미국과 같은 강대국의 콧대를 꺾은 영웅적인 국민의 자부심과 화산처럼 분출하는 에너지가 있다.

물론 베트남의 개혁과 개방은 중국에 비해 10여 년간 뒤떨어졌다. 1989년 구소련과 동유럽 사회주의국가들이 무너지고 구미 중심의 글로벌화가 급속도로 진척되자 베트남 공산주의자들은 위기의식을 가지고 중국의 경험을 받아들여 개혁과 개방의 발걸음을 떼기 시작했다. 그들은 네 가지 위기가 존재한다고 생각했다. 하나는 경제발전이 침체기에 들어간 것이요, 둘째는 평화적 연변(演變)의 위험성이며, 셋째는 사회주의 방향을 벗어나는 경향이요, 넷째는 탐오와 부패의 만연이었었다. 이러한 4대 위기를 극복하지 않으면 사회주의 제도와 공산당의 집정이 뒤번져질 수 있다고 판단한 베트남은 실용주의적인 개혁, 개방의 노선을 펼치기 시작했다. 그들은 철저히 문호를 개방해 외국의 자본을 유치하기 시작했다. 설사 프랑스, 일본, 미국과 같이 한때 베트남을 지배했던 적국(敵國)에 대해서도 관용을 베풀고 그들의 자본과 기술에 추파를 던졌다. 또한 베트남은 '과도시기의 초급단계'에 처해 있다고 인정하고 사회주의를 지키는 전제하에서의 시장경제를 활성화시켰다. 그들은 장원경제(莊園經濟), 사영경제와 외자경제를 3대 기둥산업으로 하는 '추월전략(追赶戰略)'을 폈다. 말하자면 중국과 동구라파 여러 나라들을 추월함으로써 2020년에는 탄탄한 산업화 국가로 도약하는 것이었다. 실제로 최근 몇 년간 베트남의 국민생산 총치(GDP)를 보면 1998년에 5.8%, 2001년에 6.8%, 2004년에 7.8%였고 2005년에는 8.4%에 육박했다.[129]

이제 온 국토를 뒤덮은 오토바이군단과 함께 베트남은 욱일승천(旭日昇天)하는 기세로 동남아의 강호(强豪)로 떠오를 것이다.

∷베트남의 영원한 수령 '호 아저씨'

16일 오전 9시, 하노이 국립대학교 대강당에서 '제4회 아시아연구센터 소장 학술회의'가 열렸다. 국립대학교 대강당은 프랑스풍의 고딕[130]건축물인데 좀 낡아 보였다. 대강당은 200명 정도 수용할 만한 공간이었는데 무대 오른편 단상에는 베트남 인민의 영원한 수령 호지명(胡志明)의 반신상이 놓여 있었다. 조용히 미소를 머금은 촌로같이 인자한 모습인데 다만 날카로운 쐐기 수염이 그의 집요한 신념과 의지를 말해주고 있었다. 베트남 사람들은 호지명을 친근하게 '호 아저씨'라 부른다.

호지명은 세계의 강대국 프랑스와 미국을 차례로 무릎을 꿇게 한 세계적인 위인이다. 그는 1890년생이니 중국의 모택동 주석보다 세살 손위 사람이다. 호지명은 베트남 중부에 있는 게친성(省)의 가난한 학자인 구엔 신 후이의 아들로 태어나 킴리엔이

129) 崔奎田, 王昭興:「越南處理四大危機的理論與探索」,『新華文摘』2006년 21期, 4-7쪽.

130) Gothic, 12세기 중엽에 생긴 서양 건축양식의 한 가지. 높은 첨탑과 창과 출입구 위가 뾰족한 아치형으로 된 것이 특징.

라는 마을에서 자랐다. 어린 시절을 구차하게 보냈지만 14살부터 18살까지 문법학교에 다닐 수 있었고 그 뒤에 판티에트에서 교사로 지냈다.

1911년 호지명은 21살의 나이에 프랑스 선박의 견습 요리사로 프랑스에 건너가 구엔 아이 쿽(阮愛國)이라는 이름으로 식민지해방운동을 시작했다. 제1차 세계대전이 끝나자 베르사유 회의에 베트남 대표로 출석해 '베트남 인민의 8항목 요구'를 제출해 일약 유명해졌다. 1921년 프랑스식민지인민연맹을 결성하고 그 기관지 ≪르 파리아≫를 편집, 발행했다. 1924년 모스크바 코민테른 제5회 대회에 출석했고 중국 남부 및 태국으로 파견되어 그의 조국인 베트남 주변에서 혁명운동을 계속했다. 1930년 코민테른에 의해 권한을 부여받고 인도차이나 공산당을 창립했다. 이듬해 홍콩의 영국 관헌에게 체포되었다가 석방된 후 일단 모스크바에 돌아갔다가 1941년 초에 베트남에 비밀리에 들어가 인도차이나 공산당을 중심으로 베트민(베트남 독립동맹회)을 결성하고 독립을 위한 총봉기(總蜂起)를 준비했다. 1942년 중국 국민당에 체포, 투옥당한 후부터 호지명이라는 이름을 사용했다. 1945년 8월 태평양전쟁이 끝나자 총봉기를 지도해 원조(阮朝) 정부로부터 정권을 탈취(이를 '8월 혁명'이라 함)하고 베트남민주공화국의 독립을 선언하고 정부주석이 되었다. 1946년 퐁텐블로 회의가 결렬되자 프랑스에 대한 항쟁을 직접 지휘했고 1954년 디엔 비엔 푸에서의 승리로 조국의 독립을 지켰다.

1954년 여름에 열린 제네바회의의 협정에 따라 베트남이 17° 선을 경계로 두 쪽으로 나뉘었다. 호지명과 그의 동료들이 장악한 북베트남은 남쪽의 광대한 농업지역과는 단절된, 자원이 빈약한 지역이었다. 남베트남은 물론 미국의 지배권에 들어갔다. 하여 호지명은 영토가 더 넓은 동맹국들인 중국과 소련에 도움을 구할 수밖에 없었다. 호지명은 경력으로나 선호도로나 소련과 관계가 긴밀했지만 아시아 혁명 당시 중국이 맡았던 초기 역할을 잊지 않았다. 한편 아시아에서 중국의 영향력을 줄이기 위해 모스크바와의 관계를 활용하는 일에 몰두했고 그 무엇보다도 베트남인들의 권리를 주장하는 일에 주의를 기울였다. 이런 태도를 취함으로써 그는 소련과 중국 사이에서 노련하게 균형을 유지할 수 있었다. 그 결과 1960년대 미국과의 전쟁이 일어났을 때 그는 양쪽으로부터 똑같은 양의 원조를 받을 수 있었다.

1959년경부터 북베트남은 다시 전쟁에 개입했고 남베트남에서도 고 딘 디엠 정권에 대한 베트콩의 게릴라전이 진행되고 있었다. 1966년 7월 17일 호지명은 북베트남의 국민적인 표어(標語)가 된 다음과 같은 메시지를 보냈다. "베트남 국민의 가슴에 독립과 해방만큼 소중한 것은 없습니다." 또한 1967년 2월 15일 미국의 존슨 대통령의 위협적인 친서(親書)에 대해 그는 "우리는 폭격의 위협 아래서는 절대로 협상에 동의하지 않을 것이다."고 선언했다. 그는 탁월한 리더십과 초인적인 의지력, 청렴결백한 인간성으로 베트남 인민을 이끌어 끝끝내 미국을 굴복시키고야 말았다. 호지명은 주석 재임 중인 1969년 심장병으로 서거했다.

나는 호지명을 인도의 간디, 중국의 손문과 함께 20세기 아시아가 낳은 가장 위대한 지도자의 한 사람이라고 생각한다. 그의 고매한 인격미는 베트남 인민을 매료시키고도 남음이 있었다.

호지명은 프랑스어, 영어, 러시아어, 중국어 등 6개국의 언어를 장악하고 있었는데 조선조 다산 정약용(丁若鏞, 1762~1836)의 『목민심서((牧民心書)』를 정독하였다. 이 책은 치민(治民)에 관한 도리를 논한 책으로서 옛 지방 장관의 사적을 뽑아 모아 벼슬아치들의 통폐를 비판하고 관리의 바른 길을 가르치고 있다.

또한 그는 비록 공산주의자였지만 우리가 아는 여느 공산주의자들과는 판이하게 달랐다. 그는 평생에 정적(政敵)을 숙청한 적이 거의 없었고 자신을 우상화하거나 신격화하는 일이 없었다. 그는 국민들로부터 '호(胡) 아저씨'로 불리면서 일생을 청빈하게 독신으로 살았다.

마치 메뚜기와 코끼리 사이의 싸움에 비유할 수 있을 베트남과 미국 간의 전쟁에서 베트남이 승리할 수 있었던 것도 지도자 호지명의 인격과 지도력에서 비롯된 것이었다.

호지명이 베트남 국민들로부터 어느 정도의 지지와 신뢰를 받았느냐 하면 남·북베트남이 서로 전쟁을 할 때도 호지명의 생일이 되면 적인 남베트남에서도 국민들이 가게 문을 닫고 그의 생일을 기릴 정도였다.

호지명이 베트남 국민의 지지와 존경을 한 몸에 받을 수 있었던 것은 다음과 같은 세 가지 이유 때문이었다.

첫째, 호지명은 평생 청렴결백한 삶을 살았다. 그가 세상을 뜬 순간 그에게 남은 것은 옷 한 벌, 신 한 켤레뿐이었다. 그리고 그는 죽음 직전에 자신의 장례식에 대하여 유언하기를 “국민들에게 폐를 끼치지 않도록 화장으로 하라.”고 일렀다.

둘째, 호지명은 교육입국(教育立國)에의 비전을 품고 젊은이들을 교육시켜 국가의 앞날에 대비하였다. 그는 전쟁 중에도 유능한 젊은이들을 선발해 해외유학을 보내면서 그들에게 일렀다. “앞으로 나라가 반드시 통일이 될 터이니 통일조국을 이끌 실력을 길러라. 최전선에서 전투하고 있는 동지들을 생각하며 전투하는 정신으로 국가경영의 실력을 쌓으라.” 그리고 전선에서 싸우고 있는 병사들에게도 일렀다. “그대들이 전쟁에서 승리를 해야 외국에 나가 국가경영의 실력을 쌓고 있는 동지들이 미래에 일류국가를 건설할 수 있다.” 이런 호지명에게 아무도 특혜시비를 거는 사람이 없었다. 유학 중인 젊은이들이나 전투 중인 젊은이들이 한결같이 그를 신뢰하였기 때문이다.

셋째, 호지명은 언제나 힘없는 백성들과 함께하고 소외된 계층을 항상 품어 주었다. 그는 평생 ‘3꿈 정신’을 실천하였다. 그것은 백성들과 함께 살고, 함께 먹고, 함께 일한다는 뜻이다. 지도자가 백성들과 함께 살고, 함께 먹고, 함께 일하는 공동체 정신을 삶으로 실천할 때에 온 국민의 역량이 통합되는 것이요, 어떤 난국도 극복하여 나갈 수 있는 길이 열린다. 호지명은 그렇게 살았다. 그는 최고 지도자였을 때에도 자신을 위해서 특권을 누리지 않았다. 국민들과 동고동락함으로써 이로써 쌓은 국민적 신뢰감을 바탕으로 국가통일까지 이루는 에너지의 원천이 되게 하였던 것이다.

오늘날 아시아 전체가 권력층의 부패와 빈부의 격차로 몸살을 앓고 있는 상황이고 보면 참으로 청렴결백하고 언제나 민중과 고락을 같이한 호지명과 같은 지도자가 특별히 요청된다고 하겠다.

유린당한 베트남어

베트남의 하룽베이(河龍灣)는 해상계림(海上桂林)으로, 세계 8대 자연경관으로 주목을 받고 있다. 17일 우리 일행은 두 대의 버스에 분승해 하노이를 떠나 하룽베이로 향했다. 하룽베이는 북위 20°45～20°56에 위치한 다도해(多島海)를 말하는데 베트남 수도 하노이에서 165킬로미터 상거해 있었다. 일단 우리 일행은 하룽베이 바닷가에 있는 Halong Dream호텔에 자리를 잡고 세미나를 하게 되었다.

첫날 하노이대학교에서 있은 세미나에서는 중국인민대학교의 기보성(紀宝成) 총장,

중국전매대학교(中國傳媒大學)의 유계남(劉繼南) 명예총장의 기조발표가 있었었다. 기보성 총장은 지식전수, 과학연구, 사회봉사와 함께 국제문화교류는 21세기 대학교의 제4대 사명으로 된다고 역설했고 유계남 명예총장은 서양문명의 한계를 극복할 수 있는 동방문명의 가치에 대해 역설했다.

두 번째 회의에서는 베트남, 타이, 캄보디아, 몽골 등 나라에서 온 대표들이 각자 아시아연구센터 연구 기획과 실행상황을 보고했다. 상해 복단대학교는 상해포럼을, 북경대학교는 북경포럼을 한 해에 한 번씩 개최하고 있었는데 유럽과 미국의 명문대학교에 근무하는 세계적인 석학들은 물론이요, 현임 대통령들까지 참석해 발표를 하고 있어 세계적인 주목을 받고 있었다. 금방 아시아연구센터를 출범시킨 우리 연변대학교 대표들로서는 그야말로 부러운 일이 아닐 수 없었다.

그런데 40여 명 회의 참석자들 중에 제일 골치가 아픈 것은 나였다. 하노이대학교 총장의 축사가 베트남어로 진행되고 기보성 총장과 유계남 명예총장의 기조발표가 중국어로 진행되었을 뿐 회의자료집도 영어요, 절대 대부분 대표들이 모두 영어로 발언을 하고 있었다. 평소 낙후한 나라라고 생각했던 타이, 캄보디아, 몽골에서 온 대표들마저 서툴기는 하나 영어를 무난히 구사하는 데는 그만 주눅이 들지 않을 수 없었다. 10여 년 전 대학원 시절 시험에 응부하기 위해 조금 배운 내 토끼 꼬리만 한 영어실력으로는 논문을 발표하기는 고사하고 알아듣기도 어려웠다.

다행히 한강 외사과장이 영문학과 출신이라 발표자들의 논문제목과 요지를 간략하게 카드에 적어 건네주었기에 망정이지 나는 그야말로 개 바위에 갔다 온 격으로 귀한 세미나에 참가했다가 빈손으로 돌아올 뻔했다. 늘 한국 학자들과 마주앉아 고작 한국어나 일본어로 찧고 빻고 하면서도 국제적인 학술무대에서 활약하고 있다고 자부해 온 내 자신이 결국은 우물 안의 개구리였음을 절감하게 되었다. 울며 겨자 먹기로 이제부터라고 다시 영어공부를 시작해야 할 것 같았다.

특히 나를 난감하게 만든 것은 하노이대학교 외사처장 Vu Ngoc TU 씨였다. 주최측 책임자라고 미리 준비해 온 선물 세트를 드렸더니 치근치근 접근하면서 영어로 자꾸만 말을 걸어왔다. 하지만 단 한 마디도 시원한 대답을 줄 수가 없었다. 그야말로 송곳방석에 앉은 형국이었다. 일본어에는 그 어떤 장면에서나 자기의 입장을 애매모호하게 표현할 수 있는 '도오모'라는 말이 있는데 영어에는 그게 무얼까? 벙어리처럼 어설픈 미소를 지어 보이며 덮어놓고 고개만 끄덕여 줄 수밖에 없었다. 참으로 나는 연변대학교의 망신을 혼자 다 하는 것 같았다. 그때 제3자가 내 얼굴을 보았다면 아마도 홍당무처럼 달아올랐을 것이다.

영어를 모르는 내 답답한 마음을 일장 소나기처럼 씻어 준 것은 우리 연변대학교의 박영호 부총장이었다. 우리 연변대학교 대표단은 처음으로 아시아연구센터 연회에 참가했는지라 논문발표는 하지 않고 경청만 하게 되어 있었는데 김재열(金在烈) 사무총장이 대회가 끝날 무렵 인사의 말씀을 할 기회를 준 것이었다.

박영호 부총장은 미국에서 행정학 석사학위를 받고 서울대학교에서 행정학 박사학위를 받은 사람이라 통역을 물리치고 영어, 한국어, 중국어로 간단명료하게 인사를 했다. 베트남에서 오히려 국내에서 뵐 수 없었던 형님네 대학교의 총장님들을 뵙게 되어 반갑다는 이야기를 했고 다년간 연변대학교에 돌려준 형제적 정의와 지원에 감사를 드린다는 이야기를 했으며 향후 아시아연구에 있어서도 한국고등교육재단은 물론 중국의 여러 형님들이 잘 이끌어 달라는 부탁을 했는데 일단 연설이 끝나자 모두 혀를 내두르면서 큰 박수갈채를 보냈다. 여러 나라에서 온 대표들은 박영호 부총장이 영어, 중국어는 물론이요, 자기네들은 한 마디도 번질 수 없는 한국어까지 능란하게 구사하는 걸 보고 놀랐던 것이다. 더욱이 완벽한 영어에 바탕을 둔 유머와 기지에 매료되고 말았던 것이다.

나는 박영호 부총장의 연설을 통해 아시아연구에 있어서도 한국어와 한국문화를 잘 아는 게 아주 큰 힘이 된다는 걸 느끼게 되었다. 우리 연변대학교 외의 다른 14개 대학교는 한국어를 장악한 인재들이 없거나 적다. 하지만 우리 연변대학교의 경우는 한국어는 더 말할 것 없고 한국의 역사와 문화 일반에 대해서도 소상히 알고 있는 학자들이 기수부지로 많다. 한국문화의 원형에 대한 연구를 바탕으로 해서 한국과 중국, 몽골, 인도, 베트남 등 아시아 여러 나라와의 문화교류사를 중점적으로 연구한다면 그야말로 후생가외(後生可畏)의 효과를 노릴 수 있을 것 같았다.

언어문제가 나온 김에 잠깐 베트남어에 대해 이야기해 보자.

베트남어(Vietnamese language)는 안남어(安南語)라고도 한다. 그것은 인도차이나나 반도의 동쪽 해안 지역에 살고 있는 베트남인(킨족)들이 쓰고 있는 언어이다. 베트남어는 고립어적, 단음절어적 경향이 짙고 6개의 성조를 가지고 있는데 그것은 몬크메

르어 및 태국어 계통의 언어와 또 다른 계통 불명의 언어 등이 복합되어 형성된 언어라고 한다. 하지만 베트남어는 자고로 가까운 대국인 중국의 영향을 많이 받아 대략 10세기경에 고착된 한자음체계를 갖고 있고 어휘에도 한어(漢語)가 많이 섞여 있었다. 후에 일본어처럼 한자의 자형을 응용하여 민족문자 '추놈'을 고안해 그것을 한자와 혼용하기도 하였으나 17세기 초 유럽 선교사들에 의해 베트남어를 로마 글자로 쓰는 법이 시도되었고 그것은 알렉산드르 드 로드에 의해 완성되었다. 이 특수한 부호를 지닌 로마문자체계를 '쿽구[國語]'라고 한다. 쿽구는 19세기 말부터 20세기에 걸쳐서 급속히 보급되어 현재는 그것이 베트남어를 표기하는 유일한 문자로 되었다.

쉽게 말하자면 베트남어는 대체로 한자를 빌려 쓰다가 지난 100여 년 사이에 엉뚱하게 로마문자를 쓰게 됨으로써 동양어도 서양어도 아닌 괴상망측한 언어로 된 것이다.

베트남어를 염두에 둘 때 우리 조상들이 얼마나 현명했는가를 수 있다. 신라 때는 한자의 음과 색임을 빌려 우리말을 적는 이두(吏讀)와, 한자의 음과 훈(訓)을 빌려 우리말을 표음식(表音式)으로 적던 향찰(鄕札)을 개발하더니 조선왕조 세종대왕 시대에 와서는 한자와 완전히 다른 우리의 고유문자 훈민정음(1446년)을 창제해 오늘에 이르기까지 원활하게 쓰고 있는 것이다.

이런 생각을 하게 되자 나는 아Q식의 정신승리법인지는 모르겠지만 영어를 잘한다고 뽐내는 하노이대학교 외사처장 Vu Ngoc TU 씨에 대한 콤플렉스를 얼마간 떨쳐버릴 수 있었다. 당신은 자기 모국의 고유문자를 잃어버렸지만 우리는 우리의 말과 글을 완벽하게 보존, 구사하고 있다. 좀 늦었지만 이제 영어를 좀 배운다면 오히려 떳떳하고 자랑스러운 게 우리 쪽이 아니겠는가.

천하절경 하룽베이

17일 오후 3시 우리는 3척의 목선을 타고 하룽베이 관광을 시작했다.

배전에 조각한 용두(龍頭)가 있는 길이 50미터 너비 7미터 되는 고풍스러운 목선인데 2층 구조로 되어 있었다. 1층은 조타실(操舵室), 주방, 침실이고 2층은 30명쯤 수용할 수 있는 객실이었는데 양쪽 창문으로 바다의 경관을 볼 수 있었다. 물론 선실 옥상에 올라가도 시원한 바닷바람을 맞으면서 사위를 휘둘러볼 수 있어 좋았다.

김재열 사무총장은 별도로 목선 한 척에 여러 대학교에서 온 총장, 단장들만 모시고 앞질러 나갔고 우리가 앉은 2척의 목선은 앞서거니 뒤서거니 하다가 가끔 형제처럼 어깨 나란히 달리곤 해서 두 척의 배에 앉은 손님들은 서로 이웃집 다니듯이 놀러 다닐 수 있었다.

목선은 섬들 사이를 유유히 지나가는데 푸른 바다 위에 별처럼 떠 있는 수많은 섬들이 장관을 이루고 있었다. 거대한 버섯과 같은 섬들이 있는가 하면 창해를 가로지르는 돛배와 같은 형국의 섬들도 있었다. 또 불끈 쳐든 남근(男根)과 같은 섬들이 있는가 하면 날씬한 몸매의 무희(舞姬)를 연상케 하는 섬들도 있었다. 그야말로 섬마다 기관(奇觀)이라 마치 쪽빛 바다 위에 무수한 진주가 반짝거리는 양 싶었다.

우리 목선이 어느 섬 가장자리에 있는 나루터에 닿자 난데없이 대여섯 척의 나룻배가 둘러쌌다. 나룻배에는 귤, 바나나와 같은 과일과 맥주며 담배 같은 물건들이 실렸는데 그 한복판에 베트남 아줌마가 앉아 덜 익은 중국어와 한국어로 "따거[大哥], 오빠" 하며 싸구려를 외쳐 댔다. 우리 일행을 보고 중국인 아니면 한국인이라고 점찍은 것이었다. 베트남 아줌마의 옆에는 예닐곱 살 되어 보이는 사내애가 두 손에 노란 귤을 들고 엄마와 함께 싸구려를 불러 대고 있었는데 보기에 좀 처량했다.

바나나 한 덩이에 인민폐로 20원, 외제 담배 한 갑에 25원이라 하노이 시가지에 비해 2배가량 비싼 셈이었다. 마침 나는 담배가 떨어져 50원을 주고 두 갑을 샀다. 아줌마는 "세세[謝謝], 세세" 하며 이번에는 바나나를 좀 사 달라고 한다.

바닷바람에 가무잡잡하게 탄 얼굴, 바나나 한 덩이 더 사 달라고 서투른 중국어와 한국어로 "따거, 오빠"를 연발하는 아줌마를 보니 한국 작가들인 안정효(安正孝, 1941~)의 장편소설 『하얀 전쟁』과 황석영(黃晳暎, 1943~)의 단편소설 「탑」과 「낙타눈깔」에서 본 베트남전쟁과 그 전쟁의 와중에서 고민하고 방황하는 한국 장병들, 그리고 무서운 곤경을 치르는 베트남 여성들이 떠올랐다.

주지하다시피 1961년 미국의 케네디 대통령은 처음으로 베트남에 미국 정규군을 파견해 '특수전쟁'을 개시했는데 이는 남베트남의 공산화는 동남아의 공산화를 가져올 수 있다는 우려에서 취해진 미국의 대공산주의 봉쇄전략의 일환이었다. 이어 존슨 정부는 1964년 통킹만 사건(미국 구축함에 대한 북베트남의 어뢰정 공격)을 계기로 미군을 직접 전투에 투입했다. 1965년에는 북폭(北爆)을 개시하였으며 1968년까지는 미 지상군 투입도 54만 명으로 확대하였고 전비(戰費) 또한 54억 달러에서 288억 달러로 늘였다. 베트남전쟁은 제2차 세계대전 후의 최대의 전쟁으로서 인적 희생도 커서 사망자 120만 명, 부상자 약 300~400만 명에 달했다.

한국은 미국정부의 요청에 의해 1964년 9월부터 휴전협정이 조인된 1972년까지 8년간에 걸쳐 비둘기부대, 맹호부대, 청룡부대, 백마부대 등 명목으로 수십만 명의 장병을 파견했다. 그들은 미국으로 놓고 말하면 자유주의와 공산주의라는 이념 대결의 희생양이고 한국으로 놓고 말하면 근대화를 위한 외화벌이의 희생양이었다. 하기에 안정효는 "이 세상의 어떤 이념이 이렇게 수많은 사람들의 생명과 안식과 사랑과 인간성을 희생시켜도 좋을 만큼 숭고하다는 말인가" 하고 반문했고 황석영은 그의 소설 「탑」에서는 베트남전쟁의 무의미성을, 「낙타눈깔」에서는 한국 장병들의 허탈감을 리얼하게 형상화하고 있다. '낙타눈깔'이란 베트남전쟁에 참가했던 한국 병사들이 쓰던 섹스 대용품이다. 전쟁을 마치고 한국에 돌아왔지만 그들 병사들에게 남은 것은 '낙타눈깔'밖에 없었던 것이다.

하룽베이의 쪽빛 바다를 내려다보고 있으려니 어쩐지 무수한 환영들이 바다 수면에 얼른거리는 것 같았다. 안개 속에 베트콩이 나타났다고 사격을 가했더니 결국은 무고한 물소 무리를 죽이고 마는 장면이나 난폭한 한국 장병들에게 깔려 까투리처럼 할딱이는 베트남 여성들의 모습이 엇갈렸다.

하여 나는 일엽편주에 앉아 애처롭게 싸구려를 불러 대는 베트남 여성을 무심히 볼 수 없었다. 지금도 한국 병사들과 베트남 여성들 사이에서 태어난 자식들이 한국 아버지를 찾아 헤매고 있다니 얼마나 가슴 아픈 일인가! 나는 죄를 지은 한국의 형님들을 대신해 속죄하는 마음으로 바나나 한 덩이를 더 사 주는 수밖에 없었다.

그날 밤 세 척의 목선은 병풍같이 아름다운 섬들 사이에 닻을 내리고 만찬을 벌렸다. 이름 모를 진귀한 해산물로 만든 각색 요리들이 오르는데 여러 나라 대표들은 빨갛고 향긋한 프랑스 포도주를 잔에 철철 넘치게 붓고 서로 쟁그랑쟁그랑 마주치며 주고받았다.

문득 붉은 적삼을 입은 우람한 체구의 김재열 사무총장이 껄껄껄 웃으며 나타났다. 그 뒤에는 언제나 미소년처럼 생글생글 웃는 북경사무소 소장 강태석 선생이 두 손에 위스키 한 병씩 들고 보좌관처럼 따라나섰다.

여기서 잠깐 김재열 사무총장을 소개하기로 하자. 김 사무총장은 2년 전 우리 연변대학교를 예방했을 때 백두산을 오른 적 있는데 그때 황건 연변대학교 외사처장과 필자가 모셨었다. 고려대학교에서 중국철학을 전공한 철학박사인데 SK재단의 두터운 신임을 받고 이미 30여 년간 한국고등교육재단의 사무총장 직을 맡아 일을 벌이고 있었다. 그는 동서양 명문대학교의 총장들과 널리 사귀면서 통이 크게 일을 벌였고 남다른 국제적 안목과 전략을 보여 주고 있었다. 지난해 말 그는 연변대학교에서 '아시아의 가치'라는 테마의 특강도 한 적 있지만, 그는 서양과 동양의 이원대립을 지양하고 서양의 이성, 지식과 동방의 윤리와 도덕 및 천인합일(天人合一)의 세계관을 접목시켜 인류의 보편적 가치로 승화시켜야 한다고 주장한다. 뿐만 아니라 21세기는 세계 여러 지역의 문명이 서로 평화적으로 경쟁, 발전해야 하는 시대이니 일차적으로 아시아 여러 나라들이 문화적, 학술적 교류를 통해 공동 발전해야 한다고 주장한다. 하여 그는 아시아 여러 지역과 나라에 15개소의 아시아연구센터를 창설하고 지원하고 있는 것이다.

호걸남아다운 김재열 사무총장은 좌중을 훽 둘러보더니

"아름다운 하룽베이의 밤을 실컷 즐기기 위해 내 수류탄주(手榴彈酒) 한 잔씩 돌리겠소. 자, 내가 먼저 시범을 보이리다."

하고 운을 뗐다.

폭탄주라는 말은 들어 보았고 한두 번 마신 적이 있지만 수류탄주란 또 무엇인가? 모두들 신기해서 지켜보는 가운데, 김재열 사무총장은 일단 숟가락 끝을 깡통맥주 허리에 쿡 박아 구멍을 내고 두어 잔 맥주를 뽑아낸 후 그 구멍으로 위스키 한 잔 부어넣는다. 깡통을 쳐들고 구멍에 입을 대는 순간 깡통 마개를 탁! 뜯으면서 단숨에 마셔 버리고 나서 빈 깡통을 손아귀에 넣어 납작하게 만들어 보인다. 모두들 곡예사의 마술에 홀린 듯이 두 눈이 동그래지더니 박수를 쳐 댔다.

하지만 이제부터는 신사, 숙녀 가릴 것 없이 수류탄주의 세례를 받아야 했다. 이게 바로 폭탄주나 수류탄주의 민주주의라는 걸 신사숙녀들은 미처 몰랐으리라. 연세가 지긋한 인민대학교의 기보성 총장도 마셔야 했고 중국전매대학교의 유계남 명예총장도 여성이지만 피할 수가 없었다. 한참 떼를 쓰다가도 입귀로 맥주를 질질 흘리면서 마셔 버려야 했다. 그네들은 깡통 맥주병을 콱 움켜쥐어 납작하게 만들고는 너무 좋아 애들처럼 퐁퐁 뛴다.

이 베트남 바다의 아름다운 밤에 어찌 잘 수 있으랴?

아시아 여러 나라 대표들은 밤새도록 와인과 맥주를 기울이면서 환담을 나누었다. 하지만 가만히 보면 이 아시아인들의 얼굴들 속에 일본인은 없다. 일본인들이 참여하지 않은 아시아연구는 커다란 공백을 의미한다고 말할 사람이 있을는지 모르겠지만 일본이 역사적으로나 현실적으로 얼마나 밉상스럽게 놀았으면 이처럼 아시아란 동네에서 '무라하찌부(村八分)'를 당하겠는가? 일본어로 무라하찌부란 마을의 법을 어겨 온 마을 사람으로부터 절교(絶交)당하여 고립되는 일을 말하는데 시쳇말로 하면 '왕따를 당한다'는 말이 되겠다. 아무튼 나는 일본도 철저히 과거지사를 반성하고 착하고 어진 아시아인들의 모임에 동참할 그날을 믿어 의심치 않는다.

::맺는말

18일 저녁 무렵 우리 중국대표들은 하노이에 돌아와 폐회식 만찬을 했다. 하노이 중심에 있는 Sofitel빈관인데 국빈들을 대접하는 화려한 호텔이었다. 베트남의 이데올로기를 관장하는 고위급 관원과 외교부장, 전임 한국주재 베트남 대사 부부도 참석했다.

이데올로기를 관장하는 고위급 관원은 키가 작고 머리가 시허연 70세 안팎의 노인이었는데 베트남 당정 각료 중 서열 10위권에 드는 양반이라고 했다. 조용한 미소를 지닌 채 시종 부동의 자세로 앉아 있었다. 태풍이 불어쳐도 눈썹 하나 까닥하지 않을 매서운 사람이었다. 나는 이 노인네를 통해 다시금 베트남 사람들의 가슴 깊이에 도사리고 있는 오기와 자부심을 읽을 수 있었다.

나는 베트남 사회과학원의 여성학자[131]와 같은 상에 앉았는데 한국정신문화연구원(현재의 한국학중앙연구원)에 가서 1년간 연수한 적 있고 지금은 한국의 『향약(鄕約)』[132]을 연구한다고 했다. 그런데 한국어는 잘 모르고 중국어를 조금 알고 있을 뿐이었다. 말수가 적고 침착한 40대의 여성이었다.

한편 박영호 부총장은 전임 한국 주재 베트남 대사 부부와 동석했는데 대사는

131) 명함을 받아 보니 範氏垂榮이라 했는데 베트남어로는 어떻게 부르는지 모르겠다.

132) 향약: 근세조선에 있어, 착한 것을 권하고 악한 것을 징계하여 어렵고 구차한 때에 서로 돕고 구원하기를 목적하여 마련되었던 향촌의 자치구약(自治規約).

1960년 중반 평양에서 공부한 적 있다고 했다. 그는 평양을 다닐 때마다 북경을 거쳐 가곤 했는데 북경은 문화대혁명으로 온통 난리판인 데 반해 평양은 질서가 잡히고 먹을거리도 풍부했노라고 했다. 그는 유창한 한국어로

"요즘 평양은 몹시 어려운 줄로 알고 있는데 괜히 핵실험을 해서 세상을 부산하게 만들고 있군요. 박 부총장님은 평양의 핵실험이 소용이 있다고 생각하십니까?" 하고 넌지시 물었다. 이에 박영호 부총장은

"글쎄요. 핵무기를 가진 미국과 같은 강대국도 베트남 인민들 앞에 무릎을 꿇지 않았습니까?"

하고 한술 더 뜨자 대사는 박영호 부총장의 손을 덥석 잡고 그렇게 좋아하더란다. 역시 조용하나 하늘을 찌를 만한 자부심을 가진 베트남인들의 내면세계를 보여 주는 장면이라 하겠다.

나는 베트남인들이 자부해도 좋다고 생각한다. 왜냐하면 한반도나 베트남 모두 분단국가였지만 한반도는 여전히 분단을 극복하지 못한 채 이념과 체재의 갈등에 허덕인다면 베트남은 통일을 이룩했고 세계에 문호를 개방하고 온 국토가 개혁과 개방의 열기를 뿜어 대고 있기 때문이다.

19일 오전 7시경에 우리 중국 학자들은 하노이공항으로 출발했다. 오토바이 물결을 헤가르며 공항으로 가는 길에 우연히 하노이 중심에 있는 파정(巴亭) 광장과 거기에 우뚝 서 있는 호지명주석능묘(胡志明主席陵墓)를 볼 수 있었다. 한번 들어가 화환을 드리고 묵례라도 하고 싶었지만 시간이 허락하지 않았다.

참으로 아쉬움이 남는 여행이었다. 하지만 베트남도 문호를 개방했고 아시아도 한 집안이니 몇 년 후에 다시 찾아올 수 있을 것이다. 그때가 되면 베트남의 도시와 농촌에 넘치는 건 오토바이가 아니라 자가용일 터이니 렌터카[133] 한 대 빌려 가지고 베트남의 상해라고 하는 호지명시(이전의 사이공)에도 가 보고 베트남의 시골과 어촌들을 두루 돌아보면서 그네들의 인정과 세태에도 젖어 보자. 그리고 하룽베이를 다시 찾아 베트남 아줌마의 "따거, 오빠" 소리도 한 번 더 들어야지.

연변의 형제자매들이여, 그때 동행하지 않으려는가?

– 2007년 정초, 연길에서

133) rent car, 돈을 받고 빌려 주는 자동차.

조선족문학 약사 ········

중국 조선족은 유구한 역사와 찬란한 문화전통을 가지고 있는 자랑스러운 민족이다. 현재 약 200만에 달하는 조선족 인민은 주로 길림, 요녕, 흑룡강을 비롯한 중국의 여러 지역에 널리 분포되어 있다.

조선민족의 선조들은 일찍 조선반도와 동북의 광활한 지역에 고대 국가를 건립하고 생활하였었다. 하지만 중국 동북 지역에 자리 잡았던 高句麗, 渤海 등 고대 국가들은 주변에 있는 강대국의 힘에 밀려 鴨綠江, 豆滿江 이남의 조선반도로 남천(南遷)하였으며 이 지역에 그냥 남아 살던 조선민족은 다른 민족에 의해 동화되고 말았다. 조선민족이 다시 중국의 동북 지역에 이주하기 시작한 것은 17세기 초엽이고 마치 '白衣瀑布'처럼 대거 이주하기 시작한 것은 17세기 중엽부터이다. 그들은 기타 민족과 함께 중국 동북의 변강을 개척하고 벼농사를 지었으며 일제의 침략을 물리치고 국민당정권을 뒤엎어 버림으로써 새 중국의 탄생을 위해 거대한 기여를 하였다. 하여 조선민족은 자기의 피와 땀으로 중화민족의 역사에 빛나는 한 페이지를 장식했고 중화민족의 당당한 일원으로 되었다.[134)]

생활이 있는 곳에는 문학이 있게 마련이다. 중국에 건너온 조선민족은 늦어도 19세기 말부터 조선반도를 중심으로 하는 자기 민족의 유구한 문화전통과 풍부한 문학유산을 이어받는 동시에 중국에서의 새로운 이주, 개척 및 투쟁 생활을 반영한 새로운 성격의 문학을 창조하기 시작했다. 또한 중국의 조선민족문학은 조선반도문학과의 혈연적, 지리적인 근접성으로 말미암아 조선문학(또는 한국 문학)의 영향을 많이 받고 있을 뿐만 아니라 중국의 한족을 비롯한 여러 민족문학과 세계문학의 영향을 많이 받고 있다. 말하자면 중국의 조선민족문학은 주로 조선과 중국 문학의 영향을 받으면서 조선민족인민의 독특한 생활과 정서를 반영하면서 자신의 독자적인 문학세계를 구축해 왔다.[135)]

여기서는 지금까지 수집, 정리한 문헌자료와 연구업적에 근거하여 19세기 말부터

134) 朴昌旭:「論中國朝鮮族歷史的上限問題」(『中國朝鮮族歷史硏究』, 延邊大學出版社, 1995年版).
135) 鄭判龍:「中國朝鮮族文化的性格問題」(『中國朝鮮族文化硏究』, 韓國牧園大學校出版부, 1994年版).

20세기 말까지의 중국 조선민족문학의 발전과정을 근대, 현대, 당대 등 세 단계로 나누어 살펴보고자 한다.

제1장 중국 조선족의 근대문학

이주 초기, 조선민족은 청나라와 일제의 이중삼중으로 되는 압박과 착취를 받으면서 황무지를 개간해 수전을 풀었으며 조선 전래의 전설, 민담, 민요 등 구전문학을 통하거나 일부 개작을 통해 망향의 한을 달래고 자기들의 생활과 정서를 노래했다. 20세기에 들어선 후 조선 국내에서 고조된 애국문화계몽운동의 영향을 받아 용정을 중심으로 문화교육사업이 활발하게 전개되고 또 그에 힘입어 문학활동도 전개되었다.

이 시기 활발하게 진행된 반일문화계몽운동의 시대적 흐름과 날로 늘어나는 조선인 이주민들의 문학적 요구에 부응하여 창가 등 새로운 문학형식들이 널리 창작, 보급되었으며 전설, 민담, 민요 등 기존의 문학형식들도 새로운 내용을 담으면서 계속 발전했다.

근대 조선민족문학에서 시가문학은 다른 장르에 비해 보다 큰 성과를 올렸다. 특히 창가가 많이 창작, 보급되었다. 창가란 19세기 말엽~20세기 초엽에 반일문화계몽사조의 영향하에 창작된 운문시가로서 그 당시에 유행되던 현대적인 악곡과 결합된 노래의 가사 부분을 말한다. 창가를 그 주제 별로 나누어 보면 다음과 같다.

첫째로 중세기적인 몽매와 질곡에서 벗어나 문명개화의 시대적인 물결을 따라 전진하자고 호소한 작품들이 중요한 자리를 차지하고 있다. 이러한 주제에 바쳐진 창가로는 「學徒歌」, 「勸學歌」, 「修學歌」와 여러 지역의 사립학교 교가, 그리고 여성해방, 남녀평등, 혼인자유 등을 노래한 「童心歌」, 「自由歌」, 「녀자는 근본」, 「사랑의 축복」 등을 들 수 있다. 이를테면 「童心歌」에서는 "잠을 깨세 잠을 깨세/어둠캄캄 꿈속에서 /만국이 휘동하야/문명개화 한다더라" 하고 노래하고 있다.

둘째로 사경에 처한 민족을 구원하고 자주독립을 되찾기 위해 궐기하자고 호소한 창가들이 널리 보급되었다. 창가 「3월가」, 「독립운동가」, 「復讐雪恥歌」, 「節槪歌」, 「作隊歌」, 「動員歌」, 「少年冒險歌」 등과 「勇進歌」를 비롯한 여러 수의 '獨立軍歌'를 그 대표적인 작품으로 들 수 있다. 이를테면 「용진가」 제1절에서는 "백두산하 넓고넓은 만주뜨락은/구국영웅 우리들의 운동장일세/걸음걸음 떼를 지어 앞만 향하여/활발발 나아감이 엄숙하도다"라고 노래하고 있다.

셋째로 나라를 잃은 조선민족의 망향의 한을 달랜 「望鄕歌」, 「思鄕歌」, 「나비가」 등도 광범한 인민대중 속에서 널리 불렸다.

창가는 시대적인 물결을 타고 민족의 독립과 문명개화의 의식을 신속하고도 열정적으로 노래해 그 당시의 문화계몽운동과 반일투쟁에 크게 이바지하였다. 또한 시대적인 사조와 조선민족의 심미적 정서에 맞는 참신한 형식과 표현수법들을 널리 받아들여 우리 민족 시가의 혁신과 발전에 크게 기여하였다.

창가의 창작보급과 더불어 시조와 한시(漢詩) 작품들도 적지 않게 창작되고 현대자유시도 나타나기 시작했다. 하지만 시조와 한시 작품은 많이 인멸되었고 그 작자도 분명하게 전해지지 않고 있다. 아마도 그 당시의 우국지사들과 진보적인 지식인들에 의해 많이 창작된 것 같다.

현존하는 시조작품들로는 「류화절(柳花節)」, 「청년아」, 「丈夫詞」, 「匣中劍」, 「벽공월(碧空月)」, 「志士吟」 등이 있다. 이런 시조에서는 민족의 운명에 대한 깊은 우려(憂慮)와 자유와 독립에 대한 절절한 지향을 노래하고 있다. 한문시의 경우 「월강곡(越江曲)」과 「기다림」과 같은 작품들은 청조정부의 봉금령을 무릅쓰고 중국으로 이주해 오는 우리 민족의 비참한 처지를 구슬픈 정서로 노래하고 있다. 이러한 한시들에서는 19세기 조선왕조의 酷政과 기근(饑饉)에 못 이겨 살길을 찾아 강을 건너간 임을 애타게 기다리는 시골 아낙네, 혹여나 임의 신변에 不祥事나 생기지 않을까 하여 애간장을 태우는 숫저운 여인의 순정을 절절하게 토로하고 있다.

1910년의 '韓日合邦'을 전후로 해서 많은 憂國之士들이 광주, 상해, 남통(南通) 등 중국의 남방 도시에 망명해 와 혁명활동이나 문필활동에 종사했는데 그들에 의해 적지 않은 한시들이 창작되었다. 그 대표적인 시인으로 金澤榮과 申奎植을 들 수 있다.

김택영(金澤榮, 1850~1927년)은 저명한 역사학자이고 열렬한 반일계몽 사상가이며 탁월한 문호이다. 그의 자는 우림(于林)이요, 호를 창강(滄江), 소호생(韶濩生) 또는 '소호당(韶濩堂)'이라 하였다. 그는 한시창작에서 뛰어난 재능을 보여 주었을 뿐만 아니라 전기(傳記), 수필 등 산문창작 및 문론연구, 그리고 중국에의 조선문학의 소개

등 면에서도 빛나는 업적을 쌓아 놓았다. 김택영의 문학작품은 그의 문집『소호당집』과『차수정잡수』에 수록되어 있다. 그의 대표적인 한시 작품으로는「의병장 安重根이 나라 원쑤 갚았다는 소식을 듣고」(1909),「어허, 애달파」(1910),「중국 의병사에 대한 느낌」(1911),「루에 올라서(登樓)」(창작 연대 미상),「조공정의 노래」(1921) 등을 들 수 있다. 이러한 시편들에서는 민족에 대한 불같은 사랑과 일제 및 그 주구들에 대한 증오 및 중-조인민 간의 두터운 친선의 정 등에 대하여 노래하고 있다. 그의 한시는 주로 율시, 절구, 고시 등 시 형식을 취하고 있고 그중 고시가 대부분인데 함축성이 강하고 여운이 풍부하다. 그는 우리 민족 한시문학의 제재와 주제 영역을 확대하고 사실주의 창작방법으로 생활세태를 구체적으로 묘사함으로써 새로운 시풍을 개척했다. 하기에 중국의 계몽사상가 嚴復은 김택영의 시문학을 논하면서 "그의 시재는 이백, 두보와 흡사하고 그의 사부(辭賦)는 추양과 매승을 따라잡았다."고 높이 평가했다.

신규식(申圭植, 1880~1922)은 중국의 남방에서 활약한 저명한 독립운동가이며 교육가, 문인이다. 그의 호는 예관(睨觀)이요, 자는 공집(公執)이며 그 밖에도 여서(余胥), 일민(一民), 산로(汕盧), 청구한인(靑丘恨人) 등 별호를 가지고 있었다. 그는 1911년 중국으로 건너오자 곧 신정(申檉)으로 개명하고 손중산이 영도한 신해혁명에 참가했으며 저명한 시인단체 '남사(南社)'에 가입하여 활동하면서 많은 시작품을 발표했다. 그에게는 시집『아목루(兒目淚)』(일명 예관시집)와 장편정론『통언(痛言)』(일명 한국혼)이 있다. 시집『아목루』에는 1909년부터 1922년까지의 사이에 창작한 160여 수의 율시와 산문시들이 수록되어 있다. 이 시집은 말 그대로 나라를 빼앗긴 소년의 피눈물로 이루어졌으니 자유와 민주에 대한 열렬한 지향과 우리 민족의 불굴의 정신과 강철 같은 의지를 표출하고 있다. 한시「려순에서 처형당한 이를 애도하여(旅順就義)」(1910),「보검」(1911),「남사에 드림(寄南社)」(1915),「연시조약이 체결되었다는 소식을 듣고(聞燕市條約勒成羊城軍府道撤題感)」(1921) 등은 그의 대표적인 시작품들이다. 그의 한시는 5언, 7언 절구, 율시가 대부분인데 서정-정론적 성격을 다분히 띠고 있고 감정이 진실하고 호방하다.

이 시기 반일투사들인 류린석(柳麟錫, 1842~1915), 안중근(安重根, 1879~1910) 등도 적지 않은 훌륭한 한시들을 남겼다. 류린석의 한시「원통의 눈물(痛寃哭泣)」(1911),

안중근의 「장부가(丈夫歌)」, 장지연(張志淵, 1864~1921)의 「상해로 향하다(向上海)」, 김승학(金承學, 1881~1964)의 「큰 뜻을 품고(立志出鄕)」, 김정규(金鼎奎, 1881~1953)의 「리준을 애도하여(十一月二十日因感李儁之死於海牙, 遂爲之詩曰)」, 김중건(金中建, 1889~1933)의 「백두산유정(白頭山有情)」, 김좌진(金佐鎭, 1889~1930)의 「조국으로 진군(向祖國進軍)」 그리고 리정(李禎의, 1889~1942)의 「진중음(陣中吟)」(1920)과 같은 작품들은 반일투사들의 비분강개한 정서와 애국애족의 충정을 읊은 명편들이다.

1910년대 중반에 들어서면서 그 이전의 가사나 창가와는 달리 새로운 주제의식과 시 형식을 결합한 현대자유시가 창작되었다. 그 대표적인 작품으로 신채호의 「너의것」, 「뱀의 노래」, 「새벽의 별」과 같은 작품과 ≪독립신문≫에 실린바 있는 해일의 「아, 경술년 8월 29일」, 류영의 「새빛」과 같은 작품을 들 수 있다.

소설을 비롯한 산문문학의 경우, 20세기 초까지 우리 민족은 예로부터 전승되어 내려오던 구전설화들을 필사, 정리하는 수준에 머물러 있었다. 1910년대에 들어서면서 시대의 변화와 더불어 근대적 성격을 띤 여러 가지 형식의 산문작품들이 나타났다. 특히 조선 신소설의 영향하에 중국에 와 생활하던 신채호와 같은 선각자들이 소설작품을 쓰기 시작했다. 신채호의 단편소설 「꿈하늘」(1916년), 「류화전」, 「백세로승의 미인담」, 공월의 「피눈물」(1919) 등은 당시 소설 창작의 수준을 집약적으로 보여 준다. 이 시기 소설들은 민족독립과 자주의식을 고취하고 있고 고대소설의 틀을 벗어나 언문일치를 기하고 있으며 생활을 진실하게 묘사하고 있다.

소설과 함께 창의문, 취지서, 성토문, 장편정론 등 산문작품도 많이 창작되었다. 1910년 남만주에서 반일민족주의단체 '경학사'를 세울 때 살포한 「경학사취지서」(리상룡 집필), 류린석의 저술 「우주문답」, 지룡담과 김정규가 오록정에게 보낸 「관리에게 드리는 글」, 1915년에 신규식이 남사에 올린 「동사 여러분께 드리는 글」과 같은 격문, 호소문, 수필 등과 신규식의 장편정론 『통언』, 김택영과 신채호의 다양한 산문작품들을 들 수 있다. 이러한 산문작품들은 반일독립투쟁의 앞장에 선 선각자들에 의해 창작되었고 그 주제의식이 뚜렷하고 격정적이며 선동성이 강하다.

이 시기에는 또 신파극(新派劇)과 근대적인 연극이 출현하였다. 일본유학을 하고 돌아온 지식인들은 이 고장의 청년들과 함께 그 당시 일본, 조선에서 성행한 신파극 또는 근대적인 연극을 본떠서 자체로 극본을 쓰고 공연했던 것이다. 일찍 이 시기 직접 연극을 보았다는 이들의 회고담에 따르면 1914년 무렵에 용정, 국자가(局子街) 그리고 기타 도시와 농촌에서 민권자유, 남녀평등, 자유혼인, 미신타파와 같은 주제를 다룬 '신가정(新家庭)', '미신타파'와 같은 연극들을 공연하였다고 한다. 그리고 이 시기 반일단체와 사립학교들에서도 연극을 창작, 공연하였는데 1915년 4월 10일부터 17일 사이에 길림시의 우리 민족 중학생들은 일제의 야만적인 침략죄행을 폭로, 단죄한 연극 '원흉'을 순회 공연하였다고 한다. 하지만 그러한 연극 대본들은 유감스럽게도 인멸되어 전해지지 않고 있다.

이 시기에 서사문학과 더불어 민요와 설화를 비롯한 구전문학작품들도 많이 창작되었다. 「북간도벌판」, 「신아리랑」, 「부모처자 다 이별하고」, 「이사길」, 「광복군 아리랑」, 「의병대가」 등은 대표적인 민요이고 「용천골」, 「룡드레촌」, 「무빈골」, 「삭발갱의」, 「포태마을의 이야기」 등은 대표적인 설화이다. 이러한 구전문학작품 속에는 우리 민족의 생활과 투쟁, 열망과 추구가 진실하게 반영되어 있으며 일제와 그 주구에 대한 저주와 불합리한 사회에 대한 비판과 풍자가 넘치고 있다.

설화 「용천골」의 이야기를 간추려 보면 다음과 같다. 용정에서 동남쪽으로 50여 리를 올라가면 오붓한 마을이 있다. 이 고장에 천만 길 깊은 땅속에서 샘물이 솟아나오는데 그 '물맛은 선경의 불로장수 생명수도 예다 비하지 못한다.' 임자도 없고 이름도 없는 '무인무명골'이었건만 봄이면 봄마다 앞뒤 산봉우리마다에는 진달래 만발하여 연분홍 꽃무늬 수를 놓았고 봄을 맞은 비둘기 쌍을 지어 날다가 맑은 샘물에 목욕하고 앞서거니 뒤서거니 하며 창공에서 날아옜다. 어느 해 봄 호시절에 초동은 지게에다 괭이와 낫을 가새지르고 물줄기 따라 샘물터에 이른다. 초동은 먼저 맑은 샘물로 목을 축인 후 산기슭에 옮겨 앉아 풀피리를 만들어 흥겹게 분다. 이때 아름다운 선녀가 구성진 피리소리를 듣고 샘물터에 내리는데 몸에는 채의를 감고 겨드랑이에는 채옥동이를 꼈다. 초동과 선녀는 그날로 백년가약을 맺는다. 그들 둘은 샘물을 용천이라 이름 짓고 그 샘물을 에워 논을 풀고 씨 뿌리니 그 골 이름이 용천골로 알려졌다 한다. 보다시피 설화 「룡천골」은 환상적인 아름다운 이야기를 통해 우리 인민들의 이주사, 개척사와 뜨거운 향토애, 그리고 행복한 미래에 대한 열렬한 지향을 낭만주의적으로 노래하고 있다.

이 시기 구비문학 창작에서 또 하나 특기해야 할 것은 3부의 민간설화집이 활자본

혹은 프린트본으로 출간된 것이다. 그것들로는 1898년 러시아작가 가린 미하일롭스끼가 수집, 정리해 러시아어 잡지 ≪미르보쥐이≫에 발표하고 1904년 단행본으로 출판한 『조선민담집』, 1908년 청나라 문인 류건봉(劉建封)이 채집 정리한 『장백산강강지략(長白山江崗誌略)』, 1914년 항일민족운동의 선도자 리동휘(李東輝, 1873~1935)의 지도하에 계봉우(桂逢禹)가 편찬한 『초등소학수신서(初等小學修身書)』 등이다. 52편의 조선족설화를 수록한 『조선민담집』은 두만강, 압록강 기슭과 백두산 지역에 살고 있는 우리 민족 인민들의 구술에 의해 채록되고 해외에서 발행된 근대 최초의 조선민담집이라는 점에서 주목되며 『장백산강강지략』은 '한인(韓人)'의 구술이라고 밝힌 조선민족관계 백두산전설 20여 편을 수록하고 있어 역시 귀중한 구비문학유산으로 인정되고 있다. 프린트본 『초등수학신서』는 리동휘, 계봉우 등 근대계몽교육가들이 애국계몽을 목적으로 편찬한 최초의 우화집으로서 이 시기 우리 민족 인민들 속에서 유전되고 있던 민간우화들을 기록했다는 점에서 역시 귀중한 구비문학유산으로 인정되고 있다.136)

요컨대 이 시기 문학은 당시 우리나라 사회발전의 역사적 조건과 창작자들의 사상, 미학적 수준의 제한성으로 말미암아 이러저러한 결함들을 내포하고 있음에도 불구하고 그 반제반봉건의 사상적 경향과 사실주의와 낭만주의에 기초한 평이한 형식, 대중의 미학적 요구에 걸맞은 소박한 언어 및 정치적 선동성으로 우리인민의 생활과 정서를 반영하고 우리 문학의 귀중한 터전을 마련하고 있다.

제2장 중국 조선족의 현대문학

중국의 현대조선민족문학은 대체로 1919년으로부터 1949년까지 이르는 시기에 반제반봉건의 사회적 현실 속에서 발전하였다. 이 시기의 문학을 사회현실의 변화와 문학의 발전 상황에 비추어 1919~1931년, 1931~1945년, 1945~1949년의 세 단계로 나누어 고찰하려 한다.

136) 權哲, 金東勳: 「中國朝鮮民族文學發展概觀」(中國朝鮮民族文學大系 1, 『漢詩集』, 黑龍江朝鮮民族出版社, 2000年版).

1. 1919년 이후 10월사회주의혁명과 기타 선진적인 문화사조의 영향하에 조선에서는 '3 · 1' 운동이 일어났고 중국에서는 '5 · 4' 운동이 일어났다. 용정의 '3 · 13' 반일민중운동과 상해 대한민국임시정부의 건립을 계기로 중국에 살고 있던 조선민족은 격렬한 반일독립투쟁을 진행함과 동시에 신문화 운동을 벌여 나갔다.

이 시기 문학은 급변하는 현실생활에 토대하여 반제반봉건과 민족해방의 기치를 더욱 철저하게 내세웠으며 반동통치를 뒤엎고 새로운 사회제도를 건설하려는 인민대중의 염원과 동경을 진실하게 반영하였다. 또한 이 시기 문학은 민족문화전통을 참답게 계승하고 조선민족의 현실생활을 진실하게 재현함으로써 많은 성과들을 거두었다.

무엇보다 먼저 이 시기 우리말 신문들이 간행됨에 따라 문학비평이 비교적 활발하게 진행되었다. 1920년대에 간행된 ≪독립신문≫, ≪민성보≫ 등에서 문학의 본질에 대한 토론을 진행하였다. 이를테면 1928년 '문예연구회'와 '문우회'의 활동, 그에 따른 문학의 본질, 문학유산의 계승 등 문제를 에워싸고 진행한 '백악산인(白岳山人)', '황무촌' 등과 '북극성', '문봉'과의 논쟁은 그 좋은 예가 된다.

이 시기에 새로운 투쟁현실을 진실하게 반영한 시와 소설, 희곡 등 다양한 장르의 작품들이 쏟아져 나왔다. 그중에서도 자유시가 많이 창작되었으며 한문시, 시조 등 자품도 적잖게 창작되었다. 이러한 시작품들은 반동통치의 죄악을 폭로하고 우리 민족의 염원과 지향을 노래하고 있다. 서정시의 경우만 보아도 김여의 「향수」, 목신의 「내가 죽었어? 룡화에 꽃구경하고」, 작자 미상의 「웬 일이냐?」, 백악산인의 「조선심(朝鮮心)」(1928), 이학성의 「님 찾는 마음」(1930), 작가 미상의 「연가해(燕歌解)」(1928) 등은 고국을 그리는 시인의 애틋한 향수와 민족적 자주독립의 절절한 숙원을 피타게 노래하고 있다. 또한 근파의 서정시 「님을 찾으며」, 초래생의 「단오절」, 김근타의 「여름의 농촌」, 그리고 P.A.S의 시조 「류랑인」 등은 망국노로 전락된 민족의 불우한 운명을 통탄하고 있다. 백악산인의 대표적인 서정시 「조선심」을 보기로 하자.

……
동무야 아느냐 조선의 마음은
겨레의 혼을 한데 뭉쳐서
나라의 빛나는 전역의 터전에
새로운 성탑을 높이 쌓으려니
악마의 벽력이 되겹쳐 내리쳐

희생의 선풍이 이 땅을 삼키여도
님의 정화는 꺼질 길 없노니
한토(韓土)에 한(韓)빛을 길이 밝히라.

이는 ≪민성보≫에 실린 서정시 「조선심」의 세 번째 연이다. 서정적 주인공은 조국에 대한 절절한 사랑을 안고 있다. 그는 그 어떤 환영(幻影)도 님의 마음을 유혹할 수 없는 법이니 우리는 설음과 희생을 이겨 내고 조선의 '미'를 길이 간직하고 조국의 성스러운 빛을 길이 밝혀야 한다고 호소하고 있다. 말하자면 이 시는 '조선의 마음'을 소중하게 간직하고 자신의 일체를 고스란히 조국과 민족 앞에 바치려는 서정적 주인공의 굳은 신념과 의지를 힘차게 노래하고 있다.

저명한 시인 김택영, 신규식, 신채호, 등도 이 시기에 많은 한시를 창작했다. 또한 민족독립운동에 뛰어들어 활약하던 독립투사들도 상해, 북경, 광동 등지에서 발간된 ≪진단≫, ≪천고(天鼓)≫, ≪광명≫ 등 잡지에 혁명적 격정으로 넘치는 시편들을 발표하였다. 1921년 용정에도 한시를 짓는 시인들로 무어진 '신유시사(辛酉詩社)'가 나왔으며 그 산하의 시우들에 의해 많은 시편들이 창작되었다고 한다. 하지만 지금까지 전해지고 있는 한시로는 다만 「잠두봉(蚕頭峰)」(1923, 작자 미상), 「모춘(暮春)」(1924, 작자 미상), 「모아산」(1924, 작자 미상) 등 몇 수뿐이다.

이 시기 반제반봉건투쟁이 날 따라 치열하게 진행됨에 따라 혁명가요도 많이 창작되었다. 이 시기 혁명가요는 그 이전 시기의 창가에 비해 소재와 주제 범위가 더욱더 확대되고 착취제도와 임흑한 현실에 내한 폭로, 미래에 대한 동경과 추구가 더욱더 강렬하게 표현되고 있다.

10월사회주의혁명의 승리에 크게 고무되어 사회주의를 목청껏 노래한 혁명가요들이 많이 창작, 보급되었는데 그 대표적인 작품으로 「붉은 봄 돌아왔네」, 「10월혁명가」, 「의회주권의 노래」(일명 무도곡), 「혁명가」, 「쏘련홍군가」 등이다. 유명한 혁명가요 「의회주권가」를 보자.

의회주권이 왔다 붉은 주권이 왔다
무산대중의 피값에 의회주권이 왔다

공산사회를 만들려 혁명투쟁에 힘 쓰고

세계혁명을 위하여 프로레타리아 싸운다

만세만세 부르며 붉은 10월 성공에
의회주권 세우려 마지막 끝까지 싸우자

……

이 혁명가요에서는 '의회주권', '자유의 정부', '공산사회' 등 새로운 사회제도를 동경하면서 그 실현을 위해 끝까지 싸우려는 인민대중의 결의를 경쾌한 리듬으로 노래하고 있다.

둘째로 민족적, 계급적 모순과 불합리한 사회제도를 폭로, 비판한 혁명가요들이 많이 창작되었으니 「현대사회모순가」, 「자유가」, 「불평등가」, 「빈농민자탄가」, 「가난한 자의 노래」 등이 그 대표적인 작품이다.

셋째로 계급적, 민족적 투쟁의 앞장에 선 투사와 영웅들의 숭고한 품성을 열정적으로 노래했으니 「총동원가」(일명 '붉은 5월의 노래'), 「계급전가」, 「혁명자의 노래」, 「기사전가」, 「추도가」 등이 그 대표적인 작품이다. 유명한 혁명가요 「총동원가」를 보기로 하자.

나가자 나가자 싸우려 나가자
용감한 기세로 어서 빨리 나가자
제국주의 군벌은 죽기를 재촉코
강탈과 학살을 여지없이 하노라

왔고나 왔고나 혁명이 왔고나
혁명의 기세는 전 세계를 덮었다
돈 없는 로동자 망치 메고 나오고
땅 없는 농민은 호미 메고 나오라

밥 짓던 누나는 식칼 들고 나오고
글 짓던 오빠는 붓대 들고 나오라
아시아 무산자 구라파 로동자
전 세계 무산자 총동원하여라

문헌자료에 의하면 1930년 '붉은 5월투쟁' 때 인민대중들은 바로 이 노래를 부르면서 시위행진을 단행했다고 한다. 이 노래는 비단 그 당시에 커다란 영향력을 과시했을 뿐만 아니라 항일무장투쟁 시기, 심지어 지금도 많이 애창되고 있다. 참으로 「총동원가」는 광범한 인민대중을 반제반봉건투쟁에 궐기시킨 총동원의 노래이다.

마지막으로 여성해방, 혼인자유, 아동생활 등의 주제를 다룬 혁명가요들이 많이 창작, 보급되었는데 이러한 주제에 바쳐진 혁명가요들은 그 이전 시기의 창가와는 달리 사회주의사상을 그 밑바닥에 깔고 있으며 봉건제도를 무너뜨리고 해방을 전취하려는 인민대중의 열망을 더욱 선명하게 표현하고 있다. 그 대표적인 작품으로는 「여성의 노래」, 「여성해방가」, 「나의 가정」, 「리혼가」, 「소년아동가」 등을 들 수 있다.

요컨대 혁명가요는 반제반봉건의 시대적인 움직임을 반영하고 인민대중의 드높은 혁명적 열정과 격정을 담고 있을 뿐만 아니라 그 시적 형식이 간소하고 시어가 소박하면서도 박력이 넘쳐 그 당시 혁명투쟁에 유력하게 이바지할 수 있었고 이 시기 인민대중들 속에서 널리 애창될 수 있었다.

1920년대 산문과 소설문학도 상당한 정도로 발전하였다. 이 시기에 격문, 수필, 등 산문작품들이 많이 창작되었는데 이는 그 당시 고조되던 혁명정세와 깊은 관련을 갖고 있다. 신채호, 김중건(金中建, 1889~1933) 등이 불합리한 현실을 고발하고 부패한 반동통치를 반대하여 많은 격문과 정론, 수필을 써 냈다. 그래도 이 시기에는 소설창작에서 보다 큰 성과를 올렸는데 최서해, 주요섭, 최상덕, 신채호, 등은 그 대표적인 소설가들이다. 이들 소설가들은 중국에서 활약했지만 작품은 대체로 조선 국내 문단지에 발표했다. 이들을 중국 조선민족문학의 범주에서 다룰 수 있느냐를 두고 많은 논난(論難)이 일고 있지만 여기서는 속지주의원칙(屬地主義原則)에 좇아 다루기로 한다.[137]

최학송(崔鶴松, 1901~1932)은 함경북도 성진에서 출생했고 호는 서해(曙海)이다. 1910년대 후기에 '간도'에 와서 다년간 어렵게 생활하다가 1923년에 조선에 돌아갔다. 그 후 그는 단편소설 「탈출기」(1925년), 「기아와 살육」(1925년) 등을 발표했다. 그의 소설들은 거의 다 '간도'에서의 체험에 토대하여 생활고에 허덕이는 우리 민족의 비참한 처지를 보여 주고 불합리한 사회의 암흑상을 신랄하게 폭로하였으며 인민

137) 金虎雄: 「'중국조선족문학사'의 편찬에 관한 몇가지 문제」(≪연변대학학보≫, 1992. 3).
權哲: 「중국조선민족문학사 편찬에서 제기된 몇가지 문제」(『광복전중국조선민족문학연구』, 한국문화사, 1999년 판 375쪽).

대중의 반항과 투쟁을 진실하게 표현함으로써 이 시기 소설문학의 새로운 경지를 개척하고 있다.

최학송이 주로 '간도'에 살고 있는 우리 민족의 생활을 다루었다면 작가 주요섭(朱耀燮, 1902~1972)은 주로 중국 남방의 대도시—상해를 배경으로 사회의 최하층에서 허덕이는 조선 사람들과 현지 근로인민들의 극도의 빈곤상과 사회의 부조리를 사실주의적으로 묘사하고 있다. 그의 단편소설 「인력거군」(1925), 「살인」(1925), 「개밥」(1927), 「할머니」(1930) 등은 그의 문학적 저력을 보여 준 수작이다. 바꾸어 말하면 그의 소설은 1920년대 조선 신경향파 문학의 특이한 한 갈래로 될 뿐만 아니라 중국 남방에 살고 있는 중국인의 생활을 조선인의 눈으로 보고 쓴 작품이라는 점에서 귀중한 문학유산으로 남는다.

작가 최상덕(崔象德, 1901~1970)은 조선 황해도 신천(信川)에서 출생했고 필명은 독견(獨鵑)이다. 1921년 상해혜령전문학원 중문과를 졸업하고 ≪상해일일신문≫의 기자, ≪중외일보≫ 학예부장을 역임한 바 있다. 이 시기 그는 최하층에 시달리는 근로인민들의 생활을 진실하게 묘사한 단편소설 「소작인의 딸」(1926), 「유모」(1926), 「바보의 진노」(1927) 등을 세상에 내놓았다.

이 시기에 신채호도 단편소설 「룡과 룡의 대격전」을 창작했는데 이 소설은 적극적 낭만주의문학의 성과로 간주되고 있다.

1920년대부터 대중적인 연극활동이 널리 전개되었다. 일부 자료에 의하면 1920년대 초 남만 길홍학교 대강당에서는 '안중근 의사가 할빈 역두에서 이토히로부미를 저격한' 내용을 담은 연극이 공연되었다. 그리고 1923년에 남경기독교여자청년회에서는 '독립운동을 위하여 활동하다가 곤욕당하던 정경을 묘사한' 연극을 무대에 올렸고 1924년에 상해 예수교회에서는 새해를 맞으며 연극 「탕자회개(蕩子悔改)」를 공연하였다. 1925년 3월 1일 상해 의성학교에서는 역사극(작품명 미상)을 공연했고 남경의 어느 한 단체에서는 독립운동을 반영한 연극 「백년의 공(功)」(림창모 등 연출)을 공연했다. 그리고 1920년대 후반기 간도 일대에서는 연극단체 '예우사', '연극호' 등과 문학예술동인 '문우회'와 같은 연극단체들이 나타나 많은 극작품을 무대에 올렸다. 하지만 대부분 연극대본들이 인멸되어 다만 그 당시 이러한 극작품에 직접 출연했거나 그 공연을 본 이들의 회상 및 일부 전해지고 있는 연극의 이야기줄거리 등 단편적인 자료에 의해 상술한 연극의 내용을 더듬어 볼 수밖에 없게 되었다.

이 시기에 공연된 우수한 극작품으로는 「경숙의 마지막」(1925), 「파랑새」(1925), 「수상한 청년(怪靑年)」(1929), 「야학으로 가는 길」(1920년대 후기), 「학우지정」(1928), 「어디로 갈것인가」(1930 ?)와 벙어리극 「이렇다」(1927) 등이 있다. 그중에서도 1925년에 왕청 라자구와 훈춘 일대에서 공연된 장막극 「경숙의 마지막」은 많은 관중들의 절찬을 받았다. 이 연극의 기본줄거리는 다음과 같다. 병석에 누워 신음하는 경숙의 아버지에게 악질 지주 김 선달이 빚 받으러 온다. 그놈은 당장 딸을 팔아서라도 빚을 갚으라고 호령하면서 '내일 중으로 그 빚을 갚지 않으면 집을 차압하겠다.'고 을러멘다. 이어 지주 김 선달은 중매군 이 영감을 보내 와 빚 대신 경숙이를 데려다 자기의 병신아들과 결혼시키려고 한다. 이때 설상가상으로 경숙이의 남동생 쇠돌이가 삯전을 받으며 기르던 송아지를 잃게 된다. 결국 경숙이네 집은 차압당한다. 경숙이는 하는 수 없어 아버지에게 약을 지어 드리고 집도 살리며 송아지도 값도 갚아 주기 위해 지주 김 선달네 집에 팔려 가기로 작심한다. 하지만 지주 아들에게 시집간 경숙이는 그 첫날밤에 남몰래 집을 나와 강물에 몸을 던져 생을 마감하고 만다. 보다시피 연극 「경숙의 마지막」은 주인공 경숙이의 비극적 형상을 통해 야만적이고 비인간적인 봉건지주계급을 고발하고 억압과 착취 속에 허덕이는 근로인민을 동정하고 있으며 그들의 자연발생적인 저항을 형상화하고 있다.

1920년대에도 새로운 문화사조와 인민들의 생활을 환상적인 수법으로 진실하게 반영한 민요와 설화 등 구전문학작품이 많이 창작되었다. 지금까지 전해지고 있는 민요로는 이주민들의 불우한 운명을 노래한 「뉘라서 간도가 좋다더냐」, 「헛농사」, 「새아리랑」, 「우리 살림」 등과 고난을 극복하고 새로운 삶의 터전을 마련하려는 이주민들의 염원과 의지를 노래한 「벼가 자라네」와 같은 작품을 들 수 있다. 역시 이 시기에 창작된 설화로는 여성의 미덕과 슬기를 노래한 「어머니의 마음」, 일제 순경들의 추태와 반일투사들의 용감성, 지혜로움을 재미있게 묘사한 「혼나간 오장」, 「청산리전투」, 「불행중 다행」 등을 들 수 있다.

2. '9 · 18' 사변으로부터 1945년 8월 광복을 맞기까지의 14년 동안 중국의 조선민족인민은 중국공산당이 영도하는 항일민족통일전선에 가담하여 가열처절한 항쟁을 벌

림으로써 끝끝내 일제침략자들을 물리치고 항일전쟁의 승리를 취득하였다.

'9·18' 사변 후 날로 깊이 있게 전개된 항일무장투쟁의 거창한 현실은 우리의 문학 앞에 새로운 요구를 제기했다. 바꾸어 말하면 이 시기의 문학은 항일구국의 절박한 시대적 요구와 광범한 인민대중의 사상-미학적 요구를 반영하면서 발랄하게 발전하였다.

이 시기 조선민족의 문학활동은 일제의 통치하에 있는 동북의 적 점령구, 중국공산당의 직접적인 지도하에 있는 동북항일유격구(대), 그리고 관내에서 항일에 나섰던 조선의용군과 여러 반일부대들에서 진행되었다.

일제통치하에 있던 적 점령구의 사회정치적 환경은 아주 험악하였다. 하지만 조선민족의 진보적인 작가들은 문학 창작활동을 끈질기게 벌여 나갔다. 저명한 여류작가 강경애를 비롯해 시인 윤동주, 김조규, 리학성, 함형수, 류치환, 송철리, 천청송, 리수형, 김달진, 박귀송, 박팔양, 조학래, 리호남, 손상보. 소설가 현경준, 김창걸, 안수길, 황건, 박영준, 최명익, 신서야, 김국진. 극작가 리주복, 리헌 그리고 평론가 김우철, 엄무헌 등 수십 명으로 헤아리는 작가들이 활약했다.[138)]

1933년 용정에서 극작가 리주복 등의 발기하에 문학동인단체 '북향회'가 발족되어 동인지를 펴내고 후진들을 양성했다. 시단에서는 '시현실' 동인들이 활약했다. 이들은 당시 '북향회'에서 간행한 ≪북향≫지, 천주교회에서 꾸린 ≪카톨릭소년≫ 등과 ≪만선일보≫ 및 조선 국내의 여러 신문과 잡지에 작품을 발표했다. 또한 1940년대에 들어와 일부 작가들은 출판자금을 마련해 『싹트는 대지』(1941), 『만주시인집』(1942), 『재만 조선인시인집』(1942), 종합작품집 『만주조선문예선』(1941) 등을 출판했다.

상술한 바와 같이 이 시기 적 점령구에서의 문학 창작은 어려운 환경 속에서도 커다란 발전을 가져왔다. 작가대오가 늘어나고 작품의 수량의 늘어났으며 현실반영의 깊이와 넓이 및 다양한 예술방법의 도입 등에서 그 이전 단계의 문학을 훨씬 초월했다.

이 시기 다른 장르에 비해 시문학이 보다 활발하게 창작, 발표되었다. 시인들은 시 창작을 통해 민족의 주체의식을 고취하고 인민대중을 항일민족투쟁으로 궐기시켰다. 당시 시단에서 활약한 대표적인 시인으로는 윤동주, 김조규, 리학성, 함형수, 류치환, 송철리, 천청송 등을 들 수 있다.

138) 김호웅: 「在滿朝鮮人文學硏究」 韓國國學資料院, 1997年版.

시인 윤동주(1917～1945)는 일제통치하의 암흑 속에서 '시대처럼 올 아침'을 기다리며 '죽는 날까지 하늘을 우러러 한 점 부끄럼이 없기'를 바랐던 저항시인이다. 지금 그의 무덤은 용정시 동산교회 묘소에 있다. 그의 유고시집 『하늘과 바람과 별과 시』에는 「서시」(1941), 「자화상」(1939), 「십자가」(1941), 「별 헤는 밤」(1941) 등 100여 수가 수록되어 있다. 북간도에 시심의 뿌리를 박고 자신의 결백하고 희생적인 자아로 잎사귀에 이는 바람에도 괴로워했고 별을 노래하는 마음으로 모든 죽어 가는 것을 사랑하면서 조국과 민족을 위한 제단에 자기의 젊은 몸을 조용히 바친 그의 아름다운 시편들은 이 시기 문학이 남긴 가장 귀중한 정신사적 재부로 되며 동시에 조선 현대 암흑기의 한 줄기 밝은 별빛으로 된다. 윤동주의 최고의 대표작 「서시(序詩)」를 보기로 하자.

죽는 날까지 하늘을 우러러
한점 부끄럼이 없기를,
잎새에 이는 바람에도
나는 괴로워했다.
별을 노래하는 마음으로
모든 죽어가는 것을 사랑해야지
그리고 나한테 주어진 길을
걸어가야겠다.

오늘밤에도 별이 바람에 스치운다.
－1941. 11. 20.

시인 김조규(金朝奎, 1914～1990)는 ≪조선일보≫와 ≪동광≫에 시 「련심」, 「검은 구름이 모일 때」를 발표하면서 시단에 등단했다. 그는 '단층(斷層)'과 '맥(貘)'의 동인으로 활약하면서 모더니즘적 기법을 수용해 전위(前衛)적 성격의 시들을 적잖게 발표하기도 했으나 1939년 중국에 이주해 조양천농업중학에서 영어를 가르치는 한편 시 창작에 정진했다. 1943년 말 시인은 ≪만선일보≫ 편집기자로 갔다가 1945년 3월경에 고향 평안남도 덕천군으로 돌아갔다. 그는 이 시기 조선민족의 참담한 생활상을 보고 그들의 생활과 정서를 리얼하게 형상한 시 「두만강」(1939), 「3등대합실」(1940), 「북행렬차」, 「전선주」(1941) 등을 창작, 발표해 이 시기 시단에 남다른 기여를 하였다.

시인 리학성(李鶴城, 1907~1984)의 필명은 리욱(李旭)이다. 그는 1930년대 초에 시단에 나섰다. 그러나 이 시기에 쓴 작품들은 많이 인멸되었는데 지금 찾아볼 수 있는 작품들로는 서정시 「척촉화(躑躅花)」(1935), 「금붕어」(1938), 「별」(1942), 「북두성」(1945) 등 30여 편이다. 그의 시는 보다 다양한 제재와 주제를 다루면서 강한 민족의식으로 겨레의 고매한 지조와 품성 및 민족의 미래에 대한 낭만주의적 지향을 노래하고 있다. 따라서 그의 시는 호방하면서도 철리적인 색채가 짙다. 그의 시 「금붕어」를 보자.

백공작이 날개를 펴는
바다가 그립고
항시 칠색 무지개를 그리며
련꽃항아리에서
까무러진 상념에
툭-툭 꼬리를 친다

안타까운 운명에
애가 타고 타서
까만 안공에 불을 켜고
자주 황금 갑옷을 떨지나니

붉은 산호림속에서
맘대로 진주를 굴리고싶어
줄곧 창너머로
푸른 남천에
희망의 기폭을 날린다.

여기서 금붕어는 분명 시인 자신의 고뇌와 암중모색을 대변한다. 시인은 어두운 현실 속에 갇혀 있는 몸이지만 자유와 행복을 꿈꾸며 출구를 찾아 헤맨다. 그러나 생명의 창조력과 인간의 개성과 꿈이 현실화될 수 있는 새 세상이 오면 마치 금붕어가 '붉은 산호림 속에서 맘대로 진주를 굴리'듯이 시인 자신도 맘껏 생명의 가치를 실현할 것이라고 노래한다. 어두운 현실의 질곡에서 벗어나 자유와 해방을 찾으려는 한 젊은 시인의 몸부림, 아니 민족의 해방과 독립을 찾으려는 그 당시 열혈청년들의 희망을 상징적으로 읊조리고 있다.

시인 함형수(咸亨洙, 1914~1946)는 일찍 조선 국내에서 '시인부락' 동인으로 활약하다가 1937년 중국에 이주했다. 그는 서정시 「가족」(1940), 「정오의 모랄」(1940), 「나의 신(神)은」(1943), 「비애」(1943) 등을 발표했다. 이런 시편들은 겨레의 자존의 의지와 미래에 대한 불타는 이상을 노래하고 있다. 그의 시는 그 어떤 형식에 구애됨이 없이 자유롭고 진솔하게 자기의 감정을 읊조리고 있다.

시인 류치환(柳致環, 1908~1967)은 1938년 중국에 이주했는데 조선에 있을 때 벌써 우리 민족의 운명을 깊이 대변한 시작들을 발표했다. 중국에 이주한 후에 발표한 그의 대표작으로는 「생명의 서(書)」(1938), 「광야에 와서」(1940), 「편지」(1942), 「바위」(1942), 「음수(陰獸)」(1942), 「노(怒)한 산」 등을 들 수 있다. 「노한 산」을 보자.

그 淪落의 거리를 지켜
먼 寒天에 山은 홀로이 돌아앉아 있었도다
눈 뜨자 거리는 저자를 이루어
사람들은 다투어 食婪하기에 餘念없고
내 일즉이
호올로 슬프기를 두려워하지 않았나니
日暮에 하늘은 陰寒히 雪意를 품고
사람은 오히려 우러러 하늘을 憎惡하건만
아아 山이여 너는 높이 怒하여
그 寒天에 구디 접어주지말고 있으라.

보다시피 암담하고 험악한 현실에 직면해 실의와 슬픔에 잠기지 않고 오히려 극복과 대결의 의지로 암울한 시대와 맞서려는 시인의 비장한 결의를 예술적으로 표현한 명편이다. 류치환의 「바위」 역시 명시라고 할 수 있다.

내 죽으면 한 개 바위가 되리라
아예 애련에 물들지 않고
희로에 움직이지 않고
비와 바람에 깍이는 대로
억년 비정의 침묵에
안으로 안으로만 채찍질하여
드디여 생명을 망각하고
흐르는 구름

머언 원뢰
꿈꾸어도 노래하지 않고
두쪽으로 깨뜨려져도
소리하지 않는 바위가 되리라.

시인 천청송과 송철리. 천청송(千青松, 1915~?)은 ≪북향≫ 시절부터 용정에서 활약한 시인이다. 그는 ≪북향≫지에 「우습의 철학」(1936), 「꿈 아닌 꿈」(1936)을, ≪만선일보≫에 「이역의 밤」, 「무심초(無心草)」(1940), 「우감록(愚感錄)」(1940), 「닭 잡어먹던 집」(1940), 「무지개 벗친다는 샘」(1940)을, 그리고 『만주시인집』에 조시(組詩) 「선구민(先驅民)」, 「고화(古畵)」를, 『재만 조선인시인집』에 「드메」, 「무덤」, 「서당」 등을 발표했다. 그의 시는 다분히 담시(譚詩)적인 성격을 띠며 또 담시적인 시각으로 볼 때만이 그 가치를 발견할 수 있다. 이를테면 시 「닭 잡어먹던 집」은 닭 잡아먹던 집에 얽힌 하나의 사연을 통해 영락되고 파산된 조선인 개척민들의 생활을 보여 주면서 해학적인 시어로 향수를 달래고 있다.

송철리(宋鐵利, 생존 연대 미상)는 1930년대에 시단에 등단해 인기를 모았다. 천청송의 시와는 달리 송철리의 시는 특징적인 자연물에 의탁해 상징적인 이미지를 창조하고 그 속에 짙은 향수를 담는다. 또한 그 시적 구성이 치밀하고 시어가 세련되고 있다. 당시의 평론가 김우철은 「만주조선인시단과 시인」이라는 글에서 송철리의 시는 고요한 서정성을 담은 한 폭의 풍경화를 방불케 한다고 평한 바 있다. 그의 시 「명음(鳴咽)」에서는 옛 보금자리(고구려나 발해의 땅)를 찾아 파랑새처럼 험한 길 달려왔건만 공작새 놀던 곳에 꽃잎 하나 남아 있지 않다고 하면서 비탄에 젖어 황당하고 허무한 현실을 원망하고 있다.

상기한 시인들 외에 리수형(李琇馨), 김달진(金達鎭), 박귀송(朴貴松), 조학래(趙鶴來), 리호남(李豪男) 등 시인들도 시 창작에 정진해 이 시기의 시문학에 기여하였다.

이 시기 소설문학에서도 보다 뚜렷한 성과를 거두었다. 저명한 작가 강경애(姜敬愛)를 비롯하여 안수길(安壽吉), 현경준(玄卿駿), 황건(黃健), 박영준(朴榮濬), 김창걸(金昌傑) 등은 ≪북향≫과 ≪만선일보≫ 등에 소설을 발표했고 1940년대 초반에는 종합소설집 『싹트는 대지』, 안수길의 소설집 『북원(北原)』을 펴내기도 하였다.

강경애(1906~1944)는 그의 대부분 소설들을 용정에서 창작했다. 사회적 주제를 다룬 중편소설 『어머니와 딸』(1931), 『소금』(1933), 단편소설 「채전」(1933), 「지하촌」(1936) 등 수십 편을 발표했다. 그의 대표작 「인간문제」는 일제치하의 불합리한 사회제도를 뒤엎고 새로운 사회를 건설하기 위한 일련의 문제들을 제기하고 그에 대한 예술적인 해답을 주고 있다. 소설은 구성이 치밀하며 언어가 섬세하고 정서적이다. 지금 그의 문학비는 용정의 비암산 동쪽기슭에 해란강을 바라보고 서 있다.

안수길(1911~1977)은 ≪북향≫ 시절부터 광복 전야까지 용정, 신경 등지에서 교원, 기자로 생활하면서 많은 작품을 창작, 발표했다. 1943년에는 「벼」(1942), 「새벽」(1943), 「원각촌」(194) 등 14편의 소설을 수록한 소설집 『북원』을 펴내고 광복 전야에는 ≪만선일보≫에 장편소설 『북향보(北鄕譜)』를 연재하였다. 그의 소설은 조선인 이주민들의 역사와 운명에 초점을 맞추고 그들의 수난사와 개척사를 예술적으로 일반화함으로써 이 시기 소설문학의 기본적인 흐름을 대변하고 있다.

현경준(1910~1951)은 1937년 중국에 이주한 후 도문에서 교편을 잡고 있으면서 단편소설 「오마리」(1939), 「급료일」(1939), 「사생첩(寫生帖)」(1941), 중편소설 『류맹』(1940), 『인생좌』(1943) 등을 발표했다. 그의 소설은 암담한 현실 속의 타락된 인간과 세태를 진실하게 묘사해 현실을 고발하고 작중인물들에게 재생의 길을 제시하고 있다.

황건(1918~1991)은 전라북도 무주에서 교편을 잡고 있다가 1939년 중국의 동북에 와 ≪만선일보≫에서 약 1년간 기자로 지냈다. 이 시기에 그는 소설 「기적(汽笛)」, 「지연」, 「제화」 등을 발표했다. 소설 「제화」는 암흑한 만주의 현실에서 좌절의 고배를 마신 한 지식청년의 고뇌와 현 제도에 대한 회의와 부정을 보여 주고 있다.

박영준(1911~)은 1934년 용정의 동흥중학교에 와 1년간 교편을 잡은 바 있고 그 후 다시 조선에 돌아갔다가 1938년에 다시 반석으로 이주해 협화회의 회무직원으로 근무하면서 소설을 창작해 발표했다. 이 시기에 발표한 소설들로는 「아름다운 길」(1938), 「의수(義手)」(1939), 「중독자」(1940), 장편소설 『쌍영(雙影)』(1939), 『밀림의 녀인』(1941) 등이 있다. 그의 소설들은 주로 화려하고 기교적인 필치로 소시민층의 애정, 윤리 등의 주제를 다루고 있다. 소설 『밀림의 녀인』은 열다섯 살 때 '공비(共匪)'들에게 잡혀가 10년간 '산속생활'을 하던 끝에 다리에 총상을 입고 일본군 토벌대에 의해 '포로'로 잡힌 김순이(金順伊)의 '귀화(歸化)' 과정을 그린 소설로서 위만주국의 기존 질서에 부응한 작품으로 그 한계를 드러내고 있다. 그럼에도 불구하고 박영준은 이 시기 첫 장편소설 『쌍영』을 펴낸 작가로 특별히 주목된다.

김창걸(1911~1991)은 진정한 의미에서의 중국 조선족의 향토작가요, 조선족 소설문학의 아버지이다. 1936년 처녀작 「무빈골전설」을 쓴 때로부터 1943년 「절필사」를 쓰고 붓을 꺾기까지 8년 사이에 단편소설 「암야」(1939), 「락제」(1940), 「청공」 등 많은 작품을 발표했다. 그의 작품은 암흑한 일제 치하에 살고 있는 근로인민의 비참한 생활을 진실하게 묘사하고 강렬한 민족정신과 저항정신을 표출하고 있음으로 하여 이 시기 소설문학의 가장 값진 성과로 인정되고 있다. 특히 단편소설 「암야」는 생동한 인물형상의 창조와 향토적 색채가 진한 인민적 언어의 구사 등으로 하여 김창걸의 대표작으로 될 뿐만 아니라 이 시기 소설문학의 가장 우수한 작품으로 되고 있다. 지금 김창걸의 문학비는 용정시 지신향 장재촌의 륙도하 기슭에 서 있다.

이 외에도 박계주(朴啓周), 최명익(崔明翊), 신서야(申曙野), 김국진(金國鎭), 한찬숙(韓贊淑) 등 작가들도 적지 않은 소설을 발표해 이 시기 소설문학에 기여하였다.

이 시기 적 점령구에서의 연극창작과 활동은 일제의 파쇼적인 문화전제주의의 통제로 말미암아 큰 저애를 받았다. 이때 공연된 연극들이라면 고작해야 조선에서 순회공연을 온 '조선유일극단'이나 '호화선'에서 공연한 비극 「울고 갈 길 왜 왔는가」(작자 미상), 「인생의 향기」(송영), 「무정」(리광수), 「그 여자의 방랑기」(리운방), 「고향에 돌아갈 사람들」(작자 미상), 「장한가」 등이 있었을 뿐이다. 당시 지면을 통해 발표한 희곡도 많지 못한데 지금 볼 수 있는 것으로는 장막극 「파천당(破天堂)」(리주복, 1936), 「려명전후」(리무영 원작, 리갑기 개편, 1940), 단막극 「곽첨지 사는 마을」(리헌, 1940), 아동극 「리야왕」(김상덕, 1939) 등이다. 그중 단막극 「곽첨지 사는 마을」은 부동한 계층의 생동한 형상의 창조함으로써 19세기 말 조선농민들의 빈궁한 생활상과 봉건통치에 대한 저항의식을 보여 주고 있다.

항일유격구의 인민들과 항일대원들은 피어린 무장투쟁을 진행하는 동시에 다양한 형태의 문예활동을 전개하였다. 이러한 대중적인 혁명문학은 항일무장투쟁에 크게 이바지했다. 이 시기에는 항일가요, 연극, 격문 등에 걸쳐 다양한 문학양식이 창출되었으나 그중에서도 항일가요와 연극창작이 더욱 활기를 띠고 있었다.

항일가요는 조선민족의 전통적 악곡 또는 현대악곡과 결부된 시가형태로서 그 대부분이 혁명투사들의 집단적인 힘과 예술적인 재능에 의해 창작되고 윤색되어 오늘까지 전해지고 있다.

이 시기 항일가요에서 우선 우리의 이목을 끄는 것은 일제의 무단적인 침략죄행을 폭로, 단죄하고 망국노로 된 민족의 비참한 운명을 통탄하며 반제투쟁과 민족해방의 사상을 노래한 작품들이다. 「반일전가」, 「9 · 18사변가」, 「인민의 처지」, 「민족해방가」, 「일어나라 무산대중」 등이 그 대표적인 작품들이다.

둘째로 민족과 계급의 해방을 위해 몸 바쳐 싸우는 항일투사들의 숭고한 품성과 굴함 없는 의지를 찬미한 노래들이 많이 창작, 보급되었는데 이를테면 「붉은 군인 되련다」, 「 끓는 피는 더 끓어」, 「혁명군의 노래」, 「연길감옥가」, 「빨찌산 추도가」 등이 그 좋은 례로 된다. 항일가요 「혁명군의 노래」를 보자.

남북만주 설한풍 휩쓰는 산중에
결심 품고 떠다니는 우리 혁명군
천신만고 모두다 달게 여기며
피와 땀 흘린자 그 얼마더냐

몽골사막 지동치듯 거세찬 바람
사정없이 살점을 떼여갈 때에
삼림속에 눈 깔고 누워 잘 때면
끓는 피는 더욱더 뜨거워진다

지친 다리 끌고서 보보행진코
주린 배를 졸라내고 힘을 돋군다
무정하다 세월은 흘러가는데
목적하는 혁명사업 언제 이룰가

셋째로 10월사회주의혁명과 국제친선을 구가한 「10월혁명의 노래」, 「메데가」, 「10진가」와 항일투사들의 낙관적인 정신을 보여 준 「유희곡」, 「무도곡」과 같은 작품도 많이 창작되었다.

상술한 항일가요는 전투적인 기백, 선동성, 호소성이 강하며 가창성이 강한 것이 그 특징으로 되고 있다.

이 시기 항일유격구에서는 항일가요가 보급됨과 아울러 대중적인 연극활동도 널리 전개되었다. 당시 무대에 올린 대부분의 연극은 항일유격구의 군민들에 의해 집단적으로 창작되었다. 송영의 유명한 실화 「백두산은 어디서나 보인다」에서는 백두산지역의 항일유격구에서 진행한 연극상황을 다음과 같이 기록하고 있다.

"……그중 연극을 많이 하였다. 연극은 거의 모두가 단막짜리 희극들인데 그 내용은 미신타파, 반봉건, 남녀평등, 일제의 정치 폭로, 인민들의 단결과 투쟁이었다.

그중 몇 가지 실례만 들어 본다. 여름날 길을 가던 남자 행인이 목이 몹시 말라서 어떤 길가 집에 가서 냉수 한 그릇을 청하였다. 때마침 그 집에는 젊은 부인 혼자만 있었다. 봉건적 폐습에 그대로 젖어 있는 그 부인은 물 한 그릇을 뜨기는 했으나 부엌 안에서, 그것도 돌아서서 그릇을 든 손을 내밀었다. 남자 행인도 남녀가 유별한 것은 아는지라 외면을 하고 이 물그릇을 받다가 그만 물그릇이 떨어져 깨여지고 말았다.

또 다른 하나는 이런 것이다. 열두 살 먹은 신랑과 열여덟 살 먹은 신부가 첫 나들이를 떠났는데 큰 개울을 만났다. 때는 여름날 장마 뒤끝이라 물결이 어른의 허리까지 찼다.

다른 행인들은 성큼성큼 건너갔다. 물론 신부도 넉넉히 건너갈 수 있으나 그러나 열두 살짜리 꼬마 신랑은 어쩔 줄을 모르고 입만 벌리고 섰다. 그렇다고 첫 나들이 길을 돌아설 수도 없는 것이다. 신부는 생각다 못해 신랑을 업었다. 그러자 신랑은 무섭다고 소리소리 질러 엉엉 울고 말았다. 이것을 본 행인들은 모두 손가락질을 하며 비웃는다.

'콧물 흘리는 것을 장가보내다니'

'그게 어디 아들을 위한 거요. 한시라도 바삐 며느리나 데려다 놓고 부려먹자는 게지'

'저런 어린애를 남편이라고 섬기다니, 정말 팔자가 사납군'

'에구, 저거 보지. 업혀 가면서 우는 꼴이 꼭 어린앨세'

이런 소리를 듣는 신부는 부끄러워 얼굴이 새빨개지고 주르르 눈물이 쏟아져 흘러내렸다. 관중들은 이것을 보면서 허리들을 펴지 못했다. 그러나 젊은 여자들은 눈물을 흘렸고 늙은 노파는 가슴속이 뭉클해졌다."[139]

이 시기 공연된 연극 가운데서 보다 큰 영향력을 가졌던 것들로는 「혈해지창(血海之唱)」(까마귀, 1937), 「싸우는 밀림」(까마귀, 1938), 「4.6제」(1932), 「유언을 받들고」

139) 송영: 「백두산은 어디서나 보인다」 조선문예출판사, 19, 41–42쪽.

(1930), 「굿과 약」(1930) 등이 있다.

연극 「혈해지창」은 30년대 후반기 장백산지구의 항일무장투쟁을 배경으로 삼고 '뻐꾹새'와 같은 항일영웅의 형상을 부각함으로써 항일무장투쟁의 본질적 특성을 서사시적 화폭으로 그렸으며 조－한민족 간의 피로써 맺어진 친선을 찬미했다. 작품은 혁명적 사실주의 원칙에 좇아 인물형상의 비극성, 진실성을 살리면서도 혁명승리의 미래를 제시하고 있으며 첨예한 갈등에 토대한 극적 분위기를 창출해 청중들을 사로잡고 있다. 또한 인물의 대사가 평이하고 생동하며 비유와 과장, 반의어와 상징 및 완곡법 등 다양한 문체론적 수법을 사용해 작품의 형상성을 높이고 있다.

이 시기 관내 여러 지역에서도 조선민족 군민들에 의해 문학활동이 전개되었다. 이때 화북, 화중 지대에서 활동하던 의용군과 광복군에서는 ≪조선의용대통신≫, ≪민족해방≫, ≪전고≫, ≪한국청년≫ 등 20여 종에 달하는 잡지들을 간행했는데 이러한 잡지들에서는 조선인 혁명가들과 군인들의 문학작품들을 많이 실었다. 또한 의용군과 광복군 산하의 선전대들에서는 많은 가무와 연극 작품들을 창작해 무대에 올렸다.

의용군에서는 항일가요와 시를 많이 창작했는데 그 대표적인 작품으로는 「최후의 결전」(석정), 「어둠을 뚫고」(김학철), 「자유는 빛난다」(작자 미상), 「진군가」(작자 미상), 「조선의용군추도가」(김학철) 등이 있다. 대표적인 시작품으로는 민족의 재생에 대한 갈망과 앞날에 대한 동경을 노래한 「광복과 부흥의 길로」(려전), 「압록강」(백치), 「어머니를 그리여」(운청) 등을 들 수 있다. 이를테면 김학철의 「조선의용군추도가」에서는 "사나운 비바람 치는 길에서/다 못가고 쓰러지는 너의 뜻을/이어서 이룰 것을 맹세하노니/진리의 그늘밑에 길이길이 잠들어라/……"라고 노래하고 있다.

이 시기 관내의 북경, 상해, 연안 등지에서 활동한 조선인 문인 또는 조선인 혁명가들도 문학작품을 창작, 발표했는데 대표적인 문인으로서는 김광주, 주요섭을, 혁명가로서 훌륭한 문학작품을 남긴 사람으로는 리륙사와 김산을 내세울 수 있다.

김광주(1910～1973)는 1930년대 초에 중국에 온 후 광복을 맞을 때까지 줄곧 문학활동을 진행했다. 그는 1933년 상해에서 동인지 ≪보헤미언≫을 발간하고 또 '보헤미언연극사'도 만들었다. 이 시기 그는 일제치하 지식인들의 생활고와 시대적 불안을 다룬 단편소설 「남경로의 창공」(1935), 「북평서 온 령감」(1936), 화류계에 몸을 던진 여인들의 비참한 처지와 심리적 고통을 파헤친 단편소설 「얘지(野鷄)—이쁜이의 편지」

등 특색 있는 작품들을 세상에 내놓았다.

리륙사(李陸史, 原名은 李源祿, 1905~1944)는 중국 북경대학 사회과를 졸업하고 1944년 북경감옥에서 옥사했다. 해방 후 그의 친구들의 호의로 발간된 『륙사시집』에 그의 작품들이 수록되어 있는데 그의 대표적인 작품으로 「청포도(靑葡萄)」, 「절정(絶頂)」, 「광야」를 들 수 있다. 그의 시는 상징주의 수법을 썼으며 시정신의 주류는 역시 피압박민족으로서의 정치적 울분이었다. 그의 시 「절정」을 보자.

매운 季節의 채쭉에 갈겨
마츰내 北方으로 휩쓸려오다

하늘도 그만 지쳐 끝난 高原
서리빨 칼날진 그 우에 서다

어데다 무릎을 꿇어야 하나
한발 재겨 디딜곳조차 없다

이러매 눈 감아 생각해 볼밖에
겨울은 강철로 된 무지갠가 보다

이 작품은 김홍규가 말한 바와 같이 '조국 상실과 민족 수난이라는 역사적현실을 배경으로 하여 한 사람의 투사가 자신의 삶에 더 이상 물러설 수 없는 최종적 의의를 부여하는 결단의 자리'를 노래한 작품이다.[140]그의 시를 통해 중국문화의 영향을 많이 볼 수 있고 대표작 「절정」의 경우, '짧은 문면 속에 담긴 상상적 공간의 규모와 대륙적이며 남성적인 시어'로 특징적이다.[141]

김산(원명 張志樂, 1905~1938)은 중국에서 활약한 혁명가이며 문인이다. 1919년 일본 동경제국대학에서 공부한 바 있고 1920년 6월 중국 길림성의 류하현에서 조선독립군이 꾸린 무관학교를 졸업하고 상해, 광주, 북경, 연안 등지에서 직업적인 혁명가로 활동하면서 잡지를 펴내고 문학작품을 창작했다. 1938년 김산은 강생(康生) 일당에 의해 암암리에 처형되었다. 그의 소설로는 「기묘한 무기」가 있고 님 웨일즈와의

140) 金興奎: 「륙사의 시와 세계인식」(『창작과 비평』, 1979년 여름호).
141) 李東夏: 「儒者의 정신과 객관적 절제」(『한국대표시 평설』, 문학세계사, 1995년 판, 231쪽).

합작으로 장편소설『아리랑』을 사후(死後)에 펴냈다.『아리랑』은 조선인 혁명가의 불굴의 투쟁의지와 실존적인 고뇌를 다룬 역작으로 평가되고 있으며 주요한 문헌적 가치를 가지고 있다.

이 시기 관내의 반일부대들에서는 늘 연극을 공연했다. 그중에는 민족의 독립과 해방을 쟁취하기 위해 싸움터로 나가는 젊은 일대들을 형상화한 단막극「승리」(김학철, 1941),「두만강변」(집체 작, 1944), 항일투사들의 피어린 투쟁과 그들의 고귀한 품성을 노래한「태항산에서」(진동명, 1942), 일제의 탄압과 약탈에 항거하여 일으킨 농민들의 쟁의와 그들의 열망을 반영한「조선의 딸」(의용군선전대, 1943), 국민당과 그 주구들의 매국적인 추악상을 폭로한「승리」(작자 미상, 1942),「황군의 꿈」(김창만, 1943), 반일투쟁에 떨쳐나선 의용군 용사들을 노래하고 우경기회주의를 신랄하게 폭로, 규탄한「북경의 밤」(집체 작, 1944) 등을 대표적인 작품으로 들 수 있다. 또한 연극「강제징병」(고철)의 경우와 같이 조선의 한 노모가 강제징병에 의해 전쟁터로 끌려 나가는 외아들을 바래는 기막힌 사정을 형상화한 작품도 있다.

이 시기 민요와 설화 등 구전문학이 민중들 속에서 널리 창작, 전승되었다. 그렇지만 아직까지 이 시기 구전문학에 대한 전면적인 수집과 연구사업이 본격적으로 진행되지 못하여 항일시기 구전문학의 실태를 보다 전면적으로 고찰, 개괄하는 작업은 일후의 과제로 미룰 수밖에 없다. 지금까지 전승되어 온 민요 중에는 전투에서 패배한 일본군의 추악상을 여지없이 폭로, 야유한「유격대」,「왜호박」,「어이 앵고댕고」,「개눈」,「왜놈병 벼락맞았네」,「하루밤사이에」 등과 당시 인민들의 생활세태를 반영한 작품들, 이를테면「새아리랑」 등과 같은 작품들이 있다. 이 시기의 민담들에는 항일투쟁의 현실 속에 실지로 존재한 인물과 사건들을 다룬 작품들이 절대 대부분을 차지한다. 민담「박지형」,「신창동전투」,「신출귀몰」,「제1루사건」,「오랍누이」,「정찰반장 김봉숙」과 같은 작품들이 그 예로 된다. 상술한 구전문학작품들은 항일투쟁의 현실을 폭넓게 일반화하면서 환상적인 수법으로 생활을 반영하고 과장과 상징, 비유 등 수법을 애용하고 있으며 격조가 명랑하다.

3. 1945년 8월 항일전쟁의 승리와 더불어 조선민족은 드디어 일제의 식민통치의 기반에서 벗어나 해방을 맞게 되었다. 따라서 조선민족의 집거구들에서는 일련의 사

회개혁을 힘 있게 전개하였으며 그 가운데서 조선민족문학도 새롭게 회복, 발전하기 시작했다.

이 시기 각지에서 문예단체들이 우후죽순마냥 나타났다. 연변에서 '동라(銅羅)문인동맹'이 나왔고 목단강지구에서 '동북신흥예술가협회'가 나왔는데 이러한 문인단체들에서는 선후로 ≪불꽃≫(연길), ≪건설≫(목단강) 등 간행물들을 펴내 문인들의 작품을 실었다. 그리고 해방 직후 발행된 연길의 ≪연변일보≫, 목단강의 ≪인민신보≫, 할빈의 ≪민주일보≫, 통화의 ≪단결일보≫ 등 신문들도 문학작품을 실었다.

이 시기 조선민족문단은 날로 활기를 띠고 발전했고 작가, 시인들은 다양한 장르의 문학작품들을 창작하였다. 특히 가사를 비롯한 시문학과 희곡을 보다 많이 창작, 공연하였다.

이 시기 시단에서 활약한 시인으로는 해방 전부터 작품활동을 한 바 있는 리욱, 천청송, 윤해영, 채택룡, 김례삼, 설인(본명 이성휘) 등과 해방 후 시단에 데뷔한 신활, 김태휘, 임효원, 김순기, 장만련 등이다. 1947년 15명 시인들의 시작품을 수록한 종합시집 『태풍』(연길 한글연구회 편)과 리욱의 시선집 『북두성』이 출판되었다. 1949년 리욱은 두 번째 시선집 『북륙의 서정』을 펴낸다. 이러한 시집들은 광복 후의 격동적인 현실과 해방을 받은 조선민족인민들의 기쁨과 열정을 노래하고 있다.[142)]

해방 직후의 시인들은 일제의 철쇄를 부수어 버리고 해방을 맞은 인민대중의 감격과 기쁨, 인민대중의 창조적 노동과 여러 가지 민주개혁의 승리 및 제3차 국내해방전쟁에 대한 인민대중의 전폭적인 지지와 성원 등을 소리높이 구가했다. 해방의 감격과 아름다운 미래를 노래한 설인의 서정시 「환호성」, 리욱의 「그날의 감격은 새로워」, 김순기의 「승리의 감격」, 윤해영의 「동북인민행진곡」과 토지개혁을 중심으로 하는 여러 가지 민주개혁을 노래한 김진의 「토지 얻은 이 기쁨 쏟아 쏟아」, 박순연의 「토지 얻은 기쁨」, 채택룡의 「내 땅에 내 곡식」, 리욱의 「석양의 농촌」, 그리고 제3차 국내해방전쟁의 승리와 전사들의 영용무쌍한 전투모습과 그 숭고한 정신을 노래한 윤해영의 「동북자치군송가」, 최득화 등의 「폭파영웅 조성두용사」, 장만련의 「전우의 영령앞에서」, 임효원의 「편지」 등 작품은 인민대중들 속에서 널리 애송되었다. 윤해영의 「동북인민행진곡」을 보자.

142) 조성일, 권철 주필: 『중국조선족문학사』 연변인민출판사, 1990년 판 259쪽.

동북의 새벽하늘 동이 트는 대지에
새로운 력사 싣고 종소리는 울린다
모여라 동북인민 우리들의 일터로
희망의 아침이다 새 기발을 날리자

무도한 제국주의 침략자의 쇠사슬
인류의 적이란다 우리들의 원쑤다
피압박 약소민족 자유해방 위하여
정의의 칼을 들고 너도 나도 싸우자

선구인 혁명자의 원한서린 붉은 피
저녁노을 지평선에 송화강도 붉었다
잊으랴 경신토벌 '9 · 18'의 혈세를
복수의 날이 왔다 백년 한을 갚으리

흥안령 부는 바람 흐린 안개 가시여
송화강 힘찬 줄기 나갈 길이 보인다
새로운 민주주의 우리들의 로선에
발맞춰 건설하자 새로운 동북을

보다시피 이 작품은 중국공산당의 영도 밑에 굳게 뭉쳐 선열들의 뒤를 이어 힘차게 싸워 철저한 민족의 해방을 쟁취하여 새로운 동북을 건설하려는 인민대중의 불타는 지향과 결의를 노래함으로써 당시 군민들 속에서 널리 불렸다.

해방 직후 연극활동도 활발하게 전개되었다. 각 지구와 각 부대들에서 성립한 연극단과 문공단 그리고 각 공장과 농촌의 구락부들에서도 연극을 공연했는데 광범한 인민대중의 절찬을 받았다. 당시 연길 일대에서는 김평, 천일, 신영준의 합작으로 된 「승리의 혈사」, 고철의 「꼬맹이 참군」, 박노을의 「동지구」를 공연했고 목단강지구에서는 장막극 리한룡의 장막극 「밀림의 고백」, 신룡검의 「너, 이놈」, 황봉룡의 「광명」, 김태희의의 단막극 「봉기」를, 그리고 할빈과 통화지구에서는 김진문의 장막극 「안중근」, 최채의 「태항산의 혈적」, 장만련의 「우리의 맹세」, 최정연 등의 「광영패」, 최정연, 김우수의 「민주련군이 오던 날」, 최득화 등의 「폭파영웅 조성두용사」를 무대에 올렸다.

산문, 소설 창작은 상대적으로 활기를 띠지 못했으나 일본감옥에서 풀려나와 잠시 서울, 평양에서 활동한 김학철에 의해 단편소설 「담배국」(1946), 「야맹증」(1946), 「적

구」(1948) 등 작품들이 발표되었다. 김학철의 초기 단편들은 조선의용군의 생활과 그들의 성격을 생생하게 기록, 묘사해 해학과 유머가 넘치고 있다. 또한 해방을 맞은 감격과 새 생활에 대한 지향을 묘사한 리한룡의 단편 「고백」, 선열들의 뒤를 이어 자기의 일체를 성스러운 인민해방전쟁에 바치고 있는 새로운 세대들의 믿음직한 모습을 생동하게 그린 김창호의 단편소설 「그들이 가는 길」 등이 발표되기도 했다.

제3장 중국 조선족의 당대문학

1949년 중화인민공화국의 성립과 더불어 발전하기 시작한 조선족의 당대문학은 거창한 역사발전의 현실 속에서 50여 년의 여정을 걸어왔다. 이 시기 문학은 중국 조선민족문학발전의 전반 행정에서 획기적인 의의를 가진다.

중화인민공화국이 성립된 후 중국공산당은 통치계급에 의해 실시된 민족압박제도를 폐지하고 여러 민족의 단결과 진정한 평등을 도모했다. 조선족 인민은 중화인민공화국의 당당한 주인으로 되었으며 「중화인민공화국 민족구역자치실시요강」의 각항 규정에 좇아 길림성, 흑룡강성, 요녕성 등 조선족 집거구에 선후로 조선족 자치주거나 자치현 또는 자치향을 세우고 민족구역자치를 실시하였다.

새로운 현실은 조선족의 생활과 운명에 근본적인 변화를 가져오게 하였으며 조선족 인민은 자신의 지향과 의지에 좇아 자신의 정치, 경제, 문화의 발전을 도모할 수 있게 되었다.

새로운 역사시대를 맞은 조선족문학은 자기의 문화 전통과 유산의 토대 위에서 민족의 새로운 생활과 지향을 반영하면서 부단히 장성, 발전하게 되었다. 당대조선족문학은 이 시기의 역사적 상황과 자체 발전의 상황에 따라 대체로 3개 시기, 즉 1949년 새 중국의 창건으로부터 1966년에 이르는 '공화국 창건 후 17년간의 조선족문학', 1966년으로부터 1976년에 이르는 '대동란시기의 조선족문학', 1976년으로부터 지난 세기 말에 이르는 '새로운 시기의 조선족문학'으로 나누어 볼 수 있다.

1. '공화국 창건 후 17년간의 조선족문학'

1949년 새 중국의 창건으로부터 1966년에 이르는 17년 동안에 조선족문학은 새로운 사회역사적 환경 속에서 우리 작가들의 창조적 노력에 의해 커다란 성과를 거두었다. 또한 이 시기 문학은 '좌'적 경향의 교란과 연속부절한 정치운동의 물결에 부대끼면서 곡절적인 길을 걸어왔다.

새로운 사회주의 제도와 사회주의 건설의 들끓는 현실은 우리 작가들에게 삶의 보람을 안겨 주었고 앞날에 대한 희망으로 가슴이 부풀게 하였다. 무엇보다도 우리 작가들은 문단을 정비하고 새로운 민족문학을 건설하기 위해 연길에 모여들었다. 흑룡강의 목단강, 할빈 지역에서 문학 창작을 하던 김례삼, 김태희, 임효원, 최수봉, 리홍규, 최현숙, 황봉룡 등이 공화국 창건 전야에 선참으로 연길시에 와 자리 잡았고 길림성 통화지구에서 문학 창작을 하던 최정연, 백남표, 일찍 태한산에서 항일문학운동에 참가했던 김학철, 정길운 등이 공화국 창건 직후에 연변에 이주해 왔다. 그들은 연변에서 문학 창작을 하던 리욱, 김창걸, 채택룡, 설인, 김창석, 홍성도 등 문인들과 역사적인 대회합을 했다.

이런 형세하에서 조선족 문인들을 진일보 묶어세우고 새로운 시대의 민족문학 건설을 계획적으로 벌여 나가기 위해 1950년 1월 연길에서 연변문예연구회를 무었다. 1951년 4월에는 새로운 정세에 비추어 연변문예연구회를 해산하고 연변문학예술일군련합회를 설립하기 위한 준비위원회를 결성했다. 그 후 일련의 준비과정을 거쳐 1953년 7월에 제1차연변조선족자치주문학예술일군대표대회를 소집하고 연변문학예술계련합회를 정식으로 창립하고 그 기관지로 ≪연변문예≫를 간행했다. 그리고 1956년 8월에는 중국작가협회의 소속단체로 되는 중국작가협회 연변분회를 설립하고 문학월간지 ≪아리랑≫을 간행했다. 중국작가협회 연변분회의 설립은 바로 조선족 문단이 진일보 정비되고 작가대오가 초보적으로 형성되었음을 표징함과 아울러 중국공산당의 문예노선에 의해 문학의 단성원칙이 확립되었음을 표징한다. 그때로부터 중국작가협회 연변분회는 중국공산당의 지도 아래 당의 문예정책을 관철하면서 작가들의 창작을 도와 나섰고 신진작가의 양성에도 큰 힘을 기울였다.

이처럼 중국공산당의 민족정책에 힘입어 문단이 정비되고 문학광장이 마련됨으로 하여 문학 창작은 새로운 발전을 가져오게 되었다. 조선족 작가들은 새로운 사회주의

제도에 대한 사랑을 안고 새 사회의 들끓는 현실을 노래하고 새로운 생활을 창조하는 인민대중의 전형형상을 부각하기 위해 노력했다. 따라서 이 시기 문학의 밑바닥에는 현실에 대한 뜨거운 포옹과 긍정, 미래에 대한 낭만이 도도히 여울치고 있는바 밝고 명랑하고 소박한 색채에 혁명적 사실주의가 주류를 이루고 있다.[143)]

이 시기 문학에서 가장 큰 성과를 올린 분야는 시문학이다. 건국 전부터 시 창작에 나섰던 리욱, 채택룡, 김례삼, 설인, 주선우, 김태희, 임효원, 김창석, 그리고 새롭게 시단에 데뷔한 서헌, 김철, 김성휘, 조룡남, 윤광주, 김태갑, 김응준, 김경석, 리상각, 송정환, 리삼월 등이 시단의 중견으로 활약했다. 이들 시인들은 사회주의 시대 시문학의 길을 끊임없이 탐색하면서 시대의 고수(鼓手), 인민의 가야금수로 되어 시대의 진군소리와 조선족 인민의 뜨거운 숨결과 감정세계를 소리높이 구가했다. 이 시기에 종합시집 『해란강』(1954), 『창작선집』(1956), 『청춘의 노래』(1959), 『아침은 찬란하여라』(1961), 『푸른 잎』(1962), 『변강의 아침』(1964), 『연변시집』(1964) 등과 여러 시인들의 자선시집인 리욱의 『고향사람들』(1957), 『연변의 노래』(1957), 『장백산하』(1959), 주선우의 『잊을수 없는 녀인들』(1957), 김철의 『변강의 마음』(1957), 『동풍만리』(1958), 임효원의 『진달래』(1957), 리민창의 『김옥희와 팔거북』(1957) 등이 선후로 출판되었다.

이 시기 보다 넓은 공명대를 획득한 작품들로는 리욱의 서정시 「어머니와 애기」(1956), 김철의 「지경돌」(1956), 설인의 「피보다 진한 눈물이」(1959), 윤광주의 「쓰지 못한 사연」(1955), 조룡남의 「아버지와 아들의 이야기」(1956), 김성휘의 「고동하시초」(1958), 리상각의 「숭선시초」(1958), 김태갑의 「옥중의 노래」(1962), 주선우의 「첫사랑」(1956), 임효원의 「아, 산딸기는 익어가건만」(1956), 서헌의 서정서사시 「청송 두그루」(1955), 리욱의 「고향사람들」(1957), 김철의 「산촌의 어머니」(1956) 등을 들 수 있다. 상술한 시편들에서는 들끓는 현실생활에서 일어난 심각한 변혁, 은혜로운 중국공산당에 대한 다함없는 찬미의 감정을 읊조린 송가가 중요한 자리를 차지하고 있다. 그리고 새로운 노력투쟁에 떨쳐나선 인민대중의 영웅적인 모습과 그들의 고상한 품성을 노래한 작품들과 조선민족이 걸어온 피눈물 나는 역사를 회고하고 조국의 자유와 독립을 위해 피 흘려 싸운 선열들을 추모하면서 그들의 빛나는 업적과 숭고한 정신을 찬미한 시편들도 상당한 비중을 차지한다. 이 밖에 '백화만발, 백가쟁명'의 방침 아래

---

143) 趙成日 : 「중국 조선족당대문학개관」(『20세기중국 조선족문학선집 4 - 문학평론선집』 연변인민출판사, 1999년 판 339쪽).

사회주의 혁명과 건설에서 나타난 부정부패와 폐단 등 암흑면을 고발, 풍자한 시편들과 애정, 윤리 등 소재를 재치 있게 다룬 시편들도 이 시기 시문학에 이채를 더하여 주고 있다.

이 시기 소설문학(산문도 포함)도 시문학과 더불어 뚜렷한 성과를 올렸다. 새 중국의 탄생과 새로운 사회생활은 우리 작가들에게 새로운 소재와 인물을 제공했고 소설 창작에 비교적 유리한 여건들을 마련해 주었다. 이 시기 소설 창작에서 두각을 나타낸 작가들로는 김창걸, 김학철, 렴호렬, 백호연, 김동구, 백남표, 마상욱, 리홍규, 리근전, 박태하, 최현숙, 현룡순, 허해룡, 김병기, 윤금철, 차룡순, 안창욱 등이다.

이 시기 소설, 산문문학에서 압도적인 우세를 차지한 것은 현실의 변화에 민감한 단편소설과 수필들이었다. 소설문학이 발전함에 따라 적지 않은 작품집들이 나왔는데 이를테면 종합단편소설집 『세전이벌』(1954), 『창작선집』(1956), 『빨간 다리야』(1958), 『병상에 핀 꽃』(1959), 『장화꽃』(1962), 『봄날의 이야기』(1962), 오체르크집 『강철』(1958), 『푸른 전야』(1965) 등이 나왔고 김학철의 단편소설집 『군공메달』(1952), 『뿌리박은 터』(1953), 『새집드는 날』(1954), 『연변산기』(1962) 등이 출판되었다.

그중 대표적인 작품으로는 해방받은 농민들의 희열과 새로운 생활에 대한 동경을 묘사한 김창걸의 단편소설 「새로운 마을」(1950), 렴호렬의 「소골령」(1950), 활력으로 넘치는 새 생활에 대한 찬가로 엮어진 김학철의 「새집드는 날」(1953), 「뿌리박은 터」(1953), 「고민」(1956), 새 시대 신형농민의 형상 창조에 모를 박은 리근전의 「과일꽃 필 무렵」(1954), 인민교원의 미더운 풍모를 찬미한 백호연의 「꽃은 새 사랑속에서」(1950), 애정과 윤리의 소재를 감명 깊게 다룬 최현숙의 「나의 사랑」(1955)과 사회주의 건설시기 조선족 전사의 혁명적 영웅주의를 노래한 박태하의 「사막에서의 조난」(1959), 농촌건설에서 표현된 인민대중의 충천하는 열의를 찬미한 김병기의 「소돌골의 변화」(1958) 등을 들 수 있다.

그리고 이 시기에는 소설가들의 생활축적이 많아지고 역사와 현실을 거시적으로 폭넓게 예술화하려고 노력한 데서 중, 장편소설들이 창작되었는데 이는 이 시기 소설문학의 귀중한 성과로 된다. 이를테면 김학철의 장편소설 『해란강아 말하라』(1954), 중편소설 『번영』(1955), 김동구의 중편소설 『꽃삼지』(1957), 리근전의 중편소설 『호랑이』(1960), 장편소설 『범바위』(1962) 등이 출판되었다. 이러한 작품들은 조선족의 빛나는 역사적 발자취를 예술적으로 일반화한 작품들로서 이 시기 소설가들의 역사의식과 민족의식을 새롭게 자각하고 있었음을 집약적으로 시사해 주고 있다. 특히 1930년대 '북간도'에서 벌어진 조선민족의 항일무장투쟁을 서사적인 화폭으로 그린 장편소설 『해란강아 말하라』와 중국의 제3차 국내혁명전쟁에 있어서의 조선민족의 영웅적인 투쟁사와 각이한 인간들의 운명을 그린 장편소설 『범바위』는 조선족 소설문학의 역사제재의 개척과 중, 장편소설의 흥기에 있어 선구적 역할을 수행한 우수한 작품으로서 이 시기 조선족 소설문학이 거둔 기념비적 성과로 인정된다.

이 시기 극문학, 구전문학의 수집, 정리와 출판 및 문학평론 등 분야에서도 기꺼운 성과를 거두었다. 이 시기 연극활동은 연변연극단(1956년 창립)에서는 물론이요 농촌, 공장, 학교, 상점의 구락부들에서도 널리 진행하였다. 이러한 대중적인 연극활동 중에서 김태희, 황봉룡, 최정연, 최수봉, 홍성도, 윤지연, 차창춘, 박응조, 김세영을 비롯한 극작가들이 많이 배출되었고 훌륭한 극작품들도 많이 창작되었다.

우선 건국 후 전민(全民)적으로 벌린 문화해방운동, 애국증산운동 등 일련의 사회개혁운동에 보조를 맞추기 위해 많은 극작가들이 극문학 창작에 달라붙었다. 당시 공연된 작품으로는 농업호조합작의 시책을 노래한 김태희의 장막극 「우리 조장동무」(1950), 농민들의 문화해방운동을 찬미한 최수봉의 단막극 「농민학교로 가는 길」(1953), 반혁명분자의 죄악을 폭로하고 비판한 황봉룡, 차창춘의 단막극 「기여든 독사」(1953) 등이다.

다음으로 1950년대 중기에 농업합작화와 사회주의개조의 고조가 일어났다. 극작가들은 이러한 운동에 뛰어든 농민들의 새로운 정신적 풍모와 낡은 사상의식의 변화를 묘사한 극작품들을 창작해 공연했다. 그 대표적인 작품들로는 농업합작화 시기 농촌생활의 이모저모를 형상화한 유지현의 단막극 「합작사는 내 집이다」(1956), 최정연의 「완두씨」(1954), 전쟁에 의해 빚어진 사회적 비극을 깊이 있게 파헤친 최정연의 단막극 「귀환병」(1957), 동북지구 항일무장투쟁과 그 속에서 용감하게 싸운 항일투사를 형상화한 황봉룡, 박영일의 장막극 「장백의 아들」(1959), 가정문제를 다룬 황봉룡의 단막극 「김원장일가」(1957), 노동자들의 드높은 열의와 선진인물을 찬미한 김세형의 단막극 「5.1전야」(1964), '삼로인' 형식으로 농촌에서의 신구(新舊) 사상 간의 투쟁을 묘사한 리영근의 「풍년가」(1964) 등이 있다. 그중에서도 30년대의 조선족항일무장투쟁을 첨예한 극적 갈등 속에서 보여 준 황봉룡, 박영일의 장막극 「장백의 아들」은 그 높은 사상예술적 성과로 하여 이 시기 조선족 극문학의 고봉을 이루고 있다.

이 시기 구전문학의 수집, 정리와 출판 사업은 1958년 연변민간문예연구회(연변구전문예가협회의 전신)가 성립된 후 본격적으로 진행되었다. 구전문학의 수집, 정리 작업은 정길운, 김례삼, 박창묵, 김태갑, 리명한, 리상각, 리룡득, 김충묵 등에 의해 성과적으로 진행되었다. 따라서 『조선족구전문학자료집』(1, 2책, 1961), 구전설화집 『천지의 맑은 물』(정길운, 1962), 『인삼처녀』(1963) 등이 세상에 나와 독자들과 대면했다.

문학평론은 주요하게 권철, 박상봉, 허호일, 림휘, 김현근, 정판룡, 서일권 등 연변대학교의 젊은 학원파(學園派) 평론가들에 의해 진행되었다.

공화국 창건 후 17년간의 조선족문학은 간단없는 정치운동의 무정한 세파에 휘말려 들면서 곡절 많은 길을 걸어왔다. 1957년의 '자산계급우파'를 반대하는 '반우파투쟁', 1958년의 '대약진' 운동과 인민공사화 운동, 이른바 '지방민족주의'를 청산하는 민족정풍운동, 1959년의 이른바 '우경보수사상'을 반대하는 '반우경' 투쟁, 문예계의 수정주의에 불질하는 비판운동, 중국공산당의 8기 10차 전원회의 후 빚어진 계급투쟁의 절대화, 확대화 등은 발전도상에 오른 조선족문학에 모진 상처를 입혔으며 커다란 불행을 들씌웠다.

이러한 정치운동과 대중운동 및 문예비판 가운데서 시비가 전도되고 적아관계가 전도됨으로 하여 독자들의 사랑을 받고 있던 이름 있는 노작가와 신인들, 이를테면 최정연, 김학철, 채택룡, 김순기, 서헌, 김용식, 조룡남, 리홍규 등이 억울하게도 '자산계급우파'거나 '반동작가'로 몰려 정치권리와 창작권리를 빼앗기고 벽촌에 '추방'당하여 비극적인 생활을 겪어야만 하였다. 또한 현실의 모순과 암흑면을 대담하게 건드리고 고발한 김학철의 소설 「괴상한 휴가」, 김순기의 「돼지장」, 최정연의 단막극 「귀환병」, 리홍규의 영화문학 「꾀꼴새의 사랑가」와 아름다운 애정윤리와 인정미를 읊은 김철의 서정시 「앵두 네알」, 임효원의 「산딸기는 익어가건만」과 같은 작품은 반사회주의적, 반인민적인 '독초'로 몰아 가혹하게 비판했다. 지어는 조선민족의 영광스러운 역사를 다룬 김학철의 장편소설 『해란강아, 말하라』도 반동작품으로 간주하고 비판했다. 이밖에 예술민주와 작가의 개성을 강조하고 민족문화전통과 조선어를 중시하고 인도주의와 인간성을 구현하며 애정윤리를 다루어야 한다는 정당한 문학주장과 견해마저도 자산계급문학주장 또는 수정주의문예사조로 인정되어 비판의 과녁으로 되었다. 이러한 '좌'경 오류로 말미암아 문예생산은 엄중하게 파괴되고 작가들의 예술적 창조력은 커다란 좌절을 겪게 되었다. 이러한 문단의 폐단은 '반우파' 투쟁 후에 보다 엄중하게 드러났다.

문예 창작에 있어 많은 경우 '인간학'이 '정치학'으로 전락되고 정치성으로 진실성을 대신하였다. 문학은 계급투쟁의 도구로 되어 그 자체의 심미적 기능을 저하시키고 말았다. 문예는 정치를 위해 봉사해야 한다고 지나치게 강조한 나머지 당의 중심 사업에 배합하고 형세만을 바싹 따르는 이른바 도식화, 개념화된 작품들이 많이 나왔다. 문학의 소재 범위가 위축되고 애정소재는 그 누구도 다룰 수 없는 '금지구역'으로 되었다. 시문학의 경우에는 정치성을 절대화한 결과 예술적 민주가 억눌렸고 시인의 주체성과 개성이 말살되었다. 시단에는 시적 자아가 결여된 개념화, 도식화된 작품들이 판을 쳤고 암흑면을 고발하거나 애정, 윤리 등을 다룬 작품은 금기시되었으며 예술형식과 예술기교 등의 탁마가공도 도외시되었다. 바꾸어 말하면 송가의 미학원칙이 거의 유일한 원칙으로 되었던 것이다. 소설문학 역시 정치를 절대화하고 작가들의 창작 개성을 무시하였으며 작가들의 참여의식과 사회비판의식을 억눌러 왔다. 소설문학의 주제는 단일화, 도식화되고 현실을 미화하는 경향이 날로 조장되었다. 극문학에서는 극적 갈등을 한결같이 계급투쟁과 노선투쟁에 귀결시키고 희극, 비극, 풍자극의 조화로운 발전을 기하지 못하고 다만 정극(正劇)만을 허용했다. 공화국 창건 후 17년간의 조선족문학에 존재한 이러한 폐단은 '문화대혁명' 시기에 와서 더욱 악성적인 발전을 가져와 당대조선족문학에는 전례 없는 살풍경이 나타나게 되었다.

2. '문화대혁명' 시기의 조선족문학

1966년 5월부터 10년 동안 진행한 '문화대혁명'은 '지도자가 잘못 발동하고 반혁명 집단에 이용되어 당과 국가 및 여러 민족 인민들에게 엄중한 재난을 들씌운 일장 내란이다.' 10년간이나 지속된 '대동란' 시기에 문예계에서 진행한 투쟁은 "혁명적 인민과 반혁명적 야심가, 음모가와의 투쟁이며 당의 '백화만발, 백가쟁명' 방침과 봉건적 문화전제주의 및 문화허무주의와의 투쟁이며 문예상의 변증법적 유물론과 주관적 관념론, 혁명적 사실주의와 공식주의 방팔고(幇八股)와의 투쟁으로서 매우 치열하고도 첨예한 투쟁이었다." '문화대혁명'이 시작되자 '4인무리'는 이른바 건국 이래 문예계에 존재한 모 주석 사상과 대치되는 '반당반사회주의 검은 선'을 파낸다는 허울을 걸고 문예계에 대한 대토벌과 대청산을 감행했다.

조선족 문단도 결코 예외로 될 수 없었다. '대동란'의 광풍이 연변에 몰아치자 곧 문학단체가 강제 해산되고 문학잡지도 폐간되었으며 김학철, 최정연, 김철, 김례삼, 서헌 등 많은 작가들이 '현행반혁명분자', '반동적 학술권위', '잡귀신', '간첩' 등의 억울한 누명을 쓰고 끌려 나와 투쟁을 받거나 감옥살이를 하였다.

'문화대혁명'은 이른바 '문예계의 검은 선'을 비판했을 뿐만 아니라 '민족문화혈통론'을 조작해 가지고 조선족문화에 대한 '무차별폭격'을 감행했다. '4인무리'와 그 파벌에 속하는 자들은 조선족 문단에도 건국 이래로 '민족문화혈통론'을 핵으로 하는 매국투항주의적 문예노선이 통치적 지위를 점하였다고 억설하면서 소위 '민족문화혈통론'에 대한 '대비판'을 진행함으로써 우리의 민족전통과 민족문화유산을 근본적으로 부정하려고 시도했다. 따라서 지난 시기 창작된 조선민족의 역사생활과 지향을 반영한 『천지의 맑은 물』과 『장백의 아들』과 같은 성과작들도 '매국적 투항주의의 대독초'로 인정되어 비판을 받았다. 또한 민족의 얼, 민족의 감정, 민족적 특성 등과 같은 개념은 아예 금기시(禁忌視)되어 입에 올릴 수조차 없었다.

'4인무리'가 통치하던 시기에 우리 조선족 문단은 산산이 흩어지고 작가들의 창작활동은 정지상태에 들어갔다. 1971년 임표반당집단이 분쇄된 후 일부 문학잡지들이 복간되고 문학활동이 재개(再開)되는 기미를 보였지만 이때도 여전히 '4인무리'가 좌지우지하던 때였으므로 근본적인 소생, 전환을 가져올 수는 없었다. 10년 동란 시기 발표된 작품들이란 대체로 극'좌'적인 정치노선이나 개인숭배를 선양한 것들이었다. 간혹 인민대중의 생활과 지향을 다룬 작품들이 나오기는 하였으나 그러한 작품은 극히 적었으며 다다소소 그릇된 정치와 문예사조의 영향을 받고 있었다.

요컨대 '문화대혁명'의 10년은 조선족 문단이 모진 어려움을 겪은 수난기였으며 전반 문학 창작이 침체와 퇴보를 했던 시기이다. 그렇지만 우리의 작가들은 그러한 역경 속에서도 자기의 지조를 굽히지 않고 침묵, 절필 등 다양한 형태로 '4인무리'와 투쟁하면서 먹장구름이 사라지고 태양이 빛날 '문학의 봄'을 고대하고 있었다.

3. 새로운 시기의 조선족문학

1970년 10월 ‘4인무리’가 분쇄되자 조선족문학은 소생과 번영의 전기(轉機)를 맞게 되었다. 우리 작가들 앞에는 극‘좌’적인 경향을 철저히 비판하고 우리의 머리를 짓누르고 있던 정신적 질곡에서 벗어나 전도된 역사를 바로잡고 진정한 민족문학을 발전시켜야 할 과업이 제기되었다. 민족적 사명감으로 가슴을 불태우던 작가들은 다시 일떠나 ‘4인무리’의 죄행을 폭로, 공소하고 그들이 날조한 일련의 극‘좌’적인 관념을 비판한 토대 위에서 시비를 가르고 억울한 사건과 그릇되게 처리된 사건들을 시정했다. 따라서 장기간 억울하게 정치권리와 창작권리를 박탈당하고 인간지옥에서 허덕이던 김학철, 김순기, 최정연, 김철, 리홍규, 김용식, 조룡남 등 많은 작가들이 해방되고 명예를 회복했으며 ‘대독초’로 몰려 출판금지를 당했던 많은 작품들이 다시 햇빛을 보게 되었다.

‘문화대혁명’ 후 ‘4인무리’에 대한 비판과 문예계의 정비사업이 착실하게 전개됨에 따라 우리 문단은 재빨리 활기를 띠게 되었다. 1978년 10월 중국작가협회 연변분회가 회복되고 1980년대에 들어서면서 연변 외의 조선족 집거구, 이를테면 길림, 통화, 할빈, 심양, 북경 등 지구에서 다양한 형태의 문학단체들이 새롭게 발족했고 문학지도 대폭 늘어났다. 중국작가협회 연변분회 기관지 ≪연변문예≫를 복간했을 뿐만 아니라 문학평론지 ≪문학과 예술≫과 문학지 ≪아리랑≫, ≪장백산≫, ≪도라지≫, ≪송화강≫, 문학번역지 ≪진달래≫와 ≪세계문학≫을 새롭게 창간했다. 그리고 기타 각 성의 신문과 출판사 및 종합지들에서도 많은 지면을 할애해 문학작품을 실었다. 조선족 작가대오도 크게 장성해 ‘문화대혁명’ 전에 중국작가협회에 가담한 조선족 회원은 10명밖에 되지 않았지만 1989년에 이르러서는 40여 명으로 늘어났고 중국작가협회 연변분회 회원은 원유의 100명 좌우로부터 1985년에는 300여 명으로 늘어났다. 그들은 동북3성과 북경을 비롯한 중국의 여러 지역에서 활발하게 움직이고 있다.

새로운 역사시기 조선족문학은 개혁과 개방 속에 있는 조선족 인민들의 들끓는 생활과 앙양된 정서를 표현하는 한편 애가문학(哀歌文學), 상처문학, 반성문학, 개혁문학, 뿌리찾기문학, 신사실주의문학 등 단계를 거쳐 발전해왔다. 80년대 말까지만 하더라도 시집 50여 부, 단편소설집 30여 부, 중, 장편소설이 50여 부 출판되었다. 이 시기에 창작된 많은 작품들은 행정적인 단속과 정치적인 간섭에서 벗어나 조선족 인민들의 개방적인 당대의식을 다각적으로 표현하고 '문화대혁명'을 비롯한 사회문제를 정면으로 다루면서 비판의식을 고양시켰다. 또한 우리 작가들은 새로운 가치관으로 민족의 역사와 인간의 운명, 도덕과 윤리 및 애정을 다루었으며 민족의 역사와 현실에 대한 심각한 반성, 당대 인간들의 다양한 삶에 대한 세밀한 묘사에도 진력해 새로운 시기 조선족 인민의 삶과 정서를 진실하게 반영했으며 다양한 예술적 화폭을 창조했다. 이 시기 문학은 혁명적 사실주의를 기조로 하면서도 다양한 창조적 방법에 대한 비판적 수용 및 형식에 대한 탐구에 못을 박아 새로운 예술적 경지를 개척했다. 따라서 이 시기 조선족문학은 주제발굴의 폭이나 깊이, 또는 소재, 장르, 풍격의 다양화에 있어서를 막론하고 '문화대혁명' 전 17년간의 문학성과를 훨씬 초월하고 있다.

새로운 역사시기에 들어선 후 무엇보다도 시문학이 자기 발전의 나래를 활짝 펼쳤다. 재생의 기쁨을 안은 노시인들과 새로 시단에 데뷔한 신인들이 합세하자 시단은 금시 활기를 띠게 되었다. 새로운 역사시기의 벽두에 '4인무리'를 규탄하고 노혁명가들을 구가하는 행정에서 새로운 개인숭배의 심연 속에 빠져들어 가던 시인들은 전국적으로 벌어진 사상해방운동의 도움 밑에 1980년부터 개인숭배의 여독을 청산하고 많은 '금지구역'을 타파하고 시의 예술적 공간을 확대하였다. 또한 '현대미신'과 밀착된 '송가'풍의 영향과 시문학을 단지 '폭탄과 기치'로만 간주하던 단일한 공리주의적 가치관의 속박에서 벗어나 심미적 가치를 비롯한 다원적인 가치를 추구함으로써 조선족 시문학을 진정으로 '미의 왕국'에 들어서게 하고 인간의 '내우주'를 다각적으로 읊조리는 예술의 길을 따라 나아가게 하였다.

이 시기 사상, 예술적으로 높은 경지에 오른 훌륭한 서정시들이 많이 창작, 발표되어 조선족 시단을 아름답게 장식했다. 그 대표적인 서정시들로는 송정환의 「원혼이 된 시인에게」(1979), 한춘의 「그때 우리는 어찌하여」(1979), 임효원의 「북녘의 서정」(1980), 김성휘의 「벗들에게」(1980), 리상각의 「압록강 물결따라」(1980), 김학의 「땀의 노래」(1980), 리욱의 「아침」(1980), 김철의 「북방의 성격」(1982), 조룡남의 「해빙기의 강변에서」(1983), 정몽호의 「아버지의 발자국」(1983), 리삼월의 「농민들은 땅을 떠난다」(1984), 박화의 「태양이 웃는 거리」(1984), 김응준의 「사랑의 애가」(1985), 석화의 「나는 나입니다」(1985), 남영전의 「할머니」(1986) 등을 들 수 있다. 이러한 서정시들에서는 '4인무리'가 저지른 죄악을 폭로, 비판하고 흘러간 역사와 '대동란'의 연대를 심각하게 반성하고 개혁의 물결 속에 뛰어든 개혁자들의 격정과 희로애락을 표현하며 현존하는 봉건의식과 각종 부패현상을 고발, 타매하고 애정, 윤리와 아름다운 경물을 찬미하면서 시대의 주선율을 각자의 목소리로 노래하고 있다.

서정시의 창작이 공전(空前)의 성황을 이룸에 따라 시집들이 쏟아져 나왔다. 종합시집으로 『시선집』(1979), 『변강의 무지개』(1979), 『봄바람』(1981), 『진달래의 노래』(1981), 『서정시집』(1982년), 『칠색무지개』(1984년) 등이 출판되고 여러 시인들의 자선시집으로 김철의 『산향길』(1979), 『내 고향의 금물결』(1979), 『태양에로 가는 길』(1983), 『인간세상』(1985), 김성휘의 『나리꽃 피였네』(1978), 『들국화』(1982), 『금잔디』(1985), 임효원의 『어머니 품이여』(1979), 『마음의 지평선』(1982), 리욱의 『리욱시선집』(1980), 리상각의 『샘물은 흐른다』(1980), 『사랑의 꽃바구니』(1985), 김경석의 『파란 손수건』(1981), 리삼월의 『황금가을』(1981), 김태갑의 『고향길』(1982), 박화의 『봇나무』(1982), 설인의 『봄은 어디에』(1983), 김창석의 『꽃수레』(1986), 『흰돛』(1986) 등이 출판되었다.

1980년 좌우로부터 시적 수련을 거쳐 자신심을 가진 시인들이 장편서사시와 서정서사시를 창작, 발표하기 시작해 시 창작의 새로운 국면을 열기 시작했는데 그 대표적인 작품으로는 김철의 장편서사시 『동틀무렵』(1979), 『새별전』(1980), 김성휘의 『장백산아 이야기하라』(1979), 리상각의 『만무과원 설레인다』(1980), 리욱의 『풍운기』(1982)와 김성휘의 서정서사시 『떡갈나무아래에서』(1979), 김동진의 『거리의 울음소리』(1980), 김성휘의 『소나무 한그루』(1982), 리삼월의 『아, 전설길』(1984), 김응준의 『개척자의 노래』(1985), 조룡남의 『아, 청산골』(1985) 등을 들 수 있다. 상술한 작품들 가운데서 봉건사회 말기의 농민봉기를 시대적 배경으로 하고 주인공 새별과 장수의 곡절 많은 사랑에 대한 전설적인 이야기를 빌려 백의동포의 고상한 정신적 풍모와 투쟁정신을 열정적으로 구가한 김철의 장편서사시 『새별전』과 1930년대 조, 한 두 민족 인민들로 조직된 유격대가 장백산근거지를 활무대로 삼고 일본침략군을 족치던 항일무장투쟁을 폭넓게 반영하고 그 투쟁 속에서 주인공 청송이와 영란이가 간난신고를 겪어 가며 군센 항일투사로 성장하는 과정을 격조높이 노래한 김성휘의 장편서사시 『장백산아 이야기하라』는 이 시기 시문학의 대표적인 작품으로 독자들의 이목을 끌고 있다. 우리는 이러한 작품들을 통해 흘러간 역사와 불꽃 튀는 현실을 거시적으로 예술화하려는 조선족 시인들의 파타는 탐구과정을 엿볼 수 있다.

'4인무리'가 분쇄된 후 새로운 역사시기에 들어서자 소설문학은 다시 활기를 회복했다. '대동란' 시기에 정치적 박해를 받아 붓을 꺾었던 원로작가들과 새로 진출한 신진작가들이 선후로 소설 창작에 달라붙어 많은 작품들을 내놓았다. 특히 단편소설 창작에서 큰 수확이 있었는데 이 시기에 『단편소설집』(1979), 『사랑에 대한 이야기』(1980), 『불타는 백사장』(1981), 『단편소설집』(1982년)과 소설가들의 자선소설집, 이를테면 림원춘의 『꽃노을』(1980), 김창걸의 『김창걸단편소설집』(1982), 고신일의 『성녀』(1983), 남주길의 『접동골녀인』(1983), 리웅의 『고향의 넋』(1984), 리원길의 『백성의 마음』(1984), 림원춘의 『몽당치마』(1984), 정세봉의 『하고싶던 말』(1985), 김학철의 『김학철단편소설집』(1985), 김관웅의 『소설가의 아내』(1985), 윤림호의 『투사의 슬픔』(1985), 류원무의 『아, 꿀샘』(1986), 김훈의 『청춘의 활무대』(1986), 리광수의 『새로운 길』(1987), 김학철의 『김학철작품집』(1987), 류재순의 『녀인들의 마음』(1988), 리홍규의 『개선』(1988), 우광훈의 『메리의 죽음』(1989) 등 30여 부의 소설집이 출판되었다. 이 시기 소설들 가운데서 대표성을 띤 작품으로는 인간의 정신과 육체에 커다란 상처를 준 '문화대혁명'의 비극을 고발하는 '상처문학'의 계보에 속하는 작품들, 이를테면 박천수의 『원혼이 된 나』(1979), 정세봉의 『하고싶던 말』(1980), 흘러간 역사를 되돌아보면서 인간의 주체성과 자유의지를 상실하고 극'좌'적인 경향에 의해 우롱당했던 지난날을 신랄하게 고발한 리원길의 『배움의 길』(1980), 류원무의 『비단이불』(1982), 김학철의 『빌고제노』(1987) 우광훈의 『메리의 죽음』(1987), 김훈의 『그너가 준 유혹』(1986), 개혁, 개방 시대의 새로운 인간과 의식을 보여 준 홍천룡의 『구촌조카』(1981), 지난날 금지구역에 속했던 애정, 윤리 등 문제를 둘러싸고 보다 높은 차원에서 각양각색 인간들의 내적인 심리와 잠재의식을 파헤치고 고루한 봉건의식을 타매한 김학철의 『짓밟힌 정조』(1985), 림원춘의 『도라지 꽃』(1978) 등이다.

이 시기에는 또 민족의 역사와 현실을 보다 폭넓게 다면적으로 묘사하기 위한 작가들의 노력에 의해 예술 면에서도 일정한 성과를 거둔 중, 장편소설들이 적지 않게 창작되었다. 이를테면 김용식의 『규중비사』(1980), 류원무의 『숲속의 우등불』(1980), 『잊을수 없는 사람』(1981), 김경련의 『흉수는 누구』(1982), 김순기의 『꿈에 본 얼굴』(1984), 김근총의 『별무리』(1984), 정세봉의 『볼쉐위크의 이미지』(1985), 리원길의 『한 당원의 자살』(1985), 김훈의 『청춘략전』(1985), 고신일의 『유정세월』(1985), 박창묵의 『대문산비곡』(1985), 김양금의 『언덕길』(1986), 우광훈의 『시골의 여운』(1986), 최홍일의 『생활의 음향』(1985), 『도시의 곤혹』(1989) 『그녀와 B현 소재지』(1987), 김재국의 『해당화야, 해당화야』(1988)등을 들 수 있다. 또한 이 시기에는 적잖은 작가들이 장편소설의 창작에 진력했는데 그 대표적 작품으로는 최택청의 『도강전야』(1981), 윤일산의 『어둠을 뚫고』(1981), 리근전의 『고난의 년대』(상, 하, 1982), 김송죽의 『번개치는 아침』(1983), 김용식의 『설랑자』(1984), 김학철의 『격정시대』(1986), 윤일산의 『표효하는 목단강』(1986), 김운룡의 『새벽의 메아리』(1986), 류원무의 『봄물』(1987), 리원길의 『설야』(1989) 등이다.

상술한 중, 장편소설 가운데서 봉건시대의 애정비극을 흥미롭게 다룬 김용식의 『규중비사』, 개혁, 개방 초기의 사회적 변화와 각양각색 인간들의 희로애락을 예술적으로 형상화한 류원무의 『봄물』과 리원길의 『설야』, 그리고 조선족의 100년사를 예술적으로 일반화한 리근전의 『고난의 년대』와 김학철의 『격정시대』를 대표적인 작품으로 꼽을 수 있다. 이러한 중, 장편소설들은 거개가 자기의 렌즈를 흘러간 조선족역사의 현장에 돌리고 있다. 이는 새로운 역사시기에 들어온 후 우리 소설가들이 역사의식과 민족정신을 새롭게 확립한 사정과 관련된다. 우리 소설가들은 당대의식의 영마루에 높이 서서 민족의 역사를 새롭게 정시하고 그 속에서 심각한 역사적 교훈과 생활적 철리를 모색하며 중대한 사회적 문제의 예술적 해결에 필묵을 집중하였다. 또한 조선민족의 전통적인 문화심리구조를 예술적으로 탐구하는 가운데서 우리 민족의 전통적인 미덕을 가송함과 아울러 우리 민족의 열근성을 깊이 있게 해부하고 있다. 이런 소설들은 인간의 운명과 생활을 '외우주'와 '내우주'와의 교차 속에서 다각적으로 다루고 있는바 그 기저에는 인도주의, 우환의식, 문화의식이 깔려 있다. 또한 이러한 소설들에서는 예술적 표현력을 높이기 위해 혁명적 사실주의에 토대하면서도 '의식의 흐름'파, 상징파, 황당파 소설 등 다양한 수법들을 대담하게 수용하고 있다.

문화대혁명의 결속과 더불어 극문학과 영화문학도 커다란 발전을 보았다. '4인무리'가 타도된 후 지난날의 그릇된 노선을 시정하고 개혁, 개방의 새로운 방침을 시달함에 따라 우리 극작가들의 정신면모도 일신되었다. 그들은 새로운 시대와 인민대중의 미학적 요구를 반영하기 위해 극문학 창작에 정진했다. 이 시기 나온 희곡집으로는 황봉룡의 『장백의 아들』(1978), 『희곡집』(1982), 『황봉룡희곡집』(1985), 『울고웃는 사람들』(1985), 『망각된 인간들』(1988) 등이다.

이 시기의 우수한 극작품들로는 황봉룡의 장막극 「괴상한 간력표」(1979), 홍성도, 박응조의 장막극 「눈속에 핀 꽃」(1980), 최정연의 장막극 「해토무렵」(1981), 김훈의 막간 경희극 「두부장사」(1982)와 「울고웃는 사람들」(1984), 리광수의 「도시+농민=?」(1983) 등이 있다. 이 시기 가극대본과 영화문학도 점차 자리를 굳히기 시작했으니 비교적 성공한 가극대본으로는 「장화홍련전」, 「아리랑」, 「흥부와 놀부」 등을 들 수 있고 영화문학으로는 최정연의 「첫봄」, 황봉룡의 「죄없는 죄인」, 김훈의 「꽃샘」 등을 들 수 있다.

1980년대에 와서 문학평론과 문학사연구 등 분야에서도 괄목할 만한 성과를 거두었다. 조성일, 권철, 임범송, 최삼룡, 장정일, 김봉웅, 전국권 등 평론가들에 의해 조선족 작가와 작품에 대한 구체적인 연구가 진행되었고 조성일, 권철 등의 노력에 의해 『중국조선족문학사』의 집필 작업이 성과적으로 결실을 맺었다.

이 시기 작가문학에서뿐만 아니라 구전문학의 수집, 정리, 출판에서도 커다란 성과를 거두었다. 이 시기 『연변민간문학집』(1979), 설화집 『백일홍』(정길운 수집, 정리, 1979), 『조선족구전민요집』(리상각 수집, 정리, 1980), 『천도복숭아』(김례삼 수집, 정리, 1980), 『조선말속담사전』(1981), 『조선족구전설화선집』(1982), 『민요집성』(김태갑, 조성일 편찬, 1982), 『배뱅이굿』(장동운 수집, 정리, 1982), 『민간문학자료집』(3책, 4책, 1982~1984), 『사랑산』(박창묵 수집, 정리, 1982), 『삼태성』(김병한 수집, 정리, 1983), 『불로초』(리룡득 수집, 정리, 1984), 『소년부사』(김재권 수집, 정리 1985), 『천생배필』(김재권 수집, 정리, 1986), 『현부인과 바우돌』(박창묵 수집, 정리, 1986), 『파경노』(박창묵, 김재권 정리, 1988), 『김덕순구전설화집』(김덕순 구술, 배영진 정리, 1983), 『팔선녀』(차병걸 구술, 림승환 등 정리, 1987), 『고산장군』(정영석 정리, 1989) 『백두산전설집』(리천룡, 최룡관 정리, 1989), 『금망아지』(황상박 정리, 1990) 등 수십 부의 구전문학작품집이 쏟아져 나왔다.

1990년대, 즉 20세기 마지막 10년간의 문학상황은 아직 체계적인 연구가 이루어지지 않았다. 하지만 기꺼운 것은 1990년대에 들어서면서 더욱 심화되는 개혁, 개방의 새로운 형세와 더불어 발랄하게 전개된 국내외 문학교류의 영향하에 우리 작가들의 사상관념이 진일보 갱신, 제고되고 보다 성숙되어 가고 있는 그것이다. 양지가 있는 우리 작가들은 시장경제로 이행하는 변혁기에 부딪친 그 많은 어려움과 곤혹 속에서도 민족의 위업에 자기의 혼신의 정열을 바치려는 초지를 굽히지 않고 문학사업에 진력하고 있다. 하여 우리의 작가대오는 날로 늘어나고 있으며 창작의 풍성한 결실을 맺었다. 지금 중국 경내에는 500여 명으로 헤아리는 연변작가협회 회원이 있다. 그중에는 조선족문학의 태두 김학철 선생을 위시하여 많은 중견작가들이 우리 문학의 화원을 가꾸고 있다. 195년대 초반부터 시 창작에 나선 김철을 비롯해 조룡남, 리상각, 리삼월, 박화, 남영전, 김응준, 한춘, 김동진, 최룡관, 석화, 리성비, 김학송, 리임원……등 시인들, 소설, 산문 분야의 중견작가들인 림원춘, 류원무, 리원길, 정세봉, 고신일, 박선석, 최홍일, 김훈, 류연산, 김영금, 우광훈, 최국철, 김혁, 리동렬……등 소설가들, 희곡 창작에서 남다른 기여를 한 리태수, 한원국, 리광수 등 희곡가들, 90년대 평단을 선도해 가고 있는 정판룡, 조성일, 최삼룡, 전국권, 장정일, 전성호, 김관웅, 김병민, 김호웅, 김성호, 김경훈 등 평론가들을 들 수 있다. 그리고 특기할 것은 1990년대에 이르러 리선희, 리혜선, 허련순, 박향숙 등 여성 작가들의 활약이 돋보이고 있다는 점이다.

1990년대에 진입하여 우리 문단에는 심각한 주제사상을 참신한 예술적 형식으로 형상화한 무게 있는 작품들이 많이 나왔다. 90년대 나온 시집들 가운데서 조룡남의 『그 언덕에 묻고 온 이름』, 석화의 『나의 고백』을 무게 있는 시집으로 평가할 수 있으며 특히 원로작가 김학철의 자서전 『최후의 분대장』, 장편 『20세기신화』의 출판과 그의 자유로운 사상과 철 같은 의지의 소산인 수필, 잡문들 리원길의 장편 『춘정』과 최홍일의 장편 『눈물젖은 두만강』은 우리 문학의 저력을 보여 준 역작이다. 그 외 정세봉의 제2소설집 『볼쉐위크의 이미지』와 최홍일의 소설집 『흑색의 태양』은 우리 소설문학의 현주소를 대변하는 작품집으로 기록될 것이다.[144] 또한 실화문학의 경우, 류연산의 『혈연의 강들』(상, 하)은 '역사적으로나 현실적으로나 중국에 살고 있는 우리 민족과 피의 인연을 맺었고 우리 민족의 애환이 어린 두만강, 압록강, 송화강, 흑룡강과 그 유역을 답사한 후 집필한 장편기행문으로서 민족의 역사와 삶의 현장을 생생하게 떠올리고 있다.'[145]

144) 김호웅: 「정세봉과 그의 문학세계」(≪천지≫, 1999. 2).
김호웅: 「광란의 음영과 번뜩이는 작가의 안목 - 최홍일의 중, 단편소설을 론함」(≪연변문학≫ 2000. 9).

중국의 조선민족문학은 대체로 100년간의 험난하면서도 빛나는 노정을 걸어왔다. 21세기에 들어선 이 시점에서 조선족 작가들은 민족의 운명과 미래를 짊어지고 조선족 인민들과 동고동락하면서 새로운 문학의 원정을 준비하고 있다. 민족의 역사와 현실 및 그들의 지향에 대한 예술적 형상화, 자기의 전통문화의 바탕 위에 중국문화를 포함한 세계의 문화에 대해 개방적인 자세를 취할 때 '변두리문학'으로서의 조선민족문학은 새로운 도약과 비전을 기대할 수 있으리라 생각한다.[146)]

∷주요한 참고문헌

1. 조성일, 권철 주편『중국조선족문학사』연변인민출판사, 1990년.
2. 김호웅『재만 조선인 문학연구』한국 국학자료원, 1997년.
3. 조성일 저「중국 조선족당대문학 개관」(『20세기 중국조선족문학선집』제4집 연변인민출판사, 1999년)
4. 임윤덕「80년대 중국조선족 소설문학」(『중국조선족문화연구』목원대학교출판부, 1994년).
5. 권철, 김동훈「중국조선민족문학 발전개관」(『중국조선민족문학대계 제1집』흑룡강조선민족출판사, 2000년).

145) 김병민:「민족의 력사와 삶의 현장, 그리고 문화적 성찰」(류연산:『혈연의 강들』연변인민출판사, 1999년 판).

146) 김호웅:「해외 우리 민족 문학의 력사, 현황과 전망」(『조선민족문학연구』흑룡강조선민족출판사, 1999년 판).

김호웅

1953년 중국 연길시에서 김병기와 이영순의 넷째 아들로 출생, 연변대학교 조문학부에서 학사, 석사, 박사과정을 마쳤으며 『인생과 문학의 진실을 찾아서』, 『중일한 문화산책』 등 문학평론집을 펴냈으며 『김학철평전』(김해양과의 공저), 『이 세상 사람들 모두 형제여라-교육가 림민호평전』 등을 펴냈다. 연변일보 '해란강문학상', 연변문학 '윤동주문학상', 장백산 '모드모아문학상', '중국 조선족문학비평상' 등을 수상했다. 현재 연변대학교 조선한국연구센터 소장, 박사생 지도교수로 재직하고 있다.

인간은 만남으로 자란다

초판인쇄 | 2009년 1월 31일
초판발행 | 2009년 1월 31일

지은이 | 김호웅
펴낸이 | 채종준
펴낸곳 | 한국학술정보(주)
주　소 | 경기도 파주시 교하읍 문발리 513-5 파주출판문화정보산업단지
전　화 | 031) 908-3181(대표)
팩　스 | 031) 908-3189
홈페이지 | http://www.kstudy.com
E-mail | 출판사업부　publish@kstudy.com

등　록 | 제일산-115호(2000. 6. 19)
가　격 | 26,000원

ISBN 978-89-534-0824-1 93810 (Paper Book)
978-89-534-0828-9 98810 (e-Book)